Über dieses Buch Margaret Atwood, die prominenteste Autorin der kanadischen Gegenwartsliteratur, hat einen Roman geschrieben, ›Lady Orakel‹, über eine prominente kanadische Autorin, Joan Foster, die einen Roman mit dem Titel ›Lady Orakel‹ geschrieben hat. Besagte Joan Foster ist eine höchst originelle, bemerkenswert chaotische Person, deren überbordende Phantasie nicht nur die Heldinnen ihrer schicksalsträchtigen Kitschromane in haarsträubende Abenteuer stürzt, sondern sie selbst eben auch. So verheddert sie sich zwischen ihren Pseudonymen, falschen Namen, Identitäten, erfundenen Vorleben, wechselnden Lebensgefährten und sonstigen Geschichten. Als ein Erpresser ihr und ihrem unordentlichen Leben auf die Schliche zu kommen droht, inszeniert sie schließlich ihren eigenen Unfalltod (»Der Trick war, spurlos zu verschwinden und den Schatten einer Leiche zurückzulassen«) und flieht nach Italien. Dort schreibt sie fleißig weiter an einem Schnulzenroman, welchen der Leser streckenweise mitgenießen darf. – Keine Aussicht auf Besserung!

Die Autorin Margaret Atwood, die 1939 in Ottawa geboren ist, nimmt mit ihren Büchern einen gleichrangigen Platz neben Autorinnen wie Doris Lessing und Joyce Carol Oates ein. Sie schreibt Gedichte, Romane, Prosastücke, Kritiken und Essays.
Außerdem sind im *Fischer Taschenbuch Verlag* erschienen: die Romane ›Die eßbare Frau‹ (Bd. 5984), ›Der lange Traum‹ (Bd. 10291), ›Die Unmöglichkeit der Nähe‹ (Bd. 10292), ›Verletzungen‹ (Bd. 10293) und ›Der Report der Magd‹ (Bd. 5987), der Prosaband ›Die Giftmischer‹ (Bd. 5985), der Gedichtband ›Wahre Geschichten‹ (Bd. 5983) und die Erzählungssammlung ›Unter Glas‹ (Bd. 5986). – Bei S. Fischer ist der Roman ›Katzenauge‹ erschienen.

Margaret Atwood

Lady Orakel

Roman

Aus dem Amerikanischen
von Werner Waldhoff

Fischer Taschenbuch Verlag

26.–31. Tausend: Mai 1991

Ungekürzte Ausgabe
Veröffentlicht im Fischer Taschenbuch Verlag GmbH,
Frankfurt am Main, Oktober 1986

Lizenzausgabe mit freundlicher Genehmigung
des Claassen Verlag GmbH, Düsseldorf
Die amerikanische Originalausgabe erschien 1976
unter dem Titel ›Lady Oracle‹
bei McClelland & Stewart, Toronto,
und Simon and Schuster, New York

Umschlaggestaltung: Buchholz / Hinsch / Hensinger
Abb.: Allen Jones, Ölbild: ›Woman‹, 1964
Gesamtherstellung Clausen & Bosse, Leck
Printed in Germany
ISBN 3-596-25463-9

Erster Teil

1

Ich plante meinen Tod mit Bedacht – anders als mein Leben, das, trotz meiner lahmen Versuche, es unter Kontrolle zu halten, dauernd auf Abwege geriet. Mein Leben hatte die Neigung zu zerfasern, wabbelig zu werden, es verschnörkelte sich girlandenartig wie der Rahmen eines Barockspiegels, was daher kam, daß ich immer den Weg des geringsten Widerstands ging. Meinen Tod wünschte ich mir im Gegensatz dazu schlicht und einfach, eher untertrieben, ja sogar mit einem kleinen Schuß Strenge, wie eine Quäker-Kirche oder wie das kleine Schwarze mit einer einzigen Perlenkette, das von allen Modemagazinen angepriesen wurde, als ich fünfzehn war. Diesmal sollte es keine Trompeten, kein großes Geschrei, keinen Flitter, keine Unklarheiten geben. Der Trick war, spurlos zu verschwinden, den Schatten einer Leiche zurückzulassen, einen Schatten, den jedermann fälschlich für handfeste Wirklichkeit hielte. Zuerst glaubte ich, ich hätte es geschafft.

Am Tag nach meiner Ankunft in Terremoto saß ich draußen auf dem Balkon. Ich hatte vorgehabt, ein Sonnenbad zu nehmen; ich sah mich selbst in mediterraner Pracht, goldbraun, lachend, mit blitzenden Zähnen ins blaugrüne Meer tauchen, endlich aller Sorgen und meiner Vergangenheit ledig. Aber dann fiel mir ein, daß ich keine Sonnencreme hatte (höchster Schutzfaktor: sonst würde ich Sonnenbrand und Sommersprossen bekommen), also legte ich mir ein paar der kümmerlichen Badetücher des Vermieters über Schultern und Schenkel. Einen Badeanzug hatte ich nicht dabei. Büstenhalter und Slip würden es auch tun, dachte ich, da der Balkon von der Straße aus nicht einzusehen war.

Ich hatte schon immer eine Schwäche für Balkone gehabt. Ich wußte, wenn ich es nur fertigbrächte, auf dem einen, dem richtigen, lange genug auszuharren, in einer langen, weißen, fließenden Robe, am besten, während der Mond im ersten Viertel stand, dann würde etwas geschehen: Musik würde erklingen, ein Schatten würde unter dem Balkon auftauchen, dunkel und geschmeidig, und würde mir entgegenklettern, während ich ängstlich, hoffnungsvoll, anmutig und zitternd an der schmiedeeisernen Balustrade lehnte. Das hier war allerdings kein sehr romantischer Balkon. Er hatte ein geometrisches Geländer, wie bei diesen Mietshäusern aus den fünfziger Jahren, mit einem Zementboden, der schon abzubröckeln begann. Es war bestimmt nicht der Balkon, unter dem ein Mann sehnsuchtsvoll die Laute schlagen oder den er mit einer Rose zwischen den Zähnen oder einem Stilett im Ärmel erklettern würde. Ganz abgesehen davon, daß es bis zum Erdboden nur anderthalb Meter waren. Viel wahrscheinlicher würde irgendein für mich bestimmter geheimnisvoller Besucher den Schlackenpfad benutzen, der oben von der Straße zum Haus hinunterführte, mit knirschenden Schritten, Rosen oder Messer bestenfalls im Kopf.

Das jedenfalls wäre Arthurs Stil, dachte ich; er würde lieber knirschen als klettern. Wenn es nur wieder so sein könnte, wie es gewesen war, bevor er sich verändert hatte... Ich stellte ihn mir vor, wie er hierherkam, um mich zurückzugewinnen, wie er in einem gemieteten Fiat, an dem irgend etwas nicht in Ordnung war, den Hügel hinaufkurvte; von dem Defekt würde er mir später erzählen, nachdem wir einander in die Arme gestürzt waren. Parken würde er so dicht wie möglich an der Mauer. Vor dem Aussteigen würde er im Rückspiegel sein Gesicht kontrollieren und sich den richtigen Ausdruck zulegen: Er machte sich nicht gern lächerlich, und er würde sich vergewissern, ob er drauf und dran war, es zu tun oder nicht. Er würde sich aus dem Wagen herauswinden, abschließen, damit sein spärliches Gepäck nicht gestohlen werden konnte, würde die Schlüssel in eine Innentasche seiner Jacke stecken, nach rechts und links spähen, und dann, mit diesem komischen Kopfducken, als müßte er einem Steinwurf oder einer zu niedrigen Tür ausweichen, würde er um das rostige Tor herumschleichen und vorsichtig den Pfad hinuntergehen. Er wurde an Grenzübergängen oft durchsucht. Einfach, weil er so etwas Verstohlenes an sich hatte; verstohlen, aber korrekt, wie ein Spion.

Bei Arthurs Anblick, wie er lang und dünn zu mir herabstieg, unsicher, mit steinernem Gesicht, meine Errettung im Sinn, in seinen unbequemen Schuhen und mit seiner abgetragenen Baumwollunterwäsche, noch im ungewissen, ob ich wirklich da war oder nicht, fing ich an zu weinen. Ich schloß die Augen: Vor mir, jenseits einer ungeheuren blauen Fläche, die ich als Atlantischen Ozean erkannte, waren alle, die ich auf der anderen Seite zurückgelassen hatte. Natürlich an einem Strand; ich hatte eine Menge Fellini-Filme gesehen. Der Wind zauste ihre Haare, sie lächelten und winkten und riefen mir etwas zu, was ich natürlich nicht verstehen konnte. Arthur war ganz vorn; hinter ihm das Königliche Stachelschwein, auch unter dem Namen Chuck Brewer bekannt, in seinem langen theatralischen Umhang; dann Sam und Marlene und die anderen. Leda Sprott flatterte wie ein Bettuch nach einer Seite weg, und dort, wo Fraser Buchanan hinter einem Busch auf der Lauer lag, konnte ich seinen lederfleckenbesetzten Ellbogen herausschauen sehen. Im

Hintergrund meine Mutter in einem marineblauen Kostüm und mit weißem Hut, neben ihr, undeutlich und verschwommen, mein Vater und meine Tante Lou. Als einzige schaute Tante Lou nicht zu mir. Sie marschierte am Strand lang, tief durchatmend und die Wellen bewundernd; ab und zu hielt sie an, um den Sand aus ihren Schuhen zu schütteln. Sie zog sie schließlich aus und ging weiter, Fuchspelz, Federhut und bestrumpfte Beine, auf eine entfernte Würstchen- und Limonadenbude zu, die, einer armseligen Fata Morgana gleich, vom Horizont her lockte.
Bei den anderen hatte ich mich allerdings getäuscht. Sie lächelten und winkten einander zu, nicht mir. Vielleicht irrten die Spiritisten, und die Toten hatten gar kein Interesse an den Lebenden? Obwohl einige von ihnen noch lebten und ich diejenige war, die für tot gehalten wurde. Sie hätten trauern müssen, doch statt dessen kamen sie mir ganz fröhlich vor. Es war einfach nicht fair. Ich versuchte, etwas düster Drohendes in ihre Strandidylle zu zwingen – einen gewaltigen, in Stein gehauenen Kopf, ein sterbendes Pferd –, doch ohne Erfolg. Tatsächlich ähnelte das Ganze weniger einem Fellini-Film als einem von Walt Disney, den ich mit acht Jahren gesehen hatte, über einen Walfisch, der an der Metropolitan Opera singen wollte. Er näherte sich einem Schiff und schmetterte seine Arien, aber die Matrosen harpunierten ihn, und jede seiner Stimmen verließ seinen Leib in einer anders gefärbten Seele und stieg, immer noch singend, der Sonne entgegen. Ich glaube, der Film hieß ›Der Wal, der an der Met singen wollte‹. Damals heulte ich wie ein Schloßhund.
Die Erinnerung daran brachte mich wirklich aus der Fassung. Ich habe nie gelernt, stilvoll zu weinen, lautlos, während aus großen leuchtenden Augen perlenförmige Tränen meine Wangen hinunterrollen, wie auf den Titelseiten der ›Wahre Liebe‹-Heftchen, ohne etwas zu ver-

schmieren. Ich wollte, ich hätte es gelernt; dann könnte ich in aller Öffentlichkeit weinen statt in Badezimmern, dunklen Kinos, hinter Büschen und in leeren Schlafzimmern, zwischen den Mänteln der Partygäste auf dem Bett. Wenn man lautlos weinen kann, haben die Leute Mitleid mit einem. Aber es war so, daß ich schnaubte, meine Augen nahmen Form und Farbe von gekochten Tomaten an, meine Nase lief, ich ballte die Fäuste, ich stöhnte und keuchte, ich wirkte einfach störend, bis ich schließlich nur noch zur Erheiterung beitrug, eine komische Figur. Der Kummer war immer echt, aber sichtbar wurde nur ein Zerrbild des Kummers, eine übergroße Imitation wie die Neon-Rose der White-Rose-Tankstellen, die es auch schon längst nicht mehr gibt... Sittsames Weinen gehört zu jenen Künsten, die ich nie beherrscht habe, genauso wie das Anlegen falscher Wimpern. Ich hätte eine Gouvernante haben sollen, ich hätte die Schule beenden sollen, ein Brett zwischen die Schultern geschnallt, wegen der Haltung, ich hätte den Umgang mit Wasserfarben und Selbstbeherrschung lernen sollen.

Die Vergangenheit kannst du nicht ändern, pflegte Tante Lou zu sagen. Oh, ich wollte es aber; das war das einzige, was ich wirklich wollte. Tiefe Wehmut erfaßte mich. Der Himmel war blau, die Sonne schien, links von mir schimmerte ein Scherbenhaufen wie Wasser; auf dem Geländer wärmte eine kleine, grüne Eidechse mit schillerndblauen Augen ihr kaltes Blut; aus dem Tal drang Glockengeläut, ein sanftes Muhen, der einschläfernde Ton fremder Stimmen. Ich war in Sicherheit, ich konnte von vorn beginnen, doch statt dessen saß ich auf dem Balkon, neben den Überbleibseln eines von meinen Vorgängern zerbrochenen Küchenfensters, in einem Sessel aus Aluminiumrohren und gelben Plastikstreifen, und gab erstickte Laute von mir.

Der Sessel gehörte Mr. Vitroni, dem Hausbesitzer, der

eine Vorliebe für Filzstifte in den Farben Tintenschwarz, Rot, Rosa, Purpur und Orange hatte, einen Geschmack, den ich teilte. Er benutzte seine Stifte dazu, den anderen Leuten in der Stadt zu zeigen, daß er schreiben konnte. Ich brauchte meine für Listen und Liebesbriefe, manchmal beides auf einmal: ›Bin Kaffee einkaufen gegangen, xxx.‹ Der Gedanke an diese nun aufgegebenen Einkaufsbummel verschlimmerte meinen Kummer... keine Grapefruits mehr, für zwei Personen in zwei Hälften geschnitten, mit einer roten Maraschino-Kirsche als Nabel, die Arthur gewöhnlich an den Tellerrand schob; kein Weizenmehl-Porridge mehr, von mir gehaßt, von Arthur hoch gepriesen, klumpig und angebrannt, weil ich nicht auf seinen Rat gehört, es im Wasserbad zu kochen... jahrelange Frühstücke, töricht, einsam, endgültig vorbei... jahrelange mißglückte Frühstücke, warum hatte ich das getan?

Mir wurde klar, daß ich an den schlechtesten Ort der ganzen Welt gekommen war. Ich hätte irgendwo hingehen sollen, wo alles frisch und sauber war, wo ich nie zuvor gewesen war. Statt dessen war ich in dieselbe Stadt, sogar in dasselbe Haus zurückgekehrt, in dem wir im Jahr davor den Sommer verbracht hatten. Und nichts hatte sich verändert: Ich mußte auf demselben zweiflammigen Herd mit angeschlossener Gasflasche, ›bombola‹, kochen, die immer beim Kochen mittendrin leer wurde; am selben Tisch essen, der immer noch die weißen Ringe in der Politur hatte, wo ich leichtsinnig heiße Tassen abgestellt hatte; im selben Bett schlafen, die Matratze vom Alter und den Ängsten vieler Mieter durchgelegen. Arthurs Geist würde mich verfolgen; schon hörte ich schwach gurgelnde Geräusche aus dem Badezimmer, das Knirschen von Glas, wenn er seinen Stuhl auf dem Balkon zurückschob und darauf wartete, daß ich ihm durchs Küchenfenster seine Tasse Kaffee hinausreichte. Wenn ich die Augen

aufmachte und den Kopf drehte, würde er ganz sicher dasein, die Zeitung zehn Zentimeter vor seinem Gesicht, Taschenwörterbuch auf einem Knie, den linken Zeigefinger (vielleicht) ins Ohr gestopft, eine unbewußte Geste, die er strikt ableugnete.
Es war meine eigene Dummheit, mein eigener Fehler. Ich hätte nach Tunesien oder auf die Kanarischen Inseln fahren sollen oder sogar nach Miami Beach, im Greyhound-Bus, Hotel im Preis inbegriffen, aber ich brachte den Willen dazu nicht auf; ich brauchte etwas Vertrauteres. Einen Ort ohne Handgriffe, ohne Orientierungspunkte, ohne jede Vergangenheit: das wäre dem Sterben zu ähnlich gewesen.
Mittlerweile heulte ich krampfhaft in eines der Badetücher des Hausherrn, und ein zweites hatte ich aus alter Gewohnheit über den Kopf geworfen: Früher weinte ich unter Kissen, damit niemand es merkte. Jetzt hörte ich durch das Handtuch ein merkwürdig klickendes Geräusch. Es mußte schon eine ganze Weile zu hören gewesen sein. Ich lauschte, und es verstummte. Ich hob das Handtuch hoch. In Höhe meiner Fußknöchel und nur einen knappen Meter entfernt tauchte ein Kopf auf, der Kopf eines alten Mannes, bedeckt mit einem zerfledderten Strohhut. Die weißlichen Augen starrten mich entweder besorgt oder mißbilligend an; der Mund, über dem Zahnfleisch eingefallen, stand auf einer Seite offen. Er mußte mich gehört haben. Vielleicht glaubte er, ich hätte irgendeinen Anfall, wie ich da in meiner Unterwäsche und handtuchbedeckt auf dem Balkon saß. Vielleicht hielt er mich auch für betrunken.
Zur Beruhigung schenkte ich ihm ein feuchtes Lächeln, wickelte meine Handtücher um mich und versuchte, aus dem Aluminiumsessel herauszukommen. Zu spät erinnerte ich mich an seine hinterlistige Art zusammenzuklappen, sobald man zappelte. Ich verlor mehrere der

Handtücher, ehe ich durch die Tür verschwinden konnte. Den alten Mann hatte ich erkannt. Es war derselbe alte Mann, der immer an ein oder zwei Nachmittagen in der Woche die Artischocken auf der unfruchtbaren Terrasse unterhalb des Hauses versorgt hatte, wobei er dem groben Unkraut mit einer großen rostigen Schere zu Leibe rückte und die ledrigen Artischockenköpfe abschnitt, sobald sie reif waren. Anders als die anderen Leute im Dorf sagte er nie ein Wort zu mir, noch erwiderte er meinen Gruß. Bei seinem Anblick bekam ich Gänsehaut. Ich zog mein Kleid an (hinter der Tür, damit ich nicht gesehen werden konnte) und ging ins Badezimmer, um mein Gesicht mit einem feuchten Waschlappen abzuwischen und mir mit Mr. Vitronis kratzigem Toilettenpapier die Nase zu putzen. Dann ging ich in die Küche und machte mir eine Tasse Tee. Zum erstenmal seit meiner Ankunft spürte ich Angst. Es war nicht nur deprimierend, in diese Stadt zurückgekehrt zu sein, es war gefährlich. Es taugt nicht viel, wenn man sich für unsichtbar hält und es nicht ist. Das Problem war einfach: Wenn ich den alten Mann erkannt hatte, hatte er mich vielleicht auch erkannt.

2

Ich setzte mich an den Tisch, um meinen Tee zu trinken. Tee wirkte beruhigend und würde mir beim Nachdenken helfen; obwohl dieser nicht gerade gut war. Es war Beuteltee, und er roch nach Apotheke. Ich hatte ihn zusammen mit einer aus England importierten Packung Peek Frean Biscuits im Lebensmittelgeschäft gekauft. Der Laden hatte davon einen großen Vorrat, in Erwartung englischer Touristenschwärme, die bis jetzt allerdings noch nicht aufgetaucht waren. ›By Appointment to Her

Majesty the Queen, Biscuits Manufactures‹, stand auf der Schachtel. Ich finde, so etwas hebt die Moral. Die Königin würde nicht jammern: Reue ist taktlos. ›Reiß dich zusammen‹, sagte eine strenge königliche Stimme. Ich setzte mich kerzengerade in meinen Stuhl und überlegte, was ich tun könnte.

Natürlich hatte ich Vorsichtsmaßnahmen getroffen. Ich benutzte meinen anderen Namen, und als ich Mr. Vitroni aufsuchte, um zu fragen, ob die Wohnung noch zu vermieten wäre, hatte ich meine Sonnenbrille aufgesetzt und meinen Kopf mit dem Tuch umwickelt, das ich am Flughafen von Toronto gekauft hatte und das mit rosa berittenen Polizisten bedruckt war, die vor dem Hintergrund der purpurnen Rocky Mountains eine Parade ritten. Und das alles Made in Japan. Ich hüllte meinen Körper in eines dieser bedruckten Sackkleider, ebenfalls rosa, mit babyblauen Blumen, das ich an einem Straßenstand in Rom gekauft hatte. Eigentlich hätte ich große rote Rosen oder orangefarbene Dahlien vorgezogen: In diesem Kleid sah ich aus wie eine wandelnde Tapete. Aber ich hatte etwas wirklich Unverdächtiges gewollt. Mr. Vitroni hatte sich nicht an mich erinnert, da war ich sicher. Der alte Mann jedoch hatte mich ohne meine Verkleidung erwischt und, schlimmer noch, mit deutlich erkennbaren Haaren. Hüftlanges rotes Haar war in diesem Teil des Landes sehr auffällig. Die Biskuits waren hart wie Gips und schmeckten nach alten Brettern. Ich stippte das letzte in den Tee, und während ich es mit mechanischen Kaubewegungen aß, wurde mir klar, daß ich die ganze Packung aufgegessen hatte. Das war ein schlechtes Zeichen. Ich mußte ein Auge darauf haben.

Ich beschloß, etwas mit meinen Haaren zu unternehmen. Sie waren zu eindeutig, ihre Länge und Farbe waren eine Art Warenzeichen geworden. Jeder Zeitungsartikel, egal ob freundlich oder feindlich, hatte sie erwähnt. Tatsächlich war ihnen viel Raum gewidmet worden: Bei Frauen bedeuteten Haare wohl mehr als Talent oder Mangel an Talent. ›Joan Foster, gefeierte Autorin von LADY ORACLE, mit dem Aussehen eines üppigen Rossetti-Porträts, voll strahlender Ausdruckskraft, hypnotisierte das Publikum mit ihrer unirdischen...‹ (Der Toronto Star). ›Die Prosa-Dichterin Joan Foster, mit ihrem fließenden roten Haar und der grünen Robe wie eine lebendig gewordene Juno wirkend, war bedauerlicherweise kaum zu verstehen...‹ (The Globe and Mail). Mein Haar war bei weitem leichter aufzuspüren als ich. Ich mußte es abschneiden und den Rest färben, obwohl mir nicht klar war, wo ich hier das Haar färben konnte. Bestimmt nicht in dieser Stadt. Wahrscheinlich würde ich deswegen zurück nach Rom müssen. Eine Perücke hätte ich kaufen sollen, dachte ich. Das hatte ich übersehen.

Ich ging ins Badezimmer und kramte die Nagelschere aus meinem Kulturbeutel. Sie war zu klein, aber ich hatte nur die Wahl zwischen ihr und Mr. Vitronis stumpfen Kartoffelschälmessern. Es kostete mich einige Zeit, das Haar abzusäbeln, Strähne um Strähne. Den Überbleibseln versuchte ich etwas Form zu geben, aber es wurde kürzer und kürzer, keineswegs gleichmäßiger, bis ich merkte, daß ich meinen Kopf wie den einer KZ-Insassin zurechtgestutzt hatte. Mein Gesicht hatte sich allerdings verändert: Ich konnte als Sekretärin auf Urlaub durchgehen.

Das Haar ringelte sich bergeweise im Waschbecken. Ich wollte es retten. Einen Augenblick lang dachte ich daran, es in eine Schublade zu stopfen. Aber was sollte ich sagen, wenn es gefunden wurde. Sie würden anfangen, nach den Armen und Beinen und dem Rest der Leiche zu suchen. Ich mußte es loswerden. Ich erwog, es durch die Toilette zu spülen, aber es war einfach zuviel, und die Sickergrube hatte schon angefangen, Sumpfgras und Fetzen verfaulenden Klopapiers aufzustoßen.

Ich nahm es mit in die Küche und zündete einen der Gasbrenner an. Dann, Strähne um Strähne, begann ich mit der Opferung meines Haares. Es schrumpfte schwarz zusammen, krümmte sich wie eine Handvoll Regenwürmer, schmolz und brannte schließlich wie eine Lunte. Ein überwältigender Geruch nach versengtem Truthahn machte sich breit.

Die Tränen liefen mir die Backen hinunter; ohne jeden Zweifel war ich sentimental, und zwar auf die rührseligste Art und Weise. Das Dumme war: Arthur hatte gern mein Haar gebürstet, und diese kleine Erinnerung brachte mich zum Heulen, obwohl er nie lernte, nicht zu ziepen, und das tat verflixt weh. Zu spät, zu spät... Ich habe es nie fertiggebracht, zur richtigen Zeit die richtigen Gefühle zu haben; Zorn, wenn ich hätte zornig sein müssen, Tränen, wenn es Grund zum Weinen gab; bei mir war nichts aufeinander abgestimmt.

Als ich die Hälfte von dem Berg Haare geschafft hatte, hörte ich Schritte auf dem Kiesweg. Mein Herz zog sich zusammen, ich stand wie erstarrt: Der Weg führte nur zum Haus, und außer mir wohnte dort niemand. Die beiden anderen Wohnungen standen leer. Wie konnte Arthur mich nur so schnell gefunden haben? Vielleicht hatte ich mich doch nicht in ihm getäuscht. Oder es war gar nicht Arthur, es war einer von den anderen... Die Panik, die ich in der letzten Woche krampfhaft unterdrückt hatte, schlug in einer eisgrauen Woge über mir zusammen, und in ihrem Sog schwappten die Umrisse meiner Angst heran, ein totes Tier, die Drohung eines schweren Atems am Telefon, die aus Zeitungen zusammengeschnipselten Nachrichten eines Killers, ein Revolver, Wut... Gesichter formten sich in meinem Kopf und zersplitterten wieder, ich wußte nicht, auf wen ich mich gefaßt machen sollte; was wollten sie von mir? Die Frage, die ich nie beantworten konnte. Mühsam unterdrückte ich einen Schrei und stürzte ins Badezimmer. Vielleicht konnte ich mich dort durch das hohe quadratische Fenster zwängen; dann den Hügel hinaufrennen, ins Auto und weg. Noch mal eine schnelle Flucht. Ich versuchte mich daran zu erinnern, wo ich die Autoschlüssel hingelegt hatte.

Es klopfte an der Tür. Ein kräftiges, selbstbewußtes Pochen. Eine Stimme rief: »Hallo? Sind Sie da?«

Mein Atem setzte wieder ein. Es war bloß Mr. Vitroni, Signor Vitroni, Reno Vitroni, mit dem breiten Lächeln, der seinen Besitz inspizierte. Dies war sein gesamter Besitz, soviel ich wußte. Nichtsdestoweniger hielt man ihn für einen der reichsten Männer in der Stadt. Wenn er die Küche kontrollieren wollte, was würde er von meinen geopferten Haaren halten? Ich drehte den Brenner ab und stopfte das Haar in die Papiertüte für den Abfall.

»Ich komme gleich«, rief ich, »eine Sekunde.« Ich wollte ihn nicht hier drin haben: Mein Bett war ungemacht, Kleider und Unterwäsche waren über Stuhllehnen und Fußboden verstreut, auf dem Tisch und im Ausguß stand schmutziges Geschirr. Ich wickelte mir eins von den Handtüchern um den Kopf und nahm im Vorbeigehen die Sonnenbrille vom Tisch.

»Ich hab' mir gerade die Haare gewaschen«, sagte ich zu ihm, nachdem ich die Tür geöffnet hatte.

Die dunklen Gläser verwirrten ihn ein bißchen, nicht sehr. Seiner Erfahrung nach hatten ausländische Damen merkwürdige Schönheitsrituale. Er strahlte und streckte die Hand aus. Ich streckte ihm meine entgegen, er hob sie wie zum Handkuß, aber dann schüttelte er sie bloß.

»Es erfreut mich sehr, Sie zu sehen«, sagte er und schlug die Hacken in einer komischen militärischen Verbeugung zusammen. Die farbigen Filzstifte waren auf seiner Brust aufgereiht wie Orden. Er hatte sein Vermögen im Krieg gemacht, irgendwie; jetzt, wo alles vorbei war, fragte niemand mehr danach. Damals hatte er ein bißchen Englisch und ein paar Brocken verschiedener anderer Sprachen gelernt. Weshalb mochte er jetzt am frühen Abend zu meiner Wohnung gekommen sein? Sicherlich nicht die richtige Zeit für einen Besuch bei einer jungen Ausländerin, jedenfalls nicht für diesen respektablen Mann mittleren Alters mit der standesgemäß faßförmigen Frau und den zahlreichen Enkelkindern. Er trug etwas unter dem Arm. Er schaute über meine Schulter, als wollte er hineingehen.

»Sie kochen wohl Ihr Abendessen?« fragte er. Der Geruch nach verbranntem Haar mußte ihm in die Nase gestiegen sein. Ich hörte förmlich seine Gedanken: Gott weiß, was diese Leute essen. »Ich störe nicht, hoffe ich sehr?« »Aber nein, überhaupt nicht«, sagte ich herzlich und blieb mitten im Türrahmen stehen.

»Alles in Ordnung bei Ihnen? Geht das Licht wieder?«

»Ja, ja«, sagte ich und nickte heftiger als notwendig. Bei meinem Einzug hatte es keinen Strom gegeben, weil der letzte Mieter die Rechnung nicht bezahlt hatte. Mr. Vitroni hatte seine Beziehungen spielen lassen.

»Wir haben viel Sonnenschein, nicht?«

»Sehr viel«, sagte ich und versuchte meine Ungeduld zu verbergen. Er stand zu dicht vor mir.

»Das ist gut.« Jetzt kam er zur Sache. »Ich habe hier etwas für Sie. Damit Sie sich« – sein freier Arm schwang hoch, die Handfläche nach oben, mich überschwenglich willkommen heißend –, »damit Sie sich bei uns wie zu Hause fühlen.« Wie peinlich, dachte ich; er will mir ein Begrüßungsgeschenk überreichen. War das hier Sitte, was sollte ich dazu sagen? »Das ist furchtbar nett von Ihnen«, sagte ich, »aber...«

Mr. Vitroni winkte meine Dankbarkeit ab. Er zog das rechteckige Bündel unter seinem Arm hervor, stellte es auf den Plastikstuhl und begann die Schnur aufzuknüpfen. Beim letzten Knoten legte er eine Pause ein, um die

Spannung zu erhöhen, wie ein Zauberer. Dann ging das braune Packpapier auf, und zum Vorschein kamen fünf oder sechs Bilder, Gemälde, auf – o Gott! – schwarzem Samt, mit vergoldeten Stuckrahmen. Mit ausgestreckten Armen führte er mir eins nach dem anderen vor. Auf allen waren historische Bauten von Rom zu sehen, jedes in einem dominierenden Farbton gehalten. Das Kolosseum erstrahlte in fieberhaftem Rot, das Pantheon war malvenfarben, der Konstantinsbogen ein trübes Gelb, der Petersdom rosa wie ein Kuchen. Ich betrachtete sie stirnrunzelnd wie ein Preisrichter.

»Gefallen Ihnen?« fragte er gebieterisch. Ich war eine Fremde, derartige Dinge sollten mir gefallen, und er hatte sie als Geschenk gebracht, um mir eine Freude zu machen. Pflichtgemäß freute ich mich also; ich brachte es nicht übers Herz, seine Gefühle zu verletzen.

»Sehr hübsch«, sagte ich. Womit ich nicht die Bilder, sondern seine Geste meinte.

»Ja, wie Sie sagen«, sagte er. »Der Sohn von meinem Bruder, er hat ein Genie.«

Schweigend schauten wir beide die Bilder an, die nun nebeneinander auf dem Fenstersims lehnten und wie Autobahnschilder im goldenen Licht der tiefstehenden Sonne glühten. Während ich sie anstarrte, begannen sie eine gewisse schreckliche Energie anzunehmen oder abzugeben, wie die geschlossenen Türen eines Ofens oder einer Gruft.

Es ging ihm nicht schnell genug. »Welches mögen Sie?« fragte er. »Dieses hier?«

Wie sollte ich wählen, ohne zu wissen, was die Wahl bedeuten würde? Die Sprache war nur ein Problem; da gab es auch noch diese andere Sprache, was man tut und was nicht. Wenn ich ein Bild annahm, mußte ich dann seine Geliebte werden? Besaß die Wahl des Bildes irgendeine Bedeutung, war es ein Test?

»Nun ja«, sagte ich zögernd, auf das neonstrahlende Kolosseum deutend...
»Zweihundertfünfzigtausend Lire«, antwortete er prompt. Sofort fühlte ich mich erleichtert: Schlichte Geldtransaktionen hatten nichts Geheimnisvolles an sich, mit ihnen konnte man leicht fertig werden. Natürlich hat sein Neffe die Bilder überhaupt nicht gemalt, dachte ich. Er mußte sie in Rom bei einem Straßenhändler gekauft haben, und nun verkaufte er sie mit Profit weiter.
»Schön«, sagte ich. Ich konnte es mir überhaupt nicht leisten, aber ich hatte nie gelernt zu feilschen und fürchtete sowieso, ihn zu beleidigen. Ich wollte nicht, daß der Strom plötzlich wegblieb. Ich holte mein Portemonnaie.
Nachdem er die Geldscheine gefaltet und eingesteckt hatte, fing er an, die anderen Bilder einzusammeln. »Sie möchten zwei, vielleicht? Geschenk für Familie?«
»Nein, danke«, sagte ich. »Das hier ist einfach wunderbar.«
»Ihr Mann, er wird auch bald kommen?«
Ich lächelte und nickte vage. Diese Geschichte hatte ich ihm erzählt, als ich die Wohnung mietete. Ich wollte, daß in der Stadt bekannt wurde, daß ich einen Mann hatte, ich wollte keinen Ärger bekommen.
»Das Bild wird ihm gefallen«, sagte er, als wüßte er es.
Ich wurde nachdenklich. Hatte er mich trotz allem erkannt, trotz der Sonnenbrille, des Handtuchs und des anderen Namens? Er war einigermaßen reich; ganz sicher hatte er es nicht nötig, billige Touristenbilder zu verhökern. Die ganze Sache könnte ein Vorwand sein, aber wofür? Ich hatte das Gefühl, daß in unserer Unterhaltung viel mehr mitgeschwungen hatte, als ich begriff, was nicht ungewöhnlich war. Arthur pflegte zu sagen, ich sei beschränkt.
Als Mr. Vitroni sich in sicherer Entfernung vom Balkon

befand, nahm ich das Bild mit nach drinnen und suchte einen Platz zum Aufhängen. Es mußte der richtige Platz sein: Jahrelang mußten wegen meiner Mutter die wichtigsten Gegenstände in meinem Zimmer im richtigen Verhältnis zueinander stehen, und ob es mir nun gefiel oder nicht, dies würde ein wichtiger Gegenstand werden. Es war sehr rot. Endlich hängte ich es an einen Nagel links neben der Tür. Auf die Art konnte ich ihm wenigstens beim Sitzen den Rücken zudrehen. Meine Angewohnheit, plötzlich und ohne jede Vorwarnung die Möbel umzustellen, ärgerte Arthur. Er verstand nie, warum ich das tat; er war der Meinung, man sollte sich um seine Umgebung nicht kümmern.

Doch Mr. Vitroni täuschte sich: Das Bild hätte Arthur nicht gefallen. Es gehörte nicht zu den Dingen, die er mochte, obwohl es zu den Dingen gehörte, von denen er annahm, daß ich sie mochte. Passend, würde er sagen, das Kolosseum in Blutrot auf vulgärem schwarzen Samt, mit einem vergoldeten Rahmen, Lärm und Tumult, tobende Menschenmengen, Tod im Sand, das Grollen, Fauchen, Brüllen wilder Tiere und in den Kulissen weinende Märtyrer, die sich für ihre Opferung bereitmachten; und über allem Gefühle, Angst, Wut, Lachen und Weinen, eine Vorstellung, von der die Menge lebt. Dies, so vermutete ich, war seine Ansicht von meinem Innenleben, obwohl er es nie so direkt ausdrückte. Und wo war er inmitten all dieses Aufruhrs? Natürlich in der Mitte der ersten Reihe, reglos dasitzend, kaum mal ein Lächeln, so leicht war er nicht zufriedenzustellen; und von Zeit zu Zeit würde er eine kleine Handbewegung machen, die Leben oder Tod bedeutete: Daumen nach oben oder Daumen nach unten. Jetzt mußt du dir deine eigene Show vorführen, dachte ich, deine eigenen Gefühle haben. Ich habe dieses Spiel satt, mir ist das Blut zu echt geworden.

Jetzt war ich wütend auf ihn, und außer den Tellern, die Mr. Vitroni gehörten, gab es nichts zu werfen und niemanden zu bewerfen, außer Mr. Vitroni selbst, der sich mittlerweile sicher den Hügel hinaufschleppte, etwas außer Atem wegen seiner kurzen Beine und dem kleinen Kugelbauch. Was würde er wohl denken, wenn ich plötzlich wutschnaubend und Teller werfend hinter ihm auftauchte? Er würde die Polizei rufen, sie würden mich einsperren, die Wohnung durchsuchen, sie würden eine Papiertüte voll roter Haare finden, meinen Koffer...

Ich wurde schnell wieder vernünftig. Der Koffer stand unter einer großen unechten Barockkiste mit Schubladen aus Rindenfurnier und einem Muster aus eingelegten Seemuscheln. Ich zog ihn hervor und öffnete ihn; darinnen lagen in einer grünen Plastiktüte meine nassen Kleider. Sie rochen nach meinem Tod, nach dem Ontariosee, vergossenem Öl, toten Möwen, gestrandeten und faulenden winzigen Silberfischen. Jeans und ein marineblaues T-Shirt, mein Begräbniskostüm, mein früheres Ich, feucht und zusammengeknüllt, aus dem die vielfarbigen Seelen geflüchtet waren. In Terremoto konnte ich solche Kleidungsstücke nie tragen, auch wenn sie nicht verdächtig gewesen wären. Ich dachte daran, sie in den Abfall zu werfen, aber ich wußte von früher, daß die Kinder die Mülltonnen durchwühlten, besonders die der Ausländer. Auf der vielbefahrenen Straße nach Terremoto hatte es keine Möglichkeit gegeben, sie wegzuwerfen. Ich hätte sie auf dem Flughafen von Toronto oder auf dem von Rom loswerden sollen, aber weggeworfene Kleider am Flughafen waren verdächtig.

Obwohl die Dämmerung schon hereingebrochen war, konnte man immer noch genug sehen. Ich beschloß, sie zu vergraben. Ich knüllte den Plastikbeutel zusammen und schob ihn unter den Arm. Die Kleider gehörten mir, ich hatte nichts Unrechtes getan, aber ich hatte trotzdem das Gefühl, einen Körper verschwinden zu lassen, die Leiche von jemandem, den ich umgebracht hatte. Ich rutschte den Pfad neben dem Haus hinunter, meine ledersohlten Sandalen schlitterten über die Steine, bis ich schließlich unten zwischen den Artischocken landete. Der Boden war granithart, und ich hatte keine Schaufel; es war aussichtslos, ein Loch zu graben. Außerdem würde es der alte Mann merken, wenn ich seinen Garten in Unordnung brachte.

Ich untersuchte die Grundmauern des Hauses. Zum Glück war es schlampig gebaut, und der Zement zeigte kräftige Risse. Ich entdeckte eine lose Platte und zerrte sie unter Zuhilfenahme eines flachen Steines heraus. Unter dem Zement war bloße Erde: Das Haus war direkt in den Hügel hinein gebaut worden. Ich buddelte eine kleine Höhle, rollte die Plastiktüte so fest zusammen wie möglich und drückte sie hinein. Dann deckte ich die Zementplatte wieder darüber. In Hunderten von Jahren würde vielleicht jemand meine Jeans und mein T-Shirt ausgraben und ein längst vergessenes Ritual, einen Kindsmord oder ein schützendes Grab vermuten. Die Vorstellung gefiel mir. Die heruntergefallene Erde verteilte ich mit dem Fuß, damit sie niemandem auffallen konnte.

Erleichtert kletterte ich wieder zurück auf meinen Balkon. Jetzt brauchte ich nur noch mein Haar zu färben, und alle offensichtlichen Hinweise auf meine Identität wären verschwunden. Ich konnte anfangen, ein anderer Mensch zu sein, ein ganz und gar anderer Mensch.

Ich ging in die Küche und verbrannte das restliche Haar. Dann holte ich die Flasche Cinzano hervor, die ich im Schrank hinter den Tellern versteckt hatte. Hier brauchte nicht jeder zu denken, ich sei eine heimliche Trinkerin. Was außerdem auch nicht zutraf, es gab nur keinen Ort, wo ich es in aller Öffentlichkeit tun konnte. Hier schickte es sich nicht, daß Frauen allein in Bars tranken. Ich

schenkte mir ein kleines Glas ein und prostete mir selbst zu. »Auf das Leben«, sagte ich. Danach beunruhigte es mich, daß ich laut gesprochen hatte. Ich wollte nicht damit anfangen, Selbstgespräche zu führen.
Die Ameisen hatten den Spinat, den ich tags zuvor gekauft hatte, erobert. Sie hausten draußen in der Mauer, und Spinat und Fleisch waren die einzigen Sachen, hinter denen sie her waren. Alles andere ignorierten sie, wenn man ihnen ein Schälchen mit Zuckerwasser hinstellte. Das hatte ich schon getan, und sie hatten es entdeckt. Jetzt marschierten sie zwischen dem Zuckerwasser und ihrem Nest hin und her, auf dem Hinweg mager, auf dem Rückweg vollgefressen, nachdem sie sich wie kleine Miniaturtanker aufgefüllt hatten. Im Kreis umlagerten sie den Wasserrand; einige hatten sich zu weit vorgewagt und waren ertrunken.
Ich gönnte mir noch einen Drink, dann stippte ich meinen Finger ins Schälchen und schrieb mit Zuckerwasser meine Initialen aufs Fensterbrett. Ich sah zu, wie die Ameisen allmählich die Buchstaben meines Namens formten: eine lebende Legende.

3

Als ich am nächsten Morgen erwachte, war meine Euphorie vergangen. Ich hatte keinen echten Kater, aber nach plötzlichem Aufstehen war mir auch nicht zumute. Die Cinzano-Flasche stand auf dem Tisch, leer; merkwürdig, ich konnte mich nicht daran erinnern, sie ausgetrunken zu haben. Arthur hatte mich oft genug ermahnt, nicht soviel zu trinken. Er selbst trank kaum, aber er hatte so eine Angewohnheit, von Zeit zu Zeit eine Flasche mit nach Hause zu bringen und sie offen herumstehen zu lassen, damit ich sie sehen konnte. Ich glaube, ich war so etwas wie ein Spielzeug-Chemiekasten für ihn: Insgeheim liebte er es, mit mir herumzuexperimentieren, er wußte genau, daß irgend etwas Aufregendes passieren würde. Obwohl er nie sicher war, was das sein würde oder was er überhaupt erwartete; hätte ich das damals schon gewußt, wäre es leichter gewesen.

Draußen nieselte es, und ich hatte keinen Regenmantel. Ich hätte in Rom einen kaufen können, aber in meiner Erinnerung bestand das Klima aus ewigem Sonnenschein und lauen Nächten. Meinen eigenen Regenmantel oder meinen Schirm oder überhaupt viele meiner persönlichen Habseligkeiten hatte ich nicht mitgebracht, um keine Spuren vom Packen zu hinterlassen. Nun trauerte ich meinem Kleiderschrank nach, meinem gold-roten Sari, meinem bestickten Kaftan, meinem aprikosenfarbenen Samtkleid mit dem gerippten Saum. Doch wo hätte ich sie hier tragen können? Trotzdem lag ich im Bett und sehnte mich nach meinem Fächer aus Pfauenfedern, an dem nur eine einzige Feder fehlte, und nach meiner Abendtasche mit den milchigblauen Perlen, einer echten Antiquität.

Arthur hatte ein merkwürdiges Verhältnis zu meiner Kleidung. Er mochte es nicht, wenn ich Geld dafür ausgab, weil er glaubte, wir könnten es uns nicht leisten. Deshalb behauptete er anfangs, es würde nicht zu meinem Haar passen oder ich würde zu fett darin wirken. Später, als er sich aus masochistischen Gründen für die Frauenemanzipation einsetzte, versuchte er mir klarzumachen, ich sollte mir derartige Kleider nicht wünschen, damit würde ich den Ausbeutern in die Hände arbeiten. Aber es ging noch weiter; er empfand diese Kleider als Affront, als eine Art persönlicher Beleidigung. Gleichzeitig faszinierten sie ihn, wie alle Dinge, die er an mir mißbilligte. Ich habe ihn im Verdacht, daß er sie anregend fand und daß ihn das wiederum beunruhigte.

Zum Schluß machte er mich so unsicher, daß es mir schwerfiel, meine langen Kleider in der Öffentlichkeit zu tragen. Statt dessen schloß ich die Schlafzimmertür, hüllte mich in Samt und Seide und kramte alle baumelnden goldenen Ohrringe und Ketten und Armbänder hervor, die ich nur finden konnte. Ich betupfte mich mit Parfüm, zog die Schuhe aus und tanzte vor dem Spiegel, mich langsam mit einem unsichtbaren Partner im Walzertakt drehend. Ein großer Mann in Abendkleidung, mit Operncape und glühenden Augen. Während er mich im Kreis herumschwang (wobei wir ab und zu an den Toilettentisch oder das Bettende stießen), flüsterte mir zu: »Laß dich von mir entführen. Wir werden zusammen tanzen, immer.« Es war eine große Versuchung, ungeachtet der Tatsache, daß es ihn in Wirklichkeit nicht gab...

Arthur tanzte nie mit mir, nicht einmal, wenn wir allein waren. Er sagte, er hätte es nie gelernt.

Ich lag im Bett und schaute dem Regen zu. Von irgendwoher aus der Stadt hörte ich ein klagendes Muhen, rauh und metallisch, wie von einer eisernen Kuh. Ich war traurig, und in der Wohnung gab es nichts, was mich hätte aufheitern können. ›Wohnung‹ war das richtige Wort dafür. Auf der Anzeigenseite einer englischen Zeitung hätte ›Villa‹ gestanden, aber es gab nur zwei Zimmer und eine vollgestopfte Küche. Die Wände waren grob verputzt und ohne Farbe, fleckig und verdreckt vom Sickerwasser. Quer über die Decke liefen Holzbalken – Mr. Vitroni muß sie wohl für rustikal und pittoresk gehalten haben –, in denen Tausendfüßler hausten, die manchmal abstürzten, meistens nachts. In den Spalten zwischen Wand und Fußboden gab es mittelgroße Skorpione, gelegentlich auch in der winzigen Badewanne, deren Stich angeblich nicht tödlich sein sollte. Wegen dem Regen draußen war es dunkel und kalt, irgendwo tropfte es, und wie in einer Höhle kam das Echo zurück, wahrscheinlich weil die beiden Wohnungen oben immer noch leerstanden. Damals hatte über uns eine südamerikanische Familie gewohnt, die bis spät in die Nacht Gitarre spielte, johlend und mit den Füßen stampfend, so daß es Mörtel hagelte. Ich wäre gern hinaufgegangen, um mitzufeiern und ebenfalls mit den Füßen zu stampfen, aber Arthur meinte, es wäre aufdringlich, uns selbst vorzustellen. Er ist in Fredericton, New Brunswick, aufgewachsen.

Ich drehte mich um, und die Matratze piekte mich in den Rücken. Direkt in der Mitte ragte eine Feder heraus; würde ich die Matratze wenden, dann wären es vier Federn, das wußte ich. Es war noch dieselbe Matratze, mit ihren Schluchten und Berggipfeln, voller Hinterlist und unverändert durch das eine Jahr, in dem andere darauf gelegen hatten. Wir hatten uns darauf mit einer Heftigkeit geliebt, die an Motelzimmer erinnerte. Arthur wurde durch die Tausendfüßler stimuliert, die eine Aura von Gefahr verliehen (ein wohlbekanntes Aphrodisiakum, wie die Pestzeiten bezeugen). Außerdem lebte er gern aus dem Koffer. Anscheinend fühlte er sich so wie ein politischer Flüchtling, wahrscheinlich eine seiner Phantasievorstellungen, obwohl er nie ein Wort darüber verlor.

Zusätzlich konnte er sich einbilden, wir führen irgendwohin, irgendwo, wo es besser war. Tatsächlich hielt er jeden neuen Ort, an den wir zogen, für besser, zumindest für eine Weile. Danach empfand er ihn lediglich als anders, und anschließend war es dann so wie immer. Aber er schätzte die Illusion von Übergang höher ein als die Illusion von Dauerhaftigkeit, und unsere gesamte Ehe spielte sich in einer Art geistigem Bahnhof ab. Vielleicht lag es daran, wie wir uns kennengelernt hatten. Weil wir mit Auf-Wiedersehen-Sagen anfingen, gewöhnten wir uns daran. Auch wenn er bloß wegen einem Päckchen Zigaretten um die Ecke ging, starrte ich ihm nach, als würde ich ihn nie wiedersehen. Und jetzt würde ich ihn nie wiedersehen.

Ich brach in Tränen aus und zog mir das Kissen über den Kopf. Dann entschied ich, daß es so nicht weitergehen konnte. Ich konnte nicht zulassen, daß Arthur auch jetzt noch mein Leben kontrollierte, besonders nicht auf so eine Entfernung. Ich war nun jemand anderes, ich war fast jemand anderes. Oft sagten die Leute zu mir, ›Sie sehen ganz anders aus als auf Fotos‹, und das stimmte; mit einigen kleinen Veränderungen mußte es möglich sein, auf der Straße an ihm vorbeizugehen, ohne daß er mich erkannte. Ich strampelte die Bettdecke weg – Mr. Vitronis Bettdecke, dünn und sorgfältig gestopft –, ging ins Badezimmer, ließ, um mir das Gesicht zu kühlen, kaltes Wasser über einen Waschlappen laufen und entdeckte erst in letzter Sekunde den kleinen braunen Skorpion, der sich in den Falten versteckt hatte. Man gewöhnte sich nur schwer an diese Art von Hinterhalt. Wäre Arthur dagewesen, ich hätte geschrien. So warf ich nur den Waschlappen auf den Boden und zerquetschte den Skorpion mit dem Blechboden einer Büchse Reinigungspulver, ebenfalls von Mr. Vitroni bereitgestellt. Er hatte reichlich vorgesorgt, was die Mittel zum Sauberhalten der Wohnung anbelangte – Seife, WC-Desinfektion, Scheuerbürsten –, aber zum Kochen standen nur eine Bratpfanne und zwei Töpfe, einer ohne Deckel, zur Verfügung.

Ich taumelte in die Küche und zündete den Gaskocher an. Vor dem Morgenkaffee war mit mir noch nie viel losgewesen. Ich brauchte etwas Warmes im Mund, um mich sicher zu fühlen; hier war es Filterkaffee und Milch aus dem dreieckigen Pappbehälter vom Fenstersims. Es gab keinen Kühlschrank, aber die Milch war noch nicht sauer. Ich mußte sie ohnehin kochen, alles mußte abgekocht werden.

Mit meiner heißen Tasse setzte ich mich an den Tisch,

wodurch ich den Lack mit einem weiteren weißen Ring verzierte, aß eine Packung Zwieback und versuchte, mein Leben zu organisieren. Ein Schritt nach dem anderen, sagte ich mir. Zum Glück hatte ich ein paar Filzstifte mitgebracht; ich würde eine Liste aufstellen. ›Haare färben‹ schrieb ich ganz oben in Apfelgrün. Ich würde deswegen nach Tivoli oder vielleicht nach Rom fahren, je eher, desto besser. Mit gefärbten Haaren würde mich nichts mehr mit meinem früheren Ich verbinden, abgesehen von meinen Fingerabdrücken. Und niemand würde sich um die Fingerabdrücke einer Frau kümmern, die man offiziell für tot erklärt hatte.
Ich schrieb ›Geld‹ und unterstrich es zweimal. Geld war wichtig. Einen Monat würde ich auskommen, wenn ich genügsam lebte. Realistisch gesehen würde es zwei Wochen reichen. Das schwarz-samtene Kolosseum hatte ein Loch in meine Kasse gerissen. Ich hatte nicht viel von meinem Bankkonto abheben können, denn das hätte am Tag vor meinem Tod komisch gewirkt. Hätte ich mehr Zeit gehabt, dann wäre etwas über mein anderes Bankkonto zu machen gewesen, das Geschäftskonto. Falls da überhaupt etwas drauf gewesen wäre. Leider überwies ich gewöhnlich das meiste Geld auf mein Privatkonto, sobald es hereinkam. Ich fragte mich, wer wohl das Geld erhalten würde; wahrscheinlich Arthur.
›Postkarte an Sam‹ schrieb ich. Die Postkarte hatte ich am Flughafen von Rom bereits gekauft. Ein Bild vom Schiefen Turm von Pisa. Ich malte die vereinbarte Botschaft in grüner Blockschrift: ›Verbringe tolle Ferien. Der Petersdom ist wunderbar. Bis bald, alles Liebe, Mitzi und Fred.‹
So erfuhr er, daß ich gut angekommen war. Im Falle von Komplikationen hätte ich geschrieben: ›Wetter kühl, Fred hat Durchfall. Gott sei gedankt für Enterovioform! Alles Liebe, Mitzi und Fred.‹

Ich beschloß, zuerst die Postkarte aufzugeben und mir danach über das Geld und das Haarefärben den Kopf zu zerbrechen. Ich trank meinen Kaffee aus, aß den letzten Zwieback und zog mir das zweite meiner neuen Sackkleider an, weiß mit grauen und mauvefarbenen Rauten. An meinem Nachthemd entdeckte ich eine aufgegangene Naht in Höhe der Schenkel. Wenn es niemanden gab, der mich ansah und diese Nachlässigkeiten bemerkte, würde ich dann schlampig werden? Warum achtest du nicht besser auf dich, sagte eine Stimme, willst du denn gar nichts aus dir machen? ›Nadel und Faden‹ schrieb ich auf die Liste.

Ich wickelte das Tuch mit den rosa Polypen um den Kopf und setzte meine Sonnenbrille auf. Es regnete zwar nicht mehr, aber der Himmel war immer noch grau; die Sonnenbrille mußte merkwürdig wirken, aber das ließ sich nicht ändern. Ich ging über das Kopfsteinpflaster der gewundenen Straße zum Marktplatz hinauf, ein Spießrutenlaufen vorbei an alten Frauen, die Tag für Tag auf den Türschwellen ihrer angriffslustig wirkenden historischen Steinhäuser saßen, ihre verbrauchten ungeheuren Rümpfe wie zur Trauer in schwarze Kleider gezwängt, ihre Beine wie aufgeblasene, in Wolle gehüllte Würste. Es waren dieselben alten Frauen, die mich gestern nachmittag von oben bis unten gemustert hatten, dieselben, die vor einem Jahr hier gewesen waren und vor zweitausend Jahren. Sie änderten sich nicht.

»Bongiorno«, sagte jede, als ich vorbeiging, und ich nickte ihnen zu, lächelnd und das Wort wiederholend. Sie schienen wegen mir nicht sonderlich neugierig zu sein. Sie wußten bereits, wo ich wohnte, wie mein Auto aussah, daß ich Ausländerin war, und jedesmal, wenn ich etwas auf dem Markt kaufte, würden sie es ebenfalls erfahren. Was gab es sonst noch über eine Fremde zu wissen? Das einzige, was sie beunruhigen mochte, war

wohl, daß ich allein lebte: Es würde ihnen nicht natürlich vorkommen. Aber mir kam es auch nicht natürlich vor.
Die Post war im vorderen Teil eines dieser muffigen historischen Häuser untergebracht. Die ganze Einrichtung bestand aus einer Bank, einem Schalter und einem Nachrichtenbrett mit ein paar angepinnten Bildern, die wie Steckbriefe aussahen: mürrische Männer, von vorn und von der Seite.
Einige Polizisten, vielleicht waren es auch Soldaten, lehnten in ihren übriggebliebenen Mussolini-Uniformen am Schalter: hohe Schaftstiefel, Seitenstreifen an der Hose und Weizengarben auf den Taschenklappen. Mir kribbelte das Genick, als ich am Schalter stand und der Frau begreiflich zu machen versuchte, daß ich eine Luftpostmarke wollte. Mir fiel bloß ›Par Avion‹ ein. Falsche Sprache. Ich flatterte mit den Armen wie mit Flügeln und kam mir blöd vor, aber das kapierte sie. Hinter mir lachten die Polizisten. Todsicher würden sie gleich meinen Paß riechen, der wie geschmolzenes Eisen durch das Leder meiner Tasche glühte, todsicher würden sie ihn verlangen, würden mich befragen, die Behörden alarmieren... Und was würden die Behörden tun?
Die Frau hinter dem Schalter nahm die Karte durch den Schlitz entgegen. Sobald Sam sie bekommen hatte, konnte er mir mitteilen, ob und in welchem Ausmaß wir Erfolg gehabt hatten. Von den glänzenden kleinen Käferaugen der Polizisten verfolgt, ging ich hinaus.
Ein guter Plan, dachte ich; ich war stolz auf mich, wie ich das alles hinbekommen hatte. Plötzlich wünschte ich, Arthur hätte eine Ahnung, wie geschickt ich gewesen war. Er glaubte immer, ich sei zu chaotisch, um meinen Weg durch den Flur und zur Tür hinaus vorzuplanen, geschweige denn aus dem Land. Ich war diejenige, die mit einer sorgfältig aufgestellten Einkaufsliste losraste, wobei die meisten Sachen seinen Vorschlägen entstammten, und

dabei meine Handtasche vergaß, deswegen zurückkam, die Autoschlüssel vergaß, endlich losfuhr und die Liste vergaß; oder die mit zwei Dosen Kaviar und einer Schachtel feinster Kekse und einer kleinen Flasche Champagner zurückkehrte und diese Herrlichkeiten damit rechtfertigte, daß sie im Sonderangebot gewesen wären, was, vom erstenmal abgesehen, immer gelogen war. Ich hätte ihm so gern mitgeteilt, daß ich etwas Kompliziertes und Gefährliches vollbracht hatte, ohne auch nur einen einzigen Fehler zu machen. Immer hatte ich etwas tun wollen, was er bewundern würde.

Der Gedanke an den Kaviar machte mich hungrig. Ich überquerte den Marktplatz und ging in den größten Lebensmittelladen, wo man Dosen und Spaghetti bekam, und kaufte noch eine Schachtel Peek Freans, ein bißchen Käse und Nudeln. Draußen, in der Nähe des Cafés, stand ein alter Gemüsewagen. Das mußte die Hupe gewesen sein, die ich vorher gehört hatte. Der Lastwagen wurde von dicken Hausfrauen in baumwollenen Morgenkleidern und mit nackten Beinen umringt, die ihre Einkaufswünsche durcheinanderriefen und mit ihren Papiergeldbündeln wedelten. Der Gemüsemann war jung, mit öliger Mähne; er stand hinten auf dem Wagen, füllte Körbe und scherzte mit den Frauen. Als ich hinüberging, grinste er mir zu und rief etwas, worüber die Frauen lachten und kreischten. Er bot mir Weintrauben an, ließ sie verheißungsvoll hin und her baumeln, aber wegen meinem beschränkten Wortschatz ging ich nicht darauf ein. Statt dessen wandte ich mich dem normalen Gemüsestand zu. Die Sachen waren zwar nicht so frisch, aber der Mann war alt und freundlich, und es reichte, daß ich mit dem Finger deutete.

Beim Metzger kaufte ich zwei teure, hauchdünne Fleischscheiben. Ich wußte, daß sie nach nichts schmecken würden. Sie stammten von einjährigen Tieren, weil niemand

es sich leisten konnte, eine Kuh länger grasen zu lassen, und ich hatte nie gelernt, sie ordentlich zuzubereiten; bei mir schmeckten sie immer nach Kunststoff.
Mit meinem Päckchen ging ich wieder den Hügel hinunter. Mein roter Leihwagen von Hertz stand gegenüber dem schmiedeeisernen Tor, durch das man zum Pfad kam. Ich hatte ihn am Flughafen übernommen. Einen Kratzer hatte er schon abbekommen, in einer Straße in Rom, die sich als Einbahnstraße, ›senso unico‹, erwiesen hatte. Ein paar von den Dorfkindern umlagerten ihn, malten Bilder in die Staubschicht, die ihn bedeckte, schauten fast ängstlich durch die Fenster hinein und fuhren mit der Hand über die Kotflügel. Als sie mich entdeckten, wichen sie vom Auto zurück und steckten flüsternd die Köpfe zusammen.
Ich lächelte ihnen zu und dachte, wie reizend sie aussahen mit ihren runden braunen Augen, hurtig wie die von Eichhörnchen; einige hatten blonde Haare, ein verblüffender Kontrast zu ihrer Olivenhaut, und ich erinnerte mich an Erzählungen, daß die Barbaren vor zehn oder fünfzehn Jahrhunderten hier durchgezogen waren. Aus diesem Grund waren alle Dörfer auf Hügeln erbaut.
»Bongiorno«, sagte ich zu ihnen. Sie kicherten verschämt. Ich bog ins Tor ein und ging mit knirschenden Schritten den Pfad hinunter. Zwei verkümmerte kleine Hennen, in der Farbe von zerfetzter Pappe, trippelten zur Seite. Auf halbem Weg nach unten hielt ich an: Hatte ich die Tür abgeschlossen oder nicht? Obwohl ich allem Anschein nach in Sicherheit war, konnte ich es mir nicht leisten, sorglos oder faul zu werden. Es war irrational, aber ich hatte das Gefühl, daß irgend jemand in der Wohnung war, auf dem Stuhl am Fenster saß und auf mich wartete.

4

Aber in der Wohnung war niemand. Wenn überhaupt, war sie leerer denn je. Ohne größere Katastrophen kochte ich mein Mittagessen; nichts explodierte oder lief über. Ich aß am Tisch. Bald, dachte ich, würde ich in der Küche essen, im Stehen und aus Töpfen und Pfannen. Leute, die allein lebten, werden so. Ich hatte das Gefühl, ich sollte irgendeine Art von Routine herstellen.

Nach dem Essen zählte ich mein Geld, ein Teil in bar, ein Teil in Reiseschecks. Wie üblich war es weniger, als ich angenommen hatte; höchste Zeit, daß ich etwas dazuverdiente. Ich ging zur Kommode, zog die Schublade mit der Unterwäsche auf und durchwühlte den Inhalt. Wie war ich nur auf die Idee gekommen, mir ein paar rote Bikinihöschen, mit dem schwarz eingestickten Wort ›Sonntag‹ darauf, zu kaufen? Natürlich, das Königliche Stachelschwein; unter anderem war er ein Fetischist von Unterwäsche. Das war ein Teil des Wochenendprogramms gewesen; ›Freitag‹ und ›Samstag‹ besaß ich ebenfalls, zweisprachig. Ich nahm sie aus der Cellophanhülle, und das Königliche Stachelschwein sagte: »Zieh ›Sonntag/Dimanche‹ an«; er liebte die Vorstellung geschändeter Tugend. Ich tat es. »Dynamit«, sagte das Königliche Stachelschwein. »Und jetzt dreh dich um.« Er pirschte sich an mich heran, und wir endeten in lustvoller Umschlingung auf seiner Matratze. Es gab auch noch einen fleischfarbenen BH, mit dem Verschluß vorn. ›For Lovers only‹, behauptete die Reklame, also kaufte ich ihn, um meinem Geliebten zu folgen. Ich fiel auf jede Reklame herein, besonders auf die, die einem das Glück versprach.

Ich hatte diese verräterische Unterwäsche mitgenommen, weil ich befürchtete, Arthur würde sie nach meinem Tod entdecken und merken, daß er sie nie zuvor gesehen hatte. Zu meinen Lebzeiten hatte er nie einen Blick in diese besondere Schublade geworfen; vor Unterwäsche zuckte er zurück, er hielt sich lieber an die Vorstellung, sein Geist sei mehr mit höheren Dingen beschäftigt, was, um der Wahrheit die Ehre zu geben, die meiste Zeit auch der Fall war. Folglich benutzte ich die Schublade mit der Unterwäsche als Versteck, und aus alter Gewohnheit tat ich es jetzt noch.

Ich holte Fraser Buchanans schwarzes Notizbuch hervor. Auf dem Boden darunter lag, eingewickelt in einen Slip, das Manuskript, an dem ich zum Zeitpunkt meines Todes gearbeitet hatte.

Charlotte stand in dem Zimmer, in dem er sie zurückgelassen hatte. Unbewußt umklammerten ihre Hände noch immer die Schatulle mit den Juwelen. Ein Feuer knisterte in dem großen Kamin; das Licht der Flammen spiegelte sich warm auf den marmornen Familienwappen, die den reichverzierten Kaminsims schmückten. Trotzdem fror sie, wenngleich ihre Wangen brannten. Noch immer sah sie das Kräuseln seiner Lippen vor sich, die zynisch erhobenen Augenbrauen in dem dunklen, jedoch unwiderstehlichen Gesicht, seinen harten Mund, dünnlippig und herrschsüchtig ... Sie dachte an die Art und Weise, in der seine Augen anerkennend über die Kurven ihres festen jungen Körpers gewandert waren, der von dem billigen, schlechtsitzenden schwarzen Crêpe-Kleid nur notdürftig bedeckt wurde. Sie hatte genügend Erfahrung mit dem Adel, um zu wissen, wie auf Frauen ihrer Art, die ohne eigenes Verschulden gezwungen sind, ihren Lebensunterhalt zu verdienen, herabgesehen wurde. Er würde da wohl keine Ausnahme bilden. Ihre Brüste hoben und senkten sich heftig unter dem schwarzen Crêpe, als sie an die Erniedrigungen dachte, die sie erlitten hatte. Lügner und Heuchler waren sie, allesamt! Jetzt schon fing sie an, ihn zu hassen.

Sie würde die Smaragde neu fassen und Redmond Grange dann so schnell wie möglich verlassen. Sie konnte die Bedrohung, die irgendwo in dem riesigen Haus lauerte, beinah riechen. Die

rätselhaften Worte des Kutschers Tom kamen ihr in den Sinn, als er ihr nicht sonderlich höflich aus der Kutsche geholfen hatte. »Gehn Sie nicht in die Nähe vom Irrgarten, Miß, das rat' ich Ihnen«, hatte er gesagt. Er war ein düsterer, rattenähnlicher Mann mit schlechten Zähnen und hatte etwas Verschlagenes.
»Was für ein Irrgarten?« hatte Charlotte gefragt.
»Werden Sie schon noch früh genug rausfinden«, hatte er kichernd zur Antwort gegeben. »Manch junges Mädchen vor Ihnen hat sich viel Kummer im Irrgarten geholt.« Weitere Erklärungen hatte er verweigert.
Durch die französischen Fenster drang silbernes Lachen herein, die Stimme einer Frau... Wer konnte zu dieser Stunde und noch dazu im November auf der Terrasse sein? Charlotte erschauerte beim Gedanken an die anderen Schritte, die sie am gleichen Ort in der Nacht zuvor gehört hatte. Doch als sie von ihrem Schlafzimmerfenster auf die Terrasse hinabgeschaut hatte, war dort außer dem Mondlicht und den Schatten der sich im Wind wiegenden Büsche nichts zu sehen gewesen.
Sie begab sich zur Tür, in der Absicht, die Treppen zu ihrem eigenen kleinen Zimmer hochzusteigen, das im gleichen Stockwerk wie die Dienstmädchenstuben lag. Das zeigte, wie hoch Redmond sie einschätzte, dachte sie voller Zorn. Genausogut hätte sie eine Hauslehrerin sein können, eine Stufe über einem Dienstmädchen oder einer Köchin, aber ganz gewiß nicht auf einer Ebene mit einer Lady. Und doch war sie ebenso wohlgeboren wie er, falls die Wahrheit ans Licht kommen würde.
Vor der Tür des Empfangszimmers verharrte Charlotte voller Erstaunen. Am Fuße der Treppen, und ihr so den Weg versperrend, stand eine große Frau in einem schwarzen Reisecape. Unter der zurückgeworfenen Kapuze flammte rotes Haar auf; ihr scharlachfarbenes Kleid war tief ausgeschnitten und enthüllte den Ansatz schwellend weißer Brüste. Ganz offensichtlich hatten sich die modischsten und teuersten Schneider der Bond Street viel Mühe mit ihrem Kostüm gegeben; doch unter

diesem Deckmantel gehobener Zivilisation bewegte sich ihr Körper mit der Sinnlichkeit eines Raubtiers. Sie war atemberaubend schön.
Ihre grünen Augen funkelten Charlotte an, strahlend im Licht des mit Cupidos und Weinranken geschmückten silbernen Kandelabers, den sie in ihrer linken Hand hielt. »Wer sind Sie, und was tun Sie in diesem Haus?« verlangte sie mit gebieterischer Stimme zu wissen. Noch ehe Charlotte antworten konnte, fiel der Blick der Frau auf die Schatulle, die sie trug. »Meine Juwelen«, schrie sie. Mit ihrer behandschuhten Hand schlug sie Charlotte ins Gesicht.
»Gemach, Felicia«, ertönte Redmonds Stimme. Er tauchte aus dem Schatten auf. »Die Wiederherstellung deiner Juwelen sollte eine Überraschung sein, ein Willkommensgruß bei deiner Heimkehr. Doch nun bin ich es, der über deine vorzeitige Rückkehr überrascht ist.« Er lachte, ein trockenes, ironisches Lachen.
Die Frau, die er Felicia genannt hatte, wandte sich ihm mit glühenden, besitzergreifenden Augen zu; ihr provozierendes Lächeln enthüllte kleine weiße Zähne von vollkommenem Ebenmaß. Galant führte Redmond ihre behandschuhte Hand an die Lippen.

Acht Seiten fehlten, die ersten acht Seiten. Einen Augenblick lang glaubte ich, ich hätte sie in der Wohnung vergessen, wo Arthur sie finden mußte. Aber es schien unmöglich, ich konnte nicht derart nachlässig gewesen sein. Fraser Buchanan mußte sie genommen haben, mußte sie in seinen Ärmel geschoben, zusammengefaltet und dann in eine Tasche gestopft haben, als er im Schlafzimmer war, bevor ich zu ihm hineinkommen konnte. Aber ich hatte sein Notizbuch, und mein Pfand war mehr wert.
Es würde nicht besonders schwierig sein, den Anfang zu rekonstruieren. Charlotte würde in der zweitbesten Redmond-Kutsche, in der man sie vom Bahnhof abgeholt hatte, in die großräumige Lindenallee einbiegen. Sie

würde sich in ihren unansehnlichen Schal verkriechen und sorgenvoll an ihre Kleidung und ihre abgestoßene Truhe im Kutschkasten denken: Würden die Diener höhnisch grinsen? Und dann lag der Landsitz vor ihr, mit seinem femininen Vorbau und seinen maskulinen Türmen und seiner Aura drohenden Unheils. Ein hochnäsiger Butler würde sie in die Bibliothek führen, wo man sie geradezu beleidigend lange warten ließ, bis schließlich der Hausherr erschien. Er würde seiner Überraschung Ausdruck geben, daß die Juwelenrestauratoren eine Frau geschickt hatten, und andeuten, daß sie der Aufgabe nicht gewachsen sein würde. Sie würde ihm fest, ja sogar etwas herausfordernd antworten. Er würde den Trotz in ihren strahlendblauen Augen bemerken und sagen, sie sei vielleicht etwas zu selbständig, als ihr gut tue. »In meiner Position, Sir«, würde sie mit einem Hauch von Bitterkeit antworten, »ist man gezwungen, selbständig zu sein.« Natürlich war Charlotte eine Waise. Ihr Vater war der jüngere Sohn einer Adelsfamilie gewesen, der wegen der Heirat mit ihrer Mutter, einer sanften Frau, die in einem Opernhaus tanzte, von seiner Familie verstoßen worden war. Bei einer Pockenepidemie waren Charlottes Eltern gestorben. Sie selbst war mit wenigen Pockennarben davongekommen, die ihrem Gesicht einen pikanten Ausdruck verliehen. Ihr Onkel, der Bruder ihrer Mutter, hatte sie aufgezogen. Er war zwar reich, aber ein Geizhals, und so hatte er sie gezwungen, ihren gegenwärtigen Beruf zu erlernen, ehe er am Gelbfieber gestorben war. Nichts hatte er ihr hinterlassen, immer schon hatte er sie gehaßt. Und die adlige Familie ihres Vaters wollte nichts von ihr wissen. Sie wollte Redmond verständlich machen, daß sie sich nicht aus freiem Entschluß, sondern aus Not in seinem Haus, in seiner Macht befand. Von irgend etwas mußte der Mensch leben.

Ich brauchte einen Arbeitstitel. ›Der Lord von Redmond

Grange‹, dachte ich, oder noch besser: ›Schrecken auf Redmond Grange‹. Schrecken gehörte zu meinen Spezialitäten; das und historische Details. Oder vielleicht irgend etwas mit dem Wort ›Liebe‹ darin: Liebe verkaufte sich immer gut. Seit Jahren schon versuchte ich, Liebe und Schrecken in einem Titel zusammenzufassen, aber es war schwierig. ›Liebe und Schrecken auf Redmond Grange‹ wäre viel zu lang. Außerdem hörte es sich an wie ›Die Bobbsey-Zwillinge am Sunset Beach‹. ›Meine Liebe war Terror‹... klang zu sehr nach Mickey Spillane. ›Von Liebe belauert‹, das würde zur Not gehen.
Ich brauchte auch eine Schreibmaschine. Ich schrieb alles mit der Maschine; es ging schneller, und in meiner Branche war Geschwindigkeit wichtig. Ich konnte gut tippen; in meiner Oberschule wurde Tippen zu den sekundären Geschlechtsmerkmalen gezählt, wie der Busen. Vielleicht konnte ich in Rom eine gebrauchte Schreibmaschine kaufen. Dann könnte ich die Anfangsseiten ergänzen, weitere acht oder neun Kapitel schreiben und sie an Hermes Books schicken, mit einem erklärenden Begleitbrief, ich sei aus gesundheitlichen Gründen nach Italien gezogen. Sie hatten mich nie gesehen und kannten mich nur bei meinem anderen Namen. Sie hielten mich für eine übergewichtige und scheue Ex-Bibliothekarin mittleren Alters. Tatsächlich so etwas wie eine Eremitin, allergisch gegen Staub, Wolle, Fisch, Zigarettenrauch und Alkohol, womit ich meine Ablehnung von Einladungen zum Essen begründet hatte. Ich hatte immer versucht, meine beiden Namen und Identitäten so weit wie möglich auseinanderzuhalten.
Arthur fand nie heraus, daß ich historische Trivialromane schrieb. Anfangs arbeitete ich nur daran, wenn er außer Haus war. Später zog ich mich ins Schlafzimmer zurück, schloß die Tür und erzählte ihm, ich würde für irgendeinen Universitäts-Fortbildungskurs lernen: chinesische

Keramik, vergleichende Religionsgeschichte, Kurse, die ich nie beendete, aus dem einfachen Grund, daß ich sie nie angefangen hatte.

Warum sagte ich es ihm nie? Zum größten Teil aus Angst. Als ich ihn kennenlernte, redete er viel darüber, daß er sich eine Frau wünschte, deren Verstand er achten könne, und mir war klar, daß er den meinen sicherlich nicht achten würde, wenn er entdeckte, daß ich ›Das Geheimnis von Morgrave Manor‹ geschrieben hatte. Und ich wünschte mir nichts sehnlicher als einen achtbaren Verstand. Bei Arthurs Freunden und den Büchern, die er las – die immer Fußnoten hatten –, und den Themen, die er aufgriff, kam ich mir unzulänglich und irgendwie absurd vor, eine Art intellektueller Dorftrottel. Das Eingeständnis meines Berufes hätte alles sicherlich noch schlimmer gemacht. Diese Bücher, mit Titelbildern von düsteren, abschrekkenden Schlössern und verängstigten Maiden in abgewandelten Nachthemden, mit im Wind flatternden Haaren, den hervortretenden Augen einer Kropfkranken, fluchtbereiten Füßen, hätte man als Kitsch übelster Sorte betrachtet. Schlimmer als Kitsch, denn wurden dadurch nicht die Massen ausgebeutet, durch Ablenkung korrumpiert und das herabwürdigende Klischee der Frau als hilflose Beute reproduziert? All das traf zu, und ich wußte es, aber ich konnte nicht aufhören. »Du bist eine intelligente Frau«, hätte Arthur gesagt. Das sagte er immer, bevor er eine meiner Schwächen enthüllte, aber er glaubte es. Seine Verärgerung über mich ähnelte der eines Vaters von klugen Kindern, die schlechte Noten bekommen.

Er hätte es nicht verstanden. Er wäre nicht im geringsten in der Lage gewesen, die Sehnsucht, das existentielle Bedürfnis meiner Leser nach einer Flucht in eine andere Welt zu verstehen, etwas, was ich selbst nur zu gut verstand. Das Leben war hart mit ihnen umgesprungen, und sie hatten nicht zurückschlagen können, sie waren zusammengesackt wie Soufflés unter einem heftigen Windstoß. Die Flucht in eine andere Welt war für sie kein Luxus, sondern Notwendigkeit. Irgendwie mußten sie ihrem Alltag entfliehen. Und wenn sie zu müde waren, um eigene Fluchtträume zu spinnen, so standen ihnen meine im Laden an der Ecke zur Verfügung, hübsch verpackt wie andere Betäubungsmittel auch. Man konnte sie in Kapseln schlucken, schnell und diskret, während der Föhn die Locke um ihre Plastikwickler zementierte oder wenn das Badeöl ihre Haut in der Wanne krebsrot anlaufen ließ und einen Rand hinterließ, den sie später mit Ajax abputzen mußten, was ihnen nach Krankenhaus riechende Hände und die Bemerkung ihrer Ehemänner einbrachte, sie wären ungefähr so sexy wie ein Spültuch. Daraufhin würden sie ihren Mangel an Schönheit, ihre entschwindende Jugend betrauern... Ich wußte alles über Flucht, ich war damit groß geworden.

Die Heldinnen meiner Bücher waren bloße Doubles: Figuren, die nie genau beschrieben wurden, Gesichter wie Wachs, aus dem jede Leserin ihr eigenes formen konnte, plus etwas zusätzlicher Schönheit. Nacht für Nacht stiegen in Hunderttausenden von Häusern diese verborgenen Seelen von den irdischen Betten ihrer Besitzerinnen auf, um derart aufregende und verschlungene Abenteuer zu erleben, daß man sie niemandem anvertrauen konnte, am wenigsten den Ehemännern, die fröhlich schnarchend neben ihnen lagen und nie etwas Tiefgründigeres als ein Playboy-Heft anrührten. Ich kannte meine Leserinnen genau, ich bin mit ihnen zur Schule gegangen, ich war der gute Kumpel, ich meldete mich freiwillig in Ausschüsse, ich verzierte die Turnhalle der Oberschule mit Schildern, auf denen ›HOWDY HOP‹ und ›SNOWBALL STOMP‹ stand, und anschließend ging ich heim und stopfte Sandwiches mit Erdnußbutter in mich hinein und las Paperback-Romane, während alle anderen zum Tanzen gingen. Ich war

Miß Personality, Vertraute und wahre Freundin. Sie erzählten mir alles.

Jetzt konnte ich gute Fee für sie spielen, trotz ihrer offensichtlichen Mängel, ihrer zu dünnen Waden, den entstellenden Haaren auf ihren Oberlippen, wie sie in gedrängten Annoncen auf der Rückseite von Filmmagazinen beklagt wurden, ihren Ellbogen, krumpelig wie die Haut von Hühnerbeinen. Ich besaß die Macht, sie von Landpomeranzen in pures Gold zu verwandeln. Krieg, Politik und Expeditionen zur Amazonasmündung, diese anderen Fluchtmöglichkeiten hatten mit ihnen nichts zu tun, und ihr Interesse an Eishockey oder Fußball, Spiele, die sie ohnehin nicht spielen konnten, war nicht besonders groß. Warum sollte man ihnen ihre Schlösser, Bösewichter und Prinzen nicht gönnen, und wenn ich es mir genau überlege, wer zum Teufel war Arthur, daß er auf soziale Relevanz pochte? Manchmal fand ich seine gottverdammten Theorien und Ideologien zum Kotzen. Die Wahrheit war, daß ich Hoffnungen behandelte, ich bot die Vision einer besseren Welt an, wie lächerlich sie auch sein mochte. War das so schlimm? Ich konnte keinen großen Unterschied zu den Visionen entdecken, die Arthur und seine Freunde zu bieten hatten, und sie waren ebenso realistisch. Du interessierst dich also für das Volk, für die Arbeiterklasse, hielt ich ihm in meinen einsamen mitternächtlichen Rechtfertigungsreden entgegen. Schön, aber es sind meine Sachen, die das Volk und die Arbeiter lesen, besonders die weiblichen, falls sie überhaupt Zeit zum Lesen haben; mit dem sozialen Realismus des ›Wahren Glaubens‹ können sie nichts anfangen. Sie lesen meine Bücher. Kapier das doch.

Aber das wäre zu weit gegangen; damit wäre ich haargenau auf Arthurs empfindlichste und heiligste Zehe getreten. Es wäre besser, das Ganze aus einer materialistisch-deterministischen Perspektive anzugehen:

»Arthur, zufällig ist das etwas, worin ich gut bin und was mir liegt. Ich habe es zufällig entdeckt, aber dann habe ich angebissen, wurde professionell, und jetzt ist es für mich die einzige Möglichkeit, meinen Lebensunterhalt zu verdienen. Wie die Nutten zu sagen pflegen: Warum, zum Teufel, sollte ich Kellnerin spielen? Du erzählst mir ständig, Frauen sollten sich durch sinnvolle Arbeit zu einer vollständigen Persönlichkeit entwickeln, und forderst mich nörgelnd auf, ich solle mir eine suchen. Nun, das ist meine Arbeit, und ich finde sie sinnvoll. Und ich bin wirklich keine Drohne, immerhin habe ich fünfzehn von diesen Dingern geschrieben.«
Natürlich hätte Arthur das nicht akzeptiert. Marlene, dieser Ausbund an Tugend, hatte drei Monate als Schreibkraft gearbeitet (»Man kann die Arbeiter nicht wirklich verstehen, wenn man nicht unter ihnen gelebt hat.«), und darunter tat der Snob Arthur es nicht.
Armer Arthur. Ich sah ihn vor mir, mutterseelenallein in unserem Apartment, umgeben von den Trümmern unserer Ehe. Was machte er wohl in diesem Augenblick? Stopfte er meine roten und orangefarbenen Kleider in einen Rote-Kreuz-Sack, leerte er die Schublade mit meinen Make-up-Utensilien in den Mülleimer? Blätterte er in dem Tagebuch, das ich in den ersten Wochen kindischer Aufregung nach Erscheinen von ›Lady Oracle‹ geführt hatte? Wie naiv mein Glaube gewesen war, damit würde ich endlich ihre Achtung erringen... Das Tagebuch würde in den Abfall wandern, zusammen mit all den anderen Notizen, die von mir übrig waren. Was würde er behalten, einen Handschuh, einen Schuh?
Vielleicht trauerte er. Das war ein neuer Gedanke: Er fühlte sich melancholisch, von einem schmerzlichen Verlust betroffen, so wie ich. Ganz plötzlich kam mir die Idee, ich könnte ihn verkannt haben. Angenommen, er haßte mich nicht mehr, angenommen, er spürte kein Ver-

langen nach Rache mehr. Vielleicht hatte ich ihm etwas Schreckliches angetan, etwas Endgültiges. Sollte ich ihm von Rom aus eine anonyme Postkarte schicken – ›Joan ist nicht tot‹, unterschrieben mit: ›Ein Freund‹ –, um ihn aufzuheitern?

Ich hätte mehr Vertrauen zu ihm haben sollen. Ich hätte von Anfang an ehrlich sein, meine wahren Gefühle zum Ausdruck bringen und ihm alles erzählen sollen. (Aber wenn er gewußt hätte, wie ich wirklich war, hätte er mich dann noch geliebt?) Das Problem war, daß ich seine Illusionen nicht zerstören wollte, und das war einfach, ich brauchte nur ein bißchen Zurückhaltung zu üben: ihm einfach nie etwas Wichtiges zu erzählen.

Aber auch mehr Ehrlichkeit hätte mich nicht gerettet, dachte ich; höchstens mehr Unehrlichkeit. Nach meiner Erfahrung führten Ehrlichkeit und das Zeigen von Gefühlen nur zu einem: zu Katastrophen.

Zweiter Teil

5

Wenn du aus einer Büchse voller Würmer einen Wurm herausläßt, dann kommen alle anderen hinterher. Das pflegte Tante Lou zu sagen; sie hatte eine Menge praktischer Sprüche parat, manche überliefert, manche selbst erfunden. Zum Beispiel habe ich ›Die Zunge ist der Feind des Genicks‹ schon anderswo gehört, aber nirgendwo ›In jedem Beutel steckt mehr als nur eine Katze‹ oder ›Verlaß dich nicht auf deine Kaninchen, bevor sie aus dem Zylinder kommen‹. Tante Lou glaubte an Diskretion, allerdings nur in wichtigen Angelegenheiten.

Das war einer der Gründe, weshalb ich Arthur nie viel von meiner Mutter erzählte. Hätte ich damit angefangen, hätte er bald alles über mich herausgefunden. Ihm zu Gefallen erfand ich eine Mutter, eine freundliche, sanfte Frau, die an einer seltenen Krankheit starb – es war, glaube ich, Lupus –, kurz nachdem wir uns kennengelernt hatten.

Zum Glück war er nie sehr neugierig, was meine Vergangenheit anbelangt: Er war zu sehr damit beschäftigt, mir seine eigene zu erzählen. Ich erfuhr alles über seine Mutter: Wie sie behauptet hatte, den genauen Augenblick von Arthurs Empfängnis bemerkt zu haben, und daß sie ihn sofort und auf der Stelle in ihrem Bauch dem Priesteramt (anglikanisch) geweiht hatte; wie sie gedroht hatte, seine Daumen abzuschneiden, als sie ihn mit vier Jahren dabei erwischte, wie er an sich herumspielte. Ich kannte seine Verachtung für sie und für ihren Glauben an harte Arbeit und Perfektion, seinem eigenen so merkwürdig ähnlich, kannte seine Angst vor ihrer Ordentlichkeit, symbolisiert in ihren Blumenrabatten, deren Unkraut er jäten mußte. Ich hörte von ihrer Abneigung gegen das Trinken und ebenso von der Bar seines Vaters im Aufenthaltsraum des Richterhauses in Fredericton, von dem Arthur behauptete, es weit hinter sich gelassen zu haben, mit seinen goldenen Miniaturschottenköpfen auf den Flaschenhälsen, wie Brustwarzen, zumindest stellte ich sie mir so vor. Ich wußte alles über die zahlreichen hysterischen Briefe, die seine Mutter geschrieben hatte und in denen sie ihn mal aus diesem, mal aus jenem Grund enterbte, mal Politik, mal Religion, mal Sex. Einer erreichte uns, als sie erfuhr, daß wir zusammenlebten. Was sie mir nie verziehen hat.

Treu und brav lauschte ich all diesen Monstrositäten und Ungerechtigkeiten, teils in der Hoffnung, ihn dadurch allmählich verstehen zu lernen, aber hauptsächlich aus Gewohnheit. In einem Abschnitt meines Lebens war ich ein guter Zuhörer, ich kultivierte das Zuhören geradezu. Ich dachte mir, ich sollte auf diesem Gebiet Fähigkeiten entwickeln, weil ich sonst keine besaß. Ich hörte allem und jedem zu, murmelte an den richtigen Stellen, zustimmend, unverbindlich, mitfühlend wie ein Kopfkissen. Ich fing sogar an, hinter Türen und in Bussen und Restaurants zu lauschen, aber das war wohl nicht dasselbe, da es einseitig war. Deshalb war es einfach, Arthur zuzuhören, und zum Schluß wußte ich sehr viel mehr über seine Mutter als er über meine. Nicht, daß es mir viel geholfen hätte. Wissen bedeutet nicht unbedingt Macht.

Etwas sagte ich ihm allerdings, was mehr Eindruck auf ihn hätte machen sollen: daß meine Mutter mich nach Joan Crawford benannt hatte. Das ist etwas, was mich immer an ihr verwirrt hatte. Gab sie mir diesen Namen, weil sie wollte, daß ich wie die von Joan Crawford gespielten Filmheldinnen wurde – schön, ehrgeizig, gnadenlos männermordend –, oder weil sie wollte, daß ich erfolgreich wurde? Meiner Mutter zufolge arbeitete Joan Crawford hart, sie war willensstark und hatte es aus dem Nichts heraus zu etwas gebracht. Gab sie mir den Namen einer anderen, weil sie wollte, daß ich nie einen eigenen haben sollte? Wobei mir einfällt, daß Joan Crawford auch keinen eigenen Namen hatte. In Wirklichkeit hieß sie Lucille LeSueur, was auch viel besser zu mir gepaßt hätte. Lucy die Schwitzende. Als ich acht oder neun war, pflegte meine Mutter mich anzuschauen und nachdenklich zu sagen: »Wenn man bedenkt, daß ich dich nach Joan Crawfort benannt habe«, und mein Magen verwandelte sich in einen Bleiklumpen, und Scham überwältigte mich. Mir war klar, daß ich getadelt worden war, aber ich weiß immer noch nicht genau, wofür. Allerdings gibt es auch noch eine andere Seite von Joan Crawford. Tatsächlich war etwas Tragisches an Joan Crawford, sie hatte große, ernste Augen, einen unglücklichen Mund und hohe Bakkenknochen, sie war vom Pech verfolgt. Vielleicht war es das. Oder, und das ist wichtig: Joan Crawford war dünn.

Ich nicht, und das ist eines der vielen Dinge, die meine Mutter mir nie ganz verzieh. Anfangs war ich bloß pummelig; die ersten Schnappschüsse im Album meiner Mutter zeigten mich als gesundes Baby, kaum kräftiger als die meisten, und das einzig Besondere ist, daß ich nie in die Kamera schaute; statt dessen versuchte ich irgend etwas in meinen Mund zu stopfen: ein Spielzeug, eine Hand, eine Flasche. Die Fotos gingen chronologisch weiter, ich wurde zwar nicht rundlicher, aber ich verlor nicht das, was man gemeinhin als Babyspeck bezeichnet. Als ich sechs Jahre alt wurde, hörten die Bilder plötzlich auf. Hier mußte meine Mutter mich aufgegeben haben, denn alle vorhergehenden Fotos hatte sie gemacht; vielleicht wollte

sie mein Wachstum nicht länger dokumentiert haben. Sie hatte entschieden, daß ich nicht in Frage kam.
Das wurde mir ziemlich bald klar. Meine Mutter hatte mich in einer Tanzschule angemeldet, wo eine gewisse Miß Flegg, fast ebenso schlank und mißbilligend wie meine Mutter, Steptanz und Ballett unterrichtete. Die Stunden fanden in einem langen Raum über einer Metzgerei statt, und ich habe nie vergessen, wie langsam der Geruch von Sägemehl und rohem Fleisch dem muffigen Duft erschöpfter Füße, vermischt mit Miß Fleggs Yardley Kölnisch Wasser, weichen mußte, wenn ich die staubigen Treppen hinaufstieg. Meine Mutter hatte diesen Schritt unternommen, weil es chic war, siebenjährige Mädchen in Tanzschulen anzumelden – Hollywood-Musicals waren immer noch populär –, und weil sie hoffte, ich würde dadurch ein paar Fettpölsterchen verlieren. Mir sagte sie das nicht, sie sagte es Miß Flegg; noch bezeichnete sie mich nicht als fett.
Ich liebte die Tanzschule. Ich war sogar ganz gut im Ballett, obwohl Miß Flegg manchmal ihren Stock scharf auf den Boden stieß und sagte: »Joan, Liebes, ich wünschte, du würdest mit dem Gestampfe aufhören.« Wie die meisten kleinen Mädchen jener Zeit bewunderte ich Ballettänzer. Das war etwas, was auch Mädchen konnten, und oft preßte ich meine Stupsnase gegen die Schaufenster von Juweliergeschäften und staunte die chinesischen Spieluhren an, mit den Statuetten schimmernder Ladies in steifen rosa Röckchen, mit Rosen auf ihren harten Keramikköpfen, und in meiner Phantasie sah ich mich selbst, von einem schlanken Mann in schwarzem Trikot gehoben, durch die Luft fliegen, leicht wie ein Luftballon, angetan mit einer Art Spitzendeckchen, das Haar voller Bergkristalle, aus denen Hoffnung funkelte. Ich strengte mich im Unterricht an, ich konzentrierte mich und übte sogar zu Hause, in einen spitzenbesetzten Badezimmer-

vorhang gehüllt, den ich meiner Mutter abgebettelt hatte, als sie ihn in den Mülleimer werfen wollte. Zuerst allerdings wusch sie ihn; sie haßte Schmutz. Ich wünschte mir ein paar Ballettschuhe aus Satin, aber wir waren zu jung; Miß Flegg erklärte, die Knochen in unseren Füßen wären noch nicht hart genug. Also mußte ich mich mit schwarzen Slippern mit einem unromantischen Gummiband über dem Rist begnügen.

Miß Flegg war eine erfinderische Frau; ich nehme an, heutzutage würde man sie kreativ nennen. Kleinen Kindern die Elementarschritte beizubringen, in erster Linie eine Sache des Drills, setzte ihrer Erfindungsgabe enge Grenzen, aber beim jährlichen Frühlingsvortanzen konnte sie sich dann austoben. Das Vortanzen sollte vor allem die Eltern beeindrucken, aber auch die kleinen Mädchen selbst, damit sie darum bäten, im nächsten Jahr am Unterricht teilnehmen zu dürfen.

Miß Flegg war für die Choreographie des gesamten Programms verantwortlich. Sie erfand Aufbau und Requisiten, entwarf die Kostüme und gab den Müttern Schnittmuster und Anweisungen zum Nähen. Meine Mutter nähte ungern, aber für dieses Ereignis machte sie sich daran und schnitt zu und steckte ab wie alle anderen Mütter auch. Vielleicht hatte sie mich doch noch nicht aufgegeben, vielleicht bemühte sie sich noch.

Miß Flegg teilte das Vortanzen nach Altersgruppen ein, was auch ihren Klassen entsprach. Es gab fünf: die ganz Kleinen, die Kleinen, die Mittleren, die Größeren und die Großen. Unter ihrer rauhen Schale, den langen knochigen Händen, dem in einem Knoten zusammengebundenen Haar und den spinnenhaften Augenbrauen, die sie, wie ich später merkte, mit einem Bleistift zog, verbarg sich eine Portion Sentimentalität, die bei ihren Einfällen den Ton angab.

Ich gehörte zu den ganz Kleinen, was ein Widerspruch in

sich war, denn ich war nicht nur schwerer, sondern auch größer als alle anderen in der Klasse. Mir machte das nichts aus, ich bemerkte es nicht einmal, denn mit jedem Tag steigerte sich meine Aufregung wegen dem Vortanzen. Ich trainierte stundenlang im Keller, dem einzigen Platz, wo ich durfte, nachdem ich versehentlich die weißgoldene Wohnzimmerlampe meiner Mutter in Form einer Ananas, eine von zwei zusammengehörenden, heruntergeworfen und zerbrochen hatte. Ich wirbelte an der Waschmaschine vorbei, summte im Kopf die Tanzmusik dazu, machte vor dem Ofen (damals noch ein Kohleofen) einen Knicks, schwebte zwischen den doppelt gefalteten, auf der Leine trocknenden Laken hin und her, und wenn ich erschöpft war, stieg ich außer Atem und voller Kohlenstaub die Kellertreppen hinauf, wo mir oben meine Mutter mit lauter Stecknadeln im Mund gegenüberstand. Nachdem ich geschrubbt worden war, mußte ich mich auf einen Stuhl stellen und mich langsam drehen. Aber sogar beim Anprobieren meines Kostüms konnte ich kaum stillhalten.

Meine Mutter war fast ebenso ungeduldig wie ich, wenn auch auf andere Art. Vielleicht bedauerte sie allmählich, mich auf die Tanzschule geschickt zu haben. Zum einen wurde ich kein bißchen schlanker; zum anderen machte ich nun doppelt soviel Krach wie früher, vor allem, wenn ich in meinen vorne und hinten mit Eisen beschlagenen Lackschuhen auf dem Parkettboden im Flur meine Stepnummer probte, was mir strengstens verboten worden war; und zum anderen hatte sie Schwierigkeiten mit den Kostümen. Sie hatte die Anweisungen genau befolgt, aber sie wurden einfach nicht so, wie sie sollten.

Es waren insgesamt drei, denn die ganz Kleinen führten drei Nummern vor: ›Tulpenzeit‹, ein holländisches Ballett der einfachsten Art, bei dem wir uns nur mit Partnern aufstellen und die Arme auf und ab bewegen mußten, um

Windmühlen nachzuahmen; ›Ankerlichten‹, ein Steptanz mit schnellen Drehungen und Begrüßungen (es war kurz nach Kriegsende, und Militärisches war immer noch in Mode); und ›Ausgelassene Schmetterlinge‹, eine graziöse Nummer, deren delikater Flügelschlag meinen Vorstellungen vom Tanzen eher entsprach. Das war meine Lieblingsnummer, und ich trug dazu auch mein Lieblingskostüm. Es bestand aus einem Gazeröckchen, kurz wie bei einer richtigen Ballerina, einem hautengen Trikot mit Trägern, einem Kopfputz mit beflitterten Insektenfühlern und einem Paar bunter Cellophanflügel, deren Rahmen aus Drahtkleiderbügeln von Miß Flegg stammten. Was ich mir am sehnlichsten wünschte, waren die Flügel, aber aus Angst, daß sie zerbrechen könnten, durften wir sie vor dem großen Ereignis nicht anlegen.

Und ausgerechnet dieses Kostüm machte meiner Mutter Sorgen. Die anderen waren einfacher: Das holländische war ein langer weiter Rock mit einem schwarzen Mieder und weißen Ärmeln, und außerdem stand ich sowieso im Hintergrund. Bei der ›Ankerlichten‹-Nummer trugen wir Matrosenanzüge mit marineartigen Litzen und Borten. Das ging auch noch, weil die Anzüge hochgeschlossen, langärmelig waren und um die Taille herum locker fielen. Wegen meiner Größe hatte man mich in die hinterste Reihe gesteckt. Für die drei Starrollen hatte man andere ausgewählt, alle mit Shirley-Temple-Locken, die ein Solo auf Trommeln aus Käsekisten zum besten gaben. Aber das machte mir nichts aus: Für mich zählte nur der Höhepunkt der Schmetterlingsnummer: ein Duett mit dem einzigen Jungen in der Klasse. Er hieß Roger, und ich war ein bißchen verliebt in ihn. Ich hoffte, seine Partnerin würde krank werden und sie müßten mich bitten einzuspringen. Mehr oder weniger hatte ich ihre Rolle genauso einstudiert wie meine eigene.

Ich stand auf dem Stuhl, und meine Mutter steckte Nadeln in mich hinein und seufzte; dann befahl sie mir, mich langsam herumzudrehen, und sie runzelte die Stirn und steckte noch mehr Nadeln hinein. Das Problem war verhältnismäßig einfach: In dem kurzen rosa Rock, Taille, Arme und Beine allen Blicken ausgesetzt, wirkte ich grotesk. Ich rekonstruiere das jetzt aus der Perspektive einer Erwachsenen, einer ängstlichen, zimperlichen Erwachsenen wie meine Mutter oder Miß Flegg; mit meinen Wabbelschenkeln und den Fettwülsten, wo später einmal Brüste sein sollten, meinen unförmigen Oberarmen und der plumpen Taille muß ich obszön, fast senil, unanständig ausgesehen haben. So ähnlich wie der Anblick einer heruntergekommenen alten Stripperin. Damals, Anfang 1949, hätten sie wohl gedacht, daß ich nicht gerade zu der Sorte Kinder gehörte, die man so notdürftig bekleidet öffentlich auftreten lassen sollte. Kein Wunder, daß ich für das neunzehnte Jahrhundert schwärme: Nach den unanständigen Postkarten jener Zeit zu urteilen, galt Fleisch damals als Vorzug.

Meine Mutter kämpfte mit dem Kostüm, verlängerte es, verhüllte die Umrisse mit einer weiteren Lage Gaze, wattierte das Mieder; aber es nützte nichts. Sogar ich war etwas erschrocken, als sie mir schließlich erlaubte, mich in dem dreiteiligen Spiegel über ihrem Toilettentisch zu bewundern. Obwohl ich zu jung war, um mir wegen meiner Figur Sorgen zu machen, wirkte es nicht ganz so, wie ich wollte. Ich sah nicht aus wie ein Schmetterling. Aber ich wußte, die Flügel würden alles verändern. Schon damals hoffte ich auf wunderbare Verwandlungen.

Die Kostümprobe war am Nachmittag, das Vortanzen am Abend des gleichen Tages. Sie folgten so dicht aufeinander, weil das Vortanzen nicht in dem Raum über der Metzgerei, der zu eng gewesen wäre, sondern in einem nur für diesen Samstag gemieteten Schulsaal stattfinden sollte. Meine Mutter begleitete mich; meine Kostüme

trug sie in einer Pappschachtel. Die Bühne war eng und klang hohl, was durch weiche, purpurne Samtvorhänge gedämpft wurde; ich befühlte sie bei der ersten Gelegenheit. Der Raum dahinter vibrierte vor Erregung. Überall standen Mütter. Einige hatten sich freiwillig zum Schminken gemeldet, und malten nun die Gesichter ihrer eigenen und anderer Leute Töchter an, die Münder mit dunkelrotem Lippenstift, die Augenwimpern mit schwarzem Mascara, der sie in kleine Lanzen verwandelte. Die geschminkten und kostümierten Mädchen lehnten an der Wand, unbeweglich wie Tempelopfer, als müßten sie aufpassen, daß nichts von dem Lack abging. Die älteren Schülerinnen schlenderten herum und plauderten; für sie war es nicht so aufregend, sie hatten es schon mitgemacht, und ihre Nummern würden erst später geprobt werden.
›Tulpenzeit‹ und ›Ankerlichten‹ liefen wie geschmiert. Hinter der Bühne wechselten wir in einem Gewirr von Armen und Beinen das Kostüm; von nervösem Gekicher begleitet, halfen wir uns gegenseitig bei Haken und Reißverschlüssen. Alle drängten sich um den einzigen Spiegel. Die Kleinen, die sich mit uns abwechselten, führten ihre Nummer ›Kitty Kat Kapers‹ vor, während Miß Flegg kritisch beobachtend hinter den Kulissen stand, mit ihrem Zeigestock die Einsätze gab und ab und zu etwas dazwischenrief. Sie stand unter Hochspannung. Als ich mein Schmetterlingskostüm überstreifte, sah ich meine Mutter neben ihr stehen.
Eigentlich hätte sie in der ersten Reihe auf einem der Klappstühle sitzen sollen, wo ich sie zurückgelassen hatte, die Handschuhe im Schoß, rauchend und mit einem Fuß wippend, der in einem vorne offenen, hochhackigen Schuh steckte. Nun aber sprach sie mit Miß Flegg, die zu mir herüberblickte. Gefolgt von meiner Mutter, kam Miß Flegg auf mich zu. Mit zusammengepreßten Lippen starrte sie auf mich herab.

»Ja, mir ist klar, was Sie meinen«, sagte sie zu meiner Mutter. Wenn ich später grollend an diese Szene zurückdachte, hatte ich immer das Gefühl, Miß Flegg hätte nichts bemerkt, wenn meine Mutter nicht eingegriffen hätte, aber wahrscheinlich stimmt das nicht. Was sie sah, was sie beide sahen, war die Verschandelung ihres heiteren, künstlerischen, ihres vergeistigten ›Ausgelassenen Schmetterlings‹ zu etwas Lächerlichem und Ungehörigem durch die Anwesenheit eines fetten kleinen Mädchens, das eher einer Riesenraupe als einem Schmetterling glich, einer weißen Made, wenn man wirklich genau sein wollte.

Für Miß Flegg war das zuviel. Ihr bedeutete der Schlußeffekt alles. Sie wollte dafür Komplimente hören, und zwar von ganzem Herzen, nicht aus Mitleid oder mit unterdrücktem Lächeln. Jetzt habe ich Verständnis für sie, damals war es zuviel verlangt. Jedenfalls ließ ihre Erfindungsgabe sie nicht im Stich. Sie beugte sich herunter, legte ihre Hand auf meine runde nackte Schulter und zog mich in eine Ecke. Dort kniete sie nieder und sah mich mit ihren zwingenden schwarzen Augen an. Ihre verwischten Augenbrauen hoben und senkten sich.

»Joan, Liebes«, sagte sie, »möchtest du nicht etwas Besonderes sein?«

Ich lächelte sie unsicher an.

»Würdest du mir einen Gefallen tun, Liebes?« sagte sie voller Wärme.

Ich nickte. Ich war gern behilflich.

»Ich hab' beschlossen, den Tanz etwas zu verändern«, sagte sie. »Ich hab' eine neue Rolle hinzugefügt; und weil du das klügste Mädchen in der Klasse bist, möchte ich, daß du diese besondere neue Rolle spielst. Meinst du, du schaffst das, Liebes?«

Ich kannte sie gut genug, um diese Freundlichkeit verdächtig zu finden, aber ich fiel trotzdem darauf herein. Ich nickte heftig, voller Begeisterung darüber, daß ich ausgewählt worden war. Vielleicht hatte man mich ausgesucht, das Schmetterlingsduett mit Roger zu tanzen, vielleicht sollte ich größere, auffälligere Flügel bekommen. Ich platzte vor Eifer.

»Gut«, sagte Miß Flegg und umklammerte meinen Arm. »Dann komm und schlüpf in dein neues Kostüm.«

»Was werde ich sein?« fragte ich, als sie mich abführte.

»Eine Mottenkugel«, antwortete sie heiter, als wäre es die natürlichste Sache der Welt.

Ihre Erfindungsgabe und wahrscheinlich auch frühere Erfahrungen hatten ihr eine Grundsatzregel geliefert, um mit solchen Situationen fertig zu werden: wenn jemand lächerlich aussieht und kein Weg daran vorbeiführt, dann kann man genausogut auch so tun, als wär es Absicht. Ich lernte diese Regel erst viel später, nicht einmal bewußt. Ich war verletzt, um nicht zu sagen am Boden zerstört, als sich herausstellte, daß Miß Flegg von mir verlangte, ich sollte meinen Wolkenrock und die Fühler ausziehen und dafür eins der weißen Teddybärkostüme anziehen, das die mittelgroßen Kinder für ihre »Teddybär-Picknick«-Nummer trugen. Außerdem wollte sie, daß ich mir ein großes Schild mit der Aufschrift MOTTENKUGEL um den Hals hängen sollte. »Damit alle verstehen, Liebes, was du darstellst.« In der Pause zwischen Probe und Vorstellung würde sie selbst das Schild für mich machen.

»Kann ich meine Flügel tragen?« fragte ich. Allmählich drang die Ungeheuerlichkeit des Verzichts, den sie von mir verlangte, durch.

»Aber, aber, wer hat jemals eine Mottenkugel mit Flügeln gesehn?« sagte sie in einem Ton, der scherzhaft, aber auch praktisch sein sollte.

Ihrer neuen Idee nach sollte ich, sobald die Schmetterlinge ihr Geflatter beendet hatten, im weißen Anzug und mit dem Schild zwischen sie stürzen, und die Schmetterlinge würden dann auseinanderschwirren. Das wäre sehr niedlich, so sagte sie mir. »Mir hat der Tanz so gefallen, wie er war«, sagte ich zaghaft. »Ich möchte, daß er so bleibt.« Ich war dem Weinen nahe; vielleicht hatte ich auch schon angefangen.

Miß Fleggs Benehmen veränderte sich. Sie schob ihr Gesicht ganz nah an meines, so daß ich die Falten um ihre Augen sehen und den saueren Zahnpastageruch aus ihrem Mund riechen konnte. Dann sagte sie langsam und deutlich: »Du tust, was ich dir sage, oder du machst bei dem Tanz überhaupt nicht mit. Hast du verstanden?«

Ganz ausgeschlossen zu werden war zuviel für mich. Ich kapitulierte, aber es kostete mich einiges. Ich mußte in meinem Mottenkugelkostüm dastehen, mit Miß Fleggs Hand auf meiner Schulter, während sie den anderen Kleinsten, die in ihren luftigen Röckchen und leuchtenden Flügeln wie Sylphen wirkten, die Änderung der Nummer und meine neue Starrolle erklärte. Sie sahen mich mit Hohn auf ihren geschminkten Lippen an; sie fielen nicht darauf herein.

Wortlos, weil sie mich verraten hatte, ging ich mit meiner Mutter nach Hause. Obwohl es April war, fiel leichter Schnee, und ich freute mich darüber, weil sie mit ihren weißen, vorne offenen Schuhen nasse Füße bekommen würde. Ich ging ins Badezimmer und schloß mich ein, damit sie mir nicht nachkommen konnte, dann heulte ich wie ein Schloßhund, auf dem Boden liegend und mein Gesicht gegen die flauschige, rosa Badematte gepreßt. Danach zog ich den Wäschekorb herüber, damit ich mich daraufstellen und in den Badezimmerspiegel schauen konnte. Mein geschminktes Gesicht war zerlaufen, schwarze Streifen zogen sich wie rußige Tränen über meine Backen, und mein Purpurmund war verschmiert und geschwollen. Was stimmte nicht mit mir? Es war doch nicht so, daß ich nicht tanzen konnte.

In bittendem Ton redete meine Mutter kurz durch die verschlossene Badezimmertür auf mich ein, dann drohte sie. Ich kam heraus, weigerte mich jedoch, zu Abend zu essen: Außer mir sollte noch jemand leiden. Mit Pond's Cold Cream schminkte meine Mutter mein Gesicht ab. Sie schimpfte, weil es noch mal neu gemacht werden mußte, und dann machten wir uns wieder auf den Weg zur Aula. (Wo war mein Vater? Er war nicht dabei.)

Ich mußte hinter den Kulissen stehen, voller Neid und mit rotem Gesicht. In dem verhaßten Anzug lief mir der Schweiß nur so herunter, während ich dem letzten Hüsteln und dem Scharren der Klappstühle lauschte, dann den Bewegungen der Schmetterlinge zusehen mußte, die ich selbst – besser als alle anderen, dessen war ich sicher – eingeübt hatte. Das schlimmste war, daß ich immer noch nicht richtig verstand, warum man mir das antat, diese als Privileg getarnte Erniedrigung.

Im passenden Augenblick gab mir Miß Flegg einen Stoß, ich stolperte auf die Bühne und versuchte, einer Mottenkugel so ähnlich wie möglich zu sehen, so, wie sie es mir eingehämmert hatte. Dann tanzte ich. Es gab keine Schritte für meinen Tanz, weil mir keine beigebracht worden waren, also erfand ich sie im Tanzen. Ich wedelte mit den Armen, rammte die Schmetterlinge, wirbelte im Kreis herum und stampfte, so fest ich konnte, mit den Füßen auf die Bretter der wackligen Bühne, bis sie bebte. Ich ging völlig in meiner Rolle auf, es war ein Tanz der Wut und Zerstörung, unter dem Pelz rollten mir die Tränen die Backen herunter, die Schmetterlinge mußten sterben; noch Tage danach taten mir die Füße weh. »Das bin nicht ich«, wiederholte ich mir ständig, »sie bringen mich dazu.« Obwohl ich unter dem Teddybäranzug versteckt war, der um mich herumflatterte und mich zum Schwitzen brachte, fühlte ich mich nackt und allen Blicken ausgesetzt, als zeige dieser lächerliche Tanz

die ganze Wahrheit über mich und als könne jeder sie sehen.
Auf einen Wink flatterten die Schmetterlinge davon, und zu meiner Überraschung blieb ich allein mitten auf der Bühne zurück, vor einem Publikum, das nicht nur lachte, sondern auch wie wild applaudierte. Sogar als die Stars, die winzigen schlanken Figuren, mit Knicksen und Verbeugungen zurückkehrten, ging das Gelächter weiter, und mehrere Leute, wahrscheinlich eher Väter als Mütter, riefen: »Bravo, Mottenkugel!« Es verwirrte mich, daß einigen mein häßlicher Aufzug offenbar besser gefiel als die hübschen Kostüme der anderen.
Nach der Vorführung gratulierte man Miß Flegg zu ihrem unschlagbaren Einfall mit der Mottenkugel. Selbst meine Mutter schien erfreut. »Das hast du gut gemacht«, sagte sie, aber ich beweinte trotzdem die ganze Nacht meine verpaßten Flügel. Ich würde sie nie mehr tragen können, denn so sehr ich die Tanzschule auch liebte, war ich doch bereits entschlossen, im Herbst nicht mehr weiterzumachen. Ich hatte zwar mehr persönliche Aufmerksamkeit geerntet als die anderen, aber ich war nicht sicher, ob ich diese Art Aufmerksamkeit mochte. Außerdem, wer würde eine Mottenkugel heiraten? Eine Frage, die meine Mutter mir später oft stellte, nur anders formuliert.

6

Anfangs, wenn ich diese Geschichte unter meinem Kopfkissen oder in der Sicherheit des abgeschlossenen Badezimmers wieder und wieder durchlebte, erfüllte sie mich immer mit der gleichen Wut, Hilflosigkeit und diesem Gefühl des Verrats, das ich beim erstenmal gespürt hatte. Aber allmählich wurde mir das Groteske daran klar, vor allem, wenn ich mir vorstellte, es jemandem zu erzählen. Anstatt die Ungerechtigkeit meiner Mutter zu erkennen, würden sie wahrscheinlich über mich lachen. Es ist schwer, uneingeschränkte Sympathie für eine übergewichtige Siebenjährige zu empfinden, die man in einen Mottenkugelanzug gestopft und zum Tanzen gezwungen hat; das Bild ist einfach zu komisch. Beschrieb ich mich selbst aber als bezaubernd und schlank, würde jeder die ganze Angelegenheit für erschütternd und grob unfair halten. Sogar mit zehn Jahren wußte ich das schon. Wäre Desdemona fett gewesen, wen hätte es gekümmert, ob Othello sie erwürgte oder nicht. Warum sehen die Mädchen, die auf den Umschlägen mieser Herrenmagazine von Nazis gefoltert werden, immer blendend aus? Die Wirkung wäre ganz anders, wenn sie Übergewicht hätten. Die Männer würden es erheiternd statt unmoralisch oder sexuell aufreizend finden. Dicke, unattraktive Frauen werden aber mit der gleichen Wahrscheinlichkeit gefoltert wie magere. In Wirklichkeit sogar noch eher.

Ein Jahr nach dem Fiasko in der Tanzschule, als ich acht war, zogen wir aus dem beengten Zweifamilienhaus, in dem wir gewohnt hatten, in ein etwas größeres Haus, eine bungalowartige Schachtel in der Nähe eines Loblaws-Supermarktes. Es war keineswegs die Art Haus, die meine Mutter als Wohnsitz für angemessen hielt, aber es war besser als die Flüchtlingsquartiere, die heruntergekommenen Apartments und die Dachgeschosse alter Häuser, mit denen sie bisher hatte vorlieb nehmen müssen. Der Umzug bedeutete eine neue Schule und neue Nachbarn, und meine Mutter meinte, die beste Art, mich anzupassen, wie sie es ausdrückte, wäre, dem Pfadfinderklub beizutreten. Es war typisch für sie, daß sie nicht den nächstgelegenen Pfadfinderklub wählte, dem die meisten Mädchen aus meiner Klasse angehörten, sondern sie suchte einen entfernteren in einer besseren Gegend aus, der von

Kindern aus ganz verschiedenen Schulen besucht wurde. Und so erreichte sie schließlich gar nichts. Weder half es mir, mit den Mädchen meiner eigenen Schule bekannt zu werden, eher das Gegenteil, weil ich an Pfadfinder-Dienstagen früh von der Schule weggehen mußte, um rechtzeitig hinzukommen; und bei den Pfadfinderinnen selber galt ich als Fremde von jenseits der Grenze.
Um zu diesem Pfadfinderklub zu kommen, mußte ich die Straßenbahn nehmen, und um deren Haltestelle zu erreichen, mußte ich durch einen der vielen Hohlwege, die sich durch die Stadt zogen. Dieser Hohlweg erfüllte meine Mutter mit panischer Angst: Er wimmelte nur so von Kletterpflanzen und Unterholz, er war dicht mit Weiden und Büschen bewachsen, und hinter jedem Busch sah sie einen Perversen lauern, ein heruntergekommenes altes Wrack, halb wahnsinnig vom ständigen Alkoholgenuß, einen Kinderschänder oder Schlimmeres. (Manchmal bezeichnete sie sie als ›Exhibitionisten‹, weshalb ich bei der Canadian National Exhibition immer Hintergedanken hatte.) Jeden Dienstag, bevor ich mich auf den Schulweg machte, hielt sie mir einen Vortrag über diese Leute. Morgens trug ich schon meine braune Uniform und die Schuhe, die ich am Abend zuvor fleißig geputzt hatte. »Sprich nicht mit schlechten Männern«, sagte sie. »Wenn im Hohlweg einer auf dich zukommt, renn weg, so schnell du kannst.« Diese Warnung pflegte sie während des Frühstücks anzubringen, in einem Tonfall, der deutlich machte, daß ich keine Chance zum entwischen hatte, wie schnell ich auch rannte, ich war dem Untergang geweiht, und mein Weizenmehlbrei verklumpte sich und sank auf den Grund meines Magens. Sie ging nie näher darauf ein, wie diese Männer aussehen oder was sie mit mir anstellen würden, wenn sie mich erwischten. Das alles blieb meiner üppigen Phantasie überlassen. Und so, wie sie das alles vorbrachte, wurde dabei irgendwie mir

die Verantwortung zugeschoben, als hätte ich selbst die Büsche im Hohlweg gepflanzt und die bösen Männer dahinter versteckt, als wäre es meine eigene Schuld, wenn ich von ihnen erwischt würde.
Um den Hohlweg zu durchqueren, mußte man einen langen Kieshügel herunterlaufen und dann über eine ziemlich alte Holzbrücke. Sie war schief, und einige der Planken waren ganz weggefault, so daß man tief unten den Grund sehen konnte. Dann ging es auf der anderen Seite einen Pfad hinauf. Blätter und Zweige berührten einen fast, wie bösartige Pflanzenfinger. Ich rannte den Hügel hinunter und über die Brücke, wuchtig wie ein rollendes Faß, aber sobald es auf der anderen Seite aufwärts ging, war ich so außer Atem, daß ich gehen mußte. Das war das schlimmste Stück.
Nachdem ich ein paarmal allein gegangen war, fand meine Mutter eine Lösung. Wie üblich war ihre Lösung schlimmer als das Problem. Sie entdeckte, daß mehrere andere Mütter auf unserer Seite der Brücke ähnliche Bestrebungen hatten wie sie selbst; zumindest hatten sie ihre eigenen Töchter im selben Pfadfinderklub eingeschrieben. Ich wußte das seit einiger Zeit, hatte es ihr aber nicht erzählt, weil diese Mädchen älter waren als ich, in höhere Klassen gingen und ziemlich furchterregend auf mich wirkten. Obwohl wir zu den Pfadfindern den gleichen Weg hatten, achtete ich darauf, daß ich entweder in sicherer Entfernung vor oder hinter ihnen ging, und in der Straßenbahn hielt ich mindestens vier Sitze Abstand. In jenem Abschnitt ihres Lebens war meine Mutter ganz groß im Organisieren und rief die anderen Mütter an, die auch von den bösen Männern gehört hatten, und verabredete einfach mit ihnen, daß ich mit diesen anderen Mädchen zu den Pfadfindern gehen mußte. Sie machten mich nervös, aber ich fühlte mich etwas sicherer, wenn ich mit ihnen durch den Hohlweg ging.

Das Dumme daran war, daß trotz der Ängste, die ich jedesmal auszustehen hatte, bis ich dort war, mein ganzes Herz an den Pfadfinderinnen hing, mehr noch als am Tanzunterricht. Bei Miß Flegg sollte man besser als alle anderen sein, während man bei den Pfadfinderinnen danach streben sollte, genauso wie alle anderen zu sein, und mit der Zeit fand ich diese Idee ganz reizvoll. Deshalb zog ich auch gerne die gleiche sackartige Uniform mit der komischen Militärmütze und der Krawatte an, lernte die gleichen rituellen Verse, das Händeschütteln und Grüßen und sang im Chor mit den anderen,

Eine Pfadfinderin ist *älteren* Leuten
gegenüber nachgiebig;
Eine Pfadfinderin ist sich *selbst* gegenüber
NICHT nachgiebig!

Sogar ein bißchen Tanz gehörte dazu. Am Anfang jedes Treffens wurde der leicht zerfledderte Blätterpilz aus Pappmaché, der als Gruppenfetisch diente, auf seine grasgrüne Matte gestellt, und die grauhaarige Frau in der blauen Führeruniform sagte mit leichtem Augenzwinkern: »Tuut! Tuuut!« Daraufhin stürzten sich die Pfadfinderinnen aus allen vier Ecken des Raumes in einen wirbelnden, hitzigen Tanz, immer sechs auf einmal, und kreischten dazu die Worte ihres Gruppenliedes, so laut sie konnten, heraus. Mein Text ging so:

Hier seht ihr die lachenden Elfen,
die den Müttern zu Hause helfen.

Was keineswegs stimmte: Ich half meiner Mutter nicht. Ich durfte nicht. Bei den wenigen Gelegenheiten, wo ich es probiert hatte, war sie mit den Ergebnissen unzufrieden gewesen. Mich in jemand anderen zu verwandeln wäre die einzige Möglichkeit gewesen, ihr zu ihrer Zufriedenheit zu helfen. Aber das wußte ich noch nicht. Meine

Mutter schätzte weder meinen lockeren Stil beim Bettenmachen noch das Klirren und die Scherben beim Geschirrabtrocknen. Sie kratzte ungern verkohlte Töpfe aus, wenn ich kochen geübt hatte (›eine selbstgekochte Nachspeise‹ gehörte zu den Pfadfinderprüfungen), und haßte es, den von mir gedeckten Tisch wieder in Ordnung bringen zu müssen. Zuerst versuchte ich sie mit unvorhergesehenen guten Taten zu überraschen, wie das Pfadfinderhandbuch sie vorschlägt. Eines Sonntags brachte ich ihr auf einem Tablett das Frühstück ans Bett, stolperte und überschüttete sie mit feuchten Cornflakes. Ich polierte ihre guten marineblauen Wildlederschuhe mit schwarzer Schuhcreme. Und einmal trug ich den für mich viel zu schweren Mülleimer herunter und kippte ihn die Hintertreppe hinunter aus. Sie war keine sehr geduldige Frau; sehr schnell machte sie mir klar, daß sie die Arbeiten lieber gleich selbst richtig erledigen würde, anstatt alles noch mal für mich machen zu müssen. Sie gebrauchte das Wort ›tölpelhaft‹, das mich zum Weinen brachte, aber dafür brauchte ich nicht mehr im Haus zu helfen, was ich erst viel später als Vorteil erkannte. Trotzdem sang ich, ohne mit der Wimper zu zucken, die Worte, während ich um den Blätterpilz herumstampfte, eingehüllt in Staubwolken aus dem Kirchenkeller und in jeder Hand eine feuchte Elfenhand haltend.
Die Leitung der ganzen Bande lag bei einer Dame, die als Braune Eule bekannt war; Eulen, wurde uns erklärt, galten als weise. Ich habe nie vergessen wie sie aussah: ein Gesicht wie ein vertrockneter Apfel, silbergraues Haar, flinke blaue Augen, jederzeit bereit, einen blinden Fleck auf der metallenen Anstecknadel oder einen schmutzigen Fingernagel oder einen schlecht geschnürten Schuh zu entdecken. Im Gegensatz zu meiner Mutter war sie unparteiisch und freundlich, und bei ihr zählte schon die gute Absicht. Ich war ganz hingerissen von ihr. Mir kam

es unglaublich vor, daß ein Erwachsener, sogar noch älter als meine Mutter, auf dem Boden kauerte und Dinge sagte wie: »Kiwitt, kiwitt« und: »Wenn Pfadfinderinnen ihren Zauberkreis machen, sind alle verzaubert und dürfen lachen!«. Braune Eule tat so, als glaubte sie an all das, und dachte, wir täten es ebenfalls. Das war das aufregende: jemand, der noch einfältiger war als ich. Ab und zu tat sie mir leid, weil ich wußte, was alles während der ›Besinnung‹ hinter ihrem Rücken vor sich ging, wie da gezwickt, geschubst und gestoßen wurde und wer Grimassen schnitt, wenn wir aufsagten: »Ich verspreche, meine Pflicht zu tun für Gott und den König und anderen jeden Tag zu helfen, besonders jenen zu Hause.« Braune Eule hatte eine jüngere Hilfskraft, Waldkauz genannt. Wie bei Stellvertretern üblich, war sie weniger leichtgläubig und weniger beliebt.

Die drei Mädchen, mit denen ich an jedem Pfadfindertag den Hohlweg durchquerte, hießen Elizabeth, Marlene und Lynne. Sie waren zehn und kurz davor, in die Jungmädchenriege aufzusteigen; ›hochfliegen‹ nannte man es, wenn man die ›Goldenen Flügel‹ verliehen bekam. Ansonsten mußte man sich den Weg nach oben zu Fuß erkämpfen. Elizabeth würde fliegen, kein Zweifel: Sie war mit Auszeichnungen und Orden gepflastert wie ein Diplomatenkoffer. Marlene wahrscheinlich ebenfalls und Lynne wahrscheinlich nicht. Elizabeth nahm den höchsten Rang ein, und zum Beweis dafür trug sie zwei Streifen auf ihrem Ärmel. Marlene war ein ›Kobold‹, und was Lynne war, weiß ich nicht mehr. Ich bewunderte Elizabeth und fürchtete mich vor den beiden anderen, die auf mehr oder weniger üble Art um ihre Aufmerksamkeit buhlten.

Anfangs tolerierten sie mich auf diesen langen, gefährlichen Märschen zur Straßenbahnhaltestelle. Ich mußte ein kleines Stück hinter ihnen gehen, aber das war ein geringer Preis für den Schutz vor den unsichtbaren bösen

Männern. Das blieb so den September und Oktober hindurch, während die Blätter gelb wurden und fielen und auf dem Bürgersteig verbrannt wurden, was damals noch nicht verboten war, während wir Rollschuhe liefen und Seil sprangen und von kurzen Söckchen zu langen Strümpfen überwechselten und die Wintermäntel anzogen. Die Tage wurden kürzer, und auf dem Heimweg mußten wir im Dunkeln über die Brücke, die nur von einer schwachen Lampe auf jeder Seite erleuchtet wurde. Als der erste Schnee fiel, mußten wir Überhosen tragen, die, von Hosenträgern gehalten, über die Röcke gezogen wurden, die sich dann im Schritt zusammenballten. Damals durften Mädchen nicht in langen Hosen zur Schule gehen.

Die Erinnerung an diese Dunkelheit, diesen Winter, die Überhosen und den weichen Schnee, unter dessen Last sich die Zweige der Weiden zu einem bläulichen Bogen über die Brücke senkten, der weiße Ausblick von der Brückenkante, der eigentlich so wunderschön hätte sein sollen, ist für mich gleichbedeutend mit Elend. Denn zu diesem Zeitpunkt hatten Elizabeth und ihr Trüppchen mein Geheimnis entdeckt: Sie hatten herausgefunden, wie einfach es war, mich zum Weinen zu bringen. In unserer Schule durften junge Mädchen sich nicht schlagen oder verprügeln oder sich gegenseitig mit Schnee einseifen, und sie taten es auch nicht. Während der Pause blieben sie im Mädchenhof, wo alles Geflüster und Verschwörung war. Worte waren nicht das Vorspiel zum Krieg, sondern der Krieg selbst, ein hinterlistiger Krieg unter der Oberfläche, der nie ein Ende fand, weil es keine Entscheidungsschlachten gab, keine Niederschläge, keinen Moment, wo man sagen konnte: »Ich ergebe mich.« Wer zuerst weinte, hatte verloren.

Elizabeth, Marlene und Lynne waren nicht in derselben Klasse wie ich, sonst hätten sie es schon früher herausgefunden. Ich war mit acht Jahren noch eine öffentliche

Heulsuse; meine Gefühle waren schnell verletzt, ungeachtet der Vorhaltungen meiner Mutter, mich meinem Alter entsprechend zu benehmen. Sie selbst hatte Augen wie Stein, klar, nie ausweichend oder feucht. Erst später brachte ich es fertig, ihr Tränen zu entlocken, ein Triumph, als ich es endlich schaffte.

Elizabeth war die Anführerin der Elfen, und ich gehörte zu ihrer Fünfergefolgschaft während dieser staubigen Dienstage mit Ritualen und Orden und Knopfannähen. Bei mir fing der Jammer wegen der Knoten an. Den Reff-Kreuzknoten hatten wir gemeistert, und Waldkauz, unser Knotenspezialist, entschied, daß wir für den Schifferknoten reif wären. Sie machte es uns vor, das eine Ende ihrer Leine – am anderen hing eine wunderbare, beneidenswerte silberne Trillerpfeife – über eine Stuhllehne geschlungen. Ich schielte vor Konzentration, ich beobachtete so angespannt, daß ich überhaupt nichts sah, und als ich an die Reihe kam, den Zaubertrick nachzumachen, rutschte mir das Seil wie Spaghetti durch die Finger, und ich hielt bloß ein Knäuel in den Händen. Der Waldkauz machte es nur für mich noch einmal vor, aber ohne Erfolg.

»Joan, du hast nicht aufgepaßt«, sagte der Waldkauz.

»Doch, ich *habe* aufgepaßt«, sagte ich ernsthaft.

Der Waldkauz wurde ärgerlich. Im Gegensatz zur Braunen Eule wußte sie genau, was hinter ihrem Rücken vor sich ging, und das machte sie mißtrauisch. Sie hielt meinen Widerspruch für Aufsässigkeit. »Wenn ihr keine Lust habt, Elfen, dann gehe ich und arbeite mit den ›Kobolden‹. Ich bin sicher, die haben mehr Interesse, etwas zu lernen.« Und sie rauschte mit ihrer Trillerpfeife hinaus.

Selbstverständlich heulte ich sofort los. Ich haßte falsche Beschuldigungen. Zwar haßte ich zutreffende Beschuldigungen auch, aber Ungerechtigkeit war schlimmer.

Elizabeths Augen wurden schmal. Sie wollte etwas sa-

gen, aber eifrig wie immer kam Braune Eule angetrabt und meinte fröhlich:
»Aber, aber, Joan, unglückliche Gesichter sehen wir bei den Pfadfinderinnen gar nicht gern, heitere sehen wir viel lieber. Denk daran: ›Ein mürrisches Gesicht bringt häßliche Sachen, die Zauberschwingen bringt nur das Lachen.‹« Worauf ich nur noch lauter weinte. Sie brachten mich in die Garderobe, damit ich die anderen nicht störte, bis ich, wie Braune Eule es ausdrückte, mein Pfadfinderinnenlächeln wiedergefunden hatte. »Du mußt lernen, dich zu beherrschen«, sagte sie freundlich und tätschelte mich auf die Mütze, während ich schluckte und würgte. Sie hatte keine Ahnung, was da alles dazugehörte.
An diesem blauschwarzen Abend, als wir durch den knirschenden Schnee nach Hause gingen, hielt Elizabeth unter der letzten Straßenlaterne vor der Brücke und sah die anderen an. Dann, ohne Warnung, rannten sie unter lautem, ausgelassenem Gekicher den Hügel hinunter und verschwanden in der Finsternis des Hohlwegs, bevor ich wußte, was los war. Sie riefen zurück: »Der böse Mann wird dich schnappen!« – und ich stand einsam und verlassen oben auf dem Hügel und mußte den Hohlweg allein durchqueren. Zuerst schrie ich ihnen nach, dann rannte ich hinterher, aber sie hatten bereits einen zu großen Vorsprung. Schluchzend schaffte ich die Brücke, wischte meine feuchte Nase mit dem Handschuhrücken ab und schaute ängstlich über die Schulter, obwohl natürlich kein halbwegs normaler Kinderschänder oder Entblößungskünstler sich bei Temperaturen um den Nullpunkt dort herumgetrieben hätte. Die hingen alle in Bahnhöfen oder Kirchen herum, aber das wußte ich nicht. Ich schleppte mich den letzten Hügel hinauf; oben warteten die anderen im Hinterhalt.
»Du bist vielleicht eine Heulsuse«, sagte Elizabeth ver-

ächtlich und entzückt, und damit waren die Weichen für das restliche Jahr gestellt.
Für die drei ging es jetzt darum, raffinierte Variationen zu erfinden. Manchmal rannten sie bloß weg; dann wieder drohten sie wegzurennen. Manchmal behaupteten sie, ihr Wegrennen wäre die verdiente Strafe für etwas, was ich an diesem Tag getan oder nicht getan hatte: Ich war zu heftig in den Zauberkreis gesprungen, ich hatte nicht aufrecht genug gestanden, meine Krawatte war verknittert, ich hatte schmutzige Fingernägel, ich war fett. Manchmal sagten sie, sie würden nicht wegrennen, oder sie legten einen heiligen Schwur ab, zurückzukommen und mich zu holen, ich brauchte nur bestimmte Sachen zu machen: im Schnee herumkriechen und wie ein Hund bellen oder eine vorbeigehende alte Dame mit einem Schneeball bewerfen, worauf sie auf mich zeigten und johlten; »*Sie* war's! *Sie* war's!« Manchmal fragten sie mich: »Was macht der böse Mann wohl mit dir, wenn er dich erwischt?« ›Ich weiß es nicht‹ war ihnen als Antwort nicht genug; sie würden daraufhin bloß losrennen, hinter vorgehaltener Hand kichernd: »Sie weiß es nicht, sie weiß es nicht!« An einem Abend blieb ich eine halbe Stunde oben auf dem Hügel stehen und sang wieder und wieder – genau hundertmal – mit zitternder Stimme: »Wir sind die Pfadfinderinnen, und das ist unser Ziel, hilf, wo du kannst, und spiel das Spiel«, bis ich endlich merkte, daß sie ihr Versprechen nicht halten und mich nicht holen würden. Einmal befahlen sie mir, mit der Zunge einen eisernen Zaun am Pfad zum Hohlweg hinunter abzulecken, aber es war nicht kalt genug, und meine Zunge fror nicht an dem Zaun fest, wie sie gehofft hatten.
Das Komische war, obwohl Bedingungen, Anweisungen und Befehle von Elizabeth ausgegeben wurden, so wußte ich doch, daß es die beiden anderen waren, die sie sich ausdachten. Lynne war besonders erfinderisch: Ihre Stel-

lung war heikel, sie besaß keine Charakterstärke, wie schnell hätte sie ich werden können. Meiner Mutter konnte ich nichts davon erzählen, denn was sie auch sagen mochte, ich fühlte, daß ihre Sympathien unterschwellig auf der Seite der anderen sein würden. »Wehr dich deiner Haut«, würde sie mahnend sagen. Wie konnte sich ihre eigene Tochter nur zu solch einem schlappen Luftballon entwickeln?

Manchmal, wenn sie mich allein in der Dunkelheit oder Kälte zurückgelassen hatten, stand ich da und hoffte fast, daß der böse Mann wirklich aus dem Hohlweg hervorstürzen und das tun würde, was ihm zu tun bestimmt war. Wenn man mich dann geraubt oder umgebracht hätte, würden sie auf diese Art bestraft werden und gezwungen sein zu bereuen, was sie mir angetan hatten. Ich stellte ihn mir als großen, sehr großen Mann vor, der im schwarzen Anzug wie eine rückläufige Lawine aus dem Schnee emportauchte, das blaue Gesicht mit Eis bedeckt, rote Augen unter wirren Haaren und lange scharfe Zähne wie Eiszapfen. Er wäre zum Fürchten, aber er würde wenigstens dieses dauernde Elend beenden, das ewig so weiterzugehen schien. Er würde mich mitnehmen, man würde nie wieder eine Spur von mir finden. Sogar meine Mutter würde traurig sein. Einmal wartete ich tatsächlich auf ihn. Mit angehaltenem Atem zählte ich – bei hundert würde er kommen, bei zweihundert würde er kommen – so lange, daß ich eine halbe Stunde zu spät zum Essen kam. Meine Mutter war wütend.

»Was hast du die ganze Zeit gemacht?« fragte sie.

»Gespielt«, sagte ich, und sie sagte mir, ich sei selbstsüchtig und rücksichtslos.

Der Schnee verwandelte sich in Matsch und dann in Wasser, das in zwei Bächlein den Hügel zur Brücke hinunterplätscherte, auf jeder Seite des Pfades einer. Der Pfad selbst versank im Schlamm. Die Brücke war feucht und roch verfault, die Zweige der Weiden färbten sich gelb, die Springseile wurden hervorgeholt. Die Nachmittage waren wieder hell, und an einem dieser Nachmittage, als Elizabeth nicht weggerannt war, sondern lediglich die verschiedenen Möglichkeiten mit den anderen diskutierte, tauchte tatsächlich ein echter Mann auf.

Er stand abseits vom Pfad auf der anderen Seite der Brücke und hielt einen Strauß Narzissen vor sich. Er sah nett und freundlich aus, weder jung noch alt, und trug einen anständigen Tweed-Mantel, kein bißchen schäbig oder heruntergekommen. Er hatte keinen Hut auf, sein hellbraunes Haar war vorne gelichtet, und die Sonne glänzte auf seiner hohen Stirn. Wie befohlen ging ich voraus (sie behielten mich lieber von hinten im Auge), und da die anderen tief in ihre Pläne versunken waren, sah ich ihn zuerst. Er lächelte mir zu, ich lächelte zurück, und er hob die Narzissen hoch, um seinen offenen Hosenlatz und dieses merkwürdige, gewöhnliche Stück Fleisch zu enthüllen, das schlaff herauswinkte. »Seht mal«, sagte ich zu den anderen, als hätte ich gerade was Interessantes entdeckt. Sie sahen hin und fingen sofort an zu schreien und den Hügel hinaufzurasen. Ich war so erschrocken – ihretwegen, nicht seinetwegen –, daß ich mich nicht regte.

Der Mann machte einen leicht bestürzten Eindruck. Sein freundliches Lächeln verschwand, und er drehte sich um, zog seinen Mantel enger um sich und ging in die andere Richtung über die Brücke davon. Dann kam er zurück und überreichte mir mit einer kleinen Verbeugung die Narzissen.

Eng zusammengedrängt warteten die anderen oben auf der Straße in sicherer Entfernung. »Was hat er gesagt? Was hat er gemacht?« fragten sie. »Weißt du nicht, daß das ein böser Mann war? Du hast vielleicht Nerven«, sagte Elizabeth mit widerwilliger Bewunderung. Zum erstenmal hatte ich sie beeindruckt, obwohl mir nicht klar war, warum; der Mann hatte nichts Erschreckendes an sich gehabt, er hatte gelächelt. Und die Narzissen gefielen mir auch, obwohl ich sie in einen Graben warf, ehe ich zu Hause ankam. Ich war schlau genug zu wissen, daß keine Erklärung meine Mutter befriedigen würde.

Nach dem nächsten Pfadfindertreffen waren die Mädchen auf dem Heimweg besonders nett zu mir, und ich glaubte, daß ich jetzt, nach meiner langen Probezeit, ihre Freundin werden würde. Das schien auch zu stimmen, denn Elizabeth sagte: »Möchtest du gern in unserem Club sein? Wir haben einen Club, weißt du.« Das war das erste, was ich hörte, aber Clubs waren in der Schule weit verbreitet, also ja, natürlich wollte ich dazugehören. »Du mußt erst die Zeremonie mitmachen«, sagte Marlene. »Es ist nicht schwer.«

Wir wußten alles über Zeremonien, bei den Pfadfindern wimmelte es davon, und ich glaube, ein paar der Einzelheiten von dem, was nun folgte, hatten sie aus dem Eintrittsritual, wo man über eine Pappschwelle geführt wurde, auf der FREUDIGKEIT, GEHORSAM, GUTE TATEN und LÄCHELN stand. Dann mußte man die Augen zumachen und wurde dreimal herumgedreht, während die ganze Bande sang:

»Dreh mich im Kreis herum und herum
und zeig mir die Elfe,
Ich schaute ins Wasser und sah dort...«

An der Stelle mußte man die Augen öffnen und in den verzauberten Teich schauen, einen Handspiegel, umgeben von Plastikblumen und Keramikhäuschen, und dazu sagen: »Mich selbst.« Das Zauberwort.

Also schloß ich die Augen, als Elizabeth sagte: »Schließ die Augen.« Marlene und Lynne hielten jede eine meiner Hände, und ich spürte, wie etwas Weiches über meine

Augen gebunden wurde. Dann führten sie mich bergab, wobei sie mich vor jedem Loch oder Felsbrocken warnten. Ich fühlte die Brücke unter meinen Füßen, und sie drehten mich ein paarmal im Kreis herum, erst in der einen, dann in der anderen Richtung, so daß ich nicht mehr wußte, wohin ich schaute. Ich bekam Angst.

»Ich will nicht in den Club«, sagte ich, aber Elizabeth meinte beruhigend: »Natürlich willst du, paß auf, es wird dir gefallen«, und sie führten mich weiter. »Stell dich hierher«, sagte Elizabeth und etwas Hartes drückte sich gegen meinen Rücken. »Und jetzt leg deine Hände an die Seite.« Etwas wurde um jeden meiner Arme, dann um meinen Körper gewickelt und straffgezogen.

»Jetzt«, sagte Elizabeth, immer noch in dem gleichen besänftigenden Ton, »jetzt werden wir dich hierlassen für den bösen Mann.« Die beiden anderen fingen an, hysterisch zu kichern, und ich konnte sie weglaufen hören. Jetzt wußte ich, wo ich war: Sie hatten mich mit Elizabeths Springseil an den Pfosten am Ende der Brücke gebunden, genau da, wo wir in der Woche zuvor den Mann gesehen hatten. Ich fing an zu wimmern.

Dann hörte ich auf. Ich wußte, daß sie wahrscheinlich beobachteten, was ich tun würde, also beschloß ich, zur Abwechslung gar nichts zu tun. Unauffällig wand ich meine Arme, um herauszufinden, ob ich freikäme. Sie hatten das Seil fest genug angezogen, also würde ich bloß darauf warten, bis es ihnen langweilig wurde und sie mich losknüpften. Ich war sicher, daß sie mich nicht einfach so zurücklassen konnten: Das ginge zu weit. Wenn ich nicht auftauchte, würde meine Mutter ihre Mütter anrufen, und dann wäre die Hölle los.

Anfangs konnte ich undeutlich hören, wie sie oben auf dem Hügel tuschelten, und einmal riefen sie hinunter: »Na, wie gefällt's dir im Club?« Ich gab keine Antwort; endlich war ich sie leid. Aber nach einer Weile hörte ich nichts mehr außer dem immer gleichen Gesang der Vögel unten aus dem Hohlweg und dann wurde es allmählich kälter. Sie mußten weggegangen sein, in der Absicht, später wiederzukommen, und mußten mich vergessen haben.

Ich schniefte vor mich hin und zerrte mit wachsender Verzweiflung an dem Seil, um mit der einen Hand die andere zu erreichen, um aus der Schlinge zu kommen, als ich Schritte hörte, die sich über die Brücke näherten. Ich erstarrte: Vielleicht war es einer von der schlimmen Sorte, vielleicht würde endlich das Grauenhafte geschehen, obwohl ich nicht ein sehr aufregendes Sexualobjekt gewesen sein kann: eine dicke, rotznäsige Achtjährige in Pfadfinderkluft. Aber eine Stimme sagte: »Was ist das denn?«, und die Augenbinde wurde mir abgenommen. (Es war Marlenes Pfadfinderkrawatte.)

Der Mann war weder jung noch alt; er trug einen Tweed-Mantel und hatte eine Zeitung unter dem Arm. Er lächelte mich an, und ich konnte nicht erkennen, ob es der Mann von voriger Woche war oder nicht, weil er einen Hut auf hatte. Ich hatte fast nur auf die beginnende Glatze und die Narzissen geschaut. Anders als der andere Mann rauchte dieser eine Pfeife. »Bist ja ganz zusammengeschnürt, was?« fragte er, als ich mit ungewissen, verquollenen Augen zu ihm aufblickte. Er kniete nieder und löste die Knoten.

»Das sind gute Knoten«, sagte er. Er fragte mich, wo ich wohnte, und ich sagte es ihm. »Ich bringe dich nach Hause«, sagte er. Ich sagte, es wäre in Ordnung, ich wüßte den Weg nach Hause, aber er antwortete, es würde bereits dunkel, und kleine Mädchen sollten nach Einbruch der Dunkelheit nicht allein herumlaufen. Er nahm mich bei der Hand, und wir gingen gemeinsam den Hügel hinauf.

Aber plötzlich kam meine Mutter den Hang hinunter auf

uns zugerannt. Ihre Haare flatterten, sie trug keine Handschuhe, und als sie näher kam, konnte ich sehen, daß sie wütend war. Ich versteckte mich hinter dem Tweed-Mantel des Mannes, aber sie zerrte mich hervor und schlug mir ins Gesicht. Das hatte sie noch nie getan.
»Was hast du angestellt?« sagte sie. Ich sagte nichts; ich stand da und starrte sie an, ich weinte nicht, und das kam ihr wohl noch unnatürlicher vor. Ich hatte beschlossen, daß es mit meinem Weinen in der Öffentlichkeit vorbei war, obwohl es das natürlich nicht war.
An diesem Punkt griff der Mann ein. Er erklärte, wie er mich festgebunden gefunden hatte und mich dann losgebunden und mir angeboten hatte, mich nach Hause zu bringen. Daraufhin wurde meine Mutter überaus freundlich, wie üblich im Umgang mit Erwachsenen. Sie schüttelten sich die Hände, und sie führte mich davon. Voll moralischer Entrüstung rief sie die anderen Mütter an, und damit war das Pfadfinderkapitel abgeschlossen. Traurig, denn mir hatte es wirklich gefallen. Braune Eule war eine der nettesten Frauen, die mir bis dahin begegnet waren, von meiner Tante Lou abgesehen, und ich vermißte sie.
Meine Mutter benutzte diesen Vorfall als Beispiel für meinen allgemeinen Mangel an Intelligenz. »Du warst dumm, dich von den anderen Mädchen so hereinlegen zu lassen«, sagte sie.
»Ich dachte, sie wären meine Freundinnen«, sagte ich.
»Freundinnen würden dich wohl nicht festbinden, oder? Noch dazu in diesem Hohlweg. Wer weiß, was dir hätte passieren können. Du hättest umgebracht werden können. Du hast bloß Glück gehabt, daß dieser nette Mann vorbeikam und doch losgebunden hat, das ist alles.«
»Mutter«, sagte ich feierlich und voller Eifer, mich auf irgendeine Art und Weise wieder reinzuwaschen, allerdings ohne zu wissen, wie – vielleicht indem ich ihr

zeigte, daß sie unrecht hatte –, »ich glaube, das war ein böser Mann.«
»Sei nicht blöd«, sagte sie. »Dieser nette Mann?«
»Ich glaube, es war derselbe. Der Narzissen-Mann.«
»Welcher Narzissen-Mann?« fragte sie. »Was hast du getan?«
»Nichts«, sagte ich, hastig den Rückzug antretend; aber es war zu spät, der erste Wurm war aus der Dose, und der Rest mußte folgen. Meine Mutter war nicht erfreut. Zusätzlich zu allem anderen wurde ich jetzt beschuldigt, hinter ihrem Rücken Heimlichkeiten zu haben: Ich hätte es ihr sofort erzählen müssen.
Aber ich war mir immer noch nicht sicher: war es der Narzissen-Mann gewesen oder nicht? War der Mann, der mich losgebunden hatte, ein Retter oder ein Unhold? Oder, ein noch verblüffenderer Gedanke: Konnte ein Mann beides zugleich sein?
Wieder und wieder wälzte ich dieses Rätsel in meinem Kopf. Ich versuchte, mich an die genauen Züge des Narzissen-Mannes zu erinnern und sie zusammenzusetzen, aber sie waren nicht zu fassen, sie schmolzen und änderten ihre Form wie Buttercreme oder warmer Gummi, sie lösten sich zu einem tweedartigen Nebel auf, der drohende Tentakel aus Fleisch und verknotetem Seil aussandte und sich wieder in einen freudigen Sonnendurchbruch aus gelben Blumen verwandelte.

7

Einer meiner üblichen Alpträume von meiner Mutter verlief folgendermaßen: Ich gehe über die Brücke, und sie steht im Sonnenschein auf der anderen Seite und redet mit einem Mann, dessen Gesicht ich nicht sehen kann. Auf halbem Weg nach drüben beginnt die Brücke einzustürzen, so wie ich es immer befürchtet habe. Die verrotteten Planken krümmen sich und splittern, die Brücke neigt sich seitwärts und stürzt dann langsam in die Schlucht. Ich versuche zu rennen, aber es ist zu spät, ich werfe mich der Länge nach hin und greife nach der aufsteigenden äußeren Kante, um mich herunterzuziehen. Ich rufe meine Mutter, die mich immer noch retten könnte, wenn sie schnell herüberliefe und die Hand ausstreckte, sie könnte mich zu sich auf festen Boden ziehen. Aber sie tut es nicht, sie setzt ihre Unterhaltung fort, sie merkt nicht einmal, daß etwas Ungewöhnliches geschieht. Sie hat mich nicht einmal gehört.

In dem anderen Traum sitze ich in einer Ecke von Mutters Schlafzimmer und sehe zu, wie sie ihr Make-up auflegt. Als kleines Kind habe ich das oft gemacht: Es wurde von uns beiden, von meiner Mutter und von mir, als Vergnügen, als Privileg angesehen, und die Weigerung, mich zusehen zu lassen, war eine von Mutters Möglichkeiten, mich zu bestrafen. Sie wußte, daß ihre Sammlung von Kosmetika und Utensilien mich faszinierte: Lippenstifte, Rouge, Parfüm in zierlichen Fläschchen, die ich heiß begehrte, strahlendroter Nagellack (manchmal, als zusätzliche Vergünstigung, durfte ich ein bißchen auf meine Zehennägel pinseln, aber nie auf meine Fingernägel: »Dafür bist du noch nicht alt genug«, sagte sie), kleine Pinzetten, Nagelfeilen und Schmirgelpapier. Ich durfte keinen dieser Gegenstände anfassen. Natürlich tat ich es trotzdem, wenn sie ausgegangen war, aber sie waren sowohl auf dem Frisiertisch als auch in den Schubladen in so genau festgelegten Reihen aufgebaut, daß ich sehr vorsichtig sein mußte, um sie wieder genauso hinzustellen, wie ich sie vorgefunden hatte. Meine Mutter hatte Adleraugen für alles, was nicht am gewohnten Platz stand. Diese Angewohnheit, ihre Schubladen und Schränke zu durchschnüffeln, entwickelte ich später so weit fort, bis ich genau wußte, was in jedem einzelnen war. Schließlich tat ich es nicht mehr, um meine Neugier zu befriedigen – ich kannte ja schon alles –, sondern um die Gefahr auszukosten. Nur zweimal erwischte sie mich, ganz zu Anfang: einmal, als ich einen Lippenstift gegessen hatte (sogar damals, mit vier Jahren, war ich klug genug, den Deckel wieder auf die Tube und die Tube wieder in die Schublade zu tun und mir sorgfältig den Mund zu waschen; woher wußte sie, daß ich es war?, und einmal, als ich nicht widerstehen konnte, mir das ganze Gesicht mit blauem Lidschatten einzuschmieren, um zu sehen, wie ich blau aussähe. Daraufhin wurde ich wochenlang ausgesperrt. Um ein Haar hätte ich mich an dem Tag verraten, als ich einen merkwürdigen Gegenstand fand, so ähnlich wie eine Gummimuschel, ordentlich in einer Schachtel weggepackt. Ich starb vor Verlangen, sie zu fragen, was es war, aber ich wagte es nicht.

»Setz dich brav dahin, Joan, und schau Mutter zu, wie sie ihr Gesicht zurechtmacht«, sagte sie an guten Tagen. Dann wickelte sie sich ein Handtuch um den Hals und ging an die Arbeit. Einige der Dinge, die sie tat, schienen schmerzhaft zu sein; zum Beispiel, wenn sie den Zwischenraum zwischen ihren Augenbrauen mit etwas bedeckte, was wie brauner Leim aussah, den sie zuvor in einem kleinen Topf heiß gemacht hatte, den sie dann abzog und der einen roten Fleck hinterließ; und manchmal schmierte sie sich mit einem rosa Schlamm ein, der dann hart wurde und Risse zeigte. Oft runzelte sie die Stirn und schüttelte den Kopf, als wäre sie nicht zufrieden; und gelegentlich sprach sie mit sich selbst, als hätte sie meine Anwesenheit vergessen. Statt glücklicher schienen diese Sitzungen sie trauriger zu machen, so als sähe sie hinter oder in dem Spiegel irgendein zurückweichendes Bildnis, das für sie weder greifbar noch nachahmbar war; und am Ende war sie immer etwas mürrisch.

Fasziniert und stumm starrte ich auf die Vorgänge. Ich hielt meine Mutter für sehr schön, koloriert kam sie mir sogar noch schöner vor. Und das tat ich auch in dem Traum: dasitzen und starren. Obwohl ihre Toilettentische immer pompöser wurden, je reicher mein Vater wurde, hatte meine Mutter immer einen dreiteiligen Spiegel, damit sie sich von beiden Seiten wie von vorn sehen konnte. In dem Traum wird mir während des Beobachtens plötzlich klar, daß sie statt der drei Spiegelbilder tatsächlich drei Köpfe hat, die sich von ihren handtuchbehängten Schultern auf drei verschiedenen Hälsen erheben. Das macht mir keine angst, weil es lediglich als Bestätigung dessen erscheint, was ich schon immer gewußt habe; aber draußen vor der Tür steht ein Mann, der drauf und dran ist, die Tür zu öffnen und einzutreten. Wenn er es sieht, wenn er die Wahrheit über meine Mutter herausfindet, wird etwas Schreckliches geschehen, nicht nur mit meiner Mutter, sondern auch mit mir. Ich möchte aufspringen, zur Tür rennen und ihn aufhalten, aber ich kann mich nicht bewegen, und die Tür schwingt langsam nach innen...

Mit zunehmendem Alter veränderte sich dieser Traum. Statt den geheimnisvollen Mann aufhalten zu wollen, saß ich da und wünschte, er solle eintreten. Ich wollte, daß er ihr Geheimnis herausfindet, das Geheimnis, das ich allein kannte: Meine Mutter war ein Monster.

Ich kann mich nicht entsinnen, sie jemals anders als Mutter genannt zu haben, nie gebrauchte ich eine dieser kindlichen Verniedlichungen; ich mußte es versucht haben, war aber wohl von ihr entmutigt worden. Unsere Beziehung zueinander wurde frühzeitig berufsmäßig festgelegt. Sie war Manager, Schöpfer, Agent; ich sollte das Produkt sein. Ich glaube, eines der wichtigsten Dinge, die sie von mir wollte, war Dankbarkeit. Sie wünschte, daß ich es zu etwas brachte, aber sie wollte dafür verantwortlich sein.

Ihre Pläne für mich waren nicht festgelegt. Sie waren unbestimmt, aber weitgehend, so daß, was ich auch tat, nie das richtige war. Allerdings trieb sie mich nicht ständig an; manchmal schien sie mich für Tage und sogar Wochen vollkommen zu vergessen. Sie vertiefte sich in irgendwelche anderen Projekte, wie zum Beispiel ihr Schlafzimmer umzugestalten oder eine Party zu geben. Sie nahm sogar ein paar Jobs an: als Reiseagentin zum Beispiel, und ein andermal arbeitete sie für einen Innenarchitekten und suchte Lampen und Teppiche aus, die zu den Farbmustern im Wohnzimmer passen sollten. Aber keinen dieser Jobs hielt sie lange durch, sie fühlte sich entmutigt, die Arbeit füllte sie nicht aus, und sie kündigte.

Nicht, daß sie aggressiv und ehrgeizig war, obwohl sie beides war. Vielleicht war sie nicht aggressiv und ehrgeizig genug. Wenn sie sich je darüber klargeworden wäre, was sie wirklich wollte, und wenn sie sich dann darangemacht hätte, es zu tun, hätte sie mich nicht als lebenden Vorwurf für sich empfunden, die Verkörperung ihrer eigenen Fehlschläge und Depressionen, eine enorme, konturenlose Wolke Rohmaterial, das sich weigerte, zu irgend etwas geformt zu werden, wofür sie einen Preis gewinnen konnte.

In dem Bild von ihr, das ich jahrelang herumtrug wie ein um meinen Hals hängendes, eisernes Medaillon, sitzt sie vor ihrem Toilettentisch, malt sich die Fingernägel in einem mörderischen Rot an und seufzt. Ihre Lippen waren dünn, aber sie machte den Mund mit Lippenstift größer wie Bette Davis, was ihr einen eigenartig doppelten Mund einbrachte; der echte schimmerte wie ein Schatten durch den falschen. Sie war eine attraktive Frau, sogar mit Ende Dreißig, sie hatte auf ihre Figur geachtet, in ihrer Jugend war sie beliebt gewesen. In ihrem Fotoalbum gab es Bilder von ihr in Partykleidern und Badeanzügen mit verschiedenen jungen Männern, die sie anschauten, wäh-

rend sie in die Kamera sah. Ein junger Mann tauchte häufiger auf, im weißen Flanellanzug und mit einem großen Wagen. Sie sagte, sie sei mit ihm verlobt gewesen, mehr oder weniger.
Es gab keine Fotos von ihr als kleines Mädchen, keine von ihren Eltern oder den zwei Brüdern und der Schwester, die sie hatte, wie ich später herausfand. Sie sprach fast nie von ihrer Familie oder von ihrer Jugend, obwohl ich mir ein bißchen zusammenreimen konnte. Ihre Eltern waren beide sehr streng, sehr religiös gewesen. Nicht sehr reich: ihr Vater war Bahnhofsvorsteher bei der CPR gewesen. Sie hatte etwas getan, was ihre Eltern gekränkt hatte – ich habe nie erfahren, was –, und mit sechzehn war sie von zu Hause weggelaufen und nie zurückgekehrt. Sie hatte verschiedene Jobs gehabt, bei Kresge im Büro, als Kellnerin. Mit achtzehn arbeitete sie als Kellnerin in einem Erholungsheim in Muskoka, wo sie später meinen Vater kennenlernte. Die Partykleider und Badeanzüge konnte sie nur an ihrem freien Tag tragen.
Mein Vater hatte nicht in dem Erholungsheim logiert; das war nicht seine Art. Er traf meine Mutter zufällig, als er dort einen Freund besuchte. Es gab eine Reihe Bilder von ihnen vor der Hochzeit, auf denen mein Vater verlegen aussieht. Meine Mutter hält seinen Arm, als wäre es eine Leine. Und dann das Hochzeitsfoto. Danach ein paar Fotos nur mit meiner Mutter, die mein Vater aufgenommen haben muß. Dann bloß noch ich, auf Teppiche sabbernd, ausgestopfte Tiere oder Fäuste futternd; mein Vater war in den Krieg gezogen und hatte sie schwanger zurückgelassen. Niemand war da, der Fotos von ihr hätte machen können.
Mein Vater kam erst zurück, als ich fünf war. Vorher war er nur ein Name gewesen, eine Geschichte, die meine Mutter mir mit erheblichen Variationen erzählte. Manchmal war er ein netter Mann, der bald heimkommen und

allerlei Verbesserungen und herrliche Überraschungen mitbringen würde; wir würden in einem größeren Haus leben, besser essen, mehr Kleider haben, und der Vermieter würde ein für allemal in seine Schranken gewiesen werden. Zu anderen Zeiten, wenn ich kaum noch zu bändigen war, erschien er als personifizierte Vergeltung, als Jüngstes Gericht, das mich schließlich doch noch ereilen würde; oder (und ich glaube, das kam ihren wahren Gefühlen am nächsten) er war ein herzloser Schuft, der sie verlassen hatte, so daß sie mit allem und jedem selber fertig werden mußte. Am Tag seiner Heimkehr war ich ganz aus dem Häuschen, hin und her gerissen zwischen Hoffnung und Furcht: Was würde er mir mitbringen, was würde er mir antun? War er ein böser oder ein guter Mann? (Die beiden Kategorien meiner Mutter: Gute Männer tun was für dich, böse Männer tun dir was an.) Aber als es dann soweit war, kam ein Fremder zur Tür herein, küßte meine Mutter, dann mich und setzte sich an den Tisch. Er wirkte sehr müde und sprach wenig. Er brachte weder etwas mit noch tat er etwas, und diesen Stil behielt er bei.

Die meiste Zeit war er nur eine Abwesenheit. Gelegentlich jedoch schlenderte er von irgendwoher in die Realität zurück, und er hatte sogar Augenblicke bescheidener Dramatik. Ich war dreizehn, es muß wohl 1955 gewesen sein, und es war ein Sonntag. Ich saß in der Kochnische und aß einen halben Orangenkuchen, was mir später Schelte einbringen würde. Ein Stück hatte ich schon gegessen, und ich wußte, daß für dieses eine Stück die Anzahl der Schimpfworte die gleiche sein würde wie für den halben Kuchen, also aß ich weiter, schnell und bemüht, alles hinunterzuschlingen, bevor man mich entdeckte.

Zu jener Zeit aß ich pausenlos, verbissen, stur alles, was ich kriegen konnte. Der Krieg zwischen meiner Mutter und mir war voll entbrannt, das umkämpfte Gebiet war

mein Körper. Wirklich bewußt war es mir zwar nicht, aber ich spürte es nebelhaft; jedenfalls reagierte ich auf die Diätbücher, die sie mir aufs Kopfkissen legte, auf die Bestechungen in Form von Kleidern, die sie mir schenken wollte, wenn ich genügend abgenommen hätte, um hineinzupassen – lange Kleider mit Lagen von Tüll und verdrahteten Büsten, freche kleine Kittel, aufgeplusterte Reifröcke mit schmaler Taille –, auf ihre schneidenden Bemerkungen über meinen Umfang, auf ihre Bitten wegen meiner Gesundheit (ich würde an einem Herzinfarkt sterben, ich würde hohen Blutdruck bekommen), auf die Spezialisten, zu denen sie mich schickte, und die Pillen, die mir von ihnen verschrieben wurden, auf all diese Dinge reagierte ich mit einem weiteren Mars-Riegel oder mit einer zweiten Portion Pommes frites. Direkt vor ihren Augen schwoll ich deutlich sichtbar, erbarmungslos an, ich ging auf wie Hefeteig, über den Eßtisch hinweg wuchs mein Körper Zentimeter um Zentimeter auf sie zu; wenigstens darin war ich ungeschlagen. Ich maß einen Meter zweiundsechzig, war noch nicht ausgewachsen und wog hundertzweiundachtzig Pfund.
Wie auch immer: Ich saß in der Kochnische und aß einen halben Orangenkuchen. Es war ein Sonntag im Jahr 1955. Mein Vater ruhte sich im Wohnzimmer in einem Sessel aus und las einen Krimi, seine bevorzugte Art der Entspannung. Meine Mutter lag auf dem Sofa und tat so, als läse sie ein Buch über Kinderpsychologie – sie opferte ziemlich viel Zeit, um zu demonstrieren, daß sie weiß Gott ihr Bestes tat –, in Wirklichkeit las sie *Der Fuchs*, einen historischen Roman über die Borgias. Ich hatte es schon, heimlich, gelesen. Das Sofa hatte auf jeder Seite ein kleines, purpurrotes Satinkissen, und diese beiden Kissen waren sakrosankt, rituelle Objekte, die nicht bewegt werden durften. Das Sofa selbst war langweilig rosa, ein knotiger Stoff mit Silberfäden. Es hatte einen Überzug aus

durchsichtigem Plastik, der bei besonderen Gelegenheiten abgenommen wurde. Der Teppich, im gleichen Purpurrot wie die Kissen, war ebenfalls mit einer Plastikplane abgedeckt, bloß aus kräftigerem Material. Die Lampenschirme wurden durch Cellophan geschützt. Die beiden Füße meines Vaters steckten in kastanienbraunen Lederslippern. Desgleichen die Füße meiner Mutter und meine eigenen, denn zu jener Zeit hatte meine Mutter es bereits zum Gesetz erhoben, daß im Haus keine Schuhe getragen werden durften. Es war ein neues Haus, und sie war gerade mit dem Einrichten fertig geworden; jetzt, da sich alles am richtigen Platz befand, wollte sie, daß nichts mehr berührt wurde, alles sollte statisch und staublos und endgültig sein bis zu dem Augenblick, in dem sie erkennen würde, wie falsch alles war, und die Maler und Möbelpacker wieder auftauchen und alles durcheinanderbringen würden.

(Meine Mutter wollte ihr Wohnzimmer nicht anders eingerichtet haben als die der anderen auch, es sollte nicht großartiger sein. Sie wünschte es sich annehmbar, wie bei den anderen auch, obwohl ihre Vorstellung von den anderen sich in dem Maße änderte, wie das Gehalt meines Vaters stieg. Vielleicht sahen ihre Wohnzimmer deshalb immer wie eine Museumsausstellung aus oder, genauer, wie die Schaufenster bei Eaton's und Simpson's, jene magischen Paläste unten in der Stadt, denen ich mich jedes Jahr im Dezember mit Tante Lou über Reihen von Straßenbahnschienen näherte. Allerdings sahen wir uns keine Möbel an, wir steuerten auf die anderen Fenster zu, wo Tiere, Feen und rotbäckige Zwerge sich mechanisch zum Klingeln von Glöckchen drehten. Als ich alt genug war, um Weihnachtseinkäufe zu machen, war es Tante Lou, die mich mitnahm. In einem Jahr verkündete ich, daß ich meiner Mutter kein Weihnachtsgeschenk kaufen würde. »Aber, Liebes«, sagte Tante Lou, »du wirst ihre Gefühle verletzen.« Ich bezweifelte, daß sie überhaupt welche hatte, gab aber nach und kaufte ihr irgendein Schaumbad in einem süßen, rosa Gummischwan. Sie benutzte es nie, aber das hatte ich von vornherein gewußt. Schließlich benutzte ich es selbst.)

Ich verdrückte das letzte Stück Kuchen und erhob mich, wobei mein Bauch gegen den Tisch stieß. Meine Slipper waren groß und pelzig; meine Füße wirkten darin doppelt so groß. Ich stampfte in ihnen mürrisch durch das Eßzimmer, hinüber ins Wohnzimmer und vorbei an meinen Eltern und ihren Büchern, ohne einen Ton von mir zu geben. Ich hatte mir angewöhnt, zwar lautlos, aber deutlich sichtbar durch die Räume zu schlappen, in denen meine Mutter saß; es war eine Art umgekehrte Modeschau, es war ein Zurschaustellen, ich wollte, daß sie sah und erkannte, wie wenig Wirkung ihr ständiges Genörgel und ihre Bitten hatten.

Ich hatte vor, in den Flur zu gehen, dann mit kräftigem, das Treppengeländer erschütternden Schritt die Stufen hinauf und den Gang entlang zu meinem Zimmer, wo ich eine Elvis-Platte auflegen und die Lautstärke gerade so weit aufdrehen wollte, daß sie den Wunsch, sich zu beschweren, noch unterdrücken konnte. Sie fing an, sich über ihre Kommunikationsfähigkeiten mit mir Sorgen zu machen. Ich hatte keine festen Pläne, ich handelte lediglich nach einem vage spürbaren, trägen Instinkt. Mir war nur der Wunsch bewußt, »Heartbreak Hotel« mit der ohne Vergeltungsmaßnahmen größtmöglichen Lautstärke zu hören.

Doch auf halbem Weg durchs Zimmer hörte ich ein plötzliches Hämmern an der Vordertür. Jemand donnerte mit geballten Fäusten dagegen; dann das schwere Geräusch eines sich gegen die Tür werfenden Körpers und eine heisere Stimme, eine Männerstimme, die schrie: »Ich bring' dich um! Du Bastard, ich bring' dich um!«

Ich erstarrte. Mein Vater sprang aus seinem Sessel und blieb in einer Art Ringkämpferhaltung stehen. Meine Mutter legte ein Lesezeichen zwischen die Seiten ihres Buches und schloß es; dann nahm sie ihre Lesebrille ab, die sie an einer silbernen Kette um den Hals trug, und blickte irritiert meinen Vater an. Ganz offensichtlich betraf es ihn: Wer würde sie einen Bastard nennen? Mein Vater richtete sich auf und ging zur Tür.
»Oh, Sie sind's, Mr. Currie«, sagte er. »Freut mich, Sie wieder wohlauf und gesund zu sehen.«
»Ich verklage Sie«, schrie die Stimme. »Ich lasse Sie bluten, bis Sie schwarz werden! Warum konnten Sie mich nicht in Ruhe lassen? Sie haben alles kaputtgemacht!« Die letzten Worte gingen in lange, rauhe Schluchzer über.
»Sie sind jetzt ein bißchen aufgeregt«, sagte die Stimme meines Vaters.
Die andere Stimme weinte: »Sie haben mir's versaut! Diesmal hab' ich alles richtig gemacht, und Sie haben's versaut! Ich will nicht leben...«
»Das Leben ist ein Geschenk«, sagte mein Vater mit ruhiger Würde, jedoch mit einem leicht vorwurfsvollen Unterton, wie der freundliche Zahnarzt mit seinem Kariesvortrag, den ich in unserem vor zwei Jahren erworbenen Fernseher bewundern konnte.
»Sie sollten dankbar dafür sein. Sie sollten es respektieren.«
»Was wissen Sie denn schon?« brüllte die Stimme. Dann kam ein schlurfendes Geräusch, und die Stimme verlor sich in der Ferne, gedämpfte Worte wie Unterwasserblasen hinter sich herziehend. Mein Vater schloß ruhig die Tür und kam zurück ins Wohnzimmer.
»Ich verstehe nicht, warum du es tust«, sagte meine Mutter. »Dankbarkeit erntest du von ihnen nie.«
»Was tust?« fragte ich mit hervorquellenden Augen, vor lauter Neugier mein Schweigegelübde brechend. Nie zu-

vor hatte ich einen Mann weinen hören, und die Erkenntnis, daß sie es manchmal taten, war wahnsinnig aufregend.

»Wenn Leute versuchen, sich selbst umzubringen«, sagte meine Mutter, »dann ruft dein Vater sie wieder ins Leben zurück.«

»Nicht immer, Frances«, sagte mein Vater traurig.

»Oft genug«, antwortete meine Mutter und schlug ihr Buch auf. »Ich hab's satt, mitten in der Nacht beleidigende Telefonanrufe zu bekommen. Ich wünschte wirklich, du würdest damit aufhören.« Mein Vater arbeitete als Narkosearzt im Toronto General Hospital. Auf Drängen meiner Mutter hatte er dieses Zusatzstudium absolviert, da sie der Meinung war, Spezialisierung wäre groß im Kommen, jeder sagte, daß Spezialisten besser verdienten als Hausärzte. Sie war sogar bereit gewesen, während seiner Ausbildung die nötigen finanziellen Opfer zu bringen. Ich dachte, die ganze Tätigkeit meines Vaters bestünde darin, die Leute vor der Operation einzuschläfern. Diese Wiedererweckungsseite seiner Persönlichkeit war mir unbekannt gewesen.

»Warum wollen Leute sich umbringen?« fragte ich. »Wie bringst du sie wieder ins Leben zurück?«

Mein Vater ignorierte den ihm viel zu komplizierten ersten Teil der Frage. »Ich teste experimentelle Methoden«, sagte er. »Es funktioniert nicht immer. Aber sie geben mir nur die hoffnungslosen Fälle, bei denen alles andere fehlgeschlagen ist.« Dann sagte er, mehr zu meiner Mutter als zu mir: »Du wärst überrascht, wie viele froh darüber sind. Daß man ihnen die Möglichkeit gegeben hat... zurückzukommen, noch eine Chance zu haben.«

»Na schön«, sagte meine Mutter. »Ich wünsche mir bloß, diejenigen, die nicht so froh darüber sind, würden es für sich behalten. Es ist Zeitverschwendung, wenn du mich fragst. Sie probieren es einfach noch einmal. Wenn sie es ernst meinten, würden sie einfach eine Pistole in den Mund stecken und abdrücken. Da kann nichts schiefgehen.«

»Nicht jeder«, sagte mein Vater, »besitzt deine Entschlossenheit.«

Zwei Jahre später erfuhr ich noch etwas anderes über meinen Vater. Wir lebten in einem anderen Haus, mit einem größeren Eßzimmer, holzverkleidet und beeindruckend. Meine Mutter gab eine Dinner-Party für zwei Paare, von denen sie heimlich behauptete, daß sie sie nicht mochte. Ihrer Meinung nach mußte man sie jedoch zum Essen einladen, weil es Kollegen meines Vaters waren, wichtige Männer im Krankenhaus, und sie versuchte, ihm bei seiner Karriere behilflich zu sein. Sie achtete nicht darauf, wenn er sagte, für seine Karriere wäre es völlig egal, ob sie diese Leute zum Essen einlud oder nicht; sie ließ sich nicht beirren und tat es trotzdem. Als sie schließlich erkannte, daß es stimmte, hörte sie mit den Dinner-Parties auf und fing an, ein bißchen mehr zu trinken. Aber an jenem Abend mußte sie schon damit angefangen haben. Ich kann mich noch an das Menü erinnern: Hühnerbrust in Cremesoße mit Wildreis und Pilzen, verschieden zubereitete Salate mit Preiselbeeren und Sellerie, dazu Mayonnaise, Prinzeßkartoffeln und ein kompliziertes Dessert aus Mandarinorangen, Ingwersauce und irgendein Sorbet.

Ich war in der Küche. Ich war fünfzehn und hatte meine volle Größe erreicht: hundertzweiundsiebzig Zentimeter bei einem Gewicht von zweihundertfünfundzwanzig Pfund, plus/minus einige Kilo. An den Dinner-Parties meiner Mutter nahm ich nicht mehr teil; sie ertrug es einfach nicht mehr, eine Tochter im Teenageralter zu haben, die wie ein Belugawal aussah und den Mund nur aufmachte, um etwas hineinzustopfen. Ich vermasselte ihr die Huldvolle-Gastgeberin-Tour. So sehr ich die Chance, sie in Verlegenheit zu bringen, auch begrüßt hätte, war es für mich bei Fremden etwas anderes; sie sahen meine Fettleibigkeit als unglückliche Behinderung, wie einen Buk-kel oder einen Klumpfuß, statt als erfolgreiche Gegenwehr, als den Sieg, der sie war, und es erschütterte mein Selbstvertrauen, mein Spiegelbild in ihren Augen zu erkennen. Nur in bezug auf meine Mutter zog ich ein mißmutiges Vergnügen aus meinem Gewicht; bei allen anderen, meinen Vater eingeschlossen, fühlte ich mich elend. Aber ich konnte nicht aufhören.

Ich war also damals in der Küche, lauschte an der Durchreiche und verschlang Ersatzportionen und Reste. Sie waren beim Dessert angekommen, ich verputzte das Reservehühnchen und Preiselbeersalat und Prinzeßkartoffeln und hörte mit halbem Ohr der Unterhaltung im anderen Zimmer zu wie einem mittelmäßigen Hörspiel im Radio. Einer der eingeladenen Ärzte war im Krieg gewesen, meistens in Italien, wie sich herausstellte; der andere hatte sich freiwillig gemeldet, war aber nie weiter als bis England gekommen. Dann war da natürlich noch mein Vater, der, abgesehen davon, daß er zugab, auch drüben gewesen zu sein, nie viel darüber sprach. Ich hatte solche Unterhaltungen schon mit angehört, und sie interessierten mich nicht. Nach den Kriegsfilmen zu urteilen, die ich gesehen hatte, gab es für Frauen im Krieg nichts zu tun außer dem, was sie ohnehin taten.

Der Mann, der in Italien gedient hatte, beendete die Geschichte einer seiner Heldentaten und fragte, als das nachklingende Gemurmel verstummt war: »Wo waren Sie stationiert, Phil?«

»Ja, äh«, sagte mein Vater.

»In Frankreich«, sagte meine Mutter.

»Oh, Sie meinen nach der Invasion«, sagte der andere Mann.

»Nein«, antwortete meine Mutter und kicherte; ein gefährliches Zeichen. Seit kurzem kicherte sie bei Dinner-Parties. Dieses verschwommene, unkontrollierte Kichern hatte das hohe, fröhliche Gesellschaftslachen ersetzt, das sie so zielbewußt wie einen Baseballschläger einzusetzen pflegte.

»Oh«, sagte der Italien-Mann höflich, »was taten Sie dort?«

»Leute umbringen«, sagte meine Mutter prompt und mit Vergnügen, als freute sie sich über einen Witz, den nur sie verstand.

»Fran«, sagte mein Vater. Es war eine Warnung, aber der Ton war auch bittend; etwas Neues und Seltenes. Ich nagte die letzten Fetzen von einem Brustgerippe ab, hörte aber auf, um besser zuhören zu können.

»Na ja, ich nehme an, jeder bringt im Krieg ein paar Leute um«, sagte der zweite Mann.

»Aus nächster Nähe?« sagte meine Mutter. »Ich wette, Sie haben sie nicht aus nächster Nähe umgebracht.«

Schweigen. Die Art von Schweigen, die sich über ein Zimmer legt, wenn jedermann weiß, daß gleich etwas Aufregendes, wahrscheinlich Unangenehmes passieren wird. Ich konnte mir vorstellen, wie meine Mutter von einem erwartungsvollen Gesicht zum anderen sah und den Blick meines Vaters mied.

»Er war beim Geheimdienst«, sagte sie wichtigtuerisch. »Wenn man ihn so sieht, würde man es nicht für möglich halten, wie? Er sprang hinter den feindlichen Linien ab und arbeitete mit der französischen Untergrundbewegung zusammen. Er würde es Ihnen nie zeigen, aber er spricht Französisch wie ein Einheimischer, das liegt an seiner Abstammung.«

»Wie aufregend«, sagte eine der Frauen. »Ich wollte immer nach Paris. Ist es wirklich so schön, wie man sagt?«

»Sein Job bestand darin, Leute zu töten, die sie für Verräter hielten«, fuhr meine Mutter fort. »Er brauchte sie

nur herauszuholen und zu erschießen. Kaltblütig. Manchmal wußte er nicht einmal, ob er den Richtigen erschossen hatte. Ist das nicht allerhand?« Ihre Stimme bebte vor Aufregung und Bewunderung. »Das Komische ist, er mag es nicht, daß ich es erzähle... das Komische ist, er hat mir einmal gesagt, daß Erschreckendste daran wäre, das es anfing, ihm *Spaß* zu machen.«
Einer der Männer lachte nervös. Ich stand auf und zog mich auf Pelzslipperfüßen zur Tür zurück (wenn ich wollte, konnte ich leise genug gehen) und ließ mich halb oben nieder. Und richtig kam einen Moment später mein Vater durch die Schwingtür in die Küche, gefolgt von meiner Mutter. Sie mußte erkannt haben, daß sie zu weit gegangen war.
»Es ist nichts *Unrechtes* dabei«, sagte sie. »Es war für eine gute Sache. Du bist immer zu bescheiden.«
»Ich habe dich gebeten, nicht darüber zu reden«, sagte mein Vater. Er hörte sich sehr ärgerlich an, wütend. Zum erstenmal wurde mir klar, daß er Wut empfinden konnte; gewöhnlich war er sehr ruhig. »Du hast keine Ahnung, wie es war.«
»Ich finde es großartig«, sagte meine Mutter ernst. »Dazu gehörte wirklicher Mut. Ich kann einfach nicht verstehen, was daran verkehrt...«
»Halt die Klappe«, sagte mein Vater.
Das sind Geschichten aus späterer Zeit; vorher war er nicht da, deshalb habe ich ihn wahrscheinlich auch in netterer Erinnerung als meine Mutter. Und danach war er mit seinem Studium beschäftigt, er war jemand, der nicht gestört werden durfte; und anschließend war er meistens im Krankenhaus. Er wußte nicht so recht, was er mit mir anfangen sollte; obwohl ich ihn nie als feindselig empfand, nur als verwirrt.
Die wenigen Dinge, die wir zusammen machten, gingen ohne Worte vor sich. Zum Beispiel fing er an, Zimmer-

pflanzen zu züchten – Reben und Kletterpflanzen und Farne und Begonien. Er pusselte gern an ihnen herum, schnitt hier und da Ableger ab und topfte und pflanzte um, meist am Samstagnachmittag, wenn er Zeit hatte. Dabei hörte er sich die Radiosendung der Texaco Company Metropolitan Opera an, und ich durfte ihm helfen. Da er nie viel redete, tat ich so, als wäre seine Stimme die von Milton Cross, die freundlich und gut unterrichtet die Kostüme der Sänger und die leidenschaftlichen, tragischen und grotesken Ereignisse beschrieb, in die sie verstrickt waren. Da war er, paffte dicke Wolken aus der Pfeife, die er sich zugelegt hatte, seit er das Zigarettenrauchen aufgegeben hatte, stocherte in seinen Pflanzen herum und erzählte mir von Liebenden, die erstochen oder verlassen oder verraten wurden, über Eifersucht und Wahnsinn, über nicht enden wollende, über das Grab hinaus triumphierende Liebe; und dann würden diese Gänsehaut erzeugenden Stimmen den Raum füllen und mir das Haar zu Berge stehen lassen, als hätte er sie heraufbeschworen. Er war ein Geisterbeschwörer, ein Schamane mit der Stimme eines sarkastischen, abgebrühten, alten Opernkommentators im Smoking. Zumindest stellte ich mir so seinen Tonfall vor, wenn ich die Unterhaltungen erfand, die ich gern mit ihm gehabt hätte, aber nie hatte. Ich wollte von ihm die Wahrheit über das Leben hören, die mir meine Mutter vorenthielt und über die er etwas wissen mußte, da er Arzt und im Krieg gewesen war, er hatte Leute getötet und Tote zum Leben erweckt. Ich wartete darauf, daß er mir irgendeinen Ratschlag erteilen, mich warnen, mich unterweisen würde, aber nie tat er etwas Derartiges. Vielleicht hatte er das Gefühl, ich wäre nicht wirklich seine Tochter; er hatte mich erstmals fünf Jahre nach meiner Geburt gesehen, und er behandelte mich eher wie einen Kollegen als wie eine Tochter, mehr wie einen Komplizen. Aber worin bestand unsere Verschwörung? Warum war er während dieser fünf Jahre nie auf Heimaturlaub gekommen? Eine Frage, die auch meine Mutter stellte. Warum verhielten sich beide so, als schuldete er meiner Mutter etwas?

Dann gab es da noch diese anderen Unterhaltungen, die ich belauschte. Ich pflegte mich oben im Badezimmer einzuschließen und den Hahn aufzudrehen, damit sie glaubten, ich putzte mir die Zähne. Dann legte ich die Badematte so hin, daß meine Knie nicht kalt wurden, steckte den Kopf in die Toilette und hörte ihnen durch das Rohr zu. Es war fast eine direkte Verbindung zur Küche, wo sie sich am häufigsten stritten oder vielmehr meine Mutter stritt. Sie war bei weitem leichter zu verstehen als mein Vater.

»Warum versuchst du zur Abwechslung nicht, etwas mit ihr zu machen; sie ist auch deine Tochter. Ich bin mit meinem Latein am Ende.«

Mein Vater: Schweigen.

»Du hast ja keine Ahnung, wie es war, sie ganz alleine aufziehen zu müssen, während du dich drüben amüsiert hast.«

Mein Vater: »Ich habe mich nicht amüsiert.«

Und einmal: »Es ist ja nicht so, daß ich sie haben wollte. Es ist auch nicht so, daß ich dich heiraten wollte. Ich mußte das Beste aus einer üblen Sache machen, wenn du's genau wissen willst.«

Mein Vater: »Tut mir leid, daß es nicht so gekommen ist, wie du es dir vorgestellt hast.«

Und einmal, als sie sehr wütend war: »Du bist Arzt, erzähl mir bloß nicht, du hättest nichts machen können.«

Mein Vater: (unhörbar).

»Erzähl mir nicht diese Scheiße, du hast eine Menge Leute getötet. Heilig! Da pfeif ich drauf.«

Zuerst war ich schockiert, hauptsächlich, weil meine Mutter *Scheiße* gesagt hatte. Vor anderen, selbst vor mir, gab sie sich soviel Mühe, eine Lady zu sein. Später versuchte ich herauszufinden, was sie gemeint hatte, und wenn sie sagte: »Wenn ich nicht wäre, gäbe es dich gar nicht«, glaubte ich ihr nicht.
Ich aß aus Trotz ihr gegenüber, aber auch aus Panik. Manchmal fürchtete ich, nicht wirklich da zu sein, ich war ein unglücklicher Zufall. Ich hatte gehört, wie sie mich als Unglücksfall bezeichnete. Wollte ich deshalb massiv werden, massiv wie ein Stein, damit sie mich nicht mehr loswerden konnte? Was hatte ich getan? Hatte ich meinen Vater, falls er wirklich mein Vater war, in die Falle gelockt? Hatte ich das Leben meiner Mutter ruiniert? Ich wagte nicht zu fragen.
Eine Zeitlang wollte ich Opernsängerin werden. Obwohl sie fett waren, konnten sie extravagante Kostüme tragen, niemand lachte über sie, sie wurden geliebt und gepriesen. Unglücklicherweise konnte ich nicht singen. Aber die Vorstellung reizte mich: in der Lage zu sein, sich vor alle hinzustellen und, so laut es ging, zu schreien, über Haß und Liebe und Wut und Verzweiflung, aus vollster Lunge zu brüllen und zu erleben, wie es zu Musik wurde. Das wäre toll.

8

»Manchmal glaube ich, du hast keine Spur von Gehirn in deinem Kopf«, pflegte meine Mutter zu sagen, wenn ich aus diesem oder jenem blödsinnigen Grund weinte. Für sie waren Tränen ein Zeichen von Dummheit. »Ich sorge dafür, daß du Grund zum Weinen hast. Deswegen weint man doch nicht. Wegen verschütteter Milch weint man nicht.«

»Ich bin einsam«, sagte ich zu ihr. »Ich habe niemand, mit dem ich spielen kann.«

»Spiel mit deinen Puppen«, sagte sie und zog ihre Lippen nach.

Ich spielte mit ihnen, mit diesen geschlechtslosen, kraushaarigen Plastikgöttinnen mit ihren infantilen Augen und ihren Brüsten, die wie sanft gerundete Knie hervorstanden, ohne jeden Reiz und ihrer Brustwarzen beraubt. Ich zog sie für gesellschaftliche Ereignisse an, die sie nie besuchten, entkleidete sie wieder und starrte sie an, in der Hoffnung, sie würden lebendig. Sie waren keusch, ungeliebt, verwitwet: Damals gab es keine männlichen Puppen. Sie tanzten mit sich selbst oder lehnten in tiefer Erstarrung an der Wand.

Mit neun kämpfte ich um einen Hund. Ich wußte, daß ich keinen bekommen würde, aber ich versuchte sie damit für ein Kätzchen weichzumachen; es war mir eins von einem Mädchen in der Schule angeboten worden, deren Katze sechs Junge hatte, eins mit sieben Zehen an jeder Pfote. Das wollte ich. Was ich wirklich wollte, war eine kleine Schwester, aber das kam natürlich nicht in Frage, und selbst mir war das klar. Am Telefon hatte ich sie sagen hören, daß eine mehr als genug war. (Warum war sie nicht glücklicher? Warum konnte ich sie nie zum Lachen bringen?)

»Wer würde ihn füttern?« fragte meine Mutter. »Dreimal täglich.«

»Ich«, sagte ich.

»Du würdest es nicht machen«, sagte meine Mutter. »Zum Mittagessen kommst du nicht nach Hause.« Das stimmte, ich nahm mein Essen in einer Lunch-Box mit zur Schule.

Bei dem Kätzchen scheiterte es an der Stubenreinheit und dem Zerkratzen von Möbeln. Als nächstes probierte ich es mit einer Schildkröte; mit einer Schildkröte schien nicht viel schiefgehen zu können, aber meine Mutter meinte, sie würde riechen.

»Tut sie nicht«, sagte ich. »In der Schule haben sie eine, und die riecht überhaupt nicht.«

»Sie würde sich hinter den Möbeln verirren«, sagte meine Mutter, »und dort verhungern.«

Sie wollte weder etwas von einem Meerschweinchen noch von einem Hamster noch von einem Vogel wissen. Nach fast einem Jahr voller Fehlschläge trieb ich sie in die Enge. Ich wollte einen Fisch haben. Er wäre geräuschlos, geruchlos, keimfrei und sauber; schließlich lebte er im Wasser. Ich wünschte ihn mir in einem Becken mit bunten Kieselsteinen und einem Miniaturschlößchen.

Ihr fiel kein plausibler Grund ein, also gab sie nach, und ich kaufte bei Kresge's einen Goldfisch. »Der stirbt sowieso«, sagte meine Mutter. »Diese billigen Goldfische haben alle Krankheiten.« Doch als ich ihn eine Woche hatte, ließ sie sich immerhin herab, mich nach seinem Namen zu fragen. Ich saß da, die Augen direkt vor dem Glas, und beobachtete, wie er an die Oberfläche schwamm und wieder zurück, wobei er Bröckchen von seinem Fressen ausspuckte.

»Susan Hayward«, sagte ich. Ich hatte gerade *With a song in my heart* gesehen, in dem Susan Hayward ein Comeback aus dem Rollstuhl schaffte. Die Chancen standen schlecht für diesen Goldfisch, und ich wünschte ihm einen ermutigenden Namen. Gestorben ist er trotzdem; meine Mutter behauptete, es wär meine Schuld, ich hätte ihn überfüttert. Dann spülte sie ihn in der Toilette hinunter, bevor ich die Möglichkeit hatte, ihn zu beweinen und anständig zu beerdigen. Ich wollte ihn ersetzen, aber meine Mutter sagte, ich hätte meine Lektion doch wohl gelernt. Ich sollte immer irgendwelche Lektionen lernen.

Meine Mutter behauptete, Filme wären vulgär, obwohl ich den Verdacht hatte, daß sie früher oft ins Kino gegangen war. Wie sonst sollte sie Joan Crawford kennen? Also nahm meine Tante Lou mich mit, um Susan Hayward zu sehen. »Siehst du?« sagte sie hinterher. »Rotes Haar kann ganz bezaubernd sein.«

Tante Lou war groß und schwer und gebaut wie die Korsettreklame für füllige Figuren im Eaton's-Katalog, aber es schien ihr nichts auszumachen. Sie häufte ihr ergrauendes gelbliches Haar auf ihrem Kopf zu einem Berg zusammen und steckte extravagante Hüte mit Federn und Schleifen mit perlenbesetzten Hutnadeln daran fest und trug schwere Tweed- und bauschige Pelzmäntel, in denen sie noch größer und fetter wirkte. In einer meiner frühesten Erinnerungen an sie sitze ich auf ihrem weiten, wollenen Schoß – ihr Schoß war der einzige, auf dem ich mich erinnere, gesessen zu haben, und meine Mutter sagt: »Komm runter, Joan, belästige deine Tante Louisa nicht« – und streichele den Fuchspelz, den sie um den Hals trägt. Ein echter Fuchs, er war braun und noch nicht so räudig, wie er später wurde; er hatte einen Schwanz und vier Pfoten, schwarze Knopfaugen und eine kühle Plastiknase, unter der Nase war allerdings statt des Unterkiefers eine Klammer, mit der er seinen Schwanz festhielt. Tante Lou machte die Klammer auf und zu und tat so, als spräche der Fuchs. Oft plauderte er Geheimnisse aus, zum Beispiel wo Tante Lou die Gummibonbons versteckt hatte, die sie mir mitgebracht hatte, und er stellte auch wichtige Fragen, zum Beispiel was ich mir zu Weihnachten wünschte. Das Spiel hörte auf, als ich älter wurde, aber Tante Lou behielt den Fuchs in ihrem Kleiderschrank, obwohl er aus der Mode gekommen war.

Tante Lou nahm mich in eine Menge Filme mit. Sie liebte Filme, vor allem die, in denen man weinen mußte; sie hielt nicht viel von einem Film, in dem man keine Tränen vergießen konnte. Sie teilte Filme in Zwei-Tempotücher-, Drei-Tempotücher- oder Vier-Tempotücher-Filme ein,

wie die Sterne in Restaurantführern. Ich weinte ebenfalls, und diese Exzesse gebilligten Schluchzens gehörten zu den glücklichsten Momenten meiner Kindheit.
Als erstes war da das herrliche Gefühl, meiner Mutter entwischt zu sein. Sie behauptete zwar, einverstanden zu sein, wenn ich um Erlaubnis fragte, aber ich wußte, daß sie es nicht wirklich war. Dann nahmen wir die Straßenbahn oder den Bus zum Kino. Im Foyer versorgten wir uns mit Tempotücherpackungen, Popcorn und Zuckerstangen; dann machten wir es uns für ein paar Stunden Schluchzen und Schniefen in der weichen, besänftigenden Dunkelheit bequem, während vor uns auf der Leinwand die schwülstigen Heldinnen durch die Mangel gedreht wurden.
Mit der süßen, geduldigen June Allyson durchlitt ich den Tod von Glenn Miller; während Judy Garland mit einem alkoholsüchtigen Ehemann fertig zu werden suchte, aß ich drei Beutel Popcorn und fünf Mars-Riegel, bis sich Eleanor Parker in der Rolle einer verkrüppelten Opernsängerin ihren jammervollen Weg durch *Interrupted Melody* gebahnt hatte. Aber mein Lieblingsfilm war *Die Roten Schuhe*, in dem Moira Shearer eine zwischen ihrer Karriere und ihrem Mann hin und her gerissene Ballettänzerin spielte. Ich himmelte sie an: Sie hatte nicht nur rote Haare und ein dazu passendes Paar hinreißende rote Satinslipper, sondern auch wunderschöne Kostüme, und sie litt mehr als alle anderen. Ich futterte schneller und schneller, als sie immer tiefer in ihr Dilemma geriet – ich wünschte mir das gleiche, ich wollte tanzen und mit einem gutaussehenden Dirigenten verheiratet sein, beides gleichzeitig –, und als sie sich schließlich vor einen Zug warf, ließ ich ein bellendes Schnauben ertönen, so daß sich die Leute drei Reihen weiter vorn unangenehm berührt umdrehten. Tante Lou nahm mich viermal in diesen Film mit.

Ich sah eine Reihe Filme für Erwachsene, lange bevor ich erwachsen war, aber nie fragte mich jemand nach meinem Alter. Mittlerweile war ich ganz fett, und alle fetten Frauen sehen gleich aus, sie sehen alle wie zweiundvierzig aus. Außerdem fallen fette Frauen nicht mehr auf als dünne; sie fallen weniger auf, weil die Leute sie peinlich finden und wegschauen. Den Kartenverkäufern und Platzweisern muß ich als riesiger konturenloser Schemen erschienen sein. Hätte ich je eine Bank überfallen, kein Zeuge wäre in der Lage gewesen, mich genau zu beschreiben.

Mit roten Augen kamen wir aus dem Kino, die Schultern noch von Schluchzern geschüttelt, jedoch mit einem warmen Gefühl der Erfüllung. Dann gingen wir für einen oder zwei Sprudel oder einen kleinen Imbiß in Tante Lous Apartment – Sandwiches mit gegrilltem Krabbenfleisch und Mayonnaise, kalter Hühnchensalat. Solche Sachen hatte sie immer in ihrem Kühlschrank oder in Dosen im Küchenschrank stehen. Sie wohnte in einem älteren Apartmenthaus, mit dunkler Holzverkleidung und großen Räumen. Die Möbel waren ebenfalls dunkel und groß, oft staubig, und immer herrschte Unordnung: Zeitungen auf dem Sofa, Afghan-Schals auf dem Boden, die merkwürdigsten Schuhe und Strümpfe unter den Stühlen, im Ausguß Geschirr. Für mich bedeutete diese Unordnung, daß man tun konnte, was man wollte. Ich ahmte es in meinem eigenen Schlafzimmer nach und verstreute Kleider und Bücher und Schokoladenpapier über die von meiner Mutter so sorgfältig geplante Einrichtung, den Ankleidetisch mit dem angehefteten Musselintuch, den dazu passenden Bettüberwurf und den sich harmonisch einfügenden Teppich. Das war der einzige Beitrag zur Innendekoration, den ich je leistete, und er hatte den Nachteil, daß früher oder später aufgeräumt werden mußte.

Nachdem wir gegessen hatten, machte sich Tante Lou einen Drink, streifte ihre Schuhe ab, ließ sich in einem ihrer weichen Sessel nieder und stellte mir mit ihrer heiseren Stimme Fragen. Sie schien an dem, was ich sagte, tatsächlich interessiert zu sein und lachte auch nicht, als ich ihr erzählte, daß ich Opernsängerin werden wollte.
Die eine Art, auf die meine Mutter Tante Lou herunterzumachen versuchte, bestand darin, zu sagen, sie wäre verbittert und frustriert, weil sie keinen Ehemann hätte, aber wenn das stimmte, dann verbarg Tante Lou es geschickt. Mir kam sie weit weniger bitter und frustriert vor als meine Mutter, die nun, da sie ihr letztes und endgültiges Haus erreicht und eingerichtet hatte, mehr und mehr ihre gesamte Energie darauf konzentrierte, mich zum Abnehmen zu zwingen. Sie versuchte wirklich alles. Als ich mich weigerte, die Pillen zu nehmen oder mich an die Diätpläne zu halten – fein säuberlich von ihr aufgemalt, mit Menüs für jeden Tag der Woche und der entsprechenden Kalorienzahl –, schickte sie mich zum Psychiater.
»Ich bin gern dick«, erzählte ich ihm und brach in Tränen aus. Er saß da, die Fingerspitzen gegeneinandergelegt, wohlwollend, aber mit einer Spur Abscheu lächelnd, während ich vor mich hinjapste und keuchte.
»Willst du nicht heiraten?« fragte er, als ich mich wieder beruhigt hatte. Worauf das Ganze von vorn losging, aber als ich Tante Lou das nächstemal sah, fragte ich sie: »Hast du nie heiraten wollen?«
Sie antwortete mir mit ihrem rauhen Lachen. Sie saß in ihrem vollgestopften Sessel und trank einen Martini. »Oh, ich war verheiratet, Liebes«, sagte sie. »Habe ich dir das nie erzählt?« Ich hatte Tante Lou immer als alte Jungfer angesehen, weil sie denselben Nachnamen hatte wie mein Vater, Delacourt, gesprochen *Delacuur.* »Zweifellos französischer Adel«, sagte Tante Lou. Ihr Urgroßvater war Farmer gewesen, bevor er beschloß, etwas Besseres

zu werden. Er stieg ins Eisenbahngeschäft ein, sagte sie, und verkaufte dafür die Farm; so kam die Familie zu ihrem Geld. »Natürlich waren sie alle Gauner«, sagte Tante Lou und nippte an ihrem Drink, »aber niemand nannte es beim Namen.«

Es stellte sich heraus, daß Tante Lou mit neunzehn geheiratet hatte, einen acht Jahre älteren Mann guter Herkunft, den die Familie akzeptierte. Unglücklicherweise war er ein notorischer Spieler. »Zur einen Tasche rein und zur anderen raus«, krächzte sie, »aber was wußte ich schon? Ich war wahnsinnig verliebt in ihn, Liebes, er war groß, dunkel und sah sehr gut aus.« Allmählich wurde mir klar, warum sie die Art von Filmen mochte, in die sie ging: Sie entsprachen in vielem ihrem eigenen Leben. »Ich hab's versucht, Liebes, ich hab's wirklich versucht, aber es hatte einfach keinen Sinn. Tagelang war er spurlos verschwunden, und ich hatte nicht die geringste Ahnung, wie man einen Haushalt führt oder mit Geld umgeht. In meinem ganzen Leben hatte ich nichts zum Essen eingekauft; alles, was ich wußte, war, daß man zum Telefon griff und jemand brachte einem dann alles in einem Karton ins Haus. In der ersten Woche, die wir verheiratet waren, bestellte ich von allem ein Pfund: ein Pfund Mehl, ein Pfund Salz, ein Pfund Pfeffer, ein Pfund Zucker. Ich glaubte, so macht man das. Der Pfeffer reichte für Jahre.« Tante Lous Lachen hörte sich an wie ein empörtes Walroß. Sie erzählte gern Scherze auf ihre eigenen Kosten, aber manchmal erstickte sie ein bißchen daran. »Dann kam er zurück, und wenn er verloren hatte, beteuerte er, wie sehr er mich liebte, und wenn er gewonnen hatte, jammerte er drüber, wie angebunden er war. Es war wirklich sehr traurig. Eines Tages kam er nicht mehr zurück. Vielleicht haben sie ihn erschossen, weil er nicht bezahlte. Ich frage mich, ob er noch am Leben ist. Wenn ja, dann bin ich allem Anschein nach immer noch mit ihm verheiratet.«

Noch später fand ich heraus, daß Tante Lou so eine Art Freund hatte. Er hieß Robert, war Buchhalter, hatte Frau und Kinder und kam sonntagsabends zum Essen in ihre Wohnung.
»Erzähl es nicht deiner Mutter, Liebes«, sagte Tante Lou. »Ich glaube nicht, daß sie es versteht.«
»Möchtest du ihn nicht heiraten?« fragte ich, als sie mir von ihm erzählte.
»Gebranntes Kind scheut das Feuer«, sagte Tante Lou. »Außerdem bin ich nie geschieden worden, also was soll's? Ich habe einfach wieder meinen eigenen Namen angenommen, so erspare ich mir eine Menge Antworten auf eine Menge Fragen. Laß dir einen guten Rat geben und heirate nicht, bevor du nicht wenigstens fünfundzwanzig bist.«
Sie setzte voraus, daß die Bewerber mir auf den Fersen sein würden; sie räumte nicht einmal die Möglichkeit ein, daß niemand um mich anhalten könnte. Die Meinung meiner Mutter ging dahin, daß niemand, der so aussah wie ich, irgend etwas vollbringen könnte, doch Tante Lou wischte alle Nachteile unter den Tisch oder behandelte sie wie Hindernisse, die man überwinden mußte. Auch verkrüppelte Opernsängerinnen konnten es schaffen, wenn sie es nur versuchten. Dick wie ich war, durfte trotzdem etwas von mir erwartet werden. Ich war mir nicht sicher, ob ich dem gewachsen war.
Nach ihren schlechten Erfahrungen mit dem Spieler hatte sich Tante Lou auf die Suche nach einem Job gemacht. »Ich konnte nicht tippen, Liebes«, sagte sie, »ich konnte überhaupt nichts, so wie ich erzogen worden war; und es war auch noch die Zeit der Depression, weißt du. Die Familie hatte kein Geld mehr. Also mußte ich ran, nicht wahr? Ich hab' mich hochgearbeitet.«
Als ich jünger war, wichen Vater und Mutter Fragen nach Tante Lous Job aus, und sie machte es genauso. Sie erzähl-

ten mir lediglich, daß sie bei einer Gesellschaft im Büro arbeitete und eine Abteilung leitete. Mit dreizehn fand ich heraus, was sie tatsächlich machte.
»Hier«, sagte meine Mutter, »ich glaube, es ist Zeit, daß du das liest«, und drückte mir ein rosa Büchlein mit blumenbekränztem Umschlag in die Hand. *Du wirst erwachsen* stand darauf. Auf der Innenseite begann ein Brief mit den Worten: »Erwachsenwerden kann Spaß machen. Aber da gibt es auch ein paar Dinge, die einen verwirren können. Dazu gehört die Menstruation...« Unten auf der Seite war ein Bild von Tante Lou, mit mütterlichem, aber professionellem Lächeln, aufgenommen, bevor sie Hängebacken bekommen hatte. Um ihren Hals hing eine einreihige Perlenkette. Zwar trug sie auch im wirklichen Leben Perlen, aber nie bloß eine Reihe. Den Brief hatte sie unterschrieben mit »Ihre ergebene Louisa K. Delacourt«. Voller Interesse studierte ich die Diagramme in dem rosa Büchlein; ich las die Benimm-Hinweise für Tennisspiele und Schulbälle, die Kleidervorschläge, die Anleitung zum Haarewaschen; am meisten aber beeindruckte mich Tante Lous Bild und Unterschrift – wie ein Filmstar. In gewisser Weise war meine Tante Lou berühmt.
Beim nächsten Treffen fragte ich sie danach. »Ich leite die Public Relations, Liebe«, sagte sie. »Nur für Kanada. Aber ich hab' das Büchlein nicht wirklich selber geschrieben, weißt du. Das hat die Reklameabteilung gemacht.«
»Was machst du dann?« fragte ich.
»Nun«, sagte sie, »ich gehe zu einer Menge Versammlungen und berate bei den Annoncen. Und ich beantworte die Briefe. Natürlich hilft mir meine Sekretärin dabei.«
»Was für Briefe?« fragte ich.
»Ach, weißt du«, sagte sie, »Beschwerden über unser Produkt, Bitten um Ratschläge, so etwas. Man könnte meinen, sie wären alle von jungen Mädchen, und die mei-

sten sind es auch. Mädchen, die wissen wollen, wo ihre Vagina ist und so. Dafür haben wir einen Standardbrief. Aber manche sind von Leuten, die wirklich Hilfe brauchen, und die beantworte ich dann persönlich. Wenn sie Angst haben, zum Arzt zu gehen oder so etwas, dann schreiben sie mir. In der Hälfte der Fälle weiß ich nicht, was ich antworten soll.« Tante Lou trank ihren Martini aus und ging sich einen neuen machen. »Erst neulich habe ich einen von einer Frau bekommen, die glaubt, sie wäre von einem Inkubus geschwängert worden.«

»Ein Inkubus?« fragte ich. Das hörte sich nach irgendeinem medizinischen Gerät an. »Was ist das?«

»Ich habe im Wörterbuch nachgeschaut«, sagte Tante Lou. »So eine Art Dämon.«

»Was hast du ihr geantwortet?« fragte ich entsetzt. Wenn die Frau nun recht hatte?

»Ich hab' ihr erklärt«, sagte Tante Lou nachdenklich, »sie soll einen Schwangerschaftstest machen, und wenn er positiv ausgeht, dann ist es kein Inkubus. Und wenn er negativ ist, braucht sie sich keine Sorgen zu machen, oder?«

»Louisa ist einfach nicht gesellschaftsfähig«, sagte meine Mutter, als sie meinem Vater erklärte, warum sie Tante Lou nicht öfter zum Essen einlud. »Die Leute fragen sie bestimmt, was sie macht, und sie sagt es ihnen immer. Ich kann nicht zulassen, daß sie diese Ausdrücke beim Essen verwendet. Ich weiß, sie hat ein gutes Herz, aber sie kümmert sich eben nicht darum, was für einen Eindruck sie macht.«

»Über Angenehmes soll man sich freuen«, sagte Tante Lou zu mir und gluckste. »Sie bezahlen gut, und es ist eine angenehme Atmosphäre. Nichts, worüber ich klagen könnte.«

Nach drei Sitzungen voller Tränen und Schweigen gab der Psychiater auf. Ich konnte die Andeutungen nicht ausstehen, daß ich nicht nur fett wäre, sondern daß bei mir auch noch ein paar andere Sachen nicht stimmten, und er konnte nicht ausstehen, daß ich es nicht ausstehen konnte. Er machte meiner Mutter klar, hier läge ein Familienproblem vor, das durch meine alleinige Behandlung nicht gelöst werden könnte, und sie war entrüstet. »Der hat Nerven«, sagte sie zu meinem Vater. »Der will bloß mehr Geld aus mir rausholen. Das sind alles Quacksalber, wenn du mich fragst.«

Danach ging sie zu ihrer Abführmittelphase über. Ich glaube, mittlerweile war sie rasend; bestimmt war sie von meinem Umfang besessen. Wie die meisten Leute dachte sie wahrscheinlich in Bildern, und ihr damaliges Bild von mir mußte ein Gegenstand mit einem einzigen Loch gewesen sein, wie ein innerer Schlauch, der die Sachen am einen Ende aufnimmt, sie am anderen Ende aber nicht wieder hinausläßt: Wenn sie mich irgendwie entkorken könnte, würde ich auf einen Schlag Luft ablassen wie ein Ballon. Sie fing an, Medikamente zu kaufen, und machte versteckte Versuche, mich zum Schlucken zu bewegen – »Das ist gut für deinen Teint.« –, und manchmal tat sie es ins Essen. Einmal überzog sie sogar einen Schokoladenkuchen mit geschmolzenem Ex-Lax und ließ ihn auf dem Küchentisch stehen, wo ich ihn fand und verschlang. Mir wurde schlecht davon, dünner wurde ich nicht.

Zu der Zeit ging ich in die Oberschule. Ich widerstand dem Plan meiner Mutter, mich auf eine private Mädchenschule zu schicken, wo die Schülerinnen Kilts und kleine karierte Krawatten trugen. Seit den Pfadfindern war ich auf der Hut vor Gruppen, die ausschließlich aus Frauen bestanden, insbesondere Frauen in Uniform. Statt dessen besuchte ich die nächstgelegene Oberschule, welche nach Meinung meiner Mutter die zweitbeste war; jedenfalls war es nicht so schlecht, wie sie hätte sein können, da wir mittlerweile in einer respektablen Gegend wohnten. Der

Haken daran war, daß die Kinder der Familien, denen meine Mutter nacheiferte, genau die Art von Privatschule besuchten, auf die sie mich ebenfalls schicken wollte. Was dann noch übrigblieb, ging auf die Oberschule, die Kinder aus den kleineren Häusern von den Randgebieten dieser Gegend, aus den neuen Apartmenthäusern, deren Bau von den alteingesessenen Bewohnern bekämpft worden war, und, noch schlimmer, aus den Wohnungen oberhalb der Läden in den Geschäftsstraßen. Einige meiner Klassenkameradinnen entsprachen ganz bestimmt nicht ihren Vorstellungen, aber ich hütete mich, ihr das zu sagen, da ich nicht in eine Uniform gesteckt werden wollte.

Damals bewilligte mir meine Mutter ein Taschengeld für Kleidung als Anreiz zum Abnehmen. Sie dachte, ich würde unauffällige Kleider kaufen, dunkle Kleider mit winzigen Pünktchen und senkrechten Streifen, wie sie speziell für Dicke entworfen werden. Statt dessen suchte ich mir Kleider von ganz besonderer, angriffslustiger Häßlichkeit aus, in schreienden Farben und waagerecht gestreift. Manche ergatterte ich in Geschäften für Umstandskleidung, andere in Discountläden zu herabgesetzten Preisen. An einem roten Faltenrock, weit geschnitten, mit einem schwarzen Telefon drauf, hing ich ganz besonders. Je leuchtender die Farben waren, desto rundlicher erschien ich darin, und desto sicherer kaufte ich es. Ich würde mich nicht verkleinern, neutralisieren lassen von einem marineblauen Sack mit Pünktchen.

Als ich einmal in einem neuen lindgrünen Automantel mit großen Knebelverschlüssen strahlend wie eine Neon-Melone nach Hause kam, fing meine Mutter an zu weinen. Sie weinte ohne jede Hoffnung, passiv; sie lehnte am Treppengeländer, ihr ganzer Körper so schlaff, als hätte sie keine Knochen. Ich hatte meine Mutter noch nie weinen sehen, und es erschreckte mich, gleichzeitig aber war es auch ein angenehm aufregender Beweis meiner Macht,

meiner einzigen Macht. Ich hatte sie geschlagen: Niemals würde ich es zulassen, daß sie mich nach ihrer Vorstellung formte; schlank und schön.
»Wo findest du sie?« schluchzte sie. »Du machst das mit Absicht. Ich würde mich im Keller verstecken, wenn ich so aussähe wie du.«
Darauf hatte ich lange gewartet. Wer zuerst weint, ist verloren. »Du hast getrunken«, sagte ich, was den Tatsachen entsprach. Zum erstenmal in meinem Leben kostete ich bewußt die Freuden selbstgerechter Gegenbeschuldigungen aus.
»Was hab' ich nur getan, daß du dich so benimmst?« sagte meine Mutter. Obwohl es halb fünf am Nachmittag war, trug sie einen Morgenrock und Slipper, und ihre Haare hätten sauberer sein können. Ich stapfte an ihr vorbei, hinauf in mein Zimmer, und war sehr zufrieden mit mir. Aber dann kamen mir Zweifel. Sie nahm alles für sich in Anspruch; schließlich war ich nicht ihre Puppe. Sicherlich benahm ich mich nicht so wegen irgend etwas, was sie getan hatte, sondern weil ich mich so benehmen wollte. Und was war denn so schlimm daran, wie ich mich benahm?
»Ich bin eben so«, sagte Tante Lou einmal. »Wenn es anderen Leuten nicht paßt, dann ist das ihr Problem. Merk dir das, Liebes. Du kannst dir dein Leben nicht immer aussuchen, aber du kannst lernen, es zu akzeptieren.« In meiner Vorstellung war Tante Lou weise; ganz sicher war sie großzügig. Der Haken war, daß die Weisheitskrümel, die sie von sich gab, immer verschiedene Bedeutungen haben konnten, wenn man gründlich darüber nachdachte. Zum Beispiel: Sollte ich nun meine Mutter akzeptieren, oder sollte sie mich akzeptieren?
In einem meiner Tagträume tat ich so, als wäre Tante Lou meine richtige Mutter, die mich aus irgendeinem dunklen, aber entschuldbaren Grund meinen Eltern überlassen

hatte. Vielleicht war ich das Kind des gutaussehenden Spielers, der eines Tages wieder auftauchen würde, oder Tante Lou hatte mich unehelich zur Welt gebracht, als sie noch sehr jung gewesen war. In dem Fall war mein Vater nicht mein richtiger Vater und meine Mutter... hier brach die Geschichte zusammen, denn was hätte meine Mutter veranlassen können, mich zu nehmen, wenn sie nicht mußte? Wenn mein Vater eine Bemerkung darüber machte, wie gern Tante Lou mich mochte, dann antwortete meine Mutter beißend, das wäre auch nur so, weil sie mich nicht die ganze Zeit auf dem Hals hätte. Auf dem Hals, am Rockzipfel, das waren die Sprüche, die meine Mutter für mich gebrauchte, trotz der Tatsache, daß sie mich nur selten berührte. Ihre Hände waren feingliedrig und langfingrig, mit roten Nägeln, ihre Haare sorgfältig zurechtgemacht. Wie meine Mutter aussah, daran konnte ich mich immer erinnern, aber nie, wie sie sich anfühlte.

Tante Lou dagegen war weich, wogend, wollig, pelzig; selbst ihr Gesicht, voller Puder und Rouge, war wie bei einer Biene mit winzigen Härchen bedeckt. Strähnen standen ihr vom Kopf ab, Fäden hingen von Kleidersäumen herunter, süßliche Düfte stiegen zwischen Kragen und Nacken auf, wo ich meine Stirn anlehnte, während ich den Geschichten vom sprechenden Fuchs zuhörte. Im Sommer, als ich noch klein war und wir durch die Kanadische Nationalausstellung spazierten, hielt sie mich an der Hand. Meine Mutter hielt mich nicht an der Hand, schließlich mußte sie an ihre Handschuhe denken. Sie hielt mich am Arm oder hinten am Kragen fest. Und sie hätte mit mir nie die Ausstellung besucht, was sich ihrer Meinung nach nicht lohnte. Tante Lou und ich fanden, daß es sich lohnte, wir liebten es, die Jahrmarktschreier und die Blaskapellen und die rosa Zuckerwatte und das fettige Popcorn, das wir in uns hineinstopften, während wir von einem Pavillon zum anderen schlenderten. Jedes Jahr steuerten wir zuerst die Eßwaren an, um die aus echter Butter gemachte Kuh zu bewundern; in einem Jahr machten sie statt dessen die Königin nach.

An eines allerdings konnte ich mich nie so ganz erinnern. Natürlich besuchten wir auch den Rummelplatz und fuhren auch auf den langsameren Karussells – Tante Lou liebte das Riesenrad –, aber in zwei Zelte ließ mich Tante Lou nicht hinein. Auf dem einen waren Frauen in Haremskostümen mit riesigen, hervorspringenden Brüsten aufgemalt, und zwei oder drei dieser Frauen posierten mit nacktem Bauch in ihren gazeartigen Hosen außerhalb auf einer kleinen Bühne, während ein Mann mit Megaphon versuchte, die Leute zum Kauf von Eintrittskarten zu bewegen. Im anderen war die Freak-Show, und in diesem Zelt trat der Feuer- und Schwertschlucker auf, sowie der Gummimann und die siamesischen Zwillinge, KOPF AN KOPF ZUSAMMENGEWACHSEN UND TROTZDEM NOCH AM LEBEN, sagte der Mann, und die dickste Frau der Welt. Auch dieses Zelt wollte Tante Lou nicht besuchen. »Es ist nicht recht, über anderer Leute Unglück zu lachen«, sagte sie, strenger als gewöhnlich. Ich fand das unfair, andere Leute lachten über mich, also sollte ich auch eine Chance dazu bekommen. Allerdings hielt niemand Dicksein für einen Schicksalsschlag; man betrachtete es schlicht als abstoßende Willensschwäche. Es war nicht schicksalsbedingt und somit von einem Glorienschein umgeben wie die siamesischen Zwillinge oder jemand, der in einer eisernen Lunge lebt. Jedenfalls war die dicke Dame in dem Zelt, und ich wollte sie sehen. Ich hab' sie nie gesehen.

Woran ich mich nicht erinnern kann: Waren da zwei Zelte oder nur eins? Der Mann mit dem Megaphon hörte sich für die Freaks genauso an wie für die Tanzmädchen. Beides war spektakulär, etwas, was man gesehen haben mußte, um es glauben zu können.

Tante Lous Lieblingsattraktion auf dem Rummelplatz war die mit dem riesigen Maul außen, aus dem in endlosem Strom Gelächter vom Band ertönte. Es hieß ›Lach im Dunkeln‹. Drinnen gab es phosphoreszierende Skelette und Zerrspiegel, die einen streckten und zusammenschrumpfen ließen. Mir gefielen diese Spiegel überhaupt nicht. Ich wollte nicht dicker sein, als ich schon war, und schlanker zu erscheinen war unmöglich.
Gewöhnlich stellte ich mir die dicke Dame auf einem Stuhl sitzend und strickend vor, während endlose Schlangen magerer grauer Gesichter an ihr vorüberzogen und starrten und starrten. Ich sah sie vor mir in Gazehosen und kastanienbraunem Satin-Büstenhalter und roten Slippern wie die Tanzmädchen. Ich dachte darüber nach, was sie fühlen mochte. Eines Tages würde sie aufbegehren, sie würde etwas tun; bis dahin lebte sie von der Neugier. Sie strickte einen Schal für eine ihrer Verwandten, die sie von Kind auf gekannt und kein bißchen monströs gefunden hatte.

9

Ich hatte ein Bild von Tante Lou. Ich pflegte es mit mir herumzutragen und auf jeder Kommode, die gerade zur Hand war, aufzustellen, aber als ich nach Terremoto floh, ließ ich es zurück: Arthur hätte merken können, daß es fehlte. Einer dieser herumstreifenden Fotografen, die einen knipsen und einem dann einen Zettel mit einer Nummer in die Hand drücken, hatte es an einem heißen Augusttag auf dem Gelände der Kanadischen Nationalausstellung vor dem Kolosseum aufgenommen.
»Ist das deine Mutter?« fragte Arthur, als ich es auspackte.
»Nein«, sagte ich, »das ist meine Tante Lou.«

»Wer ist die andere? Die Dicke.«

Für einen Augenblick zögerte ich, nahe daran, ihm die Wahrheit zu sagen.

»Das ist meine andere Tante«, antwortete ich. »Meine Tante Deirdre. Tante Lou war wunderbar, aber Tante Deirdre war ein Ekel.«

»Sieht aus, als hätte sie es an der Schilddrüse«, sagte Arthur.

»Hatte sie nicht, sie aß bloß zuviel. Sie arbeitete als Telefonistin«, sagte ich. »Ihr gefiel das, weil sie den ganzen Tag sitzen konnte, und sie hatte eine laute Stimme. Sie wurde zu einer dieser Frauen befördert, die einen anrufen und sich erkundigen, warum man seine Rechnung nicht bezahlt hat.« Was für Lügen ich ihm erzählte, und nicht nur aus Gründen der Selbstverteidigung: Schon hatte ich eine vollständige falsche Vergangenheit für diesen Schatten auf einem Stück Papier erfunden, für diese Frau undefinierbaren Alters, die da in die Kamera blinzelte, einen Bausch Zuckerwatte in der Hand, das Gesicht aufgedunsen und leer wie bei einem mongoloiden Idioten: mein eigener aufgeblasener Körper.

»Sie sieht dir ein bißchen ähnlich«, sagte er.

»Ein bißchen«, gab ich zu. »Ich mochte sie nicht. Sie versuchte mir immer vorzuschreiben, wie ich mein Leben leben sollte.«

Es tat etwas weh, mich selbst so zu verleugnen. Das Bild wäre ein guter Anlaß gewesen, und ich hätte ihn nutzen sollen; für solch ein Wagnis war es noch nicht zu spät. Statt dessen zog ich mich hinter die Selbsttäuschung zurück, mit der Arthur mich wahrnahm. Ich glaube, ich konnte ihm all dieses verborgene Elend nicht anvertrauen, ich hielt ihn nicht für fähig, damit umzugehen. Er wünschte mich zwar albern und verletzlich, aber nur an der Oberfläche. Darunter lag ein anderer Mythos: daß ich es mir nur leisten konnte, albern und verletzlich zu sein,

weil ich innere Stärke besaß, ein Reservoir an Unterstützung und Wärme, das bei Bedarf angezapft werden konnte.
Jeder Mythos ist eine Form der Wahrheit, und Wärme und Unterstützung waren tatsächlich vorhanden. Ich lernte früh, Mitleid zu haben, an Weihnachten schenkte ich der Heilsarmee und beinamputierten Männern, die an Straßenecken Bleistifte verkauften, Dollars; ich war der Typ, dem Kinder das Märchen vom verlorenen Busgeld erzählten, und jedesmal rückte ich etwas heraus. Wenn ich die Yonge Street entlangging, stürzten sich die Hare-Krishna-Jünger bei jeder roten Ampel auf mich, es war wie eine Parade, ich weiß nicht, wie sie mich immer aufspürten. Ich fühlte mit allem, was Schmerzen litt: von Autos angefahrenen Katzen, alten Frauen, die auf vereisten Bürgersteigen hinfielen und von ihrer eigenen Schwäche und sichtbaren Unterhosen gedemütigt wurden, Politikern, die im Fernsehen weinten, weil sie eine Wahl verloren hatten. Aus diesem Grund, so erklärte Arthur mehr als einmal, waren meine politischen Ansichten sentimental. Ich verabscheute Exekutionskommandos; ich war nie der Meinung, daß die vom Gipfel der Macht Gestürzten das verdienten, was man ihnen antat, ganz egal, was sie zu ihrer Zeit den anderen angetan hatten. ›Naiven Humanismus‹ nannte Arthur das. Wenn es auf ihn angewandt wurde, mochte er es allerdings.
Er wußte natürlich nicht, daß hinter meinem mitfühlenden Lächeln zwei Reihen fest zusammengebissener Zähne lagen und dahinter eine Legion weinender Stimmen: ›Und was ist mit mir? Mit meinen eigenen Schmerzen? Wann bin ich an der Reihe?‹ Aber ich hatte gelernt, diese Stimmen zu unterdrücken, ruhig und aufnahmefähig zu bleiben.
Mit Warmherzigkeit und Hilfsbereitschaft bahnte ich mir

meinen Weg durch die Oberschule. Im *Braeside Banner,* unter dem Gruppenbild, auf dem Mädchen mit dunklen Mündern und nachgezogenen Augenbrauen und Pagenkopf oder Pferdeschwanz Jungen mit Meckifrisur oder fettigem Entenschwanz, Augen geradeaus und über den Knöcheln gekreuzten Füßen gegenüberstanden, lauteten die Sprüche über mich immer: »Unser stets fröhliches Mädel mit der überwältigenden Persönlichkeit!!!« oder »Ein dufter Kumpel!!!« oder »Bei Joanie gibt's immer was zu lachen« oder »Ein süßes Kind, das sich nie aufzuregen scheint«. Bei anderen Mädchen hieß es: »Die Großen mag sie besonders!!!« oder »Oh, diese Don-Mills-Parties!!!« oder sogar »Gute Sachen kommen in kleiner Verpackung daher«. Zu Hause war ich mürrisch und dämmerte vor mich hin, im Kino weinte ich mit Tante Lou, doch in der Schule war ich unermüdlich freundlich und ging voll aus mir heraus, ich kaute Kaugummi, rauchte im Waschraum, schminkte meine Lippen mit Edelrosa oder schwülem Rot, mein winziger Cupidomund verloren in einem Meer von Gesicht. Ich war gut im Volleyball, allerdings nicht im Basketball, bei dem man eine Menge herumrennen mußte. Ich wurde in Ausschüsse gewählt, gewöhnlich als Sekretärin, schloß mich dem United Nations Club an und gehörte zur arabischen Delegation unserer Modell-UN. Wenn ich mich recht entsinne, hielt ich eine ganz ordentliche Rede für die Sache der palästinensischen Flüchtlinge. Bei Tanzveranstaltungen half ich beim Dekorieren und hängte endlose schlaffe Gewinde aus Kleenex-Blumen an den Wänden der verschwitzten Turnhalle auf, obwohl ich am Tanz selbst natürlich nie teilnahm. Meine Noten waren annehmbar, aber nie so gut, daß sie hätten Neid erregen können. Und was noch wichtiger war: Ich spielte für die gepuderten, mit Kaschmirpullover und spitzen Brüsten ausgerüsteten Mädchen in der Klasse freundlich die Tante und Hebamme. Aus

diesem Grund standen im Jahrbuch auch so niedliche Sachen über mich.
In der Schule gab es noch zwei weitere dicke Mädchen. Das eine, Monica, war eine Klasse über mir. Sie hatte fettige Haare, kurz geschnitten und zurückgekämmt wie ein Junge, und trug eine schwarze Lederjacke mit silbernen Nieten. Mittags trieb sie sich mit einigen der übleren, dümmeren Jungs auf dem Parkplatz herum, wo sie aus im Handschuhfach versteckten Flachmännern tranken und sich schmutzige Witze erzählten. Mehr oder weniger wurde sie von ihnen akzeptiert, allerdings als ein weiterer Junge. Der Gedanke, daß sie eine Frau war, schien ihnen gar nicht zu kommen. Theresa, die zweite, gehörte zum selben Jahrgang wie ich, ging aber in eine andere Klasse. Sie war blaß und zurückhaltend; sie redete wenig und hatte kaum Freundinnen. Allein watschelte sie durch die Gänge, mit hängenden Schultern, Bücher gegen die Brust gedrückt, um etwas von ihrem Vorbau zu verstecken, den Blick scheu und kurzsichtig auf die eigenen Füße gerichtet. Sie trug cremefarbene Kunstseidenblusen mit dezenter Stickerei wie die fünfundvierzigjährige Bürosekretärin. Und doch mußte sie statt der wilden Monica die typische traditionelle Dicke-Mädchen-Rolle spielen, es war Theresa, der die Jungs von der anderen Straßenseite aus nachriefen: »He, Theresa, he, Dickerchen! Gehst du mit mir hinter die Scheune?« Theresa drehte dann den Kopf zur Seite und wurde rot; niemand wußte, ob an den Gerüchten etwas Wahres war, daß sie es unter den richtigen Umständen ›machen‹ würde, aber jeder glaubte es.
Was mich anbelangt, so hatte ich eine überwältigende Persönlichkeit, und meine Freundinnen waren nette Mädchen, der Typ, den die Jungs zum Tanzen und ins Kino einluden, wo man sie in der Öffentlichkeit sehen und bewundern konnte. Niemand schrie mir auf der Straße etwas nach; jedenfalls niemand, der zu unserer Schule ge-

hörte. Die Mädchen gingen gern mit mir nach Hause, fragten mich um meinen Rat und vertrauten mir alles an, und das aus zwei Gründen: Waren die Annäherungsversuche eines Jungen nicht erwünscht, dann gab es ja mich, die dicke Anstandsdame, die perfekte Entschuldigung; es war fast so, als hätte man einen eigenen Panzer zur Verfügung. Und wenn ein begehrenswerterer Junge auftauchte, war es vielleicht die Schuld meiner Freundinnen, daß sie neben mir so angenehm auffielen? Dazu kam noch, daß ich sehr verständnisvoll war, ich wußte immer im passenden Augenblick: »Also, bis morgen«, zu sagen, worauf ich wie ein kleines Luftschiff bei stetigem Wind in der Entfernung verschwand, ein Pärchen hinter mir zurücklassend, das sich auf dem Bürgersteig vor einem dieser gepflegten Braesider Häuser mit der ordentlich geschnittenen Rasenfläche mit den Augen verschlang. Das Mädchen würde mich dann später anrufen und atemlos sagen: »Rat mal, was passiert ist«, und ich würde antworten: »Oh, was denn?«, als wäre ich aufgeregt und entzückt und als könnte ich es kaum erwarten, alles zu erfahren. Bei mir konnte man sich darauf verlassen, daß ich keinen Neid zeigen, beim Flirten nicht konkurrieren und mich nicht wundern würde, warum diese meine liebsten Freundinnen mich nie zu ihren gemischten Pärchen-Parties einluden. Obwohl reichlich mit Fleisch gesegnet, betrachtete man mich als jenseits aller fleischlichen Gelüste, was natürlich nicht stimmte.

Jeder vertraute mir, niemand hatte Angst vor mir, obwohl es angebracht gewesen wäre. Ich wußte alles über meine Freundinnen, ihre Hoffnungen, ihre Vorlieben, das Porzellanservice und den Schnitt des Hochzeitskleides, die sie sich schon mit fünfzehn Jahren ausgesucht hatten, die Namen der ahnungslosen Jungen, denen die Segnungen dieser Schätze zugute kommen sollten, was sie wirklich von den Jungs hielten, mit denen sie ausgingen, diese Waschlappen und Schleimer, und dann die anderen, mit denen sie lieber ausgegangen wären, diese lebenden Puppen. Ich wußte, was sie übereinander dachten und was sie hinter dem Rücken übereinander redeten. Von meiner Person hatten sie keine Ahnung, ich war ein Schwamm, der alles aufsaugte und nichts von sich gab, trotz der Versuchung, alles hinauszuschreien, meinen ganzen Haß und die Eifersucht, mich selbst als das doppelzüngige Ungeheuer zu enthüllen, das nur ich alleine kannte. Ich konnte es kaum aushalten.

Der einzige Vorteil dieses anstrengenden Lebens bestand darin, daß ich gründliche Kenntnisse über einen Teil meines künftigen Publikums erwarb: diejenigen, die zu jung heirateten, zu früh Babies bekamen, die sich Prinzen und Schlösser erträumt hatten und in Mietwohnungen mit mürrischen Ehemännern gelandet waren. Damals konnte ich das nicht ahnen.

Monica verließ die Schule, so schnell sie konnte. Ebenso Theresa, die einen Automechaniker heiratete, einen älteren Mann, der weder meine noch irgendeine andere Schule besucht hatte. Es wurde behauptet, sie wäre schwanger, obwohl, wie eine meiner Freundinnen bemerkte, wie hätte man das feststellen können? Ich machte verbissen weiter; ich wollte den Abschluß, um es endlich hinter mir zu haben, aber ich hatte keine Ahnung, wie es dann weitergehen sollte. Meine Mutter wollte, daß ich auf das angesehene Trinity College der Universität von Toronto ginge, und fast stimmte ich dem zu; ich wollte Archäologie oder vielleicht Geschichte studieren. Doch der Gedanke an vier weitere Jahre verborgenen akuten Elends schien mir unerträglich; dazu würden noch die Schrecken von Studentinnenverbindungen, Verlobungen, Footballspielen und Hochzeiten im Frühling kommen. Ich begann, Teilzeitjobs anzunehmen; ich eröffnete ein Bankkonto. Ich erzählte Tante Lou, aber niemand an-

derem, daß ich von zu Hause weggehen würde, sobald ich genügend Geld beisammen hätte.
»Hältst du das für klug, Liebes?« sagte sie.
»Hältst du es für klug hierzubleiben?« fragte ich.
Sie kannte meine Mutter, sie hätte mich verstehen müssen. Vielleicht machte sie sich Sorgen, was mir zustoßen könnte, draußen in der Welt. Ich machte mir auch Sorgen. Ich wollte weg, aber ich hatte Angst davor.
Ich hatte Tante Lou gegenüber ein schlechtes Gewissen: Ich war mit ihr nicht mehr so oft ins Kino gegangen wie früher. Der wahre Grund lag darin, daß ich fürchtete, eine meiner Freundinnen – Barbara oder Carole-Ann (die unseren Beifall bei Sportveranstaltungen dirigierte) oder Valerie in ihrem Kaschmirpullover, die kleinen, hochgeschnürten Brüste frech vorgestreckt wie erhobene Daumen, ein Gewinde künstlicher Blumen um das Elastikband geschlungen, das den Pferdeschwanz hielt, einen Jungen mit einer Jacke mit großem B darauf im Schlepptau – würde in demselben Film auftauchen und mich neben meiner pelzbehängten, stämmigen Tante schluchzen sehen.
»Geh nicht, bevor du bereit bist«, sagte Tante Lou weise, und wie üblich konnte das alles mögliche bedeuten.
Die Jobs, die ich ergattern konnte, setzten keine Ausbildung voraus und waren nicht gerade angenehm. In der Regel wollte kein Arbeitgeber jemand so Dickes beschäftigen, aber einigen war es einfach zu peinlich, mich glatt abzulehnen, vor allem wenn sie eine Anzeige aufgegeben hatten. Durch aufgedunsene Augenlider starrte ich sie vorwurfsvoll an und sagte: »Hier ist die Annonce, direkt hier«, und dann stellten sie mich für ein paar Wochen ein und logen irgend etwas zusammen, daß jemand vom Stammpersonal im Urlaub wäre. Auf die Art arbeitete ich drei Wochen im Kaufhaus, zwei Wochen als Platzanweiserin, drei als Kassiererin in einem Restaurant und so

weiter. Einigen Arbeitgebern war ich willkommen: Ich war billig wie eine Frau, aber ohne wie andere Frauen Störungen unter den männlichen Angestellten und Kunden zu verursachen. Das waren jedoch oft harte, unangenehme Jobs wie Tellerwaschen, und ich hielt es nie lange aus. Diese Jobs stießen meine Mutter vor den Kopf. »Warum mußt du denn arbeiten?« fragte sie ständig. »Wir geben dir doch soviel Geld, wie du brauchst.« Sie empfand die Jobs, die ich annahm, als persönliche Beleidigung, was einen zusätzlichen Anreiz darstellte. Sie müssen sie auch an ihr früheres Leben erinnert haben.

Als die sexuelle Freizügigkeit in Mode kam, las ich eine Menge Berichte über die ersten sexuellen Erfahrungen anderer Leute: Masturbieren mit Türgriffen, Wasserhähnen und den Griffen von Elektrorasierern, Petting auf Rücksitzen im Autokino, sich in den Büschen wälzen und so fort. Nichts davon ähnelte meinen Erfahrungen. Ich selbst hatte zwei frühe sexuelle Erlebnisse, doch zum größten Teil unterdrückte ich mein Interesse an Sex ebenso vollständig wie das an Kriegsfilmen. Es gab darin keine brauchbare Rolle für mich, also ignorierte ich die ganze Angelegenheit so gut wie möglich. Obwohl ich so tat als ob, hatte ich mit der kollektiven Schwärmerei meiner Freundinnen für Sänger nicht viel im Sinn. Allerhöchstens gestand ich mir eine idealisierte Lust an der Figur des Merkur zu, mit beflügeltem Helm und Sandalen, beeindruckenden Muskeln und einem diskret um die Lenden gegürteten Telefonkabel, der auf der Vorderseite des Telefonbuchs von Toronto abgebildet war. Vor einigen Jahren verschwand er. Vielleicht hatte die Telefongesellschaft entdeckt, daß dieser Gott für Diebe und Betrüger ebenso zuständig war wie für Geschwindigkeit.

Doch auf dem Umweg über die Barbaras und Valeries, mit denen ich zu Mittag aß und nach Hause ging, hatte ich Zugang zu den sexuellen Mysterien, obwohl sie diese

Dinge eher untereinander als mit mir besprachen. Sie schlossen mich aus Respekt aus, so wie man eine Nonne oder eine Heilige ausgeschlossen hätte. Sexuell waren sie prüde, verkauften sich scheibchenweise in angemessenen Dosierungen, einen Kuß nach dem dritten Rendezvous, aufregendere Küsse nur, wenn man fest miteinander ging, unterhalb des Halses war Berühren verboten. Es war die Zeit vor der Pille, und es wurden ihnen von den Müttern genügend abschreckende Beispiele vor Augen geführt, damit sie nicht schwach wurden. – Klatsch über Mädchen, die heiraten mußten oder, noch schlimmer, die mußten und nicht konnten. Falls sie doch einmal weiter gingen, als zulässig war, dann erzählten sie es nicht.
Mein erstes sexuelles Erlebnis verlief folgendermaßen. Ich ging mit Valerie nach Hause, die seitdem schon mehrfach Gastspiele auf den Seiten meiner historischen Schmöker gegeben hat, einmal in einen Reifrock gehüllt, das andere Mal in einem tief ausgeschnittenen pseudogriechischen Kleid zur Zeit Georgs IV. An diesem Tag jedoch trug sie einen roten Sweater mit einem angesteckten Pudel, einen dazu passenden roten Schottenrock und Mokassins, darüber einen marineblauen Trenchcoat. Sie erzählte mir von einem wichtigen Telefonanruf, den sie am Abend zuvor mitten beim Haarewaschen bekommen hatte. Ein paar Blocks vor der Straße, wo ich gewöhnlich abbog, trafen wir einen Jungen, der seit Wochen mit Valerie auszugehen versuchte. Sie war nicht interessiert – sie hielt ihn, wie ich wußte, für ein Brechmittel –, aber der Etikette nach durfte sie ihn nicht zu unhöflich und grob behandeln, da ihr das den Ruf hätte einbringen können, hochnäsig zu sein. Also schlenkerte er neben uns her, versuchte nervös, eine Unterhaltung mit Valerie in Gang zu halten, und beachtete mich sowenig wie möglich.
Valerie schenkte mir einen bedeutsamen Blick, und so bog ich nicht in meine Straße ein. Statt dessen marschierte

ich den ganzen Weg bis zu ihrem Haus mit. Ich wußte, sie würde mich später anrufen und sich bedanken, daß ich so schnell kapiert hatte. An ihrer Einfahrt verabschiedete sie sich, drehte sich um und tänzelte mit schwingendem Pferdeschwanz den Weg hinauf. Die Hintertür schloß sich, und sie war verschwunden. Mit geschwollenen Füßen, die über den Rand der Mokassins quollen, stand ich auf dem Bürgersteig. Meine Knöchel schmerzten, ich war drei Blocks weiter gegangen und mußte sie nun zurückgehen, es war Zeit, daß ich nach Hause kam, mir ein dreistöckiges Sandwich mit Kraft-Käse und Erdnußbutter zubereitete und mich für meinen Platzanweiserjob im Starlite-Kino fertigmachte, wo Natalie Wood in *Splendor in the Grass* spielte. Der Junge, den selbst ich nicht für akzeptabel hielt, hätte jetzt »Bis später« sagen und so schnell wie möglich von mir weglaufen müssen. Statt dessen tat er etwas Merkwürdiges. Er kniete vor mir nieder, mitten in eine Schlammpfütze – es war April und hatte geregnet –, und vergrub sein Gesicht in meinem gewaltigen Bauch.

Was sollte ich tun? Ich war verblüfft; ich hatte Mitleid; ich streichelte seine Haare. Meine Hand roch tagelang nach Bryl-Creme.

Nach ein paar Minuten stand er auf, die Knie seiner Hosen klatschnaß, und ging davon. Das war mein erstes sexuelles Erlebnis. Ich ging nach Hause und aß mein Sandwich.

Ich hatte nicht die geringste Ahnung, warum gerade dieser Junge, dessen Name mir nie mehr einfiel, obwohl ich immer den angestrengten, fast qualvollen Ausdruck auf seinem Gesicht deutlich vor Augen hatte, solch einen grotesken, wenn auch fast rituellen Akt aufführte, auf einem schmutzigen Gehsteig im Vorort von Braeside Park vor einem gewöhnlichen weißverputzten Ziegelhaus mit zwei beschnittenen Zedern zu beiden Seiten der Haustür.

Vielleicht war es der Kummer über eine hoffnungslose Liebe, und er suchte Trost. Andererseits hätte es auch ein instinktiver Akt von Bauchanbetung sein können; oder wenn man die Art beurteilte, in der er seine Arme so weit wie möglich um mich warf und seine Finger eingrub, während sein Chemiebuch vergessen im Dreck lag, dann mußte er mich vielleicht als eine einzige riesige Brust empfunden haben. Aber das sind spätere Spekulationen. Damals war ich so schockiert über die Neuheit, von einem Jungen berührt worden zu sein, daß ich den Vorfall so schnell wie möglich vergaß. Er war nicht sehr angenehm gewesen. Ich nahm ihn nicht einmal zum Anlaß, mich über ihn lustig zu machen, wie ich es vielleicht getan hätte, wenn ich dünner gewesen wäre. Er für seinen Teil ging mir aus dem Weg und machte bei Valerie keine Annäherungsversuche mehr.

Mein zweites sexuelles Erlebnis hatte ich bei einem meiner Teilzeitjobs als Kassiererin in einem kleinen, zweitklassigen Restaurant, das *Bite-A-Bit* hieß. Es gab dort Hot dogs, Hamburgers, Milchshakes, Kaffee, Kuchen; wenn man wollte, konnte man auch ein richtiges Menü haben, Brathähnchen und Krabben, Minutensteaks, gegrillte Schweinekoteletts und Roastbeef. Ich arbeitete von halb fünf bis Ladenschluß um halb zehn, und als Teil meiner Bezahlung gab es eine freie Mahlzeit der unteren Preisklasse. Ich thronte auf einem hohen Stuhl hinter der Registrierkasse. und nahm das Geld ein. Außerdem kümmerte ich mich um die Kunden, die an der Theke neben meinem Stuhl saßen; zu diesem Zweck war ich telefonisch mit der Küche verbunden, um die Bestellungen durchzugeben.

Der Küchenbereich lag hinten, mit einer Durchreiche, die mit einer Ziegelsteintapete und verschiedenen, nie benutzten Kupferpfannen getarnt war. Es gab zwei Köche, einen lethargischen, ständig beleidigten Kanadier und

einen lebhaften Ausländer mit strahlenden Augen, entweder Italiener oder Grieche, da war ich nicht sicher. So war es immer, das hatte ich bei meinen Jobs gelernt. Die Kanadier, die solche Jobs hatten, erwarteten keinen Aufstieg mehr: Trotz des Vorteils, Land und Sprache zu kennen, war dies das Beste, was sie tun konnten. Die Ausländer dagegen waren auf dem Weg nach oben, sie sparten Geld und lernten, sie hatten nicht die Absicht, ewig Lakaien zu bleiben. Der ausländische Koch brauchte halb so lange wie der andere und war doppelt so höflich. Er strahlte, wenn er den Kellnerinnen die Platten mit Essen hinausreichte, er hüpfte in seiner ofenähnlichen Einzäunung wie ein backendes Eichhörnchen herum, summte exotische Liedfetzen, und es war leicht zu merken, daß ihn der andere am liebsten umgebracht hätte.
Meine Beziehung zu ihm begann damit, daß er jedesmal zum Hörer griff, wenn ich telefonisch eine Bestellung aufgab. Durch die Durchreiche konnte er mich deutlich sehen.
»Halloo«, ertönte seine weiche Stimme.
»Einen Cheeseburger und eine Portion Pommes frites«, meinte ich darauf.
»Für Sie mache ich es extra gut.«
Ich glaubte, er hänselte mich, und ignorierte ihn, aber eines Tages fragte er über die Sprechanlage, »Trinken Sie einen Kaffee mit mir, ja? Nach der Arbeit?«
Ich war zu erschrocken, um nein zu sagen. Nie zuvor hatte mich jemand zu einem Kaffee eingeladen.
Er half mir in den Mantel und öffnete die Tür für mich, wobei er um mich herumflitzte wie ein Schlepper um die Queen Elizabeth; er war fünfzehn Zentimeter kleiner und wahrscheinlich achtzig Pfund leichter als ich. Er kam sofort zur Sache, als wir uns in einem nahe gelegenen Café gegenübersaßen.
»Ich bitte darum, daß Sie mich heiraten.«

»Was?« sagte ich.
Er lehnte sich über den Tisch und sah mich mit seinen funkelnden schwarzen Augen an. »Ich meine es ernst. Ich will Ihren Vater treffen, und hier, sehen Sie, ich zeige Ihnen mein Sparbuch.« Zu meiner Verblüffung schob er ein kleines, blaues Sparbuch zu mir herüber.
»Meinen Vater?« stammelte ich. »Ihr Sparbuch...«
»Sehen Sie«, sagte er, »ich habe ehrliche Absichten. Ich möchte bald ein eigenes Restaurant aufmachen, ich habe genug gespart. Sie sind ein ernsthaftes Mädchen, Sie sind nicht wie viele andere in diesem Land, Sie sind ein gutes Mädchen, ich habe Sie beobachtet, und ich weiß nicht, was ich sagen soll. Sie würden an der Kasse für mich arbeiten und die Leute begrüßen. Ich würde kochen, viel bessere Sachen als da drüben.« Er zeigte über die Straße in Richtung des *Bite-A-Bit*. »Ich werde den Wein servieren; wer außer einem Schwein kann ohne Wein essen?«
»Aber«, sagte ich. Einen Moment lang fiel mir kein Grund ein, warum nicht. Dann stellte ich mir den Ausdruck im Gesicht meiner Mutter vor, wie ich in weißem Satin durch das Kirchenschiff schwebte, diesen winzigen Ausländer wie eine Handtasche über den Arm geworfen.
»Ich werde Ihnen Babies machen«, sagte er, »viele, viele Babies, ich sehe, Sie mögen Babies. Sie sind ein gutes Mädchen. Dann, wenn wir genug Geld haben, besuchen wir meine Heimat. Wird Ihnen gefallen.«
»Aber«, sagte ich, »ich habe nicht die gleiche Religion wie Sie.«
Er wedelte mit der Hand. »Sie werden ändern.«
Bei meinem ersten Besuch in Terremoto verstand ich besser, was er in mir sah: Ich hatte bereits die Figur einer Ehefrau, ich hatte die Figur, die die meisten Frauen erst nach einigen Jahren bekamen. Ich hatte nur ein bißchen früher angefangen, das war alles. Aber damals konnte ich den

Verdacht nicht loswerden, daß er sich über mich lustig machte; entweder das, oder es war bloß ein geschäftliches Angebot. Und trotzdem, wie leicht alles wäre. Denn trotz seiner Größe war er es offensichtlich gewohnt, Entscheidungen zu treffen; ich brauchte nie wieder selbst welche zu treffen. Allerdings wollte ich nicht viel länger Kassiererin bleiben. Ich konnte nicht gut addieren.
»Ich danke Ihnen sehr«, sagte ich, »aber ich fürchte, es ist unmöglich.«
Er war nicht entmutigt. In den nächsten Wochen benahm er sich, als hätte er eine Ablehnung der Form halber erwartet. Meine Weigerung war angemessen und bescheiden gewesen, und nun brauchte ich nur noch umworben zu werden; nach entsprechender Zeit würde ich dann einwilligen. Er flirtete mit mir durch die Durchreiche, wenn ich meine Bestellungen abholte, er machte Katzenaugen und wackelte mit seinem kleinen, braunen Schnurrbart, er seufzte und bettelte über die Sprechanlage und beobachtete mich die ganze Zeit von seinem Posten am Backofen aus. Wenn meine Pause und damit mein Abendessen nahte, kochte er teure, verbotene Sachen für mich, füllte meinen Teller bis zum Rand mit Shrimps, die ich, wie er wußte, sehr gerne aß, und krönte alles mit einem Büschel Petersilie. Mein normalerweise ungeheurer Appetit begann zu schwinden, teils wegen der Wirkung, die der stundenlange Kontakt mit anderer Leute Essen auf mich hatte, teils weil ich bei jeder Mahlzeit spürte, daß ich bestochen wurde.
Die ganze Angelegenheit hatte etwas von einer Zeremonie an sich, eine Vorstellung, die aufgeführt werden mußte, bevor ich nachgab und tat, was er wollte; doch wie bei allen Zeremonien, an die geglaubt wird, war es aufrichtig und seltsam rührend. Ich mochte ihn, aber er störte mich. Ich wußte, daß ich solche Aufmerksamkeiten nicht verdiente, und außerdem war etwas Absurdes

daran; so als würde man von Charlie Chaplin verfolgt. Ich war erleichtert, als die Stammkassiererin wieder zurückkehrte und ich aufhören konnte.
Eine Zeitlang hing ich in der Schule Tagträumen über diesen Mann nach (seinen wirklichen Namen habe ich nie erfahren; in seiner Entschlossenheit, Kanadier zu werden, bestand er auf John). Meistens stellte ich mir ihn bloß als Landschaft vor, blaue Himmel und mildes Klima, mit weißen Sandstränden und einer imposanten klassischen Säulenruine auf einer Klippe; jedenfalls ein Ort, der in striktem Gegensatz zu dem düsteren Toronto stand, mit seinen beißenden Winterstürmen, seinem Streusalzmatsch, der einem die Schuhe zerfraß, oder seinen feuchten, drückenden Sommern; ein Ort, zu dem ich endlich passen würde, in den ich mich einfügen könnte. Manchmal dachte ich, daß es eigentlich angenehm gewesen wäre, ihn zu heiraten; genau so, als hätte man ein Haustierchen. Mit seinen schwarzen Augen und dem weichen Schnurrbart wäre er wie ein freundliches Tier – ein Eichhörnchen oder ein Otter –, das über meinen Körper huschte, der ihm so gewaltig wie eine Halbinsel vorkommen mußte. Aber nach und nach verblaßten diese Bilder, und während ich das Gemurmel des Geschichtslehrers abzustellen versuchte, der mit monotoner Stimme über Naturschätze und andere Dinge, die mich nicht interessierten, redete, kehrte ich zu einer früheren Phantasie zurück.
Ich sah mich in einem Zirkuszelt sitzen. Es war dunkel, gleich würde etwas geschehen, das Publikum war gespannt vor Erwartung. Ich aß Popcorn. Plötzlich schnitt ein Scheinwerfer durch die Dunkelheit und richtete sich auf eine winzige Plattform in der Zeltspitze. Darauf stand die dicke Dame aus der Freak-Show der Kanadischen Nationalausstellung. Sie war sogar noch fetter, als ich sie mir vorgestellt hatte, fetter als das grobe Bild, das man von ihr

an die Außenwand gemalt hatte, viel fetter als ich. Sie trug ein flitterbesetztes rosa Trikot, ein kurzes, flauschiges rosa Röckchen, Ballettschuhe aus Satin und auf dem Kopf ein funkelndes Diadem. Sie trug einen winzigen rosa Schirm als Ersatz für die Flügel, die ich ihr so gern angeheftet hätte. Selbst in meinen Phantasien bewahrte ich mir stets einen Hauch von Realitätssinn.

Die Menge brach in Gelächter aus. Sie kreischten, zeigten nach oben und johlten; sie sangen beleidigende Lieder. Ohne darauf zu achten, betrat die dicke Dame vorsichtig das Hochseil, während die Kapelle eine getragene, feierliche Melodie spielte. Das brachte die Menge zum Schweigen, und ein bestürztes Gemurmel erhob sich. Ganz offensichtlich war es eine gefährliche Angelegenheit; so wahnsinnig fett, wie sie war, wie sollte sie das Gleichgewicht halten, sie würde die Balance verlieren und fallen. »Das überlebt sie nicht«, flüsterten sie, denn es gab kein Netz.

Zentimeter für Zentimeter schob sich die dicke Dame allmählich auf dem Seil voran, hielt an, um die Balance wiederzugewinnen, ihr rosa Schirmchen herausfordernd über den Kopf gestreckt. Schritt für Schritt geleitete ich sie, vorbei an den Holzfällern der Westküste, über die Weizenfelder der Prärien, hoch über die Minen und Schornsteine von Ontario; für die armen Farmer des St. Lawrence Valley und die Makrelenfischer an der Küste tauchte sie wie eine rosa Vision in den Wolken auf. »Guter Gott, was ist das?« murmelten sie und hielten inne im endlosen Einholen ihrer Netze. Einige Male schwankte sie, und die Menge hielt den Atem an. Der Draht geriet in Schwingungen, und sie konzentrierte all ihre Kräfte auf den gefährlichen Übergang, denn Absturz bedeutete Tod. Dann, gerade bevor es klingelte und die Stunde herum war – darin lag der Trick –, würde sie auf der anderen Seite wieder sicheren Boden betreten, und das Gebrüll der aufspringenden Menschenmenge würde ihre Huldigung sein. Ein großer Kran würde auftauchen und sie auf die Erde herabheben.

Man sollte meinen, ich hätte der dicken Dame mein eigenes Gesicht gegeben, aber so einfach war es nicht. Statt dessen hatte sie das Gesicht von Theresa, meiner verachteten Leidensgenossin. In der Schule ging ich ihr aus dem Weg, aber schließlich war ich kein herzloses Ungeheuer, ich wollte es wiedergutmachen, ich hatte gute Absichten.

Ich wußte, wie Arthur diese Phantasie analysieren würde. Welch eine Schande, würde er sagen, wie zerstörend wirkten sich doch die Zwänge der Gesellschaft auf mich aus, indem sie mich in eine Weiblichkeitsschablone preßten, der ich nie genügen konnte, mit diesen rosa Strumpfhosen, diesem Flitter, diesen unmodernen, viel zu engen Ballettslippern. Wieviel besser wäre es für mich gewesen, wenn man mich so akzeptiert und anerkannt hätte, wie ich war, und wenn ich gelernt hätte, mich selbst ebenfalls zu akzeptieren. Alles sehr wahr, sehr richtig, sehr fromm gedacht. Aber so einfach ist es eben nicht. Ich wollte diese Dinge haben, das flauschige Röckchen, das glitzernde Diadem. Mir gefielen sie.

Was die dicke Dame anbelangte, so wußte ich sehr wohl, daß sie nach ihrer todesverachtenden Heldentat zu ihrer Freak-Show zurückkehren mußte, um dort in ihrem überdimensionalen Stuhl zu sitzen, das Strickzeug im Schoß, angestarrt von denen, die sich Eintrittskarten gekauft hatten. Das war ihr wirkliches Leben.

10

Als ich in der dritten Klasse der Braeside-Oberschule war, lud mich Tante Lou eines Sonntags zum Essen ein. Ich war überrascht, da ich wußte, daß die Sonntagabende für Robert, den Buchhalter aus ihrer Firma, reserviert waren. Aber als sie sagte, »Zieh etwas Hübsches an, Liebes«, wurde mir klar, daß sie mich ihm vorstellen würde. Ich hatte nichts Hübsches zum Anziehen, aber es war typisch Tante Lou, das nicht zuzugeben. Ich zog meinen Faltenrock mit dem Telefon an.

Ich war darauf gefaßt, auf Robert eifersüchtig zu sein. Ich hatte ihn mir groß, überwältigend und ein bißchen düster vorgestellt, jemand, der Tante Lous Zuneigung ausnutzte. Statt dessen war er klein und adrett, der am gepflegtesten gekleidete Mann, den ich je gesehen hatte. Tante Lou hatte seinetwegen sogar das Apartment aufgeräumt, mehr oder weniger zumindest, obwohl ich unter dem schönsten Stuhl, auf dem er, seinen Martini nippend, saß, einen Nylonstrumpf hervorblitzen sehen konnte.

Tante Lou war von Kopf bis Fuß geschmückt. Sachen baumelten an ihr herunter, die Handgelenke klingelten, Südseedüfte umwehten sie. Während sie herumschusselte und letzte Hand an das Festmahl legte, das sie vorbereitet hatte, schien sie sich immer mehr auszubreiten und den ganzen Raum mit ihrer Wärme zu füllen. Robert beobachtete sie wie einen überwältigenden Sonnenuntergang. Ich fragte mich, ob ein Mann mich je mit solchen Augen ansehen würde.

»Ich weiß wirklich nicht, was deine Tante an so einem vertrockneten alten Knaben wie mir findet«, sagte er scheinbar zu mir, in Wirklichkeit aber zu Tante Lou.

Tante Lou knurrte. »Laß dich bloß nicht von ihm zum Narren halten«, sagte sie. »Insgeheim ist er ein Teufel.«

Nachdem wir die Mousse au chocolat aufgegessen hatten,

sagte Tante Lou, »Joan, Liebes, wir haben uns überlegt, ob du vielleicht mit uns in die Kirche gehen würdest.«
Die Überraschung war noch größer. Meine Mutter ging aus gesellschaftlichen Gründen in die Kirche; ihr verdankte ich mehrere Jahre Sonntagsschule, mit weißen Handschuhen und runden, marineblauen Falthüten mit einem Gummiband ums Kinn und Mary-Jane-Lackschuhen. Tante Lou hatte Mitgefühl gezeigt, als ich sagte, es sei langweilig. Sie selbst hatte mich gelegentlich in eine kleine anglikanische Kirche mitgenommen, allerdings nur an Ostersonntagen, wegen der Kirchenlieder, wie sie sagte; schlimmer war es nie geworden. Nun jedoch befestigte sie einen ihrer erstaunlichen Hüte auf dem Kopf, puderte sich die Nase und nahm sachlich ihre weißen Handschuhe in die Hand.
»Direkt eine Kirche ist es ja nicht«, sagte sie zu mir, »aber Robert geht jeden Sonntag hin.«
Wir fuhren mit Roberts Wagen. Er parkte in einer schäbigen Seitenstraße nördlich von Queen. Die halb freistehenden Häuser waren alte, zweistöckige, rote Ziegelbauten mit einer Veranda; die ganze Gegend wirkte armselig und heruntergekommen. Schmutziger Schnee begrenzte die Rasenflächen. Eines der Häuser hob sich von den anderen durch strahlendrote Vorhänge ab, die von hinten beleuchtet wurden, so daß sie förmlich glühten; in dieses Haus gingen wir.
In der Eingangshalle stand ein Tisch mit einem großen Messingtablett, einem Stapel Zettel und mehreren Bleistiften; darunter trockneten Überschuhe, Gummistiefel und Galoschen auf ausgebreitetem Zeitungspapier. Tante Lou und Robert schrieben jeder eine Zahl auf einen der Zettel, dann legten sie das zusammengefaltete Papier auf das Tablett. »Schreib auch eine Zahl drauf, Liebes«, sagte Tante Lou. »Vielleicht bekommst du eine Botschaft.«
»Eine Botschaft?« sagte ich. »Von wem?«

»Na, man kann nie wissen«, sagte Tante Lou. »Aber du kannst es wenigstens probieren.«

Ich dachte mir, erst einmal abwarten und sehen was passiert. Nachdem wir durch einen purpurnen Samtvorhang gegangen waren, standen wir in der Kapelle, wie ich sie später zu bezeichnen lernte. Das war früher das Wohnzimmer des Hauses gewesen, doch nun befanden sich darin fünf oder sechs Reihen Klappstühle, auf jedem Stuhl lag ein Gesangbuch. Wo einmal das Speisezimmer gewesen war, erhob sich nun eine Bühne mit einer in rotem Samt gehaltenen Kanzel und einer kleinen elektrischen Orgel. Nur ein Drittel der Stühle war besetzt. Bis zum Beginn der Feierlichkeiten füllte sich der Raum noch etwas, aber voll besetzt habe ich ihn während meiner folgenden Besuche nie erlebt. Die meisten der regelmäßigen Besucher der Gemeinde waren ziemlich alt, und viele litten unter chronischem Husten. Tante Lou und Robert gehörten noch zu den jüngsten.

Wir setzten uns in die erste Reihe. Tante Lou flatterte herum wie ein Hühnchen, Robert saß kerzengerade. Eine Weile geschah nichts; hinter uns ertönte Räuspern und das Geräusch scharrender Schuhe. Ich schlug das Gesangbuch auf; es war ziemlich dünn, gar nicht so wie das anglikanische. Es hieß *Das Spiritualistische Gesangbuch;* und unter den Titel war gestempelt: *Eigentum der Jordan-Kapelle*. Aufs Geratewohl las ich zwei der Lieder. Eins handelte von einer frohen Bootsfahrt auf die Andere Seite, wo geliebte Menschen warteten. Das andere hatte die gesegneten Geister jener zum Inhalt, die bereits vor uns gegangen waren und nun über uns wachten, bis wir sicher das andere Ufer erreicht hatten. Bei dem Gedanken wurde mir unbehaglich. In der Sonntagsschule hatte man mir erzählt, daß Gott einen in jeder Minute jeder einzelnen Stunde beobachtete, und das war schon schlimm genug gewesen, aber jetzt mußte ich an all diese anderen Leute denken, die ich nicht einmal kannte und die mich ausspionierten. »Was für eine Kirche ist das?« flüsterte ich Tante Lou zu.

»Psst, Liebes, sie fangen an«, sagte Tante Lou milde, und tatsächlich verdunkelten sich die Lichter, und eine kleingewachsene Frau in einem braunen Kleid aus Kunstseide mit goldenen Knopfohrringen und einer dazu passenden Anstecknadel überquerte die Bühne und fing an, Orgel zu spielen. Ein Chor zitternder Stimmen erhob sich um mich herum, dünn und schrill wie Grillen.

In der Mitte des Liedes traten zwei Leute durch die Tür ein, die zur Küche führte, und stellten sich hinter die Kanzel. Eine von ihnen war, wie ich später erfuhr, Reverend Leda Sprott, die Leiterin. Sie war eine stattliche ältere Frau, mit blauen Augen, blauen Haaren und einer römischen Nase, in einer langen weißen Satinrobe, mit einem wie ein Lesezeichen wirkenden, spitzebesetzten Purpurband um den Hals. Die andere Person war ein dürrer, grauer Mann, der als »Mr. Stewart, unser Gastmedium«, vorgestellt wurde. Später fragte ich mich, in welchem Sinne er ein Gast war, da er immer da war.

Als das Lied zitternd erstarb, hob Leda Sprott die Hände über den Kopf. »Laßt uns meditieren«, sagte sie mit tiefer, klingender Stimme, und dann herrschte Schweigen, nur unterbrochen von dem Geräusch unsicherer Schritte, die sich durch die purpurnen Vorhänge entfernten und dann sehr langsam die Treppe hinauftasteten. Leda Sprott begann mit einem kurzen Gebet und bat um die Hilfe unserer Liebsten, die bereits das hellere Licht erreicht hatten, für uns, die wir noch in den Nebeln dieser Seite wandeln mußten. In der Ferne hörten wir eine Wasserspülung, und die Schritte kamen wieder zurück.

»Wir werden nun eine inspirierende Botschaft von unserem Gastmedium, Mr. Stewart, hören«, sagte Reverend Leda und trat zur Seite.

Gegen Ende meiner Zeit bei den Spiritualisten kannte ich

Mr. Stewarts Botschaft praktisch auswendig, da es jede Woche die gleiche war. Er teilte uns mit, daß wir stark im Herzen bleiben sollten, denn es gab Hoffnung; wenn die Dunkelheit am tiefsten war, stand die Dämmerung unmittelbar bevor. Er zitierte einige Zeilen aus ›Saget nicht, daß Kampf nichts nützet‹ von Arthur Hugh Clough:

»Und nicht nur zu den Fenstern nach Osten gelegen,
  Wenn Tageslicht kommt, flutet das Licht herein;
Und vorne langsam, so langsam wird die Sonne sich erheben,
  Doch westwärts, schau, liegt das Land im hellen Schein.«

Und noch eine Zeile aus dem gleichen Gedicht: »Wenn Hoffnungen trügen, dann mögen die Ängste lügen.« »Ängste mögen in der Tat Lügner sein, meine Freunde; was mich an eine kleine Geschichte erinnert, die ich kürzlich hörte und die für uns alle in Momenten, wo wir uns niedergeschlagen fühlen, eine Hilfe sein kann, in Momenten, wo wir glauben, daß nichts mehr einen Sinn hat und wir uns fragen, warum wir noch weiterkämpfen sollen. Einst waren zwei Raupen, die Seite an Seite eine Straße entlangmarschierten. Die pessimistische Raupe sagte, sie hätte gehört, bald müßten sie an einen engen dunklen Ort, wo sie mit jeder Bewegung aufhören und verstummen würden. ›Das wird unser Ende sein‹, sagte sie. Doch die optimistische Raupe meinte, ›Dieser dunkle Ort ist nur ein Kokon; wir werden eine Zeitlang ruhen, und danach werden wir mit herrlichen Flügeln auferstehen, wir werden Schmetterlinge sein und der Sonne entgegenfliegen.‹ Nun, meine Freunde, diese Straße war die Straße des Lebens, und es liegt an jedem von uns, was wir für uns erwählen, die pessimistische Raupe, voller Düsterkeit und den Blick nur auf den Tod gerichtet, oder die optimistische Raupe, die voller Vertrauen und Hoffnung ist und einem schöneren Leben entgegensieht.«

Der Gemeinde schien es nie etwas auszumachen, daß die Botschaft immer die gleiche war. Wahrscheinlich hätten sie sich sogar betrogen gefühlt, wenn sie sich verändert hätte.

Nach der Botschaft ging die braune Kunstseidenfrau herum und sammelte, und dann wurde es ernst. Dafür waren sie alle eigentlich nur gekommen: für ihre eigenen persönlichen Botschaften. Die braune Kunstseidenfrau brachte das Messingtablett herein, und Leda Sprott nahm einen Zettel nach dem anderen. Sie hielt jedes zusammengefaltete Blatt ungeöffnet in der Hand, schloß die Augen und verkündete die Botschaft. Dann entfaltete sie das Papier und las die Zahl vor. Bei den Botschaften ging es hauptsächlich um Gesundheit: »Ich sehe eine weißhaarige alte Dame, ein Lichtkranz liegt um ihren Kopf, und sie sagt: ›Vorsicht beim Treppen-Hinuntersteigen, vor allem am Donnerstag‹; und sie sagt das Wort *Schwefel*. Sie warnt Sie; sie schickt Ihnen Liebe und Grüße.« »Da ist ein Mann, er trägt einen Kilt und hat einen Dudelsack; ein Schotte; er hat rotes Haar. Er sendet Ihnen alles Liebe und sagt: ›Schränk die Süßigkeiten ein, sie sind nicht gut für dich.‹ Er sagt – ich kann das Wort nicht verstehen. Irgendein Deckchen oder eine Unterlage. ›Sei vorsichtig mit Unterlagen‹, das meint er.«

Nachdem die Blätter durch waren, übernahm Mr. Stewart und verkündete Botschaften in freier Form, indem er auf die einzelnen Mitglieder der Gemeinde deutete und die Geister beschrieb, die hinter ihren Stühlen standen. Ich fand das viel verwirrender als das mit den Zahlen: Leda Sprotts Botschaften schienen aus ihrem Kopf zu kommen, Mr. Stewart dagegen machte es mit offenen Augen, er konnte Tote unmittelbar hier im Raum tatsäch-

lich *sehen.* Ich verkroch mich in meinem Stuhl, in der Hoffnung, er würde nicht auf mich deuten.
Danach kamen noch mehr Lieder; dann erinnerte Leda Sprott an die ›Sitzung der Heilenden Hände‹ am Dienstag, das Geisterschreiben am Mittwoch und die Privatsitzungen am Donnerstag. Das war alles. Es gab ein bißchen Gestoße und Geschiebe, als einige der älteren Männer in der Halle mit ihren Galoschen kämpften. An der Tür dankten ihr die Leute herzlich; die meisten kannte sie, und häufig fragte sie, »Haben Sie bekommen, was Sie sich wünschten, Mrs. Hearst?« »Wie fanden Sie es, Mrs. Dean?«
»Ich werd' diese Medizin sofort wegwerfen«, sagten sie, oder: »Es war mein Onkel Herbert, das war genau die Art Mantel, die er für gewöhnlich trug.«
»Nun, Robert«, sagte Tante Lou im Wagen. »Es tut mir leid, daß sie heute abend nicht gekommen ist.«
Robert war sichtlich enttäuscht.
»Vielleicht war sie beschäftigt«, sagte er. »Ich weiß wirklich nicht, wer diese andere Frau war, die in dem Abendkleid.«
»Eine korpulente Frau«, sagte Tante Lou. »Ha, das hört sich an wie ich.« Sie lud Robert zu einem Drink nach oben ein, aber er meinte, er wäre zu entmutigt und sollte besser nach Haus gehen. Statt dessen ging ich mit hinauf und verdrückte eine heiße Schokolade und ein paar Petits fours und ein Shrimp-Sandwich. Tante Lou gönnte sich einen doppelten Scotch.
»Es ist seine Mutter«, sagte sie. »Das ist jetzt schon nacheinander die dritte Woche, daß sie nicht aufgetaucht ist. Sie war immer ein bißchen gedankenlos. Roberts Frau konnte sie nicht ausstehen, sie weigert sich grundsätzlich, mit ihm in die Kirche zu gehen. ›Falls du je mit dieser alten Schreckschraube sprechen solltest‹, sagte sie zu ihm, ›will ich nicht dabeisein.‹ Ich halte das für ein bißchen grausam, findest du nicht?«

»Tante Lou«, sagte ich, »*glaubst* du wirklich an all dieses Zeug?«

»Man kann nie wissen, nicht wahr?« sagte sie. »Ich habe eine Menge zutreffender Botschaften erlebt. Einige geben ja nicht gerade viel her, aber ein paar sind ganz hilfreich.«

»Aber vielleicht ist es bloß Gedankenlesen«, sagte ich.

»Ich weiß nicht, wie's gemacht wird«, sagte Tante Lou, »aber sie finden es alle sehr tröstlich. Von Robert weiß ich es genau, und er mag es, wenn ich mich dafür interessiere. Ich finde, man sollte aufgeschlossen bleiben.«

»Ich bekomme eine Gänsehaut dabei«, sagte ich.

»Ich erhalte dauernd Botschaften von diesem Schotten«, sagte Tante Lou nachdenklich. »Der mit den roten Haaren und dem Dudelsack. Ich möchte wissen, was er mit diesen Deckchen meinte. Vielleicht meinte er Frettchen, und irgend so ein Tier wird mich beißen.«

»Wer ist er?« fragte ich.

»Ich habe nicht die geringste Ahnung«, sagte Tante Lou. »Niemand, den ich kenne, hat je Dudelsack gespielt. Ganz sicher ist er kein Verwandter.«

»Oh«, sagte ich erleichtert. »Hast du ihnen das erzählt?«

»Ich hab' nicht im Traum daran gedacht«, sagte Tante Lou. »Ich möchte wirklich ihre Gefühle nicht verletzen.«

Ich gewöhnte mir an, regelmäßig an Sonntagabenden in die Jordan-Kapelle zu gehen. Es war ein Weg, Tante Lou zu sehen, den ich mittlerweile dem Kino vorzog, da ich absolut sicher war, daß niemand von der Braeside-Oberschule mich je hier sehen würde. Ich dachte sogar einige Zeit über die spiritualistischen Regeln nach: Wenn es auf der anderen Seite so wunderbar war, weshalb nutzten die Geister die meisten ihrer Botschaften dann für Warnungen? Statt ihren Liebsten zu erzählen, sie sollten glitschige Stufen und unsichere Autos und schlechtes Essen meiden, müßten sie diese Personen doch auf Klippen und Brücken und in Seen locken, sie zu größeren Ausschweifungen in Trunksucht und Völlerei anspornen, nur um ihren Übergang zu dem strahlenderen Ufer zu beschleunigen. Einige der Spiritualisten glaubten auch an mehrfache Inkarnationen und einige an Atlantis. Wieder andere waren gewöhnliche Christen. Leda Sprott kümmerte sich nicht darum, woran man glaubte, solange man nur an ihre Kräfte glaubte.

Ich war gewillt, all dem mit der gleichen ungläubigen Spannung zuzusehen, die ich für Filme bereithielt, aber eine Zahl auf das Tablett zu legen ging mir zu weit. Ich kannte keine toten Leute und hatte auch nicht den Wunsch, welche zu kennen. Eines Abends jedoch erhielt ich eine Botschaft, die noch viel eigenartiger war als alles, was ich befürchtet hatte. Es geschah während Leda Sprotts Zahlensitzung, und sie war gerade dabei, das letzte zusammengefaltete Papier auf dem Messingtablett zu bearbeiten. Wie üblich schloß sie die Augen, riß sie dann aber plötzlich wieder auf.

»Ich empfange eine dringende Botschaft«, sagte sie, »für jemanden ohne Zahl.« Sie sah mich geradewegs an. »Eine Frau steht hinter Ihrem Stuhl. Sie ist ungefähr dreißig, dunkelhaarig, trägt ein marineblaues Kostüm mit weißem Kragen und weiße Handschuhe. Sie sagt Ihnen... was? Sie ist sehr unglücklich über etwas... ich verstehe den Namen *Joan*. Tut mir leid, ich höre nicht...« Leda Sprott lauschte eine Minute, dann sagte sie: »Sie ist nicht durchgekommen, es gab zu viele statische Störungen.«

»Das ist meine Mutter!« sagte ich zu Tante Lou mit durchdringendem Flüstern. »Sie ist ja noch nicht einmal tot!«

Ich war verängstigt, aber auch wütend: Meine Mutter hatte die Spielregeln gebrochen. Entweder das, oder Leda Sprott war eine Betrügerin. Aber wie konnte sie wissen, wie meine Mutter aussah? Und wenn sie herumgeschnüffelt hätte, würde sie nicht den Fehler machen und eine lebende Person verwenden.

»Später, Liebes«, sagte Tante Lou.

Nach der Sitzung stellte ich Leda Sprott. »Das war meine Mutter«, sagte ich.

»Das freut mich für Sie«, sagte Leda. »Ich hatte das Gefühl, sie versucht schon seit einiger Zeit, mit Ihnen in Kontakt zu treten. Sie muß sehr um Sie besorgt sein.«

»Aber sie lebt noch!« sagte ich. »Sie ist kein bißchen tot!«

Die blauen Augen flackerten, aber nur für einen Moment. »Dann muß es ihr Astralleib gewesen sein«, sagte sie seelenruhig. »Das geschieht manchmal, aber wir ermutigen so etwas nicht; es bringt die Dinge nur durcheinander, und der Empfang ist auch nicht immer gut.«

»Ihr *Astralleib?*« Davon hatte ich noch nie gehört. Leda Sprott erklärte, daß jeder sowohl einen Astralleib als auch einen materiellen Leib besäße und daß der Astralleib ganz allein herumschweben könnte, mit dem Ich wie mit einem langen Gummiband verbunden. »Sie muß durch das Fenster im Badezimmer hereingekommen sein«, sagte sie. »Wir lassen es immer ein bißchen offen; die Heizung ist zu stark.« Mit dem Gummiband müßte man sehr vorsichtig umgehen, meinte sie; einmal zerrissen wäre der Astralleib auf ewig von der eigenen Person abgetrennt, und was würde dann von einem übrigbleiben? »Eine Pflanze, sonst nichts«, sagte Leda Sprott. »Wie diese Fälle, von denen man liest, im Krankenhaus. Wieder und wieder erklären wir den Ärzten, daß Gehirnoperationen in einigen Fällen mehr Schaden anrichten als nutzen. Sie sollten einfach das Fenster ein bißchen offenlassen, damit der Astralleib zurückkehren kann.«

Mir gefiel diese Theorie überhaupt nicht. Vor allem gefiel mir nicht der Gedanke an meine Mutter, wie sie als so eine Art geistiger Wackelpudding mir von einem Ort zum anderen nachschwebte, dabei (anscheinend) ihr marineblaues Kostüm aus dem Jahre 1949 tragend. Auch daß sie sich um mich sorgte, wollte ich nicht hören: Ihre Sorge bedeutete immer Kummer für mich, und ich weigerte mich, daran zu glauben. »Das ist doch Blödsinn«, sagte ich so grob wie möglich.

Zu meiner Überraschung lachte Leda Sprott. »Oh, wir sind es gewohnt, daß uns *das* gesagt wird«, meinte sie. »Wir werden es überleben.« Dann ergriff sie zu meiner Bestürzung meine Hand. »Sie verfügen über große Gaben«, sagte sie und schaute mir in die Augen. »Große Kräfte. Sie sollten sie entwickeln. Sie sollten das Automatische Schreiben am Mittwoch versuchen. Ich kann nicht sagen, ob Sie ein Sender oder ein Empfänger sind... ein Empfänger, vermute ich. Ich wäre glücklich, Ihnen beim Training zu helfen; Sie könnten besser werden als alle anderen, aber das verlangt harte Arbeit, und ich muß Sie warnen, ohne Überwachung ist es gefährlich. Nicht alle Geister sind freundlich, wissen Sie. Einige von Ihnen sind sehr unglücklich. Wenn sie mich zu sehr belästigen, stelle ich die Möbel um. Das verwirrt sie; in Ordnung.« Sie tätschelte meine Hand und ließ sie dann los. »Kommen Sie nächste Woche wieder, und wir reden darüber.«

Ich ging nie mehr hin. Ich war erschüttert vom Erscheinen meiner Mutter (die, als ich an diesem Sonntagabend nach Hause kam, kein bißchen danach aussah, als wäre sie mit ihrem Astralleib unterwegs gewesen; sie war wie immer und ein bißchen angesäuselt. Leda Sprotts Meinung über meine großen Kräfte war sogar noch erschreckender, vor allem weil ich zugeben mußte, daß ich die Vorstellung ganz ansprechend fand. Nie zuvor hatte mir jemand gesagt, ich verfügte über große Kräfte. Ich gab mich einer kurzen, verlockenden Vision von mir selbst hin, eingehüllt in eine weiße, fließende Robe mit purpurnen Rändern, geistige Energie ausstrahlend, ein stattlicher Anblick. Leda Sprott war ziemlich fett... vielleicht lag hier meine Zukunft. Aber ich war nicht sicher, ob ich wirklich wunderbare Kräfte haben wollte. Wenn etwas schiefginge? Wenn ich versagte, vollkommen und öffentlich? Was wäre, wenn keine Botschaften kämen? Es war einfacher, den Versuch nicht zu wagen. Es wäre schrecklich, irgendeine Gemeinde zu enttäuschen, aber vor allem die in der Jordan-Kapelle. Sie waren so vertrauensvoll und freundlich mit ihrem Husten und ihren piepsigen Stimmen. Ich konnte die Verantwortung nicht ertragen.

Einige Monate später vertraute ich mich Tante Lou an. Damals hatte sie meine Aufregung bemerkt und war nicht weiter in mich gedrungen. »Leda Sprott hat mir erklärt, ich hätte große Kräfte«, sagte ich.

»Tatsächlich, Liebes?« sagte Tante Lou. »Mir hat sie das gleiche erzählt. Vielleicht haben wir sie beide.«

»Sie meinte, ich sollte das Automatische Schreiben probieren.«

»Weißt du«, sagte Tante Lou gedankenvoll, »ich *hab's* probiert. Du hältst mich wahrscheinlich für albern.«

»Nein«, sagte ich.

»Verstehst du, ich wollte schon immer wissen, ob mein Mann noch lebt oder nicht. Ich dachte mir, wenn nicht, dann würde er vielleicht, nun ja, soviel Höflichkeit besitzen, es mich wissen zu lassen.«

»Was geschah?« fragte ich.

»Nun«, sagte Tante Lou langsam, »es war ziemlich merkwürdig. Sie gaben mir einen Kugelschreiber, einfach einen ganz ordinären Kugelschreiber. Ich weiß auch nicht, was ich erwartet hatte, vielleicht einen Gänsekiel oder so etwas. Dann zündete sie eine Kerze an und stellte sie vor einen Spiegel, und ich mußte die Kerze anstarren – nicht die wirkliche, sondern das Spiegelbild. Das tat ich eine Weile, und nichts geschah, außer daß ich eine Art summendes Geräusch hörte. Ich glaube, ich schlief ein oder döste ein bißchen oder sonst was, bloß für eine Minute. Danach war es dann Zeit zu gehen.«

»Hast du irgend etwas geschrieben?« fragte ich begierig.

»Nicht direkt«, sagte Tante Lou. »Bloß so eine Art Gekritzel und ein paar Buchstaben.«

»Vielleicht ist er dann noch am Leben«, sagte ich.

»Kann man nie sagen«, sagte Tante Lou. »Wenn er tot wäre, sähe es ihm ähnlich, nichts zu sagen. Er wollte mich immer im ungewissen lassen. Aber Leda Sprott meinte, es wäre ein guter Anfang und ich sollte weitermachen. Sie sagt, es dauert eine Weile, bis sie durchkommen.«

»Und hast du?«

Tante Lou runzelte die Stirn. »Robert redete mir zu. Aber weißt du, ich bin nicht sicher, ob das eine gute Idee ist. Ich hab' mir hinterher das Papier angesehen, und es war überhaupt nicht meine Handschrift. Kein bißchen. Ich mochte dieses Gefühl nicht, irgendwie, na ja, irgendwie übernommen zu werden. Ich spürte, ich sollte besser die Finger davon lassen, und an deiner Stelle würde ich das gleiche tun, Liebes. Mit einem Flügel kann man nicht fliegen. Das ist meine Meinung.«

Trotz Tante Lous Rat war die Versuchung groß, das Automatische Schreiben zu Hause in meinem Schlafzimmer auszuprobieren; und eines Abends, als meine Eltern ausgegangen waren, versuchte ich es. Ich holte eine der Kerzen aus dem Eßzimmer, einen roten Kugelschreiber und den Notizblock meiner Mutter vom Telefontischchen. Ich zündete die Kerze an, machte das Licht im Schlafzimmer aus und setzte mich vor den Toilettentischspiegel. Ich starrte die kleine Flamme im Spiegel an und wartete darauf, daß etwas geschah. Mit großer Mühe hielt ich mich davon ab, meine Hand bewußt zu bewegen: Das wäre Betrug gewesen, und ich wollte, daß alles mit rechten Dingen zuging. Nichts geschah, außer daß die Kerzenflamme größer zu werden schien.

Das nächste, was ich merkte, war, daß meine Haare brannten: Ich hatte mich unmerklich der Kerze zugeneigt. Damals hatte ich einen Pony, und er fing an zu brutzeln und zu zischen. Ich schlug die Hand vor die Stirn und rannte ins Badezimmer; die Haare vorne waren schlimm versengt, und ich mußte sie abschneiden, was am nächsten Tag zu einer Szene mit meiner Mutter führte, weil sie eben erst fünf Dollar für den Friseur beigesteuert hatte. Ich beschloß, das Automatische Schreiben sein zu lassen.

Etwas war allerdings auf dem Notizblock zu sehen: eine einzelne lange, rote Linie, gewunden und zum Anfang zurückgekrümmt, wie ein Wurm oder ein Wollfaden. Ich konnte mich nicht erinnern, sie gezogen zu haben; wenn das alles war, was die Andere Seite mir zu sagen hatte, warum sollte ich mir deswegen soviel Mühe machen?

Eine Zeitlang schmückte ich Leda Sprotts Rat in der Schule zu einem Tagtraum aus (ich konnte es tun, wenn ich nur wollte; bescheidene Anfänge in unbekannten Kapellen; rätselhafte Enthüllungen; der Ruhm breitet sich aus; gebannte Zuhörer; Tausenden geholfen; geflüsterte Kommentare, Ehrfurcht und Bewunderung – »Sie mag eine *dicke* Frau sein, aber welche Kräfte!«). Nach einigen Monaten jedoch verblaßte es allmählich, und zurück blieb nichts als Mr. Stewarts Sermon, unauslöschlich in mein Gehirn eingegraben und bereit, in ungeeigneten Momenten aufzutauchen: die pessimistische und die optimistische Raupe, sich mühsam ihren Weg auf der Straße des Lebens bahnend, in ihren endlosen Dialog verstrickt. Meistens hielt ich es mit der optimistischen Raupe; aber in meinen düstersten Augenblicken dachte ich, und wenn man sich in einen Schmetterling verwandelt? Auch Schmetterlinge sterben.

11

Den nächsten Job nach dem *Bite-A-Bit*-Restaurant bekam ich bei der Sportsmen's Show. Sie fand jedes Jahr im März auf dem Ausstellungsgelände im Kolosseum statt. Es war wie eine Autoshow oder eine Herbstmesse; Schnellboote, Kanus aus Fiberglas und Kajak-Paddler hatten alle eigene Stände, ebenso wie die Fischereiausrüstung und die Gewehrfabriken. Die Pfadfinder demonstrierten Zeltaufbau und Feuermachen. Einzelne Teams schufteten in ihren grünen Uniformen und mit rosigen nackten Knien unter den kurzen Hosen bei den Feuerübungen. Neben ihrem Stand hatte das Ministerium ein Plakat zur Waldbrandverhütung aufgehängt. Zu bestimmten Zeiten fanden Indianertänze statt, vorgeführt von einer Gruppe verbitterter Indianer in Kostümen, die viel zu neu aussahen, um echt zu sein. Ich wußte, daß sie verbittert waren, denn sie aßen ihre Hotdogs am gleichen Hotdog-Stand wie ich, und ich hörte einiges von dem, was sie sagten. Einer von ihnen nannte mich »Fettfleck«.

Es gab auch eine Unterhaltungsshow mit einem Wettbewerb im Baumstammrollen und im Fliegenfangen und einer Miß Freiluft und einer Robbe namens Sharky, die ›God Save the Queen‹ spielen konnte, indem sie in verschiedene Pfeifen hineintutete.

Mir gefiel es hier besser als bei irgendeinem Job vorher. Es war schlampig und ein bißchen geschmacklos, und ich konnte durch die Menge gehen, ohne mich allzu fehl am Platze zu fühlen. Sie hielten mich vielleicht für einen perfekten Fliegenfänger oder eine weibliche Baumstammrollerin. Ich arbeitete nach der Schule und den ganzen Samstag und Sonntag. In meiner Mittagspause aß ich fünf oder sechs Hotdogs und trank ein paar Honey Dews, dann spazierte ich herum, blieb stehen, um mir die Damenfreiluftmodenschau anzusehen, die letzten

Neuheiten in Parkas und Schwimmwesten, deren Gebrauch Miß Freiluft demonstrierte; manchmal ging ich auch zu den Bögen der Haupttribüne und schaute hinein, wie jemand einen Ballon mit einem Pfeil abschoß, auf dem Rand eines Kanus balancierte oder wie ein Mann einen anderen von einem sich drehenden Baumstamm in einen Plastikswimmingpool stieß.

Mein eigener Job war ziemlich einfach. Angetan mit einem roten Lederschurz, stand ich hinter den Bogenschützen und verkaufte die Pfeile. Waren die Köcher mit den Pfeilen fast leer, ging ich zu den Zielscheiben aus Stroh und ließ die Kunden hinter der Seilabsperrung stehen: ein paar Kinder, einige jüngere Männer mit Sportsgeist in Begleitung ihrer Frauen oder Freundinnen, einige wenige Jungen in schwarzen Lederjacken, die sonst beim Schießstand herumhingen. Ich zog die Pfeile heraus, steckte sie zurück in die Köcher, und das Ganze fing wieder von vorne an.

Es gab noch zwei weitere Angestellte. Rob kurbelte das Spiel an; er hatte Erfahrung als Marktschreier und Anreißer; er arbeitete im Sommer auf der Ausstellung – Karussell, Süßwaren, Lotterie. Mit je einem Fuß stand er auf dem Rand eines der Fässer, die als Köcher dienten, und schrie: »DREI für einen Dime, neun für 'nen Quarter, nur nicht schüchtern, zeigt euer Können, trefft den Ballon, und ihr habt einen Gratisschuß; möchte es die kleine Lady mal wagen?« Bert, ein schüchterner Student im ersten Semester mit Brille und Trainingsjacke, half mir beim Austeilen der Pfeile und beim Zusammenkratzen der Vierteldollars.

Das Problem bestand darin, daß wir nicht sicher sein konnten, daß tatsächlich alle Pfeile verschossen waren, bevor wir zum Einsammeln zu den Zielscheiben gingen. Rob rief: »Bogen SENKEN bitte, Pfeile HERUNTER von der Sehne«, aber ab und zu ließ noch jemand einen Pfeil losschnellen, zufällig oder mit Absicht. Auf diese Weise wurde ich angeschossen. Wir hatten die Pfeile herausgezogen, und die Männer trugen die Fässer zurück zur Linie; ich war damit beschäftigt, eine Zielscheibe zu ersetzen, und beugte mich gerade vor, um das letzte Eckchen anzuheften, als ich fühlte, daß etwas mich in die linke Hinterbacke traf. Von hinten kam ein Geräusch, eine Art kreischendes Lachen, und Rob brüllte: »Wer war das?«, noch ehe ich Zeit hatte, irgendeinen Schmerz zu spüren. Der Kerl sagte, er hätte es nicht absichtlich getan, was ich nicht glaubte. Wahrscheinlich hatte er dem Anblick meines mondähnlichen Hinterteils nicht widerstehen können.

Ich mußte zur Erste-Hilfe-Station gehen, um den Pfeil herausholen zu lassen, und den Rock hochhalten, während die Wunde tamponiert und verbunden wurde. Zum Glück war es nur ein Übungspfeil, der nicht sehr tief eingedrungen war. »Nur eine Fleischwunde«, sagte die Schwester. Rob wollte mich nach Hause schicken, aber ich bestand darauf, bis zum Schluß da zu bleiben. Anschließend fuhr er mich in seinem uralten Volkswagen selbst nach Hause. Er war sehr lieb. Obwohl er fast alles zynisch betrachtete, war er doch voller Mitgefühl für jeden, der durch diese Art von Berufsrisiko verletzt worden war. Er war selbst einmal fast von einem entgleisten Wagen der Riesenraupe getötet worden. Als wir an einer roten Ampel hielten, nahm er seine rechte Hand vom Steuer und tätschelte mein Knie. »Ein Jammer, daß du nicht im Stehen pinkeln kannst«, witzelte er. Das war mein drittes sexuelles Erlebnis.

Als ich zur Haustür hereinkam, hörte ich die Stimme meines Vaters aus dem Wohnzimmer nach mir rufen, was ungewöhnlich war. Zu der Zeit ließen mich meine Eltern kommen und gehen, wie es mir gefiel. Sie saßen an ihren gewohnten Plätzen. Mein Vater sah bekümmert und erschöpft aus, meine Mutter wütend.

»Wir haben schlechte Neuigkeiten für dich, Joan«, sagte mein Vater sanft.

»Deine Tante Lou ist gestorben«, sagte meine Mutter. »An einem Herzanfall. Ich wußte immer, daß es so kommen würde.« Was Katastrophen anbelangte, so waren die Prophezeiungen meiner Mutter entmutigend genau.

Zuerst glaubte ich es nicht. Mein erster Impuls war, mich hinzusetzen, was ich auch mit Wucht tat. Vor Schmerz heulte ich auf.

»Was um alles in der Welt«, sagte meine Mutter.

»Mich hat jemand mit einem Pfeil beschossen«, sagte ich. »Ins Hinterteil.«

Meine Mutter sah mich an, als hätte ich den Verstand verloren. »Das ist wieder mal typisch für dich«, sagte sie, als wäre es meine Schuld. »Sie hat dir ein bißchen Geld hinterlassen«, fuhr sie angriffslustig fort. »Der größte Blödsinn, den ich je gehört hab'. Totale und komplette Zeitverschwendung, wenn du mich fragst.«

Meine Mutter, noch nie jemand, der vorsichtig auf den Busch klopfte, war sofort in Tante Lous Wohnung gegangen, nachdem sie die Nachricht vom Verwalter des Apartmenthauses erhalten hatte, der die arme Tante Lou in ihrem Kimono auf dem Badezimmerboden gefunden hatte. Sie mußte auf der Badematte ausgerutscht sein, entweder vor oder nach dem Herzanfall. Das Originaltestament lag bei Tante Lous Anwalt, aber zwischen ihren Papieren hatte meine Mutter eine Kopie davon gefunden. »Ein Saustall«, sagte sie. »Die ganze Wohnung ist ein Saustall. Du wirst mit hinübergehen müssen und mir helfen.« Wir waren Tante Lous einzige Verwandte.

Tatsächlich hatte Tante Lou mir etwas Geld hinterlassen. Genau zweitausend Dollar, was damals eine Menge Geld für jemanden in meinem Alter war. Aber eine Bedin-

gung war damit verknüpft: Ich bekam es nur, wenn ich abnahm; sogar das angemessene Gewicht hatte Tante Lou angegeben. Ich mußte hundert Pfund loswerden.
Das war es auch, was meine Mutter so wütend machte. Sie glaubte nicht, daß ich dazu fähig wäre. Ihrer Meinung nach hätte man das Geld genausogut wegwerfen können. Die einzige andere Person, die etwas bekam, war Tante Lous Ehemann, der Spieler, vorausgesetzt, daß er gefunden werden konnte.
Ich verbrachte die Nacht damit, Tante Lou laut schluchzend zu betrauern, obwohl meine Tränen noch nicht wirklich empfunden waren, da ich noch nicht glaubte, daß sie tot war. Erst am nächsten Morgen drang die Endgültigkeit ihres Verschwindens zu mir durch, als ich vom Mangel an Schlaf benommen hinter meiner Mutter in die nun verlassene Wohnung schlurfte. Sie war fast so, wie ich sie zuletzt gesehen hatte, aber ohne Tante Lous Zuversicht und Vitalität wirkte sie ungepflegt, schmuddelig, ja sogar schäbig. Tante Lou vermittelte einem immer das Gefühl, als hätte sie diese Unordnung nicht nur beabsichtigt, sondern geplant. Jetzt sah alles nach Vernachlässigung aus; oder noch schlimmer: als hätte jemand alles auf der Suche nach etwas, was er nicht finden konnte, durchgewühlt und hätte Kleider und Sachen ohne Rücksicht auf ihren Eigentümer zur Seite geworfen. Es war klar, daß Tante Lou nicht erwartet hatte zu sterben, sonst hätte sie besser aufgeräumt. Und doch schien sie damit gerechnet zu haben, sonst hätte sie nicht dieses merkwürdige Testament hinterlassen.
In ihrer Wohnung kam ich mir nun wie ein Eindringling vor, als wären wir, ohne zu fragen, in ihre Privatsphäre eingebrochen oder würden eine intime Szene durch ein Loch in der Wand beobachten. Aber es kam noch schlimmer. Meine Mutter fing damit an, die Schränke zu plündern, zerrte Kleider von den Bügeln, faltete sie zusammen

und stopfte sie in eine große, braune Tüte der Stiftung für behinderte Bürger, die sie mitgebracht hatte; dazu lieferte sie pausenlos Kommentare: »Schau dir das an, schau her«, sagte sie über Tante Lous bestes, mit goldenen Ziermünzen behängtes Abendkleid. »Billig.« Ich sah Tante Lou verschwinden, Stück für Stück, in einer braunen Papiertüte, von der sie ohne Ende verschluckt wurde, die ihre flotten Kleider schluckte, ihre bunten Tücher und ihre Torheiten, ihre Witze, mit denen sie sich über sich selbst lustig gemacht hatte und die meine Mutter ernst nahm (zum Beispiel diese magentarote Bluse), und ich konnte es nicht ertragen. Ich schaffte es, den Fuchs zu retten, indem ich ihn heimlich in meine Tasche stopfte, als meine Mutter mir den Rücken zukehrte. Dann ging ich in die Küche, um auf dem Umweg über ihren Kühlschrank eine letzte Unterhaltung mit Tante Lou zu führen. Meine Mutter machte weder eine Bemerkung, noch jammerte sie darüber, daß ich ihr nicht half. Ich wußte dunkel, daß ich ohnehin nicht mitgenommen worden war, um zu helfen; ich war mitgenommen worden, um in dieser abwegigen Form dafür bestraft zu werden, daß ich Tante Lou zu Lebzeiten geliebt hatte.

Im Speiseschrank fand ich eine Dose Hummer und machte mir ein Sandwich. Tante Lous Handtasche lag da, und ich öffnete sie. Ich fühlte mich wie ein Spion, aber ich wußte genau, daß meine Mutter sie später aufmachen und den Inhalt wegwerfen würde. Ich nahm Tante Lous Brieftasche, ihre Puderdose und eines ihrer Taschentücher mit Spitzenbesatz, dem immer noch ihr typischer Geruch anhaftete, und steckte alles in mein eigenes Täschchen. Das war kein Stehlen, das war In-Sicherheit-Bringen. Ich wollte soviel wie möglich von ihr am Leben erhalten, denn meine Mutter war auf vollständige Vernichtung aus.

In letzter Zeit hatte meine Mutter sich in einem Tief befunden, aber Tante Lous Tod möbelte sie wieder auf; sie hatte etwas, was sie überwachen konnte. Sie erledigte sämtliche Begräbnisvorbereitungen höchst energisch und mit einer Art grimmigem Genuß. Sie verschickte Anzeigen und beantwortete Karten und Telefonanrufe (alle aus Tante Lous Büro) und gab eine Anzeige in der Zeitung auf. Mein Vater war all dem nicht gewachsen. Er nahm sich im Krankenhaus ein paar Tage frei und irrte in seinen braunen Lederslippern durch das Haus, stand meiner geschäftigen Mutter im Weg und murmelte wieder und wieder: »Arme Lou«, wie ein melancholischer Vogel. Ansonsten sagte er nur noch zu mir: »Sie hat mich praktisch großgezogen«, und: »Während des Krieges hat sie mir ein Paar Socken gestrickt. Gepaßt haben sie nicht.« Er hatte ihr nähergestanden und sie lieber gemocht, als ich geahnt hatte, aber ich konnte einfach nicht umhin, mich zu wundern, wie jemand, der von Tante Lou aufgezogen worden war, derart unscheinbar werden konnte wie mein Vater. Sie pflegte zu sagen: »Stille Wasser sind tief« und: »Wenn du nichts Nettes zu sagen hast, dann sag am besten gar nichts.« Vielleicht war das die Erklärung. Sie hinterließ ihm kein Geld, er brauchte es nicht, und der Spieler hatte es nötig, so hätte ihre Begründung wohl gelautet.

Tante Lou wurde in O'Dacres Beerdigungsinstitut aufgebahrt, umgeben von Körben mit weißen Chrysanthemen (bestellt von meiner Mutter) und dort von späten Mädchen im gleichen Alter aus der Monatsbindenfirma besichtigt, die hörbar schnieften, meiner Mutter die Hand drückten und sagten, was für eine wundervolle Persönlichkeit sie gewesen wäre. Ich machte mich bei der Beerdigung unmöglich, weil ich zu viel und zu laut weinte.

Robert, der Buchhalter, war da, die Augen gerötet und tief eingesunken. Nach dem Gottesdienst nahm er meine

Hand und preßte sie. »Sie wird die Verbindung halten«, sagte er. »Wir können uns auf sie verlassen.« Aber ich konnte es nicht glauben.
Wieder zu Hause sagte meine Mutter, »So, das wäre geschafft.« Das nächste, woran ich mich erinnere, ist die Wohnzimmerdecke über mir. Ich war ohnmächtig geworden und hatte dabei ein Tischchen (zerkratzt), eine moderne Schwedenlampe (zerbrochen) und einen kupfernen Aschenbecher (unbeschädigt) umgeworfen.
Es stellte sich heraus, daß ich von der Pfeilwunde eine Blutvergiftung hatte. Die Schwester in der Erste-Hilfe-Station hatte nicht genug Desinfektionsmittel daraufgetan. Der Doktor meinte, ich müßte schon seit Tagen Fieber haben. Es stimmte, mir war schwindelig gewesen, die Ohren hatten mir geklungen, und die Gegenstände um mich herum waren entweder geschrumpft oder hatten sich aufgeblasen, aber ich hatte das meinem Kummer zugeschrieben. Ich wurde ins Bett gesteckt und bekam Penicillinspritzen. Der Doktor freute sich, daß ich so fett war (»fleischig«, sagte er); er schien eine Art Löschblatttheorie über Fett und Infektionskeime zu vertreten. Meine Mutter brachte mir in heißem Wasser aufgelöste Hühnerbouillonwürfel.
Ich bekam rasendes Fieber und fiel ins Delirium. Ein Ergebnis war, daß ich mir vorstellte, genau in dem Augenblick von dem Pfeil getroffen worden zu sein, als Tante Lou starb, und daß der Schuß von ihrem scheidenden Geist geleitet worden war. Sie wollte es mich wissen lassen, wollte sich auf eine, wenn auch exzentrische Art, von mir verabschieden – natürlich hatte sie dabei nicht beabsichtigt, daß ich Blutvergiftung bekäme –, aber das war charakteristisch für sie. Ich wurde diese Vorstellung nie ganz los, obwohl ich wußte, daß sie weit hergeholt war. Damals machte mir das ziemlich zu schaffen; ich bekam Gewissensbisse, weil ich diese Botschaft der Toten nicht

verstanden hatte; vielleicht ein Hilferuf. Ich hätte alles fallen lassen und zu ihrer Wohnung rasen sollen, nicht einmal innehalten dürfen, um den Pfeil herauszuziehen. Vielleicht wäre ich rechtzeitig gekommen. Aus weiter Entfernung schien ich ihre Stimme zu hören, die sagte: »Gesagt, getan« und: »Bloß weil ein Nagel fehlte, war der Mann verloren«, obwohl ich wußte, daß beides nicht stimmte.

In den lichten Momenten meiner Genesungszeit dachte ich über ihre andere Botschaft nach, die im Testament stand. Wie sollte ich sie deuten? Sollte das heißen, daß sie mich in Wirklichkeit gar nicht so akzeptiert hatte, wie ich war, was ich stets geglaubt hatte – war ich ihr ebenfalls grotesk vorgekommen, war ich auch für sie unzulänglich gewesen? Oder kam hier lediglich ihre praktische Ader zum Vorschein, die Erkenntnis, daß das Leben für mich leichter sein würde, wenn ich schlanker wäre? Sie hatte mir das Geld angeboten, um zu fliehen, um meiner Mutter zu entkommen, was ich mir, wie sie wußte, wünschte, aber zu Bedingungen, die mich zur Kapitulation zwangen, so schien es jedenfalls.

Eines Tages, während ich im Bett saß und einen der Kriminalromane meines Vaters durchblätterte, warf ich zufällig einen Blick auf meinen Körper. Es war warm, ich hatte die Bettdecke abgeworfen, und mein Nachthemd war nach oben gerutscht. Normalerweise sah ich meinen Körper nicht an, weder im Spiegel noch sonstwie; gelegentlich streifte ich einzelne Teile, aber im Ganzen war er zu überwältigend. Hier vor mir, direkt vor meinen Augen, lag mein Schenkel. Er war riesig, er war gewaltig, er wirkte wie ein abgestorbener, aufgequollener Körperteil von der Art, wie man sie auf Bildern von Dschungelbewohnern sieht; er breitete sich endlos aus, wie eine vom Flugzeug aus aufgenommene Prärie, das Fleisch nicht grün, sondern bläulichweiß mit Adern, die sich wie Flußläufe dar-

überschlängelten. Er hatte das Ausmaß von drei gewöhnlichen Schenkeln. Ich dachte, das ist wirklich mein Schenkel. Er ist es wirklich, und dann dachte ich, so kann das einfach nicht weitergehen.
Als ich wieder gesund war, erklärte ich meiner Mutter, ich wollte abnehmen. Sie glaubte mir nicht, aber ich ging in die Richmond Street im Stadtzentrum und wog mich, wie das Testament es vorschrieb, bei Tante Lous Anwalt, einem Mr. Morrisey, der ständig sagte: »Sie war ein Charakter, Ihre Tante.« Ich hatte schon während meiner Krankheit an Gewicht verloren und brauchte nur noch siebzig Pfund abzunehmen.
Irgendwie hatte ich erwartet, daß ich einfach schrumpfen würde, sobald ich meinen Entschluß gefaßt hatte, wie eine Luftmatratze. Ich wollte, daß es plötzlich und mit wenig Anstrengung meinerseits geschah, und es war mir lästig, daß es nicht so lief. Ich fing an, die Wunderpillen meiner Mutter einzunehmen, alle auf einmal: morgens ein paar Schlankheitspillen, dazu eine Dosis Abführmittel, eine halbe Schachtel Tabletten, etwas Keks und schwarzen Kaffee und dann als Gymnastik einmal um den Block watscheln. Natürlich entwickelte ich einige aufsehenerregende Nebenwirkungen: wahnsinnige Kopfschmerzen, Magenkrämpfe, beschleunigten Herzschlag durch die Schlankheitspillen und eine geradezu beängstigende Klarsichtigkeit. Die Welt, die ich so lange verschwommen gesehen hatte, mit der riesigen, aber undeutlichen Figur meiner Mutter, die den Vordergrund stellte, wurde auf einmal scharf und deutlich. Sonnenschein und leuchtende Farben taten meinen Augen weh. Ich hatte Schwächeanfälle und litt unter schlimmen, zwanghaften Rückfällen, in deren Verlauf ich wie in Trance unaufhörlich alles aß, was in meine Reichweite kam – mit Entsetzen erinnere ich mich daran, daß ich neun Portionen Brathähnchen hintereinander verschlang –, bis mein geschrumpfter und

mißhandelter Magen protestierte und ich mich übergeben mußte.
Durch die Krankheit hatte ich in der Schule einige Zeit verloren und kam nicht mehr mit; Konzentration war zu schwierig. Die Morgenstunden verbrachte ich damit, der Vorstellung an das Mittagessen zu widerstehen, und die Nachmittage damit, ihm nachzutrauern. Ich wurde teilnahmslos und eklig; ich fuhr meine Freundinnen an, ich sagte ihnen, ich wollte nichts mehr von ihren dämlichen Freunden hören, ich lehnte alle Bitten ab, bei der Dekoration für den Abschlußball zu helfen, der ›Aprilphantasien‹ heißen sollte. Mir hingen Papierblumen zum Hals heraus. Meine Noten sackten ab, meine Haut warf lockere Falten wie bei chronisch Kranken oder Alten, sie schlotterte wie ein zu großer Trainingsanzug um mich herum. Im Mai mußte ich ein unwirkliches Gespräch mit dem Schulberater überstehen, in dessen Verlauf ich, von meiner Abmagerungsgeschwindigkeit besessen, mein Verstand wie eine mechanische Maus kreiselnd, mit glasigen Augen diesen unglaubwürdigen, strahlend-grauen Mann anstarrte, der sagte: »Wir wissen, daß du die nötigen Fähigkeiten besitzt, Joan. Bedrückt dich zu Hause irgend etwas?« »Meine Tante ist gestorben«, sagte ich und fing dann so heftig an zu kichern, daß ich mich verschluckte. Das restliche Gespräch bestand darin, daß er mir auf den Rücken klopfte. Ich glaube, er rief meine Mutter an.
Zu Hause verbrachte ich Stunden vor dem Spiegel und sah zu, wie meine Augenbrauen, dann mein Mund sich allmählich über mein Gesicht ausbreiteten. Ich schmolz dahin. Den Anblick eines dicken Menschen auf der Straße, früher der Auslöser von Kameradschaftsgefühlen, fand ich jetzt widerwärtig. Die weite Landschaft meines Fleisches, die sich wie eine Sanddüne von meinem Kinn bis zu meinen Knöcheln erstreckt hatte, trat den Rückzug an. Meine Brüste und meine Hüften tauchten wie Inseln

daraus empor. Fremde Männer, deren Blick vorher über mich und an mir vorbeigeglitten war, als existierte ich nicht, fingen an, mich aus Lastwagenfenstern und von Baustellen her anzustarren; ein abschätzender Blick wie der eines Hundes, der einen Hydranten mustert.

Was meine Mutter betraf, so war sie anfangs dankbar, obwohl sie es auf ihre eigene Weise ausdrückte: »Na, es ist an der Zeit, aber wahrscheinlich ist es zu spät.« Als ich beharrlich weitermachte, sagte sie Dinge wie: »Du ruinierst deine Gesundheit« und: »Warum mußt du bei allem von einem Extrem ins andere fallen?« und sogar: »Du solltest ein bißchen mehr essen, du wirst noch verhungern.« Sie fuhr fort zu backen und ließ Kuchen und Plätzchen in der Küche herumliegen, wo sie mich in Versuchung führen sollten, und plötzlich fiel mir auf, daß sie das, wenn auch weniger häufig, schon immer getan hatte. Während ich dünner wurde, wurde sie verwirrt und unsicher. Sie trank jetzt stark und fing an zu vergessen, wo sie Dinge hingelegt hatte, ob ihre Kleider in die Reinigung gebracht worden waren oder nicht, was sie gesagt oder nicht gesagt hatte. Manchmal bettelte sie fast, ich solle mit den Pillen aufhören und besser auf mich achten; dann wieder bekam sie Wutanfälle, eine zerfranste Wut, anders als ihr früherer, zweckbestimmter Zorn. »Du bist das letzte«, pflegte sie voller Verachtung zu sagen. »Raus mit dir, dein Anblick macht mich krank.«

Die einzige Erklärung, die ich für ihr Benehmen finden konnte, war, daß meine Abmagerungskur ihr letztes erreichbares Projekt gewesen war. Mit den Häusern war sie fertig, nichts blieb ihr mehr zu tun, und sie hatte fest damit gerechnet, daß ich ihr ewig bleiben würde. Ihr Elend hätte mich entzücken müssen, aber statt dessen war ich verstört. Ich hatte wirklich geglaubt, daß meine Gewichtsabnahme sie erfreuen würde, eine selbstzufriedene, herrschsüchtige Freude, aber nichtsdestoweniger eine

Freude: ihr Wille war geschehen. Statt dessen war sie außer sich.
Eines Nachmittags, als ich mich, schwach vor Hunger, von der Schule nach Hause geschleppt hatte und in die Küche gegangen war, um das einzige Stück Keks zu holen, das mir als Belohnung winkte, kam sie aus dem Wohnzimmer hereinspaziert, ein Glas Scotch in der Hand, immer noch in ihrem rosa Morgenmantel und Pelzpantoffeln.
»Sieh dich an«, sagte sie. »Essen, essen, das ist alles, was du tust. Du bist widerwärtig, wirklich; ich an deiner Stelle würde mich schämen, mein Gesicht außerhalb des Hauses zu zeigen.« Derartiges hatte sie zu mir gesagt, als ich fett war und sie mich zum Abnehmen zu bewegen versuchte; meinem Gefühl nach waren solche Sprüche nicht mehr notwendig.
»Mutter«, sagte ich, »ich halte Diät, erinnerst du dich? Ich esse gerade einen Keks, wenn du nichts dagegen hast, und ich habe zweiundachtzig Pfund abgenommen. Sobald ich weitere achtzehn verloren habe, gehe ich zu Mr. Morriseys Büro, hole mir Tante Lous Geld ab, und dann ziehe ich aus.«
Ich hätte meine Pläne nicht verraten sollen. Sie sah mich voller Wut an, dann wechselte der Ausdruck zu Furcht, und sie sagte: »Gott wird dir nicht vergeben! Gott wird dir niemals vergeben!« Dann nahm sie ein Küchenmesser von der Tischplatte – ich hatte es benutzt, um Hüttenkäse auf meinen Keks zu schmieren – und stieß es in meinen Arm, direkt über dem Ellbogen. Es ging durch meinen Pullover, stach in das Fleisch, rutschte dann ab und fiel zu Boden. Keiner von uns konnte glauben, daß sie das getan hatte. Wir starrten hin, dann hob ich das Messer auf, legte es auf den Tisch und drückte meine linke Hand auf die Wunde unter meinem Pullover, als hätte ich sie mir selbst zugefügt und würde sie nun zu verbergen trachten. »Ich

glaube, ich mache mir eine Tasse Tee«, sagte ich im Konversationston. »Möchtest du auch eine, Mutter?«

»Das wäre nett«, sagte sie. »Eine Tasse Tee muntert einen auf.« Schwankend setzte sie sich auf einen der Küchenstühle. »Ich geh' am Freitag einkaufen«, sagte sie. »Du hast wahrscheinlich keine Lust mitzukommen.«

»Das wäre nett«, sagte ich.

An diesem Abend, als aus dem Zimmer meiner Mutter kein Laut mehr drang – sie war früh zu Bett gegangen, und mein Vater war noch im Krankenhaus –, packte ich einen Koffer und verschwand. Ich hatte mich fürchterlich erschrocken, nicht so sehr wegen dem Messer (der Kratzer war nicht tief gewesen, und ich hatte ihn sorgfältig mit Jod ausgewaschen, um eine Blutvergiftung zu vermeiden), sondern wegen den religiösen Gefühlen meiner Mutter. Ihre Erwähnung von Gott hatte mich davon überzeugt, daß sie verrückt war. Obwohl sie mich gezwungen hatte, in die Sonntagsschule zu gehen, war sie doch nie eine religiöse Frau gewesen.

Dritter Teil

12

Der Morgen leuchtete im Sonnenschein. Er strömte durch die Fenster der Bibliothek, wo Charlotte in ihrem schlichten, grauen Kleid saß, den weißen Kragen vorne am Hals mit der Kameebrosche ihrer Mutter geschlossen. Die Brosche ließ traurige Erinnerungen in ihr aufsteigen: Ihre Mutter, deren zarte, blasse Gesichtszüge Charlotte geerbt hatte, drückte sie ihr einige Augenblicke, ehe sie starb, in die Hand. Sie hatte Charlotte zugelächelt, eine einsame Träne war über ihre Wange gerollt, und Charlotte hatte ihr versprechen müssen, stets rein, umsichtig und gehorsam zu sein. »Wenn der richtige Mann kommt, mein Liebling«, hatte sie gesagt, »dann wirst du es wissen: dein Herz wird es dir sagen. Mit meinem letzten Atemzug bete ich für deine Sicherheit.« Immer hatte Charlotte das Bild vom Gesicht ihrer Mutter in sich getragen, eingerahmt von den weichen Locken des spinnwebenfeinen Blondhaars, und ihr trauriges, doch hoffnungsfrohes Lächeln.

Charlotte schüttelte diese unglücklichen Gedanken ab. Wieder beugte sie sich tief über ihre Juwelierslupe; sie reparierte gerade den winzigen Verschluß eines Smaragdarmbandes. Einen flüchtigen Moment lang stellte sie sich vor, wie die Smaragde auf Felicias weißer Haut wirken würden, wie das Grün ihre grünen Augen betonen und das feurige Haar hervorheben würde. Aber auch diese Gedanken verscheuchte sie schnell – sie waren ihrer unwürdig – und konzentrierte sich auf ihre Arbeit.

Ein leises Lachen ertönte, wie das schläfrige Gezwitscher eines tropischen Vogels. Charlotte sah auf. Durch die weißen Gazevorhänge erblickte sie ein Paar, das Arm in Arm dicht am Fenster vorbeiflanierte, anscheinend in eine äußerst vertrauliche Unterhaltung vertieft. An den roten Haaren erkannte sie Felicia, die ein kostbares Morgenkostüm aus blauem Samt trug, Kragen und Ärmel mit weißen Straußenfedern verziert, mit einem dazu passenden, umwerfend frechen Hut. Ihre Hände waren in einem Hermelinmuff verborgen, und als sie den Kopf zurückwarf, um erneut in Lachen auszubrechen, schimmerte das Sonnenlicht auf ihrer milchweißen Kehle und den kleinen Zähnen.

Der Mann an ihrer Seite, der sich nun näher beugte, um etwas in ihr Ohr zu flüstern, trug ein kurzes Cape; in der behandschuhten linken Hand hielt er eine Reitpeitsche mit goldenem Griff, mit der er lässig herumschlenkerte. Charlotte dachte, dies müsse sicherlich Redmond sein, und ein Hauch von Enttäuschung überkam sie; doch als er sich aufrichtete und ihr sein Profil zuwandte, erkannte sie, daß dieser Mann trotz einer gewissen Ähnlichkeit nicht Redmond war. Redmond hatte eine ausgeprägtere Adlernase.

Charlotte hatte nicht die Absicht zu lauschen, aber sie konnte nicht umhin, einen Teil der Unterhaltung mitzuhören. Der Mann sagte etwas mit leiser Stimme, und Felicia antwortete mit verächtlichem Zurückwerfen des Kopfes und einem neuerlichen Auflachen:

»Nein, du irrst dich... Redmond ahnt nichts. Er ist zur Zeit vollkommen mit diesem bleichgesichtigen jungen Ding beschäftigt, das er angestellt hat, um meine Smaragde zu reparieren, und hat für sonst nichts Augen.«

Was konnte sie damit meinen? Charlotte blickte immer noch aus dem Fenster dem sich entfernenden Paar nach, als ein leises Geräusch sie herumfahren ließ. Redmond stand im Türrahmen und sah sie mit starrem Blick an; seine Augen brannten wie Kohlen.

»Wie gefällt Ihnen das neue Reitkostüm meiner Frau?« fragte er mit einem höhnischen Unterton, der ihr zeigte, daß er gesehen hatte, wie sie aus dem Fenster schaute. Heiße Röte stieg

Charlotte in die Wangen: Beschuldigte er sie, sich einzumischen und zu spionieren?

»Es steht ihr sehr gut«, antwortete sie zurückhaltend. »Da sie sehr dicht am Fenster vorbeiging, konnte ich es nicht übersehen.«

Redmond lachte und kam auf sie zu. Sie erhob sich aus ihrem Stuhl und wich gegen die Regale mit den in feines Leder gebundenen Büchern zurück, die alle Redmonds goldenes Familienwappen auf dem Buchrücken trugen. Ihr Herz pochte vor Aufregung. Sein Gesicht war vom Trunk gerötet, obwohl es erst vormittags war, und sie erinnerte sich an die merkwürdigen Geschichten über sein Benehmen, die sie von der freundlichen Mrs. Ryerson, der Haushälterin, gehört hatte. Seine Frau Felicia, Lady Redmond, besaß ebenfalls einen skandalösen Ruf. Nur aufgrund ihrer Stellung entgingen sie dem Klatsch, doch Charlotte wußte genau, falls sie selbst einmal vom Pfade der Tugend abweichen sollte, so wäre ihr Schicksal besiegelt, und ihr bliebe nichts, als sich auf den schmutzigen nächtlichen Straßen von London herumzutreiben oder in einem Haus der Schande Asyl zu suchen.

»Solch feines Herausgeputze findet nicht meine Bewunderung«, sagte er. »Dieses Kleid nun, das Sie tragen ... das wäre angebrachter ... für eine Ehefrau. Doch Sie binden Ihr Haar zu streng.« Er näherte sich ihr und löste eine Strähne ihres Haares; seine Hand kroch auf ihre Kehle zu, seine Lippen suchten die ihren, seine Gesichtszüge waren wild und verzerrt. Charlotte riß sich los und suchte verzweifelt nach einem Gegenstand, mit dem sie sich verteidigen konnte. Sie ergriff ein schweres Exemplar von Boswells Life of Johnson: *Falls er noch einmal versuchte, sie auf diese Art zu demütigen, würde sie nicht zögern, ihn damit zu schlagen. Er war nicht der erste zudringliche Adlige, dessen sie sich erwehren mußte, und es war nicht ihre Schuld, daß sie jung und hübsch war.*

»Ich bitte Sie, sich daran zu erinnern, Sir«, rief sie, »daß ich allein und ohne Schutz unter Ihrem Dach weile. Denken Sie an

Ihre Pflichten!« Redmond sah sie mit neuer Achtung an; doch bevor er antworten konnte, ertönte ein leises Lachen. In der Tür stand Felicia in all ihrer strahlenden Herrlichkeit, den Hut in ihrer zierlichen Hand. Neben ihr stand der Fremde mit dem Cape.

»Gut gesprochen«, sagte der Fremde und grinste Charlotte an. »Redmond, ich hoffe, Sie nehmen es sich zu Herzen.«

Felicia ignorierte sie vollkommen und wandte sich an Redmond. »Mir scheint, Redmond, daß deine kleine Miß Juwelier übertrieben lange für meine Smaragde braucht. Sicherlich benötigt man nicht soviel Zeit, um ein paar Verschlüsse zu reparieren und einige Gemmen zu fassen. Wann wird sie fertig sein?«

Charlotte zuckte zusammen, als in ihrer Gegenwart von ihr in der dritten Person gesprochen wurde, doch Redmond verbeugte sich vor seiner Frau, eine ironische Verbeugung. »Du mußt sie selbst fragen, meine Teure«, sagte er. »Die Wege der Fachleute sind unergründlich wie die Wege einer Frau.« Er schritt zur Tür. »Nett von Ihnen herüberzureiten, Otterly«, sagte er und schüttelte dem großen Fremden die Hand. »Sie wissen, ich freue mich stets, Sie zum Essen hier zu haben, auch unangemeldet.«

»Am Morgen tut mir ein bißchen scharfe Bewegung gut«, antwortete der Mann. Die beiden schlenderten davon. Felicia blieb für einen Moment zurück und musterte Charlotte mit einem abschätzenden Blick, so als wäre sie ein Möbelstück.

»An Ihrer Stelle würde ich nicht zu lange hierbleiben«, sagte sie. »Die Kanalisation in diesem Haus ist nicht sehr gut; wir haben schon erlebt, daß sie bei empfindlichen Naturen wie der Ihren einen schlimmen Einfluß auf die Gesundheit, ja selbst auf den Verstand hat. Wenn Sie jedoch ein bißchen frische Luft genießen möchten, dann wird Sie ein Spaziergang in unserem Irrgarten gewiß erfreuen. Ich habe gehört, er sei interessant.« In einem Wirbel von Samt schwebte sie von dannen.

In einem Aufruhr von Gefühlen setzte sich Charlotte nieder. Wie konnten es diese Leute wagen, sie so zu behandeln! Bei

Redmond jedoch, der zwar unangenehm sein konnte, hatte sie gewünscht, seine Hand möge ein paar Augenblicke länger auf ihrem Hals ruhen... Und der Fremde mit dem Cape mußte Redmonds Halbbruder sein, der Earl of Otterly. Was sie über ihn von Mrs. Ryerson gehört hatte, war nicht erfreulich gewesen.

Sie war zu aufgeregt, um weiterarbeiten zu können. Sie verschloß die Smaragde in ihrer Schatulle, schloß die Schatulle in das Zimmer ein, wie Redmond es ihr aufgetragen hatte, und ging nach oben in ihr Zimmer, um wieder zu sich selbst zu finden.

Doch als sie die Tür zu ihrem Schlafraum öffnete, konnte sie nur mit äußerster Mühe einen Schrei unterdrücken. Dort, über ihr Bett gebreitet, lag ihr gutes schwarzes Seidenkleid, böswillig zerfetzt. Klaffende Risse waren in den Rock geschnitten worden, das Mieder war hoffnungslos verstümmelt, die Ärmel in Fransen. Es sah aus, als hätte man ein scharfes Gerät benutzt, ein Messer oder eine Schere.

Charlotte betrat das Zimmer und schloß die Tür hinter sich. Ihre Knie waren weich, und sie fühlte sich benommen. Wer hatte das getan? Sie wußte, sie hatte das Kleid im Schrank zurückgelassen, als sie hinuntergegangen war, um mit ihrer Arbeit an den Juwelen anzufangen. Sie öffnete den Schrank... Ihre sämtlichen anderen Kleider waren in der gleichen Weise mißhandelt worden: ihr Reisemantel, ihr einziges anderes Kleid, ihr Nachthemd, ihre Unterröcke, ihre Pelerine. Ihr war nichts mehr geblieben als die Kleider, die sie auf dem Leib trug.

Warum nur? *fragte sie sich, als sie zitternd auf ihr schmales,* hartes Bett sank. *Es kam ihr in den Sinn, daß irgend jemand sie so erschrecken wollte, daß sie wegging, jemand wollte, daß sie Redmond Grange verließ... oder vielleicht war es eine Warnung, ein Zeichen, das jemand, der es gut mit ihr meinte, zurückgelassen hatte. Sie hatte nach einer Nachricht Ausschau gehalten, aber keine gefunden. Nur diese rätselhafte Zerstörung.*

Um neun Uhr hatte sie ihr Zimmer verlassen; sie hatte gefrüh-

stückt, dann allein bis halb zwölf gearbeitet, bis sie die Unterhaltung von Felicia und Otterly mit anhörte. Während dieser Zeit konnte jeder im Haus – oder jemand von außerhalb! – ungesehen ihr Zimmer betreten haben und die Tat begangen haben. Redmond, Felicia, Otterly, die freundliche Mrs. Ryerson ... die Hausmädchen, der Koch, William, der Gärtner, Tom, der Kutscher, mit seinem rattenähnlichen Lächeln. Jeder von ihnen konnte es gewesen sein.
Voller Furcht dachte sie zurück an Felicias Bemerkung über die schlechte Kanalisation. War das eine Drohung gewesen? Und falls sie die Warnung mißachtete, wie weit würde ihr unbekannter Feind gehen, um sie von Redmond Grange zu entfernen ... für immer?

Das schrieb ich in Terremoto mit meinem apfelgrünen Filzstift. Ich brauchte vier Tage, was bei weitem zu langsam war. Normalerweise schrieb ich meine Kitschgeschichten direkt in die Maschine, mit geschlossenen Augen. Es wirkte ein bißchen deprimierend, was ich auf einer Seite untergebracht hatte, und in Apfelgrün sah es noch düsterer aus, als ich beabsichtigt hatte.
Ich entschied, daß der Ausflug nach Rom der Schreibmaschine und des Haarefärbens wegen unumgänglich war. Bei meinem jetzigen Arbeitstempo würde ich mit Charlotte nie fertig werden, und meine finanzielle Zukunft hing von ihrer ab. Je schneller ich ihr ein sicheres Nest schaffte, desto besser.
Doch noch war sie bedroht, meine ewige Jungfrau auf der Flucht, meine Göttin des schnellen Geldes. Das Haus war hinter ihr her, der Herr des Hauses ebenfalls und die Hausherrin wahrscheinlich auch. Die Schlinge zog sich langsam um ihren Hals zusammen, obwohl sie bis jetzt vernünftig war. Sie war ein mutiges Mädchen, das sich nicht so leicht einschüchtern ließ. Sonst wäre sie mit der nächsten Kutsche abgereist. Ich selbst hatte nicht die leiseste

Idee, wer ihre Kleider zerfetzt hatte. Redmond würde ihr natürlich eine perfekt passende neue Garderobe kaufen, nicht zu vergleichen mit den schäbigen Lumpen, die sie getragen hatte. Sie würde zögern, das Angebot anzunehmen, aber was blieb ihr übrig? Sie verfügte über keine Ersparnisse. Der Kleidung meiner Heldinnen stieß immer Schlimmes zu: Tintengläser ergossen sich darüber, Löcher wurden hineingebrannt, sie wurde aus dem Fenster geworfen, zerfetzt, zerschnitten. In *Die Türme von Tantripp* stopfte sie jemand mit Heu aus wie eine Vogelscheuche oder eine Voodooplastik und ließ sie dann den Fluß hinuntertreiben. Einmal wurde sie in einem Keller vergraben.

Felicia allerdings würde Charlottes neue Garderobe gar nicht gefallen. »Wenn du dieses Mädchen zu deiner Mätresse machen willst, Redmond«, so würde sie in Charlottes Hörweite sagen, »wäre es mir lieber, du tätest es woanders.«

Sie war eine zynische Frau und an seine Eskapaden gewöhnt.

Ich versteckte das Manuskript wieder in der Schublade mit meiner Unterwäsche, legte meine Verkleidung an und machte mich auf nach Rom, nachdem ich die Tür sorgfältig hinter mir verschlossen hatte.

Autofahren in Italien machte mich nervös. Die Leute hier gingen mit ihren Wagen um, als wären es Pferde. Bei ihren Gedankengängen spielten Straßen keine Rolle, sondern nur, wohin sie fahren wollten: Eine Straße war etwas, was andere einem vorzuschreiben versuchten, eine Straße stellte eine Beleidigung dar. Ich bewunderte diese Haltung, solange ich nicht selbst fuhr. Dann aber machte es mich zappelig. Die Straße aus der Stadt hinaus verlief in Serpentinen, ohne Zaun oder Pfosten als Schutz vor dem Abgrund. Den ganzen Weg hinunter hupte ich, und Hühner und Kinder stoben auseinander.

Bis Tivoli schaffte ich es ohne Zwischenfälle, dann ging es den langen Hügel in die Ebene hinunter. In der Ferne ragte Rom auf. Je näher ich kam, desto mehr nackte Erde gab es zu sehen, desto mehr riesige Rohre und rote, blaue und orangefarbene Maschinen lagen wie Dinosaurierknochen neben der Schnellstraße verstreut herum. Männer gruben, hoben aus, rissen ab, ließen liegen; allmählich fing es an, wie in Nordamerika auszusehen, wie in jeder anderen großen Müllstadt. Die Straße war jetzt mit Lastwagen überfüllt, großen und kleinen, mit Anhängern, die noch mehr Rohre, noch mehr Maschinen hinein und heraus karrten, aber ich konnte nicht sagen, ob das ein Beweis für Wachstum oder für Zerfall war. Soviel ich wußte, krebste das Land am Rande des Chaos dahin, und nächste Woche würden Hungersnot und Revolution ausbrechen. Aber ich konnte die Zeitungen nicht lesen, und die Katastrophen dieser Landschaft blieben für mich unsichtbar, trotz der Röhren und Maschinen; wie durch einen Reisebericht im Kino schwebte ich ruhig dahin; der Himmel war blau und das Licht golden. Riesige, eckige Miethäuser säumten die Straße nach Rom, auf den Balkonen flatterte Wäsche, aber ich konnte nicht erraten, was für eine Art von Leben sich darin abspielte. In meinem Land hätte ich es gewußt. Hier war ich taub und stumm.

Ich bahnte mir meinen Weg durch den zunehmenden Verkehr und fand einen Parkplatz. Das Büro von American Express war voll; lange Schlangen von Frauen mit Sonnenbrillen ähnlich meiner und Männern in zerknitterten Sommeranzügen drängten sich vor den Schaltern. Der amerikanische Dollar schwankte, und die Banken weigerten sich, Reiseschecks einzulösen. Ich hätte kanadische nehmen sollen, dachte ich. Als ich an der Reihe war, erhielt ich ein Bündel neues Geld und machte mich auf die Suche nach einer Schreibmaschine.

Ich entdeckte eine gebrauchte Reise-Olivetti und kaufte sie unter Zuhilfenahme meines beschränkten Vokabulars und der Finger. Ich kam, unter dem Gewicht der Maschine gebeugt, aus dem Laden, aber nichtsdestoweniger fühlte ich mich leicht wie eine Tänzerin, anonym und unbeobachtet in der Prozession der Passanten, von denen ich keinen einzigen je kennenlernen mußte.
Dann plötzlich fiel mir Arthur ein. Hier war er mit mir gewesen, wir waren genau auf dieser Straße zusammen gewesen, ich konnte ihn noch neben mir spüren, so wirklich wie eine Berührung. Wir hatten Händchen gehalten. Wir hatten angehalten, um unsere Karte zu studieren, direkt hier vor diesem Laden, es roch sogar noch genauso. War das wirklich geschehen, oder erfand ich es? Waren wir wirklich zusammen durch den Irrgarten der römischen Straßen spaziert, hatten wir uns in einem gemieteten Fiat durch den Verkehr geschlängelt, waren wir die Via Appia entlanggefahren mit ihren Gräbern und angeblichen Gespenstern, waren wir in die Katakomben hinabgestiegen, vollgestopft mit den vertrockneten Hüllen von Christen, hatten wir einen kleingewachsenen bulgarischen Priester als Führer gehabt, waren wir nach dreißig Minuten wieder ans Tageslicht zurückgekehrt? Waren wir wieder und wieder im Kolosseum herumgegangen, unfähig, den richtigen Ausgang zu finden, während donnernde Lastwagen auf beiden Seiten vorbeischwankten, voll beladen mit Metall und Zement, Pfeilern, Löwen für die Spiele, Beute, Sklaven? Meine Füße taten mir sehr weh, aber ich war glücklich gewesen. Arthur war bei mir gewesen, jetzt war er es nicht; wir hatten einen Spaziergang gemacht auf einer Straße wie dieser hier, und dann schwappte die Zukunft über uns hinweg, und wir waren getrennt. Er befand sich nun in weiter Entfernung, jenseits des Ozeans, an einem Strand, wo der Wind sein Haar zerzauste,

kaum konnte ich seine Züge erkennen. Er bewegte sich mit zunehmender Geschwindigkeit von mir fort, in das Land der Toten und der toten Vergangenheit, unwiederbringlich.

13

Meine erste Begegnung mit Arthur fand im Hydepark statt. Es war ein Zufall: Ich stieß zwischen einem Anti-Vivisektionisten-Redner und einem Mann, der das Ende der Welt voraussagte, mit ihm zusammen. Damals lebte ich in London mit einem polnischen Grafen zusammen, ohne recht zu wissen, wie ich da hineingeraten war.
Als ich zwei Jahre zuvor die Haustür meiner Mutter leise hinter mir zumachte, um sie nicht zu wecken, hatte ich keine derartigen Pläne. Tatsächlich hatte ich überhaupt keine Pläne. In der einen Hand trug ich meinen Koffer, in der anderen meine Tasche. Der Koffer enthielt die wenigen Kleider, die mir noch paßten, Röcke mit Gürteln, die man zusammenschnüren konnte, Blusen, die man raffen und wegstopfen konnte; während des Jahres, in dem ich geschrumpft war, mußte ich eine vollständige Garderobe opfern. Es war Ende Juni, kurz vor meinem neunzehnten Geburtstag. Ich hatte die Prüfungen für die dreizehnte Klasse geschrieben und wußte, daß ich mindestens in vieren durchgefallen war, aber die Ergebnisse würden nicht vor August bekanntgegeben werden. Mir war es sowieso egal. Tante Lous Fuchs lag in meinem Koffer, und in meiner Handtasche hatte ich ihre Geburtsurkunde und das Bild von uns bei der Nationalausstellung. Ich hatte ungefähr dreißig Dollar; siebzehn eigene und dreizehn aus der Kleingeldkasse, die meine Mutter in der Küche aufbewahrte. Ich würde es später zurückzahlen. Tante Lous Erbschaft konnte ich noch nicht kassieren, weil ich immer

noch Übergewicht hatte, aber von meinen zahlreichen Jobs hatte ich Geld auf der Bank und konnte am Morgen etwas abheben.

Ich nahm einen Bus in die Stadt und mietete mich im Royal York Hotel ein. Das machte mich nervös: Ich war noch nie in einem Hotel gewesen. Ich benutzte Tante Lous Namen, da ich nicht wollte, daß meine Mutter auf meine Spur kam. Es war albern, sie hätte Tante Lous Namen sofort erkannt, aber daran dachte ich nicht. Statt dessen rechnete ich damit, vom Hotelportier für minderjährig gehalten zu werden, und dann wäre ich in der Lage gewesen, Tante Lous Geburtsurkunde auf den Tisch zu legen und zu beweisen, daß ich neunundvierzig war.

Aber er sagte nur: »Sind Sie in Begleitung?«

»Nein«, sagte ich. Er sah über meine Schulter und durch die in Goldtönen gehaltene Halle, um sich zu vergewissern, daß ich die Wahrheit sagte. Damals kam es mir nicht in den Sinn, daß er mich für eine Prostituierte halten könnte. Ich führte meinen Erfolg nicht auf die Tatsache zurück, daß die Halle leer war, sondern darauf, daß ich weiße Handschuhe trug, ein Symbol für Erwachsensein und gesellschaftlichen Status. »Eine Dame verläßt nie das Haus, ohne Handschuhe anzulegen«, sagte meine Mutter. Tante Lou verlor dauernd ihre Handschuhe.

(Vielleicht lag es am Royal York Hotel, diesem trügerischen Märchenland mit der Pracht des neunzehnten Jahrhunderts, den roten Teppichen und den Lüstern, Gesimsen und Fresken, Spiegeln vom Fußboden bis zur Decke und abgewetzten Plüschsofas und messingverzierten Fahrstühlen, daß sich hier meine ersten kreativen Regungen bemerkbar machten. Für mich schien ein solches Gebäude für ganz andere Wesen bestimmt zu sein als die langweiligen Geschäftsleute mit ihren unscheinbaren Frauen, die tatsächlich hier zu finden waren. Das hier verlangte nach Ballkleidern und Etikette und Fächern, nach

schulterfreien Kleidern wie denjenigen auf den Laura-Secord-Schokoladeschachteln, ausgewählte Sommergarderobe, Krinolinen und adrette Herren. Als es umgebaut wurde, regte ich mich furchtbar auf.)
Nachdem der Hotelpage endlich gegangen war – er hatte sich endlos herumgedrückt, die Lichter an- und ausgeknipst und die Jalousien rauf- und runtergelassen, bis mir einfiel, was ich über das Trinkgeldgeben gelesen hatte – öffnete ich sämtliche Schränke und Schubladen. Ich hätte furchtbar gerne eine elegante Nachricht auf dem aristokratischen Briefpapier geschrieben, aber es gab niemanden, dem ich hätte schreiben können. Ich nahm ein Bad und benutzte sämtliche Handtücher, alle mit Monogrammen. Ich wusch mir das Haar und rollte es mit einem Satz Plastiklockenwickler ein. Die ganze Zeit über, als ich fett war, hatte ich mein Haar kurz getragen, was mein rundes Gesicht noch runder machte. Meine Mutter machte einen Verbesserungsvorschlag nach dem anderen: Ich sollte einen Pagenschnitt, dann eine Pudelfrisur tragen, aber ich lehnte alles ab. Jetzt allerdings hatte ich seit einem Jahr meine Haare wachsen lassen, und sie waren mittlerweile schulterlang, dunkelrot und glatt. Ich trug sie nicht offen, sondern hatte sie mit einer Haarklemme hinter jedem Ohr festgesteckt. Als mein Haar hübsch eingerollt war, stellte ich mich vor den bodenlangen Spiegel an der Rückseite der Badezimmertür und untersuchte mich Stück für Stück, ungefähr in der Weise, in der ein Immobilienmakler einen Sumpf in Hinblick auf die künftigen Entwicklungsmöglichkeiten untersuchen würde. Ich hatte immer noch Übergewicht und wirkte immer noch ein bißchen ausgebeult. Meine Oberschenkel zeigten Streifen von überdehntem Gewebe, und mein Gesicht war das einer fünfunddreißigjährigen Hausfrau mit vier Kindern und einem sich herumtreibenden Ehemann: Ich sah ausgelaugt aus. Aber ich hatte grüne Augen und kleine weiße

Zähne und zum Glück keine Pickel. Vor mir lagen nur noch achtzehn überflüssige Pfunde.
Am nächsten Morgen kaufte ich eine Zeitung und ging die Wohnungsannoncen durch. Ich fand ein Zimmer in der Isabella Street, rief die Vermieterin an und stellte mich am Telefon als fünfundzwanzigjährige Büroangestellte vor, Nichttrinkerin und Nichtraucherin. Ich steckte mein Haar zurück, zog meine weißen Handschuhe an und ging das Zimmer ansehen. Ich nannte mich Miß L. Delacourt, und diesen Namen benutzte ich später am Tag zur Eröffnung eines neuen Bankkontos. Von meinem anderen Konto hob ich alles Geld ab und löste es auf; ich wollte für meine Mutter keinerlei Spuren hinterlassen. Das war der offizielle Beginn meines zweiten Ich. Die Leichtigkeit, mit der alle mir glaubten, erstaunte mich, aber andererseits, warum sollten sie mißtrauisch sein?
An diesem Nachmittag ging ich ins Krankenhaus, um meinen Vater zu besuchen. Ich war nie zuvor dort gewesen, und so hatte ich auch keine Ahnung, wie ich ihn finden konnte. Ich fragte an der Pforte, und dort fragten sie sich gegenseitig, bis sie schließlich herausfanden, daß er im Operationssaal war. Sie wollten, daß ich einen Termin ausmache oder in der Eingangshalle warte – ich hatte ihnen nicht gesagt, daß ich seine Tochter war –, und ich sagte, das würde ich tun. Aber ich hatte die Stationsnummer mitgehört, und als keiner von ihnen zu mir hinsah, stand ich ruhig auf und ging zum Fahrstuhl.
Ich wartete vor der Tür, und schließlich kam er heraus. Ich hatte ihn noch nie in seiner offiziellen Uniform gesehen: Er trug eine weiße Kappe und einen Kittel und eine Maske über der unteren Hälfte seines Gesichts, die er gerade im Begriff war herunterzuziehen. Er sah viel beeindruckender aus als jemals zu Hause; er sah aus wie je-

mand, der Macht hat. Er unterhielt sich mit zwei anderen Ärzten. Ich mußte ihn anrufen, bevor er mich bemerkte.

»Deine Mutter ist ganz krank vor Sorge«, sagte er ohne Vorwurf.

»Sie ist mein Leben lang krank vor Sorge gewesen«, sagte ich. »Ich wollte dir nur erzählen, daß es mir gutgeht. Ich komme nicht zurück, ich hab' ein Zimmer und genug Geld.«

Er sah mit einem Ausdruck auf mich herunter, den ich nicht einordnen konnte, weil ich ihn selten erlebt hatte. Es war Bewunderung und vielleicht sogar Neid: Ich hatte getan, was er selbst nicht fertigbrachte, ich war weggelaufen. »Bist du sicher, daß es dir gut geht?« sagte er. Als ich nickte, sagte er: »Ich nehme an, ich kann dich nicht dazu überreden, vorbeizuschauen und sie zu besuchen?«

»Sie wollte mich umbringen«, sagte ich. »Hat sie dir das erzählt?« Ich übertrieb, da das Messer nicht sehr tief eingedrungen war, aber ich wollte ihm den Eindruck vermitteln, daß die Schuld nicht bei mir lag. »Sie hat mir mit dem Messer in den Arm gestochen.« Ich krempelte meinen Ärmel auf, um ihm den Kratzer zu zeigen.

»Das hätte sie nicht tun sollen«, sagte er, als wäre sie nach links statt nach rechts abgebogen. »Ich bin sicher, sie hat es nicht so gemeint.«

Wir kamen überein, daß ich mit ihm in Verbindung bleiben würde – und mehr oder weniger hielt ich dieses Versprechen –, aber ich weigerte mich, noch irgend etwas mit meiner Mutter zu tun zu haben. Er verstand meine Haltung. Er gebrauchte genau diese Worte, wie ein Mann, der sehr viel Zeit damit zugebracht hat, die Haltungen anderer Leute zu verstehen. Der Satz blieb mir im Gedächtnis haften, und erst viel später kam es mir in den Sinn, daß niemand je seine Haltung verstanden hatte; weder ich noch meine Mutter noch Tante Lou, niemand. Ich glaube nicht, daß es daran lag, daß er keine hatte. Seine Haltung war die Haltung eines Mannes, der Menschen getötet und Menschen ins Leben zurückgerufen hat, allerdings nicht dieselben, und über diese Mysterien kann man nur schwer sprechen. Zusätzlich war seine Haltung noch die eines Mannes, der braune Lederslipper trägt und an Wochenenden mit Zimmerpflanzen herumspielte und aus diesem Grund von seiner Frau für einen inkonsequenten Narren gehalten wird. Er war ein Mann im Käfig, wie die meisten Männer; aber was ihn unterschied, war sein Herumexperimentieren mit Leben und Tod.

Die nächsten paar Monate wohnte ich in meinem Zimmer in der Isabella Street, für das ich pro Woche vierzehn Dollar bezahlte. In dem Preis war das Wechseln der Bettwäsche und der Handtücher und eine Kochplatte eingeschlossen, auf der ich Tee kochte und Mahlzeiten mit wenig Kalorien zubereitete. Das Haus selbst war viktorianisch, aus roten Ziegeln – inzwischen ist es abgerissen worden, und ein Hochhaus steht dort –, dunklen, knarrenden Holzfluren, einer Treppe, die mir schon bei verschiedenen Gelegenheiten nützlich gewesen ist (»Sie schwebte die Treppen hinauf, eine Hand am Geländer...«), und dazu der Geruch von Möbelpolitur. Mit der Möbelpolitur vermischte sich noch ein anderer Geruch, wahrscheinlich nach Erbrochenem. Sowohl das Haus als auch die ganze Gegend waren heruntergekommen; aber die Vermieterin war Schottin und streng, und was hier auch an Erbrechen vorging, es geschah hinter verschlossenen Türen.

In dem Haus wohnten noch andere Leute, aber ich sah sie selten, zum Teil, weil ich viel wegging. Jeden Morgen marschierte ich flott die Treppen hinunter, als ginge ich zur Arbeit, in Wirklichkeit aber hungerte ich mich bloß Tante Lous Geld entgegen. Abends kehrte ich in mein Zimmer zurück und machte auf der Kochplatte eine Pakkung Erbsen oder ein bißchen Corned beef warm. Während ich aß, trauerte ich um Tante Lou. Jetzt, wo sie tot war, hatte ich niemanden, mit dem ich sprechen konnte; ich holte ihren Fuchspelz heraus, der nach Mottenkugeln roch, und starrte ihn an, voller Hoffnung, daß er wunderbarerweise seinen Mund öffnen und mit Tante Lous Stimme reden würde wie in meiner Kindheit. Ich versuchte, allein ins Kino zu gehen, aber das deprimierte mich noch mehr, und ohne Tante Lou mußte ich mich der Aufmerksamkeiten fremder Männer erwehren, weshalb ich die Filme nie ganz mitbekam. Im August besuchte ich die Kanadische Nationalausstellung, eine melancholische Pilgerfahrt. Seit drei Jahren war ich mit Tante Lou nicht mehr hingegangen – sie mußte gespürt haben, daß ich dafür zu alt geworden war –, und alles kam mir anders vor, irgendwie schäbiger, die Fröhlichkeit gezwungen und roh.

Ich ging oft ins Museum und in die Kunstgalerie, Orte, wo ich herumspazieren und so aussehen konnte, als täte ich etwas, Orte, wo mich kein Essen in Versuchung führte. Ich unternahm Busfahrten: nach St. Catharines, nach London in Ontario, nach Windsor und nach Buffalo und Syracuse und Albany. Ich suchte eine Stadt, in die ich ziehen konnte, in der ich frei sein würde, nicht ich selbst zu sein. Ich wollte nichts zu Besonderes oder Aufregendes, ich wollte nur irgendwo hineinpassen, ohne erkannt zu werden.

Auf einer dieser Busfahrten entdeckte ich zum erstenmal, daß etwas in mir fehlte. Der Mangel kam daher, daß ich fett gewesen war; es war, als fehlte ein Schmerzgefühl, und Schmerz und Angst wirken bis zu einem gewissen Grad als Schutz. Ich hatte nie die üblichen weiblichen Ängste entwickelt: Angst vor Eindringlingen, Angst vor der Dunkelheit, Angst vor keuchenden Lauten am Telefon, Angst vor Bushaltestellen und langsamer werdenden

Autos, Angst vor allem und jedem außerhalb des magischen Kreises, der Sicherheit bedeutete. Mir wurde weder nachgepfiffen, noch wurde ich im Fahrstuhl gekniffen, nie verfolgte mich jemand in einsam gelegenen Straßen. Ich erlebte Männer nicht als aggressive Verführer, sondern als schüchterne, ausweichende Wesen, denen nichts einfiel, was sie mit mir reden konnten, und die bei meinem Auftauchen unauffällig verschwanden. Obwohl meine Mutter mich oft genug vor den bösen Männern im Hohlweg gewarnt hatte, klangen ihre Warnungen zu der Zeit, als ich in die Pubertät kam, bereits hohl. Sie glaubte offensichtlich nicht daran, daß ich je belästigt werden würde, und ich auch nicht. Es wäre so gewesen, als hätte man einen riesigen Basketball belästigt, und obwohl ich in meinem Busen Vorstellungen von mir selbst hegte, in denen ich ganz aus dahinschmelzender Weiblichkeit und sanfter Hingabe bestand, wußte ich doch insgeheim, daß ich in der Lage wäre, jeden potentiellen Zudringling durch kräftiges Ausatmen gegen eine Mauer zu quetschen. Als ich dann auf Normalmaß zusammenschrumpfte, hatte ich keine dieser Ängste und mußte sie erst künstlich entwickeln. Ständig mußte ich mir ins Gedächtnis rufen: Geh nicht allein dorthin. Geh nachts nicht aus. Dreh dich nicht um, auch wenn du möchtest. Halte nicht an. Steig nicht aus dem Auto aus.

Meistens saß ich in der Mitte vom Bus. Hinter mir ein Mann mit einer Zigarre, neben mir ein Fremder. Alle paar Stunden hielten wir an einem Rasthaus, wo ich dann zur Damentoilette schlafwandelte, die immer nach Desinfektionsmitteln und flüssiger Seife roch. Dort wusch ich mir mit feuchten Papiertüchern die Busschwaden, ölig und bräunlich, vom Gesicht. Und später, wenn mein Kopf gegen das kalte Metall des Fensterrahmens stieß und mein Körper vor Sehnsucht nach Schlaf juckte, tauchte eine Hand auf meinem Oberschenkel auf, verstohlen, ohne

sich zu bewegen, eine erkundende Hand, angespannt durch das Wissen ihrer einsamen Mission.
Mit diesen Händen wurde ich nicht fertig. Sie überrumpelten mich. Bei fetten Mädchen machten Männer keine Annäherungsversuche, deshalb besaß ich keine Erfahrung und fühlte mich ausgesprochen unbehaglich. Die Hände erschreckten mich weder, noch erregten sie mich, sie machten mir lediglich bewußt, daß ich keine Ahnung hatte, was ich tun sollte. Also tat ich so, als bemerkte ich die Hand nicht; ich sah aus dem Fenster auf die pechschwarze Landschaft, während geschickte Finger meinen Oberschenkel hinaufkrochen. Beim nächsten Halt entschuldigte ich mich höflich und stolperte aus dem Bus, ohne klare Vorstellung, was ich als nächstes tun würde.
Manchmal hielt ich nach einem Motel Ausschau; meistens jedoch steuerte ich das Restaurant der Busstation an und aß sämtliche vertrockneten Krapfen und nach Fischleim schmeckende Kuchenstücke, die ich mir leisten konnte. In diesen Momenten fühlte ich mich sehr einsam; ich sehnte mich auch danach, wieder fett zu sein. Es wäre eine Isolierung, ein schützender Kokon. Und auch eine Verkleidung. Ich könnte wieder nur Zuschauer sein, ohne daß allzuviel von mir erwartet wurde. Ohne meinen magischen Umhang aus Walfischspeck und Unsichtbarkeit fühlte ich mich nackt und bloßgestellt, als fehlte eine wesentliche Bedeckung.
Trotz dieser Rückfälle schwand ich dahin. Plötzlich hatte ich das erforderliche Gewicht erreicht und stand Auge in Auge dem Rest meines Lebens gegenüber. Ich war jetzt ein anderer Mensch, ein Gefühl, als würde man im Alter von neunzehn Jahren voll ausgewachsen geboren: Ich hatte die richtige Figur, aber die falsche Vergangenheit. Ich mußte sie gänzlich loswerden und mir eine neue erfinden, eine angenehmere. Und ich entschied mich auch gegen alle Orte, die ich besichtigte. In einem gemieteten

Zimmer in Albany zu leben wäre im Endeffekt dasselbe, wie in einem gemieteten Zimmer in Toronto zu leben, außer daß dort die Möglichkeit, meiner Mutter zufällig mal auf der Straße zu begegnen, geringer war. Oder sonst jemandem, der mich hätte erkennen können.
Der Gedanke, für immer diese Art von Leben führen zu müssen, deprimierte mich. Ich wollte mehr als ein Leben haben, und als ich schließlich triumphierend von der Waage in Mr. Morriseys Büro stieg und mein Geld einsteckte, ging ich schnurstracks in ein Reisebüro und kaufte ein Flugticket nach England.

14

»Du hast den Körper einer Göttin«, pflegte der polnische Graf in Augenblicken kontemplativer Leidenschaft zu sagen. (Probte er für eine Theateraufführung?)
»Habe ich auch den Kopf von einer?« fragte ich einmal schelmisch.
»Mach dich nicht darüber lustig«, sagte er. »Du mußt mir glauben. Warum weigerst du dich, an deine eigene Schönheit zu glauben?«
Doch welche Göttin meinte er? Es gab mehr als eine, wie ich wußte. Die auf der Venus-Bleistiftpackung zum Beispiel, ohne Arme und voller Sprünge. Einige Göttinnen hatten überhaupt keinen Körper; im Museum gab es eine mit drei Köpfen oben auf einer Säule, wie ein Feuerhydrant. Viele waren wie Vasen geformt, andere wie Steine. Ich fand sein Kompliment zweideutig.
Der polnische Graf war ein Zufall. Ich begegnete ihm zum erstenmal, als ich in der Nähe vom Trafalgar Square aus einem Doppeldeckerbus fiel. Zum Glück fiel ich nicht vom Oberdeck; ich hatte einen Fuß halb auf dem Boden,

aber ich war es nicht gewohnt, daß der Bus anfuhr, bevor die Leute richtig ausgestiegen waren, und so ruckte er an und schleuderte mich der Länge nach auf den Bürgersteig. Der polnische Graf ging zufällig vorbei und klaubte mich auf.

Zu der Zeit wohnte ich in einem feuchten Wohn-Schlafzimmer in Willesden Green. Ich hatte es vom Canada House vermittelt bekommen, dem ersten Ort, den ich nach meiner Ankunft in London aufsuchte. Ich hatte schon Heimweh. Ich kannte niemanden, wußte nicht, wo ich bleiben sollte, und was ich auf der Busfahrt vom Flughafen von England gesehen hatte, enttäuschte mich. Bis jetzt sah alles zu sehr dem ähnlich, was ich hinter mir gelassen hatte; mit dem Unterschied, daß alles so wirkte, als hätten zwei Riesenhände sämtliche Gegenstände zusammengedrückt und sie dann dichter zusammengeschoben. Die Autos waren kleiner, die Häuser überfüllter, die Leute kleiner; nur die Bäume waren größer. Und die Dinge waren nicht so alt, wie ich erwartet hatte. Ich wünschte mir Schlösser und Prinzessinnen, die Lady of Shalott, die in einem Boot einen gewundenen Fluß herabtrieb, wie in den *Erzählenden Gedichten für Jugendliche,* die ich in der neunten Klasse studiert hatte. Verhängnisvollerweise schlug ich das Wort *Shalott* im Wörterbuch nach: *Schalotte, eine Art kleine Zwiebel.* Die Schreibung war unterschiedlich, aber nicht unterschiedlich genug.

Fast bin ich der Schatten krank, sagte
Die Lady von der Kleinen Zwiebel.

Dann gab es noch jene Zeile, die für viel Gekicher bei den Jungen und für Verlegenheit bei den Mädchen sorgte:

Der Fluch ist über mich gekommen, rief
Die Lady of Shalott.

Warum fanden Jungs es komisch, wenn einem Mädchen das Blut am Bein hinunterlief? Oder war es Entsetzen, das sie zum Lachen brachte? Aber nichts davon konnte mich abbringen, ich war eine hoffnungslose Romantikerin, und damals wünschte ich mir, daß jemand, irgend jemand, sagte, ich hätte ein liebliches Gesicht, auch wenn ich dafür als Leiche ganz unten in einem Kahn enden mußte.
Statt der Schlösser und Ladies gab es hier jedoch nur eine Menge Verkehr und sehr viele untersetzte Leute mit schlechten Zähnen.
Das Canada House war ein marmornes Mausoleum, eindrucksvoll, aber still. Eine Frau hinter einem dunklen hölzernen Schalter in einem höhlenartige, schwach erleuchteten Raum, in dem ein paar sture Kanadier mehrere Wochen alte Zeitungen aus Toronto lasen und ihre Post holten, händigte mir eine Liste vermietbarer Zimmer aus. Da ich von der Londoner Topographie keine Ahnung hatte, nahm ich das erste, das ich bekommen konnte. Unglücklicherweise war es von da mit der U-Bahn eine Stunde bis zum Zentrum; die U-Bahn-Fahrt war wie eine Reise in einem mit purpurrotem Plüsch ausgestattetem Wohnzimmer; ich erwartete immer Fußbänke und Topfpalmen zu sehen. Torontos neue Untergrundbahn dagegen wirkte mit ihren Pastellfliesen und dem Geruch nach Reinigungsmitteln mehr wie ein fahrendes Badezimmer. Schon kam ich mir provinziell vor.
Als ich wieder aus dem Untergrund auftauchte, wanderte ich eine von winzigen Läden gesäumte Straße entlang; eine ungesund große Anzahl davon waren Süßwarengeschäfte. Die Frau vom Canada House hatte mir eine grobe Skizze gemacht; außerdem hatte sie mir geraten, ein kleines Ahornblatt zu kaufen und anzustecken, damit mich niemand für eine Amerikanerin hielte.
Das Haus war ein kleines Landhäuschen im Tudorstil,

genau wie alle anderen in der Straße, nachgeahmter Tudor, nachgeahmtes Landhäuschen, mit einem eingezäunten Vorgarten. Der Besitzer war ein mürrischer Mann in Hemdsärmeln und Hosenträgern, der Angst zu haben schien, ich würde hier Orgien feiern und dann, ohne die Miete zu bezahlen, abhauen. Das Zimmer lag im Parterre und roch nach verfaulendem Holz; es war so feucht, daß die Möbel tatsächlich langsam aber sicher verrotteten. Während ich in der ersten Nacht in meinem klammen Bett lag und mich fragte, ob ich wirklich wegen nichts soviel abgenommen hatte und so weit gereist war, kletterte ein Schwarzer durch das vordere Fenster. Aber er sagte nur: »Entschuldigung, falsches Fenster«, und kletterte wieder hinaus. Von weiter unten in der Straße drangen schwach die Geräusche einer vergnügten Party zu mir. Ich fühlte mich abscheulich einsam. Schon dachte ich darüber nach, woanders hinzuziehen, eine Wohnung wäre besser, ich hätte mehr Platz. Aber dieses Zimmer war billig, und ich wollte mit Tante Lous Geld so lange wie möglich auskommen. Wenn es alle war, mußte ich eine Entscheidung treffen, mußte meine nächsten Schritte planen, einen Job annehmen (ich konnte tippen) oder wieder auf die Schule gehen (vielleicht konnte ich ja Archäologin werden), aber ich war noch nicht soweit, ich war noch nicht darauf eingestellt. Mein ganzes Leben lang hatte ich damit verbracht, die eine Person zu werden, und nun war ich eine andere. Ich war eine Ausnahme gewesen, mit den damit verbundenen Einschränkungen; nun war ich durchschnittlich und konnte mich nicht daran gewöhnen.

Ich durfte in meinem Zimmer nicht kochen – der Besitzer hegte den Verdacht, seine Mieter hätten sich verschworen, sein Haus in Brand zu setzen, obwohl das bei der Feuchtigkeit schwierig gewesen wäre –, aber ich durfte auf der einzigen Gasflamme Wasser heiß machen. Ich gewöhnte mir an, im Bett Tee zu trinken und Zwieback dazu zu essen, zu knabbern, sämtliche Decken eng um mich gehüllt. Es war Ende Oktober und durchdringend kalt, und die Heizung in meinem Zimmer hing von den Schillingen ab, die man in einen Schlitz stecken mußte. Mit dem heißen Wasser im gemeinsamen Badezimmer war es genauso; ich badete selten. Ich fing an zu verstehen, warum die Leute in der U-Bahn so rochen, wie sie rochen: nicht unbedingt schmutzig, aber zusammengepfercht. Außer Tee und Zwieback aß ich in billigen Restaurants und lernte bald, einen Bogen um die Dinge zu machen, die ich normalerweise gegessen hätte. ›Hot dog‹, so fand ich heraus, war ein rötliches, dünnes, in Lammfett gebratenes Ding. ›Hamburger‹ nannte sich ein runder, sägemehlblasser Gegenstand zwischen zwei Hälften eines harten Brötchens und ›Milch-Shakes‹ schmeckten nach Kalk. Ich aß Fisch und Chips oder Eier, Erbsen und Chips oder Wurst und Kartoffelbrei. Ich kaufte mir ein Unterhemd.

Allmählich bekam ich das Gefühl, ich sollte noch etwas anderes tun, als zuzusehen, wie mein Stoß Travellerschecks dahinschwand. Reisen sollte bekanntlich den geistigen Horizont erweitern. Warum fühlte ich mich beengter? Also kaufte ich mir eine Karte von England und suchte Namen heraus, die mir noch von der Oberschule her bekannt vorkamen, wie zum Beispiel New York, oder Namen, die mich verlockten, wie Ripon. Mit der Britischen Eisenbahn fuhr ich zu diesen Orten, übernachtete dort in einem zweitklassigen Gasthaus oder nahm Bed and Breakfast und fuhr am nächsten Tag wieder zurück. Ich sah mir historische Gebäude an. Ich inspizierte Kirchen und nahm die Traktate mit, die man gegen Einwurf von Sixpence von einem Stapel nehmen durfte, wobei ich mich manchmal um die Bezahlung drückte. Ich lernte, was ein ›Obergaden‹ war, und kaufte Postkarten, was mir das Gefühl gab, irgendwo gewesen zu sein. Diese Postkarten schickte ich meinem Vater ins Krankenhaus mit rätselhaften Bemerkungen wie: »Big Ben ist gar nicht so groß« und: »Warum nennen sie es Seengebiet? Sie sollten es lieber Pfützengebiet nennen, haha.« Ich spürte allmählich, daß England eine verschlüsselte Botschaft war, die ich nicht entziffern konnte, und daß ich eine Menge Bücher lesen mußte, um es zu verstehen.

Ich war ungefähr seit sechs Wochen in England, als ich vom Bus fiel. Der polnische Graf half mir auf, und ich bedankte mich bei ihm. Ein ausgesprochen banaler Anfang.

Er war etwas kleiner als ich, mit strähnigen, hellbraunen Haaren, die über der Stirn zurückwichen, hängenden Schultern und einer randlosen Brille, die damals nicht in Mode war. Er trug einen marineblauen Überzieher, ein bißchen abgetragen und glänzend, und unter dem Arm eine Aktentasche. Um mir aufzuhelfen, setzte er die Aktentasche ab, schob mir je eine Hand unter die Achseln und zog mich mit einem galanten Ruck hoch. Ich stieß ihn fast um, aber wir gewannen das Gleichgewicht wieder, und er hob seine Aktenmappe auf.

»Ist Ihnen nichts passiert?« fragte er mit einem annähernd englischen Akzent. Wäre ich Engländerin gewesen, hätte ich den polnischen Grafen vielleicht herausgehört; ich war keine und hörte nichts heraus.

»Vielen Dank«, sagte ich. Ich hatte einen Strumpf zerrissen, mein Knie war zerschunden und mein Knöchel schlimm verstaucht.

»Sie müssen sich setzen«, sagte er. Er führte mich über die Straße in ein Restaurant, das, wie ich mich erinnere, Das Goldene Ei hieß, und brachte mir Tee und ein leicht zerquetschtes Stück schwarze Johannisbeertorte. Sein Verhalten war herzlich, aber väterlich, so als wäre ich ein außergewöhnlich ungeschicktes Kind. »Da«, sagte er strahlend. Ich bemerkte, daß er eine Adlernase hatte, ob-

wohl er wegen seiner Größe dadurch auch nicht beeindruckender wirkte. »Tee ist das englische Heilmittel für alles. Ein merkwürdiges Volk.«
»Sind Sie kein Engländer?« fragte ich.
Seine Augen – grünlichgrau oder vielleicht auch gräulichgrün – umwölkten sich hinter seiner Brille, als hätte ich eine taktlose persönliche Frage gestellt. »Nein«, sagte er. »Aber heutzutage muß man sich anpassen. Sie sind natürlich Amerikanerin.«
Ich erklärte, daß ich keine war, und er schien enttäuscht. Er fragte mich, ob ich gerne Ski fahre, und ich antwortete, daß ich es nie gelernt hätte. »Dem Skifahren verdanke ich mein Leben«, sagte er geheimnisvoll. »Alle Kanadier fahren Ski. Wie könnte man sich sonst fortbewegen im Schnee?«
»Manche von uns benutzten Toboggans«, sagte ich. Das Wort verwirrte ihn, und ich erklärte es ihm.
Ich trank meinen Tee aus. Jetzt war der Augenblick gekommen, das spürte ich, wo ich ihm höflich für seine Freundlichkeit danken und gehen sollte. Sonst würden wir mit dem Austausch unserer Lebensgeschichten anfangen, und meine Geschichte deprimierte mich zu sehr, als daß ich den Wunsch verspürte, sie zu erzählen. Also bedankte ich mich bei ihm und erhob mich. Dann setzte ich mich wieder hin. Mein Knöchel war so angeschwollen, daß ich kaum laufen konnte.
Er bestand darauf, mich den ganzen Weg bis nach Willesden Green zu begleiten; er stützte mich, als ich zur U-Bahn-Station und später die Straße an den Süßwarenläden vorbei humpelte.
»Das ist ja widerlich«, sagte er beim Anblick des Hauses, in dem ich mich eingemietet hatte. »Sie können doch hier nicht wohnen. *Niemand* wohnt hier.« Dann erklärte er sich freiwillig dazu bereit, meinen Knöchel mit nassen Handtüchern zu umwickeln. Er kniete gerade vor mir, während ich auf dem Bett saß, als der Vermieter auftauchte und mir

für die nächste Woche kündigte. Der polnische Graf teilte ihm mit, daß die Dame sich den Knöchel verstaucht hätte. Der Vermieter antwortete, ihm wäre es völlig egal, was ich verstaucht hätte, am kommenden Donnerstag müßte ich ausziehen, da er solche Zustände in seinem Haus nicht dulden könnte. Es war der Anblick meines nackten, geschwollenen Fußes, der ihn so aufgebracht hatte.
Als er verschwunden war, zuckte der polnische Graf die Achseln. »Sie sind ein engstirniges Volk, diese Engländer«, sagte er. »Eine Nation von Krämerseelen.« Ich wußte nicht, daß das ein Zitat war, und hielt es für eine äußerst kluge Bemerkung. Mir hatte bereits das eingezäunte Stonehenge mit dem Tor, an dem Eintrittskarten verkauft wurden, einen Schock versetzt. »Haben Sie den Tower in London gesehen?« fragte er. Ich hatte nicht.
»Morgen werden wir hingehen.«
»Aber ich kann nicht laufen!«
»Wir werden mit dem Taxi fahren und mit dem Boot.« Er hatte mich nicht gefragt, er hatte es mir mitgeteilt, also kam ich nicht auf die Idee, nein zu sagen. Außerdem kam er mir alt vor; in Wirklichkeit war er einundvierzig, doch ich reihte ihn in die Kategorie der bejahrten und daher harmlosen Männer ein.
Während dieses Ausflugs erzählte er mir die Geschichte seines Lebens. Der Höflichkeit halber erkundigte er sich zuerst nach meiner. Ich sagte, ich wäre nach London gekommen, um an der Kunsthochschule zu studieren, hätte aber entdeckt, daß es mir anTalent fehle. Er seufzte. »Sie sind ein kluges Mädchen«, sagte er. »Sie haben diese Entdeckung schon sehr früh in ihrem Leben gemacht. Sie werden sich nicht von falschen Hoffnungen irreführen lassen. Ich selbst hatte einst den Wunsch, Schriftsteller zu werden, ich wollte wie Tolstoi sein, wenn Sie verstehen; aber nun lebe ich aus meiner eigenen Sprache verbannt, und diese hier taugt zu nichts anderem, als Reklamefl-

chen zu bepflastern. Sie hat keine Musik in sich, sie singt nicht, sie versucht einem ständig etwas zu verkaufen.«

Ich wußte nicht, wer Tolstoi war; ich nickte und lächelte. Er fuhr mit seiner persönlichen Geschichte fort. Seine Familie hatte zur Oberschicht gehört, vor dem Krieg; er war nicht direkt ein Graf, aber etwas in der Art, und er zeigte mir einen Siegelring, den er am kleinen Finger trug. Ein mythischer Vogel war darauf, ein Greif oder ein Phönix, ich weiß nicht mehr was. Unter den Deutschen hatte sich die Familie gerade noch so durchgeschlagen, doch als die russische Invasion kam, wußte er, daß er nur die Wahl zwischen Flucht und Erschossenwerden hatte.

»Warum?« fragte ich. »Sie hatten doch nichts getan.«

Er schenkte mir einen mitleidigen Blick. »Es kommt nicht darauf an, was man tut«, sagte er, »sondern was man ist.«

Auf Skiern war er zusammen mit sechs anderen zur Grenze gelaufen, wo ein Führer auf sie warten und sie hinüberbringen sollte. Aber er wurde krank. Er bestand darauf, daß die anderen ohne ihn weitergingen, und verkroch sich mit der Gewißheit, sterben zu müssen, in einer Höhle. Die anderen wurden an der Grenze gestellt und hingerichtet. Er kam wieder auf die Beine und suchte sich seinen eigenen Weg hinüber; er war nur nachts unterwegs und orientierte sich an den Sternen. Nach seiner Ankunft in England arbeitete er zuerst als Tellerwäscher in Restaurants in Soho, um zu überleben; aber sobald er genügend Englisch gelernt hatte, erhielt er einen Posten als Bankangestellter, in der Abteilung für ausländische Währungen. »Ich bin der letzte«, sagte er. »Der letzte einer aussterbenden Rasse. Der letzte Mohikaner.« Tatsächlich hatte er drüben in Polen sowohl eine Tochter als auch eine Mutter; aber er hatte keinen Sohn, und daran trug er schwer.

Mein erster Gedanke nach dieser Geschichte war, daß ich genau so einen zwanghaften und romantischen Lügner

wie mich selbst getroffen hatte. Aber mein üblicher Impuls war, alles zu glauben, was mir erzählt wurde, aus dem einfachen Grund, weil ich wünschte, daß man auch mir alles glaubte, und in diesem Fall war mein Impuls richtig, denn seine Geschichte entsprach im wesentlichen der Wahrheit. Ich war sehr beeindruckt. Er schien einem entschwundenen besseren Zeitalter zu entstammen, in dem Mut noch zählte. An seinem ziemlich sehnigen Arm hängend, hinkte ich durch den Tower von London, von den verschiedensten, für mich neuen Gefühlen durchwogt: Er tat mir leid wegen all dem, was er durchlitten hatte, gleichzeitig bewunderte ich seinen Wagemut. Ich fühlte mich durch die Aufmerksamkeit, die er mir schenkte, geschmeichelt und war dankbar dafür, und vor allem genoß ich es, für klug gehalten zu werden. Später erfuhr ich, daß fast jeder einen für klug hielt, wenn man gestand, kein Talent zu haben.
Das war an einem Sonntag. Am Montag mußte er tagsüber in der Bank arbeiten, aber abends führte er mich zum Dinner in einen Club für polnische Flüchtlinge, in dem es von einäugigen Generälen und anderen polnischen Grafen nur so wimmelte. »Wir sind die wenigen, die übriggebliebenen sind«, sagte er. »Alle anderen haben die Russen umgebracht.«
»Aber wart ihr nicht gemeinsam gegen die Deutschen?« fragte ich. Er lachte sanft und erklärte alles mit einiger Ausführlichkeit.
Meine eigene Unwissenheit verblüffte mich. Alles mögliche, so kam es mir vor, war hinter meinem Rücken passiert: Verrat und Hungersnöte, diplomatische Coups, ideologische Morde und verzweifelte, dem Untergang geweihte Heldentaten. Warum hatte mir nie jemand etwas davon erzählt? Vielleicht hatte man, und ich hatte nur nicht zugehört. Ich war vollauf mit meinen Gewichtsproblemen beschäftigt gewesen.

Am Dienstag nahm er mich zu einem Kammerkonzert zugunsten einer politischen polnischen Organisation mit, von der ich noch nie gehört hatte. Ich erwähnte, daß ich bis jetzt noch kein anderes Zimmer gefunden hatte.

»Aber du wirst bei mir wohnen!« rief er aus. »Ich habe eine nette Wohnung, sehr nett, ganz bezaubernd, mit vielen Zimmern. Selbstverständlich mußt du bei mir wohnen.« Er hatte den gesamten zweiten Stock eines Hauses in Kensington gemietet, das einem neunzigjährigen englischen Lord gehörte, der gewöhnlich in einem Altersheim gepflegt wurde. Im dritten Stockwerk wohnten drei arbeitende Mädchen, aber mit Niveau, wie er mir versicherte: Sie waren im Büro beschäftigt.

Ich hielt sein Angebot, seine Wohnung mit mir zu teilen, für ausgesprochen fürsorglich und freundlich. Er hatte mich nie angefaßt, außer um mir wegen meinem Knöchel über die Straße zu helfen, und hatte auch keine Bemerkungen in dieser Richtung gemacht. Deshalb war ich ziemlich überrascht, als ich nach dem Zähneputzen gerade ins Bett steigen wollte (ich glaube, in einem schweren sackartigen Baumwollnachthemd, das ich eine Woche zuvor bei Marks & Spencer gekauft hatte) und auf einmal ein diskretes Klopfen an der Tür ertönte. Im Türrahmen erschien dieser Mann, dessen Vornamen ich nicht einmal kannte, in einem blau-weiß gestreiften Pyjama. Für ihn war klar, daß er zu mir ins Bett steigen würde, und für ihn war klar, daß es das für mich auch war.

Die Geschichte, die ich Arthur später erzählte, ich sei mit sechzehn im Sommerferienlager unter einer Kiefer von einem Segellehrer aus Montreal verführt worden, war erlogen. Ich wurde überhaupt nicht verführt. Ich war ein Opfer des Miß-Flegg-Syndroms: Wenn man sich in einer Situation gefangen findet, aus der man nicht anmutig herauskommt, dann kann man genausogut so tun, als hätte man sie selbst gewählt. Sonst machte man sich lächerlich.

Unschuld birgt ihre Gefahren, und in meinem Fall war eine dieser Gefahren die, daß der polnische Graf sich beim besten Willen niemand vorstellen konnte, der so einfältig war wie ich. Wenn du eine Frau aufforderst, in dein Apartment zu ziehen, und sie ist einverstanden, dann ist sie natürlich auch damit einverstanden, deine Mätresse zu werden. Eine merkwürdige Bezeichnung, ›Mätresse‹, doch dafür hielt er mich, das waren die Kategorien, in denen sein sexuelles Leben verlief: Ehefrauen und Mätressen. Ich war nicht die erste Mätresse. Für ihn gab es so etwas wie eine weibliche Liebende nicht.
Als ich Arthur die Episode mit dem Segellehrer aus Montreal beschrieb, gab ich mir Mühe, ein paar schlüpfrige Details hineinzupacken. Ich fügte auch ein paar überzeugende kleine Pinselstriche hinzu, die Kiefernnadeln, die mich in den Hintern pikten, seine Jockey-Unterhosen, der Geruch nach Frisiercreme; in solchen Sachen war ich gut. Natürlich hatte ich nie in meinem Leben ein Sommerferienlager besucht. Meine Mutter wünschte es, aber es hätte bedeutet, zwei Monate mit einer Bande sadistischer, mehr als ausgewachsener Pfadfinderinnen zusammengepfercht zu sein, ohne jede Fluchtmöglichkeit. So verbrachte ich die Sommer damit, zu Hause herumzuliegen, zu essen und kitschige Bücher zu lesen, manche mit ein paar schlüpfrigen Einzelheiten. Davon zweigte ich dann einiges für meine Lebensgeschichte ab; ich mußte borgen, weil die erste Erfahrung mit dem polnischen Grafen kein bißchen erotisch war. Mein Knöchel tat weh, der Pyjama brachte mich auch nicht gerade in die richtige Stimmung, und ohne seine Brille sah er merkwürdig aus. Außerdem war es schmerzhaft; und obwohl er später geduldig und belehrend war, allerdings dazu neigend, Leistungspunkte zu verteilen – es war so ähnlich wie die Unterrichtsstunden beim Steptanz –, bei dieser Gelegenheit war er es nicht.
Als der polnische Graf entdeckte, daß ich gar nicht die

leichtlebige verkrachte Kunststudentin war, für die er mich gehalten hatte – nachdem er gemerkt hatte, daß er mich meiner Jungfräulichkeit beraubt hatte –, plagten ihn Gewissensbisse. »Was habe ich getan?« sagte er kummervoll. »Mein armes Kind. Warum hast du denn nichts gesagt?« Aber was ich auch hätte sagen können, es hätte unglaubwürdig geklungen. Das war der Grund, warum ich mein Leben jedesmal wieder neu erfand: Die Wahrheit war nicht überzeugend.

Also sagte ich gar nichts, und er tätschelte besorgt meine Schulter. Er glaubte, meinen Chancen auf eine gute Heirat Abbruch getan zu haben. Er wollte es wiedergutmachen und konnte nicht verstehen, daß ich nicht fassungsloser war. Ich saß im Bett, zerrte mir mein Baumwollnachthemd wieder über (in seiner Wohnung war es genauso kalt und feucht, wie es in meiner gewesen war) und sah sein langes, melancholisches Gesicht mit den leicht schiefstehenden, grüngrauen Augen an. Ich war froh, daß es passiert war. Es bewies mir endlich, daß ich normal war, daß die Aura von Fleisch verschwunden war und ich nicht länger zu den Unberührbaren gehörte.

15

Ich habe mich oft gefragt, was geschehen wäre, wenn ich bei dem polnischen Grafen geblieben wäre, statt zu Arthur zu ziehen. Vielleicht würde ich fett und zufrieden tagsüber in seiner Wohnung sitzen, in einem geblümten Negligé, ein bißchen sticken, ein bißchen stopfen, kitschige Bücher lesen und Schokolade essen; abends würden wir im polnischen Offiziersclub speisen, und ich würde mit Respekt behandelt werden, mehr oder weniger; ich hätte eine anerkannte Stellung, ich wäre ›Pauls

Mätresse‹. Aber es hätte nicht geklappt, er war zu methodisch. Sein erster Vorname lautete Tadeo, aber er zog Paul vor, seinen dritten Vornamen, nach dem heiligen Paulus, der ein systematischer Mann war, da hingen keine losen Fäden herum. Nach seiner Vorstellung war ein gutes Leben ein ordentliches Leben.

Sogar seine Flucht über die polnische Grenze war ordentlich gewesen. (»Aber nur durch Glück konntest du dein Leben retten!« rief ich. »Nein«, sagte er, »ich wäre in jedem Fall tot gewesen, wenn ich meinen Kopf nicht benutzt hätte.«) Er berechnete seinen Kurs präzise und kam genau an der Stelle aus dem Wald, die er angepeilt hatte. Um sich wach zu halten und um die Halluzinationen zu verscheuchen, unter denen er litt, sagte er das kleine und das große Einmaleins auf, während er mühsam durch Schnee und Dunkelheit stapfte (er stapfte, denn er hatte seine Skier einem Mitglied der dem Untergang geweihten Gruppe gegeben). Er geriet nicht in Panik, was ich getan hätte; er beachtete nicht die lebendigen geometrischen Figuren und, später, die drohenden Gesichter, die vor ihm in der Luft auftauchten. Während meiner Blutvergiftung hatte ich diese Formen und Gesichter ebenfalls gesehen, und ich wußte, daß meine Reaktion darauf, vor allem in den Tiefen dieses undurchdringlichen, eiskalten polnischen Waldes, gesesen wäre, mich in den Schnee zu setzen und dem Unheil seinen Lauf zu lassen. Kleinigkeiten würden mich ablenken, die Kerzenstummel und die Knochen jener, die vor mir gegangen waren; in jedem Labyrinth hätte ich sofort den Faden losgelassen, um einem flakkernden Licht einer dahinschwindenden Stimme zu folgen. Im Märchen wäre ich eine der beiden dummen Schwestern, die die verbotene Tür öffnen und furchtbar erschrocken sind beim Anblick der ermordeten Frauen, nicht die dritte, kluge Schwester, die sich an das Wesentliche hält: Geistesgegenwart, Vorausblick, wasserdichte

Lügen. Ich erzählte Lügen, aber wasserdicht waren sie nicht. Mein Verstand war undiszipliniert, worauf Arthur manchmal hinwies.
Paul ebenfalls. Er war zwanghaft pünktlich; genau um acht Uhr fünfzehn mußte er das Haus verlassen, vorher verbrachte er zehn Minuten neben der Uhr mit Schuhepolieren und Anzug ausbürsten. Er fand meinen Mangel an Ordnung bezaubernd, aber nicht lange; schon bald hielt er lange Ansprachen darüber, um wieviel einfacher es wäre, Kleider gleich aufzuhängen, statt sie bis zum nächsten Morgen in einem Haufen auf dem Fußboden liegen zu lassen. Er erwartete nicht viel von mir – schließlich war ich ja nur eine Mätresse –, aber diese wenigen Dinge erwartete er unbedingt. Ich glaube, er betrachtete es als geringe und etwas ermüdende Herausforderung, mich auf ein gemeinsames Leben hin zu trainieren, so wie man einen Hund trainiert: eine begrenzte Anzahl von gründlich erlernten Tricks.
Mit Ausnahme jener ersten überraschenden Nacht beschränkte er Sex auf die Wochenenden. Er glaubte an getrennte Zimmer, also schlief ich auf einem Klappbett in dem Raum, den er Bibliothek nannte. Er war von Natur aus weder bissig noch repressiv, aber er war ein Mann mit einer Mission, und weil ich in der Bibliothek schlief, fand ich bald heraus, was für eine.
Am ersten Tag, nachdem er zur Bank gegangen war, schlief ich bis elf. Dann stand ich auf und stöberte in der Wohnung herum, öffnete Küchenschränke auf der Suche nach etwas Eßbarem, aber auch auf der Suche nach der Persönlichkeit des Mannes, der in der Nacht zuvor, wie man so sagt, meine Ehre geschändet hatte. Ich war neugierig, und man kann aus dem Inhalt von Küchenschränken eine Menge über einen Menschen erfahren. Pauls waren sehr gut organisiert; Dosennahrung dominierte, dazu ein paar nützliche Trockensuppen und eine Packung Was-

serzwieback. Es gab zwei Sorten Nahrungsmittel, die reinen Notwendigkeiten und Exotika: Ich erinnere mich an Tintenfisch und Robbenfleisch (das wir später aßen; es schmeckte ranzig und ölig). Als nächstes untersuchte ich den Kühlschrank, der fleckenlos und fast leer war. Ich aß mehrere Stücke Zwieback mit einigen Sardinen aus der Dose, kochte mir dann eine Tasse Tee und ging in Pauls Zimmer, um seinen Kleiderschrank und die Schubladen durchzugehen. Ich achtete sorgfältig darauf, nichts in Unordnung zu bringen. Auf dem Schreibtisch standen ein paar getönte Fotos, die Lippen purpurn, die Haare gelblichgrau. Boxer-Shorts; seine sämtlichen Pyjamas waren gestreift, außer einem seidenen. Unter den Boxer-Shorts lag ein Revolver, den ich nicht anrührte.

Ich ging zurück in die Bibliothek, um mich anzuziehen, aber dann kam mir der Gedanke, zuerst die Buchreihen durchzusehen. Die Bücher waren zum größten Teil alt, in Leinen oder Leder gebunden mit marmorierten Deckblättern, wie man sie in Antiquariaten findet. Einige waren in Polnisch, viele aber auch in Englisch: eine ganze Menge Sir Walter Scott und Dickens und Harrison Ainsworth und Wilkie Collins; die Namen blieben mir deshalb im Gedächtnis haften, weil ich später die meisten gelesen habe. Aber ein Bücherbord verwirrte mich. Es enthielt nur Ärzte- und Schwesternromane, von der rührseligen Sorte, mit einer Krankenschwester auf dem Umschlag und einem Arzt im Hintergrund, der sie voller Interesse und Bewunderung ansieht, allerdings nie gierig oder verlangend. Sie hatten Titel wie *Janet Holmes, Schwesternschülerin, Helen Curtis, Oberschwester* und *Anne Armstrong, Lernschwester.* Einige hatten gewagtere Titel wie *Romanze im Paradies* und *Lucy Gallant, Armee-Schwester.* Alle waren sie von einer Frau mit dem unwahrscheinlichen Namen Mavis Quilp. Ich blätterte ein paar durch und konnte mich gut an sie erinnern. Ich hatte Dutzende davon ge-

lesen, damals in meinen fetten Zeiten. Sie waren alle gleich, alle endeten damit, daß Schwester und Arzt sich fest und antiseptisch aneinandergeschmiegt wie ein Elastikverband in den Armen lagen. Die Sprache war irgendwie merkwürdig, die Klischees stimmten nicht ganz, waren eine Spur verzerrt. Zum Beispiel sagte jemand: »Die gehen weg wie arme Brötchen« statt wie warme Semmeln, oder ein anderer sagte: »Halt die Backen steif« statt die Ohren, und Anne Armstrong »zutterte«, als der Doktor dicht an ihr vorbeiging, statt zu zittern, obwohl das auch ein Druckfehler sein konnte. Davon abgesehen waren sie nicht bemerkenswert; aber sie waren in Pauls Bibliothek so fehl am Platz, daß ich ihn am gleichen Abend danach fragte.
»Paul«, sagte ich, als wir uns am Küchentisch gegenübersaßen, das Robbenfleisch aus der Dose aßen und die halbe Flasche Champagner tranken, die er zur Versöhnung mitgebracht hatte, »warum liest du diese kitschigen Bücher von Mavis Quilp?«
Er schenkte mir ein seltsames, verzerrtes Lächeln. »Ich lese diese kitschigen Bücher von Mavis Quilp nie.«
»Warum hast du dann vierzehn davon in deiner Bibliothek?« Vielleicht war Paul ein Geheimagent – das würde den Revolver erklären –, und die Quilp-Bücher waren verschlüsselte Botschaften.
Er lächelte immer noch. »Ich schreibe diese kitschigen Bücher von Mavis Quilp.«
Ich ließ meine Gabel fallen. »Du meinst, *du bist* Mavis Quilp?« Ich fing an zu lachen, aber sein gekränkter Gesichtsausdruck brachte mich zum Schweigen.
»Ich habe eine Mutter und eine Tochter drüben«, erwiderte er steif.
Dann erzählte er mir folgende Geschichte. Bei seiner Ankunft in England hatte er sich immer noch für einen Schriftsteller gehalten. Er hatte ein dreibändiges Epos

über das Schicksal einer Familie von niederem Adel (seiner eigenen) vor, während und nach dem Krieg geschrieben. Mühsam hatte er sich mit Hilfe eines Wörterbuchs in den Pausen zwischen seinen Zehnstundenschichten als Tellerwäscher vorangearbeitet. Viel lieber hätte er in Polnisch geschrieben, hielt es aber für sinnlos. Sein Roman hatte dreizehn Hauptpersonen, alle miteinander verwandt und jeder mit einer ganzen Schar von Ehefrauen, Mätressen, Freunden, Kindern und Onkeln. Als er sein Buch schließlich beendet und es mühsam eigenhändig abgetippt hatte, brachte er es einem Verleger. Er wußte nichts über Verleger; aus Versehen wählte er einen aus, der nichts als Western, Krankenschwesternromane und historische Liebesgeschichten verlegte.

Natürlich lehnten sie seinen Roman ab, waren aber von der Qualität und vor allem von der Quantität seines Werkes beeindruckt, »Du hast was los, Kamerad, da ist was dran«, hatte der Mann zu ihm gesagt. »Hier sind die Richtlinien für eine Story, schreib's runter und mach's schlicht und einfach, bringt einen Hunderter. Ist das ein Angebot?« Er hatte das Geld dringend gebraucht.

Während sein dreibändiges Epos die Runde bei anderen, seriöseren Verlegern machte – keiner nahm es an –, produzierte er Schundromane, zuerst nach einem vorgegebenen Handlungsrahmen, dann nach seiner eigenen Phantasie. Mittlerweile erhielt er zwischen zwei- und dreihundert Pfund pro Buch, keine Tantiemen. Sein neuer Job in der Bank brachte ihm genug für seinen Lebensunterhalt ein; das Krankenschwesternroman-Geld kam hinzu, und er schickte es seiner Mutter und Tochter in Polen. Er hatte dort auch eine Frau, die sich allerdings von ihm hatte scheiden lassen.

Der Verleger hatte ihm auch Western und historische Liebesgeschichten angeboten, aber er blieb bei seiner Spezialität. In Western mußte man Worte wie ›Kumpel‹ benutzen, bei denen er sich unbehaglich fühlte; und historische Romane deprimierten ihn, weil sie ihn an sein altes, privilegiertes Leben erinnerten. (Wirklichkeitsfluchtliteratur, sagte er mir, sollte sowohl für den Autor genauso eine Wirklichkeitsflucht bieten wie für den Leser.) Für Schwesternromane brauchte er nichts dazuzulernen oder ausgefallene Wörter verwenden mit Ausnahme einiger medizinischer Ausdrücke, die jederzeit in einem Handbuch für Erste Hilfe zu finden waren. Mavis hatte er deshalb als Pseudonym gewählt, weil er den Namen urenglisch fand. Und was Quilp anbelangte...

»Ach ja, Quilp«, seufzte er. »Das ist eine Figur von Dikkens, ein verwachsener, heimtückischer Zwerg. So sehe ich mich selbst in diesem Land; ich bin meiner gesellschaftlichen Statur beraubt, und mein Herz ist voll bitterer Gedanken.«

Status, dachte ich, es muß Status heißen, aber ich sagte es nicht. Ich lernte, ihn nicht zu verbessern.

»Warum nicht etwas, was dir mehr liegt«, schlug ich vor. »Du weißt schon, Spionageromane, mit Intrigen und internationalen Schurken...«

»Das würde zu sehr dem wirklichen Leben gleichen«, seufzte er.

»Für Schwestern gleichen Schwesternromane vielleicht auch zu sehr dem wirklichen Leben«, sagte ich.

»Schwestern lesen keine Schwesternromane. Sie werden von Frauen gelesen, die sich irrtümlicherweise wünschen, Krankenschwester zu sein. Wenn Krankenschwestern den Problemen ihres Lebens ausweichen wollen, müssen sie Spionagegeschichten schreiben, das ist alles. Was für die Gans ein gefundenes Fressen ist, mag der Gänserich nicht, so ist das Schicksal.« Paul glaubte an das Schicksal.

Paul hatte ich also die Wahl meiner Karriere zu verdanken. Tante Lous Geld ging zu Ende, viel schneller, als ich erwartet hatte, trotz meiner Versuche, sparsam zu wirtschaften, und der Gedanke, mir einen Job zu suchen, gefiel mir nicht. Niemandem gefällt dieser Gedanke, sie arbeiten nur, weil sie müssen. Ich konnte maschineschreiben, aber mir schien, daß ich schneller Geld verdienen könnte, wenn ich etwas eigenes tippte, und die Geschäftsbriefe anderer Leute waren langweilig. Außerdem hatte ich an den Abenden nichts zu tun, an denen Paul sein neuestes Werk, *Judith Morris, Arktis-Expeditionsschwester,* herunterhämmerte, eine kurze, goldene Zigarettenspitze fest zwischen die Zähne geklemmt, in der er eine Gauloises nach der anderen qualmte, dazu gönnte er sich ein Glas gelblich leuchtenden Portwein am Abend. Bei solchen Gelegenheiten hing die Verachtung für seine Leser und ihn selbst wie eine Rauchwolke im Zimmer, und seine Stimmung nach diesen Sitzungen war unangenehm, aber kalt, wie Zigarettenrauch.

Ich bat Paul, mir ein paar Exposés zu historischen Liebesgeschichten von Columbine Books, seinem Verleger, zu besorgen, und machte mich an die Arbeit. Ich meldete mich in der Stadtbücherei an und suchte mir ein Buch über Kostüme im Wandel der Zeiten heraus. Ich machte eine Liste von Wörtern wie ›Fichu‹ und ›Paletot‹ und ›Redingote‹; ich verbrachte ganze Nachmittage im Kostümraum des Victoria and Albert Museum, ich atmete den Duft von Alter und poliertem Holz ein und den trokkenen, zynischen Geruch der Treuhänder und Verwalter, ich studierte die Glaskästen und die gesammelten Zeichnungen. Ich dachte, wenn ich die Beschreibung der Kleidung richtig hinbekäme, würde sich alles andere von selbst ergeben. Und das tat es auch: Der Held, ein gutaussehender Mann aus bester Familie, mit beginnender Stirnglatze, makellos geschneiderten Tweedmantel wie Sherlock Holmes, verfolgte die Heldin und preßte in einer zweirädrigen Droschke seine Lippen auf die ihren, dabei ihre *Redingote* zerdrückend. Der Schurke, ebenfalls aus bester Familie und ähnlich gekleidet, tat fast genau dasselbe, nur daß er noch seine Hand unter ihr *Fichu* steckte. Die weibliche Rivalin hatte einen geschmeidigen Körper wie ein Dschungeltier unter ihrem exquisit genähten Korsett, und wie bei allen solchen Frauen nahm es auch mit ihr ein schlimmes Ende. Mit dem schlimmen Ende war ich noch nicht so gut wie später: Ich glaube, sie stolperte nur beim Treppensteigen über ihren *Paletot*. Aber sie verdiente es, weil sie versucht hatte, die Heldin einem Leben in Schande auszusetzen, indem sie sie fesselte und unter Aufsicht einer Madame, der ich Miß Fleggs Züge verlieh, in einem Bordell zurückließ.

Aber meine Ansprüche waren zu hoch gewesen. Das Ergebnis meiner ersten Bemühungen kam mit der Anweisung zurück, Wörter wie ›Fichu‹ und ›Paletot‹ und ›Redingote‹ nicht zu verwenden, ohne zu erklären, was sie bedeuteten. Ich machte die notwendigen Verbesserungen und erhielt meine ersten hundert Pfund, verbunden mit der Bitte um mehr Material. Material nannten sie es, als würde es meterweise hergestellt.

Ich war ganz aus dem Häuschen, als zwei Exemplare von *The Lord of Chesney Chase* in einem braun eingewickelten Päckchen ankamen, mit einer dunkelhaarigen Frau in einem pflaumenblauen Reisecape auf dem Umschlag, dazu mein Künstlername in weißen Lettern: Louise K. Delacourt. Denn selbstverständlich benutzte ich Tante Lous Namen; es war so etwas wie ein Denkmal für sie. Einige Jahre später, als ich zu einem nordamerikanischen Verleger übergewechselt war, wurde ich um ein Foto gebeten. Für das Archiv, sagten sie, und für Reklamezwecke; also schickte ich ihnen den Schnappschuß von Tante Lou und mir auf dem Ausstellungsgelände. Das Foto wurde nie verwendet. Die Frauen, die meine Art Bücher schrieben, hatten nett und gesund auszusehen, mit geschmackvoll ergrautem Haar. Anders als die Leserinnen hatten sie muntere Schultern und waren erfolgreich. Sie durften nicht in die Sonne blinzeln, zwei Reihen Zähne zeigen und eine Portion Zuckerwatte in der Hand halten. Die Leserinnen zogen es vor, sich diese feenhaften Wesen, die Erzeugerinnen ihrer zarten nächtlichen Verwandlungen, nicht als übergewichtig und leicht schlampig vorzustellen, mit hervorschauendem Hüftgürtel und klaffendem Ausschnitt wie bei Tante Lou. Oder wie bei mir.

Zu Anfang ermutigte mich Paul, zum Teil des Geldes wegen. Die Vorstellung, eine Mätresse zu haben, gefiel ihm, aber er konnte sich im Grunde gar keine leisten. Nach den ersten fünf oder sechs Monaten, als ich pro Buch mehr verdiente als er, berechnete er mir sogar Miete, obwohl ihm dadurch, daß ich in der Bibliothek schlief, keine zusätzlichen Kosten entstanden. Ich war dankbar für seinen Glauben – nicht gerade an mein Talent, denn für diese Art von Büchern brauchte man keins, meinte er –, sondern an meine Ausdauer: Ich konnte mir verwickelte Geschichten fast so schnell ausdenken wie er, und im Maschineschreiben war ich besser, so war es kein Problem für mich, in einer guten Nacht Seite für Seite mit ihm mitzuhalten. Zuerst war er väterlich und nachsichtig.

In gewisser Weise erinnerte er mich an den Mann mit dem Narzissenstrauß, der sich damals auf diese ritterliche und rührende Art an der Holzbrücke vor mir entblößt hatte, als ich noch eine junge Pfadfinderin war. Paul hatte die gleiche gutgemeinte, aber irgendwie deplazierte Galanterie; unter ihrem exzentrischen Äußeren glaubte ich, waren sie beide sanftmütig und harmlos, nur auf schlichte Genüsse aus, die dem Partner oder Zuschauer nicht zuviel abverlangten. Und beide hatten sie mich vielleicht gerettet, obwohl ich mir über die Identität des Narzissen-Mannes immer noch nicht ganz klar war.

Auch über Pauls Identität konnte ich nichts sagen, denn

im Laufe der Zeit fing er an, sich zu verändern. Oder möglicherweise erfuhr ich auch nur mehr über ihn. Zum Beispiel betrachtete er den Verlust meiner Jungfräulichkeit als ausschließlich seine Schuld – was ihn für mich verantwortlich machte – und als einen Sündenfall, der mich für immer disqualifizierte, eine Ehefrau zu werden, zumindest seine Ehefrau. Er hielt das Fehlen von Schuldgefühlen meinerseits für ein Zeichen von Barbarei. Jeder von jenseits des Atlantiks war für ihn so etwas wie ein Wilder, und sogar die Engländer erschienen ihm fragwürdig. Sie waren zu weit westlich. Schließlich wurde er wütend auf mich, weil ich unfähig war zu weinen, obwohl ich ihm immer wieder erklärte, daß das nicht zu den Dingen gehörte, über die ich weinte.

Dann waren da noch seine Ansichten über den Krieg. Er schien zu glauben, daß die Juden auf irgendeine dunkle, metaphysische Weise dafür verantwortlich waren, und damit für den Verlust seines Familienschlosses.

»Aber das ist doch lächerlich«, sagte ich, außer mir vor Wut; so etwas konnte er doch nicht ernst meinen. »Das ist so, als würde man sagen, das Opfer einer Vergewaltigung ist verantwortlich dafür, vergewaltigt worden zu sein, oder der Ermordete ist...«

Ungerührt zog er an seiner Gauloise. »Das ist auch wahr«, sagte er. »Sie haben es selbst verschuldet.«

Ich dachte über den Revolver nach. Ich konnte ihn nicht fragen, ohne damit zuzugeben, daß ich in seinem Zimmer herumgeschnüffelt hatte, und mittlerweile wußte ich, daß er das unverzeihlich finden würde. Allmählich fühlte ich mich ein bißchen wie Eva Braun im Bunker: Was tat ich mit diesem Verrückten, wie war ich in diesen sorgfältig abgeschlossenen Ort gelangt, und wie konnte ich wieder hinauskommen? Denn Paul besaß einen Weltuntergangs-Fatalismus: Für ihn war die Zivilisation bereits untergegangen oder gerade im Begriff, es zu tun. Er glaubte an den nächsten kommenden Krieg, das heißt, er hoffte in Wirklichkeit darauf; nicht weil er ihn für eine Lösung oder Verbesserung hielt, sondern weil er darin kämpfen und sich durch Heldentaten auszeichnen konnte. Im vergangenen Krieg hatte er nicht genügend Widerstand geleistet, glaubte er; er war zu jung gewesen, um zu wissen, daß er hätte in den Wäldern bleiben und mit dem Rest der dahingeschlachteten Armee untergehen müssen. Zu leben, überlebt zu haben, stellte eine Art Schande dar. Aber er stellte sich den Krieg nicht mit Panzern, Raketen und Bomben vor, sondern er sah sich hoch zu Roß mit einem Säbel gegen eine große Übermacht kämpfen. »Frauen verstehen von solchen Sachen nichts«, pflegte er zu sagen, wobei er heftig auf das Ende seiner Zigarettenspitze biß. »Für sie besteht das Leben aus Babies und Nähen.«

»Ich kann nicht nähen«, sagte ich, aber er antwortete bloß: »Später wirst du nähen. Du bist noch so jung«, und ging wieder zu verhängnisvollen Prophezeiungen über.

Ich führte alles an, was hoffnungsvoll klang, aber vergeblich; er lächelte nur sein verzerrtes kleines Lächeln und sagte: »Ihr Amerikaner seid so naiv, ihr habt keine Geschichte.« Ich hatte es aufgegeben, ihm beizubringen, daß ich keine Amerikanerin war. »Ist doch alles dasselbe«, sagte er. »Hier keine Geschichte zu haben ist dasselbe wie da keine zu haben.«

Unsere grundsätzlichen Meinungsverschiedenheiten bestanden darin: Ich glaubte an wahre Liebe, er glaubte an Ehefrauen und Mätressen; ich glaubte an Happy-Ends, er an katastrophale Enden; ich dachte, ich wäre in ihn verliebt, er war alt und zynisch genug, um zu wissen, daß ich es nicht war. Ich war zu diesem Glauben nur durch meinen anderen Glauben verführt worden, den an die wahre Liebe. Denn wie konnte ich mit diesem eigenartigen Mann schlafen, der keine Ähnlichkeit mit dem Merkur der Bell-Telefongesellschaft hatte, wenn ich nicht in ihn verliebt war? Zweifellos konnte nur wahre Liebe meinen Mangel an Geschmack rechtfertigen.

Da Paul wußte, daß ich nicht in ihn verliebt war, da er mich für seine Mätresse hielt und Mätressen für von Natur aus untreu, entwickelte er Anfälle von Eifersucht. Alles war in Ordnung, solange ich nichts anderes tat, als in der Wohnung herumzuhängen, zu lesen und meine Trivialromane herunterzutippen, und außer in seiner Begleitung nirgendwo hinging. Nicht einmal gegen meine Besuche im Victoria and Albert hatte er etwas einzuwenden; er merkte auch nicht viel davon, weil ich immer vor ihm zu Hause war und nicht am Wochenende hinging. Es war die Portobello Road, an der sich unsere Geister schieden. Er selbst führte mich dorthin, und es wurde bei mir schnell zu einer Besessenheit. Stundenlang vertiefte ich mich in die Stände mit getragenen Halsketten, vergoldeten Löffeln, Zuckerzangen in Form von Hühnerfüßen oder Miniaturhänden, Uhren, die nicht funktionierten, Porzellan mit Blumendekor, fleckigen Spiegeln und bombastischen Möbeln, Strandgut vergangener Jahrhunderte, in denen ich mehr und mehr lebte. Nie zuvor hatte ich solche Dinge gesehen; hier war Altes, ganze Berge davon, und ich wühlte mich hindurch, schwamm darin, prägte es mir ein – eine Schnupfdose aus Jade, ein emailliertes Parfümfläschchen, Stück für Stück, genau und kunstvoll gearbeitet –, um die nebulösen Gefühle meiner kostümierten Heldinnen festzuhalten, wie Diamanten auf einem Teigmeer, und nachvollziehbar zu machen.

Was mich in Erstaunen versetzte, war die Flut von Gegenständen, Überbleibsel von gelebten Leben, und die Art und Weise, wie sie von Hand zu Hand wanderten. Die Leute starben, aber ihre Besitztümer nicht; sie trieben langsam wieder und wieder im Kreis herum. All die Dinge, die ich sah und begehrte, waren schon früher gesehen und begehrt worden, sie hatten bereits mehrere Leute durch das Leben begleitet und würden das auch in Zukunft tun; sie würden dabei immer abgenutzter, aber auch wertvoller werden, härter und strahlender, als hätten sie die Leiden ihrer Eigentümer aufgesogen und sich daran gemästet. Wie schwer man diese Gegenstände endgültig los wurde, dachte ich; passiv lagen sie auf der Lauer, wie Vampire, und warteten darauf, daß jemand sie kaufte. Ich selbst konnte mir fast nichts leisten.

Nach diesen Ausflügen kehrte ich erschöpft in die Wohnung zurück, meine ganze Energie war aufgezehrt, während die Korallenrosen-Broschen, die Bergkristallnadeln, die Kameen, die mit ihren Elfenbeinprofilen im Dunkeln glühten, vollgesogen wie Flöhe in ihren Marktständen zurückblieben. Kein Wunder, daß Paul allmählich den Verdacht hegte, ich hätte einen Liebhaber und würde mich zu heimlichen Rendezvous davonschleichen. Einmal folgte er mir; er glaubte, ich sähe ihn nicht, wie er sich zwischen die Ständer mit gebrauchten Abendkleidern und Federboas duckte und wieder hervorgehüpft kam wie ein Privatdetektiv in einem Comic. Selbstverständlich war es unter seiner Würde, mir tatsächlich etwas Bestimmtes vorzuwerfen. Statt dessen machte er ein Riesentheater, weil ich am Samstag, dem freien Tag, in die Portobello Road gehen wollte und er der Meinung war, dieser Tag müsse für ihn reserviert sein. An meinen Romanen fing er auch an herumzunörgeln, nannte sie billig und frivol, und es machte ihn nur noch wütender, wenn ich ihm freundlich zustimmte. Natürlich waren sie billig und frivol, sagte ich, aber ich hatte mich auch noch nie für eine ernsthafte Schriftstellerin gehalten. Das wertete er als Anspielung auf seine eigenen früheren Ambitionen. Wahrscheinlich hätte er lieber herausgefunden, daß ich einen Liebhaber hatte, als daß ich keinen hatte. Ein Liebhaber wäre weniger demütigend gewesen.

Paul machte mir allmählich angst. Nach meinen Orgien

in der Portobello Road pflegte er oben auf dem Treppenabsatz auf mich zu warten; er stand da wie ein Pfosten, sagte gar nichts und starrte mich mit vorwurfsvollem, rachsüchtigem Blick an. »Ich hab' heute ein wundervolles viktorianisches Springteufelchen gesehen«, fing ich an, aber meine Stimme klang falsch, selbst in meinen eigenen Ohren. Schon immer hatte mich das, was andere Leute für Wirklichkeit hielten, stark beeinflußt, und so fing ich an zu denken, daß er vielleicht recht hatte, daß ich vielleicht wirklich einen heimlichen Liebhaber hatte. Zweifellos wünschte ich mir allmählich einen, denn mit Paul zu schlafen war mehr und mehr wie der Kampf mit einem Hai; er war nicht mehr sanft, sondern kniff und biß und besuchte mich wochentags in der Bibliothek. Das hätte mir nichts ausgemacht, wenn nur nicht die unheilvollen Blicke und das bedrückende Schweigen und der Revolver gewesen wären, die mir angst machten.

Außerdem hatte er gerade verkündet, daß die polnische Regierung der Ausreise seiner Mutter aus Polen zugestimmt hatte. Er hatte dafür gespart, und nun war es endlich soweit. Es war leichter, die Alten herauszubekommen als die Jungen, sagte er. Aber ich wollte nicht, daß bei uns auch noch eine polnische Gräfin lebte – wo sollte sie schlafen? –, die auf Polnisch über mich reden und sich mit Paul gegen mich verbünden und seine Boxer-Shorts bügeln würde, was ich bis jetzt verweigert hatte. Er war seiner Mutter sehr ergeben, aber das ließ sich nur auf die Entfernung ertragen. Aber als ich erwähnte, ich könnte ja ausziehen, damit sie mehr Platz hätten, wollte er nichts davon hören.

16

Ich hab' Arthur nie etwas von Paul erzählt, was vielleicht ein Fehler war. Nicht, daß er etwas dagegen gehabt hätte, daß ich mit einem anderen Mann zusammenlebte; aber er wäre von Pauls Titel entsetzt gewesen und von dessen Ansichten über Politik. Jede Frau, die mit einem solchen Mann leben konnte, hätte von Arthur auf der Stelle den Stempel *Falsch* aufgedrückt bekommen, und das war mir fünfzehn Minuten, nachdem ich ihn kennengelernt hatte, klar.

Ich ging im Hydepark spazieren, es war Juli 1963. Von beiden Seiten drangen Reden, schicksalsschwer wie das Alte Testament, auf mich ein, aber ich hörte nur mit halbem Ohr hin. Bald kam mein einundzwanzigster Geburtstag, aber daran dachte ich auch nicht. Ich schritt den Weg ab, den Samantha Deane nehmen sollte, die Heldin aus *Flucht vor der Liebe,* bei ihrer Flucht vor den verbotenen Annäherungen von Sir Edmund DeVere. Gerade eben hatte er versucht, ihr Alleinsein im Schulzimmer der Kinder auszunutzen, während alle anderen einen Tagesausflug in den Kristallpalast gemacht hatten.

Während Samantha die Treppen hinabfloh, brannten ihre Wangen bei der Erinnerung an das, was gerade geschehen war. Sie hatte allein im Klassenzimmer gesessen, mit einer Stickarbeit beschäftigt, die sie für ihre wenigen Augenblicke der Muße bereithielt. Sie hatte das Öffnen der Tür nicht gehört, hatte nicht gehört, wie sich Sir Edmund näherte, bis er zwei Meter vor ihrem Stuhl stand. Mit einem Ausruf der Überraschung war sie aufgesprungen. Sir Edmund wirkte erregt und aufgelöst. Seine übliche eiserne Selbstbeherrschung war verschwunden. Während er sie anstarrte, flammten seine Augen auf wie bei einem wilden Tier, das sein Opfer wittert.

»Sir Edmund«, sagte Samantha und versuchte, ihre Stimme ru-

higzuhalten. »Was hat dieses Eindringen zu bedeuten? Warum sind Sie nicht mit den anderen in den Kristallpalast gegangen?« Doch trotz ihrer Anstrengungen wurden ihre Knie weich, entweder vor Angst oder als Reaktion auf etwas, was sie vergeblich zu leugnen suchte.

»Ich wußte, daß Sie allein sind«, sagte er und kam näher. »Ich habe mich davongeschlichen. Haben Sie Mitleid mit mir, Sie müssen wissen, daß mein Leben die Hölle ist.« Doch er bat nicht, er verlangte. Er ergriff sie beim Handgelenk und zog sie an sich, seinen harten Mund fordernd auf den ihren pressend. Vergeblich wehrte sie sich, sowohl ihn als auch ihre eigenen verbotenen Wünsche bekämpfend. Seine gierigen Hände lagen bereits an ihrem Hals und rissen ihr Fichu *zur Seite...*

»Vergessen Sie nicht, wer Sie sind«, stieß sie keuchend hervor. »Sie sind ein verheirateter Mann!« Seine einzige Antwort bestand in einem rauhen Lachen. Verzweifelt erinnerte sie sich an die kurze, dicke Nadel, die ihre rechte Hand immer noch umklammerte. Sie erhob sie und kratzte damit über seine Wange. Mehr vor Überraschung als vor Schmerz ließ er sie los, und sie nutzte diesen Augenblick aus, um zur Tür zu rennen, sie hinter sich zuzuwerfen und den schweren Schlüssel im Schloß umzudrehen. Sie war viel zu entsetzt, um daran zu denken, einen Umhang oder wenigstens einen Schal zu nehmen.

Nun rannte sie durch den Park, ohne zu wissen, wie sie dort hingekommen war. Ihr dünnes schwarzes Kleid bot wenig Schutz gegen die kalte Abendluft. Wohin sollte sie gehen, was sollte sie tun? Welche Erklärung würde Sir Edmund den anderen geben, vor allem Lady Letitia, wenn sie zurückkehrten und ihn eingeschlossen im Schulraum vorfanden und die Gouvernante verschwunden? Was er auch sagen mochte, es würde zu ihrer Schande sein, dessen war sie sich sicher; zurückkehren konnte sie nicht; und danach würde er sie suchen, sie so lange jagen, bis... Sie hatte nur ein paar Pennies in ihrem Handtäschchen. Wo sollte sie die Nacht verbringen?

Rechts und links von ihr huschten dunkle Schatten vorbei, von

Zeit zu Zeit erklang leises, spöttisches Lachen ... die Töchter der Sünde, gemeine, verlorene Kreaturen, wie sie selbst beinahe eine geworden wäre, wenn sie nicht gekämpft hätte ...Doch vielleicht war sie nun in noch größerer Gefahr. Allein, schwach, ohne Schutz – wie leicht konnte sie jedem liederlichen Zechbruder zum Opfer fallen. Sie hatte die lüsternen Annäherungsversuche des Earl of Darcy, Sir Edmunds Onkel, nicht vergessen. Dann war sie von seinem Wohnsitz schutzsuchend zu Sir Edmund geflohen, doch der Beschützer hatte ihr Vertrauen mißbraucht ...
Plötzlich hörte sie Schritte hinter sich. Sie wich in den Schatten eines Baumes zurück, in der Hoffnung, unbemerkt zu bleiben, doch eine Silhouette zeichnete sich gegen die untergehende Sonne ab, eine Hand legte sich auf ihren Arm, und eine vor Leidenschaft heisere Stimme hauchte ihren Namen ...

Als ich in Gedanken an dieser Stelle meines Romans angekommen war, fühlte ich etwas auf meinem Arm. Ich sah hinunter; es *lag* eine Hand darauf. Ich schrie auf, ziemlich laut, und dann bekam ich als nächstes mit, daß ich auf einem mageren, verwirrt dreinschauenden jungen Mann lag. Papierblätter waren wie übergroßes Konfetti über uns verstreut. Dann halfen mir ein paar Leute aus der Menge, die sofort zusammengelaufen war, wieder auf die Beine.
»Hat wohl versucht, dich zu belästigen, wie, Schatz?« sagte einer, bullig und mit Bierfahne. »Verdammte Agitatoren.«
»Ich wollte ihr bloß ein Flugblatt geben«, sagte mein Angreifer. Zu meinem Schrecken sah ich, daß er einen kleinen Riß in der Backe hatte. Ich kam mir vor wie ein Idiot.
»Willste einen Bobby rufen, Schatz? Sollten alle eingelocht werden, sollten sie wirklich, junge Mädchen belästigen.«

»Nein, danke«, sagte ich. Ein Antivivisektionist und ein Weltuntergangsprospekt waren gemeinsam von ihren Seifenkisten zu meiner Errettung herbeigeeilt. Sie sahen fast identisch aus, durch ihr heiliges Anliegen geläuterte alte Männer mit den blaßblauen Augen uralter Matrosen. Als sie merkten, daß ich nicht verletzt war, drückten sie mir jeder ein Pamphlet in die Hand.

»Es war einzig und allein meine Schuld«, erklärte ich allen. »Es war ein Irrtum. Ich hab' ihn mit jemand anderem verwechselt. Ich bin in Panik geraten, das ist alles. Hier, nehmen Sie ein Tempo-Taschentuch von mir«, sagte ich zu dem jungen Mann. »Tut mir sehr leid, daß ich Sie gekratzt hab'.« Ich durchstöberte meine Handtasche, konnte aber keins finden.

»Ist schon in Ordnung«, sagte er ungerührt. Er lag auf den Knien, sammelte seine Flugblätter ein, und ich kniete mich neben ihn, um zu helfen. Die Flugblätter zeigten als Schwarzweißzeichnung eine Atombombenexplosion, dazu das Motto: BEWAHRT DIE WELT DAVOR, IN RAUCH AUFZUGEHEN. »Nieder mit der Bombe?« fragte ich.

»Ja«, sagte er düster. »Nicht, daß es irgendwas hilft. Aber man muß es weiter versuchen.«

Ich sah ihn mir näher an. Er trug einen schwarzen hochgeschlossenen Pullover, was ich ganz umwerfend fand. Ein melancholischer Kämpfer für so gut wie verlorene Sachen, idealistisch und schicksalshaft, eine Art Lord Byron, dessen Biographie ich gerade überflogen hatte. Wir beendeten das Einsammeln der Pamphlete, ich verliebte mich, und wir gingen auf einen Drink in die nächste Kneipe. Das war nicht schwierig zu bewerkstelligen: Ich mußte nichts weiter tun, als ein bißchen Interesse für seine Sache vorzutäuschen. Mir wäre es lieber gewesen, wenn er einen britischen Akzent gehabt hätte; leider war er nur Kanadier wie ich, aber ich entschloß mich, über diesen kleinen Defekt hinwegzusehen.

Während Arthur sich an der Bar für meinen doppelten Scotch und sein Guiness anstellte – wenn er überhaupt trank, dann zog er Getränke vor, die gesundheitsfördernde Minerale enthalten sollten –, durchforstete ich eifrig mein Gehirn nach irgendwelchen Bröckchen politischen Wissens, die sich dort versehentlich abgelagert hatten wie Spinatreste zwischen Schneidezähnen. Ich hatte mich als jemand eingeführt, der zumindest halbwegs informiert war; jetzt mußte ich das durchhalten. Ich holte sogar die Pamphlete hervor, die man mir in die Hand gedrückt hatte, und überflog sie schnell in der Hoffnung auf irgendeinen Hinweis oder ein Thema. *Wußten Sie schon, daß* DOG *rückwärts buchstabiert zu* GOD *wird?* fing es an. DOG war anscheinend das vierte Mitglied der Heiligen Dreifaltigkeit und würde am Jüngsten Gericht teilnehmen. Das andere Pamphlet war orthodoxer: Armageddon stand vor der Tür, und wer es überstehen wollte, mußte ein reines Leben führen.

Als Arthur mit den Drinks zurückkam, war ich bereit für ihn. Wann immer die Unterhaltung zu sehr in Einzelheiten ging, wechselte ich das Thema und wandte mich der Notlage der palästinensischen Flüchtlinge zu. Ich wußte aus meiner Zeit im UN-Club an der Oberschule in Braeside eine ganze Menge darüber. Damals lag diese Gegend noch genügend im dunkeln, um Arthurs Aufmerksamkeit zu erringen, und ich schämte mich, als ich merkte, daß er ziemlich beeindruckt war.

Ich ließ mich von ihm bis zur Marble Arch Station begleiten. Ich konnte ihn nicht zu mir nach Hause einladen, erklärte ich, weil ich die Wohnung mit einer Büroschreibkraft teilte, die sehr dick und hausbacken war und unglücklich und deprimiert wurde, wenn ich aus irgendwelchen Gründen Männer in die Wohnung einlud. Telefonieren war auch nicht gut, sagte ich ihm, aber wenn er mir seine Nummer geben könnte... Er hatte kein Telefon, aber was noch viel besser war, er lud mich für den nächsten Tag zu einer Versammlung ein. Schwach vor Begierde, ging ich in die öffentliche Bücherei – dieselbe, in der ich mir meine Kostümbücher holte – und lieh alle Bücher von Bertrand Russell aus, die ich finden konnte, was mir ein paar schwierige Augenblicke mit Paul einbrachte, als er sie entdeckte. »Kommunistisches Gewäsch«, tobte er. »Etwas Derartiges dulde ich nicht in meinem Haus.«

»Ich hab' nur Material gesammelt«, sagte ich. »Ich dachte mir, ich könnte zur Abwechslung mal etwas Moderneres schreiben, aus den zwanziger Jahren.«

»Das verkauft sich nicht«, sagte Paul. »Wenn die Röcke und die Haare kurz werden, verkauft es sich nicht. Die Leser haben es lieber, wenn die Frauen ihr Geheimnis bewahren. Genau wie ich«, fügte er hinzu und küßte mich auf das Schlüsselbein.

Früher hätte ich solche Bemerkungen sehr europäisch und bezaubernd gefunden, aber jetzt irritierten sie mich. »Das muß ein schönes Geheimnis sein«, sagte ich, »wenn man dazu nur ein paar Meter Stoff und eine Perücke braucht. Männer sind auch geheimnisvoll, weißt du, aber an ihnen sind mir noch keine Ringellöckchen und bodenlange Ballkleider aufgefallen.«

»Oh, das Geheimnis des Mannes liegt in seinem Verstand«, sagte Paul spielerisch, »während das der Frau in ihrem Körper liegt. Und was ist ein Geheimnis, wenn nicht etwas, was im Verborgenen bleibt? Es ist einfacher, den Körper als den Geist zu entblößen. Aus diesem Grund wird ein Mann mit einer Glatze auch nicht als unnatürlich und abstoßend empfunden, wohl aber eine kahlköpfige Frau.«

»Und ich nehme an, eine schwachsinnige Frau ist gesellschaftlich akzeptabler als ein blöder Mann«, sagte ich in sarkastischer Absicht.

»Ganz recht«, sagte Paul. »In meiner Heimat wurden sie oft als minderwertige Prostituierte verwandt, während es für einen Mann ohne Verstand keine Verwendung gab.« Er lächelte in dem Gefühl, seine Meinung bewiesen zu haben.

»Um Himmels willen«, sagte ich und stapfte in die Küche, um mir eine Tasse Tee zu machen. Paul war verwirrt. Außerdem war er mißtrauisch: Er konnte mein plötzliches Interesse für Bertrand Russell immer noch nicht verstehen.

Ich hatte viel Mühe mit diesen Büchern und, wie mir schnell klar wurde, mit Theorien und Politik überhaupt. Ich wollte nicht von einer Atombombe in die Luft gejagt werden, aber auf der anderen Seite konnte ich nicht glauben, daß irgend etwas, was ich tun konnte, es verhindern würde. Genausogut hätte ich versuchen können, das Automobil abzuschaffen: Wenn ich von einem überfahren würde, wäre ich ebenso tot, argumentierte ich. Ich fand, daß Lord Russell ein sehr anziehendes Gesicht hatte, und gab ihm sofort in *Flucht vor der Liebe* eine Nebenrolle als großzügiger alter Exzentriker, der Samantha Deane im Hydepark rettete, indem er ihrem Angreifer seinen Schirm über den Kopf schlug. *(»Nehmen Sie das, Sir! Sind Sie unverletzt, meine Liebe?« »Oh, wie kann ich Ihnen je meine Dankbarkeit ausdrücken?« »Ich sehe, Sie sind wohlerzogen, und schenke Ihnen Erklärungen Glauben. Erlauben Sie mir, Ihnen für diese Nacht ein Obdach anzubieten ... Meine Haushälterin wird Ihnen ein Nachthemd leihen. Mrs. Jenkins, eine Tasse Tee bitte für diese junge Lady.«)* Ich stattete ihn sogar mit einem Hobby aus – er züchtete Fische –, was mich all seinen Titelbildern gegenüber milde stimmte und mich in die Lage versetzte, seine Politik und die ehrfürchtige Bewunderung zu ertragen, die Arthur ihm entgegenbrachte.

Hätte Arthur etwas von meiner kleinen dramatischen Be-

arbeitung Lord Russells gewußt, er wäre entsetzt gewesen. »Plattitüden«, hätte er es genannt und nannte er es auch in späteren Jahren, als es mir nicht mehr so gut gelang, diese besondere geistige Angewohnheit zu verbergen. Als ich auch weniger bereit war, für Arthurs Held des Tages Bewunderung zu heucheln: Arthur war wankelmütig; er wechselte seine Bundesgenossen, und nachdem ich das ein paarmal mitgemacht hatte, wurde ich vorsichtig. »Und was ist mit *Mrs.* Marx?« sagte ich, oder: »Ich möchte wetten, Marx' Ehefrau hätte es lieber gesehen, wenn er Arzt geworden wäre.« Dafür bekam ich nichts als einen angewiderten Blick und ging in die Küche und stellte mir das häusliche Leben von Marx vor. »Nicht heute abend, Liebling, ich habe Kopfschmerzen, ihr Intellektuellen seid doch alle gleich, geistesabwesend herumlaufen, das könnt ihr, warum gehst du nicht los und machst etwas aus dir, wenn du schon so klug bist, das Talent dafür hast du doch weiß Gott.«
Castro stellte ich mir im Bett als Tiger vor, mit diesen Zigarren und diesem Bart, was auch seinen Erfolg in Nordamerika erklären würde. Aber mein besonderer Liebling war Mao; man sah ihm an, daß er gerne aß. Ich stellte ihn mir vor, wie er gewaltige chinesische Mahlzeiten hinunterschlang, mit Genuß und ohne Schuldgefühle, während fröhliche Kinder auf ihm herumkletterten. Er wirkte wie ein auseinandergegangener Riesen-Waldmeisterpudding, außer daß er gelb war; er schrieb Gedichte, er hatte Spaß. Er war fett, aber erfolgreich, und er ließ sich nichts gefallen. Stalins Privatleben war langweilig, zu vieles davon war bekannt, er war jedenfalls ein Puritaner. Mao dagegen, was für ein Garten der Lüste. Er unterstützte Gaukler und Schauspieler, er liebte die Farbe Rot und Flaggen und Paraden und Tischtennis; er wußte, daß das Volk Brot und Spiele brauchte, nicht nur Ansprachen. Ich stellte ihn mir gern in der Badewanne vor, von oben

bis unten eingeseift wie ein riesiger Cherub, strahlend und es sehr genießend, daß irgendein ihn bewunderndes weibliches Wesen – ich! – ihm den Rücken schrubbte.

Was mich anging, so war es mir unmöglich, eine Theorie zu lieben. Ich liebte Arthur nicht um seiner Theorie willen, obwohl sie ihm so eine Art unpersönliche Größe verliehen wie ein karmesinrot gesäumtes Operncape. Ich liebte ihn wegen der Art, in der seine Ohren abstanden, wenn auch nur leicht; wegen der Art, wie er gewisse Wörter aussprach – ›Tante‹ zum Beispiel und ›Gras‹. Er stammte von der Küste und sagte *Tahnte* und *Grahhss,* während ich aus Ontario kam und *Tannte* und *Graass* sagte. Ich fand das exotisch. Ich liebte seine vorsätzliche Schäbigkeit, seinen ernsthaften Idealismus, seine (für mich) lächerliche Sparsamkeit – Teebeutel benutzte er zweimal –, die Art, wie er den Finger ins Ohr steckte, seine Weitsichtigkeit und die zerkratzte Lesebrille, die er deswegen tragen mußte. Einmal sagte ich: »Ich glaube, das ist der Grund, warum du mich magst; du kannst nicht sehen, wie ich von nahem aussehe.« Der Scherz kam allerdings noch ein bißchen zu früh. Er sagte: »Nein, das ist nicht der Grund.« Dann entstand eine lange, verlegene Pause, als dächte er krampfhaft darüber nach, warum er mich mochte. Oder vielleicht, dachte ich mit einem langsam größer werdenden Kloß im Hals, ob er mich überhaupt mochte.

Das war ein Problem. Ich konnte nicht sagen, was Arthur für mich empfand, ob er überhaupt etwas empfand. Es schien ihm Freude zu machen, mit mir die Philosophie des bürgerlichen Ungehorsams zu diskutieren oder vielmehr mir darüber einen Vortrag zu halten, denn ich war klug genug, meine Unwissenheit nicht zu zeigen, und nickte hauptsächlich. Er erlaubte mir, mit ihm zusammen Flugblätter zu verteilen, und aß mit Genuß die Sandwiches, die ich bei diesen Gelegenheiten mitbrachte. Er erzählte mir von seiner Familie, der Vater Richter, die Mutter eine religiöse Fanatikerin. Sein Vater wollte einen Rechtsanwalt aus ihm machen, seine Mutter bestand darauf, daß er wenigstens missionierender Arzt werden sollte. Er hatte beider Pläne durchkreuzt, indem er Philosophie studierte, war aber nicht imstande gewesen, sich durch all die Syllogismen durchzukämpfen (»Ein kahler Mann ist kahl«, sagte er, »was hat das mit dem Menschsein zu tun?« und ausnahmsweise konnte ich ohne Heuchelei zustimmen... bis ich anfing, darüber nachzudenken; wie war es wohl, wenn man der kahle Mann *war?*) Nach dem sechsten Semester hatte er unterbrochen, um eine Pause einzulegen und über den richtigen Weg zu meditieren. (Das war der Unterschied zwischen uns: Für Arthur gab es den richtigen Weg, vielleicht sogar mehrere, aber nie zur gleichen Zeit. Für mich existierten überhaupt keine Wege. Dikkichte, Unterholz, Gräben, Tümpel, Labyrinthe, Moraste, aber keine Wege.)

Dann hatte er sich der Nieder-mit-der-Bombe-Bewegung angeschlossen, die ihn zwei Jahre ganz und gar in Anspruch genommen hatte. Er hatte der Bewegung eine Menge Zeit und Energie gewidmet, aber irgendwie gehörte er immer noch zur Randgruppe, ein Flugblattverteiler. Vielleicht weil er Kanadier war.

Ich strahlte Mitgefühl und Verständnis aus. Wir saßen in einem nach Lammfett riechenden billigen Restaurant und aßen Spiegeleier, Chips und Erbsen, was Arthur meistens aß. Ihm ging das Geld aus; bald würde er wieder einen Gelegenheitsjob annehmen müssen, Fußboden wischen oder Servietten falten oder, das Schlimmste von allem, Teller waschen. Entweder das, oder er mußte die, wie er es nannte, Bestechung seiner Eltern akzeptieren und an die Universität von Toronto zurückkehren, die er mit kalter, abstrakter Leidenschaft haßte.

Seine Wohnung in Earlscourt hatte eine kleine Küche,

aber er kochte ungern, und die Küche selbst war ein Saustall. Er teilte die Wohnung mit zwei anderen Männern, einem Neuseeländer, der an der Londoner School of Economics studierte und kalte gebackene Bohnen aus der Dose mit Ketchup aß und die schmutzigen Teller wie kleine Szenerien aus dem Schlachthof stehenließ; der andere war ein gazellenäugiger Radikaler aus Indien, der sich braunen Reis mit Curry kochte und die Teller ebenfalls stehenließ. Arthur war heikel; er haßte Schmutz. Allerdings war er so heikel, daß er es ablehnte sauberzumachen, also aßen wir außerhalb. Ein- oder zweimal kam ich vorbei und räumte die Küche für sie auf, aber das hatte keine gute und eine Reihe von schlechten Wirkungen. Arthur bekam einen weiteren falschen Eindruck von mir: Ich war nicht mit Leib und Seele bei der Küchenarbeit, und er war enttäuscht, als er das später herausfand. Der Neuseeländer, dessen Name Slocum war, jagte mich durch die Küche und bettelte (»Komm, sei kein Frosch, ich hab' nichts Weibliches zu fassen gekriegt, seit ich in dieses verfluchte kaltherzige Land gekommen bin, nicht das geringste.«), und der radikale Inder verlor seinen ursprünglichen Respekt, den er für mich als eine Art politisches Wesen empfunden hatte, und begann, Kuhaugen zu machen und mit den Nasenflügeln zu beben. Offensichtlich konnte man nicht gleichzeitig eine geachtete weibliche Gelehrte und eine Scheuermagd sein.

Unterdessen kam ich mit Arthur über Händchenhalten nicht hinaus; und das Leben mit Paul wurde immer unerträglicher. Wenn er mir folgte, mich mit Arthur beim Flugblätterverteilen aufspürte und ihn zum Duell forderte oder zu etwas ähnlich Aufregendem? Ich liebte Arthur, nicht Paul, entschied ich. Ich ergriff drastische Maßnahmen.

Ich wartete, bis Paul sich auf den Weg zur Bank gemacht hatte, dann packte ich alles, was ich besaß, zusammen, einschließlich meiner Schreibmaschine und des halbfertigen Manuskriptes von *Flucht vor der Liebe*. Ich kritzelte eine Nachricht für Paul. Ich wollte sagen: »Liebling, es ist besser so«, aber ich wußte, das war einfach nicht dramatisch genug, so schrieb ich statt dessen: »Ich hab Dich unglücklich gemacht, und so kann es nicht weitergehen. Es hat nicht sollen sein.« Ich glaubte nicht, daß er meine Spur würde verfolgen können, und dachte nicht wirklich, daß er es versuchen würde. Obwohl, wenn es um die Ehre ging, war er zu allem fähig. Vielleicht würde er eines Abends plötzlich, wie vom Himmel gefallen, im Türrahmen auftauchen mit irgendeiner theatralischen Waffe, einem Brieföffner oder einem Rasiermesser. Mit dem Revolver konnte ich ihn mir nicht vorstellen, er war zu modern. Bevor mir die Nerven durchgingen, lug ich mein ganzes Gepäck in ein Taxi und lud es vor Arthurs Türschwelle wieder aus. Er würde zu Hause sein, das wußte ich; am Tag zuvor hatte ich ihn ausgefragt.

»Ich bin rausgeschmissen worden«, erklärte ich ihm.

Er zwinkerte. »Einfach so?« sagte er. »Ich glaube, das ist nicht legal.«

»Es ist jedenfalls passiert«, sagte ich. »Wegen meiner politischen Ansichten. Der Hauseigentümer hat ein paar von diesen Flugblättern gefunden... er ist ein furchtbarer Rechtsextremist, weißt du. Es hat einen schrecklichen Krach gegeben.« (Das war eine Version der Wahrheit, fand ich. In gewissem Sinn war Paul der Hausbesitzer, und er war rechtsextrem. Trotzdem war ich eine Betrügerin, und so fühlte ich mich.)

»Oh«, sagte Arthur. »Na ja, in dem Fall...« Ich war ein politischer Flüchtling. Er bat mich herein, damit wir gemeinsam überlegen konnten, was ich tun sollte; er half mir sogar, mein Gepäck die Treppe hinaufzutragen.

»Ich hab' kein Geld«, sagte ich bei einer Tasse Tee, die ich mir selbst in der schmutzigen Küche zubereitet hatte.

Arthur hatte auch keins. Seine beiden Zimmergenossen auch nicht, das wußte er genau. »Sonst kenne ich niemand in London.«

»Ich denke, du kannst auf dem Sofa schlafen«, sagte er, »bis du einen Job gefunden hast.« Was konnte er anderes sagen? Wir blickten beide auf das Sofa, das uralt und klumpig war: aus den zerschlissenen Seiten quoll die Polsterung.

Ich schlief zwei Nächte auf dem Sofa; danach schlief ich bei Arthur. Wir liebten uns sogar. Ich hatte irgendwie Glut und Inbrunst erwartet, wegen seines politischen Feuers, aber die ersten paarmal ging alles viel schneller, als ich es gewohnt war. »Arthur«, sagte ich taktlos, »hast du vorher schon mal mit einer Frau geschlafen?« Es entstand eine Pause, während der ich fühlte, wie seine Nackenmuskeln sich spannten. »Natürlich«, sagte Arthur kalt. Es war die einzige direkte Lüge, die er mir je bewußt erzählte.

Nachdem ich in sein Haus eingezogen war und er mich ständig vor Augen hatte, begann Arthur mir mehr Aufmerksamkeit zu schenken. Er wurde sogar liebevoll, auf seine Art; er bürstete mir das Haar, ungeschickt, aber konzentriert, und manchmal kam er von hinten und umarmte mich aus keinem besonderen Grund, als wäre ich ein Teddybär. Ich selbst war selig und sah alles klar vor mir: Der richtige Mann war erschienen, zusammen mit einer Aufgabe, der ich mich widmen konnte. Mein Leben hatte einen Sinn.

Es gab allerdings Schwierigkeiten: Der Inder und der Neuseeländer waren praktisch allgegenwärtig; sie machten morgens unsere Tür auf, um von Arthur ein paar Schillinge zu borgen, der Neuseeländer mit lüsternen Seitenblicken, der Inder distanziert, mit der asketischen Mißbilligung, die er zeigte, seit er entdeckt hatte, daß wir miteinander schliefen. Oder der Neuseeländer saß auf dem Sofa, hörte seinem Transistorradio zu und murmelte schnell und leise irgendwelche Berechnungen vor sich hin, während der Inder ein Bad nahm und die nassen Handtücher auf dem Boden liegenließ; er sagte gern, niemand verstünde die Übel des Klassensystems so gut wie er, weil er darin aufgewachsen war, aber die Angewohnheit, jeden als Diener zu betrachten, der ein Handtuch aufhob, konnte er nicht ablegen. Beide hatten etwas gegen meine Anwesenheit; oder vielmehr hatten sie etwas gegen das, was sie als Glück für Arthur betrachteten. Arthur selbst merkte weder etwas von ihrer Abneigung noch von seinem Glück.

Das andere Problem war, daß ich weder Zeit noch einen Platz fand, um an *Flucht vor der Liebe* zu arbeiten. Wenn Arthur ausging, erwartete er, daß ich mitging; und falls ich es mit List und Tücke vermeiden konnte, dann war ganz sicher einer von den anderen da. Ich bewahrte das Manuskript in einem verschlossenen Koffer auf, da ich den Neuseeländer im Verdacht hatte, in unserem Zimmer herumzuschnüffeln. Als ich eines Tages nach Hause kam, entdeckte ich, daß der Inder meine Schreibmaschine versetzt hatte. Er würde es mir später zurückzahlen, versprach er, aber danach mißgönnte ich ihm jedes Körnchen braunen Reis, das er aß. Ich hatte nicht mehr genug Geld, um die Maschine selbst auszulösen, und ich hatte mit mindestens zweihundert Pfund für den fertigen Roman gerechnet. Tag um Tag und insgeheim wurde ich immer verzweifelter. Arthur hatte von diesem Problem keine Ahnung; er wunderte sich ständig darüber, warum ich immer noch keinen Job als Kellnerin angenommen hatte. In der erfundenen Vergangenheit, die ich ihm zu Gefallen erfunden hatte, waren auch ein paar Körnchen Wahrheit enthalten; ich hatte ihm erzählt, daß ich früher einmal als Kellnerin gearbeitet hatte. Auch daß ich Anführerin der Claque bei den Schulsportveranstaltungen gewesen war,

hatte ich ihm erzählt, und wir lachten gemeinsam über meine politisch fehlgeleitete Vergangenheit.
Drei Wochen nach meinem Umzug war ich so gut wie pleite. Trotzdem verschwendete ich ein paar wertvolle Schillinge für einige Stoffreste, rotorange geblümt, für Badezimmervorhänge. Ich bildete mir ein, daß das Bad dadurch weniger kalt und höhlenartig wirken würde. Ich würde sie selbst nähen, mit der Hand. Ich hatte noch nie in meinem Leben etwas genäht. Vor mich hinsummend, stieg ich die Treppen hinauf und schloß die Wohnungstür auf.
Da, mitten im Wohnzimmer, stand meine Mutter.

17

Wie hatte sie mich gefunden?
Sie stand da, sehr gerade, auf dem lehmfarbenen Teppich, in ihrem marineblauen Kostüm mit dem weißen Kragen; ihrer weißen Handtschuhe, Hut und Schuhe waren makellos, die Handtasche hielt sie unter dem Arm. Ihr Gesicht war geschminkt, um den Mund herum hatte sie sich mit Lippenstift einen größeren Mund gemalt, aber die Form ihres eigenen Mundes schimmerte hindurch. Dann erst sah ich, daß sie weinte, lautlos, gräßlich; Wimperntusche tropfte in schwarzen Tränen von ihren Augen.
Hinter ihr konnte ich das schäbige Sofa sehen; es sah aus, als käme die Füllung daraus hervorgequollen. Meine Nackenhaare sträubten sich, und mit einem Satz war ich wieder aus der Tür, knallte sie hinter mir zu und lehnte mich dagegen. Das war ihr Astralleib, dachte ich in Erinnerung an das, was Leda Sprott mir erzählt hatte. Warum konnte sie das verdammte Ding nicht zu Hause behalten, wo es hingehörte? Ich stellte mir vor, wie meine Mutter

über den Atlantik schwebte, ihr Gummiband wurde dünner und dünner, je länger es sich dehnen mußte; etwas mehr Vorsicht würde ihr guttun, sonst würde das Ding reißen und sie bliebe für immer bei mir, würde im Wohnzimmer lauern wie eine durchsichtige Staubflocke oder ein transparentes Dia ihrer selbst, aufgenommen im Jahr 1949. Was wollte sie von mir? Warum konnte sie mich nicht in Ruhe lassen?

Ich machte die Tür wieder auf, um ihr entgegenzutreten und es endlich hinter mich zu bringen, aber sie war verschwunden.

Ich stellte sofort sämtliche Möbelstücke um; sie waren alt und schwer, und es kostete mich einige Anstrengung. Dann ging ich in der Wohnung herum und suchte nach offenen Fenstern, aber alle waren geschlossen. Wie war sie hereingekommen?

Den anderen erzählte ich nichts von diesem Besuch. Sie regten sich ein bißchen wegen der Möbel auf; nicht, daß es sie gestört hätte, sie meinten nur, ich hätte sie vorher fragen sollen. »Ich wollte euch die Mühe ersparen«, sagte ich. »Ich finde eben, es sieht so einfach besser aus.« Sie ordneten es unter Hausfraueninstinkt ein und vergaßen den Vorfall. Ich aber nicht: Wenn meine Mutter es einmal geschafft hatte, ihren Astralleib über den Atlantik zu schicken, konnte sie es wieder tun, und der nächste Besuch war mir nicht willkommen. Ich war nicht sicher, ob das Umstellen der Möbel sie fernhalten würde. Leda Sprott hatte es gegen böse Geister angewandt, aber meine Mutter war kein Geist.

Fünf Tage später bekam ich das Telegramm. Es hatte vier Tage im Canada House gelegen; ich hatte meine Post weiter dort hinschicken lassen und es auch als Absender auf meine seltenen Postkarten geschrieben, die ich meinem Vater geschickt hatte, für den Fall, daß meine Mutter es sich in den Kopf setzen sollte, mich aufzuspüren und heimzusuchen. Ich holte meine Post nicht oft ab, weil ich keine bekam, außer der gelegentlichen Postkarte von meinem Vater, eine Karte mit der nächtlichen Skyline von Toronto, von Centre Island aus gesehen – er mußte Dutzende auf einmal davon gekauft haben –, immer mit der gleichen Nachricht: »Alles in Ordnung hier«, als müßte er mir Bericht erstatten.

Das Telegramm lautete: DEINE MUTTER GESTERN GESTORBEN. KOMM BITTE ZURÜCK. VATER.

Ich las es dreimal. Zuerst hielt ich es für eine Falle: Meine Mutter hatte es selbst geschickt, sie hatte die Adresse auf einer der Postkarten gefunden, die mein Vater nachlässig herumliegenließ, sie versuchte mich in Schlagweite zurückzuholen. Aber in dem Fall hätte sie geschrieben: DEIN VATER GESTERN GESTORBEN. Vielleicht hatte sie aber auch erkannt, daß ich nicht kommen würde, solange sie noch am Leben war, und hatte das Telegramm als falsches Die-Luft-ist-rein-Signal losgeschickt.

Aber was, wenn sie tatsächlich tot war? In dem Fall wäre sie im Wohnzimmer aufgetaucht, um es mir mitzuteilen. Falls das stimmte, und ich vermutete es, so war es keineswegs in meinem Sinne. Ich würde nach Hause fahren müssen.

Als ich in die Wohnung kam, saß der indische Radikale mit gekreuzten Beinen auf dem Fußboden und erklärte Arthur, daß zu häufiger Geschlechtsverkehr seinen Geist und damit seinen Verstand schwächen und ihn somit politisch nutzlos machen würde. Was man machen müßte, sagte er, wäre, die Samenflüssigkeit das Rückenmark hinauf in die Hypophyse zu saugen. Er führte Gandhi als Beispiel an. Ich hörte der Unterhaltung ein paar Minuten durch die halboffene Tür zu (an Türen zu lauschen war eine Gewohnheit, die ich beibehalten hatte), aber da ich nicht verstehen konnte, was Arthur antwortete, wenn er überhaupt antwortete, ging ich hinein.

»Arthur«, sagte ich, »ich muß zurück nach Kanada. Meine Mutter ist gestorben.«
»Wenn sie schon tot ist«, sagte er, »wozu dann nach Hause fahren? Es gibt nichts, was du tun kannst.«
Er hatte recht, aber ich mußte einfach wissen, ob sie wirklich tot war. Selbst wenn ich zu Hause anriefe und mit meinem Vater spräche, konnte ich nicht sicher sein... ich mußte sie sehen. »Ich kann's nicht erklären«, sagte ich. »Das ist eine Familienangelegenheit. Ich muß einfach fahren.«
Dann fiel uns beiden ein, daß ich kein Geld hatte. Warum hatte mir mein Vater nichts geschickt? Er setzte voraus, daß ich allein zurechtkam und zahlungsfähig war; er hatte schon immer vorausgesetzt, daß es bei mir keine Probleme gab, schließlich war ich ein vernünftiges Mädchen. Meine Mutter hätte es besser gewußt. »Mir wird schon was einfallen«, sagte ich, setzte mich auf das Bett und kaute auf meinen Fingern. Meine Schreibmaschine war versetzt, *Flucht vor der Liebe* lag in meinem verschlossenen Koffer, unberührt, seit ich bei Arthur eingezogen war; es war nur halb fertig. Ich hatte kaum genug Geld für das Papier, um es fertig zu schreiben. Ich konnte meinen Vater brieflich um Geld bitten, aber das wäre ein kostbares Pfand, und außerdem lautete mein Bankkonto hier auf den Namen Louisa K. Delacourt. Es würde nicht leicht sein, meinem Vater das zu erklären, vor allem telegrafisch.
Unauffällig schob ich das Manuskript in meine Tasche. »Ich gehe in die Bücherei«, sagte ich zu Arthur. Bevor ich das Haus verließ, klaute ich vom Neuseeländer einen seiner billigen gelben Notizblöcke und einen Kugelschreiber. Borgen war sinnlos: Eine kleine Inquisition wäre die Folge gewesen.
Die nächsten zwei Tage saß ich im Lesesaal der Bücherei und schrieb mühsam alles in Blockbuchstaben nieder,

während ich meine Ohren, so gut es ging, vor dem Gekrächze, dem Schnaufen, Keuchen und Husten der übrigen Lesesaalbenutzer verschloß. Samantha Deane wurde überraschend aus ihrem Schlafzimmer im Hause des freundlichen, fischzüchtenden Herrn gekidnappt; als Gefangene des berüchtigten Earl of Darcy, dem verrufenen Onkel des Helden, fast vergewaltigt; vom Helden gerettet; wieder eingefangen von den Beauftragten der üppigen, bösartigen Prinzessin von Piemont, der eifersüchtigen halbitalienischen Schönheit, die einst des Helden Mätresse gewesen war. Die arme Samantha wurde wie ein Sack Bohnen kreuz und quer durch London gezerrt und landete schließlich in den Armen des Helden, während dessen Frau, die leicht schwachsinnige Lady Letitia, am Gelbfieber starb, die mittlerweile wahnsinnig gewordene Prinzessin stürzte sich im Gewittersturm von den Zinnen in den Tod, und der Earl wurde durch das pazifische Schwindelgeschäft vollkommen ruiniert. Es war eins der kürzesten Bücher, die ich je geschrieben hatte. Das Tempo war jedoch flott, oder wie im Klappentext stand: ein Ereignis jagte das andere bis zum atemberaubenden Höhepunkt. Ich kaufte mir ein Exemplar in Toronto, als es herauskam. Samantha ganz bezaubernd in Blau, ihr Haar wehte wie Seetang gegen eine riesige Wolke; Schloß DeVere türmte sich drohend im Hintergrund auf.

Aber ich bekam weniger dafür als sonst, zum Teil wegen der Länge – Columbine zahlte nach Worten – und zum Teil, weil die Bastarde wußten, daß ich das Geld brauchte. »Der Schluß ist noch nicht richtig *ausgearbeitet«,* hieß es in dem Brief. Aber es reichte für ein Hinflugticket.

Meine Mutter war tatsächlich tot. Nicht nur das, ich hatte die Beerdigung versäumt. Ich hatte vergessen, vom Flughafen aus anzurufen, und als ich die Stufen zum Haus in

Toronto hinaufstieg, wußte ich nicht, ob jemand dasein würde oder nicht, um mich willkommen zu heißen.
Es war Abend, und die Lichter im Haus brannten. Ich klopfte; niemand reagierte, also versuchte ich selbst aufzumachen, fand die Tür offen und ging hinein. Auf den ersten Blick sah ich, daß sie tot war, denn auf einigen Sesseln waren Plastiküberzüge, auf anderen keine. Meine Mutter hätte so etwas nie geduldet. Bei ihr waren sie entweder drauf oder ab: Das Wohnzimmer hatte zwei deutlich zu unterscheidende Persönlichkeiten, je nachdem, ob Gäste da waren oder nicht. Die unbedeckten Sessel wirkten leicht obszön, wie zerquetschte Fliegen.
Mein Vater saß in einem der Sessel und hatte seine Schuhe an. Das war ein weiterer Hinweis. Er las ein Taschenbuch, allerdings ziemlich abwesend, so als hätte er es nicht mehr nötig, sich voll darauf zu konzentrieren. Ich nahm das alles in einem Augenblick auf, bevor er mich bemerkte.
»Deine Mutter ist tot«, sagte er. »Komm und setz dich, du hast sicher eine lange Reise hinter dir.«
Sein Gesicht war zerfurchter, als ich es in Erinnerung hatte, aber auch klarer umrissen. Vorher war es flach gewesen wie eine Münze oder sogar wie eine Münze, über die ein Zug gefahren war; es hatte so gewirkt, als wären die Gesichtszüge ausradiert worden, wenn auch nicht restlos, sie waren verschwommen und undeutlich, wie durch Lagen von Gaze gesehen. Jetzt jedoch kam sein Gesicht langsam zum Vorschein, die Augen hellblau und klug, ich hatte ihn nie als klug empfunden; und sein Mund war dünn, sogar ein bißchen verwegen, der Mund eines Spielers. Warum war mir das nie aufgefallen?
Er erzählte mir, daß er meine Mutter unten an der Kellertreppe gefunden hatte, als er eines Abends aus dem Krankenhaus kam. An ihrer Schläfe war eine Prellung, und ihr Genick war eigenartig verdreht, gebrochen, wie er fast sofort erkannte. Der Form halber hatte er einen Kranken-

wagen gerufen, obwohl er wußte, daß sie tot war. Sie trug ihren Hausmantel und rosa Pantoletten; sie mußte gestolpert sein, sagte mein Vater, und die Treppen hinuntergestürzt sein, sich dabei mehrfach den Kopf angeschlagen und sich unten auf dem Kellerboden das Genick gebrochen haben. Er deutete an, welche Mengen sie in letzter Zeit getrunken hatte. Als Todesursache wurde Tod durch Unfall festgestellt. Etwas anderes konnte es nicht gewesen sein, da es keinerlei Anzeichen dafür gab, daß jemand im Haus gewesen war, und nichts fehlte. Das war die längste Unterhaltung, die ich je mit ihm gehabt hatte.

Eine Woge von Schuldgefühlen überschwemmte mich, aus vielen Gründen. Ich hatte sie verlassen, hatte sie im Stich gelassen, obwohl ich wußte, daß sie unglücklich war. Ich hatte dem Telegramm mißtraut, hatte eine Verschwörung vermutet und war nicht einmal rechtzeitig zur Beerdigung zurückgekommen. Ich hatte ihr die Tür genau im Augenblick ihres Todes vor der Nase zugeworfen – der sich allerdings nicht mit letzter Sicherheit festlegen ließ, da sie schon mindestens fünf oder sechs Stunden tot gewesen sein mußte, als mein Vater sie fand. Ich hatte das Gefühl, ich hätte sie mit eigener Hand umgebracht, obwohl das unmöglich war.

In dieser Nacht ging ich an den Kühlschrank, *ihren* Kühlschrank, und stopfte den Inhalt in mich hinein; ich aß voller Hast und ohne Genuß ein halbes Hähnchen, ein Viertelpfund Butter, einen gekauften Bananencremekuchen, zwei Brotlaibe und ein Glas Erdbeermarmelade aus dem Schrank. Ständig erwartete ich, daß sie im Türrahmen erscheinen würde, mit diesem angewiderten, insgeheim aber erfreuten Blick, an den ich mich so gut erinnerte – sie ertappte mich gern auf frischer Tat –, aber trotz dieses Rituals, das sie früher so häufig herbeigelockt hatte, erschien sie nicht. Während der Nacht erbrach ich mich zweimal und wurde dann nicht mehr rückfällig.

Mein erster Verdacht regte sich am nächsten Tag, als mein Vater mich beim Frühstück mit seinen neuen listigen Augen ansah und in einem Ton sagte, als hätte er es geprobt: »Vielleicht fällt es dir schwer, es zu glauben, aber ich habe deine Mutter geliebt.«

Es fiel mir schwer, das zu glauben. Ich wußte von den getrennten Betten, den Beschuldigungen und Gegenbeschuldigungen, ich wußte, daß nach Ansicht meiner Mutter sowohl ich als auch mein Vater vollkommen darin versagt hatten, ihr Leben zu dem zu machen, was es ihrem Gefühl nach hätte sein sollen. Sie sagte oft, niemand schätze sie, und das war keine Paranoia. Niemand schätzte sie, obwohl sie alles richtig gemacht hatte, sie hatte ihr ganzes Leben uns gewidmet, sie hatte ihre Familie zu ihrer Karriere gemacht, wie es ihr beigebracht worden war, und was war daraus geworden? Ein mürrischer Fettkloß von Tochter und ein Ehemann, der nicht mit ihr redete, sich weigerte, nach Rosedale zurückzuziehen, dieser Spielwiese für solides angelsächsisches Geld, wo seine Familie einst gelebt hatte, schämte er sich ihrer? Die Antwort lautete wahrscheinlich ja, obwohl mein Vater während dieser Gespräche gewöhnlich nichts sagte; oder er sagte, daß er Rosedale nicht mochte. Meine Mutter hätte gesagt, daß mein Vater sie nicht liebt, und ich glaubte meiner Mutter.

Noch merkwürdiger allerdings war sein Bedürfnis, mir zu sagen, »Ich liebte deine Mutter«. Er wollte mich überzeugen, das war klar; aber genauso klar war, daß er nicht wirklich erwartet hatte, daß ich aus England zurückkommen würde. Die Kleider meiner Mutter hatte er schon der Behindertenfürsorge gegeben, auf dem Teppich waren Fußspuren von ihm, im Ausguß stand schmutziges Geschirr, mindestens seit drei Tagen, er verletzte systematisch sämtliche Regeln. Am zweiten Tag sagte er etwas noch Verdächtigeres. Er sagte: »Es ist nicht mehr das gleiche ohne sie«, seufzte und sah mich dabei an. Seine Augen baten mich, ihm zu glauben, mich der Verschwörung anzuschließen, den Mund zu halten. Plötzlich sah ich ihn vor mir, wie er sich aus dem Krankenhaus schlich, mit seiner weißen Maske, damit er nicht erkannt wurde, wie er nach Hause fuhr, mit seinem Schlüssel aufschloß, seine Schuhe aus- und die Slipper anzog und sich von hinten an sie heranpirschte. Er war Arzt, er war im Untergrund gewesen, er hatte früher schon Leute umgebracht, er wüßte, wie er ihr das Genick brechen und es nach einem Unfall aussehen lassen konnte. Trotz seiner Falten und Seufzer wirkte er selbstzufrieden wie ein Mann, den man bei etwas nicht erwischt hatte.

Ich suchte mir vergeblich einzureden, daß er so etwas nicht tun würde. Unter den richtigen Umständen würde jeder alles tun. Ich machte mich auf die Suche nach Motiven, eine andere Frau, ein anderer Mann, eine Versicherungspolice, eine einmalige, überwältigende Meinungsverschiedenheit. Ich suchte die Hemdkragen meines Vaters nach Lippenstift ab, ich sah die amtlich aussehenden Papiere in seinen Schreibtischschubladen durch, auf der Treppe hockend belauschte ich die wenigen Telefonanrufe, die er bekam. Aber nichts kam heraus, und ich gab meine Suche viel früher auf, als ich es getan hätte, wenn ich überzeugt gewesen wäre. Außerdem, was hätte ich tun sollen, wenn ich herausgefunden hätte, daß mein Vater ein Mörder war?

Ich wandte mich Spekulationen über meine Mutter zu; jetzt, wo sie nicht mehr da war, konnte ich mir das leisten. Was hatte man ihr angetan, daß sie mich so behandelte, wie sie es getan hatte? Mehr denn je wollte ich meinen Vater fragen, ob sie schwanger gewesen war, bevor sie heirateten. Und wer war der junge Mann in ihrem Fotoalbum mit den weißen Flanellhosen und dem teuren Wagen, von dem sie behauptet hatte, sie wäre mehr oder weniger mit ihm verlobt gewesen? Mehr oder weniger. Hier lauerte irgendeine Tragödie. Hatte er sie sitzenlassen, weil ihr Vater Bahnhofsvorsteher bei der CPR gewesen war? War mein Vater nur zweite Wahl, obwohl er für sie eine Stufe aufwärts bedeutet hatte?

Um mein Gedächtnis aufzufrischen, holte ich das Fotoalbum hervor. Vielleicht lag in den Gesichtsausdrücken ein Schlüssel verborgen. Aber bei allen Bildern von dem Mann im weißen Flanell war das Gesicht herausgeschnitten worden, fein säuberlich mit dem Rasiermesser. Da war nur noch meine Mutter, jung und hübsch, fröhlich in die Kamera lachend und den Arm ihres kopflosen Mannes festhaltend. Eine Stunde saß ich da, das offene Album vor mir auf dem Tisch, bestürzt über diesen Beweis ihrer furchtbaren Wut. Fast konnte ich sie bei der Arbeit sehen, wie ihre langen Finger mit präzisem Zorn die Vergangenheit vernichteten, die zur Gegenwart geworden war und sie verraten hatte, die sie als Strandgut in diesem Haus, in diesem mit Leichenplastiktüchern verhängten Grab zurückgelassen hatte, aus dem es keinen Ausweg gab. So mußte sie es empfunden haben. Mir kam der Gedanke, daß sie vielleicht Selbstmord begangen hatte, obwohl ich noch nie gehört hatte, daß jemand Selbstmord beging, indem er sich die Kellertreppe hinunterstürzte. Das würde diese merkwürdige Hinterhältigkeit meines Vaters erklären, seinen Wunsch, daß man ihm glaubte, seine Eile, ihre Sachen loszuwerden, die ihn vielleicht daran erinnerten, daß er zumindest mitschuldig war. Zum erstenmal in meinem Leben fühlte ich, wie unfair es gewesen war, daß jeder Tante Lou, aber niemand meine Mutter gemocht hatte, jedenfalls nicht wirklich. Sie war zu intensiv gewesen, um liebenswert zu sein.

Teilweise war es auch mein Versagen. Hatte ich falsch gehandelt, als ich mein Leben in die eigenen Hände nahm und zur Tür hinausmarschierte? Und davor war ich der fette mongoloide Idiot gewesen, die Behinderte, die sie bloßgestellt, die mit der Hand auf sie gezeigt hatte: Sie war nicht, was sie zu sein vorgab. Ich war ein Rückschritt, ein wandelnder Widerspruch zu ihrem Ehrgeiz nach Status und Eleganz. Aber immerhin war sie meine Mutter, sie mußte mich früher einmal wie ein Kind behandelt haben, obwohl ich mich da nur an Momentaufnahmen erinnern konnte, wie sie mich hochgehoben hatte, damit ich mich in dem Dreifachspiegel anschauen konnte, nachdem sie mein Haar gebürstet hatte, oder wie ich von ihr in der Öffentlichkeit geherzt wurde, in der Gesellschaft anderer Mütter.

Tagelang grübelte ich über sie. Ich wollte alles über ihr Leben wissen, aber auch über ihren Tod. Was war wirklich geschehen? Und vor allem, wenn sie in ihrem Hausmantel und den rosa Pantoletten gestorben war, warum war sie dann in meinem Wohnzimmer in ihrem marineblauen Kostüm von 1949 erschienen? Ich beschloß, Leda Sprott zu suchen und sie um eine Privatsitzung zu bitten.

Ich sah im Telefonbuch nach, aber sie stand nicht drin. Die Jordan-Kapelle auch nicht. Ich fuhr mit der Straßenbahn in die Gegend, wo sie gestanden hatte, und suchte straßauf, straßab nach ihr. Schließlich fand ich das Haus; es gab keinen Zweifel, ich erinnerte mich an die Tankstelle an der Ecke. Aber jetzt wohnte dort eine portugiesische Familie, die mir nicht weiterhelfen konnte. Leda Sprott und ihr Spiritualistengrüppchen hatten sich in Luft aufgelöst.

Ich blieb neun Tage bei meinem Vater und sah zu, wie das Haus meiner Mutter zerfiel. Ihre Schränke und Schubladen waren leer, ihr Bett war gemacht, aber unbenutzt. Löwenzahn wuchs auf dem Rasen, die Badewanne hatte Ringe, auf dem Boden lagen Krümel. Meine Anwesenheit schien meinen Vater nicht direkt zu stören, aber er nötigte mich nicht zu bleiben. Unser ganzes Leben lang waren wir schweigende Verschwörer gewesen, und jetzt, wo die Notwendigkeit zu schweigen nicht mehr existierte, fiel uns nichts ein, was wir zueinander hätten sagen können. Ich hatte mir immer vorgestellt, daß meine Mutter zwischen uns stand und daß wir ohne sie glücklich zusammenleben könnten wie Nancy Drew und ihr verständnisvoller Pappi, der Rechtsanwalt, aber da irrte ich mich. In Wirklichkeit hielt sie uns zusammen wie ein nationaler Notstand, wie ein heftiger Luftangriff.

Schließlich nahm ich mir ein eigenes Zimmer in der Charles Street. Eigentlich konnte ich es mir nicht leisten, aber mein Vater erklärte mir, daß er das Haus verkaufen und in ein Einzimmerapartment in der Avenue Road ziehen wollte. (Er heiratete dann wieder, eine nette Anwaltssekretärin, die er nach dem Tod meiner Mutter kennenlernte. Sie zogen in einen Bungalow in Don Mills.)

Nach dem Tod meiner Mutter konnte ich eine Zeitlang nicht schreiben. Die alten Handlungsmuster interessierten mich nicht mehr, und etwas Neues fiel mir nicht ein. Ich versuchte es – ich fing einen Roman mit dem Titel *Sturm über Castleford* an –, aber der Held spielte dauernd Billard, und die Heldin saß die ganze Nacht allein auf ihrer Bettkante und tat gar nichts. Das war wahrscheinlich meine größte Annäherung an den sozialistischen Realismus, die ich je erreichte.

Der Gedanke an Arthur trug zu meinen Depressionen bei. Ich hätte nie wegfahren sollen, sagte ich mir. Wir hatten uns am Flughafen zum Abschied geküßt – nun ja, nicht direkt am Flughafen, er hatte mich bis zur BOAC-Busstation begleitet –, und ich hatte ihm gesagt, ich käme so bald wie möglich zurück. Ich hatte ihm treu jede Woche geschrieben und erklärt, daß ich im Augenblick nicht zurückkommen könnte, weil mir das Geld fehlt. Eine Zeitlang hatte er geantwortet; merkwürdige Briefe, voller

Neuigkeiten über seine Flugblattaktivitäten, die er mit ›Dein ergebener... ‹ unterzeichnete. (Ich unterschrieb meine mit ›Liebe und tausend Küsse, xxxx.‹) Aber dann wurde es still. Ich wagte nicht, daran zu denken, was passiert sein konnte. Gab es eine andere Frau, irgendein flugblattverteilendes Flittchen? Vielleicht hatte er mich einfach vergessen. Aber wie konnte er, wo fast mein ganzes Gepäck in seiner Wohnung stand?

Ich bekam einen Job als Make-up-Vorführerin am Kosmetikstand bei Eaton's, wo ich Wimperntusche verkaufte. Aber nachts weinte ich viel, und meine Augen waren verquollen, also schoben sie mich zu den Perücken ab. Nicht einmal zu den guten Perücken, sondern zu den synthetischen. Es war keine interessante Arbeit, und die ergebnislose Suche der Kunden nach Jugend und Schönheit deprimierte mich. Wenn niemand hinsah, probierte ich gelegentlich eine der Perücken selbst auf, aber meistens die grauen. Ich wollte sehen, wie ich im Alter ausschauen würde. Bald würde ich alt sein, das spürte ich, und bis dahin würde in meinem Leben nichts geschehen, weil ich mich für nichts und niemanden interessierte. Ich war verlassen worden, davon war ich jetzt überzeugt. Ich fühlte mich elend.

18

Ich saß im Exil in Rom, am Randstein auf meiner tragbaren Olivetti in ihrem Koffer, und heulte. Fußgänger blieben stehen; manche sagten etwas zu mir. Ich wollte Arthur wiederhaben, ich wollte ihn auf der Stelle hier bei mir haben. Wenn ich ihm alles erklärte, wie könnte er dann ärgerlich sein? Ich hatte alles falsch angepackt...

Ich stand auf, wischte mein Gesicht mit einer Ecke meines Tuches ab und sah mich nach einem Zeitschriftenstand um. Ich kaufte die erstbeste Postkarte, die ich fand, und schrieb auf die Rückseite: *Ich bin nicht wirklich tot, ich mußte weg. Komm schnell rüber.* XXX. Ich unterschrieb weder mit meinem Namen, noch fügte ich eine Adresse hinzu: Er würde wissen, wer schrieb und wo er mich finden konnte.

Nachdem ich die Karte abgeschickt hatte, fühlte ich mich besser. Alles würde in Ordnung kommen; sobald Arthur die Karte erhielt, würde er über den Ozean fliegen, wir würden uns umarmen, ich würde ihm alles erzählen, er würde mir vergeben, ich würde ihm vergeben, und wir könnten wieder ganz von vorn anfangen. Er mußte einsehen, daß ich nicht mehr zurückkonnte, also würde er seinen Namen ändern. Gemeinsam würden wir alle seine Kleider vergraben und neue kaufen, sobald ich *Von Liebe belauert* verkauft hatte. Er würde sich einen Vollbart oder einen Schnurrbart wachsen lassen – etwas Vornehmes und Eindeutiges, nicht dieses Gestrüpp, das manche Männer wie außer Kontrolle geratene Achselhöhlen aussehen ließ – und sich vielleicht sogar die Haare färben.

Das erinnerte mich an mein eigenes Haarfärben. Ich suchte mir einen Laden, der Ähnlichkeit mit einer Drogerie besaß, und verbrachte einige Zeit damit, die Spülungen, Tönungen, Wasch- und Färbemittel durchzusehen. Endlich entschloß ich mich für Lady Janines ›Carissima‹, ein weiches, leuchtendes Kastanienbraun, vom Herbst geküßt, bekränzt mit Sonnenlicht und übersät mit funkelnden Glanzlichtern. Ich hatte gern eine Menge Adjektive auf meinen Kosmetikschachteln; ich fühlte mich betrogen, wenn es nur wenige waren.

Um die Geburt meiner neuen Persönlichkeit zu feiern (ein vernünftiges Mädchen, verschwiegen, warmherzig, ehrlich und vertrauensvoll, mit sanften grünen Augen, festen Gewohnheiten und leuchtendem kastanienbraunen Haar), kaufte ich mir einen *fotoromanzo* und setzte mich in ein Straßencafe, um ihn zu lesen und ein *gelato* zu essen.

Wäre Arthur hier, er hätte mir beim Lesen des *fotoromanzo* geholfen. Auf diese Weise übten wir unser Italienisch; wir lasen uns gegenseitig die Sprechblasen vor, sahen die schwierigen Wörter in unserem Taschenwörterbuch nach und versuchten, den Sinn aus den Schwarzweißfotos herauszulesen. Die Stories handelten alle von rasender Leidenschaft, aber die Frauen und Männer öffneten nie ihren Mund, und ihre Glieder waren wie die von Schaufensterpuppen angeordnet, ihre Köpfe saßen präzis wie Hüte auf ihren Hälsen. Ich verstand dieses Benehmen, dieses Gefühl für Schicklichkeit. Italien war Kanada ähnlicher, als es auf den ersten Blick schien. Überall dieses Schreien bei geschlossenem Mund.

In diesem war die Mutter die heimliche Geliebte des Verlobten, *fidanzato*, ihrer Tochter. »Ich liebe dich«, sagte sie mit ihrem Gipsgesicht; *Ti amo*. Sie trug ein Negligé. »Verzweifle nicht«, sagte er, ihre Schultern ergreifend. Sie schienen nie etwas zu sagen, was ich wirklich brauchte, wie zum Beispiel: »Was kosten die Tomaten?« Im nächsten Kästchen rutschte der Frau das Negligé von der Schulter.

Ein Schatten beugte sich über mich. Erschrocken sah ich auf: Aber es war nur ein Fremder mit weißen Zähnen und scharf gebügeltem Anzug, rosa-grüne Nylonkrawatte. Ich wußte, daß es für alleinstehende Frauen nicht ratsam war, in Bars herumzusitzen, aber das hier war keine Bar, und es war mitten am Tag. Vielleicht hatte ihn der *fotoromanzo* angezogen. Ich klappte das Heftchen zu, aber er hatte sich bereits an meinem Tisch niedergelassen.

»Scusi, signora.« Er stellte mir eine Frage; ich hatte keine Ahnung, worum es ging. Ich lächelte schwach und sagte, *»Inglese, no parlo Italiano«*, aber sein Grinsen verstärkte

sich nur. In seinen Augen fielen unsere Kleider zu Boden, wir fielen zu Boden, der weiße Tisch mit der Glasplatte kippte um, und überall lag zerbrochenes Glas. Nicht bewegen, Signora, nicht einmal ihre Hand mit dem Ehering; wo ist ihr Mann? Oder sie werden sich schneiden, und es wird eine Menge Blut fließen. Bleiben Sie hier unten bei mir auf dem Boden und lassen Sie meine Zunge über Ihren Bauch wandern.
Ich stand schnell auf, nahm meine Tasche und hievte die Schreibmaschine hoch. Der Mann hinter der Theke grinste, als ich bezahlte. Wie hatte ich das nur zulassen können, ein Mann mit so spitzen Schuhen und einer rosagrünen Nylonkrawatte? Er erinnerte mich an den Gemüsemann vom Markt mit seinen weintraubenfarbenen Augen, wie er die seidigen Pfirsiche liebkoste, die Grapefruits besitzergreifend wie Brüste anfaßte. Meine Hand fuhr durch seine Lammwollhaare, wir stürzten uns auf einer Woge von Pflaumen und Mandarinen in die Arme, Weintrauben wirbelten um uns herum...
Arthur, dachte ich, du solltest meine Postkarte so schnell wie möglich bekommen, oder etwas Bedauerliches wird passieren.

Am späten Nachmittag kam ich wieder in Terremoto an. Ich ging wie jeden Tag zur Post, in der Hoffnung auf eine Nachricht von Sam. Bis jetzt war nichts gekommen. »Louisa Delacourt«, sagte ich wie gewöhnlich, aber diesmal drehte die Frau hinter dem Schalter ihren ganzen Körper wie der Wahrsager aus Wachs in der Kanadischen Nationalausstellung, der einem eine Karte zieht, wenn man ihm ein Zehncentstück gab. Ihre Hand kam mit einem blauen Luftpostbrief durch den Schlitz im Fenster.
Draußen, in sicherer Entfernung vor den Augen der herumlungernden Polizisten, riß ich ihn auf und las das einzige Wort: BETHUNE. Das war unser Codewort für Erfolg.

Hätte es ein Fiasko gegeben, hätte in dem Brief TRUDEAU gestanden. Sam war überzeugt, daß die Polizei seine Post kontrollierte, nicht nur die Post, die er erhielt, sondern auch die, die er abschickte. »Das wird die Schnüffler ausschalten«, sagte er. »Sollten sie mal versuchen, das rauszukriegen.«

Ich knüllte den dünnen, blauen Brief zusammen und stopfte ihn in meine Tasche. Erleichterung durchströmte mich, jetzt war ich wirklich frei; die Untersuchung war einwandfrei gelaufen, man hatte Sams und Marlenes Geschichten geglaubt, ich hatte einen Bootsunfall gehabt. Ich war offiziell tot, obwohl man keine Leiche gefunden hatte.

Charlotte trank mit Mrs. Ryerson, der korpulenten, freundlichen Haushälterin, Tee. Bisher war sie die einzige Person im ganzen Haushalt, der Charlotte trauen konnte. Ein Feuer loderte im Herd und verbreitete Wärme und rosa Lichter. Dennoch fühlte Charlotte sich nicht ganz sicher. Sie überlegte, ob sie Mrs. Ryerson von ihrer zerstörten Garderobe erzählen sollte; sie beschloß, es nicht zu tun, noch nicht... »Mrs. Ryerson«, sagte Charlotte und strich Butter auf ein Brötchen, »was ist der Irrgarten?«

Ein Schatten huschte über Mrs. Ryersons Gesicht. »Welcher Irrgarten, Miß?«

»Tom, der Kutscher, warnte mich, in seine Nähe zu gehen.«

»Und an Ihrer Stelle würde ich es auch nicht tun«, sagte Mrs. Ryerson voller Nachdruck. »Es ist kein guter Ort, dieser Irrgarten, besonders für junge Mädchen.«

»Aber was ist es denn?« fragte Charlotte verwirrt.

»Es ist eines dieser Labyrinthe, Miß, wie sie von den Vorfahren unseres Herrn gepflanzt wurden, Jahrhunderte ist das her, zur Zeit der guten Königin Bess war es, sagt man. Der Herr spricht nicht darüber, seit die erste Lady Redmond spurlos darin verschwand und die zweite auch, am hellichten Tag. Manche sa-

gen, die Elfen tanzen dort und mögen keine Eindringlinge, aber das ist nur Aberglauben. Die erste Lady Redmond meinte das auch und ging hinein, um zu beweisen, daß es harmlos ist, aber sie kam nie mehr heraus. Sie suchten später alles ab, aber nichts wurde gefunden, nichts außer einem ihrer Handschuhe, aus weißem Ziegenleder war er.«

Charlotte war erstaunt. »Sie meinen ... es hat mehr als eine Lady Redmond gegeben?« fragte sie.

Mrs. Ryerson nickte. »Diese hier ist die dritte«, sagte sie. »Die zweite, auch sie ein süßes Mädchen, wurde so neugierig, was der ersten zugestoßen sein mochte, daß sie auch hineinging. Dieses Mal hörte man sie schreien, doch als sie hineingingen – Tom, der Kutscher, und zwei von den Stallknechten – war sie verschwunden. Einfach in Luft aufgelöst, wie man so sagt. Es ist ganz zugewachsen, müssen Sie wissen, Miß.«

Unwillkürlich erschauerte Charlotte. »Aber ... Das ist ungewöhnlich«, murmelte sie. Sie spürte den heftigen Wunsch, den Irrgarten zu besuchen, ihn anzusehen, wenn auch nur von außen. Sie glaubte nicht an übernatürliche Kräfte. »Was ist ... mit der jetzigen Lady Redmond?« fragte sie.

»Sie geht nicht in die Nähe, soviel ich weiß«, erwiderte Mrs. Ryerson. »Manche sagen, weil das Labyrinth keinen Mittelpunkt hat, deswegen verirren sie sich, sie gehen hinein und finden den Weg nicht mehr hinaus. Manche sagen, die erste Lady Redmond und die zweite sind immer noch da drinnen und irren im Kreis herum.« Mrs. Ryerson blickte über ihre Schulter, trotz der Wärme im Raum zog sie ihren Schal enger um sich.

Charlotte beendete ihr Brötchen und leckte sich sorgfältig die Finger ab. »Aber das ist doch lächerlich«, sagte sie. »Wer hat je von einem Irrgarten ohne Mittelpunkt gehört?« Doch voller Unbehagen dachte sie an die Ereignisse der vergangenen Nacht ... Sie war in ihrem Schlafzimmer gewesen und hatte ein Geräusch gehört ... ein Geräusch, das von draußen kam, unten von der Terrasse ... das Geräusch von Schritten ... und dann, und da täuschte sie sich ganz bestimmt nicht, wie jemand ihren

Namen rief. Wellen eisiger Furcht stiegen zitternd in ihr auf. Sie erhob sich und ging zum Fenster. Dort unter ihr, deutlich sichtbar im fahlen Licht des Mondes, der eben hinter einem Wolkenfetzen aufgetaucht war, stand eine Gestalt... eine in einen dunklen Umhang gehüllte Gestalt.
Während Charlotte hinunterstarrte, wandte die Gestalt sich um und schritt gemessen von dannen. Wer versuchte sie da zu narren? Ärger vertrieb ihre Furcht, und Neugier: Sie würde der Sache auf den Grund gehen. Hastig eilte sie die Hintertreppe hinunter, die, wie sie wußte, zu einer Seitentür zur Terrasse führte.
Sie kam gerade noch rechtzeitig, um zu sehen, wie die Gestalt in ein gähnendes Portal am Ende des Terrassenweges tauchte. Rasch folgte Charlotte, eine Steintreppenflucht hinuntereilend. Vor ihr lag der Rasen mit seinen strengen elisabethanischen Blumenbeeten und dahinter... der Eingang zum Irrgarten. Die Gestalt im Umhang stürmte in den Eingang und verschwand; von irgendwo ertönte leises Lachen.
Charlotte stand bewegungslos... Plötzlich hatte sie Angst. Sie fühlte sich von dem Irrgarten magisch angezogen, unwiderstehlich, gegen ihren Willen, und doch wußte sie, falls sie hineinginge, dann würde ihr etwas Schreckliches zustoßen.
Eine Hand auf ihrem Arm ließ sie zusammenschrecken und schreien; sie blickte in das dunkle, rätselhafte Gesicht Redmonds.
»Ein bißchen spät für einen Spaziergang, nicht wahr?« sagte er spöttisch. »Oder vielleicht beabsichtigen Sie... jemanden zu treffen? Sie scheinen für eine solche Gelegenheit gekleidet.«
Charlotte lief blutrot an. Sie bemerkte, daß sie nur ihr Nachthemd trug; darunter hoben und senkten sich ihre schneeweißen Brüste voller Erregung.
»Ich... ich muß schlafgewandelt sein«, sagte sie in tiefer Verwirrung. »Ich kann mich nicht erinnern, das je zuvor getan zu haben.«
»Eine gefährliche Angewohnheit«, bemerkte Redmond, den

Griff um ihren Arm verstärkend – denn sie hatte versucht, sich loszumachen –, »und für gefährliche Angewohnheiten muß man bezahlen.« Sein Gesicht näherte sich dem ihren; seine Augen glühten im Licht des zunehmenden Mondes. »Und jetzt ...«

Ich hatte am Tisch getippt, mit geschlossenen Augen; aber als ich eine Pause einlegte, um zu überlegen, wie Charlotte diesmal davonkommen sollte (es lagen keine Bücher herum, kein Kandelaber, kein Schürhaken vom Kamin, womit sie ihn über den Kopf schlagen konnte; vielleicht mal kurz das Knie in den Unterleib? Aber so etwas kam in meinen Büchern nicht in Frage; blieb nur die Möglichkeit des Eingreifens einer dritten Person), hörte ich ein Geräusch.

Draußen war jemand auf dem Pfad. Ich hörte schleichende, sich nähernde Schritte. Ein Schuh rutschte auf dem Kies aus. Die Schritte verhielten.

»Arthur?« sagte ich kleinlaut. Aber es war nicht Arthur, so schnell konnte er nicht gekommen sein. Ich wollte schreien, ins Badezimmer rennen und die Tür verriegeln, ich konnte mich durch das schmale Fenster quetschen und den Hügel hinauf zu meinem Auto laufen; wo hatte ich die Schlüssel hingelegt? Gesichter formten sich in meinem Kopf und lösten sich wieder auf... Was wollten sie?

Mir wurde klar, wie sichtbar ich sein mußte, von hinten beleuchtet, vor dem Fenster stehend. Ich erstarrte, lauschte, dann knipste ich das Licht aus und verkroch mich hinter dem Tisch. War es Mr. Vitroni, der aus irgendeinem zweifelhaften Grund mitten in der Nacht zurückgekommen war? War es ein Fremder, irgend jemand, ein Mann, der gehört hatte, daß ich allein lebte? Ich konnte mich nicht erinnern, ob ich die Tür abgeschlossen hatte oder nicht.

Lange Zeit kauerte ich so hinter dem Tisch und lauschte auf ein Geräusch, auf sich nähernde Schritte, auf sich ent-

fernende Schritte. Ich konnte Insekten hören, ein fernes Winseln, ein Auto, das sich den Hügel hinauf zum Marktplatz schlängelte... sonst nichts.
Schließlich stand ich auf und sah vom Vorderfenster auf den Balkon hinaus, dann aus dem Küchenfenster und danach aus dem Badezimmerfenster. Nichts und niemand.
Das sind die Nerven, sagte ich mir. Ich mußte ein Auge darauf haben. Ich stieg ins Bett und nahm den *fotoromanzo* mit, um mich zu beruhigen. Ich konnte fast alles ohne Wörterbuch lesen, denn die meisten Wörter und Sätze kannte ich schon. *Ich habe keine Angst vor dir. Ich traue dir nicht. Du weißt, daß ich dich liebe. Du mußt mir die Wahrheit sagen. Er sah so merkwürdig aus. Stimmt etwas nicht? Unsere Liebe ist verboten. Ich will dein sein für immer. Ich habe Angst.*

Vierter Teil

19

»Aha«, rief Felicia, sich zwischen sie werfend. »So vergnügst du dich also, sobald ich dir den Rücken kehre. Wirklich, Redmond, ich wünschte, du würdest etwas mehr Rücksicht üben.« Sie trug einen dunklen Umhang, locker über ein prächtiges Seidenkostüm in flammendem Orange mit blauem Samtbesatz geworfen. Augenblicklich war Charlotte überzeugt, daß Felicia es gewesen war, die ihren Namen gerufen hatte, die sie im Nachthemd aus dem Haus gelockte hatte. Es war Felicia, die mit Blut HÜTE DICH *quer über ihren blinden, verzerrenden Schlafzimmerspiegel geschrieben hatte ... Vielleicht gab es eine Verschwörung zwischen den beiden. Aber Felicia schien es ernst zu meinen, und ihre Überraschung schien echt zu sein. Charlottes Überzeugung geriet ins Wanken, als sie den Streit zwischen den beiden beobachtete.*

»Zuerst war es das Zimmermädchen von oben«, tobte Felicia. »Dann das Mädchen, das die ledergebundenen Bücher in der Bibliothek restaurieren sollte. Wenn du dich schon so benehmen mußt, könntest du etwas mehr Geschmack zeigen. Hab' nächstesmal die Güte, dir jemanden aus unserer eigenen Schicht auszusuchen.«

»Wessen beschuldigt Ihr mich, Madam?« grollte Redmond. Gegen ihren Willen empfand Charlotte eine Woge der Sympathie für ihn. Bestimmt benahm er sich nur wegen seiner unglücklichen Ehe so; würde er ehrlich geliebt, selbstlos und rein, statt mit Felicias eifersüchtiger Besitzgier, dann wäre er bestimmt ein ganz anderer Mann. Doch schnell unterdrückte sie diesen Gedanken.

»Daß du dein schamloses Verhalten fortsetzt mit dieser ...«
»Darf ich fragen, was Euch selbst zu dieser Nachtzeit hierhertreibt?« fragte Redmond. Seine Stimme war ein bedrohliches Schnurren.
Bevor Felicia antworten konnte, kam Charlotte ihr eigener Zorn zu Hilfe. »Ich weigere mich, noch länger zu bleiben. Sie können mir glauben oder nicht, Sie beide, ganz wie es Ihnen beliebt.« Sie wandte sich um und lief zurück ins Haus, die Tränen unterdrückend, die, in der Sicherheit ihres Zimmers angekommen, sofort ungebeten, aber reichlich fließen würden. Sie fühlte sich beleidigt und gedemütigt. Hinter ihr ertönte Felicias Lachen, und vielleicht lachte Redmond ebenfalls. Sie haßte alle beide.
Als sie über die Terrasse lief, kippte eine schwere Steinvase eines der Ornamente des darüberliegenden Balkons nach vorn und zersplitterte neben ihr auf der Balustrade in tausend Stücke, sie nur um Millimeter verfehlend. Charlotte unterdrückte einen Schrei; sie blickte nach oben in die Dunkelheit. Es gab keinen Zweifel mehr, ein Schatten in einem schwarzen Mantel war zurückgezuckt, sie hatte ihn gesehen, jemand versuchte, sie umzubringen ...

Ich hatte die Schreibmaschine auf den Tisch gestellt. Sie funktionierte einwandfrei, nur gab es im italienischen Alphabet kein K: ich ersetzte es durch X. Und die Anordnung der Tasten war anders, was bedeutete, daß ich hinsehen mußte. Es war verwirrend, wie ein merkwürdiger Code vom Mars. Ich begann die Ks nachträglich mit der Hand einzutragen, nachdem ich überlegt hatte, was ›xann‹ bedeutete. Ich starrte auf das Wort ... eine aztekische Eidechse, eine römische Ziffer?
Arthur hätte es gewußt. Er war gut in Kreuzworträtseln. Aber Arthur war nicht da.
Arthur, dachte ich, während sich meine Augen mit Tränen füllten, wo bist du? Warum kommst du nicht und

holst mich? Jeden Moment konnte er vor der Tür stehen, unerwartet. Er hatte es schon einmal getan.
Er war nachts angekommen, mitten in einem Unwetter. Die Vermieterin klopfte an meine Zimmertür. »Miß Delacourt«, sagte sie, »es ist zehn Uhr. Sie wissen, daß Sie nach sieben keine Besucher mehr empfangen dürfen.« Ich lag im Bett und starrte die Decke an.
»Ich hab' keine Besucher hier«, sagte ich und machte die Tür auf, um es ihr zu beweisen. Ich hatte nie Besucher.
»Unten steht einer«, sagte sie. »Ich habe ihm erklärt, er könnte nicht hereinkommen. Sein Name ist Arthur Soundso«, sagte sie und schlurfte in ihrem Kimono durch den Flur davon.
Ich raste die Treppen hinunter, mich am Geländer festhaltend. Arthur konnte es nicht sein, ich hatte ihn aufgegeben. Sein letzter Brief trug das Datum 8. September; jetzt war November. Aber wenn es durch igendein Wunder tatsächlich Arthur sein sollte und die Vermieterin ihn weggeschickt hatte... Ich riß die Haustür auf, bereit, in meinem Plüschbademantel hinter ihm her die Straße hinunter zu galoppieren. Er machte gerade kehrt, um die Treppen hinunterzugehen.
»Arthur«, schrie ich und warf ihm von hinten die Arme um den Hals. Er trug einen gelben Plastikregenmantel mit bis über die Ohren hochgestelltem Kragen; sein Kopf war kalt und tropfnaß. Wir schwankten an der obersten Treppenkante; dann ließ ich ihn los, und er wandte sich um.
»Wo zum Teufel hast du gesteckt?« sagte er.
Ich konnte ihn nicht hereinbitten, weil die Vermieterin oben hinter der Flurecke lauerte, also holte ich meinen Regenmantel und meine Gummistiefel und ging mit ihm in die Nacht hinaus. In einem Nachtimbiß mit Hamburgers und ähnlichem tranken wir einen Instantkaffee und entwirrten die Vergangenheit.
»Warum hast du nicht geschrieben?« sagte ich.

»Habe ich ja, aber die Briefe kamen zurück.« Er hatte sie an die Adresse meines Vaters geschickt, der natürlich nicht mehr dort wohnte.
»Aber ich hab' dir doch meine neue Adresse geschrieben«, sagte ich. »Sofort nachdem ich umgezogen war. Hast du sie nicht bekommen?«
»Ich bin schon seit Mitte September wieder hier«, sagte er. »Slocum sollte mir meine Post nachschicken, aber erst heute habe ich welche bekommen.«
Wie ungerecht es von mir gewesen war, an ihm zu zweifeln. Ich war überglücklich, ihn zu sehen, ich wollte sofort irgendwo hingehen und feiern und dann mit ihm ins Bett hüpfen. »Es ist wunderbar, daß du wieder da bist«, sagte ich.
Arthur hielt es nicht für so wunderbar. Er war ziemlich deprimiert und sah auch danach aus: Alles an ihm war nach unten gezogen. Augen, Mund, Schultern. »Was ist los?« fragte ich, und er erzählte es mir lang und breit.
Die Bewegung war auseinandergebrochen. Er ließ ein paar dunkle Andeutungen fallen, aber ich bekam nie heraus, ob sie durch Kräfte von außen zerschlagen, infiltriert oder von innen heraus zerstört worden war oder ob sie sich durch einen allgemeinen Mangel an Moral oder Streitigkeiten unter den Mitgliedern aufgelöst hatte. Aus welchem Grund auch immer, etwas, woran er geglaubt und wofür er gearbeitet hatte, war gescheitert, und dieses Scheitern hatte ihn in einen Zustand existentieller Schwermut versetzt. Eine Zeitlang war er völlig apathisch gewesen und hatte schließlich aus lauter Verzweiflung Geld von seinen Eltern angenommen – ich sah doch wohl ein, wie schlimm die Dinge gestanden hatten – und war an die Universität von Toronto zurückgegangen. Er sollte eine Arbeit über Kant schreiben.
Also war es nicht nur die reine Sehnsucht nach mir gewesen, die ihn über den Ozean gebracht hatte. Es war Träg-

heit und das Fehlen einer sinnvollen Aufgabe. Mir war das ziemlich egal, solange er da war, und immerhin hatte er sich viel Mühe gemacht, mich zu finden. Er war mindestens drei Häuserblocks weit im Regen gelaufen: ein Zeichen von Zuneigung oder so etwas.

Den Rest des Abends und viele der folgenden Abende verbrachten wir damit zu diskutieren, ob es moralisch von ihm war oder nicht, in Toronto zu bleiben und sein Studium mit Geld zu finanzieren, das er für schmutzig hielt. »Aber es ist doch für einen guten Zweck«, pflegte ich zu sagen. Mir war es egal, ob es moralisch war oder nicht: Ich wollte ihn bei mir haben, und die Alternative, die er vorschlug, war eine Reise ins nördliche British-Kolumbien, um dort in einer Asbestmine zu arbeiten. »Es ist für keinen guten Zweck«, antwortete er düster. »Zu was ist Kant überhaupt gut? Nichts als abstrakte Scheiße...« Aber ihm fehlte die Willenskraft, Schluß zu machen.

Den ganzen Winter über widmete ich mich der Aufgabe, Arthur aufzuheitern. Ich nahm ihn mit ins Kino, lauschte seinen Klagen über die Universität, tippte seine Arbeiten einschließlich der Fußnoten für ihn ab. Wir aßen Hamburgers bei Harvey's Hamburgers, machten Spaziergänge im Queen's Park und unternahmen Spritztouren zum Riverdale Zoo, ungefähr die einzigen Vergnügungen, die wir uns außer dem Kino leisten konnten. Wenn es möglich war, schliefen wir miteinander. Arthur wohnte im Studentenheim, und so etwas wurde nur toleriert, wenn man es verstohlen tat; meine Vermieterin dagegen tolerierte gar nichts, ganz gleich, wie verstohlen es geschah.

In diesen Nächten wachte ich manchmal auf und fand Arthur an mich geklammert, als wäre das Bett ein Ozean voller Haie und ich ein großes Gummifloß. Im Schlaf war er verzweifelt, er redete manchmal mit Leuten, die nicht da waren, und knirschte mit den Zähnen. Im Wachzu-

stand war er apathisch und schweigsam oder auf eine kalte Art dialektisch. Ohne seinen politischen Enthusiasmus war er ganz anders als in England. Er gestattete mir, manches für ihn zu tun, aber er blieb unbeteiligt.
Das alles störte mich nicht sehr. Seine Zurückhaltung war sogar ein gewisser Anreiz, wie ein symbolischer Umhang. Helden hatten nun einsam und zurückhaltend zu sein. Seine Gleichgültigkeit war vorgetäuscht, sagte ich mir. Jeden Augenblick konnten seine verborgenen Tiefen jetzt an der Oberfläche auftauchen; er würde leidenschaftlich werden und seine langgehegten Gefühle gestehen. Ich würde meine gestehen, und wir wären glücklich. (Später entschied ich, daß seine damalige Gleichgültigkeit wahrscheinlich überhaupt nicht vorgetäuscht war. Weiter entschied ich, daß man leidenschaftliche Enthüllungsszenen am besten vermied und daß verborgene Tiefen auch verborgen bleiben sollten; Fassaden waren mindestens genauso wahr.)

Im Frühling hielt Arthur um meine Hand an. Wir saßen auf einer Bank im Queen's Park, aßen Hamburgers zum Mitnehmen und tranken Milch-Shakes.
»Ich hab' eine gute Idee«, sagte Arthur. »Warum heiraten wir nicht?«
Ich sagte nichts. Mir fiel kein Grund ein, warum wir es nicht tun sollten. Arthur aber, und er machte sich sofort daran, die Gründe zu analysieren: Keiner von uns hatte viel Geld, wir waren wahrscheinlich noch zu jung und noch nicht abgeklärt genug, um so eine ernsthafte Bindung einzugehen, wir kannten einander nicht gut genug. Aber zu all diesen Einwänden hatte er eine Antwort. Er hätte eine Menge darüber nachgedacht, sagte er. Die Ehe selbst würde uns abklären, und durch sie würden wir uns auch besser kennenlernen. Sollte es nicht funktionieren, so wären wir um eine Erfahrung reicher. Und das Wich-

tigste war, daß wir gemeinsam viel billiger leben konnten als getrennt. Er würde aus dem Studentenheim ausziehen, und wir würden uns zusammen ein größeres Zimmer nehmen, als ich es hatte, oder vielleicht sogar eine kleine Wohnung. Natürlich würde ich meinen Job behalten; auf diese Weise brauchte er von seinen Eltern nicht soviel Geld anzunehmen. Er dachte daran, zur Politikwissenschaft überzuwechseln, was noch ein paar Semester mehr bedeutete, und er war nicht sicher, ob seine Eltern ihn die ganze Zeit unterstützen würden.
Ich kaute den Rest meines Hamburgers und schluckte ihn gedankenvoll herunter; dann schlürfte ich meinen restlichen Milch-Shake. Jetzt oder nie galt es, Mut aufzubringen, dachte ich. Ich sehnte mich danach, Arthur zu heiraten, aber ich konnte es erst, wenn er die ganze Wahrheit über mich wußte und mich so akzeptierte, wie ich wirklich war, in Vergangenheit und Gegenwart. Er mußte erfahren, daß ich ihn angelogen hatte, daß ich nie die Claque angeführt hatte, daß ich selbst die dicke Dame auf dem Foto war. Ich mußte ihm auch sagen, daß ich meinen Job als Perückenverkäuferin schon vor ein paar Monaten aufgegeben hatte und im Moment gerade *Verachtete Liebe* beendete und von dem Verdienst mindestens die nächsten sechs Monate leben wollte.
»Arthur«, sagte ich, »Heiraten ist eine ernste Angelegenheit. Es gibt ein paar Dinge, die du vorher von mir wissen solltest.« Meine Stimme bebte: Er würde entsetzt sein, er würde mich unmoralisch finden, er würde angewidert sein, er würde mich verlassen...
»Wenn du meinst, daß du mit einem anderen Mann zusammengelebt hast, als wir uns kennenlernten«, sagte er, »das weiß ich längst. Das stört mich überhaupt nicht.«
»Wie hast du es herausgefunden?« fragte ich. Ich dachte, ich wäre so vorsichtig gewesen.
»Du hast doch nicht etwa erwartet, ich würde die Ge-

schichte von deiner dicken Zimmergenossin glauben«, sagte er nachsichtig. Er legte den Arm um mich. »Slocum ist dir bis nach Hause gefolgt«, sagte er. »Ich habe ihn darum gebeten.«
»Arthur«, sagte ich. »Du hinterlistiger alter Spion.« Ich war entzückt, daß er eifersüchtig oder neugierig genug gewesen war, um das zu tun; außerdem merkte ich, daß er es genoß, meinen Schwindel durchschaut zu haben. Aber wie verärgert würde er sein, wenn er entdeckte, daß er nur den allerersten Schleier gelüftet hatte.
Ich beschloß, meine Enthüllungen auf einen späteren Zeitpunkt zu vertagen.
Das einzige Problem bei der Hochzeit selbst war, daß Arthur sich weigerte, in der Kirche getraut zu werden, weil er Religion ablehnte. Er weigerte sich auch, standesamtlich zu heiraten, weil er die gegenwärtige Regierung ablehnte. Als ich protestierend einwandte, daß das die einzigen Möglichkeiten wären, meinte er, es müßte auch noch einen anderen Weg geben. Ich sah im telefonischen Branchenverzeichnis nach, unter ›Brautsachen‹ und ›Trauungen‹, aber da ging es nur um Brautkleider und Kuchen. Dann suchte ich unter ›Kirchen‹. Es gab da eine Abteilung, die sich ›Interkonfessionelle Sekten‹ nannte.
»Geht das?« sagte ich. »Wenn die kreuz und quer alle miteinander verheiraten, dann können sie wohl keine sehr strengen religiösen Überzeugungen haben.« Ich überredete ihn, und er rief den ersten Namen auf der Liste an, einen Reverend E. P. Revele.
»Alles geregelt«, erklärte er, als er aus der Telefonzelle herauskam. »Er sagt, wir könnten es bei ihm zu Hause machen, er stellt die Zeugen, und es dauert nur zehn Minuten. Er sagt, sie machen da gern eine kleine Zeremonie, nichts Religiöses.«
Mir gefiel es. Ich war froh, nicht auch noch um eine

Zeremonie zu kommen; ohne eine hätte ich mich nicht richtig verheiratet gefühlt. »Was hast du gesagt?«

»Bestens, wenn er es kurz macht.«

Arthur erzählte mir noch, daß es nur fünfzehn Dollar kostete; ein Glück für uns, da wir nicht viel Geld hatten. Ich war hin- und hergerissen. Einerseits wollte ich Arthur bitten, die Hochzeit zu verschieben – mir würde schon eine Ausrede einfallen, aber in Wirklichkeit wollte ich *Verachtete Liebe* fertig schreiben und mir von dem Geld ein hübsches Brautkleid kaufen –, andererseits wollte ich am liebsten auf der Stelle zu den Interkonfessionellen Sektierern rasen, bevor Arthur die Wahrheit herausfand. Die Angst siegte über die Eitelkeit, und so kaufte ich in Eatons Billigecke ein weißes Baumwollkleid mit Nylon-Gänseblümchen. Es würde ein bißchen enttäuschend werden, aber ich konnte den Gedanken an eine billige Baumwollhochzeit bei weitem leichter ertragen als den Gedanken an überhaupt keine Hochzeit. Ich zitterte vor Angst, in letzter Minute als Schwindlerin, Lügnerin und Betrügerin entlarvt zu werden. Unter dem Streß fing ich an, zusätzliche Portionen von englischem Teegebäck mit Butter, Honigbroten, Eisbechern, Krapfen und allerlei Plätzchen von Kresge's zu essen. Obwohl Arthur diese Zügellosigkeit nicht mitbekam, nahm ich zu; das einzige, was mich davor bewahrte, aufzugehen wie eine Wasserleiche, war das Hochzeitsdatum selbst; trotzdem hatte ich bis dahin schon dreizehn Pfund zugenommen. Mit Mühe und Not bekam ich meinen Reißverschluß zu.

Niemand, den wir kannten, kam zu unserer Hochzeit, aus dem einfachen Grund, weil wir niemand kannten. Arthurs Eltern kamen nicht in Frage: Arthur hatte ihnen in einem aggressiv-offenen Brief geschrieben, daß wir seit einem Jahr miteinander schliefen und daß sie nicht glauben sollten, unsere Heirat wäre eine Kapitulation vor den Konventionen. Sie taten uns natürlich beide in Acht und

Bann und stellten die finanzielle Unterstützung ein. Ich dachte daran, meinen Vater einzuladen, aber er würde vielleicht mehr von meiner Vergangenheit enthüllen, als ich Arthur wissen lassen wollte. Ich schickte ihm hinterher eine Postkarte, und er schickte mir ein Waffeleisen. Arthur mochte keinen von den Philosophiestudenten, und ich hatte mich mit keiner meiner Perückenvorführkolleginnen angefreundet, also würden wir nicht einmal Hochzeitsgeschenke bekommen. Ich ging los und kaufte mir einen Suppentopf, ein Paar Topflappen und spontan ein Werkzeug zum Entkernen von Kirschen und Oliven, um mich mehr wie eine Braut zu fühlen.

Als der Tag gekommen war, holte Arthur mich ab, und wir fuhren gemeinsam mit der U-Bahn nach Norden. Wir saßen auf den Kunstledersitzen und beobachteten, wie die pastellfarbenen Fliesen vorbeiflogen; wir hielten Händchen. Arthur wirkte sorgenvoll. Er hatte abgenommen und war mager wie ein Sargnagel; unsere Spiegelbilder im U-Bahn-Fenster hatten tiefe Ringe unter den Augen. Mir war nicht klar, wie er es schaffen wollte, mich über die Türschwelle zu tragen. Wir hatten nicht einmal eine Türschwelle: Bis jetzt hatten wir noch kein Apartment gemietet, weil ich für mein Zimmer die Miete für zwei Wochen im voraus bezahlt hatte und Arthur meinte, es gäbe keinen Grund, Geld zu verschwenden.

Wir stiegen aus der U-Bahn in einen Bus um. Erst nachdem er losgefahren war, registrierte ich den Namen vorn auf dem Schild. »Wo wohnt dieser Mann, hast du gesagt?« fragte ich. Arthur reichte mir ein Stück Papier, auf das er die Adresse gekritzelt hatte, und sagte es mir noch mal. Es war in Braeside Park.

Ich fing an zu schwitzen. Der Bus fuhr an der Haltestelle vorbei, an der ich früher immer ausgestiegen war; in einer Seitenstraße kam das Haus meiner Mutter kurz in Sicht. Mein Gesicht muß weiß gewesen sein, denn als Arthur mich ansah, drückte er mir, um mich zu beruhigen oder zur Beruhigung, die Hand, und sagte: »Bist du in Ordnung?«

»Bloß ein bißchen nervös, glaube ich«, sagte ich mit gakkerndem Lachen.

Wir stiegen aus dem Bus und gingen den Bürgersteig entlang, in das feuchte Zentrum des oberen Braeside Park, vorbei an den sauberen, gutbürgerlichen, heimgesuchten Häusern im falschen Tudorstil meiner fettsüchtigen Jugend. Mein Entsetzen wuchs. Sicherlich würde der Prediger jemand sein, den ich kannte, mit dessen Tochter ich zur Schule gegangen war, jemand, der mich trotz meiner veränderten Figur erkennen würde. Er würde sich nicht beherrschen können, er würde meine Wandlung bestaunen und humorvolle Geschichten über meinen früheren Umfang und mein Gewicht erzählen, und Arthur würde merken – ausgerechnet an unserem Hochzeitstag! –, wie sehr ich ihn betrogen hatte. Er wüßte dann, daß ich nicht mit einem Basketballspieler gegangen war oder Dritte bei den Regenbogenspielen im Königinnenwettbewerb des Abschlußballs geworden war. Schwer und matt hingen die grünen Blätter an den Ahornbäumen, die Luft war feucht wie Suppe, aufgetankt mit Abgasen, die von der nahe gelegenen Schnellstraße herübergetrieben kamen. Feuchtigkeit perlte auf unseren Oberlippen; unter den Achseln spürte ich die Schweißtropfen, die die Reinheit meines weißen Kleides befleckten.

»Ich glaube, ich habe einen Sonnenstich«, sagte ich und lehnte mich gegen ihn.

»Aber du warst doch gar nicht in der Sonne«, sagte Arthur vernünftig. »Da ist das Haus, gleich da oben, wir gehen hinein und du bekommst einen Schluck Wasser.« In gewisser Weise war er erfreut, daß es mir so schlecht ging; dadurch wurde sein eigenes Elend vertuscht.

Arthur half mir die Zementstufen zur Nummer 52 hinauf

und klingelte. Auf einem kleinen Schild an der Tür stand in reichverzierten Buchstaben ›Paradise Manor‹; ich las es verständnislos. Ich versuchte mich zu entscheiden, ob ich in Ohnmacht fallen sollte oder nicht. Dann konnte ich mir, selbst wenn es zu einer Enthüllung kommen sollte, immer noch einen würdigen Abgang verschaffen – in einem Krankenwagen. Auf der Aluminiumtür war die Silhouette eines Flamingos.

Die Tür wurde von einer winzigen alten Frau mit rosa Handschuhen, hochhackigen rosa Schuhen, einem rosa Seidenkleid und einem rosa Hut, dekoriert mit blauen Stoffnelken und Vergißmeinnicht, geöffnet. Ein runder Fleck Rouge befand sich auf jeder ihrer Wangen, und ihre Augenbrauen waren zwei dünne, Überraschung ausdrückende Bleistiftbögen.

»Wir suchen den Reverend E. P. Revele«, sagte Arthur.

»Oh, was für ein entzückendes Kleid«, zirpte die alte Dame. »Ich liebe Hochzeiten; ich bin die Zeugin, wissen Sie, mein Name ist Mrs. Symons. Sie holen mich immer als Trauzeugin. Hier kommt die Braut«, rief sie ins Haus.

Wir gingen hinein. Ich erholte mich wieder; bestimmt war hier niemand, den ich kannte. Dankbar atmete ich den Geruch von Polstermöbeln und warmer Möbelpolitur ein.

»Der Reverend führt die Zeremonien im Wohnzimmer durch«, sagte Mrs. Symons. »Es ist so eine wunderbare Zeremonie, ich bin sicher, Sie werden es mögen.« Wir folgten ihr und fanden uns in einer Grotte wieder.

Es war das typische Braeside-Wohnzimmer, die ärmlichere Ausführung mit dem angrenzenden Eßzimmer, das zur Küche überging; an den Wänden hingen jedoch nicht die üblichen besänftigenden Landschaften (Bach im Winter, Landstraße im Herbst), sondern mehrere Pfauenfedernfächer, ein paar gerahmte Stickereien, das Bild einer

Ballettänzerin, von hinten beleuchtet und mit getrockneten Blättern bekränzt, ein Gemälde von einer freundlich lächelnden nordamerikanischen Indianerfrau, eine Muscheleinlegearbeit – Blumen in einer Vase, jede Blüte aus einer anderen Muschelsorte – und eine Anzahl verblassender, ebenfalls gerahmter Fotografien mit Unterschriften quer über den unteren Rand. Das Polstersofa und die dazu passenden Sessel waren aus pflaumenblauem Samt; zu jedem Sessel gehörte die entsprechende Fußbank; das alles wurde von vielfarbigen, aus Wolle gehäkelten Deckchen erstickt. Der Kaminsims war mit Gegenständen überladen: kleinen Buddhas, indischen Göttern, einem Porzellanhund, verschiedenen Zigarettenetuis aus Messing und einer ausgestopften Eule unter einem Glassturz.

»Hier kommt der Reverend«, flüsterte Mrs. Symons aufgeregt. Hinter uns ertönte ein Schlurfen. Ich drehte mich um und plumpste in den pflaumenblauen Sessel; denn vor mir im Türrahmen, in ihrer langen weißen Robe mit dem purpurnen Lesezeichen, nun auf einen Stock mit silbernem Knauf gestützt und von einem Hauch Scotch-Whisky umgeben, stand Leda Sprott.

Sie sah mir gerade ins Gesicht, und mir war klar, daß sie genau wußte, wer ich war. Ich stöhnte und schloß die Augen.

»Hochzeitsnervosität«, schrillte Mrs. Symons. Sie griff nach meiner Hand und fing an, das Gelenk zu reiben. »Während meiner eigenen Hochzeit bin ich dreimal in Ohnmacht gefallen. Holt das Riechsalz.«

»Es geht schon wieder«, sagte ich und schlug die Augen auf. Leda Sprott hatte nichts gesagt: Vielleicht würde sie mein Geheimnis bewahren.

»Geht es wieder?« sagte Arthur zu mir. Ich nickte. »Wir suchen einen Geistlichen namens E. P. Revele«, sagte er zu Leda Sprott.

»Ich bin E. P. Revele«, sagte sie. »Eunice P. Revele.« Sie

lächelte, als wäre sie es gewohnt, auf Unglauben zu stoßen.
»Sind Sie befugt?« fragte Arthur.
»Selbstverständlich«, sagte Leda. Sie deutete auf ein amtlich aussehendes gerahmtes Zertifikat an der Wand. »Man würde mich keine Trauungen durchführen lassen, wenn ich es nicht wäre. Nun, wie möchten Sie es haben? Ich bin auf gemischte Heiraten spezialisiert. Sie können wählen zwischen Jüdisch, Hindu, Katholisch, Protestantisch auf fünf verschiedene Arten, Buddhistisch, Christian Scientist, Agnostisch, Höchstes Wesen, jede Kombination von diesen oder meine eigene Spezialität.«
»Vielleicht sollten wir die Spezialität probieren«, sagte ich zu Arthur. Ich wollte es so schnell wie möglich hinter mich bringen, damit ich verschwinden konnte.
»Ich selbst ziehe diese Zeremonie allen anderen vor«, sagte Leda. »Aber zuerst das Bild.« Sie ging ins Vestibül, wo sie »Harry« rief. Ich nutzte die Gelegenheit, um mir das Zertifikat anzusehen. Tatsächlich, da stand »Eunice P. Revele«. Ich war verwirrt. Entweder war sie die echte Leda Sprott, dann wäre die Zeremonie ungültig, oder sie war die echte Eunice P. Revele; warum hatte sie dann in der Jordan-Kapelle einen anderen Namen benutzt? Andererseits, so überlegte ich, waren Männer, die ihren Namen wechselten, sehr wahrscheinlich Sträflinge, Kriminelle, Untergrundagenten oder Magier, während Frauen, die ihren Namen wechselten, wahrscheinlich nur geheiratet hatten. Neben dem Zertifikat hing ein Foto von Leda, viel jünger, händeschüttelnd mit Makkenzie King. Ich bemerkte, daß es signiert war.
Mrs. Symons versuchte, Arthur einen Kranz Plastikblumen um den Hals zu winden, ohne Erfolg. Mir legte sie allerdings einen um, und ein Mann im grauen Anzug kam mit einer Polaroidkamera herein. Es war Mr. Stewart, das zu Besuch weilende Medium. »Lächeln«, sagte

er und blinzelte durch den Sucher. Er selbst lächelte breit.
»Hören Sie«, sagte Arthur, »das ist nicht...« Aber da kam schon der Blitz, und Mrs. Symons zerrte meinen Kranz herunter.
»Wenn der Gong ertönt, nehmen Sie Haltung an«, sagte Mrs. Symons. Sie war sehr aufgeregt. »Sie sehen entzükkend aus, Liebste.«
»Am Telefon hörte es sich gut an«, sagte Arthur mit leiser Stimme zu mir.
»Mit wem hast du gesprochen?« fragte ich. »Du hast gesagt, es wäre ein Mann.«
»Ich dachte, es wäre einer«, sagte Arthur.
Der Gong ertönte, und Leda schritt herein, in einer anderen Robe, einer purpurnen mit rotem Samtbesatz. Ich erkannte die Überreste von Vorhängen und Kanzel der Jordan-Kapelle: die Zeiten waren anscheinend hart. Mit Mr. Stewarts Hilfe erklomm sie die Fußbank, die vor dem Kamin stand.
»Arthur Edward Foster«, deklamierte sie. »Joan Elizabeth Delacourt. Tretet näher.« Sie bekam einen Hustenanfall, als wir uns Hand in Hand näherten.
»Kniet nieder«, sagte sie und streckte ihre Arme vor, als wollte sie mit einem Hechtsprung von der Fußbank tauchen. Wir knieten nieder. »Nein, nein«, sagte sie gereizt, »jeder auf einer Seite. Wie kann ich Sie vereinigen, wenn Sie bereits vereinigt sind?« Wir standen auf, knieten wieder hin, und Leda legte jedem von uns eine leicht zitternde Hand auf den Kopf.
»Um das wahre Glück zu erringen«, sagte sie, »müßt ihr euch dem Leben mit Ergebenheit nähern. Ergebenheit dem Leben gegenüber, den geliebten Menschen gegenüber, die noch unter uns weilen, und jenen, die nicht mehr unter uns weilen. Denkt daran, daß alles, was wir tun und was unsere Herzen bewegt, beobachtet und aufgeschrie-

ben und eines Tages ans Licht kommen wird. Meidet Betrug und Falschheit: Behandelt eure Leben wie ein Tagebuch, das ihr schreibt und von dem ihr wißt, daß der geliebte Mensch es eines Tages lesen wird, wenn nicht hier, dann auf der anderen Seite, wo alle letztgültigen Aussöhnungen stattfinden. Und vor allem anderen solltet ihr euch lieben für das, was ihr seid, und einander das vergeben, was ihr nicht seid. Ihr habt eine wunderbare Aura, meine Kinder; ihr müßt daran arbeiten, sie zu erhalten.« Ihre Stimme senkte sich zu einem Gemurmel; ich hielt es für ein Gebet. Sie schwankte gefährlich, und ich hoffte, sie würde nicht vom Hocker fallen.

»Amen«, sagte Mrs. Symons.

»Ihr dürft euch erheben«, sagte Leda. Sie bat um unsere Ringe – ich hatte auf Eheringen bestanden, und in einer Pfandleihe hatten wir welche bekommen – und ließ sie dreimal um die Buddhastatue kreisen; es konnte auch die ausgestopfte Eule sein, von meinem Platz aus ließ sich das schlecht erkennen. »Für Weisheit, für Nächstenliebe, für Ruhe und Frieden«, sagte sie. Sie gab mir Arthurs Ring und Arthur meinen.

»Nun«, sagte sie, »haltet die Ringe in eurer *linken* Hand und legt eure *rechte* Hand auf des anderen Herz. Wenn ich bis drei gezählt habe, *preßt.*«

»Drei ist die mystische Zahl«, sagte Mrs. Symons. »Die Vier ebenfalls, aber...« Inzwischen hatte ich sie erkannt: sie war eine der alten Stammgäste in der Jordan-Kapelle. »Für meinen Namen ist die Fünf zuständig«, fuhr sie fort. »Das ist okkulte Zahlenkunde, wissen Sie.«

»Kürzlich hörte ich eine Geschichte, die bei dieser Gelegenheit angebracht wäre«, sagte Mr. Stewart. »Einst waren da zwei Raupen, die die Straße des Lebens entlanggingen; die optimistische Raupe und die pessimistische...«

»Nicht jetzt, Harry«, sagte Leda Sprott scharf. Die Zeremonie entglitt ihr langsam. Sie befahl uns, einander die Ringe anzustecken, erklärte uns hastig für Mann und Frau und kletterte von ihrem Hocker herunter.

»Jetzt kommen die Geschenke!« rief Mrs. Symons. Sie flitzte aus dem Zimmer. Leda zauberte eine Urkunde hervor, die wir alle unterzeichnen sollten.

»Hinter Ihnen steht jemand«, sagte Mr. Stewart. Seine Augen waren glasig, und er schien zu sich selbst zu sprechen. »Es ist eine junge Frau, sie ist unglücklich, sie trägt weiße Handschuhe... sie streckt die Arme nach Ihnen aus...«

»Harry«, sagte Leda, »geh und hilf Muriel mit den Geschenken.«

»Wir möchten keine Geschenke, wirklich nicht«, sagte ich, und Arthur stimmte zu, aber Leda Sprott sagte: »Eine Hochzeit ohne Geschenke ist keine Hochzeit«, und schon eilte die rosafarbene Mrs. Symons mit mehreren in weißes Seidenpapier gewickelten Päckchen aus dem Flur herein. Wir dankten ihnen; es war uns beiden furchtbar peinlich, daß diese wohlmeinenden, ziemlich rührenden alten Leute sich soviel Mühe gemacht hatten und wir insgeheim so undankbar waren. Mr. Stewart gab uns den Polaroid-Schnappschuß, auf dem unsere Gesichter krankhaft blau waren und das Sofa bäunlich-rot wie getrocknetes Blut.

»Jetzt habe ich Braut und Bräutigam etwas zu sagen... getrennt«, sagte Leda Sprott. Ich folgte ihr in die Küche. Sie schloß die Tür, und wir setzten uns an den Küchentisch, ein gewöhnlicher, mit kariertem Wachstuch bedeckter Tisch. Sie gönnte sich einen kräftigen Schluck aus einer halbleeren Flasche, dann sah sie mich an und grinste. Eines ihrer Augen, konnte ich jetzt sehen, ließ sich nicht mehr scharf einstellen; vielleicht wurde sie langsam blind.

»Schön«, sagte sie. »Freut mich, Sie wiederzusehen. Sie

haben sich verändert, aber ich vergesse nie ein Gesicht. Wie geht es Ihrer Tante?«

»Sie ist gestorben«, sagte ich. »Wußten Sie das nicht?«

»Ja doch, ja«, sagte sie und wedelte ungeduldig mit den Händen, »selbstverständlich. Aber sie muß immer noch bei Ihnen sein.«

»Nein, ich glaube nicht«, sagte ich.

Leda Sprott sah enttäuscht aus. »Ich sehe, daß Sie meinen Rat nicht befolgt haben«, sagte sie. »Das ist bedauerlich. Sie verfügen über große Macht, das habe ich Ihnen schon früher gesagt, aber Sie haben Angst, sie zu entfalten.«

Sie nahm meine Hand, starrte sie eine Weile an, dann ließ sie sie fallen. »Ich könnte Ihnen jetzt eine Menge Hokuspokus erzählen, was Ihnen wahrscheinlich ebensowenig bedeuten würde wie die Wahrheit«, sagte sie. »Aber ich mochte Ihre Tante gern, also werde ich es nicht tun. Man wählt eine Gabe nicht aus, man wird von ihr erwählt, und wenn man sie verleugnet, wird man trotzdem von ihr benutzt, wenn auch vielleicht auf eine weniger wünschenswerte Art. Ich habe meine eigene Gabe genutzt, solange ich sie hatte. Sie werden wahrscheinlich denken, ich bin eine dumme alte Frau oder ein Scharlatan, daran bin ich gewöhnt. Aber manchmal mußte ich die Wahrheit sagen; es gibt da keinen Irrtum, wenn es so ist. Wenn ich keine Wahrheit zu sagen hatte, habe ich ihnen das erzählt, was sie hören wollten. Das hätte ich nicht tun sollen. Sie mögen das für harmlos halten, aber das ist es nicht.« Sie machte eine Pause und starrte auf ihre Finger, die von Arthritis knotig waren. Plötzlich glaubte ich an sie. Ich wollte ihr all die Fragen stellen, die ich für sie aufgehoben hatte: Sie konnte mir etwas über meine Mutter sagen... Aber mein Glauben schwand dahin: hatte sie nicht gerade angedeutet, daß die Jordan-Kapelle Betrug war und ihre Offenbarungen nur Mutmaßungen und Theater?

»Die Leute glauben an Sie«, sagte Leda. »Sie vertrauen

Ihnen. Das kann gefährlich sein, vor allem, wenn Sie es ausnutzen. Früher oder später muß man für alles bezahlen. Sie sollten endlich damit aufhören, sich selbst zu bemitleiden.« Sie schaute mich scharf mit ihrem einen sehenden Auge an, den Kopf wie ein Vogel auf die Seite gelegt. Sie schien irgendeine Antwort zu erwarten.
»Ich danke Ihnen«, sagte ich verlegen.
»Sagen Sie nichts, was Sie nicht meinen«, sagte sie gereizt. »Das tun Sie schon oft genug. So, das ist wirklich alles, was ich Ihnen zu sagen habe, außer... ja, Sie sollten es mit dem Automatischen Schreiben probieren. Und jetzt schicken Sie mir Ihren frischgetrauten Ehemann herein.«
Ich wollte nicht, daß Arthur mit ihr allein war. Wenn sie mit mir so offen gewesen war, was würde sie ihm dann alles sagen?
»Sie werden ihm nichts erzählen, nein?« sagte ich.
»Was erzählen?« fragte Leda scharf.
Es ließ sich schwer in Worte fassen. »Wie ich war«, sagte ich und meinte damit: *wie ich ausgesehen habe.*
»Was meinen Sie damit?« sagte Leda. »Sie waren ein ganz normales, nettes, junges Mädchen, soweit ich mich erinnern kann.«
»Nein, ich meine... meine Figur. Ich war, Sie wissen schon.« Ich brachte das Wort ›dick‹ nicht über die Lippen; für mich selbst benutzte ich dieses Wort nur in Gedanken.
Sie verstand, was ich meinte, aber es erheiterte sie nur. »Ist das alles?« sagte sie. »Für meinen Geschmack ist es eine völlig einwandfreie Figur. Aber machen Sie sich keine Sorgen, ich werde nichts über Ihre Vergangenheit verraten, obwohl ich sagen muß, daß es schlimmere Tragödien im Leben gibt, als ein bißchen übergewichtig zu sein. Übrigens erwarte ich, daß Sie meine Vergangenheit ebenfalls für sich behalten. Leda Sprott schuldet hier und da ein

bißchen Geld.« Sie lachte krächzend, dann fing sie an zu husten. Ich ging Arthur holen.
Fünf Minuten später kam er aus der Küche. Als wir aufbrachen, trippelte Mrs. Symons durch das Vestibül, die Treppen hinunter und den Bürgersteig entlang hinter uns her, warf Reis und Konfetti über uns und zirpte fröhlich. »Viel Glück«, rief sie und winkte uns mit ihrer rosa behandschuhten Hand nach.

Wir gingen mit unseren Päckchen zur Busstation. Arthur sagte nichts; seine Miene war grimmig.
»Was ist los?« fragte ich. Hatte Leda ihm doch etwas über mich erzählt?
»Die alte Gaunerin hat mir fünfzig Piepen aus der Tasche gezogen«, sagte er. »Am Telefon war die Rede von fünfzehn.«
In meinem Zimmer angekommen, packten wir die in Seidenpapier eingewickelten Päckchen aus. Sie enthielten eine Bowlenschale aus Plastik mit dazu passenden Tassen, ein Buch über gesundes Kochen für achtundneunzig Cent, einen gerahmten Druck von Leda, händeschüttelnd mit Mackenzie King, und ein paar Regierungstrakate über die Gesundheitsfördernde und richtige Anwendung von Hefe. »Sie muß einen ganz hübschen Profit machen«, sagte Arthur.
Bestimmt würden wir das alles noch einmal auf dem Standesamt wiederholen müssen, dachte ich: die Zeremonie mit der Fußbank und der ausgestopften Eule konnte unmöglich legal sein. »Glaubst du, daß wir jetzt wirklich verheiratet sind?« fragte ich.
»Ich bezweifle es«, sagte Arthur. Aber merkwürdigerweise waren wir es doch.

Vier Jahre später, 1968, machten wir unsere Hochzeitsreise. Arthur war gerade in seiner Quebec-Separatisten-Phase und bestand darauf, nach Quebec City zu fahren, wo er alle Kellner verwirrte, indem er versuchte, mit ihnen *joual* zu reden. Die meisten fanden es beleidigend; die anderen, die wirklich Separatisten waren, machten sich über seine Aussprache lustig, sie hörte sich viel zu pariserisch für sie an. Die erste Nacht verbrachten wir in einem billigen Motel, vor einem mit Hasenohren verzierten Fernsehapparat und sahen uns die Beerdigung von Robert Kennedy an. Der Fernseher funktionierte nur, wenn man mit einer Hand die Hasenohren festhielt und die andere Hand an die Wand legte. Ich besorgte das Wand-Handauflegen, Arthur das Zuschauen. Mittlerweile fühlte ich mich richtig verheiratet.
Es hatte eine Zeitlang gedauert. Anfangs hing unser Leben ziemlich in der Luft. Wir hatten kein Geld außer dem, was ich mit meinen historischen Schmökern verdienen konnte, wobei ich immer so tun mußte, als nähme ich irgendwelche komischen Jobs an, und wir wohnten in Pensionen statt in den billigen Apartments, die wir später ausfindig machten. Manchmal gab es eine Kochnische hinter einem Bambusvorhang oder einer Plastikfalttür, aber meistens gab es nur eine einzelne Kochplatte. Ich kochte Mahlzeiten mit Gemüse in erhitzbarer Plastikfolie und Ravioli aus der Dose, und wir aßen sie, auf der Bettkante sitzend, krampfhaft bemüht, nicht noch mehr Tomatensauce auf die Laken zu kleckern. Nach dem Essen kratzte ich die Reste vom Teller in die Pensionstoilette und spülte sie in der Badewanne ab, da diese Zimmer nur selten Waschbecken hatten. Beim Baden, was wir gemeinsam taten – ich seifte Arthurs Rücken ein, seine Rippen standen hervor wie beim Tod auf mittelalterlichen

Holzschnitten –, wurden wir häufig von einer einsamen Nudel oder Erbse überrascht, die wie ein dem Sargassomeer entkommenes Überbleibsel im Seifenschaum trieb. Ich hielt das für einen Willkommensgruß der Tropen in den ansonsten eher arktischen Badezimmern, aber Arthur mochte es nicht. Obwohl er es bestritt, hatte er einen Tick mit Bakterien.

Ich beklagte mich oft über die Unbequemlichkeiten dieses improvisierten Lebens aus dem Koffer, und nach zwei Jahren, als Arthur es zum Assistenten für Politikwissenschaft mit einer Art Gehalt gebracht hatte, war sein Widerstand erschöpft, und wir mieteten ein richtiges Apartment. Es lag in einem Slum – heute ist dort alles modisch weiß gestrichen und mit Kutscherlampen versehen –, aber es hatte wenigstens zusätzlich zu den Küchenschaben eine richtige Küche. Zu meinem Entsetzen merkte ich, daß Arthur erwartete, daß ich kochte, richtig kochte, aus Rohstoffen wie Mehl und Schmalz. Ich hatte noch nie in meinem Leben gekocht. Meine Mutter hatte gekocht, ich hatte gegessen, das war die Rollenverteilung gewesen; sie hätte mich nicht einmal in die Küche gelassen, während sie kochte, aus lauter Angst, ich könnte etwas zerbrechen, meinen bakterienverseuchten Finger in eine Sauce stecken oder zu heftig trampeln, so daß ihr Kuchen zusammenfiel. Auf der Oberschule hatte ich Hauswirtschaft nicht belegt, sondern Wirtschaftslehre. Das Kochen hätte mir nichts ausgemacht, obwohl es nach den Erzählungen der anderen Mädchen meistens um Ernährung ging; aber der Gedanke ans Nähen hatte mich abgeschreckt. Wie um alles in der Welt sollte ich dasitzen und ein riesiges, wogendes Zelt für mich nähen, während die anderen an ihren hübschen, eng anliegenden Röcken und Rüschenblusen stichelten?

Aber Arthur zuliebe würde ich alles versuchen, obwohl Kochen nicht so einfach war, wie ich gedacht hatte. Ständig gingen mir Grundnahrungsmittel wie Butter oder Salz aus, und ich raste unermüdlich zu dem Laden an der Ecke, und es gab nie genug sauberes Geschirr, weil ich das Abwaschen haßte; aber Arthur aß nicht gern in Restaurants. Er schien meine ungenießbaren Mahlzeiten vorzuziehen: das Schweizer Fondue, das sich wegen zu starker Hitze in kaugummiartige Klumpen und Lymphe verwandelte, die verlorenen Eier, die sich wie Schleimhäute auflösten, und die Brathähnchen, die beim Aufschneiden bluteten; das Brot, das sich weigerte, aufzugehen und wie Treibsand in der Schüssel lag; die schlaffen Pfannkuchen mit rohem Teig in der Mitte; die Gummikuchen. Diese Fehlschläge brachten mich selber zum Weinen, denn für mich waren es keine Fehlschläge, sondern Erfolge, geheime Triumphe über den Begriff Nahrung selbst. Ich wollte beweisen, daß ich mir in Wirklichkeit gar nichts daraus machte.

Gelegentlich versäumte ich überhaupt, irgendein Essen zu produzieren, weil ich es völlig vergessen hatte. Um Mitternacht spazierte ich zufällig in die Küche und fand Arthur, der sich ein Brot mit Erdnußbutter beschmierte, worauf mich Schuldgefühle überwältigten, daß ich ihn verhungern ließ. Aber obwohl er meine Kochkünste kritisierte, aß er alles auf und wurde ärgerlich, wenn nichts auf dem Tisch stand. Die Unvorhersehbarkeit war spannend für ihn; es war wie bei Mutationen oder beim Spielen. Es beruhigte ihn auch. Seine Weltanschauung, wo schnell aufeinanderfolgende Katastrophen sich vor dem im Hintergrund lauernden Weltuntergang abspielten, und mein Kochen standen in keinerlei Widerspruch zueinander. Während für mich diese Grabhügel aus Teig, diese an den Rändern verbrannten Klumpen, dieses unveränderte Blut etwas ganz anderes bedeuteten. Jede Mahlzeit stellte eine Krise dar, allerdings eine Krise, aus der man eine befriedigende Lösung herausholen konnte, durch die Zugabe von... ein bißchen Pfeffer, etwas Vanille.... Tief im Herzen war ich eine Optimistin mit einer Sucht nach Happy-Ends.

Ich brauchte eine Weile, um zu erkennen, daß Arthur meine Niederlagen genoß. Sie munterten ihn auf. Er liebte das Geräusch, wenn mir eine glühendheiße Platte auf den Fußboden krachte, weil ich die Topflappen vergessen hatte; er liebte es, mich in der Küche fluchen zu hören; und wenn ich dann nach einer meiner Schlachten mit schweißnassem Gesicht und wirren Haaren aus der Küche auftauchte, begrüßte er mich mit einem Lächeln und einem kleinen Scherz oder vielleicht sogar mit einem Kuß, der nicht nur eine Belohnung für das Essen war, sondern ebenso für das Schauspiel und die Energie, die ich verschwendet hatte. Meine Frustration und Wut waren echt, aber so eine schlechte Köchin war ich gar nicht. Mein Fehlschlag war eine Schau, und Arthur war mein Publikum. Sein Beifall hielt mich in Trab.

Mir war es recht. Eine schlechte Köchin zu sein war wesentlich einfacher, als zu lernen, eine gute zu werden. Mein Fehler lag darin, zu denken, Arthurs Erwartungen würden sich auf das Kochen beschränken. Am Anfang sah es nur so aus, denn soweit er feststellen konnte, versuchte ich nichts anderes.

Nicht, daß Arthur unehrlich gewesen wäre: Was er dachte und was er sagte, daß er es dachte, war dasselbe. Nur unterschied sich beides vollkommen von dem, was er fühlte. Jahrelang wollte ich das werden, wofür Arthur mich hielt oder was ich seiner Meinung nach sein sollte. Er steckte voller ehrgeiziger Pläne für mich, Möglichkeiten, wie ich meine Intelligenz konstruktiv anwenden könnte, und statt dessen lag ich morgens träge im Bett, während er auf war, sich schwarzen Kaffee machte und eines seiner Ziele verfolgte. Das war es, was mit mir nicht stimmte, erklärte er mir, ich hatte keine Ziele. Unglücklicherweise konnte

ich an dieses Wort nur in Verbindung mit Wettrennen denken, einer Sportart, die ich nicht sehr mochte.
Aber Arthur war nicht immer ein Frühaufsteher. Er hatte auch seine niedergeschlagenen Momente. Nach seiner Enttäuschung mit den Atombomben-Leuten hielt er sich eine Zeitlang der Politik fern. Aber bald schon ging es mit ihm wieder aufwärts. Diesmal ging es um Bürgerrechte: Er fuhr in die Staaten und wurde fast erschossen. Aber dann fiel auch das auseinander, und er stürzte in die nächste Depression. In schneller Folge machte er Vietnam und die Unterschlupf suchenden Wehrdienstflüchtigen, die Studentenrevolte und eine kurze Leidenschaft für Mao durch. Jede dieser Phasen brachte intensive Lektüre mit sich, nicht nur für Arthur, sondern auch für mich. Ich gab mir wirklich Mühe, aber irgendwie kam ich nie auf den neuesten Stand, vielleicht weil ich mich so schwertat, Theorien zu lesen. Hatte ich meine Ansichten denen von Arthur endlich angepaßt, hatten seine sich schon wieder geändert. Dann mußte ich von neuem bekehrt werden, Fortschritte machen, aufgeklärt werden. »Hier«, sagte er, »lies dieses Buch«, und ich wußte, alles fing wieder von vorn an.
Das Problem mit Arthur war, daß er es gut meinte, er meinte es zu gut, er wollte, daß jeder es so gut meinte wie er. Sobald er herausfand, daß es nicht so war, daß nicht alle mit der ihm eigenen reinen Flamme brannten, sondern Stolz oder Eigennutz oder Machthunger zeigten, wurde er wütend. Er war ein Gefangener seines Gewissens.
Früher hatte ich gedacht, daß Arthur aus einem Geist, einem Herz und einem Körper bestand; ich dagegen war eine bedauernswerte Ansammlung von Lügen und Ausreden, jede in sich vollständig, aber die anderen wurden dadurch wertlos. Doch bald merkte ich, daß es Arthur genauso vielfach gab wie mich. Der Unterschied bestand darin, daß bei mir alles gleichzeitig und bei Arthur nach-

einander ablief. Auf dem Höhepunkt seines Engagements für eines dieser Anliegen besaß Arthur die Spannkraft von sechs, er schlief kaum noch, er raste herum und sortierte Sachen und hielt Reden und trug Schilder. Aber auf seinen Tiefpunkten war er kaum in der Lage, aus dem Bett zu kriechen, den ganzen Tag saß er, kettenrauchend und aus dem Fenster starrend, im Sessel, schaute Fernsehen oder machte Kreuzworträtsel oder Puzzles aus Gemälden von Jackson Pollock und Orientteppichen. Nur solange es aufwärts oder abwärts mit ihm ging, nahm ich für ihn deutlich sichtbare Formen an; sonst war ich nur eine Art nährender Tropfen. Wir liebten uns nur in den mittleren Phasen. Ging es mit ihm aufwärts, hatte er keine Zeit, ging es abwärts, hatte er keine Energie.

Ich bewunderte und beneidete die Reinheit seines Gewissens, trotz der Nachteile: Wenn es mit Arthur abwärtsging, wenn er übermannt war von enttäuschten Illusionen und düsteren Schicksalswolken, schrieb er allen Leuten, mit denen er während dieser Zeit zusammengearbeitet hatte, lange Briefe, in denen er sie als Verräter und Schufte brandmarkte, und ich mußte mir die Telefonanrufe von ihnen anhören, wütend, verwirrt oder verletzt. »Ihr wißt doch, wie Arthur ist«, pflegte ich zu ihnen zu sagen. »Ihm geht es nicht besonders gut, er ist so enttäuscht.«

Ich wünschte, er würde diese Erklärungen selbst abgeben, aber er spezialisierte sich auf Hinterhalte. Er stritt sich nie mit den Leuten herum, er diskutierte nichts aus. Nach irgendeinem dunklen, komplizierten Bewertungsverfahren entschied er einfach, daß diese Leute unwürdig waren. Nicht, daß sie etwas Unwürdiges getan hätten, sondern diese Unwürdigkeit war ihnen angeboren. Hatte er sein Urteil einmal gefällt, dann stand es fest. Keine Verhandlung, keine Revisionsmöglichkeit. Einmal sagte ich ihm, er benähme sich ein bißchen wie Calvins Gott, aber er war beleidigt, und ich ging nicht weiter darauf ein. Insgeheim fürchtete ich, die gleiche Art von Beurteilung könnte auf mich angewandt werden.

Ich hoffte oft, Arthur würde eine Gruppe finden, die imstande wäre, die überwältigende Last seines Vertrauens zu tragen. Ich wollte nicht nur, daß Arthur glücklich war, das natürlich auch. Ich hatte zwei weitere Gründe. Der eine war, daß ich unter seinen Depressionen litt, weil sie mir ein Gefühl der Unzulänglichkeit gaben. Die Liebe einer guten Frau hatte einen Mann vor solchen Sachen zu bewahren, das wußte ich. Aber in diesen Zeiten war ich nicht in der Lage, ihn glücklich zu machen, ganz egal, wie schlecht ich kochte. Deshalb war ich keine gute Frau.

Der andere Grund war, daß ich keine historischen Schmöker schreiben konnte, wenn Arthur deprimiert war. Er hing fast die ganze Zeit im Haus herum, und wenn er nichts tat, wollte er auch nicht, daß ich etwas tat. Sobald ich ins Schlafzimmer ging und die Tür hinter mir schloß, machte er sie auf, sah mich, im Türrahmen stehend, vorwurfsvoll an und sagte, er hätte Kopfschmerzen. Oder er wollte, daß ich ihm bei seinem Kreuzworträtsel half. Nur schwer konnte ich mich dabei auf die wogenden Brüste meiner Heldin, auf den schmallippigen, raubgierigen Mund meines Helden konzentrieren. Ich mußte so tun, als ginge ich auf Jobsuche, und von Zeit zu Zeit nahm ich in reiner Selbstverteidigung tatsächlich einen an.

Erst nachdem ich verheiratet war, bedeutete mir das Schreiben mehr als eine leichte Art, meinen Lebensunterhalt zu verdienen. Ich war mir dabei immer verschlagen vorgekommen, als hätte ich etwas ausgefressen, ohne erwischt zu werden; aber jetzt wurde es wichtig. Das wirklich Wichtige waren nicht die Bücher selbst, an denen sich kaum etwas änderte. Es war die Tatsache, daß ich gleichzeitig zwei verschiedene Menschen war, mit zwei Personalausweisen, zwei Banknoten, zwei verschiedenen

Gruppen von Leuten, die an meine Existenz glaubten. Ich war Joan Foster, daran bestand kein Zweifel; Menschen nannten mich bei diesem Namen, und ich besaß echte Papiere, um es zu beweisen. Aber ich war auch Louisa K. Delacourt.

Solange ich jede Woche eine gewisse Zeit als Louisa verbringen konnte, war alles in Ordnung, ich war geduldig und nachsichtig, warmherzig, eine verständnisvolle Zuhörerin. Aber wenn ich davon abgeschnitten war, wenn ich nicht an meinem augenblicklichen Trivialroman arbeiten konnte, wurde ich gemein und reizbar, ich trank zuviel und fing an zu weinen.

So machten wir Jahr um Jahr weiter; Arthurs übersprudelnde Phasen wechselten mit meinen eigenen ab, und es war wirklich schön, ich liebte ihn. Ab und zu schlug ich vor, wir sollten uns vielleicht irgendwo richtig niederlassen, ein bißchen dauerhafter, und Kinder bekommen. Aber Arthur war noch nicht soweit, sagte er, es gab noch viel Arbeit zu erledigen, und ich mußte zugeben, daß ich selbst gemischte Gefühle hatte. Ich wollte Kinder, aber was, wenn ich ein Kind bekam, das wie ich würde? Oder, noch schlimmer, wie meine Mutter?

Die ganze Zeit über hing mir meine Mutter wie ein verfaulender Albatros am Hals. Ich träumte oft von ihr, von meiner dreiköpfigen Mutter, bedrohlich und kalt. Manchmal saß sie vor ihrem Toilettentisch, manchmal weinte sie. Nie lachte oder lächelte sie.

In meinem schlimmsten Traum konnte ich sie überhaupt nicht sehen. Ich versteckte mich hinter einer Tür oder stand vor einer, es war unklar, vor welcher. Es war eine weiße Tür, so ähnlich wie eine Badezimmer- oder Küchenschranktür. Ich war entweder eingeschlossen oder ausgeschlossen, aber auf der anderen Seite der Tür konnte ich Stimmen hören. Manchmal waren es viele Stimmen, manchmal nur zwei; sie redeten von mir, stritten sich meinetwegen, und während ich zuhörte, wurde mir klar, daß etwas ganz Schlimmes passieren würde. Ich fühlte mich hilflos, es gab nichts, was ich tun konnte. Im Traum wich ich in die entfernteste Ecke des Kubus zurück und drückte mich da hinein, preßte meine Arme gegen die Wände und grub meine Absätze in den Fußboden. Es sollte ihnen nicht gelingen, mich herauszuzerren. Dann hörte ich die Schritte, die die Treppe hinauf und durch den Flur kamen.

Arthur rüttelte mich wach. »Was ist los?« fragte ich.

»Du hast gegrunzt.«

Gegrunzt? Beleidigung. Schreien ging ja noch, aber grunzen... »Ich hatte einen Alptraum«, sagte ich. Aber Arthur konnte nicht verstehen, warum ich Alpträume haben sollte. Bestimmt war mir nie etwas besonders Schreckliches zugestoßen, ich war ein ganz normales Mädchen mit allen nur denkbaren Vorzügen, ich war hübsch und intelligent, warum machte ich nur nichts aus mir? Ich sollte versuchen, mich mehr zu einer Führungspersönlichkeit zu entwickeln, erklärte er mir.

Was er nicht begriff, war, daß es wirklich nur zwei Arten von Menschen gab: Dicke und Dünne. Wenn ich mich selbst im Spiegel betrachtete, sah ich nicht, was Arthur sah. Der Umriß meines früheren Körpers umgab mich immer noch wie ein Dunst, wie ein Geistermond, als hätte sich das Bild von Jumbo, dem fliegenden Elefanten, über mein eigenes gelegt. Ich wollte die Vergangenheit vergessen, aber sie weigerte sich, mich zu vergessen; sie wartete, bis ich schlief, dann drängte sie mich in die Ecke.

21

Wenn ich innehielt und darüber nachdachte, hatte ich das Gefühl, daß unsere Ehe glücklicher war als die meisten anderen. Ich wurde sogar ein bißchen eingebildet darauf. Meiner Meinung nach machten die meisten Frauen einen grundsätzlichen Fehler: Sie erwarteten, daß ihre Ehemänner sie verstanden. Sie verwandten viel wertvolle Zeit darauf, sich selbst zu erklären, ihre Emotionen und Reaktionen, ihre Liebe und ihren Ärger und ihre Empfindlichkeiten, ihre Wünsche und Unzulänglichkeiten aufzutischen, als würde das bloße Herunterbeten dieser Dinge zu Ergebnissen führen. Arthurs Freunde neigten dazu, mit solchen Frauen verheiratet zu sein, und diese Frauen, das wußte ich, hielten mich für nachgiebig, schlampig und ziemlich dumm. Sie selbst stolperten von Krise zu Krise, mit laufenden Kommentaren und einer Mischung aus vibrierenden Nervenenden, Zigaretten, niederschmetternder Ehrlichkeit und dem, was man gemeinhin als Nörgeln bezeichnete. Weil ich das nicht tat, beneideten Arthurs Freunde ihn ein bißchen und vertrauten sich mir in der Küche an. Sie fühlten sich umzingelt und erschöpft; ihre Frauen hatten einen Hauch der schrillen Selbstgerechtigkeit, die mir von meiner Mutter her vertraut war.

Aber ich wollte nicht, daß Arthur mich verstand: Ich setzte sogar alles daran, das zu verhindern. Obwohl ich mehrmals in Versuchung geriet, widerstand ich dem Impuls, ein Geständnis abzulegen. Arthurs Geschmack war spartanisch, und mein früheres Leben und mein innerstes Wesen hätten ihn abgestoßen. So als ob man ein Steak verlangt und eine geschlachtete Kuh bekommt. Ich glaube, genau das befürchtete er; jedenfalls wehrte er meine wenigen zaghaften Ansätze zur Selbstenthüllung gezielt ab.

Die anderen Frauen wünschten sich auch, daß ihre Ehemänner sich ihren eigenen Phantasieleben anpassen würden, die sich, abgesehen von den Kostümen, von meinem eigenen kaum unterschieden. Sie drückten es nicht ganz so aus, aber ihre Erwartungen machten es mir deutlich. Sie wünschten sich ihre Männer stark, lustvoll, leidenschaftlich und aufregend, mit harten, raubgierigen Mündern, aber auch zärtlich und voller Anbetung. Sie sehnten sich nach Männern in geheimnisvollen Umhängen, die sie von Balkonen erretteten, aber sie wollten auch bedeutungsvolle, tiefschürfende Beziehungen und totale Offenheit. (Scarlet Pimpernel, sagte ich im stillen zu ihnen, hat keine Zeit für tiefschürfende Beziehungen.) Sie wünschten sich einen Orgasmus nach dem anderen, sie wollten, daß die Erde erbebte, aber sie wollten auch Hilfe beim Geschirrspülen.

Ich fand mein eigenes Arrangement befriedigender. Es gab zwei Arten von Liebe, sagte ich mir; für die eine Art war Arthur toll, aber warum sollte man von einem Mann alles verlangen? Ich hatte es aufgegeben, von ihm die Rolle des undurchsichtigen und leicht bedrohlichen Fremden im Umhang zu erwarten. Er konnte es nicht sein: Ich lebte mit ihm zusammen, und Fremde im Umhang ließen nicht ihre Socken auf dem Fußboden liegen oder steckten sich die Finger in die Ohren oder gurgelten morgens, um die Bazillen abzutöten. Ich ließ Arthur in unserem Apartment und die Fremden in ihren Schlössern und Herrenhäusern, wo sie hingehörten. Ich kam mir dabei ziemlich erwachsen vor, und es ermöglichte mir jedenfalls, äußerlich heiterer zu sein als die Frauen von Arthurs Freunden. Aber ich war ihnen überlegen: Schließlich war ich, was Phantasieleben anbelangte, ein Profi, während sie nur Amateure waren.

Und doch bekam ich im Laufe der Zeit das Gefühl, daß etwas fehlte. Vielleicht, überlegte ich mir, hatte ich keine Seele; ich trieb nur so dahin, ein bißchen vor mich hinsingend wie die kleine Meerjungfrau in Andersens Märchen.

Um eine Seele zu bekommen, mußte man leiden, auf etwas verzichten; oder ging es dabei darum, daß ihr Beine und Füße wuchsen? Ich konnte mich nicht mehr erinnern. Jedenfalls wurde aus ihr eine Tänzerin ohne Zunge. Dann war da Moira Shearer in *The Red Shoes*. Keine von ihnen war in der Lage gewesen, dem hübschen Prinzen zu gefallen; beide waren sie gestorben. Im Vergleich dazu kam ich ganz gut weg. Ihr Fehler hatte darin bestanden, vor die Öffentlichkeit zu treten, während ich hinter verschlossenen Türen tanzte. Das war sicherer, aber...

Es stimmte, ich hatte zwei Leben, aber an freien Tagen spürte ich, daß keins von beiden ganz wirklich echt war. Mit Arthur spielte ich nur Mann und Frau, ich arbeitete nicht wirklich daran. Und meine historischen Romane waren nur Papier; Papierschlösser, Papierkostüme, Papierpuppen, letzten Endes so träge und leblos wie diese unbefriedigenden Puppen mit ausdruckslosen Augen, die ich im Haus meiner Mutter an- und ausgezogen hatte. Ich kam in den Ruf, geistesabweisend zu sein, was Arthurs Freunde reizend fanden. Bald erwartete man es von mir, und ich reihte es in das Repertoire meiner Unzulänglichkeiten ein.

»Du entschuldigst dich zu oft«, machte mir eine der keifenden Frauen klar, und ich fing an, darüber nachzudenken. Es stimmte, ich entschuldigte mich. Aber warum erwartete ich, daß man mir verzieh? Warum wollte ich ausgenommen werden und wovon? In der Oberschule mußte man nicht Baseball spielen, wenn man seine Periode oder Magenschmerzen hatte, und ich zog die Seitenlinien vor. Jetzt wollte ich anerkannt werden, aber ich hatte Angst davor. Wenn ich die getrennten Teile meines Lebens zusammenbrächte (wie Uran, wie Plutonium, für das bloße Auge harmlos, aber voll tödlicher Energie), würde es sicher zu einer Explosion kommen. Statt dessen trat ich auf der Stelle.

Es war September. Arthur befand sich in einem seiner Tiefs; er hatte gerade einen Haufen Briefe geschrieben, in denen er jeden anprangerte, der in Verbindung zur Lehrplan-Reformbewegung gestanden hatte, seinem letzten Anliegen. Ich hatte gerade ein neues Buch angefangen; *Liebe, mein Lösegeld* lautete der Arbeitstitel. Mit Arthur im Apartment war es schwierig, die Augen zu schließen und in die Welt der Schatten abzudriften; außerdem fesselte die alte Reihenfolge von Jagd und Flucht, von Vergewaltigung oder Mord meine Aufmerksamkeit nicht mehr so wie sonst. Ich brauchte etwas anderes, irgendeinen neuen Dreh: Es gab jetzt mehr Konkurrenz, historische Schmöker wurden nicht mehr nur als Schund betrachtet, sondern als Schund, mit dem man Geld machen konnte, und ich spürte, daß ich Gefahr lief, ausgebootet zu werden. Im Drugstore an der Ecke blätterte ich jede Woche besorgt die Werke meiner Rivalinnen durch und sah, daß Okkultismus groß im Kommen war. Es genügte nicht mehr, einen Helden mit Umhang zu haben; er mußte auch über magische Kräfte verfügen. Ich ging zur Central Reference Library und las über das siebzehnte Jahrhundert nach. Was ich brauchte, war ein Ritual, eine Zeremonie, etwas Unheilvolles, aber Dekoratives...

Als Penelope erwachte, bemerkte sie, daß man ihr die Augen verbunden hatte; weder Hand noch Fuß konnte sie bewegen. Sie hatten sie an einen Stuhl gefesselt. Auf der gegenüberliegenden Seite des Raumes wisperten die beiden miteinander. Sie strengte sich verzweifelt an, die Worte aufzuschnappen, da sie wußte, daß ihr Leben und das von Sir Percy davon abhängen konnten.

»Wir können sie dazu benutzen, Zugang zu dem geheimen Wissen zu gelangen«, sagte Estelle gerade. Sie war eine leidenschaftliche Schönheit, in deren Adern Zigeunerblut floß.

»Es wäre besser, sie aus dem Weg zu schaffen«, murrte François. »Sie hat zuviel gesehen.«
»Ja, ja«, sagte Estelle, »aber zuerst kann sie uns noch von Nutzen sein. Es geschieht nicht oft, daß mir jemand mit so großen, aber noch nicht entwickelten Kräften in die Hände fällt.«
»Tu, was dir beliebt«, stieß François zwischen den Zähnen hervor, »wenn du mir erlaubst, auch zu tun, was mir beliebt.« Seine blitzenden Augen schweiften über Penelopes zitternden, hilflosen jungen Körper. »Psst ... sie ist wach.«
Estelle ging hinüber; sie bewegte sich mit wilder, ungezähmter Grazie. Ihre kleinen, weißen Zähne leuchteten im Halbdunkel, und sie warf ihr langes, zerzaustes rotes Haar zurück. »So, mein Kind«, sagte sie mit falscher Freundlichkeit. »Du bist wach. Jetzt wirst du uns einen kleinen Dienst erweisen, ja?«
»Ich werde gar nichts für euch tun«, sagte Penelope. »Ich habe euch durchschaut.«
Estelle lachte. »Wie mutig, mein Kleines«, sagte sie. »Aber es ist sinnlos, es wird dir nicht helfen. Trink dies.« Sie zwängte etwas Flüssigkeit aus einem exotischen Fläschchen zwischen Penelopes Lippen. Dann nahm sie Penelopes Augenbinde ab, stellte einen kleinen Tisch mit einem Spiegel darauf vor sie hin, entzündete eine Kerze und schob die Kerze vor den Spiegel.
Penelope fühlte eine Aura des Bösen im Raum; sie ballte sich immer dichter um sie zusammen. Gegen ihren Willen fühlte sie ihren Blick von der Flamme angezogen; ihr Geist flatterte, fasziniert, hilflos wie eine Motte, ihr eigenes Spiegelbild verschwand ... tiefer tauchte sie in den Spiegel hinein, immer tiefer, bis sie auf der anderen Seite des Glases zu wandeln schien, in einem Land undeutlicher Schatten. Vor sich vernahm sie murmelnde Stimmen im Nebel.
»Fürchte dich nicht«, kam Estelles Stimme aus großer Entfernung. »Sage uns, was du siehst. Sage uns, was du hörst.«

Ich hatte wie gewöhnlich mit geschlossenen Augen getippt, aber an dieser Stelle öffnete ich sie. Ich stand vor einer leeren Wand: Ich hatte nicht die geringste Ahnung, was Penelope als nächstes sehen oder hören würde. Eine halbe Stunde lang dachte ich darüber nach, ohne Ergebnis. Ich würde es durchspielen müssen. Das war eine alte Gewohnheit von mir: Wenn ich an einen toten Punkt kam, versuchte ich die Szene soweit wie möglich durchzuspielen, die Handlung herauszuschälen wie ein Bühnenregisseur.

Es war riskant, denn Arthur saß nebenan vor dem Fernsehapparat. Außerdem bezweifelte ich, daß wir Kerzen hatten. Ich ging in die Küche, durchstöberte sämtliche Schubladen und fand schließlich einen kurzen, staubbedeckten Stummel, der zu einer Wärmeplatte gehört hatte, die ich einmal in einem Augenblick der Verblendung gekauft und in einem Augenblick der Wut weggeschmissen hatte. Ich machte ihn auf einer Untertasse fest, fand Streichhölzer, ging ins Schlafzimmer zurück und schloß die Tür hinter mir. Arthur glaubte, ich schriebe an einem Essay über die Soziologie der Töpferkunst für den Volkshochschulkurs, den ich angeblich belegt hatte.

Ich zündete den Kerzenstummel an und stellte ihn vor den Spiegel meines Frisiertischchens. (Ich hatte mir vor kurzem ein dreiteiliges gekauft, wie das meiner Mutter.) Erst als ich vor dem Spiegel saß, fiel mir mein früheres Experiment mit dem Automatischen Schreiben ein, damals, als ich noch in die Oberschule ging. Damals hatte ich meinen Pony versengt. Für alle Fälle steckte ich mir die Haare aus dem Gesicht zurück. Ich erwartete keine Botschaften, ich wollte nur die Szene für mein Buch nachstellen, aber ich hatte das Gefühl, daß ich einen Federhalter oder einen Bleistift zur Hand haben sollte.

Penelope war selbstverständlich ein natürliches Medium. Sie war leicht zu hypnotisieren. Außerdem hatte sie etwas aus einem exotischen Fläschchen getrunken, das würde die Sache erleichtern. Ich ging noch einmal in die Küche, schenkte mir Scotch mit Wasser ein und trank. Dann setzte ich mich vor den Spiegel und versuchte mich zu konzentrieren. Vielleicht sollte Penelope eine Botschaft von Sir Percy empfangen, der ihr mitteilte, daß er in Gefahr schwebte. Vielleicht sollte sie eine Botschaft aussenden... War sie ein Sender oder ein Empfänger? Die Bell-Telefongesellschaft würde pleite machen, wenn diese Methode sich vervollkommnen ließe...

Meine Aufmerksamkeit schweifte ab. *Du bist Penelope*, sagte ich streng zu mir selbst.

Ich starrte auf die Kerze im Spiegel, die Spiegelkerze. Da war mehr als eine Kerze, es waren drei, und ich wußte, wenn ich die beiden Seitenteile des Spiegels auf mich zubewegte, würde es eine unendliche Anzahl von Kerzen geben, hintereinander gereiht, so weit ich sehen konnte...

Der Raum schien sehr dunkel, dunkler als vorher; die Kerze leuchtete sehr hell, ich hielt sie in der Hand und ging einen Korridor entlang, ich stieg hinab, ich bog um eine Ecke. Ich würde jemanden finden. Ich mußte jemanden finden.

Am Rang des Spiegels war eine Bewegung. Ich rang nach Luft und drehte mich um. Mit Sicherheit war da eine Gestalt gewesen, hinter mir. Aber niemand war da. Ich war jetzt hellwach, vom Fernsehapparat im Zimmer nebenan drang ein schwaches Brüllen herüber: »Er schießt, er trifft! Ein toller Schlag. Und hier kommt jetzt die Wiederholung...«

Ich sah auf das Blatt Papier herunter. Dort stand, in einer krakeligen Handschrift, die ganz sicher nicht meine eigene war, ein einziges Wort: *Bow*

Ich blies die Kerze aus und knipste das Deckenlicht an. *Bow.* Was zum Teufel sollte das bedeuten? Ich holte die Taschenbuchausgabe von Rogets Thesaurus hervor, die ich für Synonyme von Wörtern bereithielt, die ich oft gebrauchte, wie zum Beispiel ›zittern‹ – *v. flattern, pochen* (SCHÜTTELN); *beben, frösteln, schaudern* (ANGST) – und sah nach.

bow – s. Verbeugung, Ehrerbietung, Begrüßung (ACHTUNG, GESTIK); Bug, Vordersteven, Nase (FRONT); Langbogen, Armbrust (WAFFEN); Kurve, Biegung, Bogen (KURVE, BIEGUNG).

bow – v. nicken, grüßen, knicksen (ACHTUNG, GESTIK); sich wölben, runden, ansteigen (KURVE, BIEGUNG); kriechen, beugen, knien (SKLAVEREI); unterwerfen, weichen, nachgeben (UNTERWERFUNG).

Was für ein blödes Wort, dachte ich; da war nichts daran, was mir bei Penelope und Estelle weiterhelfen konnte. Aber dann traf mich, was geschehen war, wie ein Schlag. Ich hatte tatsächlich ein Wort geschrieben, ohne daß es mir bewußt geworden war. Nicht nur das, ich hatte auch jemanden im Spiegel gesehen oder vielmehr im Zimmer, hinter mir. Dessen war ich sicher. Alles, was Leda Sprott mir erzählt hatte, fiel mir wieder ein; es war real, ich war überzeugt davon, daß es real war und daß jemand eine Botschaft für mich hatte. Ich wollte diesen dunklen, leuchtenden Korridor hinabgehen, wollte sehen, was am anderen Ende war...

Andererseits wollte ich es auch wieder nicht. Es war zu erschreckend. Es war auch zu lächerlich: Wie kam ich dazu, mit Kerzen und Spiegeln herumzuspielen wie einer von Leda Sprotts achtzigjährigen Spiritualisten? Ich brauchte zwar eine Botschaft für Penelope, aber um sie zu erhalten, brauchte ich nicht das Risiko einzugehen, mich selbst in Brand zu setzen.

Ich ging in die Küche und goß mir noch einen Drink ein.

So fing es an. Der Spiegel siegte, die Neugier setzte sich durch. Ich schob Penelope beiseite, ließ sie auf ihrem Stuhl sitzen: Ich würde mich später um sie kümmern. Das Wort war nicht für sie bestimmt gewesen, sondern für mich, und ich wollte herausfinden, was es bedeutete. Am nächsten Morgen kaufte ich ein Dutzend Kerzen, und als Arthur abends ein Footballspiel anschaute, ging ich wieder in den Spiegel.

Es war fast das gleiche Erlebnis wie vorher, und es blieb auch während der drei Monate so, in denen ich mit diesem Experiment weitermachte. Ein Gefühl, als ginge ich einen schmalen, abwärts führenden Gang hinunter, die Gewißheit, daß ich hinter der nächsten Ecke oder hinter der übernächsten – denn diese Ausflüge wurden immer länger – das Gesuchte finden, die Wahrheit oder das Wort oder die Person, die mir gehörte, die auf mich wartete. Nur eines änderte sich: Das Gefühl, daß jemand hinter mir stand, wiederholte sich nicht. Wenn ich aus meiner Trance auftauchte, wie man es wohl nennen konnte, stand auf dem Notizblock vor mir gewöhnlich ein Wort, manchmal mehrere Wörter, gelegentlich sogar ein ganzer Satz, obwohl ich zweimal nichts als Gekritzel vorfand. Ich starrte auf diese Worte, verzweifelt bemüht, ihnen einen Sinn zu geben; ich schlug sie in Rogets Thesaurus nach, und meistens ließen sich rundherum andere Wörter ergänzen:

Wer ist es, der am Vordersteven steht
Wer ist es, der da reist
unter des Himmels Bogen, unter der Krümmung der Erde
unter dem Flug der Pfeile
im Todesboot, warum singt sie

Sie kniet, vornübergebeugt
unter der Macht
ihre Tränen sind dunkel

ihre Tränen sind trunken
ihre Tränen sind der Tod, den du fürchtest
unter dem Wasser, unter den Wassern des Himmels
fallen ihre Tränen gleich dunklen Blumen

Ich war keineswegs sicher, was das bedeutete, noch schaffte ich es, ans Ende des Korridors zu gelangen.

Die Wörter jedoch, die ich auf diese Art sammelte, wurden zunehmend bizarrer und sogar drohender: ›Eisen‹, ›Kehle‹, ›Messer‹, ›Herz‹. Zu Anfang kreisten die Sätze immer um dieselbe Gestalt, dieselbe Frau. Nach einer Weile konnte ich sie fast vor mir sehen: Sie lebte irgendwo unter der Erde, oder irgendwo drinnen, in einer Höhle oder in einem riesigen Gebäude; manchmal war sie auf einem Boot. Sie verfügte über gewaltige Kräfte, fast wie eine Göttin, aber es war eine unglückliche Macht. Diese Frau verwirrte mich. Sie ähnelte keiner Figur, die ich je erfunden hatte, und bestimmt hatte sie nichts mit mir zu tun. Ich war ganz anders, ich war glücklich. Glücklich und unbrauchbar.

Und dann gesellte sich eine weitere Person, ein Mann, dazu. Etwas ging zwischen den beiden vor; rätselhafte Liebesbriefe formten sich auf den Seiten des Notizblocks, dunkel, erschreckend. Dieser Mann war böse, spürte ich, aber es war schwer zu sagen warum. Manchmal schien er gut. Er hatte viele Verkleidungen, Gelegentlich tauchten Sätze auf, die aussahen, als kämen sie von anderswoher, und dazu irgendwelche ziemlich langweiligen, prosaischen Predigten über den Sinn des Lebens.

Ich heftete alle Wörter und die längeren Abschnitte, die ich aus ihnen erarbeitete, in einem Ordner mit der Aufschrift *Rezepte* ab. Im gleichen Ordner versteckte ich ab und zu Notizen für meine Trivialromane, obwohl ich die Manuskripte selbst in der Schublade mit meiner Unterwäsche aufbewahrte.

Zwischen diesen Sitzungen, tagsüber, wenn ich Geschirr spülte oder durch die Gänge im Supermarkt schlenderte, kamen mir plötzliche Zweifel über diese Aktivitäten. Was tat ich, warum tat ich es? Wenn ich mich auf diese Weise selber hypnotisierte, sollte es dann nicht für einen guten Zweck sein, wie zum Beispiel das Trinken aufzugeben? War ich (vielleicht) im Begriff, ein kleines bißchen verrückt zu werden? Was würde Arthur davon halten, wenn er es entdeckte?

Ich weiß nicht, was geschehen wäre, wenn ich weitergemacht hätte, aber ich wurde zum Aufhören gezwungen. Eines Abends ging ich in den Spiegel und kam nicht wieder heraus. Ich ging den Korridor entlang, wie gewöhnlich mit der Kerze in der Hand, und dann verlöschte die Kerze. Ich glaube, die Kerze ging tatsächlich aus, und deshalb hing ich dort fest, mitten im Dunkeln und zu keiner Bewegung fähig. Ich hatte jedes Gefühl für die Richtung verloren; ich hatte sogar Angst, mich umzudrehen, weil ich befürchtete, daß ich noch tiefer hineinging. Ich fühlte mich dem Ersticken nahe.

Ich weiß nicht, wie lange es dauerte; Jahrhunderte schienen vergangen, als Arthur mich schüttelte. Er hörte sich wütend an.

»Joan, was machst du da?« sagte er. »Was ist los mit dir?«

Ich war wieder im Schlafzimmer. Ich war so dankbar, daß ich Arthur umarmte und anfing zu weinen. »Das war eben mein schrecklichstes Erlebnis«, sagte ich zu ihm.

»Was?« sagte er. »Ich habe dich hier gefunden, ohne Licht, und du starrst in den Spiegel. Was ist passiert?«

Ich konnte es ihm nicht sagen. »Ich habe jemand draußen vor dem Fenster gesehen«, sagte ich. »Einen Mann. Er hat hereingeschaut.«

Arthur stürzte zum Fenster, um nachzusehen, und ich kontrollierte schnell das Stück Papier. Nichts war darauf;

kein Buchstabe, kein Strich. Ich schwor mir, jetzt und hier mit diesem Blödsinn Schluß zu machen. Leda Sprott hatte gesagt, man brauchte Training dazu, und jetzt war ich bereit, ihr zu glauben. Am nächsten Tag warf ich die übriggebliebenen Kerzen weg und wandte mich wieder Penelope und Sir Percy Somerville zu. Ich wollte diesen kleinen Ausflug ins Übernatürliche vergessen. Ich war nicht für das Okkulte geschaffen, sagte ich mir. Ich strich Penelopes Spiegelszene: Sie würde wie alle anderen mit Vergewaltigung und Mord auskommen müssen.

Aber die Zettelsammlung blieb mir erhalten. Ein paar Wochen später holte ich sie hervor und sah sie durch. Sie schienen mir mindestens genauso gut zu sein wie einige ähnliche Bücher, die ich in Buchhandlungen gesehen hatte. Ich dachte, vielleicht interessiert sich einer von den kleineren experimentellen Verlagen dafür, also tippte ich sie ab und schickte sie an Black Widow Press. Beinah postwendend bekam ich einen meiner Meinung nach ziemlich unhöflichen Brief zurück.

Liebe Ms. Foster,

Ganz offen, Ihr Werk erinnert uns an eine Kreuzung zwischen Kahlil Gibran und Rod McKuen. Obwohl einzelne Teile durchaus literarisches Talent aufweisen, ist die ganze Sammlung leider holprig und unfertig. Vielleicht sollten Sie sich erst einmal an Literaturzeitschriften wenden; oder probieren Sie es bei Morton und Sturgess; es könnte auf ihrer Ebene liegen.

Eine Zeitlang war ich deprimiert. Vielleicht hatten sie recht, vielleicht taugte es nichts. Ich nahm nicht an, daß es viel helfen würde, wenn ich ihnen sagte, das Manuskript wäre von Mächten außerhalb meiner Kontrolle diktiert worden. Warum wollte ich es überhaupt veröffentlichen? Wofür hielt ich mich denn? »Wofür hältst du dich eigent-

lich?« pflegte meine Mutter mich zu fragen, aber sie wartete nie eine Antwort ab.
Aber schließlich hatte ich das gleiche Recht, es zu versuchen, wie jeder andere. Ich nahm also meinen ganzen Mut zusammen und schickte die Seiten an Morton und Sturgess. Auf das, was dann geschah, war ich nicht im geringsten vorbereitet.

Das entscheidende Treffen fand in der Bar des Parklokals statt. Ich war nie zuvor dortgewesen; es gehörte nicht zu den Lokalen, in die Arthur je gehen würde. Zum einen war es zu teuer, und außerdem war es offensichtlich für Kapitalisten. Gegen meinen Willen war ich beeindruckt.
Drei von ihnen nahmen an dem Treffen teil: John Morton, der ursprüngliche Eigentümer der Firma, sehr vornehm wirkend; Doug Sturgess, sein Partner und für die Werbung zuständig, der mir wie ein Amerikaner vorkam, und ein verhärmt aussehender junger Mann, der mir als Colin Harper, Herausgeber, vorgestellt wurde. »Selbst ein Dichter«, sagte Sturgess herzlich.
Sie bestellten alle Martinis. Ich wollte einen doppelten Scotch, aber ich wollte nicht undamenhaft wirken, jedenfalls nicht gleich zu Anfang. Sie würden das schon früh genug herausfinden. Also bestellte ich einen Grasshopper.
»Nun«, sagte John Morton und blickte mich wohlwollend mit gegeneinandergedrückten Fingerspitzen an.
»Ja, wirklich«, sagte Sturgess. »Schön, Colin, Sie können genausogut anfangen.«
»Wir dachten, es wäre... äh – es erinnert – an eine Mischung aus Kahlil Gibran und Rod McKuen«, sagte Colin Harper unglücklich.
»Oh«, sagte ich. »Ist es so schlecht, ja?«
»*Schlecht?*« sagte Sturgess. »Sagte sie schlecht? Haben Sie

eine Ahnung, wie viele Exemplare diese Typen *verkaufen*? Als ob man die *Bibel* hätte, Mann.« Er trug eine Safari-Jacke.

»Heißt das, Sie nehmen es?« sagte ich.

»Das ist Dynamit«, sagte Sturgess. »Und ist sie nicht eine großartige kleine Dame? Wir werden ein tolles Cover machen. Vierfarbig, alles drin. Spielen Sie Gitarre?«

»Nein«, sagte ich überrascht. »Warum?«

»Ich dachte, wir könnten Sie als eine Art weiblichen Leonard Cohen rausbringen«, sagte Sturgess.

Die anderen wirkten bei dem Vorschlag leicht beunruhigt. »Natürlich muß alles noch ein bißchen überarbeitet werden«, sagte Morton.

»Ja«, sagte Colin. »Wir nehmen vielleicht heraus, was zu, na ja...«

»Hier und da kann bißchen was raus«, sagte Sturgess. »Ich meine, es gibt da ein paar Sachen, die ich nicht so ganz verstehe: Zum Beispiel, wer ist der Mann mit den Narzissen und den Eiszapfenzähnen?«

»Mir hat das irgendwie gefallen«, meinte Colin. »Es ist irgendwie jungianisch...«

»Aber die Stelle über die Straße des Lebens, na ja...«

»Das gefällt mir«, sagte Sturgess. »Das ist eindeutig, da hat man was Handfestes.«

»Nun, Gentlemen, das sind Details«, sagte Morton. »Das können wir alles später klären. Es ist offensichtlich, daß dieses Buch für jeden etwas hat. Meine Liebe«, sagte er, zu mir gewandt, »wir würden uns glücklich schätzen, Ihr Buch veröffentlichen zu dürfen. Haben Sie einen Titel dafür?«

»Noch nicht«, sagte ich. »Ich habe noch nicht viel darüber nachgedacht. Ich glaube, ich habe nicht gedacht, daß es je veröffentlicht würde. Ich verstehe von solchen Sachen nicht viel.«

»Was ist mit dem hier, direkt hier«, sagte Sturgess, das

Manuskript durchblätternd. »Das hat mich irgendwie auf Anhieb gefesselt. Teil fünf:

Sie sitzt auf dem eisernen Thron
Sie ist eins und dreifach
Die dunkle Lady   die rotgoldene Lady
die unbeschriebene Lady   Orakel
des Blutes, ihr, der
Gehorsam zusteht   auf ewig
Ihre Glas-Schwingen sind dahin
Sie treibt den Fluß hinab
ihr letztes Lied singend

und so weiter.«

»Ja«, sagte Morton, »da schwingt was mit. Das erinnert mich an etwas.«

»Was ich damit sagen will, hier habt ihr euren Titel«, meinte Sturgess. »*Lady Orakel*. Das ist es, für so was habe ich eine Nase. Die Frauenbewegung, das Okkulte, alles drin.«

»Ich möchte dieses Buch nicht veröffentlichen, wenn es nicht wirklich gut ist«, sagte ich. Mein dritter Grasshopper stand vor mir, und ich fühlte mich nicht mehr so würdevoll. Außerdem begann ich mir Gedanken wegen Arthur zu machen. Was würde er wohl davon halten, von dieser unglücklichen, aber glühenden und, so kam es mir jetzt vor, leicht albernen Liebesgeschichte zwischen einer Frau in einem Boot und einem Mann mit einem Umhang, mit Zähnen wie Eiszapfen und Augen aus Feuer.

»Gut«, sagte Sturgess. »Zerbrechen Sie sich bloß nicht Ihren hübschen kleinen Kopf über ›gut‹. Wir kümmern uns um ›gut‹, das gehört zu unserem Geschäft, in Ordnung? Ich weiß genau, wie man so was in die Hand nehmen muß. Ich meine, eine Menge Sachen sind ›gut‹, aber das hier ist *phantastisch*.«

22

»Arthur«, sagte ich. »Ich veröffentliche ein Buch.« Ich erzählte ihm das, während er die Elf-Uhr-Nachrichten von CBC ansah, in der Hoffnung, daß er mir nicht richtig zuhören würde. Aber er hörte zu.

»Was?« sagte er. »Ein Buch? Du?«

»Ja«, sagte ich.

Arthur sah bestürzt aus. Er stellte die Nachrichten leiser.

»Wovon handelt es?« fragte er.

»Nun ja, es ist irgendwie, man könnte sagen, es geht um die Mann-Frau-Beziehung in unserer Gesellschaft.« Ganz wohl fühlte ich mich nicht dabei; ich dachte an Teil vierzehn, an die Umarmung zwischen der eisernen Maid, glatt an der Oberfläche, aber innen voller Dornen, und dem Mann im aufgeblasenen Taucheranzug. Ich versuchte etwas zu finden, was ihm respektabel erscheinen würde, und das war mir anscheinend geglückt, denn er hörte auf, die Stirn zu runzeln.

»Das ist gut«, sagte er. »Ich hab' dir immer gesagt, daß du Talent hast. Wenn du magst, könnte ich es für dich durchsehen. Für dich überarbeiten.«

»Danke, Arthur«, sagte ich, »aber es ist schon redigiert worden.« Es stimmte: Der arme Colin Harper hatte das Manuskript mehrfach überarbeitet, einiges herausgenommen und *streichen* an den Rand geschrieben. Er hatte versucht, taktvoll zu sein, aber das Buch brachte ihn ganz offensichtlich in Verlegenheit. Er hatte zweimal das Wort ›melodramatisch‹ gebraucht, und einmal hatte er von ›schnulziger Trivialität‹ gesprochen, worauf mir der Schreck in die Glieder fuhr – *er wußte Bescheid.* Aber es war nur Zufall. »Es ist schon im Druck«, erklärte ich Arthur. »Sie wollen, daß ich im Fernsehen auftrete«, fügte ich hinzu, wahrscheinlich, um ihn zu beeindrucken.

Arthur war wieder unangenehm berührt, wie ich er-

wartet hatte. »Warum hast du es mir nicht früher gesagt?«
»Du warst so beschäftigt«, murmelte ich. »Ich wollte dich nicht stören.« Das stimmte insofern, als Arthur eine völlig neue Gruppe von Leuten kennengelernt hatte und sich in einem neuerlichen Aufwärtstrend befand.
»Nun, das ist ja wunderbar«, sagte er. »Ich werde es lesen. Wir sollten ausgehen und feiern; da sind ein paar Leute, die ich dir ohnehin vorstellen wollte.«
Arthurs Vorstellung vom Feiern waren die Young Lok Gardens in Spadina. »Es ist genauso, wie Sai Woo's früher war«, sagte Arthur, »bevor es berühmt wurde.« Damit meinte er, daß es billig war. Wir waren schon einmal dort gewesen, und das Essen war gut; aber ich brauchte zu einer richtigen Feier wenigstens ein paar Drinks und nach Möglichkeit Kerzen. In Young Lok Gardens wurde kein Alkohol ausgeschenkt.
Aber Arthur war empfindlich, also schlug ich nichts anderes vor. Wir gingen nach Spadina und stiegen in einen Bus. Arthur verweigerte immer noch die Anschaffung eines Autos; Verschwendung, sagte er. Ich wußte, daß er moralisch im Recht war; er war moralisch immer im Recht. Das war bewunderswert, aber es wurde allmählich anstrengend.
Die Leute, mit denen wir uns treffen wollten, erzählte Arthur, waren Don und Marlene Pugh. Arthur und Don lehrten an der gleichen Fakultät und teilten die gleichen Ansichten. Arthur respektierte Dons Verstand, sagte er mir. Er war großartig darin, den Verstand anderer Leute zu respektieren, anfangs. Aber er schaffte es immer, irgendeinen Makel, einen kleinen Winkel voller vertrocknetem Mist zu finden. »Niemand ist vollkommen«, pflegte ich zu sagen. Nicht einmal du, hätte ich immer lieber hinzugefügt.
Wir betraten die Young Lok Gardens, die wie üblich bre-

chend voll waren. Ein Pärchen winkte uns von der gegenüberliegenden Seite zu, und wir zwängten uns zwischen den Tischen hindurch, um zu ihnen zu gelangen.
»Joan, das ist Don Pugh und seine Frau Marlene«, sagte Arthur, und mir wurde plötzlich übel. Ich kannte Marlene. Ich war mit ihr zusammen bei den Pfadfinderinnen gewesen.
Sie hatte sich nicht sehr verändert, sie war immer noch viel dünner als ich. Sie trug einen gebleichten Jeansanzug mit einer gestickten Blume auf der Jackentasche; sie hatte spärliche blonde Haare, die ihr zerrupft um die Schultern hingen, und eine runde, silbern umrandete Brille. Sie war schlank und durchtrainiert, mit klotzigen Silberringen an allen vier Fingern der linken Hand, wie ein Schlagring. Ich konnte feststellen, daß sie eine steile Karriere bei den Pfadfinderinnen gemacht hatte, daß sie dann angefangen hatte, modernen Tanz, Gestalttherapie, Karate, Holzarbeiten zu machen. Sie lächelte zu mir auf, kühl und sicher. Ich hatte natürlich schlampige Klamotten an: einen Schal, eine baumelnde Halskette, mit der man mich problemlos hätte strangulieren können, ein Halstuch. Meine Haare hatten eine Wäsche nötig, meine Fingernägel waren schmutzig, meine Schnürsenkel schienen offen zu sein, obwohl ich keine trug.
Fettpolster quollen aus meinen Schenkeln und Schultern, mein Bauch wölbte sich vor wie ein Riesenkürbis, eine braune Wollmütze stülpte sich über meinen Skalp, Pumphosen bedeckten meine panikgefüllten Lenden. Tränen sammelten sich hinter meinen Augen. Wie ein Virus in einer geschwächten Kehle erwachte meine schlafende Vergangenheit zu üppigem Leben.
»Freut mich, Sie kennenzulernen«, sagte Marlene.
»Entschuldigung«, sagte ich. »Ich muß auf die Toilette.«
Verfolgt von ihren erstaunten Blicken, stürzte ich in Rich-

tung ›Damen‹ davon. Dort angekommen schloß ich mich in einer Kabine ein und saß da, hilflos vor Selbstmitleid, schniefend und meine Nase schneuzend. Schöne Feier. Marlene, meine Peinigerin, die mich an die Brücke gefesselt und als lebendes Opfer für das Ungeheuer des Hohlwegs zurückgelassen hatte; Marlene, der erfindungsreiche Inquisitor. Der Alptraum meiner Kindheit hatte mich wieder eingefangen, in dem ich bis in alle Ewigkeit hinter den anderen herrannte, den Gedankenlosen oder Höhnischen, mit ausgestreckten Händen um ein Wort des Lobes bettelnd. Sie hatte mich nicht erkannt, aber sollte es ihr einfallen, wußte ich genau, was geschehen würde: Sie hätte ein nachsichtiges Lächeln für ihr früheres Ich übrig, und ich würde vor Scham im Boden versinken. Dabei hatte ich nichts Beschämendes getan; sie war diejenige, die es getan hatte. Warum sollte ich dann Schuldgefühle empfinden, warum sollte sie frei ausgehen? Ihr stand die Freiheit der Stärkeren zu; meine Schuld war die Schuld der Verlierer, derjenigen, die man bloßstellen kann, die versagt haben. Ich haßte sie. Ich konnte nicht die ganze Nacht hier sitzen bleiben. Mit einem feuchten Papiertuch wischte ich mir das Gesicht ab und frischte mein Make-up auf. Ich mußte mich einfach durchbeißen.

Als ich an den Tisch zurückkam, aßen sie einen ganzen Süß-Sauer-Fisch, komplett mit hervorquellenden, gebackenen Augen. Sie nahmen kaum Notiz von meiner Rückkehr: Sie waren in eine Diskussion über den Kulturimperialismus der Vereinigten Staaten vertieft. Ein weiterer Mann hatte sich ihnen angeschlossen, mit traurigen Augen, sandfarbenen Haaren und beginnender Glatze. Ich bekam seinen Namen als Sam mit, obwohl sich niemand die Mühe machte, mich vorzustellen.

Ich saß da und hörte zu, wie sie ihre Ideen wie Pingpongbälle vor- und zurückschlugen und ihre Punkte sammelten. Sie entschieden über die Zukunft des Landes. Sollte es

Nationalismus mit einem Schuß Sozialismus sein oder Sozialismus mit einem Schuß Nationalismus? Don, so schien es, hatte sämtliche Statistiken im Kopf; Arthur hatte den Eifer. Sam war anscheinend der Theoretiker; es stellte sich heraus, daß er an einer Rabbinerschule studiert hatte. Marlene fällte die Urteile. Ihr gebührte der Preis für Selbstgerechtigkeit, dachte ich. Sie war sogar noch selbstgerechter als Arthur. Sie hatte sämtliche Trümpfe in der Hand, sie hatte einmal in einer Fabrik gearbeitet, was die anderen höllisch beeindruckte. Niemand sagte etwas zu mir; Arthur könnte mein Buch erwähnen, dachte ich, aber vielleicht schützte er sich selbst. Er wollte nichts davon sagen, bevor er es nicht gelesen hatte; er traute mir nicht. Der einzige am Tisch, bei dem für mich einige Hoffnung auf Kommunikation bestand, war der gebakkene Fisch, mittlerweile bis auf Rückgrat und Kopf abgenagt.

»Wir wollen ein paar Glücksplätzchen bestellen«, sagte ich mit gezwungener Fröhlichkeit. »Ich mag sie gerne, ihr nicht?« Arthur bestellte welche mit der Miene eines Mannes, der einem verzogenen Kind nachgibt. Marlene warf mir einen verächtlichen Blick zu.

Ich beschloß, sie frontal anzugehen. Wenn schon, dann wollte ich gleich jetzt das Schlimmste wissen. »Ich glaube, wir sind zusammen bei den Pfadfinderinnen gewesen«, sagte ich.

Marlene lachte. »Oh, die Pfadfinderinnen«, sagte sie. »Alle waren bei den Pfadfindern.«

»Ich war ein Zwerg«, sagte ich.

»Ich kann mich beim besten Willen nicht erinnern, was ich war«, sagte sie. »Ich kann mich überhaupt nicht mehr gut daran erinnern. Wir haben uns hinterher oft in der Garderobe versteckt und Leute über das Kirchentelefon angerufen. Wenn sie abhoben, sagten wir: ›Läuft Ihr Eisschrank?‹ Und wenn sie ja sagten, antworteten wir: ›Dann fangen Sie ihn besser wieder ein.‹ Das ist so ziemlich alles, woran ich mich erinnern kann.«

Ich erinnerte mich sehr genau an dieses Spiel, weil sie mich nie mitspielen lassen wollten. Ich war erstaunt, wie sehr mich das alles immer noch ärgerte. Es kam mir sehr ungerecht vor, daß ein für mich so demütigendes Erlebnis sie überhaupt nicht berührt hatte.

Die Glücksplätzchen kamen. Don und Arthur ignorierten ihre, aber wir anderen öffneten sie. Bei mir stand *Eine neue Liebe wartet auf Sie.* Sam wurden Reichtümer versprochen, und bei Marlene stand: *Oft ist es am besten, sich selbst treu zu sein.*

»Offenbar hab' ich das falsche bekommen«, sagte Sam.

»Ich weiß nicht«, sagte Marlene. »Du warst schon immer ein verkappter Kapitalist.« Sie schienen sich besser zu kennen, als ich angenommen hatte.

»Ich hab' auch das falsche bekommen«, sagte ich. Marlenes war für mich bestimmt, fühlte ich. *Oft ist es am besten, sich selbst treu zu sein,* flüsterte eine kleine, zerbrochene Stimme wie ein Gewissen. Aber welchem Selbst, welchem? Und wenn ich mir vorstellte, wie entsetzt sie wären, wenn ich je damit anfing.

»Was war los mit dir?« sagte Arthur, als wir wieder in unserem Apartment waren.

»Ich weiß nicht«, sagte ich. »Um ganz ehrlich zu sein, Marlene liegt mir nicht so besonders.«

»Oh, sie mag dich aber, sogar sehr«, sagte Arthur. »Sie hat es mir gesagt, als du auf dem Klo warst.«

»Beim erstenmal?« fragte ich.

»Nein«, sagte er, »ich glaube, beim drittenmal.«

Gott sei gedankt für die Toilettenkabinen, die einzigen Örtchen, die noch für einsame Meditation und Gebete geblieben sind. Und wofür hatte ich gebetet? Ich hatte von ganzem Herzen dafür gebetet, daß Marlene in ein Loch fallen sollte.

Im Laufe der folgenden Woche zogen Marlene und Don, mit Sam im Schlepptau, praktisch bei uns ein. Marlene wurde Arthurs platonisches Ideal. Sie hatte nicht nur einen Verstand, den er respektieren konnte, sie war auch noch eine erstklassige Köchin, hauptsächlich vegetarisch. Don und Marlene hatten zwei kleine Kinder, und trotz der Tatsache, daß es Arthur war, der unser Schlafzimmer mit jeder bekannten Form von Geburtenkontrollvorrichtungen tapeziert hatte, der mich dazu drängte, die Pille zu nehmen, der meckerte, wenn ich mich übergeben mußte, und der graugrün anlief, wenn sich meine Periode verspätete, wurden mir jetzt unausgesprochene Vorwürfe gemacht, daß ich keine Kinder hatte.

Marlene war geschäftsführende Herausgeberin bei *Resurgence*, einem kleinen, nationalistisch-kanadischen linken Magazin, bei dem Don als Chefredakteur und Sam als Redakteur fungierten. Arthur wurde bald freier Redakteur und schrieb einen sorgfältig recherchierten Artikel über Blattpflanzen, den Marlene las, kettenrauchend (ihr einziges Laster), gedankenvoll nickend und dazu Sachen von sich gebend wie: »Da hast du ins Schwarze getroffen«, während Arthur strahlte. Die Muse, dachte ich ärgerlich; nie kam sie auf die Idee, mir beim Kaffeekochen zu helfen, ich erledigte alles. Es war das mindeste, was ich tun konnte, wie Arthur sagte, und ich war entschlossen, das mindeste zu tun.

Ich war auf Marlene eifersüchtig, aber nicht auf die übliche Art. Es kam mir nicht in den Sinn, daß Arthur je daran denken könnte, Hand an ihren dürren, kleinen Rumpf zu legen, genausowenig, wie ein gläubiger Katholik die Madonna antasten würde. Und bald war mir auch klar, daß Marlene ein Verhältnis mit Sam hatte, wovon Don nichts wußte. Ich beschloß, es niemandem zu sagen, noch nicht. Fast augenblicklich stieg meine Laune; ich kaufte Plätzchen, die ich zum Kaffee servierte, und nahm an den Redaktionssitzungen teil. Zu Sam war ich besonders freundlich; ihm war deutlich anzumerken, daß er unter ziemlichem Druck stand. Obwohl er auf der einen Seite genauso hingebungsvoll und ernsthaft wie Arthur war, hatte er auch eine weniger einschüchternde Seite, die nur in der Küche zum Vorschein kam, wenn er mir beim Kaffeekochen half. Mir gefiel es, daß er beim Kaffeekochen half und daß er noch viel ungeschickter war als ich.

Inzwischen waren die Korrekturfahnen von *Lady Orakel* vom Verlag gekommen. Ich korrigierte sie mit wachsender Besorgnis. Beim erneuten Lesen wirkte das Buch ganz merkwürdig. Tatsächlich hatte es, abgesehen vom Stil, eine verblüffende Ähnlichkeit mit meinen üblichen historischen Trivialromanen, allerdings eines danebengegangenen. Irgendwie auf den Kopf gestellt. Da gab es Leid, den Helden in der Maske des Bösewichts, den Bösewicht in der Maske des Helden, Flucht, den lauernden Tod, das Gefühl, eingesperrt zu sein, aber kein Happy-End, keine wahre Liebe. Die Erkenntnis dieser halben Ähnlichkeit war mir unbehaglich. Vielleicht hätte ich es zu einem Psychiater statt zu einem Verleger bringen sollen; aber dann fiel mir der Psychiater ein, zu dem meine Mutter mich geschickt hatte. Er war keine große Hilfe gewesen, und keiner würde etwas vom Automatischen Schreiben verstehen. Vielleicht hätte ich nicht meinen eigenen Namen, vielmehr Arthurs Namen verwenden sollen; dann hätte ich ihm das Buch nicht zu zeigen brauchen. Ich fürchtete mich immer mehr davor. Er hatte das Buch nicht mehr erwähnt, seit ich ihm davon erzählt hatte, und ich auch nicht. Obwohl ich mich über sein mangelndes Interesse ärgerte, war ich dankbar für die Chance, den Tag des Jüngsten Gerichts hinauszuschieben. Das Buch würde Arthur nicht gefallen, und den anderen auch nicht.

Ich rief Mr. Sturgess an, von Morton und Sturgess. »Ich

habe es mir überlegt«, sagte ich. »Ich möchte nicht, daß das Buch veröffentlicht wird.«
»Was?« sagte Sturgess. »Warum nicht?«
»Ich kann es nicht erklären. Es ist persönlich.«
»Hören Sie«, sagte Sturgess, »Sie haben einen Vertrag unterschrieben, erinnern Sie sich?«
Aber nicht mit Blut, dachte ich. »Können wir die ganze Sache nicht einfach abblasen?«
»Wir sind mitten in der Produktion«, sagte Sturgess. »Warum treffen wir uns nicht auf einen Drink und reden mal darüber?«
Bildlich gesehen klopfte er mir auf den Rücken und versicherte mir, daß alles in Ordnung gehen würde. Danach fing er mit speziellen Telefonanrufen an, um meine Moral hochzuhalten.
»Wir bringen die Sache auf Touren«, sagte er eines Tages. Dann: »Wir haben Sie in wichtigen Werbesendungen untergebracht.« Oder: »Wir schicken Sie auf Tournee, quer durch Kanada.« Dabei mußte ich an die Königin denken, wie sie winkend auf der rückwärtigen Plattform eines Zuges steht. Würde ich das auch tun müssen? Auch Mr. Peanut fiel mir ein, der an besonderen Samstagen auf den Parkplatz des Loblaw-Supermarkts kam. Er hatte normale Arme und Beine mit Gamaschen und weißen Handschuhen, aber sein Körper war eine riesige Erdnuß; er tanzte blind und ungeschickt herum, während Mädchen Malbücher und Packungen mit Erdnüssen verkauften. Als Kind liebte ich ihn, aber plötzlich wurde mir klar, was es bedeutete, die Erdnuß zu sein: unbeholfen, sichtbar und dem Ersticken nah. Vielleicht hätte ich den Vertrag nicht so leichtsinnig und tollkühn nach meinem fünften Grasshopper unterschreiben sollen. Als das Erscheinungsdatum des Buches näher rückte, erwachte ich jeden Morgen mit einem verschwommenen Gefühl dunkler Vorahnungen, bis es mir dann wieder einfiel.

Die Vorausexemplare des Buches beruhigten mich dann allerdings wieder. Es sah wie ein richtiges Buch aus, und auf der Rückseite war mein Bild wie bei einem richtigen Autor. Louisa K. Delacourts Bild war nie auf der Rückseite. Ein bißchen beunruhigte mich der Klappentext: ›Moderne Liebe und der sexuelle Kampf der Geschlechter, seziert mit schneidender Schärfe und schockierender Ehrlichkeit.‹ Ich war nicht der Meinung, daß es in dem Buch wirklich darum ging; aber Sturgess versicherte mir, er wüßte, was er täte. »Sie schreiben es und überlassen es uns, es zu verkaufen«, sagte er. Außerdem teilte er mir jubilierend mit, daß er die wichtigsten Besprechungen »unter Dach und Fach« hatte.

»Was bedeutet das?« fragte ich.

»Wir haben dafür gesorgt, daß das Buch von jemandem rezensiert wird, dem es gefällt.«

»Aber ist das kein Betrug?« fragte ich, und Sturgess lachte. »Sie sind unglaublich«, sagte er. »Bleiben Sie nur so.«

UNBEKANNTE AUTORIN TAUCHT WIE EIN KOMET AUF DER LITERARISCHEN SZENE AUF, stand in der ersten Besprechung im *Toronto Star*. Ich schnitt den Artikel mit der Küchenschere aus und klebte ihn in das neue Sammelalbum, das ich bei Kresge's gekauft hatte. Allmählich fühlte ich mich besser. In der Rezension im *Globe* wurde es im gleichen Absatz ›gnomisch‹ und ›chthonisch‹ genannt. Ich schlug diese Wörter im Wörterbuch nach. Vielleicht war es doch nicht so schlecht.

(Aber ich nahm mir nicht die Zeit, über die Natur von Kometen nachzudenken. Brocken kosmischen Abfalls mit langen roten Haaren und aufsehenerregenden Schwänzen, von Astronomen entdeckt, die ihnen ihren eigenen Namen gaben. Vorboten des Unheils. Kriegsomen.)

23

Ich gab Arthur ein Exemplar von *Lady Orakel*, mit der Widmung *Für Arthur, mit all meiner Liebe, xxxx, Joan*. Aber er verlor kein Wort darüber, und ich hatte Angst, ihn zu fragen, was er davon hielt. Er wurde abweisend und fing an, eine Menge Zeit in der Universität zu verbringen, zumindest behauptete er das. Ich ertappte ihn, wie er mich gekränkt ansah, wenn er sich unbeobachtet fühlte. Ich kam nicht dahinter. Ich hatte erwartet, er würde mir erklären, das Buch wäre bürgerlich oder geschmacklos oder obskur oder erfunden, um die Leser zum Narren zu halten; statt dessen benahm er sich, als hätte ich eine unverzeihliche, aber unaussprechbare Sünde begangen.

Ich schüttete Sam mein Herz aus, der es sich inzwischen angewöhnt hatte, nachmittags auf ein oder zwei Biere hereinzuschauen. Er wußte, daß ich über Marlene Bescheid wußte, und so konnte auch er sein Herz bei mir ausschütten.

»Ich sitze ganz schön in der Scheiße«, sagte er. »Marlene hat mich am Kragen, und sie dreht ihn langsam um. Sie will Don alles erzählen. Sie meint, wir sollten offen und ehrlich sein. In der Theorie mag das ja ganz okay sein, aber ... sie will bei mir einziehen, mit Kindern und allem. Das würde mich verrückt machen. Außerdem«, sagte er, wieder in Scheinheiligkeit zurückfallend, »denk doch nur mal, wie sich das auf *Resurgence* auswirken würde; alles würde auseinanderbrechen.«

»Das ist wirklich schlimm«, sagte ich. »Ich habe ein Problem.«

»*Du* hast ein Problem?« rief Sam. »Aber du hast doch nie Probleme.«

»Diesmal habe ich eins«, sagte ich. »Es geht um Arthur und mein Buch. Ich meine, er hat mir nicht mal gesagt, daß es schlecht ist«, sagte ich. »Das ist so gar nicht seine Art. Er benimmt sich so, als existierte es nicht, aber gleichzeitig ist er gekränkt. Ist es denn wirklich so schrecklich?«

»Ich selbst schwärme ja auch nicht für Metaphern«, sagte Sam, »aber ich halte es für ein ganz gutes Buch. Ich glaube, da steckt eine Menge Wahrheit drin. Mit der Ehe und dem ganzen Zeug, da hast du den Nagel auf den Kopf getroffen. Ich habe Arthur zwar nie in diesem Licht gesehen, aber ein Außenstehender bekommt diese Seite ja nie mit, stimmt's?«

»O mein Gott«, sagte ich. »Du glaubst, das Buch handelt von Arthur?«

»Arthur glaubt dasselbe«, sagte Sam. »Deshalb ist er ja gekränkt. Stimmt es nicht?«

»Nein«, sagte ich. »Kein bißchen.«

»Wer ist dann der andere Kerl?« wollte Sam wissen. »Wenn er herausfindet, daß es jemand anders ist, dann wird er noch saurer sein, verstehst du?«

»Sam, es geht hier nicht um jemand. Ich hab' keinen heimlichen Liebhaber, wirklich nicht. Es ist alles irgendwie, na ja, frei erfunden.«

»Du sitzt ganz schön in der Scheiße«, sagte Sam. »Das wird er nie glauben.«

Genau das befürchtete ich. »Vielleicht könntest du mal mit ihm reden.«

»Ich werd's versuchen«, sagte Sam, »aber ich glaube nicht, daß es Sinn hat. Was soll ich ihm sagen?«

»Ich weiß nicht«, sagte ich. Aber er mußte wohl doch etwas gesagt haben, denn Arthurs Haltung veränderte sich ein bißchen. Zwar sah er mich weiterhin an, als hätte ich ihn an die Nazis verraten, aber er war kein Spielverderber und würde es nicht erwähnen. Das einzige, was er sagte, war: »Wenn du dein nächstes Buch schreibst, würde ich es vorher gern mal sehen.«

»Ich schreibe keine Bücher mehr«, sagte ich. Ich arbeitete gerade an *Liebe, mein Lösegeld*, aber das mußte er ja nicht unbedingt wissen.

Ich mußte mir über andere Dinge Sorgen machen. Sturgess' Schlachtplan war nun in vollem Gang, und mein erster Fernsehauftritt rückte näher. Im Anschluß schmissen Morton und Sturgess eine Party für mich. Ich war sehr nervös. Ich besprühte mich mit viel Arrid Extra-Dry, zog ein langes, rotes Abendkleid an und versuchte mich zu erinnern, was in Tante Lous Anstandsbüchlein über schwitzende Handflächen gestanden hatte. Talkumpuder, dachte ich. Ich streute ein bißchen auf meine Hände und machte mich im Taxi auf den Weg zum Fernsehsender. Benehmen Sie sich ganz natürlich, hatte Sturgess mir gesagt.
Der Interviewer war ein Mann, ein junger Mann, sehr lebhaft. Er scherzte mit den Technikern, während sie mir die Schlinge um den Hals legten; ein Mikrofon, erklärten sie. Ich schluckte mehrmals. Ich fühlte mich wie Mr. Peanut, groß und schwerfällig. Die Scheinwerfer gingen an, und der lebhafte junge Mann wandte sich mir zu.
»Willkommen bei *Heißer Tip am Nachmittag*. Heute haben wir einen Gast, Joan Foster, Autor oder wohl besser Autorin des augenblicklichen Bestsellers *Lady Orakel*. Sagen Sie mir, Mrs. Foster – oder ziehen Sie die Anrede *Ms*. Foster vor?«
Ich trank gerade einen Schluck Wasser und setzte das Glas so schnell ab, daß ich einiges verschüttete. Wir taten beide so, als liefe das Wasser nicht quer über den Tisch und dem Interviewer in die Schuhe. »Das liegt ganz bei Ihnen«, sagte ich.
»Oh, dann sind Sie nicht in der Frauenbewegung?«
»Nun, nein«, sagte ich. »Ich meine, ich stimme mit einigen ihrer Ideen überein, aber ...«

»Mrs. Foster, würden Sie sich selbst als glücklich verheiratete Frau bezeichnen?«

»Aber *ja*«, sagte ich. »Ich bin seit Jahren verheiratet.«

»Hm, das ist merkwürdig. Denn ich habe Ihr Buch gelesen, und es schien mir voller Zorn zu stecken. Mir kam es wie ein sehr zorniges Buch vor. Wenn ich Ihr Ehemann wäre, würde ich es, glaube ich, nicht mögen. Was meinen Sie dazu?«

»Es handelt nicht von meiner *Ehe*«, sagte ich ernst.

Der junge Mann grinste. »Ach so«, sagte er. »Vielleicht können Sie uns erzählen, was Sie inspiriert hat?«

Von diesem Punkt an erzählte ich die Wahrheit. Ich hätte es nicht tun sollen, aber sobald ich damit angefangen hatte, konnte ich nicht mehr aufhören. »Nun, ich unternahm einige Experimente im Automatischen Schreiben«, sagte ich. »Sie wissen schon, man sitzt vor einem Spiegel, mit Papier und Bleistift und einer brennenden Kerze, und dann... Na ja, diese Wörter wurden mir gewissermaßen eingegeben. Ich meine, sie stehen dann einfach auf dem Papier, ohne daß ich selbst was dazu getan hätte, wenn Sie verstehen, was ich meine. Und danach... na ja, so ist das alles gekommen.« Ich kam mir wie ein kompletter Idiot vor. Ich wünschte mir noch einen Schluck Wasser, aber es war nichts mehr da, ich hatte alles verschüttet.

Der Interviewer war ratlos. Er schenkte mir einen Blick, der eindeutig ausdrückte: Du willst mich wohl auf den Arm nehmen. »Sie meinen, eine Geisterhand hat diese Gedichte für Sie geschrieben«, sagte er scherzhaft.

»Ja«, antwortete ich. »So ungefähr. Sie können es ja selbst ausprobieren, wenn Sie nach Hause kommen.«

»Nun«, sagte der Interviewer. »Vielen Dank, daß Sie an diesem Nachmittag hier bei uns waren. Das war die entzückende Joan Foster, oder sollte ich Mrs. Foster sagen – oh, ich fürchte, das wird Sie mir nicht durchgehen lassen – *Ms.* Joan Foster, Autorin von *Lady Orakel*. Und hier spricht Barry Finkle, der sich hiermit von Ihnen mit *Heißer Tip am Nachmittag* verabschiedet.«

Auf der Party nahm Sturgess meinen Ellbogen und steuerte mich wie einen Supermarkt-Einkaufswagen durch den Raum.
»Tut mir leid wegen dem Interview«, sagte ich. »Ich hätte das nicht sagen sollen.«
»Wovon reden Sie?« krähte er. »Es war sensationell! Wie sind Sie darauf gekommen? Damit haben Sie's ihm ganz schön gegeben!«
»Es war nicht beabsichtigt«, sagte ich. Sinnlos, ihm klarmachen zu wollen, daß es wahr war.
Auf der Party waren eine Menge Leute, und ich konnte mir Namen schlecht merken. Ich machte mir einen geistigen Knoten ins Taschentuch, nicht zuviel zu trinken. Ich hatte mich an diesem Tag schon einmal zum Narren gemacht. Ich mußte ruhig bleiben.
Als Sturgess meinen Ellbogen endlich losließ, zog ich mich an die Wand zurück. Ich war auf der Flucht vor einem Zeitungskolumnisten, der den Fernsehauftritt gesehen hatte und sich nun über psychische Phänomene unterhalten wollte. Mir war nach Weinen zumute. Was für einen Sinn hatte es, für einen Tag Prinzessin spielen zu dürfen, wenn man sich trotzdem wie eine Kröte vorkam? Und sich auch wie eine benahm. Arthur würde gedemütigt sein. Was ich gesagt hatte, von einer Küste zur anderen, lag keineswegs auf der Parteilinie. Nicht, daß er zu einer Partei gehört hätte. Das hier war eine Party. Schöne Party. Ich trank meinen doppelten Scotch aus und ging mir einen neuen holen.
Als ich an der Bar auf meinen Drink wartete, kam ein Mann und stellte sich neben mich.
»Sind Sie Lady Orakel?« sagte er.
»Mein Buch heißt so«, sagte ich.

»Toller Titel«, meinte er. »Tolles Buch. Ein Überbleibsel aus dem neunzehnten Jahrhundert. Ich glaube, es ist eine Kombination von Rod McKuen und Kahlil Gibran.«
»Mein Verleger glaubt das auch«, sagte ich.
»Ich nehme an, Sie sind ein Verkaufserfolg«, sagte er. »Wie fühlt man sich als erfolgreicher schlechter Schriftsteller?«
Ich wurde langsam wütend. »Warum veröffentlichen Sie nicht eins und finden es heraus?«
»He«, grinste er, »immer mit der Ruhe. Sie haben jedenfalls phantastische Haare. Bloß nie abschneiden.«
Diesmal sah ich ihn an. Er hatte auch rote Haare und einen eleganten Schnurr- und Kinnbart; der Schnurrbart gewichst und an den Enden hochgezwirbelt, der Kinnbart spitz. Er trug einen langen, schwarzen Umhang und Gamaschen, einen Stock mit Goldknauf, ein Paar weiße Handschuhe und einen mit Stachelschweinborsten besetzten Hut.
»Ihr Hut gefällt mir«, sagte ich.
»Danke«, sagte er. »Hat ein Mädchen für mich gemacht. Ein Mädchen, das ich kannte. Sie hat auch noch passende Handschuhe dazu genäht, aber ich blieb überall hängen – an Leuten beim Anstellen, toten Hunden, Nylonstrümpfen, solchen Sachen. Das hier ist meine Galauniform. Warum kommen Sie nicht mit zu mir nach Hause?«
»Oh, ich kann nicht«, sagte ich. »Trotzdem vielen Dank.«
Er schien nicht enttäuscht zu sein. »Nun, dann kommen Sie wenigstens zu meiner Show.« Er reichte mir eine leicht beschmutzte Einladungskarte. »Heute abend ist Eröffnung. Ist nur ein paar Blocks von hier entfernt; daher kommt es auch, daß ich in diese Party reingeplatzt bin. Meine eigene wurde mir zu langweilig.«
»Einverstanden«, sagte ich. Es ist ja nichts dabei, dachte ich mir. Insgeheim fühlte ich mich geschmeichelt: Es war

lange her, seit ein Mann versucht hatte, sich an mich heranzumachen. Außerdem fand ich ihn attraktiv. Ihn oder seinen Umhang, ich war nicht sicher, was. Und ich wollte dem Kolumnisten entgehen.

Die Eröffnung fand in einer kleineren Kunstgalerie statt, dem *Takeoff*, und die Show selbst nannte sich SQUAWSHT. »Es ist so was wie ein Wortspiel«, erklärte er mir auf dem Weg zur Yonge Street. »*Squaw* und *squashed*, kapiert?«

»Ich glaube schon«, sagte ich. Im Licht eines Schaufensters studierte ich die Einladungskarte. ›Das Königliche Stachelschwein‹ stand darauf, ›Meister der KON-KREATIVEN POESIE‹. Dazu ein Bild von ihm in voller Uniform, neben ihm eine Aufnahme von einem toten Stachelschwein, von unten fotografiert, so daß die langen Vorderzähne sichtbar waren.

»Wie ist Ihr richtiger Name?« fragte ich.

»Das ist mein richtiger Name«, sagte er leicht pikiert. »Ich hab' ihn amtlich ändern lassen.«

»Oh«, sagte ich. »Wie sind Sie auf diesen besonderen Namen gekommen?«

»Nun ja, ich bin Royalist«, sagte er. »Ich steh' wirklich auf die Königin. Ich dachte, ich sollte einen Namen haben, bei dem das auch deutlich wird. Es ist wie die Royal Mail oder die Royal Canadian Mounted Police. Außerdem, so glaub' ich, prägt es sich leicht ein.«

»Und was ist mit dem Stachelschwein?«

»Ich hab' den Biber als nationales Symbol schon immer für eine Fehlbesetzung gehalten«, sagte er. »Was gibt ein Biber schon her? Ein blödes Tier und zu sehr neunzehntes Jahrhundert; diese ganze Betriebsamkeit. Und wissen Sie, warum man sie gejagt hat? Der Pelz für Hüte, und dann hat man ihnen die Eier abgeschnitten, für Parfüm. Ich meine, was für ein Schicksal. Das Stachelschwein dagegen, es tut, was ihm beliebt, es ist mit Stacheln bedeckt, da traut sich niemand ran. Außerdem hat es einen ausgefallenen Geschmack; ich meine, Biber nagen Bäume, Stachelschweine nagen an Toilettensitzen.«

»Ich dachte, sie wären leicht umzubringen«, sagte ich. »Man schlägt sie mit einem Stock tot.«

»Propaganda«, sagte er.

Als wir ankamen, ging eine Anzahl von Leuten gerade; draußen demonstrierte der Tierschutzverein mit Schildern, auf denen stand: RETTET UNSERE TIERE. Die Show selbst bestand aus mehreren Gefrierbehältern, oben und vorne mit Glas wie in den Supermärkten die Schaukästen für Eis und gefrorenen Fruchtsaft. In den Gefrierschränken war eine Reihe toter Tiere, die anscheinend alle von Autos überfahren worden waren. Sie waren in genau der Lage, in der man sie aufgefunden hatte, im Schnellverfahren tiefgefroren worden, und an der Stelle, die gewöhnlich für den Namen des Gemäldes, für Maße und Material – Komposition Nr. 72, 50 mal 90, Acryl und Nylonfarbe – reserviert war, hing eine kleine Karte mit Angabe der Tiergattung, des Ortes, wo es gefunden worden war, und einer Beschreibung der Verletzungen: WASCHBÄR MIT JUNGEM, DON MILLS UND 401., GEBROCHENES RÜCKGRAT, INNERE BLUTUNG beispielsweise; oder: HAUSKATZE, RUSSELL HILL ROAD, ZERQUETSCHTES BECKEN. Es gab da einen Skunk, mehrere Hunde, ein Rehkitz und ein Stachelschwein sowie die üblichen Katzen, Murmeltiere und Eichhörnchen. Sogar eine Schlange, fast bis zur Unkenntlichkeit verstümmelt.

»Was halten Sie davon?« fragte mich das Königliche Stachelschwein, nachdem wir die Runde gemacht hatten.

»Nun«, sagte ich, »ich weiß nicht recht... ich glaube, ich verstehe nicht viel von Kunst.«

»Es ist keine Kunst, es ist Dichtung«, sagte das Königliche Stachelschwein leicht beleidigt. »Kon-kreative Poe-

sie, ich bin der Mann, der die Kreativität wieder konkret gemacht hat.«
»Auch davon versteh' ich nicht viel.«
»Das merkt man an dem Zeug, das Sie schreiben«, sagte er. »Ich könnte so ein Zeug mit den Zehen schreiben. Sie sind nur deswegen groß im Geschäft, weil Ihr Zeug altmodisch ist, Mensch, sie kaufen's, weil sie der Gegenwart nachhinken. Rückspiegel, wie McLuhan sagt. Die neue Dichtung ist die Dichtung der *Dinge*. Wie das hier, so was ist noch nie zuvor gemacht worden«, sagte das Königliche Stachelschwein und sah mürrisch zum Galerieeingang, wo ein weiterer Haufen früher Nachtschwärmer mit grünen Gesichtern herausdrängte. »Ist Ihnen das klar?«
»Haben Sie was verkauft?« fragte ich strahlend.
»Nein«, sagte er. »Aber ich werd' schon noch. Ich sollte mit dieser Show in die Staaten fahren, die Leute hier oben sind so vorsichtig, sie sind nicht bereit, mal was zu riskieren. Deswegen mußte auch Alexander Graham Bell in den Süden gehen.«
»Das sagt mein Mann auch«, sagte ich.
Das Königliche Stachelschwein sah mich mit neu erwachtem Interesse an. »Sie sind verheiratet«, sagte er. »Wußte ich nicht. Ihre Ellbogen sind wahnsinnig sexy, solche hab' ich noch nie gesehen. Ich denke daran, eine Show über Ellbogen zu machen, die sind ein sehr unterbewerteter Körperteil.«
»Und wo bekommen Sie die her?« fragte ich.
»Von überall«, sagte er und nahm mich beim Ellbogen. »Verschwinden wir hier.«
Als wir draußen an den demonstrierenden Tierschützern vorbeigingen, murmelte er: »Die haben nichts kapiert. Ich zerquetsche sie ja nicht, ich verwende sie nur; was ist daran falsch?«
»Wohin gehen wir?« fragte ich das Königliche Stachelschwein, das immer noch meinen Ellbogen hielt.

»Zu mir«, sagte er.
»Ich habe Hunger«, sagte ich.
Also gingen wir zu Mr. Zums in der Bloor Street, wo ich einen Zumburger mit Beilage aß und das Königliche Stachelschwein einen Schokoladenmilch-Shake trank. Ich bezahlte – er hatte überhaupt kein Geld –, und wir diskutierten über das Für und Wider, mit ihm zu gehen.
»Ich möchte mit Ihrem Ellbogen schlafen«, sagte er.
»Aber ich bin verheiratet«, sagte ich und kaute gedankenvoll an meinem Zumburger. Ich widerstand der Versuchung, und es war eine Versuchung. Arthur hatte mich eingefroren; soweit es ihn anging, hätte ich genausogut eine Rübe sein können. In letzter Zeit hatte ich mich von den unpassendsten Männern angezogen gefühlt: CBC-Nachrichtensprecher, Busschaffner, Schreibmaschinenmechaniker. In meinen Phantasien kümmerte ich mich nicht einmal um Handlungsablauf und Kostüme, sondern ging gleich zum heftigen Atmen über. Es stand wohl ziemlich schlimm mit mir.
»Das ist okay«, sagte das Königliche Stachelschwein. »Ich ziehe verheiratete Frauen vor.«
»Vielleicht zieht mein Mann es nicht vor«, sagte ich.
»Er muß es ja nicht wissen, oder?«
»Er würde es merken. Er hat Intuition.« Das stimmte nicht; was mich wirklich bekümmerte: Selbst wenn Arthur es wüßte, würde es ihm etwas ausmachen? Und wenn es ihm nichts ausmachte, was dann? »Er würde Sie für dekadent halten und denken, daß Sie meiner Ideologie schaden.«
»Er kann Ihre Ideologie behalten, ich übernehme den Rest, ist das fair? Na los, lassen Sie sich mitreißen, es wird umwerfend. Sie sind der Typ danach, das sehe ich.«
Ich aß meinen Zumburger auf. »Es ist unmöglich«, sagte ich.

»Wie Sie wollen«, sagte er. »Die eine gewonnen, die andere verloren. Obwohl Sie wirklich was versäumen.«

»Ich hab' nicht die Energie«, sagte ich.

Er sagte, er brächte mich nach Hause, und wir marschierten die Bloor Street entlang in Richtung auf die Straße mit den dreistöckigen alten Backsteinhäusern mit Veranden und Giebeln, in der Arthur und ich damals wohnten, vorübergehend wie immer. Das Königliche Stachelschwein schien seinen Annäherungsversuch schon vergessen zu haben. Er sorgte sich um den Erfolg seiner Show. »Über die letzte, die ich gemacht habe, erschien nur ein einziger Artikel. Der alte Furz meinte, es wäre ein erfolgloser Versuch, ekelerregend zu wirken. Man kann die Bourgeoisie nicht mehr schockieren; man könnte amputierte Füße von Waisenkindern ausstellen, und irgend jemand würde einen bitten, das zu signieren.«

Wir gingen am Museum und am Varsity-Stadion vorbei weiter nach Westen, durch eine Gegend mit winzigen, schmuddeligen alten Läden, die sich allmählich in Boutiquen verwandelten, vorbei an einem Gerüstegroßhändler. Auf der Brunswick Street bogen wir ab nach Norden, aber ein paar Häuser weiter hielt das Königliche Stachelschwein plötzlich an und gab Laut. Er hatte einen toten Hund gefunden, einen ziemlich großen; er sah aus wie ein Eskimohund.

»Helfen Sie mir, ihn in den Sack zu stecken«, sagte er und zog einen grünen Plastikmüllsack unter seinem Mantel hervor. Er schrieb den Fundort in ein Notizbuch, das er zu diesem Zweck bei sich trug. Dann hob er das Hinterteil an, und ich zog den Müllsack darüber. Der Sack war nicht groß genug, und der Hundekopf sah oben mit hängender Zunge heraus.

»Also dann, gute Nacht«, sagte ich, »war nett, Sie kennenzulernen.«

»Einen Moment«, sagte er, »ich kann das Vieh nicht alleine tragen.«
»Ich werd's bestimmt nicht tragen«, sagte ich. Das Blut war noch feucht.
»Dann tragen Sie meinen Stock.
Er zerrte den Hund hoch und verbarg ihn unter seinem Mantel. Wir schmuggelten ihn in ein Taxi, das ich schließlich bezahlen mußte, und landeten im Lager des Königlichen Stachelschweins. Es befand sich unten in der Stadt in einem Lagerhaus, das man in Künstlerateliers umgewandelt hatte. »Ich bin allerdings der einzige, der hier wohnt«, sagte er. »Kann mir sonst nichts leisten. Die anderen wohnen in richtigen Häusern.«
Wir fuhren in dem schweren Lastenaufzug in den dritten Stock. Viele Möbel hatte das Königliche Stachelschwein zwar nicht, aber dafür eine große Tiefkühltruhe, und er schleppte den Hund sofort hinüber und versenkte ihn darin. Dann band er die Gliedmaßen fest, damit die Leiche in der Haltung einfror, in der wir sie gefunden hatten.
Während er damit beschäftigt war, sah ich mich um. Der größte Teil des Raumes war leer. In einer Ecke stand sein Bett, eine Matratze auf dem Fußboden, keine Laken; darauf lagen mehrere räudige Schaffellteppiche, und darüber hing ein zerlumpter roter Samtbaldachin mit Troddeln. Er besaß einen Spieltisch und zwei Stühle; auf dem Tisch wie auf den Stühlen standen schmutzige Teller und Tassen. An einer Wand hing eine Großaufnahme von ihm in voller Montur, eine tote Maus am Schwanz haltend. Daneben hing ein offzielles Porträt von der Königin und Prinz Philipp, mit Ehrenabzeichen und Diadem, in einem schweren vergoldeten Rahmen ähnlich dem im Büro des Direktors der Oberschule. An der anderen Wand stand eine Küchenspüle, deren Rohre nicht angeschlossen waren. Darin war eine Sammlung ausgestopfter Tiere. Einige waren Spielzeugtiere, Teddybären und Tiger und

Häschen. Andere waren echte Tiere, von Expertenhand bearbeitet und aufgestellt, hauptsächlich Vögel: ein Eistaucher, eine Eule, ein Blauhäher. Dann waren da noch ein paar gestreifte Eichhörnchen und einige normale Eichhörnchen, nicht sehr gut gemacht. Die Stiche waren sichtbar, sie hatten keine Glasaugen und waren lang und fett wie Würste mit steif herausgestreckten Beinen.

»Ich hab's zuerst mit Präparieren und Ausstopfen probiert«, sagte das Königliche Stachelschwein, »aber ich tauge da nicht viel. Einfrieren ist wesentlich besser, auf die Weise bekommen sie keine Motten.«

Er hatte seinen Umhang ausgezogen, und als ich mich umdrehte, sah ich, daß er auch sein Hemd auszog. Beim Aufknöpfen hinterließ das Hundeblut rote Flecken; darunter tauchte seine mit kastanienbraunen Haaren bedeckte Brust auf.

Seine grünen Augen leuchteten wie bei einem Luchs auf, und er kam leise knurrend auf mich zu. Meine Kniekehlen wurden schwach vor Lust, und in meinen Ellbogen spürte ich ein merkwürdig kribbelndes Gefühl.

»Na, ich glaube, ich geh' jetzt besser«, sagte ich. Er sagte nichts. »Wie bedient man den Fahrstuhl?«

»Um Gottes willen«, sagte ich eine Minute später, »wasch dir die Hände.«

»Ich wollte schon immer wissen, wie es ist, eine Kultfigur zu vögeln«, sagte das Königliche Stachelschwein nachdenklich. Er lag auf seiner Matratze und sah mir zu, wie ich mit einer Ecke seines Hemdes, das ich in die Toilette getaucht hatte, das Hundeblut von meinem Bauch wischte. Er hatte kein Waschbecken.

»Schön«, sagte ich ein bißchen scharf, »und wie ist es?«

»Du hast einen hübschen Arsch«, sagte er. »Aber er ist nicht viel anders als der von jeder anderen.«

»Was hast du denn erwartet?« fragte ich. Drei Arschbacken. Neun Titten. Ich kam mir vor wie eine Schwachsinnige, weil ich das Hundeblut abwischen wollte, ich hatte das Gefühl, ich durchbräche eines seiner Rituale, ich ließ ihn im Stich. Ich hatte mich der Situation nicht gewachsen gezeigt und hatte schon Schuldgefühle Arthur gegenüber.

»Es kommt nicht darauf an, was man hat«, sagte er, »sondern was man damit anfängt.«

Er sagte nicht, ob das, was ich damit angefangen hatte, vor seinen Augen Gnade gefunden hatte oder nicht, und im Moment war es mir auch egal. Ich wollte nur noch nach Hause.

24

Damit begann mein Doppelleben. Aber war mein Leben nicht schon immer doppelt gewesen? Immer hatte es diesen Schattenzwilling gegeben, dünn, wenn ich dick war, dick, wenn ich dünn war, mein Ich als silbriges Negativ mit dunklen Zähnen und leuchtendweißen Pupillen, die im schwarzen Sonnenlicht dieser anderen Welt glühten, während ich, eingeschlossen in das echte Fleisch, mir den uninteressanten Staub und die nie geleerten Aschenbecher des tagtäglichen Lebens ansah. Es war das Niemandsland, was dieser tollkühne Zwilling wollte. Aber auch Zwilling stimmte nicht ganz, denn mich gab es nicht nur doppelt, ich war dreifach, vielfach, und jetzt erkannte ich, daß es mehr als ein Leben, daß es viele Leben zu leben gab. Das Königliche Stachelschwein hatte eine Raum-Zeit-Tür zur fünften Dimension aufgestoßen, listig als Lastenaufzug verkleidet, und eines meiner Ichs stürzte sich tollkühn hindurch.

Die anderen allerdings nicht. »Wann seh' ich dich wieder?« fragte er.

»Bald«, sagte ich. »Aber ruf' mich bitte nicht an, ich ruf' dich an, okay?«
»Ich bewerbe mich nicht um einen Job, weißt du«, sagte er.
»Ich weiß. Bitte hab' Verständnis.« Ich gab ihm einen Gutenachtkuß. Schon fühlte ich, daß ich ihn nicht wiedersehen durfte. Es wäre zu gefährlich.
Als ich ins Apartment zurückkam, war Arthur nicht da, obwohl es fast zwölf war. Ich warf mich aufs Bett, zog mir das Kissen über den Kopf und fing an zu weinen. Ich fühlte, daß ich mein Leben ruiniert hatte, wieder einmal. Ich würde bereuen, ich würde eine neue Seite aufschlagen, ich würde das Königliche Stachelschwein nicht anrufen, obwohl ich mich danach sehnte. Wie könnte ich es Arthur gegenüber nur wiedergutmachen? Vielleicht sollte ich einen historischen Roman schreiben, nur für ihn, wo ich seine Botschaft in einer Form weitergab, die die Leute verstehen konnten. Niemand, das wußte ich, las *Resurgence*, außer den Redakteuren, einigen Universitätsprofessoren und allen anderen rivalisierenden radikalen Gruppen, die eigene Zeitschriften herausgaben und in jeder Ausgabe ein Drittel des Platzes damit füllten, sich gegenseitig anzugreifen. Aber mindestens hunderttausend Menschen lasen meine Bücher, und unter ihnen waren die Mütter der Nation. *Terror in Casa Loma* würde ich das Buch nennen und die Abgründe der Kleinfamilie, das Märtyrium des Louis Riel, die Greuel des Kolonialismus, sowohl des englischen wie des amerikanischen, den Kampf der Arbeiter hineinpacken...
Aber es ginge nicht. Um Arthurs Anerkennung zu bekommen, müßte ich die Identität von Louisa K. enthüllen, und ich wußte, daß ich das nicht konnte. Ganz gleich, was ich tat, Arthur mußte mich verachten. Ich konnte nie das sein, was er wollte. Ich konnte nie Marlene sein.
Um zwei Uhr morgens kam Arthur nach Hause.

»Wo warst du?« fragte ich schniefend.
»Bei Marlene«, sagte Arthur, und mein Herz sank. Er hatte Trost gesucht und ...
»War Don da?« fragte ich kleinlaut.
Es stellte sich heraus, daß Marlene Don die Wahrheit über Sam gesagt hatte, und daß Don sie aufs Auge gehauen hatte. Marlene hatte den gesamten Redaktionsstab von *Resurgence* angerufen, Sam eingeschlossen. Sie waren alle zu Marlene gekommen, wo es dann eine hitzige Diskussion gegeben hatte, ob Don berechtigt gewesen war, so zu handeln, oder nicht. Die Befürworter meinten, die Arbeiter schlügen ihre Frauen oft aufs Auge, es wäre eine offene und direkte Methode, seine Gefühle auszudrücken. Diejenigen, die dagegen waren, meinten, es wäre eine Entwürdigung der Frauen. Marlene hatte angekündigt, daß sie ausziehen würde. Sam sagte, bei ihm könnte sie nicht einziehen, was eine weitere Debatte auslöste. Einige meinten, er wäre ein Schwein, weil er Marlene nicht bei sich einziehen ließe, andere, er hätte durchaus das Recht, so etwas zu sagen, wenn er sie nicht wirklich bei sich haben wollte. Mittendrin war Don, der sich inzwischen in Grossmans Taverne betrunken hatte, nach Hause gekommen und hatte sie alle rausgeschmissen.
Insgeheim freute ich mich über den Aufruhr. Arthur konnte Marlene nicht länger als den Ausbund an Tugend hinstellen, und damit wurde auch der Druck auf mich geringer.
»Was ist mit Marlene?« fragte ich mit falscher Besorgnis. »Geht es ihr gut?«
»Sie sitzt draußen vor der Tür«, sagte Arthur schwer, »auf der Treppe. Ich dachte, ich sollte besser erst mit dir reden. Ich konnte sie einfach nicht dort lassen, nicht solange er in dieser Verfassung ist.«
Das Fernsehinterview erwähnte er mit keinem Wort, und dafür war ich dankbar. Vielleicht hatte er es nicht gesehen.

Es wäre eine schreckliche Demütigung für ihn gewesen. Ich hoffte, daß niemand ihm davon erzählen würde.
Marlene schlief in jener Nacht auf dem Sofa, und die nächste Nacht und die übernächste. Es sah so aus, als wäre sie bei uns eingezogen. Ich konnte nichts dagegen tun, denn steckte sie nicht in Schwierigkeiten, war sie nicht ein politischer Flüchtling? So sah sie es jedenfalls, und Arthur auch.
Tagsüber führte sie telefonische Verhandlungen mit Don und merkwürdigerweise auch mit Sam. Zwischen diesen Gesprächen saß sie kettenrauchend an meinem Küchentisch, trank meinen Kaffee und fragte mich, was sie tun sollte. Sie war nicht mehr sauber und ordentlich; sie hatte tiefe Ringe unter den Augen, ihre Haare waren strähnig, die Fingernägel abgekaut. Sollte sie mit Sam weitermachen, sollte sie zu Don zurückkehren? Die Kinder hatte Don vorübergehend. Sobald sie eine eigene Wohnung hätte, würde sie ihm die Kinder wegnehmen, und wenn sie dafür vor Gericht gehen müßte.
Mit Müh und Not unterdrückte ich die Frage, wann sie eine eigene Wohnung haben würde. »Ich weiß nicht«, sagte ich, »wen von beiden du liebst.« Ich hörte mich haargenau wie die freundlichen Haushälterinnen in meinen eigenen Schmökern an, aber was sollte ich sonst sagen?
»Liebe«, schnaubte Marlene. »Liebe ist nicht der *Punkt*. Der Punkt ist, welcher von beiden fähig ist, eine wahrhaft gleichberechtigte Beziehung aufzubauen. Der Punkt ist, welcher von beiden weniger ausbeuterisch ist.«
»Nun«, sagte ich, »spontan würde ich Sam dafür halten.« Er war mein Freund, Don nicht, also schlug ich mich auf Sams Seite. Andererseits, ich mochte Marlene immer noch nicht besonders, warum also wünschte ich sie meinem Freund an den Hals? »Aber ich bin sicher, Don ist auch sehr nett«, fügte ich hinzu.

»Sam ist ein Schwein«, sagte Marlene. Als die Frauenbewegung aufgekommen war, hatte Marlene sie als bourgeois abgelehnt; jetzt war sie bekehrt. »Es bedarf einer persönlichen Erfahrung, um einem wirklich die Augen zu öffnen«, erklärte sie mir. Sie unterstellte mir weiterhin, daß ich nicht genug gelitten hätte; auch in diesem Punkt war ich unzulänglich. Ich wußte, ich sollte mich da nicht in die Defensive gedrängt fühlen, aber es war so.

Wenn Marlene Sam besuchte, schaute Don vorbei, um meinen Rat einzuholen. »Vielleicht solltest du in eine andere Stadt ziehen«, sagte ich. An seiner Stelle hätte ich es getan.

»Das hieße weglaufen«, sagte Don. »Sie ist meine Frau. Ich will sie zurückhaben.«

Dann, an den Abenden, wenn Marlene ihre Kinder besuchte, kam Sam vorbei, und ich machte ihm einen Drink. »O Gott, das macht mich verrückt«, sagte er. »Ich liebe sie, aber ich will einfach nicht die ganze Zeit mit ihr zusammenleben. Ich erkläre ihr, wir können *wichtige* Zeiten, bedeutsame Zeiten, viel besser gemeinsam erleben, wenn wir getrennt wohnen. Und ich sehe nicht ein, warum wir nicht andere Beziehungen haben sollen, solange unsere an erster Stelle kommt, aber sie versteht das nicht. Ich meine, ich bin nun mal nicht der eifersüchtige Typ.«

Bei diesem ständigen Kommen und Gehen hatte ich langsam das Gefühl, in einem Bahnhof zu leben. Arthur war kaum zu Hause, da Marlene und Don sich von *Resurgence* zurückgezogen hatten und er die Sache in Gang zu halten versuchte. Marlene war zu verstört, um beim Kochen oder Saubermachen helfen zu können, und auch was mein sonstiges Leben anbelangte, stellte sie keine große Hilfe dar. Mehr und mehr gab ich mich Tagträumen vom Königlichen Stachelschwein hin. Bis jetzt hatte ich ihn noch nicht angerufen, aber ich wußte, daß ich nun jeden Augenblick schwach werden würde. Ich suchte in den Zeitungen nach Berichten über SQUAWSHT und fand einen in der Sonntags-Unterhaltungsbeilage. ›Ein scharfer, enthüllender Kommentar zu unseren heutigen Zeiten‹ hieß es da.

»Hättest du Lust, in eine Kunstausstellung zu gehen?« fragte ich Marlene. Die Show lief noch, und schließlich war ja nichts dabei, einfach mal durchzuschlendern.

»Dieser prätentiöse bourgeoise Scheiß«, sagte sie. »Nein, danke.«

»Oh, du hast sie gesehen?« fragte ich.

»Nein, aber ich hab' die Besprechung gelesen.«

Unterdessen lief meine literarische Karriere an. Am Tag nach der Fernsehshow ging es mit den Telefonanrufen los. Sie kamen meistens von Leuten, die mir geglaubt hatten und die nun wissen wollten, wie man Verbindung mit der Anderen Seite aufnehmen konnte, obwohl auch einige haßerfüllte Anrufe von Leuten dabei waren, die glaubten, ich hätte mich über den Interviewer lustig gemacht oder über Spiritualismus oder über beides. Manche dachten, ich könnte die Zukunft vorhersagen und wollten ihre vorhergesagt bekommen. Niemand von ihnen fragte nach Liebestränken oder Warzenentfernern, aber ich fühlte, daß es so weit kommen würde.

Dann waren da die Briefe, die Morton und Sturgess an mich weiterleiteten. In der Mehrzahl waren sie von Leuten, die Hilfe suchten, um etwas zu veröffentlichen. Zuerst versuchte ich ihnen zu antworten, aber bald entdeckte ich, daß diese Menschen ihre Träume nicht zerstört haben wollten. Wenn ich erklärte, daß ich über keine feuerfesten Kontakte zur Verlagswelt verfügte, gerieten sie angesichts meiner Machtlosigkeit außer sich vor Wut. Mich überwältigten Schuldgefühle, daß ich ihren Erwartungen nicht gerecht werden konnte, also warf ich nach einiger Zeit die Briefe unbeantwortet und später dann ungelesen fort. Danach kamen die Leute ins Haus und wollten wissen, warum ich ihre Briefe nicht beantwortet hatte.

Jede Woche erschienen neue Artikel mit Überschriften wie ›Die Vermarktung der *Lady Orakel*‹ und ›*Lady Orakel:* Schwindel oder Wahn?‹ Und wegen dem ersten verhängnisvollen Fernsehinterview, das durch die Presse gegangen war – AUTORIN BEHAUPTET: GEISTER FÜHRTEN MEINE HAND –, wollten die anderen Interviewer, die Sturgess bereitgehalten hatte, das Thema nicht ausklammern. Es nutzte nichts, daß ich sagte, ich wollte nicht darüber reden; das steigerte nur ihre Neugier.

»Ich höre, *Lady Orakel* wurde von Engeln geschrieben, so ähnlich wie das Buch Mormon«, meinten sie häufig.

»Nicht direkt«, pflegte ich zu antworten. Dann versuchte ich, das Thema zu wechseln, und hoffte, daß Arthur nicht zusah. Manchmal waren sie ernsthaft interessiert, was noch schlimmer war. »Sie glauben also, daß es ein Leben nach dem Tod *gibt*?« fragten sie.

»Ich weiß nicht. Ich nehme an, daß niemand es wirklich weiß, oder?«

Nach diesen Auftritten rief ich Sturgess, in Tränen aufgelöst, an und bat, vom nächsten Interview verschont zu bleiben. Manchmal baute er mein sinkendes Selbstbewußtsein auf: Ich war großartig, ich machte alles bestens, der Verkauf lief phantastisch. Manchmal resignierte er verletzt und sagte, wir hätten doch in beiderseitigem Einverständnis einen Vertrag unterzeichnet mit der Bedingung, daß ich eine gewisse Anzahl von Shows machen würde, oder könnte ich mich daran vielleicht nicht mehr erinnern?

Ich fühlte mich sehr sichtbar. Aber es war so, als agiere jemand anderes mit meinem Namen da draußen in der wirklichen Welt für mich, doubelte mich, sagte Dinge,

die ich nie gesagt hatte, die aber dann in den Zeitungen standen, tat Dinge, für die ich dann die Konsequenzen zu tragen hatte: mein dunkler Zwilling, meine Reflexion im Spiegelkabinett. Sie war größer als ich, schöner, bedrohlicher. Sie wollte mich umbringen und meinen Platz einnehmen; und wenn sie das geschafft hatte, würde niemand den Unterschied bemerken; denn die Medien beteiligten sich an der Intrige, sie unterstützten sie.
Und das war nicht alles. Nun, da ich eine Person des öffentlichen Lebens war, schwebte ich in der ständigen Angst, daß früher oder später jemand die Wahrheit über mich herausfinden würde, mein früheres Ich aufspüren, mich ausgraben würde. Meine alten Tagträume über die dicke Dame kehrten wieder, nur diesmal würde sie in ihrem rosa Ballettkleidchen über ihr Drahtseil balancieren und abstürzen, im Zeitlupentempo, sich immer wieder überschlagend auf ihrem langen Weg nach unten... Oder sie tanzte auf einer Bühne in ihrem Haremskostüm und den roten Slippern. Aber es war überhaupt kein Tanz, es war ein Striptease, sie fing an, ihre Kleider auszuziehen, und ich mußte zusehen, ohne Möglichkeit, sie davon abzuhalten. Sie wabbelte mit ihren Hüften, legte einen Schleier nach dem anderen ab, aber niemand pfiff, niemand schrie: *Runter mit den Sachen, Baby*. Ich versuchte, diese außer Kontrolle geratenen Phantasievorstellungen abzuschalten, aber ich konnte nicht, ich mußte sie mir bis zum Ende ansehen.
Nachdem Sam eines Nachmittags gegangen war, saß ich am Küchentisch und trank Scotch. Marlene war bei ihrem Rechtsanwalt; sie hatte ihr Frühstücksgeschirr auf dem Tisch hinterlassen, einen Berg Orangenschalen und eine halbvolle Schüssel gewässerter Rice Crispies. Mit ihren gesunden Eßgewohnheiten war es vorbei. Mit meinen auch. Ich war ein Nervenbündel, erkannte ich, und zwar schon seit einiger Zeit. Mein Zuhause war ein Camping-

platz, übersät mit dem physischen und emotionalen Müll anderer Leute; Arthur war nie da, was ich ihm nicht verdenken konnte; ich war ihm untreu gewesen, aber ich hatte weder den Mut, es ihm zu sagen, noch es zu wiederholen, was ich nur zu gern getan hätte. Es war keine Willenskraft, die mich vom Königlichen Stachelschwein fernhielt, es war Feigheit. Ich war unfähig, ich war liederlich und hohl, ein Schwindel, ein Wahn. Die Tränen liefen mir übers Gesicht und auf den Tisch voller Krümel.

Reiß dich zusammen, redete ich mir zu. Du mußt hier raus.

Marlene kam von ihrem Rechtsanwalt zurück, mit zusammengebissenen Zähnen und glitzernden Augen; Besuche bei ihrem Rechtsanwalt hatten gewöhnlich diese Wirkung auf sie. Sie setzte sich und zündete sich eine Zigarette an.

»Jetzt habe ich das Schwein«, sagte sie.

Ich war nicht sicher, welches von beiden sie meinte, aber es interessierte mich auch nicht. »Marlene«, sagte ich, »ich hab' eine Idee. Die Wohnung hier ist zu klein für uns drei.«

»Da hast du recht«, sagte sie. »Es ist ein bißchen eng. Ich ziehe aus, sobald ich etwas finde.«

»Nein«, sagte ich, »*wir* ziehen aus. Das Semester ist fast vorbei. Arthur und ich werden den Sommer über wegfahren, und du kannst hierbleiben. Das wird dir helfen, die Dinge wieder in Ordnung zu bringen.«

Arthur war nicht begeistert, als ich ihm davon erzählte. Zuerst sagte er, wir könnten es uns nicht leisten, aber ich erklärte ihm, meine Tante wäre gestorben und hätte mir ein bißchen Geld hinterlassen.

»Ich dachte, sie wäre schon lange gestorben«, sagte er.

»Das war meine andere Tante, du meinst Tante Lou. Das hier war Tante Deirdre. Wir haben uns ja nie verstanden, aber ich nehme an, sie hatte sonst niemand, dem sie es hinterlassen konnte.« In Wahrheit hatte ich *Liebe, mein Lösegeld* für eine annehmbare Summe verkauft. Mein eigenes Leben war ein Schlamassel, aber Louisa K. ging es gut.

»Was ist mit der Zeitschrift?« fragte Arthur. »Ich kann das nicht einfach im Stich lassen.«

»Du brauchst Erholung«, machte ich ihm klar. »Marlene wird das wieder übernehmen. Sie braucht was, um sich von all den anderen Sachen abzulenken.«

Sturgess sagte ich, meine Mutter wäre dabei, an Krebs zu sterben, und ich müßte zu ihr nach Saskatchewan.

»Und was ist mit all den Auftritten«, jammerte er, »und der Trans-Kanada-Tour?«

»Verschieben Sie sie«, sagte ich. »Das mache ich, wenn ich wieder da bin.«

»Könnten Sie wenigstens in Regina ein Interview geben?«

»Haben Sie vergessen, daß meine Mutter im Sterben liegt?« sagte ich, und damit mußte er sich abfinden.

Sam schlug uns Italien vor und gab uns Mr. Vitronis Adresse. Er hatte sie von einem Freund bekommen. Arthur wollte nach Cuba, aber wir erhielten die Visa nicht rechtzeitig.

Wir flogen nach Rom, mieteten dort einen roten Fiat und fuhren nach Terremoto. Mit Hilfe der Ortsangaben von Sams Freund und einer Karte übernahm ich die Rolle des Lotsen. Ein paarmal ging der Knopf vom Schalthebel ab, aber Arthur hatte immer Probleme mit Autos. Wir zogen in die Wohnung ein, und da waren wir, weit weg von allen und bereit, unser Leben in Ordnung zu bringen.

Ich vermute, ich hatte auf eine Aussöhnung gehofft oder zumindest darauf, daß alles wieder so wurde wie vor *Lady Orakel*, und in gewisser Weise trat es auch ein. Meine qualvollen Dicke-Dame-Phantasien verschwanden. Ohne die *Resurgence*-Gruppe war Arthur liebevoller und aufmerksamer. Morgens machte ich Kaffee und reichte ihn durch das Küchenfenster zu ihm hinaus. Dann saßen wir meist zwischen den Glasscherben auf dem Balkon, tranken Kaffee und übten unser Italienisch an den *fotoromanzi* oder blickten einfach nur über das Tal hinweg. Wir machten Spaziergänge durch die Hügel oberhalb des Dorfes und bewunderten die Aussicht. Arthur wollte irgendeine Feldstudie schreiben, wie er es nannte, über das System der Landverteilung, aber sein Italienisch war nicht gut genug, und so ließ er das Projekt wieder fallen. Von Zeit zu Zeit kritzelte er an einem Artikel für *Resurgence* herum, über die Schwierigkeit, in Kanada Spielfilme zu drehen; aber er schien seinen Schwung verloren zu haben. Wir liebten uns häufig und besichtigten Ruinen.

Eines Tages fuhren wir nach Tivoli. Wir kauften uns Eis, dann sahen wir uns die Kardinalsgärten an mit den berühmten Statuen an den Wasserfällen. Wir gingen eine Treppe hinunter, von Sphinxen gesäumt, aus deren Brustwarzen Wasserfontänen schossen, und wanderten von Grotte zu Grotte. Zum Schluß kamen wir zur Diana von Ephesus, wie wir aus dem Reiseführer erfuhren, die sich aus einem Teich erhebt. Sie hatte ein heiteres Gesicht, das sich über einem wie ein Haufen Weintrauben geformten Körper neigte. Sie war vom Hals bis zu den Knöcheln mit Brüsten bedeckt, als wäre sie von der Himbeerseuche befallen: oben und unten kleine Brüste, in der Mitte große. Die Brustwarzen waren Wasserspeier, aber mehrere Brüste funktionierten nicht.

Ich leckte an meinem Eis und sah die Göttin kalt an. Früher hätte ich in ihr mich selbst gesehen, aber jetzt nicht mehr. Meine Fähigkeit zu geben war begrenzt, ich war nicht unerschöpflich. Ich war auch nicht heiter, nicht wirklich. Ich wünschte mir Dinge, für mich selbst.

25

Sobald wir aus Italien zurück waren, rief ich das Königliche Stachelschwein an. Er hörte sich nicht überrascht an.
»Warum hat es so lange gedauert?« sagte er.
»Ich war weg«, antwortete ich vieldeutig. »Ich habe versucht, dich vor meiner Abreise anzurufen, aber du warst nicht da.«
Wir trafen uns am Imbißstand in Simpson's Basement. Das Königliche Stachelschwein erklärte, daß er noch ärmer war als gewöhnlich und daß dies der billigste Ort in der ganzen Stadt zum Essen war, da man für einen Dollar zwei Hot dogs und einen Orangensaft bekam. Für Simpson's Basement fand ich sein Cape etwas unangebracht, und meine sexuellen Phantasien über ihn erhielten einen leichten Dämpfer. Und doch umgab ihn ein Hauch von Byron, der sich, wie mir einfiel, einen Bären in der Wohnung gehalten und Wein aus einem Totenschädel getrunken hatte.
Er borgte sich eine U-Bahn-Münze von mir, und wir fuhren zu ihm. »Zuerst muß ich was klarstellen«, sagte ich im Lastenaufzug. »Wir müssen es locker halten.« Arthur, erklärte ich, bedeutete mir sehr viel, und ich wollte nichts tun, was ihn verletzen könnte.
Das Königliche Stachelschwein sagte, das wäre ganz in seinem Sinne, je lockerer, desto besser.
Anfangs war auch alles sehr locker. Endlich hatte ich jemanden, der mit mir Walzer tanzte, und wir wirbelten über den Tanzboden seines Lagerhauses, er nackt bis auf seinen Hut, ich in eine Spitzentischdecke gehüllt, zu den Geigenklängen von Mantovani; die Platte hatten wir bei der Behindertenhilfe erstanden. Für zehn Dollar bekamen wir dort auch den Plattenspieler. Wenn wir uns nicht im Walzertakt drehten oder miteinander schliefen, durchstöberten wir Ramschläden auf der Suche nach Westen, acht-

knöpfigen Handschuhen, Lustigen Witwen aus schwarzem Satin und züchtigen Abendkleidern aus den fünfziger Jahren. Er wollte einen Stockdegen, aber wir fanden nie einen. In Chinatown entdeckten wir einen Laden, der Knopfstiefel zu verkaufen hatte, Überbleibsel aus dem Jahre 1905. Wegen der ausgefallenen Größe waren sie zu Ladenhütern geworden, und ich mußte mich auf den Randstein setzen, während das Königliche Stachelschwein versuchte, meine Füße in jedes einzelne Paar zu quetschen, alle in wunderschönen Halbtönen, weißes Glaceziegenleder, perlgrau. Ich fühlte mich wie Aschenputtels häßliche Schwester. Das einzige Paar, in das ich hineinkam, waren schwarze Schnürschuhe mit Stahlkappen, Waschfrauenstiefel, aber selbst die waren noch begehrenswert. Wir kauften sie und später noch ein Paar dazu passende schwarze Netzstrümpfe.

Ich entdeckte bald, daß mein eigenes Interesse an Trivialitäten aus dem neunzehnten Jahrhundert keinen Vergleich aushielt mit der Besessenheit des Königlichen Stachelschweines für Kulturschrott. Während ich antikes Silber und Schnupfdosen liebte, gierte er nach grünen Coca-Cola-Flaschen, zerfledderten Captain-Marvel-Comics, Mickymaus-Uhren, Big-Little-Büchern und Papierpuppen von Filmstars aus den zwanziger Jahren. Er hatte nicht viel Geld, konnte sich also nicht alles kaufen, was er wollte, aber er war ein wandelnder Katalog des Vergänglichen, des Unbedeutenden und des Überflüssigen. Stil bedeutete ihm alles; Inhalt nichts. Neben ihm kam ich mir fast tiefsinnig vor.

Unglücklicherweise taten mir in den schwarzen Schnürschuhen die Füße so weh, daß ich sie nicht länger als eine halbe Stunde tragen konnte; aber für ein paar gute Walzer reichte es. Wenn wir uns ausgetobt hatten, gingen wir zum Kentucky-Brathähnchenstand an der Ecke und holten uns einen Vogel und zwei Cokes. Das aßen wir dann im Lagerhaus. Das Königliche Stachelschwein wollte die Hühnchenknochen aufheben, kochen und dann mit Leim und Draht zu einer Skulptur formen, die den Titel ›Joan-Foster-Kentucky-Braterei‹ tragen würde; bei seiner nächsten Show wollte er es ausstellen. Eine tolle Idee, sagte er. Die schwarzen Schuhe würden ›Foster Tänze Nr. 30‹ heißen, und eine Mantovani-Platte, bedeckt mit Haarbüscheln von mir, würde er ›Haarige Foster-Musik‹ nennen. Und wenn er ein paar von meinen Wochenendschlüpfern haben könnte, dann würde er...

»Das ist sehr kreativ«, sagte ich, »aber ich halte es für keine gute Idee.«

»Warum nicht?« fragte er leicht gekränkt.

»Arthur würde es merken.«

»Arthur«, sagte er. »Immer und immer Arthur.«

Langsam entwickelte er eine Abneigung gegen Arthur. Er bestand darauf, mir von seinen beiden anderen Frauen zu erzählen. Sie waren beide verheiratet, die eine mit einem Psychologen, die andere mit einem Chemieprofessor. Er sagte, sie wären alle beide blöd und taugten nichts im Bett. Die Frau des Chemieprofessors pflegte Gebackenes für ihn neben den Lastenaufzug zu legen, ohne Vorwarnung. Wir lagen dann auf seiner schmuddeligen Matratze, aßen die feuchten Kürbiskuchen und das flache proteinhaltige Brot (sie war ein Reformhaus-Freak), und dabei ging das Königliche Stachelschwein ihre Mängel durch. Ich begann mich zu fragen, ob er mit den anderen beiden dasselbe machte über mich. Der Gedanke störte mich, aber ich konnte es mir nicht leisten.

»Warum triffst du dich dann mit ihnen, wenn sie so langweilig sind?« fragte ich.

»Irgendwas muß ich ja schließlich machen, wenn du nicht da bist«, sagte er mürrisch. Er hatte schon beschlossen, mich für die beiden verantwortlich zu machen.

Gelegentlich überfielen mich Arthur gegenüber Schuldgefühle, dann kochte ich etwas Besonderes für ihn, was noch mehr danebenging als die üblichen Gerichte. Ich spielte sogar mit dem Gedanken, ihm alles zu sagen, es mit Offenheit und Ehrlichkeit zu versuchen wie Marlene; aber bei ihr hatte es schließlich auch nicht gerade Wunder gewirkt, und ich war ziemlich sicher, daß es bei mir auch nicht anders wäre. Ich hatte Angst, daß Arthur lachen, mich als Verräterin an der guten Sache hinstellen oder hinauswerfen würde. Das wollte ich nicht: Ich liebte ihn immer noch, da war ich ganz sicher. »Vielleicht sollten wir eine freie Ehe führen«, sagte ich eines Abends zu Arthur, der sich durch ein Schweinekotelett zu hacken versuchte, das ich in den Bratofen gesteckt und vergessen hatte. Aber er antwortete nicht einmal, was vielleicht an seinem vollen Mund lag, und weiter kam ich mit dem Thema nie.

Als wir aus Italien zurückgekehrt waren, hatte Marlene unser Apartment geräumt. Sie war zu Don zurückgegangen. Sie hatten »eine Lösung gefunden«, sagten sie; aber sie traf sich immer noch mit Sam. Niemand durfte es wissen, aber Sam erzählte es mir natürlich sofort.

»Wo soll das hinführen?« fragte ich.

»Wieder dorthin, wo wir angefangen haben«, sagte er, »aber mit mehr Erfahrung.«

Da schienen Arthur und ich auch zu sein. Der Jammer mit mir ist wohl der, dachte ich, daß ich durchaus Erfahrungen hatte, aber ich konnte anscheinend nichts daraus lernen.

Arthur unterrichtete wieder, und die *Resurgence*-Gruppe war wieder vereint, was ihn hätte glücklich stimmen müssen. Aber er war nicht glücklich, das konnte ich sehen. Früher hätte ich große Anstrengungen gemacht, ihn aufzuheitern, aber allmählich ging mir die graue Aura, die er ständig wie einen negativen Heiligenschein abstrahlte, auf die Nerven. An manchen Tagen dachte ich, es wäre meine Schuld, und er wäre unglücklich, weil ich ihn vernachlässigte. Aber häufiger ging ich darüber hinweg. Vielleicht hatte er einfach Talent zum Unglücklichsein wie andere Talent zum Geldscheffeln. Oder vielleicht versuchte er sich zu zerstören, um mir zu beweisen, daß ich zerstörerisch war. Er fing an, mich zu beschuldigen, seiner Arbeit nicht genügend Interesse entgegenzubringen.

Aus dieser dumpfen häuslichen Atmosphäre war das Königliche Stachelschwein eine willkommene Ausflucht. Er stellte keine großen Ansprüche; er nahm alles, wie es kam. Ich wurde sorglos. Ich fing an, ihn vom Apartment aus anzurufen, wenn Arthur weg war, dann, wenn Arthur bloß im Nebenzimmer saß. Auch meine Arbeit litt: Ich hatte jedes Interesse an meinen historischen Schmökern verloren. Wozu brauchte ich sie noch?

Als ich schließlich auf Sturgess' Trans-Kanada-Tour ging, kam das Königliche Stachelschwein mit, und wir hatten viel Spaß, ihn in die Motelzimmer zu schmuggeln. Manchmal zogen wir uns wie Touristen im mittleren Alter an – die Kleider hatten wir bei der Behindertenhilfe gekauft – und trugen uns unter falschem Namen ein. In Toronto fing ich an, auf Parties zu gehen, nicht direkt mit ihm, aber fünf Minuten vor oder nach ihm. Wir brachten Leute dazu, uns einander vorzustellen. Diese Spielchen waren kindisch, aber eine Abwechslung.

Auf einer dieser Parties lernte ich Fraser Buchanan kennen. Er kam auf mich zu, ein Glas in der Hand, und stand grinsend daneben, während ich das Königliche Stachelschwein fragte, von was er denn seinen Lebensunterhalt bestritt.

»Ich bin Leichenbestatter«, sagte er. Wir hielten das beide für komisch.

»Entschuldigen Sie, Ms. Foster«, sagte Fraser Buchanan und streckte mir die Hand entgegen. »Mein Name ist Fraser Buchanan. Vielleicht haben Sie schon von mir gehört.«

Er war ein ordentlich mit Tweedjacket und Rollkragenpullover bekleideter kleiner Mann mit langen Koteletten, die er offensichtlich verwegen fand, da er häufig den Kopf drehte, um einen in den Genuß der Seitenansicht kommen zu lassen.

»Ich fürchte, nein«, sagte ich. Ich lächelte ihn an; ich fühlte mich großartig. »Das hier ist das Königliche Stachelschwein, der kon-kreative Poet.«

»Ich weiß«, sagte Fraser Buchanan und schenkte mir ein seltsam vertrauliches Lächeln. »Ich bin mit seinem... Werk vertraut. Aber ernsthaft, Ms. Foster, ich bin mehr an Ihnen interessiert.« Er schob sich näher und drängte sich zwischen mich und das Königliche Stachelschwein. Ich beugte mich etwas zurück. »Hören Sie«, sagte er halb flüsternd, »wie kommt es, daß ich vor *Lady Orakel* nie eine Ihrer Arbeiten gedruckt gesehen habe? Die meisten Dichter oder besser Dichterinnen machen eine, äh, Lehrzeit durch. In den kleinen Magazinen und so fort. Ich verfolge das genau, aber von Ihnen habe ich nie etwas gesehen.«

»Sind Sie Journalist?« fragte ich.

»Nein, nein«, sagte er. »Ich habe selbst ein paar Gedichte geschrieben.« Sein Tonfall deutete an, daß er das inzwischen überwunden hatte. »Sie könnten mich als interessierten Beobachter bezeichnen. Einen Liebhaber«, schmunzelte er, »der Künste.«

»Nun«, sagte ich, »ich glaube, ich habe meine Sachen nie für gut genug gehalten, veröffentlicht zu werden. Ich hab' nie etwas eingeschickt.« Ich gab ein, wie ich glaubte, bescheidenes Lachen von mir und blickte hilfesuchend über seine Schulter zum Königlichen Stachelschwein. Fraser Buchanans Schenkel drückte sich ganz leicht gegen meinen.

»Dann entsprangen Sie schon fertig und vollendet wie Athene dem Haupte des Zeus«, sagte er. »Oder vielmehr

dem Haupte des John Morton. Dieser Mann hat wirklich einen Riecher für junge Talente.«
Es ließ sich nicht genau sagen wo, aber darin lag eine sehr unerfreuliche Anspielung. Ich lachte erneut und sagte ihm, ich ginge mir noch einen Drink holen. Mir kam es so vor, als hätte ich ihn früher schon gesehen, in der ersten Reihe bei einer Fernseh-Talkshow, wie er Notizen in ein kleines Buch schrieb. Bei mehreren Talkshows. Talkshows in anderen Städten. Im Empfangsraum eines Motels.
»Wer ist dieser merkwürdige kleine Mann?« fragte ich das Königliche Stachelschwein später, als wir erschöpft auf seiner Matratze lagen. »Was macht er?«
»Er kennt jeden«, sagte er. »Früher war er mal bei CBC; ich glaube, alle waren mal dort. Dann fing er mit einer Literaturzeitschrift namens *Reject* an; die Grundidee war, daß nur Zeug veröffentlicht werden sollte, das schon von anderen Literaturmagazinen abgelehnt worden war, zusammen mit dem Ablehnungsbescheid. Er wollte dem besten Ablehnungsbrief einen Preis verleihen, er meinte, es wäre eine Kunst. Aber die Sache ging schief, weil niemand zugeben wollte, daß er woanders abgelehnt worden war. Deshalb druckte er in der ersten Ausgabe eine Menge von seinem eigenen Zeug. Ich glaube, er ist Engländer. Er ist auf allen Parties, er geht auf jede Party, in die er reinkommt. Er pflegte herumzugehen und zu sagen: ›Hallo, ich bin Fraser Buchanan, der Poet aus Montreal.‹ Ich glaube, er hat mal in Montreal gelebt.«
»Und woher kennst du ihn?«
»Ich hab' Sachen von mir an *Reject* geschickt«, sagte das Königliche Stachelschwein. »Das war zu der Zeit, als ich noch mit Wörtern arbeitete. Er lehnte es ab. Er haßt meine Sachen, hält sie für zu ausgeflippt.«
»Ich glaube, er ist mir gefolgt«, sagte ich. Was ich dachte, war schlimmer: daß er *uns* gefolgt war.

»Er ist irre«, sagte das Königliche Stachelschwein. »Er hat diesen Tick mit Berühmtheiten. Er behauptet, er schreibt eine Geschichte unserer Zeit.«

An diesem Abend fuhr ich früh mit dem Taxi nach Hause. Wieder einmal quälten mich Selbstzweifel. Das Problem war, daß ich jedes meiner Leben vollkommen normal und angemessen fand, aber jedes zu seiner Zeit. War ich mit Arthur zusammen, kam mir das Königliche Stachelschwein wie ein Tagtraum aus einem meiner weniger glaubwürdigen Trivialromane vor; er hatte etwas Absurdes an sich, was ich in meinen erfundenen Geschichten zu vermeiden suchte. War ich mit dem Königlichen Stachelschwein zusammen, erschien er plausibel und handfest. Alles, was er sagte und tat, ergab innerhalb seines Rahmens einen Sinn, während Arthur unwirklich wurde; er verblaßte zu einem substanzlosen Geist, einem verblichenen Foto, das ich schon vor langer Zeit auf irgendeinem Kaminsims zurückgelassen hatte. Tat ich ihm weh, war ich ihm untreu? Wie konnte man einer Fotografie weh tun?

Als ich an diesem Abend in unser Apartment kam, dachte ich immer noch darüber nach. Die *Resurgence*-Mannschaft war in voller Besetzung anwesend; irgend etwas Aufregendes ging vor sich. Sam sagte als einziger »Hallo«. Sie hatten sich einen Gewerkschaftler geschnappt, einen echten, der, in die Ecke gelehnt, dasaß. Er nannte sie »Jungs«.

»Wenn ihr Jungs da mitmischen wollt, okay«, sagte er gerade, »aber wenn die Arbeiter auf die Polizisten spucken wollen, laßt *sie* auf Polizisten spucken. Es geht um *ihre* Jobs. Ihr Jungs könnt in den Knast gehen, ihr habt keine festen Jobs, ihr könnt ruhig ein bißchen Zeit versäumen, aber für sie ist es etwas anderes.«

Don fing an zu argumentieren, daß genau aus diesem Grund sie selbst es machen sollten und nicht die Arbeiter, aber der Gewerkschaftler winkte ab. »Nein, nein«, sagte er. »Ich weiß, ihr Jungs meint es gut, aber glaubt mir. Manchmal ist falsche Hilfe schlimmer als gar keine Hilfe.«

»Worum geht es?« fragte ich Sam.

»Um einen Streik unten in der Matratzenfabrik«, sagte Sam. »Die Schwierigkeit ist, daß die meisten Arbeiter Portugiesen sind und nicht auf unserer Linie stehen. Kanadischer Nationalismus bedeutet ihnen einen Dreck, verstehst du? Nicht daß wir es ihnen irgendwie vermitteln könnten, wir suchen immer noch einen Übersetzer.«

»Wer hat einen Polizisten angespuckt?«

»Arthur«, sagte Sam, und an dem selbstzufriedenen, aber doch irgendwie keuschen Ausdruck auf Arthurs Gesicht konnte ich sehen, daß er es wirklich getan hatte. Aus irgendeinem Grund ärgerte es mich.

Wenn ich nicht gerade vom Königlichen Stachelschwein gekommen wäre, hätte ich gar nichts gesagt; aber er fand Politik langweilig, vor allem kanadischen Nationalismus. »Kunst ist universell«, würde er sagen. »Die versuchen nur, Aufmerksamkeit zu erregen.«

War ich mit Arthur zusammen, glaubte ich an die Gerechtigkeit seiner Sache, seiner Sachen, jeder einzelnen von ihnen; wie sonst hätte ich mit ihm leben können? Aber das Königliche Stachelschwein nahm den gerechten Sachen die Spitze. Es war immer wieder die alte Geschichte von den Cavaliers und den Roundheads.

»Meine Güte«, sagte ich zu Arthur. »Ich vermute, du kannst es kaum erwarten, eingesperrt zu werden. Aber was ist damit erreicht? Nichts, verdammt noch mal! Du lebst nicht in der realen Welt, du willst dich keiner politischen Partei anschließen und da mitarbeiten und die Dinge wirklich verändern, statt dessen sitzt ihr hier bloß rum und redet und greift euch gegenseitig an. Ihr seid wie die Plymouth-Brüder, die Gemeinde der Darbyisten, ihr seid nur daran interessiert, eure eigene Reinheit dadurch zu definieren, indem ihr alle anderen ausschließt. Und dann gehst du los und machst irgendeine nutzlose, *sinnlose* Geste wie einen Polizisten anspucken.«

Keiner sagte etwas; alle waren zu verdutzt. Ich war die letzte, von der sie so eine Tirade erwartet hätten, und wenn ich es mir recht überlegte, wer war ich, um so zu reden? Ich rettete auch nicht gerade die Welt.

»Joan hat recht«, sagte Marlene mit vor taktischen Überlegungen kalter Stimme. »Aber wir wollen uns mal anhören, was für eine nützliche, sinnvolle Geste sie uns stattdessen vorzuschlagen hat.«

»Oh, ich weiß nicht«, sagte ich. Ich fing gleich an, mich zu verteidigen und zu entschuldigen. »Ich meine, es geht mich ja wirklich nichts an, ich verstehe ja nicht viel von Politik. Vielleicht solltet ihr die Friedensbrücke in die Luft jagen oder so was.«

Ich war entsetzt, als ich merkte, daß sie mich ernst nahmen.

Am nächsten Abend erschien eine kleine Abordnung im Apartment, Marlene, Don, Sam und einige von den jüngeren Resurgeniten.

»Wir haben's draußen im Wagen«, sagte Marlene.

»Was habt ihr?« fragte ich. Ich hatte mir gerade die Haare gewaschen; ich hatte sie nicht erwartet. Arthur hielt seinen Abendkurs in kanadischer Literatur; er hatte an diesem Tag kaum mit mir geredet, und darüber war ich nicht gerade glücklich.

»Das Dynamit«, sagte sie. Sie war ganz aufgeregt. »Mein Vater ist im Baugeschäft, es war ganz einfach zu klauen, zusammen mit dem Zünder und ein paar Sprengkapseln.«

»Dynamit? Was wollt ihr mit Dynamit anfangen?«

»Wir haben deine Idee ausdiskutiert«, sagte sie. »Wir sind

der Meinung, daß sie gar nicht so schlecht ist. Wir werden die Friedensbrücke in die Luft sprengen, als Geste. Sie ist dafür die beste, wegen dem Namen.«
»Warte einen Moment«, sagte ich. »Ihr könntet jemand verletzen.«
»Marlene meint, wir machen es nachts«, warf Don schnell ein. »Wir wollen sie sowieso nicht ganz sprengen, es soll nur so eine Art Symbol sein. Eine Geste, wie du sagtest.«
Sie wollten, daß ich das Dynamit für sie verstecke. Sie hatten sich sogar einen Plan ausgedacht. Ich sollte unter einem falschen Namen und unter Angabe einer falschen Adresse – der eines neuen Resurgeniten, der für einige Monate verreisen wollte – einen Gebrauchtwagen kaufen. Dann sollte ich das Dynamit im Kofferraum des Autos verstauen und den Wagen jeden Tag ein bißchen bewegen, von einer Straße zur anderen, von einem Parkplatz zum nächsten.
»Ein gebrauchter Wagen kostet Geld«, sagte ich langsam.
»Hör zu, es war deine Idee«, sagte Marlene. »Das wenigste, was du tun kannst, ist, uns jetzt zu helfen. Außerdem kannst du einen billigen Wagen für ein paar Hunderter bekommen.«
»Warum ich?«
»Weil sie dich nie verdächtigen würden«, sagte Marlene. »Du hast wenig Ähnlichkeit mit dem Dynamit-Typ.«
»Und wie lange müßte ich das machen?« fragte ich.
»Bloß bis wir unseren Plan fertig haben. Dann übernehmen wir den Wagen.«
»Okay, ich mach's«, sagte ich. »Wo ist das Dynamit?«
»Hier«, sagte Don und überreichte mir einen Pappkarton.
Ich hatte nie die geringste Absicht, ihren Plan auszuführen. Am nächsten Tag fuhr ich im Taxi zum Königlichen

Stachelschwein und versteckte den Karton im Keller. Dort standen sowieso jede Menge Kisten und Schachteln herum. Ich erzählte ihm, es wäre eine häßliche Statue, die ich als Hochzeitsgeschenk bekommen hätte, und ich könnte sie nicht länger im Haus ertragen.

»Mir wär es lieber, wenn du sie nicht aufmachen würdest«, sagte ich. »Aus sentimentalen Gründen.«

26

Das Königliche Stachelschwein konnte nichts auf sich beruhen lassen. Das gehörte zu den Dingen, die ich an ihm mochte: Er glaubte nicht an den Status quo, er glaubte an umwälzende Absolutheiten.

»Wo hast du das Dynamit her?« fragte er. Wir lagen auf seiner Matratze; ernsthafte Fragen hob er sich immer für hinterher auf.

»Ich habe dich gebeten, den Karton nicht aufzumachen«, sagte ich.

»Ach was, du wußtest, daß ich es tun würde. Du weißt, ich liebe häßliche Statuen. Wo hast du es her?«

»Es ist nicht mein Dynamit«, sagte ich. »Es gehört anderen.«

»Ich habe noch nie was von dem Zeug hochgehen sehen«, sagte er nachdenklich. »Aber der Geburtstag von Königin Victoria war schon immer mein Lieblingsfeiertag. Der und Halloween.«

»Falls du vorhast, irgendwas hochgehen zu lassen«, sagte ich, »vergiß es. Ich bekomme die größten Schwierigkeiten, wenn sie merken, daß es weg ist.«

»Wir könnten es ersetzen«, sagte er, »durch anderes Dynamit.«

»Nein«, sagte ich. Mir fiel ein, wie er uns einmal um ein

Haar mit elektrischem Strom umgebracht hätte. Von einem seiner Freunde, ebenfalls ein kon-kreativer Künstler, hatte er gehört, daß, wenn man eine Kette elektrischer Christbaumkerzen nahm, sie anschloß, eine der Kerzen herausschraubte und im Augenblick der Ejakulation den Finger in die leere Fassung steckte, man nicht nur selbst, sondern auch der Partner den stärksten Orgasmus der Welt hätte. Das Rezept seines Freundes sah außerdem mehrere Joints vor, aber das Königliche Stachelschwein hatte Drogen aufgegeben.

»Ohne Nährwert«, meinte er dazu. »Fred Astaire hat auch keinen Stoff geraucht, oder?«

Tagelang versuchte er mich zu überreden, diesen Akt oder ›Artef-Akt‹, wie er es nannte, zu vollziehen. Er kaufte sogar aus dritter Hand eine Kette Christbaumkerzen. »Ich weigere mich, mich in einen elektrischen Toaster zu verwandeln, bloß um einen deiner wahnsinnigen Einfälle zu befriedigen«, erklärte ich ihm; also hatte er die Kerzen unter der Matratze versteckt und sie kurz vor meinem nächsten Besuch angeschlossen. Im entscheidenden Moment wollte er dann ohne mein Wissen seinen Finger in die Fassung stecken; aber wir hatten kaum angefangen, als auch schon kleine Rauchwölkchen unter der Matratze hervorquollen. Ich hatte Angst, mit dem Dynamit würde etwas Ähnliches passieren.

Wie üblich wurde er um so aufgeregter, je mehr Widerstand ich leistete. Er stand von der Matratze auf und ging im Zimmer hin und her. Er stülpte sich einen Pelzhut über, einen von der neueren Sorte mit Ohrenklappen, wie die berittene Polizei sie hat. »Na *komm* schon«, sagte er, »es wäre irre! Wir sprengen gar nichts, wir lassen es irgendwo nachts explodieren und schauen zu. Mann, das wäre sensationell. Das wär wie ... wie ... ein *Ereignis*, und wir wären das einzige Publikum, das Ganze wäre nur für uns. *Krra-wummm*. Das ist die einzige Chance, die du je bekommen wirst, wie kannst du so was sausen lassen?«

»Mal langsam«, sagte ich. »Ich kann lauten, sinnlosen Krach nicht leiden.«

»Dann bist du mit dem falschen Mann zusammen«, sagte er und fing an, mein Ohr zu lecken.

»Chuck, sei doch vernünftig.«

»Vernünftig«, sagte er mürrisch. »Wenn ich vernünftig wäre, würdest du mich nicht lieben. Vernünftig ist jeder.« Er nahm seinen Pelzhut ab und warf ihn quer durch den Raum. »Und nenn mich nicht *Chuck*.« (Ich hatte vor kurzem entdeckt, daß er in Wirklichkeit Chuck Brewer hieß und sogar einen Job hatte: Er arbeitete als Teilzeitgrafiker mit den Spezialgebieten Layout und Design. Er erzählte mir das streng vertraulich, als wäre es etwas Ehrenrühriges.)

Fünf Tage später spazierten wir auf der Suche nach einem brauchbaren Platz durch den High Park. Es war elf Uhr nachts. Mitte März; auf den Teichen war noch Eis und unter den Bäumen Schnee. Der Frühling kam spät. Das Königliche Stachelschwein trug einen seiner Pelzmäntel und die Pelzmütze mit heruntergezogenen Ohrenklappen. Unter seinem Mantel trug er den Karton mit dem Dynamit, der Lunte und dem Zünder. Er sagte, er hätte herausgefunden, wie es funktionierte. Ich glaubte ihm nicht; außerdem traute ich seinen Motiven nicht.

»Ich mache nicht mit, wenn du irgendwelche Leute in die Luft jagst«, sagte ich.

»Ich habe dir doch gesagt, daß ich das nicht tue.«

»Oder irgendwelche Tiere. Oder Häuser. Oder Bäume.«

»Du kapierst immer noch nicht«, sagte er ungeduldig. »Es geht nicht darum, irgendwas hochgehen zu lassen, sondern nur das Dynamit hochgehen zu lassen. Es ist ein reiner Akt.«

»Ich glaube nicht an reine Akte«, sagte ich.
»Dann brauchst du nicht mitzukommen«, sagte er listig, aber ich hatte das Gefühl, wenn ich es nicht täte, würde er sein Versprechen brechen und irgendwas Wichtiges hochjagen, zum Beispiel ein Reservoir oder das Gzowski-Monument unten am Seeufer, das er im Vorbeigehen erwähnt hatte.
Nachdem wir ein paar in Frage kommende Stellen besichtigt hatten, entschloß er sich für eine offene Fläche in der Nähe eines mittelgroßen Teiches. Es schien in der Nähe keine Gebäude zu geben, und die Straße war auch ziemlich weit weg, also stimmte ich zu. Ich verkroch mich zitternd in ein Buschdickicht, während er an dem Dynamit herumfingerte, um die Sprengkapseln anzubringen und den Draht auszurollen.
»Sind wir weit genug weg?« fragte ich.
»Aber sicher«, sagte er. Als er dann allerdings zündete, gab es ein überwältigendes WHHUUMMM, und ein Erdregen und einige Steinchen gingen auf uns nieder.
»Haa«, schrie das Königliche Stachelschwein. »Hast du das gesehen!«
Ich hatte überhaupt nichts gesehen, da ich die Augen geschlossen und sie mit meinen behandschuhten Händen bedeckt hatte. »Es war großartig«, sagte ich bewundernd.
»Großartig«, sagte er. »Mehr hast du nicht dazu zu sagen? Es war wahnsinnig *phantastisch*, es war das beste Artef-Akt, das ich je vollbracht habe!« Er zerrte mich in seinen Pelzmantel und fing an, meine Knöpfe aufzumachen.
»Wir müssen hier raus?« protestierte ich. »Irgend jemand muß das gehört haben, die Polizei wird kommen, sie überwacht diesen Park.«
»Komm schon«, bat er, und ich konnte mich nicht weigern, es bedeutete ihm ganz offensichtlich sehr viel. Innerhalb seines Mantels gaben wir uns einer seismographi-

schen Liebe hin, mit einem Ohr auf Sirenentöne lauschend, die nie kamen.

»Du bist einmalig«, sagte er. »Keine andere hätte das getan. Ich glaube, ich liebe dich.« Ich hätte es ironisch aufnehmen müssen, aber das tat ich nicht. Ich küßte ihn dankbar, wie ich zugeben muß.

Er war ein bißchen enttäuscht, daß die Explosion keine Schlagzeilen auf der ersten Seite machte. Am ersten Tag schaffte sie nicht mal den Sprung in die Zeitungen, aber am zweiten Tag entdeckte er im *Star* einen versteckten Artikel.

GEHEIMNISVOLLE EXPLOSION IM HIGH PARK

Eine kleine Explosion am Mittwoch, anscheinend durch Dynamit verursacht, stellt die Polizei vor ein Rätsel. Niemand wurde dabei verletzt, obwohl das Abwässersystem eines nahe gelegenen Parkrestaurants zeitweilig unterbrochen wurde. Es gab keinen ersichtlichen Grund für die Explosion; es dürfte sich um Vandalismus handeln.

Das Königliche Stachelschwein war von dem Bericht, den er mir mehrmals laut vorlas, begeistert. »Kein ersichtlicher Grund«, jubelte er. »Fabelhaft!« Er brachte den Zeitungsausschnitt zu einem Fotolabor, ließ ihn vergrößern, rahmte ihn mit einem geschnitzten Rahmen von der Behindertenhilfe und hängte ihn neben die Königin.

Noch wochenlang nach der Explosion glaubten Marlene und Don und die übrigen, ich führe das Dynamit in der Stadt herum, in einem 1968er pulverblauen Chevy. In der Zwischenzeit diskutierten sie ihre beabsichtigte Aktion. Nicht, wie es zu tun sei, so weit kamen sie nie. Sie brachten es nicht einmal bis zu Landkarten und einer Strategie, sondern blieben auf der Ebene der reinen Theorie hängen: Würden sie auch das Richtige sprengen? Es würde ein nationalistischer Akt sein, das stimmte, aber war er auch nationalistisch genug, und wenn ja, würde er dem Volk dienen? Irgendein entscheidender Akt war notwendig, argumentierte Don; sonst würden sie überflügelt. Schon erschienen Ideen, die sie für sich allein gepachtet zu haben glaubten, in den Leitartikeln von Zeitungen, und die Gallup-Meinungsumfrage zeigte, daß der Trend in ihre Richtung ging. Alarmiert betrachteten sie diese Entwicklung: Die Revolution war dabei, in falsche Hände zu geraten.

Ich hatte nichts dagegen, ihr imaginäres Dynamit in der Stadt herumzufahren. Es lieferte mir einen ausgezeichneten Vorwand, das Apartment, wann ich wollte, zu verlassen. »Zeit, dem Dynamit wieder mal ein bißchen Bewegung zu verschaffen«, sagte ich fröhlich, und dagegen konnte Arthur nicht viel sagen. In Wirklichkeit war er sogar stolz auf mich. »Man muß zugeben, sie ist unerschrocken«, sagte Sam. Sie fanden mich sehr cool.

Meistens ging ich zum Königlichen Stachelschwein. Aber irgend etwas veränderte sich. Die Spitzentischdecke, in der ich mit ihm Walzer tanzte, verwandelte sich wieder zurück in eine Spitzentischdecke mit einem Riß darin; die spitzen schwarzen Stiefel wogen die Schmerzen, die sie verursachten, nicht länger auf. Motels wurden Motels und bedeuteten für mich jetzt nur noch harte Arbeit und Unannehmlichkeiten. Sturgess schickte mich auf immer neue Reisen, nach Sudbury, nach Windsor, und es wurde mühsamer und mühsamer, die Interviews durchzustehen.

Anschließend ging ich zurück zum Motel und wusch meine Unterwäsche im Badezimmerbecken, preßte sie in Handtücher und hängte sie über Kleiderbügel. Morgens war sie nie ganz trocken, aber ich zog sie trotzdem an, eine klamme, schmutziggraue Berührung auf meiner Haut. Es war, als würde man sich den abgestandenen Atem anderer Leute überstreifen. Während das Königliche Stachelschwein auf der Bettkante saß, weiß und dürr wie eine Wurzel, und mir Fragen stellte.

»Wie ist er?«

»Wer?«

»Du weißt schon, Arthur. Wie oft...«

»Chuck, das geht dich nichts an.«

»Und ob mich das was angeht«, sagte er. Jetzt regte er sich über den Namen nicht mehr auf; er war immer weniger wie das Königliche Stachelschwein und wurde immer mehr wie Chuck. »Ich frage dich über deine Freundinnen auch nicht aus.«

»Die habe ich erfunden«, sagte er bockig. »Es gibt niemanden außer dir.«

»Und wer legt die Kürbiskuchen hin?«

»Meine Mutter«, sagte er. Ich wußte, das war gelogen. Er hatte immer in seiner eigenen ungeschriebenen Biographie gelebt, aber nun fing er an, die Gegenwart so zu sehen, als wäre sie schon Vergangenheit, eingehüllt in die Schleier der Nostalgie. Jedes Restaurant, in dem wir aßen, verließ er mit einem Seufzer und einem Blick zurück; er sprach von Dingen, die wir eine Woche vorher gemacht hatten, als wären es Schnappschüsse aus einem lange vergessen gewesenen Fotoalbum. Jede meiner Bewegungen wurde in Stein gemeißelt, während ich sie machte, jeder Kuß einbalsamiert, als müßte er die Dinge sammeln und aufheben. Ich fühlte mich wie ein Stück aus einer Sammlung. »Ich bin noch nicht tot«, erklärte ich ihm mehr als einmal, »warum also siehst du mich so an?«

Das war eine seiner Stimmungen. In einer anderen war er mir gegenüber offen feindselig. Er entwickelte ein morbides Interesse nicht für seine wenig zahlreichen Zeitungsartikel, sondern für meine. Er schnitt sie aus und benutzte sie dazu, mich zu plagen.

»Hier steht, du wärst eine Herausforderung für das männliche Ego.«

»Na, wenn das nicht albern ist«, sagte ich.
»Aber du bist eine Herausforderung für das männliche Ego«, sagte er.
»Komm, hör auf«, sagte ich. »Wen habe ich je herausgefordert?«
»Hier steht, du wärst eine Bedrohung.«
»Was zum Teufel meinst du damit?« fragte ich. Den ganzen Nachmittag war ich meinem Gefühl nach besonders nett zu ihm gewesen.
»Du stampfst über anderer Leute Ego, ohne überhaupt zu merken, was du tust«, sagte er. »Du bist emotional plump.«
»Wenn wir eine solche Unterhaltung führen, würdest du dich dann bitte anziehen?« sagte ich. Meine Unterlippe zitterte; ich konnte mit einem nackten Mann nicht diskutieren.
»Siehst du, was ich meine?« fragte er. »Du sagst mir, was ich tun soll. Du bist eine Bedrohung.«
»Ich bin keine Bedrohung«, sagte ich.
»Wenn du keine Bedrohung bist«, sagte er, »warum schreist du dann so?«
Ich fing an zu weinen. Er legte die Arme um mich, ich legte die Arme um ihn, Tränen absondernd wie ein Waisenkind, wie eine Zwiebel, wie eine mit Salz bestreute Schnecke. »Tut mir leid«, sagte er. »Ich hab' sowieso kein männliches Ego, ich hab' wahrscheinlich das Ego eines Beuteltiers.«
»Ich dachte, alles sollte locker und unkompliziert bleiben«, sagte ich zwischen feuchten Schluchzern.
»Es ist locker, es ist locker«, sagte er. »Warte nur, bis es wirklich ernst wird. Ich bin bloß deprimiert, weil es regnet und ich kein Geld habe.«
»Holen wir uns ein Kentucky-Brathähnchen«, sagte ich und putzte mir die Nase. Aber er hatte keinen Hunger.
An einem regnerischen Nachmittag wartete er in seinem

Lagerhaus auf mich, ganz herausgeputzt in seinem Cape und mit einer braunen Krawatte von der Behindertenhilfe mit einer Meerjungfrau drauf, die ich noch nie gesehen hatte. Er packte mich bei der Taille und wirbelte mit mir über den Fußboden; seine Augen glänzten.

»Was ist los?« fragte ich, als ich wieder zu Atem kam. »Was ist in dich gefahren?«

»Eine Überraschung«, sagte er. Er führte mich zum Bett: darauf lag ein wahrhaft grotesker weißer Pfannkuchenhut aus den Fünfzigern mit einer Feder und einem Schleier.

»Wo hast du *das* her?« sagte ich und fragte mich, was für eine neue Grille ihn gepackt hatte. Die Fünfziger waren nie seine Lieblingsperiode gewesen.

»Es ist dein Weggeh-Hut«, sagte er. »Ich habe ihn bei Sally Ann aufgetrieben, für neunundachtzig Cent.«

»Aber wofür soll er gut sein?«

»Zum Weggehen, ist doch klar«, sagte er immer noch angeregt. »Ich dachte, wir könnten, weißt du, zusammen weggehen. Durchbrennen.«

»Du mußt verrückt sein«, sagte ich. »Wohin sollten wir?«

»Wie wär's mit Buffalo?«

Ich fing an zu lachen, merkte dann, daß er es ernst meinte. »Das ist lieb von dir, aber du weißt doch, ich kann nicht.«

Er wollte, daß ich Arthur verlassen und bei ihm einziehen sollte. Darauf lief es hinaus, und schließlich gab er es zu. Wir saßen nebeneinander auf dem Bett und starrten auf den Fußboden. »Ich möchte ein normales Leben mit dir führen«, sagte er.

»Ich glaube nicht, daß wir das könnten«, sagte ich. »Meine Kochkünste sind furchtbar. Ich lasse alles anbrennen.«

»Ich will morgens mit dir aufwachen und mit dir frühstücken und *The Globe and Mail* dazu lesen.«

»Ich könnte zum Frühstück rüberkommen«, sagte ich. »Einem späten Frühstück.«

»Ich möchte deine Haare bürsten.«

Ich begann zu schniefen. Ich hatte ihm einmal erzählt, daß Arthur gern meine Haare bürstete oder gebürstet hatte.

»Was hat er, was ich nicht habe?«

Ich wußte es nicht. Aber ich wollte nicht, daß er alles verdarb, ich wollte nicht, daß er grau und mehrdimensional und kompliziert wurde wie alle anderen. War jeder Heathcliff ein verkleideter Linton? Was wünschte ich mir, Abenteuer oder Sicherheit, und welcher von beiden hatte was zu bieten? Vielleicht bot keiner etwas, und beide wollten, daß ich ihnen diese Dinge bot, und wieder einmal hatte ich versagt. Das Königliche Stachelschwein hatte seinen Kopf auf meinen Bauch gelegt und wartete auf eine Antwort.

»Ich weiß nicht«, sagte ich. »Darum geht's nicht.«

Er setzte sich wieder auf. »Das Problem mit dir ist, daß du keine Motive hast. Merkst du nicht, wie gefährlich das ist? Du bist wie ein außer Kontrolle geratener Schulbus.«

»Das ist nicht meine Absicht«, sagte ich. Um es wiedergutzumachen, kaufte ich ihm ein Fläschchen Eine-pro-Tag-Vitaminpillen und ein Paar Socken und staubte seine ausgestopften Tiere ab. Ich schenkte ihm sogar meinen Fuchs, der Tante Lou gehört hatte. Das war ein wirkliches Geschenk: Ich hing an ihm. Früher hätte er sich darüber gefreut, aber jetzt gönnte er ihm kaum einen Blick.

»Wenigstens könntest du ihm von uns erzählen«, sagte er. »Manchmal glaube ich, du schämst dich meiner.«

Aber hier lag für mich die Grenze. »Ich kann nicht«, sagte ich, »das würde alles kaputtmachen. Ich liebe dich.«

»Du hast Angst, es mit mir zu probieren«, sagte er kummervoll. »Das ist mir vollkommen klar. Ich gebe zu, momentan ist nicht viel los mit mir, aber denk an das Potential!«
»Ich mag dich so, wie du bist«, sagte ich, aber er glaubte mir nicht. Es war nicht so, daß ich ihn nicht liebte. Ich liebte ihn auf eine seltsame Art und Weise, aber ich wußte, daß ich nicht mit ihm zusammenleben konnte. Für ihn waren Realität und Phantasie dasselbe, was bedeutete, daß es für ihn keine Realität gab. Aber für mich bedeutete es, daß es keine Phantasie gab und somit keine Fluchtmöglichkeit.
Als ich das nächstemal aus dem Lastenaufzug trat, lauerte ein Hinterhalt auf mich. Das Königliche Stachelschwein war da, aber es war nicht mehr das Königliche Stachelschwein. Er hatte die Haare kurz geschnitten und den Bart abrasiert. Er stand in der Mitte des Raumes, kein Cape, kein Stock, keine Handschuhe; bloß Jeans und ein T-Shirt, auf dem *Honda* stand. Es war nur noch Chuck Brewer; war er das unter seinem Bart schon immer gewesen? Er sah ausgeplündert aus.
»Mein Gott«, sagte ich fast schreiend. »Warum hast du das getan?«
»Ich hab' ihn umgebracht«, sagte Chuck. »Es ist vorbei mit ihm, er ist erledigt.«
Ich fing an zu weinen. »Oh, die habe ich vergessen«, sagte er. Er riß das Bild der Königin, dann das Dynamit-Poster herunter und warf sie auf den Haufen mit seinen Kostümen.
»Was ist mit deinen Tieren?« fragte ich dümmlich.
»Schmeiß' ich auch weg«, sagte er. »Sie taugen nichts mehr für mich.«
Ich starrte sein Kinn an; ich hatte es noch nie gesehen. »Ziehst du jetzt ein?« sagte er. »Es muß nicht hier sein, wir können uns auch ein Haus suchen.«
Es war grauenhaft. Er hatte geglaubt, wenn er sich in etwas

verwandelte, was Arthur ähnlicher war, könnte er Arthurs Platz einnehmen; aber damit hatte er genau den Teil von sich gemordet, den ich liebte. Ich wußte kaum, wie ich den übriggebliebenen Teil trösten sollte. Ohne seinen Bart hatte er das Kinn eines Hilfsbuchhalters.

Ich haßte mich selbst dafür, daß ich das dachte. Ich fühlte mich wie ein Ungeheuer, ein großes, stümperhaftes Ungeheuer, unheilbar seicht. Wie konnte ich mich in einem solchen Augenblick von seinem Kinn stören lassen? Ich schlang die Arme um ihn. Ich konnte nicht tun, was er wollte, es war alles so falsch.

»Ich weiß, du wirst es nicht tun«, sagte er und befreite sich aus meinen Armen. »Na schön, ich nehme an, dann bleibt nur noch eins zu tun. Wie wär's mit einem Doppelselbstmord? Oder vielleicht könnte ich dich erschießen und dann vom Toronto Dominion Center springen, deinen Körper in meinen Armen.« Mühsam brachte er ein blasses Lächeln zustande, aber er konnte mich nicht zum Narren halten. Er meinte es vollkommen ernst.

27

Der Lastenaufzug donnerte abwärts. Ich stellte mir vor, wie das Königliche Stachelschwein die drei Treppen hinunterstampfte, sich dabei die Kleider vom Leib riß, um mir unten im Erdgeschoß splitternackt gegenüberzutreten; aber als die Fahrstuhltür aufklappte, war er nicht da. Ich rannte drei Häuserblocks zu den Kentucky-Brathähnchen und bestellte eine Familienportion. Dann fuhr ich im Taxi nach Hause. Ich würde alles erzählen, ich würde weinen. Mir würde vergeben werden, ich würde es nie wieder tun, wenn Arthur mir nur verzeihen und mich zurück in die Sicherheit führen würde.

Ich stieg die Stufen zum Apartment hinauf und stieß schwer atmend die Tür auf. Ich war für die Szene bereit. Es würde nicht nur eine Beichte, es würde auch eine Anklage werden: Warum hatte Arthur mich so weit getrieben, was gedachte er dagegen zu tun, sollten wir nicht über unsere Beziehung reden, um herauszufinden, was schiefgegangen war? Aus irgendeinem komplizierten und wahrscheinlich sadistischen Grund hatte er zugelassen, daß ich mich mit einem mörderischen Irren einließ, und es wurde höchste Zeit, daß er es erfuhr. Ich verlangte nicht viel, ich wollte nur geliebt werden. Ich wollte nur etwas menschliches Zartgefühl. War das so furchtbar, war das so unmöglich, war ich irgendeine Art von Mutation?

Arthur sah fern. Sein Rücken war mir zugekehrt, und sein Nacken war verletzlich. Ich sah, daß er einen Haarschnitt nötig hatte, und das tat mir weh. Er war wie ein Kind, ganz gläubig und vertrauensselig. Was war ich im Begriff zu tun?

»Arthur«, sagte ich, »da ist etwas, was ich mit dir besprechen möchte.«

Ohne sich umzudrehen, sagte er: »Könntest du warten, bis das hier zu Ende ist?«

Ich setzte mich neben seinem Sessel auf den Boden und packte die Familienportion aus. Schweigend bot ich ihm etwas an. »Wie kannst du nur diese amerikanische Scheiße essen?« sagte er, nahm aber eine Brust und fing an zu kauen. Er sah sich die olympischen Eiskunstlauf-Meisterschaften der Paare an; früher hatte er sich nur die Nachrichten angesehen, aber jetzt sah er sich alles an, was kam, Boulevardkomödien, Hockeyspiele, Krimiserien, Talkshows. Der Fernsehapparat hatte im unteren Drittel des Bildschirms Streifen, so daß die Leute in den Talkshows vier Hände hatten, wie indische Götter und Göttinnen, und die Jagdszenen in den Krimis erschienen umgekehrt, mit zwei Paar Polizisten und zwei Paar Räubern; aber wegen der Ausgabe ließ Arthur ihn nicht reparieren. Er sagte, er wüßte jemand, der ihn reparieren könnte.

Das österreichische Paar, in langen, weißen Ärmeln, das Mädchen in einem dunklen Trikot, glitt vollkommen synchron und mit unglaublicher Geschwindigkeit rückwärts über die Eisbahn. Beide hatten je vier Beine. Sie drehten sich, und das Mädchen flog hoch in die Luft und posierte verkehrt herum, zweiköpfig, während der Mann sie mit einem Arm hielt. Dann kam sie herunter – »Ihr rechter Fuß hat berührt«, sagte der Kommentator –, und beide fielen hin und vervielfältigten sich, als sie auf das Eis trafen. Sie standen wieder auf und machten mit ihrer Kür weiter, aber es war nicht mehr dasselbe. Auch das kanadische Paar stürzte, obwohl sie am Anfang verwegen waren.

Die dicke Dame tauchte mit Schlittschuhen auf dem Eis auf. Ich konnte es nicht verhindern. Es war einer der wichtigsten Momente in meinem Leben, ich hätte es schaffen müssen, sie fernzuhalten, aber da kam sie an in ihrem rosa Eislaufkostüm, den Kopf mit Schwanendaunen geschmückt. Und neben ihr der dünnste Mann der Welt. Sie lächelte der Menge zu, niemand lächelte zurück; die Menge glaubte nicht, was sie sah, denn die dicke Dame wirbelte mit außerordentlicher Grazie über die Eisfläche, drehte sich wie ein Kreisel auf ihren winzigen Füßen, dann hob der dünne Mann sie hoch und warf sie, und sie flog empor, empor, sie hing da oben ... ihr Geheimnis bestand darin, daß sie trotz Größe und Umfang sehr leicht war, sie war hohl, ein Heliumballon, man mußte sie an ihr Bett binden, oder sie würde davontreiben, die ganze Nacht über zerrte sie an den Seilen ...

Ich habe dir etwas mitzuteilen, wollte ich während der Werbung sagen. Aber Arthur durchwühlte die Familienpackung nach einem übriggebliebenen Stück Fleisch, seine Finger waren ganz fettig, und am Kinn hing ihm ein

Stückchen Huhn. Zärtlich wischte ich es weg. Dies war ein Augenblick der Wehrlosigkeit: Wie konnte ich ihn zerstören? Arthur brauchte Würde.
Eine berühmte Eiskunstläuferin pries Margarine an, nicht gerade überzeugend, ihre Augen hingen hypnotisiert an den versteckten Stichworttafeln. Dann ging der Wettkampf weiter. Die dicke Dame war immer noch da und hüpfte gegen die Decke. Das amerikanische Paar wieselte wie ein Tausendfüßler über den unteren Bildschirmrand, aber niemand achtete darauf, alle waren von dem riesigen rosa Ballon abgelenkt, der mit so wenig Geschmack über ihren Köpfen herumhüpfte... Die dicke Dame schlug kraftlos mit ihren Schlittschuhen aus; ihre Schenkel und der gewaltige Mond ihres Rumpfes waren sichtbar. Es war wirklich eine Schande. »Sie holen das Harpunengewehr«, hörte ich den Sprecher sagen. Man würde sie kaltblütig abschießen, sie explodieren lassen, trotz der Tatsache, daß sie jetzt angefangen hatte zu singen...
Warum tue ich das? dachte ich, *Wer tut mir das an?* »Ich geh' ins Bett«, sagte ich zu Arthur. Ich war unfähig zu handeln, ich konnte nicht einmal einen klaren Gedanken fassen; jeden Augenblick konnte das Königliche Stachelschwein gegen die Tür hämmern oder eine schreckliche Nachricht durchs Telefon schreien, genau in dem Moment, bevor er sprang, und ich war wie gelähmt, es gab nichts, was ich tun konnte, außer warten, bis das Beil herabsauste. Und wie ich ihn kannte, würde es nicht einmal ein Beil sein, sondern ein Gummitruthahn aus einem Scherzartikelladen; das oder eine gewaltige Explosion. Er hatte keinen Sinn für Proportionen. Rußland gewann den Titel, wieder einmal.
Am nächsten Morgen kam der erste Telefonanruf. Keine Stimme, nichts, obwohl ich dreimal »Hallo« rief. Nur Atmen und dann ein Knacken. Ich wußte, daß er es sein mußte, aber sein Mangel an Originalität überraschte

mich. Der zweite Anruf kam um sechs und der dritte um neun. Am nächsten Tag erhielt ich einen Brief von ihm, jedenfalls glaubte ich, daß er von ihm sein müßte. Es war nur ein leeres Blatt Papier mit einem kleinen Holzschnitt vom Tod, eine Sense haltend, und dazu die Unterschrift: DARF ICH UM DIESEN WALZER BITTEN? Die Buchstaben und Worte waren aus dem Branchenverzeichnis ausgeschnitten und aufgeklebt worden; der Tod stammte aus einem Magazin. Ich zerknüllte es und warf es in den Abfall. Er hatte sich wirklich schnell an die Arbeit gemacht, aber ich würde ihn nicht merken lassen, daß er an meinen Nerven zerrte.

Womit ich wirklich rechnete, war ein anonymer Brief an Arthur. Ich fing an, seine Post zu zensieren, obwohl ich dafür früh aufstehen mußte, um unten im Flur die Briefe abzufangen, wenn sie durch den Schlitz geschoben wurden. Ich studierte die Umschläge, und diejenigen, deren Inhalt nicht eindeutig war, legte ich beiseite, um sie später mit Wasserdampf zu öffnen. Das machte ich fünf Tage, aber nichts geschah. Die Telefonanrufe gingen weiter. Ich hatte keine Ahnung, ob auch Arthur welche bekam; wenn ja, so erwähnte er es nicht.

Alles hing davon ab, ob das Königliche Stachelschwein mich zurückhaben wollte – in dem Fall würde er Arthur nichts sagen –, ob er mich umbringen wollte, was ich bezweifelte, oder ob er sich nur rächen wollte. Ich dachte daran, ihn anzurufen und ihn zu fragen; vielleicht sagte er mir die Wahrheit, wenn ich ihn im richtigen Moment erwischte. Ich hätte ihm nie diese Macht geben dürfen, die Macht, mein Leben zu ruinieren; denn noch war es nicht vollständig ruiniert, noch ließ sich einiges retten. Arthur gegenüber machte ich Andeutungen, daß es eine nette Abwechslung wäre, in eine andere Stadt zu ziehen.

Am sechsten Tag bekam ich noch einen Brief. Die Adresse war mit Schreibmaschine geschrieben; keine

Briefmarke, also persönliche Beförderung. Darin war wieder eine ausgeschnittene Botschaft: ÖFFNE DIE TÜR. Ich wartete eine halbe Stunde und machte sie dann auf. Auf der Türschwelle lag ein totes Stachelschwein mit einem darinsteckenden Pfeil. Auf einem an dem Pfeil hängenden Schildchen stand JOAN.

»Um Gottes willen«, sagte ich. Wenn der Hausbesitzer oder Arthur es zuerst gefunden hätte, wäre ein Aufruhr oder zumindest eine Nachforschung fällig gewesen. Ich mußte es schleunigst loswerden. Es war ein großes Stachelschwein, mit tiefen Wunden, und es fing schon an zu verwesen. Ich zerrte es an den Rand der Veranda und kippte es zwischen die Hortensien, in der Hoffnung, daß keiner von den Nachbarn zusah. Dann ging ich wieder hinauf, holte einen großen, grünen Plastikbeutel, stopfte das Stachelschwein hinein und schaffte es, das Ganze im Hinterhof in den Mülleimer mit der Aufschrift ›Mieter‹ zu stecken. Ich stellte mir vor, wie das Königliche Stachelschwein alle seine Tiere auftaute, eins nach dem anderen, und sie auf meiner Türschwelle ablegte. Er hatte eine Menge, sie würden wochenlang reichen.

Ich fand, daß er zu weit ging. Am Nachmittag ging ich zu einer Telefonzelle und rief ihn an. »Chuck, bist du's?« sagte ich, als er sich meldete.

»Wer spricht da?« sagte er. »Myrna?«

»Du weißt verdammt gut, daß es nicht Myrna ist, wer immer das sein mag«, antwortete ich. »Hier ist Joan, und ich will dir sagen, daß ich dich kein bißchen komisch finde.«

»Was meinst du?« fragte er. Seine Stimme klang wirklich überrascht.

»Das weißt du«, sagte ich. »Deine kleinen Nachrichten. Du hast dich wohl für sehr clever gehalten, die Buchstaben aus dem Branchenverzeichnis auszuschneiden, damit ich nicht weiß, daß du es bist.«

»Nein, hab' ich nicht«, sagte er. »Ich meine, was für Nachrichten? Ich hab' dir nie was geschickt.«
»Und was ist mit diesem *Ding*, das du mir heute morgen auf die Türschwelle gelegt hast? Ich nehme an, das war nicht eins von deinen kostbaren plattgefahrenen Viechern?«
»Wovon redest du überhaupt?« sagte er. »Du mußt verrückt sein. Ich hab' nichts gemacht.«
»Und du kannst auch damit aufhören, mich anzurufen und in den Hörer zu schnaufen.«
»Ich schwöre bei Gott, ich habe dich kein einziges Mal angerufen. Ruft dich jemand an?«
Ich fühlte mich geschlagen. Wenn er log, bedeutete es, daß er weitermachen würde. Wenn er nicht log, wer tat es dann? »Chuck, sei ehrlich«, sagte ich.
»Ich dachte, ich hätte dich darum gebeten, mich nicht so zu nennen«, sagte er kalt. »Ich habe dir nichts getan. Warum sollte ich? Du hast mir klargemacht, daß es aus ist. Okay, ich war wütend, aber ich habe nachgedacht, und wenn du meinst, es ist aus, dann ist es eben aus. Du kennst mich, heute hier, morgen da. Warum sollte ich unglücklich sein?«
Ich war verletzt, daß er es so leicht nahm. »Das ist also alles, was ich dir bedeutet habe«, sagte ich.
»Hör zu, du hast einen Rückzieher gemacht, nicht ich. Wenn du nicht mit mir leben willst, was erwartest du dann von mir? Soll ich meinen Kopf in den Gasofen stekken?«
»Vielleicht hab' ich mich getäuscht«, sagte ich, »vielleicht sollten wir darüber reden.«
»Warum den Todeskampf verlängern«, sagte er. »Außerdem habe ich Besuch.«
Und damit legte er auf. Ich knallte den Hörer auf die Gabel und rüttelte an der Geldrückgabe; ich hatte das Gefühl, ich müßte in jedem Fall mein Zehncentstück zurückbe-

kommen, das war er mir schuldig. Aber von dem schwarzen Apparat kam keine Wiedergutmachung.
Ich lief nach Hause, schloß mich im Schlafzimmer ein, holte die Schreibmaschine heraus und machte die Augen zu. Was ich brauchte, war ein großer Mann in einem Cape. Die ganze Zeit über, in der ich mit dem Königlichen Stachelschwein zusammengewesen war, hatte ich kein einziges Wort geschrieben. Kamen mir meine Figuren deshalb realer vor als sonst, standen sie mir deshalb näher und besaßen mehr Energie, als ich ihnen gab?
Aber es war nutzlos; ich konnte die Zeit nicht aufhalten, ich konnte nichts aussperren.
In dieser Nacht kam wieder ein Anruf und am nächsten Tag eine weitere Nachricht: KOMM IN DIE LEICHENHALLE, dazu das aufgeklebte Bild einer Spinne. Am Tag darauf lag ein toter Blauhäher vor der Tür. In der Nacht glaubte ich, jemanden die Feuerleiter hinaufklettern zu hören.
Jetzt zögerte ich, bevor ich ans Telefon ging. Ich überlegte, ob ich mir nicht eine Trillerpfeife kaufen sollte, die Sorte, die man bei obszönen Anrufen benutzt. Einmal schrie ich »Hör auf!« in den Hörer, bevor ich merkte, daß es nur Sam war. Ich hatte nicht direkt Angst; ich hielt das Ganze immer noch für einen in die Länge gezogenen, rachsüchtigen Witz, und das Königliche Stachelschwein – ich blieb dabei, er war es – hielt es wahrscheinlich für ein Kunstwerk. Vielleicht machte er Aufnahmen von mir, wie ich die Tür öffnete und die stinkenden kleinen Beweise seiner Wertschätzung entdeckte; vielleicht verwendete er die Bilder für eine Ausstellung. Ich dachte daran, in sein Lagerhaus zu gehen und zu versuchen, vernünftig mit ihm zu reden...
Das Telefon klingelte. Ich ließ es dreimal klingeln, dann nahm ich ab, auf das Geschnaufe und vielleicht sogar ein drohendes Lachen vorbereitet. »Hallo«, sagte ich.

»Ist da Joan Delacourt?« Eine Männerstimme, dickflüssig und irgendwie seltsam.
»Ja«, sagte ich automatisch, bevor ich Zeit hatte, über die Verwendung meines Mädchennamens nachzudenken. Jetzt nannten mich alle Joan Foster.
»Joan. Endlich habe ich dich gefunden.«
»Wer spricht da?« sagte ich.
»Errätst du es nicht?« sagte die Stimme neckisch. Jetzt kam sie mir bekannt vor. »Hier ist deine Freundin Mavis.« Ein kokettes Lachen.
»Paul«, sagte ich. »O mein Gott.«
»Ich habe in der Zeitung von dir gelesen«, sagte Paul, von meinem Erschrecken ungerührt. »Ich habe das Bild erkannt, obwohl du darauf nicht so schön bist wie in Wirklichkeit. Dein Erfolg hat mich so glücklich gemacht, du brauchst jetzt nicht mehr diese Trivialromane zu schreiben, du bist eine richtige Schriftstellerin. Ich habe dein Buch gelesen. Ich halte es für vielversprechend, für ein Erstlingswerk von einer Frau.«
Hinter mir konnte ich Arthur zur Tür hereinkommen hören. Ich mußte das Gespräch mit Paul beenden, aber ich wollte seine Gefühle nicht verletzen. »Paul«, sagte ich, »ich muß dich sehen. Ich möchte dich gern sehen.«
»Das ist auch mein Wunsch«, sagte Paul. »Ich kenne ein gutes Restaurant...«
Dort traf ich ihn am nächsten Tag für ein spätes Mittagessen. Zerdo's hieß das Restaurant. Früher hatten in Toronto keine Restaurants mit Namen wie Zerdo's existiert, aber nun gab es viele davon. Typisch Paul, ein Restaurant mit einem Namen wie ein Abflußreiniger auszuwählen, dachte ich, als ich die Tür öffnete. Es war ein schmaler, dunkler Raum; auf den mit karierten Tischtüchern bedeckten Tischen standen wie Kerzen geformte Lampen. Künstliche Weinreben rankten sich die Wände

entlang. Hinten im Raum war eine Durchreiche, mit Backsteinimitat verkleidet und voller Kupferpfannen hängend... Der Oberkellner eilte auf mich zu, klein und wendig, Speisekarten mit Goldquasten unter dem Arm.

»John«, sagte ich unwillkürlich. Diesen weichen Schnurrbart hätte ich überall erkannt.

»Pardon, Madame«, sagte er. »Mein Name ist Zerdo.«

Paul kam schon auf mich zu. Zeremoniell küßte er meine Hand und geleitete mich mit sanfter Melancholie zu einem Tisch. Als wir saßen, sprach er nicht, sondern sah mich mit vorwurfsvollen Augen hinter seiner Brille hervor an, die jetzt, wie ich bemerkte, getönt war: ein blasses Mauve.

»Früher hieß das hier Bite-A-Bit«, sagte ich. Ich sagte nicht, daß ich hier Kassiererin gewesen war, aber dafür saß mein Double hinter der Kasse, eine massige Frau mit zusammengebundenem Haar in einem schwarzen Kleid, das ihre wulstigen Ellbogen, aber nicht ihren Busen sehen ließ. Eine meiner einst greifbar nahe gewesenen Zukunftsmöglichkeiten, in Fleisch und Blut; Mrs. Zerdo, ohne Zweifel. In diesem Augenblick beneidete ich sie.

»Joan«, sagte Paul. »Warum bist du vor mir geflüchtet?« Er hatte die Plastikrose aus der Vase genommen und zwirbelte sie zwischen seinen Fingern herum, anscheinend ohne zu merken, daß sie nicht echt war. Was konnte ich Passendes sagen?

»Es war am besten so«, sagte ich.

»Nein, Joan«, sagte er traurig. »Das war es nicht. Du weißt, daß ich dich geliebt habe. Ich wollte dich heiraten, sobald du älter warst. Ich hatte es so geplant, ich hätte es dir sagen sollen. Doch du bist mir fortgelaufen. Du hast mich sehr unglücklich gemacht.« Er sagte das, aber ich glaubte ihm nicht ganz. Mir fiel der Anzug auf, der bestimmt wesentlich teurer war als die, die er sich früher

leisten konnte; und ein völlig neues Selbstbewußtsein strahlte von ihm aus. Der bittere, armselige Aristokrat war ein bißchen undeutlich geworden; darüber lag eine Schicht erfolgreicher Geschäftsmann.
Zerdo erschien mit der Weinkarte. Er war Paul gegenüber ehrerbietig, der fehlerfrei bestellte. Paul nahm eine Gauloise, bot mir eine an und steckte seine in eine neue und kostbare Zigarettenspitze.
»Ich bin froh, daß ich dich entdeckt habe«, sagte Paul, während wir unsere Zitronensuppe schlüften. »Jetzt werden wir darüber nachdenken müssen, was zu tun ist, da du, wie ich sehe, verheiratet bist.«
»Paul«, versuchte ich das Thema zu wechseln, »lebst du jetzt hier? Bist du nach Kanada gezogen?«
»Nein«, sagte er, »aber ich habe oft hier zu tun. Geschäftlich. Ich bin seit sechs Jahren nicht mehr bei der Bank; ich habe ein anderes Geschäft. Ich bin...«, er zögerte, »... Importeur.«
»Was importierst du?« fragte ich.
»Viele Sachen«, sagte er vage. »Holzschnitzereien, Schachspiele und Zigarettendosen aus der Tschechoslowakei; Kleider aus Indien, die sind jetzt sehr beliebt, und aus Mexiko. Es ist hilfreich, wenn man viele Sprachen kennt. Ich spreche sie nicht alle selbst, aber es läßt sich immer einrichten.« Er wollte nicht wirklich darüber reden. Ich erinnerte mich an den Revolver. War da nicht eine leichte Ausbuchtung unter seinem Arm, trug er womöglich ein Schulterhalfter? In schneller Reihenfolge gingen mir Heroin, Opium, Atomwaffen, Juwelen und Staatsgeheimnisse durch den Kopf.
»Ich habe meine Mutter herausgeholt«, sagte er. »Aus Polen; aber sie ist gestorben.«
Während wir Moussaka aßen, sprachen wir darüber und über seine Tochter.
»Ich habe in der Zeitung gelesen, daß dein Mann so eine

Art Kommunist ist«, sagte er, als wir beim Baklava angekommen waren. »Joan, wie konntest du nur so einen Mann heiraten? Ich habe dir doch erzählt, wie sie sind.«

»Er ist nicht direkt ein Kommunist«, sagte ich. »Es ist schwer zu erklären, aber hier drüben sieht alles anders aus. Außerdem hat es hier nichts zu bedeuten, in gewisser Weise ist es ganz ehrbar. Sie *tun* nichts; sie treffen sich nur und reden eine Menge, so wie die Theosophen.«

»Reden ist gefährlich«, sagte Paul dunkel. »Alle diese Dinge fangen mit Reden an. Sie sind gut im Reden, sie sind wie die Jesuiten. Armes Kind, so hat er dich dazu gebracht, ihn zu heiraten. Er hat dich einer Gehirnwäsche unterzogen.«

»Nein«, sagte ich, »so war es nicht«, aber Paul war davon überzeugt.

»Ich sehe, daß du sehr unglücklich bist«, sagte er.

Das war mehr als wahr, und ich leugnete es nicht. Tatsächlich genoß ich das Gefühl, in so viel Mitgefühl gehüllt zu sein wie in warme Waschlappen. Ich hatte angenommen, Paul würde wütend auf mich sein, aber er war sehr nett. Ich trank noch ein Glas Wein, und Paul bestellte Brandy.

»Du kannst mir vertrauen«, sagte er und tätschelte meine Hand. »Du warst ein Kind, du wußtest nicht, was du wolltest. Jetzt bist du eine Frau. Du wirst diesen Mann verlassen, du wirst dich scheiden lassen, wir werden glücklich sein.«

»Paul, ich kann ihn nicht verlassen«, sagte ich. Er schwamm in einem Nebel von Nostalgie vor mir. War dies meine verlorene Liebe, mein Retter? Meine Augen füllten sich mit Tränen, meine Nase folgte dem Beispiel. Ich schneuzte mich in die Serviette. Jede Minute würde ich jetzt wirklich anfangen zu weinen.

Pauls Kinnbacken traten hervor. »Er läßt dich nicht, das

ist mir klar«, sagte er. »So sind sie. Wenn du ihm sagst, daß du mich liebst, wird er... Aber ich habe Freunde. Wenn nötig, werde ich dich entführen.«
»Nein«, sagte ich. »Paul, das kannst du nicht tun. Das wäre gefährlich. Außerdem machen die Leute hier solche Sachen nicht.«
Paul tätschelte meine Hand. »Keine Sorge«, sagte er. »Ich weiß, was ich tue. Ich werde abwarten, und dann, im richtigen Moment, werde ich zuschlagen.« Seine Augen glänzten; es war eine Herausforderung, er wollte gewinnen.
Ich konnte ihm nicht sagen, daß ich nicht geraubt werden wollte; das wäre zu grob und für ihn auch schmerzlich. »Nun«, sagte ich, »es ist wichtig, daß du niemandem erzählst, daß wir uns gesehen haben. Und du solltest nicht anrufen... Paul, hast du mich schon vorher angerufen, ohne einen Ton zu sagen?«
»Vielleicht einmal«, meinte er. »Ich dachte, es wäre die falsche Nummer.« Er war es also nicht.
Wir brachen auf. Paul nahm meinen Arm. »Schreibst du immer noch als Mavis Quilp?« fiel mir ein. »Ich nehme an, du hast es nicht mehr nötig.«
»Ich schreibe noch, zur Entspannung«, sagte Paul. »Es besänftigt den Geist nach des Tages harter Arbeit.« Er unterbrach sich einen Moment und durchsuchte seine Innentasche. »Hier«, sagte er. »Ich habe dir ein Geschenk mitgebracht. Du bist etwas Besonderes. Ich stehe allein im Leben, niemand würde sich darum kümmern. Aber ich weiß, daß es dir gefallen wird.«
Er reichte mir das Buch *Krankenschwester in der Arktis* stand auf dem Umschlag. Von Marvis Quilp. Die rosawangige Schwester lächelte einnehmend aus der Kapuze ihres Parkas.
»O Paul«, sagte ich, »vielen Dank.« Es war albern, aber ich war gerührt; es war wie das Ende des Films mit dem

Wal, er war so traurig, so vertrauensvoll, so hoffnungslos, Trost war unmöglich. Ich warf meine Arme um seinen Hals und brach in Tränen aus.
Jetzt hast du es getan, dachte ich, während ich an seiner Schulter schluchzte. Ich mußte mich dazu ein bißchen runterbeugen. Er benutzte *Hai Karate*-Rasierwasser, was mich noch heftiger weinen ließ. Wie sollte ich mich da herauswinden? Wieder einmal war ich zu ermutigend gewesen.

28

Paul wollte mich in ein Taxi setzen. Es gehört zu seinem Image, daß mein Abgang im Taxi erfolgen mußte, aber ich sagte ihm, ich wollte lieber gehen, und so nahm er selbst ein Taxi. Ich beobachtete, wie er davonfuhr, auf der Church Street nach Norden im metallisch glitzernden Verkehr. Dann machte ich mich auf den Heimweg.
Meine Augen waren immer noch verquollen, und ich fühlte mich stumpf und deprimiert. Pauls Wunsch, mich zu retten, war galant, aber zwecklos, wie mir momentan jede Galanterie zwecklos erschien. Außerdem wollte ich gar nicht von ihm gerettet werden, hatte aber nicht den Mut gehabt, es ihm zu sagen. In irgendeinem schäbigen Versteck würde ich mürrisch seine Boxer-Shorts bügeln, seinen Kaviar essen und so tun, als wäre ich glücklich und dankbar; mürrisch würde ich erneut fliehen und ihn tief getroffen und diesmal vielleicht rachsüchtig zurücklassen. Ich hatte früher einmal geglaubt, in ihn verliebt zu sein. Vielleicht war ich es wirklich.
»Ein Zauber liegt in der Liebe und im Lächeln. Benutzt sie jeden Tag, bei allem, was ihr tut, und ihr werdet sehen, was für wundervolle Dinge geschehen«, pflegte Braune Eule mit zirpender Stimme aus ihrem kleinen Buch vor-

zulesen. Ich hatte an diesen Slogan geglaubt, ich hatte angenommen, es sei meine eigene Schuld, daß diese wunderbaren Dinge sich nicht ereigneten, daß es an meiner unzureichenden Liebe lag. Jetzt kam es mir so vor, als könnte man bei diesem Spruch das Wort ›Liebe‹ ohne weiteres durch den Namen einer Möbelpolitur ersetzen, ohne seine Bedeutung im geringsten zu verändern. Liebe war nur ein Werkzeug, Lächeln war ein anderes Werkzeug, beide waren nur Werkzeuge, um gewisse Ziele zu erreichen. Keine Magie, bloß Chemie. Ich spürte, daß ich nie jemanden wirklich geliebt hatte, weder Paul noch Chuck noch das Königliche Stachelschwein, nicht einmal Arthur. Ich hatte sie mit meiner Liebe poliert und erwartet, daß sie glänzten, hell genug, um mein eigenes Spiegelbild vergrößert und strahlend zurückzuwerfen.

In diesem Augenblick erschien es mir unmöglich, daß jemand jemals einen anderen wirklich lieben konnte und, wenn doch, daß etwas Beständiges und Schönes daraus wurde. Liebe war die Jagd nach Schatten, und für Paul war ich ein Schatten, dazu bestimmt, vor ihm zu fliehen, flüchtig wie eine Wolke. Eine schöne Wolke, dachte ich, der jetzt schon wieder die Füße weh tun. Wahrscheinlich wollte er mich überhaupt nicht, vielleicht reizte ihn nur das Abenteuer, mich zu kidnappen, aus einer, wie er sich vorstellte, Höhle voll gefährlicher Kommunisten mit Raubtiergebissen, bis an die Zähne bewaffnet mit Apparaten zur Gehirnwäsche und einer mörderischen Rhetorik, ich in ihrer Mitte, von ihrem Fachidiotengerede an Händen und Füßen gefesselt. Sobald er mich dann für sich hatte, würde er überhaupt nicht wissen, was er mit mir anfangen sollte. Er hatte schon nicht mit mir zusammenleben können, er ertrug die Unordnung nicht, und die Jahre hatten mich kein bißchen ordentlicher gemacht. Ich hatte keine Ähnlichkeit mit meinem Phantombild.

Als ich nach Hause kam, fand ich eine weitere anonyme Nachricht, irgend etwas über Särge, aber ich achtete kaum darauf. Ich stieg langsam die Stufen zum Apartment hinauf; an einem Fuß hatte ich eine Blase. Ich hoffte, Arthur würde dasein, damit ich wenigstens den Trost eines vertrauten Körpers spüren konnte, aber er war nicht da, und mir fiel ein, daß er etwas von einer Versammlung gesagt hatte. Das Apartment wirkte leer und öde, wie es ohne ihn sein würde, dachte ich. Am besten gewöhnte ich mich daran; jeden Tag konnte das Königliche Stachelschwein seines Spielchens überdrüssig werden und eine Entscheidung herbeiführen.

Ich ging ins Bad, ließ die Wanne mit warmem Wasser vollaufen, gab etwas Vita-Bad dazu und kletterte mit meiner Mavis Quilp hinein. Das Badezimmer war schon immer meine Zuflucht gewesen, es war das einzige Zimmer im Haus, in allen Häusern, wo ich die Tür absperren konnte. Ich pflegte wie ein prustendes Walroß in die Wanne zu tauchen, während meine Mutter sich draußen vor der Tür diskret räusperte, hin und her gerissen zwischen dem Grunzen und den Geräuschen des Körpers, den als ihr eigen Fleisch und Blut anzuerkennen sie sich weigerte, und ihrer Unwilligkeit, deutlich zu werden.

»Joan, was machst du da drin?«

Lange Pause. »Ein Bad nehmen.«

»Du bist seit einer Stunde drin. Andere Leute möchten das Badezimmer vielleicht auch mal benutzen; du solltest etwas rücksichtsvoller sein.«

Ich bedeckte mich mit Schaum und vertiefte mich in die *Krankenschwester in der Arktis*. Warum hatte Sharon ihr gemütliches Hospital in England verlassen, um in den hohen Norden zu gehen, wo es keinerlei Annehmlichkeiten gab und wo der gutaussehende Doktor sie jedesmal anfuhr, wenn sie ein Skalpell fallen ließ. Sie jagte in dem durchgegangenen Hundeschlitten über die Eisschollen, zu Fuß verfolgt von dem mürrischen Arzt. *Halt an, du alberne kleine Närrin. Ich kann nicht, ich weiß nicht wie.* Ich wußte, was passieren würde, ich war mit Pauls Stil vertraut... Erst wenn der Doktor sie mit dem Gesicht nach unten und pelzbedeckt daliegen sah, würde er erkennen, wie sehr er sie liebte, und danach mußte er dann um ihre Liebe kämpfen. Er würde einen Unfall haben, oder sie würde einen Unfall haben, entweder der eine oder der andere. Reines Eis, reiner Schnee, keusche Küsse.

Ich sehnte mich nach dieser schlichten Welt, in der Glück möglich war und Wunden nur rituell waren. Warum war ich aus diesem unmöglichen weißen Paradies ausgeschlossen worden, in dem Liebe so endgültig war wie der Tod, und an diesen anderen Ort verbannt worden, wo alles sich veränderte und verschob?

Das Telefon klingelte, aber ich ließ es klingeln. Ich würde nicht aus der Badewanne klettern und überall auf dem Fußboden Pfützen hinterlassen, bloß um jemanden atmen zu hören; ich würde hier bei Sharon und Doktor Hunter bleiben. *Er berührte ihre Wange, strich eine Haarsträhne zur Seite. Brüsk erklärte er ihr, daß sie ihr Haar zurückgesteckt zu tragen hatte: War ihr das nicht während der Ausbildung gesagt worden?* Verführerische Löckchen, Strähnen und Locken kamen immer in Pauls Büchern vor, wie bei Milton. *Sharon errötete und wandte sich ab, um es zu verbergen.*

Eine Dreiviertelstunde später, als sich der Hubschrauber mit dem geretteten Eskimo herabsenkte (jeden Moment mußte die Liebeserklärung, die Umarmung kommen), als das Wasser zum zweitenmal lauwarm wurde, glaubte ich, nebenan jemanden zu hören. Ich lauschte, vorsichtig darauf bedacht, nicht zu plätschern: ganz deutlich Schritte, die das Wohnzimmer durchquerten und sich meinem Schlafzimmer näherten.

Ich erstarrte in der Badewanne; ich wurde steif vor Angst. Eine Weile lag ich wie ein überdimensionales Eis am Stiel da; Visionen von messerschwingenden Lustmördern mit bluttriefenden Raffzähnen blitzten vor mir auf, Visionen von Einbrechern, drogensüchtig und tödlich, Visionen von Perversen, die mich in Stücke hacken und ausgewählte Teile in jede Mülltonne der Stadt stecken würden. Das Badezimmer hatte kein Fenster. Wenn ich mich ganz ruhig verhielt, würde er vielleicht nur das mitnehmen, was er finden konnte, was nicht viel war, und so, wie er gekommen war, auch wieder verschwinden. Ich hätte schwören können, daß ich das Fenster zur Feuerleiter verriegelt hatte, und durch die Tür war er bestimmt nicht gekommen; sie quietschte so laut, daß ich es hätte hören müssen.

Langsam schob ich mich aus der Badewanne. Den Stöpsel zog ich nicht heraus, es hätte gegurgelt. Ich breitete die Bodematte aus, dann kniete ich mich hin und guckte durchs Schlüsselloch. Zuerst konnte ich nichts sehen. Der geheimnisvolle Besucher war außerhalb meiner Sicht im Schlafzimmer. Ich wartete, bis er durch die Tür kam. Sein Gesicht war abgewandt, aber er war klein und kam mir irgendwie bekannt vor.

Es war Paul, entschied ich. Ganz so schnell hatte ich ihn nicht erwartet. Ein paar rumorende Geräusche, leises Gemurmel war zu hören: Was machte er? Er sollte gefälligst nach mir Ausschau halten, nicht meinen Schrank durchwühlen. Ich hatte Lust, zu rufen: »Oh, um Himmels willen, Paul, ich bin hier.« Ich wickelte mich in ein Badetuch; ich mußte hinausgehen und ernsthaft mit ihm reden, mich bei ihm entschuldigen und ihm sagen, daß es mir leid täte, er hätte mich falsch verstanden, ich wäre glücklich mit meinem Mann, und die Vergangenheit bliebe Vergangenheit. Danach konnte er mich kaum fortschleppen. Dann würden wir alte Freunde werden.

Ich schloß die Tür auf und tappte barfuß ins Schlafzimmer. »Paul«, sagte ich, »ich möchte ...«

Der Mann drehte sich um, und es war nicht Paul. Es war Fraser Buchanan, in seinem Tweedjackett mit Lederflekken und einem modischen Rollkragenpullover sowie einem Paar schwarzer Handschuhe. Er hatte gerade meine Schreibtischschubladen durchstöbert, und aus Sorgfalt und dem methodischen Vorgehen ließ sich schließen, daß er so etwas nicht zum erstenmal tat.
»Was tun Sie hier?« schrie ich ihn an.
Ich hatte ihn erschreckt, aber er erholte sich schnell. Er zeigte seine Zähne wie ein in die Ecke getriebenes Chinchilla.
»Ich stelle Nachforschungen an«, sagte er sehr kühl. Offensichtlich war es auch nicht das erstemal, daß er erwischt wurde.
»Ich könnte Sie verhaften lassen«, sagte ich. Sehr würdevoll konnte ich nicht aussehen: ich mußte das Handtuch auf dem Rücken zusammenhalten.
»Tatsache ist, daß ich wesentlich mehr über Sie weiß, als Sie glauben. Ich weiß Dinge, die Sie, da bin ich sicher, lieber ... für sich behalten möchten. Die unter uns bleiben sollten.«
Was hatte er herausgefunden? Wem würde er etwas verraten? *Arthur*, dacht ich. *Arthur wird alles erfahren.* Meine verborgenen Ichs, meine anderen unwürdigen Leben. Ich durfte das nicht zulassen.
»Was?« brachte ich mühsam hervor. »Wovon reden Sie?«
»Ich glaube, Sie verstehen mich sehr gut, Mrs. Foster. Oder soll ich lieber Miß Delacourt sagen, Miß Louisa K. Delacourt, Autorin von *Liebe überwindet alles* und ähnlichem?«
Er war also bis zu der Schublade mit meiner Unterwäsche vorgedrungen.
»Ich hab' eine Reihe Ihrer Bücher gelesen«, fuhr er fort, »obwohl ich damals nicht wußte, daß sie von Ihnen sind.

Sie sind nicht schlecht für diese Sorte. Aber sie passen nicht so ganz zu *Lady Orakel*, oder? Das falsche Image, würde ich meinen. Ich erwarte eigentlich nicht, daß Ihre Fans von der Frauenbewegung in Begeisterung ausbrechen, wenn sie die Neuigkeit hören, obwohl mir ein paar Leute einfallen, die es ganz amüsant finden könnten. Ganz zu schweigen vom *Braeside Banner*. Wirklich hübsch, diese Bilder von Ihnen. Sagen Sie, wie haben Sie es geschafft, dieses Übergewicht loszuwerden?«

»Was wollen Sie?« fragte ich.

»Nun, das kommt drauf an«, sagte er munter, »was Sie anzubieten haben. Als Gegenleistung, könnte man sagen.«

»Ich ziehe mir schnell etwas an«, sagte ich, »und wir reden in Ruhe darüber.«

»Mir sind Sie so lieber«, sagte Fraser Buchanan.

Ich war wütend, aber ich war auch verängstigt. Er hatte mindestens zwei meiner geheimen Identitäten entdeckt, und ich war in dem Moment so durcheinander, daß ich mich nicht daran erinnern konnte, ob ich noch mehr hatte. Wäre ich nicht zur Kultfigur erhoben worden, hätte es nicht viel ausgemacht, obwohl mir der Gedanke unerträglich war, daß Arthur über mein früheres Leben als aufblasbare Frau Bescheid wußte. Und wenn er den Presseleuten die Wahrheit über Louisa K. Delacourt erzählte, wäre mein kurzes Zwischenspiel, ernst genommen zu werden, vorbei. So unangenehm es gewesen sein mochte, mir war klargeworden, daß es immer noch besser war, als überhaupt nicht ernst genommen zu werden. Ich würde lieber als Ballerina tanzen, wenn auch fehlerhaft, statt als fehlerloser Clown.

Ich zog mein aprikosenfarbenes langes Samtkleid an, türmte mein Haar nach oben, wobei sich ein paar verführerische Löckchen um meinen Nacken ringelten, und legte baumelnde goldene Ohrringe an. Ich schminkte und parfümierte mich sogar etwas. Wegen Fraser Buchanan mußte etwas unternommen werden, aber bis jetzt war mir noch nicht eingefallen, was. Ich beschloß, ihn zu bewundern. Als ich das Wohnzimmer betrat, lächelte ich ihm zu. Er saß auf dem Sofa, die Hände auf den Knien, als wartete er auf den Zahnarzt.

Ich schlug vor, wir sollten auf einen Drink gehen, da im Apartment nichts zu trinken war (eine Lüge). Wie ich mir gedacht hatte, stimmte er bereitwillig zu. Er glaubte, er hätte gewonnen, und jetzt brauchten nur noch die Bedingungen besprochen zu werden.

Er wählte die Fourth-Estate-Bar. Er hoffte, viele Journalisten würden ihn mit mir sehen. Ich bestellte einen Dubonnet on the Rocks mit einem Spritzer Zitrone, er einen doppelten Scotch. Ich bot an zu bezahlen, aber er ging nicht darauf ein.

»Ich weiß auch von ihrem kleinen Seitensprung mit diesem betrügerischen Künstler oder Poeten oder wie immer er sich selbst bezeichnet«, vertraute er mir, über den schicken, runden Spiegeltisch gebeugt, an. »Ich bin Ihnen überallhin gefolgt.«

Mein Magen krampfte sich zusammen. Das hatte ich am allermeisten gefürchtet. Ich war so vorsichtig gewesen; hatte Chuck es ihm erzählt? Wenn er mich wirklich verletzten wollte, war es natürlich das, was er tun würde.

»Das weiß doch jeder. *Das* weiß sogar mein Mann«, sagte ich mit genügend Verachtung, um es als nebensächliche Kleinigkeit abzutun. »Der Mensch hat ja praktisch Presseerklärungen abgegeben. Einer Universität hat er zwei meiner Einkaufslisten in einem versiegelten Umschlag verkauft; er schwor, es wären Liebesbriefe. Er hat sie aus meiner Tasche geklaut. Wußten Sie das nicht?« Handschriftliches von mir zu verkaufen war eine von Chucks häufigsten Drohungen gewesen – von irgend etwas mußte er schließlich leben, wie er es aus-

drückte –, aber soweit mir bekannt war, hatte er es nie getan.
Fraser Buchanans Gesicht fiel wie zu locker aufgeschüttete Erde zusammen: Wenn Arthur es schon wußte, konnte er mit der Drohung, es ihm zu sagen, nichts gewinnen.
»Wie sind Sie hereingekommen?« fragte ich im Konversationsstil, um seine Verwirrung zu überspielen. Es interessierte mich auch: Ich hatte eine Menge Amateurganoven kennengelernt, aber nie einen Profi. »Das Fenster an der Feuerleiter kann es nicht gewesen sein.«
»Nein«, sagte er, »es war das daneben. Ich hab' mich dann rübergeschwungen.«
»Tatsächlich?« sagte ich. »Das ist aber eine ganz schöne Entfernung. Und ich nehme an, das waren Sie, der angerufen und dann nichts gesagt hat.«
»Nun ja, ich mußte ja sichergehen, daß Sie nicht da waren, damit ich rein konnte.«
»Ging aber ein bißchen nach hinten los«, sagte ich.
»Ja, aber früher oder später hätten Sie es sowieso herausgefunden.«
Er erklärte, wie er meinen Mädchennamen, der nie in einem Interview erschienen war, aufgespürt hatte, indem er die Heiratsregister durchgesehen hatte. »Sind Sie wirklich von jemand mit dem Namen Eunice P. Revele getraut worden?« fragte er. Dann war er die Jahrbücher der Oberschulen durchgegangen, bis er mich gefunden hatte. Mich mit Louisa K. Delacourt in Verbindung zu bringen war eine Vermutung gewesen, für die er konkrete Beweise benötigte. Das Königliche Stachelschwein war am einfachsten gewesen: ihn hatte er auch für sein As im Ärmel gehalten, aber zu meiner Erleichterung war er davon abgegangen.
»Die Ehe ist nicht mehr, was sie einmal war«, sagte er voller Abscheu. »Vor ein paar Jahren wäre das ein ganzes

Bündel Geld wert gewesen. Jetzt plaudert jeder alles aus, man könnte meinen, es wäre ein Wettbewerb.«
Ich fragte ihn nach den toten Tieren und den Nachrichten. »Warum sollte ich so was tun?« fragte er ehrlich erstaunt. »Dafür gibt's Prozente. Ich bin Geschäftsmann.«
»Nun, wenn Sie mich beobachtet haben, dann haben Sie vielleicht auch gesehen, wer sie da hingelegt hat. Die Eichhörnchen und die anderen.«
»Morgens arbeite ich nicht, Liebling«, sagte er. »Nur nachts, ich bin ein Nachtmensch.«
Wir nahmen noch einen Drink, und dann kamen wir zur Sache. »Was wollen Sie also?« fragte ich.
»Ganz einfach«, sagte er. »Geld und Macht.«
»Na ja, ich habe nicht viel Geld«, sagte ich, »und Macht habe ich schon gar nicht.«
Aber er weigerte sich, das zu glauben. Er haßte Prominente, er hatte das Gefühl, sie verkleinerten ihn. Sie alle, wie kurzlebig sie auch waren, hatten seiner Meinung nach Geld und Macht. Nicht nur das, keiner von ihnen hatte wirkliches Talent, jedenfalls nicht mehr als der Nächstbeste. Deshalb mußten sie sich ihren Platz mit Lug und Trug erobert haben und verdienten es, daß ihre Brieftasche ein bißchen erleichtert wurde. Besondere Verachtung hegte er für *Lady Orakel* und meinen Verleger, und er war überzeugt davon, daß ich die Veröffentlichung des Buches nur durch weibliche List und Tücke geschafft hatte. »Er fördert immer junge Damen, dieser Mensch«, sagte er bei seinem vierten Drink. »Mit großen Bildern von ihnen auf der Rückseite, nur Gesicht und Hals bis runter zu den Titten. Bloße Wärmflaschen, die meisten. Keine Spur von Talent.«
»Sie sollten Literaturkritiker werden«, sagte ich.
»Was?« sagte er. »Und meinen Beruf aufgeben? Macht sich nicht bezahlt.« Den Ausdruck ›Erpressung‹ benutzte

er nie, und die Leute, die er in der Hand hatte, bezeichnete er als seine Klienten.
»Wen haben Sie sonst?« fragte ich mit großen, bewundernden Augen. Er sollte sich sonnen.
Und hier machte er seinen Fehler. Er zog sein schwarzes Notizbuch hervor, wodurch ich von dessen Existenz erfuhr. »Natürlich kann ich Ihnen die Sachen nicht erzählen, die diese Leute vor der Öffentlichkeit verbergen wollen«, sagte er, »genauso wie ich Ihre nie erzählen würde. Aber um Ihnen einen Eindruck zu vermitteln...« Er las sieben oder acht Namen vor, und ich war gebührend beeindruckt. »Und hier haben wir einen«, sagte er. »Blitzsauber, würde man denken. Er hat mich sechs Monate Arbeit gekostet. Aber es hat sich gelohnt. Kleine Jungenärsche, darauf stand er. Nichts dagegen einzuwenden. Aber man kann immer etwas finden, wenn man lange genug dahinter her ist. Und jetzt zurück zum Geschäft.«
Ich mußte das Notizbuch bekommen. Meine einzige Hoffnung bestand darin, ihn so lange in der Bar festzuhalten, bis er betrunken genug war, daß ich es ihm aus der Jackentasche stibitzen konnte. Ich hatte mir gemerkt, welche es war. Unglücklicherweise wurde ich selbst ein bißchen betrunken.
Nach einer langen, verworrenen Unterhaltung, die mit jedem Drink zäher und umständlicher wurde, einigten wir uns auf zwanzig Prozent meines Einkommens. Ich sollte ihm Duplikate meiner Steuererklärungen schicken, sagte er, damit er wußte, daß ich ihn nicht übers Ohr haute. »Stellen Sie sich halt vor, ich wäre so eine Art Agent«, sagte er. Mit verschiedenen anderen Autoren hatte er das gleiche Arrangement.
Als wir aufbrachen, legte er seine Hand diskret auf meinen Hintern.
»Zu dir oder zu mir?« fragte er schwankend.

»Meine Güte, natürlich zu dir«, sagte ich. »Ich bin verheiratet, oder hast du das vergessen?«
Es war wesentlich einfacher, als ich angenommen hatte. Auf der Treppe zu seinem Luxus-Apartment ließ ich ihn stolpern und schnappte mir das Buch, während ich ihm aufhalf. Ich betrat mit ihm den Lift und wartete, bis die Tür sich wieder zuschob. Dann schlüpfte ich hinaus und rannte aus dem Gebäude. Einmal fiel ich selber hin und riß mir den Kleidersaum ein, aber es war nicht schlimm. Ich sprang in ein Taxi, und damit hatte es sich. Fast so reibungslos wie im Fernsehen.
Arthur war zu Hause, als ich zurückkam. Ich hörte, wie er in seinem Arbeitszimmer auf der Schreibmaschine herumhackte, *rat-a-tat-tat-tat*. Ich schloß mich im Badezimmer ein, zog mein Samtkleid aus und ging Fraser Buchanans Notizbuch durch. Schwarzer Ledereinband, kein Name, kein Titel, vergoldete Ecken. Die Schrift innen war winzig wie die Spuren von Küchenschaben. Ich kümmerte mich kaum um die erstaunlichen Enthüllungen, die er aufgeschrieben hatte; hastig suchte ich nach den Stellen, wo es um mich ging.
Das Ganze war wie ein Tagebuch gehalten und datiert. Nützliche Informationen waren mit Sternchen versehen, der Rest bestand aus Buchanans etwas weitschweifigen Notizen. Meistens verwandte er nur Initialen.

J. F. – ›gefeierte‹ Autorin von *Lady Orakel*. Auf Künstlerparty getroffen, lauter Angeber. Figur wie ein Denkmal. Rote Haare, zweifellos gefärbt, große Titten; waren ständig auf mich gerichtet. Stellte sich dumm, albernes Lachen, schaute oft über die Schulter. Darunter versteckt sich eine Dampfwalze, auf den ersten Blick erkannt. Ausweichend, was ihr Buch anbelangt, sollte mal hineinschauen. Verheiratet mit Arthur Foster, schreibt für *Resurgence*. Pompöses Arschloch.

Uns später:
Geschätztes Einkommen: ?? Nicht so viel, aber sie kann was von Foster bekommen. * Mädchenname überprüfen.

Und später:
Hat was mit C. B. Wird der teuerste Fick ihres Lebens. Der Lohn der Sünde sind monatliche Zuwendungen für ihren sehr Ergebenen. * Hotelregister. Wenn möglich fotografieren.

Und noch später:
* Louisa K. Delacourt.

Na schön, er ging systematisch vor. Was hatte ich nur gesagt, um ihn zu reizen? Ich wunderte mich. Waren das Haßgefühle, die ich hier las, oder nur kalter gewinnsüchtiger Zynismus? Hatte ich ihm an jenem Abend meine Titten entgegengestreckt oder nicht? Ich nahm an, ein kleiner Mann würde es wohl so deuten. War mein Lachen albern? Er haßte mich, das spürte ich. Es verletzte mich etwas, da wir gerade einen so netten Abend miteinander verbracht hatten.
Aber es spielte keine Rolle, ich hatte das Buch und beabsichtigte, es zu behalten. Zweifellos würde er versuchen, es zurückzuholen; er würde verzweifelt sein, schließlich war es sein Lebensunterhalt. Außerdem war es ein belastender Beweis gegen ihn: Es war seine Handschrift; sein Name, seine Adresse standen auf der Innenseite, es ließ sich nicht leugnen. Ich war erstaunt, daß niemand früher versucht hatte, es zu stehlen. Aber vielleicht hatte er niemandem davon erzählt.
Ich riß eine beliebige Seite heraus und steckte sie in einen Umschlag. Am nächsten Morgen würde ich ihm das schicken wie das Ohr eines Entführungsopfers, um ihn

wissen zu lassen, daß ich das Buch hatte. Ich legte auch eine Nachricht dazu: *Falls mir etwas zustoßen sollte, das Buch befindet sich in guten Händen. Ein Wort von Ihnen, und es landet bei der Polizei.* Patt, dachte ich.

Ich ging vor Arthur zu Bett, aber er war schon längst eingeschlafen, als ich immer noch wach lag und das Durcheinander, zu dem mein Leben geworden war, zu entwirren suchte. Jeden Augenblick nun konnte Paul sich auf mich stürzen, mit einem bildlichen Schwert in der Hand, und irgendeine katastrophale Rettungsaktion vollbringen, die mein Leben ruinieren würde. Und jetzt würde auch noch Fraser Buchanan versuchen, sein Buch zurückzubekommen. Ich mußte mir ein gutes Versteck ausdenken; ein Schließfach in der U-Bahn-Station, oder vielleicht sollte ich es per Post hin- und herschicken... nein, das taugte nicht. Ich könnte ein Safefach in einer Bank mieten.

Unheil flutete auf mich zu, um mich herum, irgend jemand schickte mir absurde, aber bedrohliche Nachrichten, rief mich an und atmete. Fraser Buchanan kam nur für einige dieser Anrufe in Frage. Jemand ließ tote Tiere auf meiner Türschwelle liegen, und wenn es nicht das Königliche Stachelschwein war, mußte es jemand sein, der über ihn Bescheid wußte. Wer konnte es herausgefunden haben? Vielleicht erledigte eine Person das mit den Tieren, eine andere die Nachrichten, eine dritte die Telefonanrufe... aber ich konnte es nicht glauben. Es mußte sich um eine einzige Person handeln, mit einem Plan, einem Komplott, das auf etwas abzielte...

Dann auf einmal wußte ich es. Es war Arthur. Hinter all dem steckte Arthur. Er hatte das mit dem Königlichen Stachelschwein entdeckt, er mußte es schon seit einiger Zeit wissen. Er hatte mich die ganze Zeit beobachtet, ohne ein Wort zu sagen. Aber schließlich hatte er einen Entschluß über mich gefällt, eine Entscheidung, Daumen

nach unten. Ich war unwürdig, ich mußte verschwinden, und dies war sein Plan, mit dem er mich loswerden wollte.
Ich dachte darüber nach, wie er das alles bewerkstelligt haben konnte. Die anonymen Briefe wären einfach. Ich würde unser telefonisches Branchenverzeichnis überprüfen, ob etwas daraus ausgeschnitten war, obwohl er nicht so sorglos sein konnte. Die meisten Telefonanrufe waren gekommen, wenn er außer Haus war; allerdings mußte ich zugeben, daß er bei einigen auch da gewesen war. Aber er konnte ja einen Freund als Helfer gehabt haben. (Wen?) Die Tiere, jeder konnte tote Tiere finden. Sie auf der Türschwelle abzulegen mußte schon schwieriger gewesen sein, vor allem, weil ich in letzter Zeit darauf geachtet hatte, als erste aufzustehen. Aber er konnte sie nachts hingelegt haben.
Er war es, er mußte es sein; er bereitete etwas vor, und ich wollte überhaupt nicht wissen, was. Die einfachste Erklärung wäre, daß er verrückt geworden war, auf irgendeine tiefgreifende und unmerkliche Art. Aber es mußte das nicht sein. Jeder Mann, mit dem ich etwas zu tun gehabt hatte, wurde mir jetzt klar, hatte zwei Persönlichkeiten gehabt: mein Vater, Heilender und Killer; der Mann im Tweedmantel, mein Retter und womöglich ein Perverser; das Königliche Stachelschwein und sein Double, Chuck Brewer; sogar Paul, den ich immer im Verdacht gehabt hatte, noch ein düsteres Doppelleben zu führen, das ich nicht ergründen konnte. Warum sollte Arthur da eine Ausnahme bilden? Ich hatte gewußt, daß er Phasen hatte, aber von dieser vollkommen anderen Seite seiner Persönlichkeit hatte ich nichts geahnt; bis jetzt nicht. Die Tatsache, daß ich so lange gebraucht hatte, um dahinterzukommen, machte es um so bedrohlicher.
Arthur war jemand, den ich überhaupt nicht kannte. Und

er lag direkt neben mir im Bett. Ich hatte jetzt Angst, ich hatte fast Angst, mich zu bewegen; wenn er jetzt aufwachte, mit funkelnden Augen, und nach mir griff...? Den Rest der Nacht lauschte ich auf seinen Atem. Er hörte sich so friedvoll an.
Ich mußte weg, so schnell wie möglich. Wenn ich nur zum Flughafen fuhr und mich in die nächste Maschine setzte, würde jeder in der Lage sein, meine Spur zu verfolgen. Mein Leben war ein Knäuel, ein Rattennest wirrer Fäden und loser Enden. Anscheinend gab es für mich kein glückliches Ende, aber ich wünschte mir ein ordentliches. Etwas Endgültiges, wie eine Schere. Ich würde sterben müssen. Aber dafür brauchte ich Hilfe. Wem konnte ich vertrauen?

29

Morgens wartete ich, bis Arthur aus dem Haus war. Dann rief ich Sam an.
»Ich muß dich sehen«, sagte ich, »es ist wichtig.«
»Was ist los?« fragte er. Marlene hatte den Anruf entgegengenommen, und er klang so, als schliefe er noch.
»Ich kann nicht am Telefon darüber reden.« Es gehörte zu Sams Glaubensgrundsätzen, daß sein Telefon von der CIA abgehört wurde oder wenigstens von den Mounties, und wahrscheinlich hatte er recht. Außerdem wollte ich von Anfang an paranoid genug klingen, um ihn zu überzeugen.
»Soll ich rüberkommen?« sagte er, langsam munter werdend.
»Nein«, sagte ich, »ich treffe dich in einer halben Stunde vor der Tie City in der Bloor Street.« Sam wohnte ganz in der Nähe, ich wußte, daß er es schaffen konnte, wenn er sich beeilte. Ich wollte, daß er sich beeilte; es würde ihm

ein Gefühl von Dringlichkeit vermitteln. Dann legte ich geheimnisvoll wieder auf.
Ich hatte mir die Story sehr sorgfältig überlegt, die ich ihnen erzählen würde, denn selbstverständlich würden beide kommen; es war ausgeschlossen, daß Marlene nicht mitkommen würde. Wie üblich kam die Wahrheit natürlich nicht in Frage. Wenn ich ihnen die Wahrheit erzählen würde, wären sie der Meinung, daß sie mir nicht helfen konnten, da ihrer Ideologie zufolge rein persönliche Probleme als nicht sehr bedeutsam einzustufen waren. Wenn ich sie einzeln sprechen könnte, sähe die Sache anders aus, aber zusammen war einer des anderen Zeuge und potentieller Ankläger. Ich brauchte die richtigen Bösewichter, die mich um einer Sache willen verfolgten, die sie für wichtig hielten. Ich kam mir dabei ein bißchen billig vor. Sam war, wie die meisten Gruppenmitglieder, im wesentlichen ehrlich, mit kleinen Ausnahmen; während bei mir die Ausnahmen im wesentlichen die Regel waren, mit einer dünnen Schicht Ehrlichkeit darüber. Aber ich war verzweifelt.
Nervös wartete ich vor der City, sah mir die Krawatten im Schaufenster an und warf ab und zu einen Blick über die Schulter, bis Sam und Marlene auftauchten. Sie hatten tatsächlich ein Taxi genommen, was mich mit Hoffnung erfüllte: Gewöhnlich fuhren sie nie mit dem Taxi.
»Benehmt euch normal«, flüsterte ich mit leiser, verstohlener Stimme. »Tut so, als würdet ihr die Straße entlanggehen.« Wir gingen die Straße entlang, in Richtung Westen, und ich teilte ihnen Ort und Zeit des richtigen Treffens mit. »Ich glaube, ich habe einen von ihnen an der Ecke gesehen«, sagte ich. »Paßt auf, daß euch niemand folgt.« Dann trennten wir uns.
Nachmittags um halb vier trafen wir uns im Roy Rogers, dem auf der Bloor Street, westlich von der Yonge. Ich

bestellte einen Vanillemilch-Shake. Sam nahm einen Roy mit Garnierung. Marlene einen Dale Evans.
Wir trugen unsere Tabletts zu einem runden Tisch neben einem Spiegelglasfenster, durch das wir in einen kleinen Hinterhof sehen konnten, mit einer riesigen Coca-Cola-Reklametafel, auf der ein Junge und ein Mädchen sich anstrahlten und gierig tranken.
»Du hast einen großartigen Platz ausgesucht«, sagte Sam. »Auf den Schuppen würden sie nie kommen.«
»Wußtet ihr, daß man echtes Trigger-Hasch kriegen kann, wenn man es per Nachnahme bestellt?« fragte Marlene.
»Echt, daß ich nicht lache«, schnaubte Sam. »Davon ist mehr im Umlauf als Splitter vom Kreuz Jesu. Außerdem wurde das echte Trigger vor Jahren gepreßt und gelagert.« Marlene sah niedergeschlagen aus.
Ich kontrollierte die Unterseite des Tisches, als suchte ich verborgene Mikrophone. Dann lehnte ich mich zu ihnen hinüber. »Sie wissen über das Dynamit Bescheid«, sagte ich.
Sam sagte gar nichts. Marlene drehte eine Zigarette. Sie hatte erst vor kurzem mit dem Drehen angefangen; die Tabakfäden hingen heraus und flammten beim Anzünden auf, aber sie hielt die Zigarette lässig im Mundwinkel, während sie sprach. »Wer weiß Bescheid?« sagte sie. »Woher weißt du es?«
»Ich bin nicht sicher«, sagte ich. »Es könnte die Ontario-Bezirkspolizei sein oder die Mounties; vielleicht sogar die CIA. Jedenfalls irgendwas in der Richtung. Als ich vorgestern den Wagen herumfahren wollte, sah ich, daß er von zwei Mann beobachtet wurde. Ich ging nicht hin, ich lief einfach vorbei, als hätte ich nichts damit zu tun. Als ich gestern wieder vorbeikam, waren sie immer noch da, vielleicht waren es auch zwei andere Männer. Diesmal bog ich gar nicht erst die Straße ein, sondern ging auf die andere Seite in eine Seitenstraße.«

»Das bedeutet, daß sie die Spur noch nicht bis zu dir verfolgt haben«, sagte Marlene. »Sonst würden sie sich nicht die Mühe machen, den Wagen zu beobachten, sie würden dich beobachten.«

»Ja, *bis jetzt* noch nicht«, sagte ich. »Aber sie werden es herausfinden. Sie verfolgen die Spur bis zum Apartment; beim Kauf vom Wagen habe ich die Adresse angegeben. Sie werden eine Beschreibung vom Vermieter bekommen. Wenn sie mich schnappen, finden sie meinen richtigen Namen heraus, und dann kriegen sie Arthur und danach euch.«

Sam war geschockt. Seine Fluchtphantasien waren endlich wahr geworden, und es gefiel ihm nicht. Marlene dagegen blieb sehr cool. Sie kniff die Augen zusammen, teilweise wegen dem Rauch. »Du glaubst, es sind die Mounties?« fragte sie.

»Wenn wir Glück haben«, sagte ich. »Wenn sie es sind, entdecken sie mich vielleicht nie, und wenn doch, bekommen wir wenigstens eine Gerichtsverhandlung. Aber wenn es die anderen sind, die CIA oder noch was Schlimmeres, versteht ihr, die versuchen vielleicht, uns abzuservieren. Sie lassen es dann immer wie Selbstmord aussehen oder wie einen Unfall.«

»Heilige Scheiße«, sagte Sam. »Tut mir leid, daß wir dich da reingezogen haben. Aber es kann nicht die CIA sein, wir sind kleine Fische.«

»Ich denke, da täuschst du dich«, sagte Marlene. »Sie hassen nationale Organisationen, sie wollen dieses Land unterdrücken.«

»Nun, etwas Gutes hat die Sache«, sagte ich. »Im Augenblick kommen sie nicht weiter als bis zu diesem Apartment, ehe sie nicht herausfinden, wer ich bin.«

»Wir bringen dich besser außer Landes«, sagte Marlene.

»Ja«, stimmte ich vielleicht ein bißchen zu schnell zu.

»Aber ich kann nicht einfach in ein Flugzeug springen. Wenn ich verschwinde, suchen sie mich so lange, bis die mich gefunden haben. Ich denke, wir sollten eine tote Spur für sie legen.«

»Was hast du im Sinn?« fragte Sam.

Ich dachte ein bißchen darüber nach. »Nun, ich halte es für das Beste, wenn wir meinen Tod inszenieren; auf die Art stoßen sie bei ihrer Schnüffelei darauf, daß ich tot bin, und damit hat es sich. Es gibt wirklich nichts, was euch und die anderen mit dem Wagen und dem Dynamit in Verbindung bringen könnte. Wir lassen es einfach dort, wo es ist, und dann sollen die sich den Kopf drüber zerbrechen.«

Diese Idee beeindruckte sie beide, und wir fingen an, Mittel und Wege zu diskutieren. Sam entwickelte einen Plan für einen vorgetäuschten Autounfall mit einer bis zur Unkenntlichkeit verstümmelten Leiche. Er saß oft zur besten Fernsehzeit vor dem Apparat.

»Und woher kriegen wir die Leiche?« fragte Marlene, und damit war die Idee gestorben.

Sams Gesicht leuchtete auf. »He... wie wär's mit einem Faß Kalk, in dem Zähne von dir herumliegen? Nichts identifiziert einen so sicher wie die Zähne. So machen sie's bei Flugzeugabstürzen, um die Opfer zu identifizieren. Sie werden annehmen, der Rest von dir ist verbrannt.«

»Und wie kommen wir an meine Zähne?« fragte ich.

»Du mußt sie dir natürlich alle ziehen lassen«, sagte Sam, etwas beleidigt von meiner negativen Reaktion. »Du kannst dir ja ein Gebiß einsetzen lassen, das ist ohnehin hygienischer.«

»Nein«, sagte ich. »Sie würden den Zahnarzt foltern. Er würde ihnen alles verraten. Einen oder zwei Zähne könnt' ich in Betracht ziehen«, gestand ich zu.

Sam murrte. »Wenn du es ernst nimmst, mußt du es richtig machen.«

»Was ich brauche, ist etwas ganz Sauberes«, sagte ich. »Wie wär's damit?« Ich zog einen Zeitungsausschnitt aus der Tasche. Es ging um eine Frau, die im Ontariosee ertrunken war, sehr schlicht, keine Umstände. Sie war einfach wie ein Stein abgesackt, und ihre Leiche war nie gefunden worden. Sie hatte keinen Versuch gemacht, nach dem Rettungsring zu greifen, den man ihr zugeworfen hatte. Es war eines der ersten Male, schrieb die Zeitung, daß eine Untersuchung durchgeführt und ein Totenschein ausgestellt worden war, ohne daß eine Leiche da war. Ich schnitt solche Sachen manchmal aus, weil ich dachte, sie könnten als Handlungselement in eine Szene passen. Zum Glück hatte ich diesen Ausschnitt aufgehoben.

»Aber es ist doch schon gemacht worden«, sagte Sam.

»Sie werden es nicht merken«, sagte ich. »Zumindest hoffe ich, daß sie es nicht merken werden. Auf jeden Fall ist es meine einzige Chance.«

»Was ist mit Arthur«, erkundigte sich Marlene. »Sollte er nicht Bescheid wissen?«

»Auf keinen Fall«, sagte ich. »Arthur kann nicht schauspielern, das wißt ihr. Er wird von der Polizei vernommen werden, ganz sicher wird er das, und wenn er weiß, daß ich am Leben bin, benimmt er sich entweder so komisch, daß sie merken, daß etwas nicht stimmt, oder ist so ruhig und gefaßt, daß sie glauben werden, *er* hätte mich umgebracht. Er würde niemanden überzeugen. Später können wir es ihm erzählen, wenn alles vorbei ist. Ich weiß, es ist grausam, aber es ist der einzige Ausweg.« Ich ging diesen Punkt mehrmals mit ihnen durch; Arthur auf meiner Spur war das letzte, was ich mir wünschte.

Schließlich stimmten sie zu. Tatsächlich fühlten sie sich geschmeichelt, daß ich sie für fähiger hielt als Arthur, eine überzeugende Vorstellung zu liefern. »Übertreibt bloß den Kummer nicht«, erklärte ich ihnen. »Ein bißchen Schuldgefühle, aber nicht zuviel Kummer.«

Sie meinten, ich müßte gefälschte Papiere haben, um aus dem Land herauszukommen, aber ich erzählte ihnen, einer meiner Freunde würde sich darum kümmern, und je weniger sie wüßten, desto besser. Ich war froh, daß ich meinen Louisa-K.-Delacourt-Paß und -Personalausweis auf dem laufenden gehalten hatte.
Marlene mußte zu einer Versammlung, also begleitete Sam mich zur U-Bahn. Irgend etwas machte ihm Sorgen. Schließlich sagt er: »Joan, bist du sicher wegen dieser Männer? Bist du sicher, daß sie observiert haben?«
»Ja, warum?«
»Die sind einfach nicht so unfähig. Wenn sie seit zwei Tagen dran sind, dann müßten sie dich jetzt schon haben.«
»Sam«, sagte ich, »ich bin nicht wirklich sicher. Vielleicht sind sie's, vielleicht täusche ich mich. Aber das ist nicht der einzige Grund, warum ich verschwinden will.«
»Was ist es dann?« fragte Sam.
»Versprichst du, es Marlene nicht zu erzählen?« Er versprach es. »Ich werde erpreßt.«
»Du machst Witze«, sagte Sam. »Weswegen?«
Ich wollte es ihm erzählen, ich war drauf und dran, es ihm zu erzählen, überlegte es mir dann aber doch anders. »Es ist nichts Politisches«, sagte ich. »Es ist persönlich.«
Sam fragte mich nicht nach Einzelheiten aus; er wußte, wann er sich zurückhalten mußte. »Ich werde auch erpreßt«, meinte er. »Von Marlene. Sie will Don die Wahrheit über uns erzählen.«
»Sam, muß sie mit dabeisein?«
»Ja«, sagte er. »Wir brauchen zwei Zeugen. Und außerdem, bei der Polizei wird sie großartig sein. Sie ist eine grandiose Lügnerin.«
»Sam, es ist sehr lieb von dir, daß du das für mich tust«, sagte ich. Ich verlangte eine ganze Menge, das wurde mir allmählich klar. »Falls ihr wirkliche Schwierigkeiten bekommt, komme ich zurück und hole euch raus.«

Beruhigend drückte er meine Hand. »Es wird wie geschmiert gehen, wirst du sehen«, sagte er.
Von den anderen Dingen, den toten Tieren und den Telefonanrufen und den Briefen, erzählte ich ihm nichts. Das wäre zu kompliziert, ahnte ich. Auch nichts von meinem Verdacht Arthur gegenüber. Sam kannte ihn seit langem, und er würde es nicht glauben können, daß Arthur so etwas tun würde. Wahrscheinlich würde er denken, ich bildete mir das ein.

Der Unfall sollte in zwei Tagen stattfinden, vorausgesetzt, das Wetter hielt sich. Ich nutzte die Zwischenzeit für Vorbereitungen. Zuerst kaufte ich einen Rock und eine Bluse, damit ich im Flugzeug Kleider trug, in denen mich noch niemand gesehen hatte. Ich fuhr mit der U-Bahn und dem Bus zum Flughafen und kaufte ein Ticket nach Rom; dazu benutzte ich meine Louisa-K.-Delacourt-Papiere. Ich sagte, ich wollte vier Wochen Ferien machen. Ich kaufte das rosa Mountie-Halstuch und eine Sonnenbrille, zog in der Damentoilette meine neuen Sachen an, band das Tuch über meine Haare und nahm einen Hertz-Mietwagen, einen feuerroten Datsun. Ich sagte, ich würde ihn in zwei Tagen zum Flughafen zurückbringen. Wieder ging ich in die Damentoilette, zog meine alten Kleider wieder an und fuhr davon.
Ich parkte eine Ecke vor unserem Apartment, überzeugte mich, daß Arthur nicht da war, grub einen alten Koffer aus dem Schrank aus und packte das Notwendigste ein. Ich wickelte den Koffer in braunes Packpapier ein und trug ihn wie ein Paket zum Wagen, wo ich ihn im Kofferraum verstaute.
Am nächsten Morgen sagte ich Arthur, ich hätte Kopfweh und würde noch eine Weile im Bett bleiben. Ich bat ihn, mir ein Aspirin und ein Glas Wasser zu bringen. Ich

dachte, er würde das Haus so schnell wie möglich verlassen – er mochte es nicht, wenn ich krank war –, aber zu meiner Überraschung drückte er sich herum, brachte mir eine Tasse Tee und fragte, ob er noch etwas für mich tun könnte. Ich war gerührt: Vielleicht hatte ich ihn falsch beurteilt, vielleicht sollte ich ihm alles erzählen, es war noch nicht zu spät... Aber vielleicht benahm er sich nur so, weil er ahnte, daß ich etwas vorhatte. Ich erinnerte ihn an den Artikel, den er für *Resurgence* fertigschreiben mußte, und endlich ging er.

Ich sprang aus dem Bett, zog ein ordentliches Kleid an und stopfte T-Shirt und Jeans in meine überdimensionale Tasche. Arthurs wegen war ich schon eine Dreiviertelstunde hinter meinem Zeitplan zurück. Ich fuhr mit dem Mietwagen nach Osten aus der Stadt und dann am Ufer des Ontariosees entlang, auf der Suche nach einem Platz, wo ich an Land gehen konnte, ohne auf eine Klippe oder eine Menge Menschen zu stoßen. Ich fand ein Stück Strand mit ein paar kümmerlichen Bäumen und ein paar Picknicktischen, die leer waren. Ich hoffte, sie würden leer bleiben; es war ein Wochentag Anfang Juni, und die am Straßenrand picknickenden Familien standen noch nicht in voller Blüte. Ich würde den Wagen hier stehenlassen und später im Schutz der Bäume zu ihm zurückkehren.

Ich fuhr zurück zur nächsten Telefonzelle vor einer Tankstelle und rief ein Taxi an, erklärte, mein Wagen hätte eine Panne und ich eine eilige Verabredung in der Stadt. Ich beschrieb die Stelle und sagte, daß ich neben einem roten Datsun stehen würde. Ich fuhr zu meinem Strand zurück, schloß den Wagen ab, mein Koffer war im Kofferraum und das Ticket und die Louisa-K.-Papiere im Handschuhfach, und vergrub die Autoschlüssel im Sand unter dem rechten Vorderrad. Als das Taxi kam, ließ ich mich zum Royal York Hotel fahren, ging vorn hinein und dann

hinunter zu den Toiletten, zog mein T-Shirt und die Jeans an, stopfte das Kleid, das ich vorher getragen hatte, in meine Tasche und verließ das Hotel durch den Seiteneingang. Der Anlegeplatz der Fähre war nur ein paar Häuserblocks entfernt. Sam und Marlene warteten schon.
»Bist du verfolgt worden?« fragte Marlene.
»Ich glaube nicht«, sagte ich. Wir gingen noch einmal die Geschichte durch, die sie Arthur erzählen sollten: Sie hatten mich zufällig auf der Straße getroffen, und alle hatten wir den plötzlichen Einfall gehabt, segeln zu gehen, auf der Insel. Segeln war besser als Kanufahren, glaubten wir: Vom Segelboot fallen war leichter, während wir bei einem Kanu alle in den See gemußt hätten, und ich sagte ihnen, es gäbe keinen Grund für sie, auch naß zu werden.
Wir nahmen die Fähre zur Insel. Marlene hatte einen Fotoapparat mitgebracht; sie meinte, es müßte in Bildern festgehalten werden, daß ich glücklich und sorglos gewesen war, also posierte ich mit Sam, dann mit Marlene, an die Reling der Fähre gelehnt und grinsend wie ein Honigkuchen.
Auf der Insel schlenderten wir an den Bootsvermietungen vorbei und versuchten zu entscheiden, welcher Vermieter uns am wenigsten verdächtig finden würde. Wir suchten uns den schäbigsten Platz aus und bekamen ohne jede Schwierigkeit ein Boot, für fünf Dollar Anzahlung und den Rest, wenn wir es zurückbrachten. Es war ziemlich klein, und der Vermieter sagte, daß es eigentlich nur für zwei Leute gedacht wäre, aber er würde darüber hinwegsehen, wenn wir innerhalb des Hafens blieben.
»Sie können segeln«, sagte er, mehr wie eine Feststellung als wie eine Frage.
»Selbstverständlich«, sagte ich schnell. Der Vermieter

verschwand wieder in seiner Hütte, und wir blieben allein mit dem Boot zurück.
Sam begann zielstrebig die Leinen zu lösen. Wir stiegen alle ein und stießen uns ab, hinaus in den Hafen von Toronto, wo andere Segelboote mit flatternden weißen Segeln gekonnt hin und her kreuzten.
»Und jetzt?« fragte ich.
»Jetzt ziehen wir die Segel auf«, sagte Sam. Er machte verschiedene Seile los und zerrte an ihnen, mal in die Richtung, mal in jene, bis schließlich ein Segel vorsichtig am Mast hinaufzuklettern begann.
»Kannst du segeln?« fragte ich ihn.
»Na sicher. Im Ferienlager bin ich ständig gesegelt.«
»Wie lange ist das her?« fragte Marlene.
»Jedenfalls kenne ich noch die Grundbegriffe«, sagte er. »Aber wenn ihr lieber übernehmen wollt...«
»Ich war noch nie in meinem Leben auf einem Segelboot«, sagte Marlene mit jenem Hauch von Verachtung, den Frauen für Männer bereithalten, die sie bei vorgetäuschtem Expertentum erwischt haben. Mittlerweile trieben wir zügig in den Kurs einer Inselfähre.
»Vielleicht sollten wir zurückfahren«, sagte ich, »und uns ein Kanu holen.«
»Geht nicht«, sagte Sam. »Ich weiß nicht, wie.«
Schließlich saß Marlene an der Ruderpinne, während Sam und ich herumkrabbelten, dem Baum auswichen und die Seile zu regulieren versuchten, die wiederum irgendwie die Segel regulierten. Es funktionierte so halb und halb, aber mein Mut war gesunken. Warum hatte ich dieses kitschige und hochgradig melodramatische Drehbuch ausgeheckt, bei dem wir am Ende alle ernsthaft draufgehen konnten? In der Zwischenzeit schlingerten wir quer durch den Hafen von Toronto, vorbei an dem Damm, der aus hingekipptem Müll gebaut zu werden schien, und dann hinaus auf den See. Als das Boot mehr oder weniger unter

Kontrolle war, hockte ich mich aufs Deck, spähte angestrengt in meinen kleinen Spiegel und versuchte mein Gesicht mit mitternachtsblauem Lidschatten zu beschmieren. Das blaue Gesicht war Marlenes Idee gewesen: Auf die Weise, sagte sie, könnte man mein weißes Gesicht vom Ufer aus nicht so leicht entdecken. Aus dem gleichen Grund trug ich Jeans und ein blaues T-Shirt.
Außerhalb des Hafens war es windiger, und es gab richtige Wellen. Wir flitzten nach Osten, mit dem Wind im Rücken. Mein Gesicht war jetzt blau genug, und ich suchte die Uferlinie ab, die vom Wasser aus ganz anders aussah, und versuchte mich daran zu erinnern, wo ich den Wagen stehengelassen hatte.
»Wir sind zu weit draußen«, rief ich Sam zu. »Kannst du uns nicht näher an den Strand bringen?« Ich konnte schwimmen, aber ich war keine gute Schwimmerin. Ich hatte keine Lust, mehr als einen Kilometer auf dem Rükken treiben zu müssen.
Marlene reichte mir Dons Fernglas, an das sie gedacht hatte: das alte Pfadfindertraining. Bis auf Signalflaggen hatte sie alles mitgebracht. Mit dem Fernglas suchte ich das Ufer ab, und da waren die Sandbank und die Picknicktische und, ja, auch der Wagen; in flottem Tempo zogen wir daran vorbei.
»Es ist dahinten«, rief ich Sam zu und zeigte hin. »Wie kommen wir wieder zurück?«
»Wende!« brüllte Sam und hechtete nach einem Seil.
»Was?«
»Ich muß das Ruder übernehmen«, schrie er und kam nach hinten gekrochen.
»O Gott, mir ist grad was eingefallen«, sagte Marlene; oder vielmehr kreischte sie es, da wir sie sonst bei dem Wind und den Wellen, die langsam erschreckende Formen annahmen, nicht hätten hören können. Die Wellen

hatten weiße Schaumkronen und klatschten über die Seiten des Bootes.
»Was?«
»Don... alles wird in der Zeitung stehen, und er wird erfahren, daß wir zusammen waren.«
»Sag ihm, ihr seid jetzt nur noch gute Freunde«, schrie ich.
»Glaubt er nie«, antwortete Marlene, erfreut, daß die Angelegenheit, die sie enthüllt haben wollte, ohne ihr Zutun ans Licht kommen würde; entweder aus Verzweiflung oder aus Freude ließ sie das Ruder los. Das Boot schwang herum, das Segel fiel in sich zusammen, Sam duckte sich, und der wie ein Dreschflegel ausschlagende Baum knallte mir ins Kreuz und fegte mich über Bord.
Völlig unvorbereitet nahm ich erst mal einen kräftigen Schluck nicht aufbereitetes Ontario-Seewasser, während ich unterging. Es war viel kälter, als ich erwartet hatte, und schmeckte nach abgegriffenen Geldscheinen und alten Windeln. Hustend und japsend kam ich wieder an die Oberfläche.
Sam hatte die Segel gerefft, und das Boot hüpfte in einiger Entfernung unsicher herum. Marlene kreischte: »O mein Gott«, sehr echt, als wäre ich wirklich über Bord gefallen und am Ertrinken. Sie streckte mir die Häne entgegen, wobei sie sich gefährlich vorbeugte, und rief: »Hier rüber! Joan!« aber Sam hielt sie fest.
Ich konnte nicht zurück ins Boot klettern und das Ganze dann noch mal mit Absicht wiederholen; ich mußte von hier aus weitermachen. Mühsam tauchte ich und versuchte unter dem Boot hindurchzuschwimmen, wie wir es geplant hatten. Ich sollte auf der anderen Seite wieder auftauchen, außer Sicht von irgendwelchen Beobachtern vom Ufer her, und das war auch notwendig, da ich eine Familie an einem der Picknicktische entdeckt hatte. Beim zweiten Anlauf schaffte ich es, aber Marlene und Sam

starrten immer noch auf die Seite, wo ich verschwunden war: Sie schienen unseren Plan ganz vergessen zu haben. Ich riß mir das Fernglas vom Hals – es zog mich nach unten – und versuchte es ins Boot zu werfen, ohne Erfolg; es versank für immer. Dann fiel mir mein Kleid ein, in meinem Beutel im Bug verstaut. »Mein Kleid«, brüllte ich, »vergeßt nicht, es rauszuschmeißen«, aber sie waren mit dem Wind abgetrieben und konnten mich nicht hören. Sie mühten sich ab, das Boot wieder unter Kontrolle zu bringen.

Ich spuckte noch ein bißchen vom See aus und legte mich so flach wie möglich auf den Rücken; wenn ich etwas perfekt beherrschte, dann das Sich-treiben-Lassen. Ich peilte das Ufer an und strampelte unter Wasser mit den Füßen; ich hoffte, unauffällig mit Hilfe der Wellen, die gelegentlich über meinem Kopf zusammenschlugen, in Richtung der Sandbank getrieben zu werden. Wir hatten gepfuscht, aber es war nicht so schlimm. Besser so, als wenn ich einfach von Bord gehechtet wäre. Ich starrte in den blauen Himmel mit den dahingleitenden weißen Wolken und konzentrierte mich auf den nächsten Schritt.

Glücklicherweise landete ich außer Sicht der Picknicktische, die von den Büschen abgeschirmt wurden. Ich war nur ungefähr vierhundertfünfzig Meter von der Stelle entfernt, wo ich hätte sein müssen. Ich zog mich ans Ufer und blieb dort, nach Luft schnappend, liegen, während Orangenschalen, tote Stinte und verdächtig aussehende braune Klumpen um mich herumstrudelten, von den Wellen hin und her gespült. Mein Haar war voller Sand und Algenteilchen. Als ich bereit war, patschte ich so leise wie möglich am Strand entlang und duckte mich hinter den Büschen zusammen. Mein Wagen war auf der anderen Seite, das wußte ich, aber die Picknickfamilie ebenfalls. Ich konnte es nicht riskieren, so dicht heranzu-

schleichen, daß ich sie beobachten konnte, aber ich hörte das Heulen der Kinder und das Brummen des Vaters.
Ich lauerte mindestens eine halbe Stunde im Unterholz, tropfend und frierend und bemüht, den giftigen Efeu und die trocknenden Haufen menschlicher Scheiße mit dem verwesenden Toilettenpapier, die Knäuel Butterbrotpapier, Salamistückchen und alte Flaschen zu ignorieren, und fragte mich, ob sie den ganzen Tag dableiben würden und, wenn ja, ob ich dann mein Flugzeug versäumen würde. Endlich hörte ich das Geräusch eines Automotors und das Knirschen von Rädern auf Kies.
Ich ließ ihnen Zeit zum Wegfahren, dann ging ich zum Wagen, grub die Schlüssel dort aus, wo ich sie vergraben hatte, holte meinen Koffer aus dem Kofferraum und zog auf dem Rücksitz den Rock und die Bluse an und versteckte die nassen Haare unter dem Mountie-Kopftuch. Mein Gesicht im Rückspiegel wirkte erschreckend; fast wie das einer Wasserleiche. Ich wischte den blauen Lidschatten mit Kleenex-Tüchern ab, die ich in die Büsche warf. Ich wrang meine Jeans und mein T-Shirt aus, rollte sie zu einer Kugel zusammen, steckte sie in den grünen Plastikbeutel, den ich zu diesem Zweck mitgebracht hatte, und legte den Beutel ganz unten in den Koffer. Als ich losfuhr, erhaschte ich noch einen Blick auf Marlene und Sam; sie hatten das Segel wieder nach oben gebracht, aber eine Wende war ihnen nicht gelungen, und sie brausten mit vollen Segeln in Richtung Kingston.
Ich schaffte es bis zum Flughafen, gab den Mietwagen zurück und erwischte meine Maschine zwanzig Minuten vor dem Start. Am schlimmsten war das Warten im Flugzeug, bis es endlich abhob; ich konnte einfach nicht glauben, daß mir niemand gefolgt war. Aber ich war in Sicherheit.

Fünfter Teil

30

Was nützt Sicherheit, fragte ich mich. Ich saß in der Unterwäsche auf dem Balkon und nahm mitten im Niemandsland ein schweißtreibendes Sonnenbad. Die Andere Seite war kein Paradies, es war nur eine Vorhölle. Jetzt wußte ich, warum die Toten zurückkehren, um über die Lebenden zu wachen: Die Andere Seite war langweilig. Man konnte mit niemandem reden und hatte nichts zu tun.

Vielleicht bin ich wirklich ertrunken, dachte ich, und diese ganze Angelegenheit, die Stunden im Flugzeug – ich hatte mir *Der junge Winston* angesehen, ohne Kopfhörer –, der Hertz-Mietwagen, die Wohnung, der Trip nach Rom zum Haarefärben, war so etwas wie ein vom Leben nach dem Tode verübter Scherz. Die Seele treibt sich nach dem Tod noch ein bißchen in der Nähe des Körpers herum, weil sie verwirrt ist, zumindest behaupten das die Spiritualisten. In dem Fall müßte ich ein bißchen über der öligen Oberfläche des Ontariosees hängen, leicht östlich von Toronto Island, wenn man die Strömung unberücksichtigt ließ. Oder sie hatten mich herausgefischt, ich war nicht identifiziert worden und lag in einem öffentlichen Leichenschauhaus; oder sie hatten mich als Organspender ausgeweidet, und dieses Panorama lief ab, weil ein anderer Körper meine Augen bekommen hatte. Mein ganzes Leben hatte sich nicht vor mir abgespult, wie es gesollt hätte, aber das würde es noch tun, ich war immer ein Spätzünder.

Lerne, in der Gegenwart zu leben, nimm das Leben, wie es kommt, das war es, was sie einem in den Entwickeldich-weiter-Leitfäden beibrachten. Aber was war, wenn die Gegenwart ein einziges Fiasko und das künftige Leben nur ein Sumpf war? Ich fühlte mich ausgesetzt wie auf einer einsamen Insel; der Wunsch, Botschaften zu senden, als Flaschenpost oder anders, wurde mit jedem Tag stärker. *Ich bin noch am Leben. Hänge hier fest, habe seit Tagen kein Schiff gesichtet. Hab's satt, mich mit der örtlichen Fauna und Flora und mit den Ameisen zu unterhalten. Bitte rettet mich.* Ich war hier in einer wunderschönen südlichen Landschaft mit lauen Brisen und dem Charme der Alten Welt, aber die ganze Zeit über lag mein eigenes Land in meinem Gehirn eingebettet wie eine vergessene Metallplatte nach einer Operation; oder eher wie eins von diesen Kügelchen, die man in Wasserschalen wirft und die sich dann ausdehnen und zu grellen Mineralblumen werden. Wenn ich es außer Kontrolle geraten ließ, würde es meinen Kopf übernehmen. Jeder Fluchtversuch war sinnlos, ich hatte sie alle mitgebracht, ich konnte noch immer ihre Stimmen hören, ein Gemurmel wie eine entfernte, wütende Menschenmenge. Es war zu spät für das Umstellen der Möbel, ich konnte sie nicht ausschließen.
Wo war das neue Leben, in das ich beabsichtigt hatte zu treten, so leicht, al würde ich einen Fluß überqueren? Es hatte sich nicht gezeigt, und das alte Leben ging ohne mich weiter, ich war auf meinem Balkon eingesperrt wie in einem Käfig und wartete darauf, daß ich mich veränderte. Ich sollte mir ein Hobby zulegen, dachte ich, Quilts nähen, Pflanzen züchten, Briefmarken sammeln. Ich sollte mich entspannen und auf Tourist machen, eine räuberische weibliche Touristin, die fotografiert und sich Liebhaber mit rosa Nylonkrawatten und spitzen Schuhen an Land zieht. Ich wollte mich fallenlassen, die Atmosphäre einsaugen, mich zurücklegen und den Blödsinn

vom Baum des Lebens essen, aber irgendwie konnte ich es nicht. Ich wartete darauf, daß etwas geschah, wartete auf die nächste Wendung der Ereignisse (einen Kreis? eine Spirale?). Mein ganzes Leben lang war ich in Komplotte verstrickt gewesen.

Ich fragte mich, ob Arthur meine Postkarte schon bekommen hatte. Würde er nachkommen, würden wir wieder von vorn beginnen, würde es einen neuen Anfang, ein neues Leben geben? Oder würde er immer noch wütend sein, war er wirklich derjenige gewesen...? Vielleicht hätte ich die Postkarte nie abschicken sollen. Andererseits, vielleicht zerriß er sie einfach und ignorierte meine Bitte um Rettung.

Ich lehnte mich im Sessel zurück und schloß die Augen. Der Gemüsemann stand im Türrahmen, die Arme voller Gemüse, was sonst; übergroße Zucchini, Artischocken, Zwiebeln, Tomaten. Er lächelte, ich lief zu ihm, er riß mich in seine in kurzen Ärmeln steckenden olivenfarbenen Arme, Tomatensaft spritzte über den ganzen Fußboden, wir rutschten darin aus und fielen zwischen die zerquetschten Zucchini, es war, als gäbe man sich mit einem Salatkopf der Liebe hin, fest und weich zugleich. Aber so würde es nicht sein, er würde in der Tür auftauchen, und statt auf ihn zuzulaufen, würde mir meine auf der Sessellehne drapierte Unterwäsche einfallen. »Entschuldigen Sie, ich muß schnell ein paar Sachen weglegen.« Was würde er von mir denken? Ich würde durch das Zimmer huschen, Sachen einsammeln und verstecken. »Möchten Sie eine Tasse Tee?« Verständnislosigkeit. Sein Lächeln würde vergehen. Warum hatte ich ihn überhaupt hergebeten? Und außerdem würde er es allen im Dorf erzählen, die Männer würden gierige Blicke auf mich werfen und nachts ums Haus schleichen, die Kinder würden mit Steinen werfen.

Ich setzte mich in dem Plastiksessel auf und öffnete die

Augen. Es hatte keinen Sinn, ich war sprunghaft wie ein Floh in einer heißen Bratpfanne, ich konnte mich nicht einmal einer sexuellen Phantasie ohne Angstgefühle hingeben. Ich brauchte einen Drink, und die Cinzano-Flasche war leer. Und die Kinder warfen schon mit Steinen.

Ich stand auf und ging in die Wohnung. Ich hatte noch immer keinen festen Tagesablauf, und es schien immer weniger Grund zu geben, irgend etwas zu irgendeiner bestimmten Zeit zu tun. Ich ging in die Küche und warf unterwegs die Handtücher ab. Ich hatte Hunger, aber es gab nichts Eßbares außer ein paar gekochten Spaghetti, schon halb vertrocknet, und einem vergilbenden Büschel Petersilie in einem Glas Wasser auf dem Fensterbrett. Eisschränke hatten schon etwas für sich. Obwohl sie zu Verschwendung anregten, schufen sie die Illusion, daß es immer ein Morgen geben würde, man konnte Sachen in ihnen ewig aufbewahren... Warum hatten die Medienanalytiker nie eine Untersuchung über Eisschränke gemacht? Eisschrankbesitzer nahmen das Leben sicherlich anders wahr als Nicht-Eisschrankbesitzer. Was die Bank für Geld, das war der Eisschrank für Nahrung... Während diese Gedanken durch meinen Kopf krochen, wurde mir klar, daß mein Leben eine Tangente war.

Ich bemerkte, daß mit den Ameisen etwas nicht stimmte. Ich untersuchte ihre Untertasse mit Zuckerwasser. Ich hatte vergessen, Wasser nachzufüllen, und die Lösung hatte sich zu Sirup verdickt. Einige der Ameisen knabberten an den Rändern herum, aber andere hatten sich weiter auf die Oberfläche hinausgewagt und saßen nun in der Falle wie Säbelzahntiger in Teergruben. Sie waren tot oder wedelten schwach mit ihren Antennen. Ich versuchte die Überlebenden mit einem Streichholz zu retten, fischte sie heraus und beförderte sie an den Rand der Untertasse; aber meistens nutzte es nichts, sie waren hoffnungslos festgeleimt. Schoßtierchen hatten bei mir nie viel Glück gehabt. *SOS* schrieb ich mit Zuckerwasser. *Tu was.*

Ich ging zurück in den Wohnraum, um eins meiner sackartigen Kleider anzuziehen. Das Tuch mit den Rosa Mounties brauchte ich nicht mehr: Einen Tag nach meiner Rückkehr aus Rom hatte ich mir das Haar gefärbt, und es war jetzt schmutzigbraun. Es hatte keines der versprochenen funkelnden Glanzlichter. Tatsächlich sah es furchtbar aus. Warum hatte ich mir nicht statt dessen eine Perücke gekauft? Ich wußte, warum; sie waren zu heiß, mein Kopf würde kochen. Aber eine hübsche graue Perücke hätte besser ausgesehen als die gefärbten Haare.

Ich ging den Hügel hinauf zum Marktplatz. Die Straße war übersät mit Handzetteln; vielleicht fand gerade eine Wahl statt, fast jeden Tag hatte ich Lastwagen mit anreißerischer Musik und Lautsprecherdurchsagen zum Marktplatz hinauffahren hören. Aber das ging mich nichts an, ich war eine Fremde, und es kam noch etwas hinzu, etwas, was verkehrt und falsch war. Ich lief durch einen Korridor feindlicher Augen, die schwarzgekleideten alten Frauen mit ihren Wurstbeinen erwiderten mein *bongiorno* nicht mehr, sie nickten nicht einmal, sie starrten durch mich hindurch oder wandten die Augen ab. Die eine legte ihre Hand über die Augen eines neben ihr sitzenden kleinen Mädchens und bekreuzigte sich. Was hatte ich verbrochen, welches Tabu hatte ich verletzt?

Ich betrat die *macelleria* durch die vielfarbigen Plastikschnüre, die wie Seetang vor dem Eingang herunterhingen. Der Metzger und seine Frau waren ein freundliches Paar, beide rund wie Möpse, in große, weiße, blutverschmierte Schürzen eingewickelt. Die Schalen in den gläsernen Schaukästen waren nicht so prahlerisch voll wie die in den Metzgereien in Toronto. Was sie verkauften, war kümmerlich genug: ein paar kleine Stücke kalbfleischartiges Rind, ein einsames Organ: Leber, ein Herz, ein oder zwei Nieren; drei oder vier ovale weiße Dinger, von denen ich argwöhnte, daß es Hoden waren. Normalerweise pflegten der Metzger und seine Frau zu zeigen, anzupreisen, unverständliche Dinge vorzuschlagen und die ganze Zeit zu strahlen.

Aber heute strahlten sie nicht. Als sie mich hereinkommen sahen, wurden ihre Gesichter still und wachsam. Bildete ich mir das ein, oder schienen sie ein bißchen Angst vor mir zu haben? Sie halfen mir nicht wie sonst mit den Bezeichnungen aus, so daß ich nur mit dem Finger zeigen konnte. Obwohl ich fünf winzige, papierdünne Stückchen Rindfleisch erstand, eine überwältigend große Menge, ließen sie sich nicht erweichen. Und ich konnte sie nicht einmal fragen, was ich getan hatte, um sie so zu kränken oder zu verängstigen. Mir fehlten die Worte.

Dann zur Bäckerei, zum Lebensmittelladen, zum Gemüsestand; das Geld rieselte aus meiner lecken Geldbörse, und überall war es das gleiche, etwas stimmte nicht. Hatte ich ein Verbrechen begangen? Ich brachte kaum den Mut auf, zur Post hinüberzugehen, weil ich wußte, daß dort der Polizist war. Aber ich habe nichts getan, redete ich mir selber zu, alles muß irgendwie ein Mißverständnis sein. Später würde es sich aufklären. Ich würde Mr. Vitroni danach fragen.

»Delacourt« rief ich tapfer in die Post. Die Frau hinter dem Schalter zeigte keine Veränderung, da sie nie freundlich gewesen war. Wortlos händigte sie mir einen dicken Umschlag aus. Braunes Manilapapier, Sams Schreibmaschine.

Draußen riß ich ihn auf. Er war mit Zeitungsausschnitten vollgestopft, schön der Reihe nach geordnet, das älteste Datum ganz oben und dazu eine getippte Zeile von Sam: ›Gratuliere. Du bist zu einem Totenkult geworden.‹

Schnell blätterte ich die Artikel durch. TOD DER AUTORIN EIN SELBSTMORD? UNTERSUCHUNG GEFORDERT, SO lautete der oberste Bericht, und in dem Stil ging es weiter. Ein paar hatten das Foto von der Rückseite der *Lady Orakel* gebracht, andere die grinsenden Schnappschüsse vom Boot, die Marlene an meinem Todestag aufgenommen hatte. Es wurde viel über meine morbide Intensität geredet, meine schicksalhaften Augen, die Anfälle von Depression, die mich anscheinend überkommen hatten (aber kein Wort über das Königliche Stachelschwein, nichts über Louisa Delacourt... Fraser Buchanan hielt sich zurück.) Die Verkaufszahlen von *Lady Orakel* schossen in die Höhe, jeder Nekrophile im Land beeilte sich, ein Exemplar zu kaufen.

Ich war in die Reihen jener anderen unglücklichen Ladies eingegliedert worden, von denen es anscheinend eine Menge gab, die eine Überfütterung mit Worten umgebracht hatte. Da war ich nun, auf den Planken der Todesbarke, wohin ich mich einmal gesehnt hatte, mein Name am Bug, auf meinem Weg den Fluß hinab. Ein paar Artikel zogen die Lehre daraus: Man kann singen und tanzen, oder man kann glücklich sein, aber nicht beides zusammen. Vielleicht hatten sie recht, man konnte sich jahrelang im Elfenbeinturm einschließen, in den Spiegel blikken und vor sich hinsinnen, aber ein Blick aus dem Fenster auf das richtige Leben, und es war aus. Der Fluch, die schicksalhafte Bestimmung. Ich ahnte allmählich, daß ich, obwohl ich nicht Selbstmord begangen hatte, es vielleicht hätte tun sollen. Die Gründe, die sie anführten, waren so einleuchtend.

Mein nächster Gedanke war: Ich kann jetzt nie mehr zurück. Alle diese Leute hier spuckten Worte über meine Liebe wie Blumen über einen Sarg, kassierten dafür ihre übliche Bezahlung und hörten sich todernst an. Wenn ich von den Toten auferstand, wieder angetanzt kam und erklärte, alles wäre nur eine Täuschung gewesen, was würden sie tun? Sie wären blamiert bis auf die Knochen, sie würden mich auf immer und ewig hassen und mein Leben in einen Alptraum verwandeln. Bei Frauen schlug das in Verachtung um, nichts war mit der Wut eines betrogenen Totenkultanhängers vergleichbar. Es wäre wie das Wiedererscheinen von James Dean, dreißig Jahre älter und mit Spitzbauch, oder einer Marilyn, die fünfzig Pfund zugenommen hat und mit Lockenwicklern die Yonge Street entlangspaziert. All jene, die Kummer und Trauer zum Ausdruck brachten und sich furchtbar darüber aufregen, wenn ich in Fleisch und Blut vor ihnen wiedererstehen würde. Ich mußte einfach tief und fest auf der Anderen Seite begraben bleiben, vielleicht für immer. Tatsächlich wurde mein Tod für so viele Leute allmählich so gewinnbringend, daß sie mich wahrscheinlich in dem Augenblick, in dem ich meine Nase aus dem Wasser steckte, abmurksen, in Zement gießen und im Hafen von Toronto versenken lassen würden.

Was war nur aus meinem ordentlichen, friedlichen, genau geplanten Tod durch Unfall geworden? Beweise waren aufgetaucht – durch wen? wie? –, daß ich nicht gefallen, sondern gesprungen war. Das war lächerlich. Es *stimmte*, ich hatte vorgehabt zu springen, aber in Wirklichkeit war ich vorzeitig gefallen. Und irgendein Reporter hatte Marlene aufgesucht, die ihre Geschichte übertrieb. Sie sagte, sie hätten mir einen Rettungsring zugeworfen, aber ich hätte keinerlei Anstrengungen gemacht, ihn zu erreichen, und wäre fast kampflos untergegangen. Natürlich hatte es nirgendwo einen Rettungsring gegeben, und sie hätte auch keinen erfinden dürfen. Aber wer hatte meinen Vater interviewt, und warum erzählte er ihnen, ich sei eine ausgezeichnete Schwimmerin? Er hatte mich nie in seinem Leben schwimmen sehen. Ich war keine schlechte Schwimmerin. Ich hatte es im Turnunterricht der Oberschule gelernt, eine der wenigen Sportarten, gegen die ich nichts hatte, weil ich dabei meistens außer Sicht war. Meine Spezialität war, mich auf dem Rücken treiben zu lassen; das und Brustschwimmen. Kraulen lag mir nicht so gut.

Sie glaubten also, ich wäre absichtlich gesprungen, hätte den Rettungsring verweigert und wäre absichtlich untergegangen, und ich konnte nichts tun, um ihnen das Gegenteil zu beweisen, obwohl ihnen ein anonymer Schreiber Informationen angeboten hatte, daß es mir ganz und gar nicht ähnlich sähe, Selbstmord zu begehen, ich liebte das Leben. Und es sah mir nicht ähnlich, überhaupt nicht.

Nun ja, dachte ich, vielleicht wollte ich wirklich sterben, sonst hätte ich doch nicht so getan als ob. Aber genau das stimmte eben nicht; ich hatte meinen Tod vorgetäuscht, um leben zu können, um ein anderes Leben führen zu können. Sie waren pervers, und es machte mich wütend.

Mit meinen Einkäufen in der Hand ging ich den Hügel wieder hinunter. Ich liebte das Leben, es stand ja schwarz auf weiß in der Zeitung. Warum also hätte ich so etwas tun sollen?

31

Ich beschloß, meinen Selbstmord zu ignorieren, da ich nichts dagegen unternehmen konnte. Während der nächsten drei Tage versuchte ich zu arbeiten. Ich saß wieder mit geschlossenen Augen vor der Schreibmaschine und wartete darauf, daß die Handlung mühelos hinter meinen Augen ablief wie ein Film. Aber etwas war blockiert, es gab atmosphärische Störungen. Ich hatte Charlotte schon an einigen Katastrophen knapp vorbeigeschleust: zweimal am Rande der Vergewaltigung, einmal fast ermordet (Arsen im Pudding, was zu schwerem Erbrechen geführt hatte). Ich wußte, was zu geschehen hatte. Felicia mußte selbstverständlich sterben; das war das Schicksal der Ehefrauen. Dann wäre der Weg für Charlotte frei, ihrerseits Ehefrau zu werden. Aber vorher mußte sie noch eine abschließende Schlacht mit Redmond durchstehen und ihm dabei irgend etwas über den Kopf schlagen (einen Kandelaber, einen Feuerhaken, einen Stein, jeder erdenklich harte, scharfe Gegenstand wäre geeignet), worauf er bewußtlos umfiel und schweres Hirnfieber mit Halluzinationen bekam, in deren Verlauf sein Charakter und sein Begehren durch das Leiden geläutert wurde; dazu murmelte er ihren Namen. Sie pflegte ihn aufopfernd mit kalten Umschlägen und erkannte, wie sehr sie ihn liebte; dann wachte er bei klarem Verstand wieder auf und machte ihr einen Antrag. Das war der eine Handlungsstrang. Der andere mußte zu einem letzten Anschlag auf ihr Leben führen, bei dem sie von Redmond gerettet wurde, der ihr anschließend seine ewige Liebe eingestand, bei wahlweise schwerem Hirnfieber auf ihrer Seite. Das waren die angestrebten Ziele, aber ich hatte Schwierigkeiten, sie zu erreichen.

Zum einen lebte Felicia noch, und ich schien sie nicht loswerden zu können. Mehr und mehr schwand ihre strahlende Schönheit dahin; Ringe tauchten unter ihren Augen auf, Falten zwischen den Brauen, am Hals ein Pickel, und ihr Teint wurde zusehends gelblicher. Charlottes Wangen dagegen waren blühende Rosen, ihr Gang war beschwingt, obwohl sie Angst hatte, wegen möglicher herabstürzender Gegenstände unter der Brüstung zu wandeln. Das gefährliche, abenteuerliche Leben bekam ihr gut; außerdem sagte ihr ihr sechster Sinn, daß sie dafür belohnt werden, daß sie den Preis erhalten würde, in Wirklichkeit sogar die Preise, denn zusätzlich zu Redmond würde sie noch die Smaragde, das Familiensilber, in Dachböden vergrabene Landverschreibungen erhalten, sie würde die Möbel umstellen und Felicias Kleider der Behindertenhilfe geben, sie würde die bösen Dienstboten wie Tom, den Kutscher, rausschmeißen und die Tugendhaften wie Mrs. Ryerson belohnen. Sie mußte nur so lange durchhalten, bis sich die Hände des Mörders um ihre Kehle legten.

Charlotte stand am Fenster der Bibliothek und schaute hinaus. Zwei Gestalten, ein Mann und eine Frau, betraten den Irrgarten. Sie versuchte zu erkennen, wer sie waren; nicht etwa, daß sie neugierig war, nur wißbegierig. Das war Teil ihres Mutes. Sie hörte ein Geräusch hinter sich und drehte sich um. Redmond stand in der Tür, die linke Augenbraue hochgezogen. Die andere, die rechte, blieb am angestammten Platz, doch die linke Augenbraue war eindeutig hochgezogen, anerkennend, lustvoll, skrupellos; Hitzewellen überfluteten sie, während sein darunterliegendes Auge ihre errötende Erscheinung wie eine räuberische Auster umschloß. Schätzte Redmond sie, oder erfüllte ihn nur pure, tierische Lust? Sie wußte es nicht.

Zur gleichen Zeit lag Felicia im Gebüsch des Irrgartens. Sie wußte, daß der Irrgarten gefährlich war, doch gerade dies erregte sie. Ihr Rock war bis über ihre Hüften hinaufgeschoben, ebenso ihr Unterrock, und ihr Fichu befand sich in Unordnung. Sie hatte sich mit Otterley der Liebe hingegeben, der erschöpft neben ihr lag, seine linke Hand auf ihrer rechten Brust, seine Nase gegen ihr Ohr gedrückt, sein Ohr in ihrem langen roten Haar. Redmond hegte nicht den geringsten Verdacht, und das langweilte sie. Felicia wünschte, er würde etwas ahnen; dann würde er erkennen, wie sehr er sie vernachlässigt hatte. Obwohl Otterley feurig und erfindungsreich war, so hatte er doch etwas von einem Narren an sich. Felicia seufzte und setzte sich auf, sich dabei von Otterleys Hand, Nase und Ohr lösend.

Dann stieß sie einen überraschten Ruf aus. In dem Gebüsch war ein Loch, und durch dieses Loch wurde sie von einem Auge beobachtet. Unter dem Auge sah sie ein rattenähnliches Grinsen, das sich zu einem lautlosen Lachen verbreiterte.

»Der Herr wird darüber Bescheid wissen wollen, denk' ich mir«, sagte die Stimme von Tom, dem Kutscher, hämisch.

Dies war schon einmal geschehen, und Felicia wußte, es bedeutete, daß sie ihn bestechen mußte. Aber es kam ihr nicht mehr darauf an. Halb und halb hoffte sie, daß Redmond die Wahrheit entdecken würde; dann wüßte sie wenigstens, wie die Dinge lagen.

An diesem Abend saß sie vor ihrem Toilettentisch, bürstete ihr extravagantes, hüftlanges rotes Haar und betrachtete ihr Spiegelbild. Sie hatte ihre Zofe weggeschickt. Sie war sehr traurig; sie verdächtigte Redmond, daß er sie nicht mehr liebte. Traf das zu, dann würde sie ihren gegenwärtigen Lebensstil ändern und wieder eine liebende, verantwortungsbewußte Ehefrau werden. Charlotte würde entlassen werden, und Felicia würde ihre Affären mit den Adeligen aus der Nachtbarschaft beenden. »Liebst du mich?« fragte sie ihn jeden Abend, wenn er endlich das Zimmer betrat, leicht schwankend unter der Wirkung von zuviel Portwein und den düsteren Gedanken über die ausweichende Charlotte. Sie rieb sich an ihm wie ein Jaguar. Sie trug nur ein Hemd. Redmond und sie hatten selbstverständlich getrennte Zimmer, doch bis jetzt hatte Redmond seine nächtlichen Besuche bei ihr noch nicht eingestellt; so deutlich ließ er sich seinen Wunsch, sie loszuwerden, noch nicht anmerken. Außerdem bereitete es ihm ein gewisses Vergnügen, sie zu quälen.

»Liebst du mich?« fragte sie; meistens mußte sie zweimal fragen, denn beim erstenmal hörte Redmond sie nicht oder tat so.

»Natürlich«, antwortete er schleppend und leicht gelangweilt. Ihr Hemd war ihm vertraut, es beeindruckte ihn nicht mehr so wie früher. Dieser Tage duftete sie nach wilden Hyazinthen, ein Geruch von Frühlingsfäule, nicht reif und mild wie das Sterben des Herbstes, sondern ein Geruch wie am Rand eines

Sumpfes. Er zog Charlottes Duft nach einem Hauch alten Lavendel vor.
»Was würde ich ohne dich tun«, sagte Felicia hingebungsvoll.
»Du würdest eine Menge Geld erben«, antwortete Redmond amüsiert. Er stand vor dem Fenster, sein eigenes Spiegelbild in der Scheibe mit hochgezogener linker Augenbraue begutachtend. Ein gehässiger Beobachter hätte meinen können, er übe. Seine Gedanken weilten bei Charlotte. Er liebte es, sie erröten zu machen. Felicias Überspanntheiten begannen ihn zu langweilen: ihre Figur breitete sich aus wie Knöterich, ihr Haar breitete sich aus wie Feuer, ihr Geist breitete sich aus wie Krebs oder Filzläuse. »Beherrsche dich«, hatte er mehr als einmal zu ihr gesagt, aber sie konnte sich nicht beherrschen, sie tobte über ihn hinweg wie eine Seuche und ließ ihn ausgelaugt zurück. Im Gegensatz dazu Charlotte mit ihrer Haltung und ihrer besonderen Art, ihrem weißen, samtigen Gesicht, ihren zarten Fingern . . . ihre Kühle reizte ihn.
So stellte sich Felicia diese Gedankengänge vor und quälte sich damit selbst, an ihrer vollen Unterlippe nagend, dieser reifen, sinnlichen Lippe, die Redmond einst so innig geküßt hatte. Heute kam er noch später als sonst. Felicia schluchzte auf und wischte mit dem Handrücken die Tränen fort. Sie war zu niedergeschlagen, um sich dafür ein Taschentuch zu nehmen. Vielleicht konnte sie voraussehen, daß sich das Leben zugunsten von Charlotte entscheiden würde und daß sie abtreten mußte. Eine Träne rollte über ihre Wange, aus ihren Haarspitzen schlugen winzige elektrische Entladungen. Im Spiegel waren Flammen, war Wasser, sie befand sich unterhalb der Wasseroberfläche eines Flusses und starrte zu sich empor. Sie hatte Angst vor dem Tod. Sie wünschte sich nichts anderes, als glücklich mit dem Manne zu leben, den sie liebte. Es war dieser unerfüllbare Wunsch gewesen, der ihr ganzes Leben ruiniert hatte; sie hätte sich mit Zufriedenheit, mit den üblichen Lügen begnügen sollen.

Ich öffnete die Augen, stand von der Schreibmaschine auf und ging in die Küche, um mir einen Kaffee zu machen. Alles war falsch.
Sympathie für Felicia kam nicht in Frage, das verstieß gegen die Regeln und brachte die Handlung durcheinander. Ich besaß genügend Erfahrung, um das zu wissen. Wäre sie bloß eine Mätresse statt einer Ehefrau gewesen, hätte man ihr Leben retten können; aber so, wie die Dinge lagen, mußte sie sterben. In meinen Büchern waren alle Ehefrauen entweder wahnsinnig oder tot oder beides. Aber was hatte sie getan, um dieses Schicksal zu verdienen? Wie konnte ich sie zugunsten von Charlotte opfern? Charlotte hing mir langsam zum Hals heraus mit ihrer unberührten Tugend und ihrer Sauberkeit. Sie wirkte, wie wenn man ein kratzendes Hemd trägt, es juckte mich, ich wünschte ihr, sie sollte in einen Drecktümpel fallen, Menstruationskrämpfe bekommen, schwitzen, rülpsen, furzen. Selbst ihr Entsetzen war zu rein, ihre gesichtslosen Mörder, ihre Korridore, ihre Irrgärten und verbotenen Türen.
Vielleicht wäre ich in dem neuen Leben, dachte ich, in dem künftigen Leben, weniger von Capes beeindruckt und mehr von Löchern in Strümpfen, Niednägeln, Körpergeruch und Verdauungsproblemen. Vielleicht sollte ich mich an einem wirklichen Roman versuchen, über jemanden, der in einem Büro arbeitet und kitschige, unbefriedigende Liebschaften hatte. Aber das war unmöglich, es ging gegen meine Natur. Ich sehnte mich nach Happy-Ends, ich brauchte das Gefühl der Erleichterung, wenn sich alles zum Guten wandte und ich Freude wie Reiskörner über all meine Figuren streuen und sie in die Glückseligkeit entlassen konnte. Redmond würde Charlotte so lange küssen, bis ihre Augäpfel in ihren Kopf zurückrollten, und dann konnten beide verschwinden. Wann waren sie glücklich genug, wann würde mein Leben mir selbst gehören?
Es war kein Kaffee da, also machte ich mir Tee. Dann

sammelte ich meine herumliegende Unterwäsche auf, unter dem Tisch, auf den Stuhllehnen, steckte sie ins Waschbecken und schrubbte sie mit einem Stück faseriger grüner Seife in dem rötlichen Wasser, das einen schwachen Geruch nach Eisen und auch nach unterirdischem Gas ausströmte; die Toilette verstopfte jeden Tag mehr. Schlechte Abflüsse, schlechte Träume, vielleicht hatte ich deswegen nicht gut geschlafen.
Ich wrang die Unterwäsche aus; sie fühlte sich sandig an. Es waren keine Wäscheklammern da, also hängte ich sie über das Balkongeländer. Dann nahm ich ein Bad, obwohl das Wasser rosa und unangenehm warm war, wie Blut. Ich trocknete mich ab, zog mein letztes Paar Unterwäsche an und wickelte mich in Handtücher. Ich machte mir noch eine Tasse Tee und ging wieder auf den Balkon. Ich setzte mich auf den Plastiksessel, den Kopf zurückgelehnt, die Augen hinter den dunklen Gläsern geschlossen, und versuchte, meinen Geist zu entleeren. Gehirnwäsche. Aus dem Tal drang ein monotoner, blechartiger Klang, ein Junge, der auf eine Metallplatte schlug, um die Vögel zu verscheuchen. Das Licht durchtränkte mich; die Innenseite meiner Haut erglühte in einem stumpfen Rot.
Unter mir, in den Grundmauern des Hauses, konnte ich hören, wie die Kleider, die ich dort vergraben hatte, sich selbst einen Körper entwickelten. Er war fast vollendet; er grub sich selbst wie ein riesiger blinder Maulwurf aus, langsam und qualvoll kroch er den Hügel hinauf zum Balkon... eine Kreatur, die aus all dem Fleisch bestand, das einmal mir gehört hatte und das irgendwo geblieben sein mußte. Es würde keine Gesichtszüge haben, sondern glatt wie eine Kartoffel und bleich wie Stärkemehl sein, es würde wie ein gewaltiger Oberschenkel ausschauen, es würde ein Gesicht haben wie eine Brust ohne Brustwarze. Es war die dicke Dame. Sie stieg in die Luft empor und stürzte auf mich herab, während ich in meinem Sessel lag.

Einen Augenblick lang umwaberte sie mich wie Ektoplasma, wie eine Gelatinemuschel, mein Geist, mein Engel; dann lagerte sie sich ab, und ich wurde von ihr aufgesogen. Innerhalb meines früheren Körpers schnappte ich nach Luft. Verkleidet, verborgen; weißer Pelz erstickte meine Nase und meinen Mund. Ausgelöscht.

32

Redmond ging auf der Terrasse hin und her. Es war Nacht; der Wind seufzte in den Büschen; Redmond trug Trauer. Er war entspannt, hatte Frieden mit sich selbst geschlossen: Nun, da Felicia tot war, ertrunken bei einem unglücklichen Unfall, als er sie in einem Kahn am Papple-Fluß beim Beischlaf mit seinem Halbbruder überraschte, würde sein Leben eine ganz andere Wendung nehmen. Er und Charlotte hatten heimliche Pläne zu heiraten, obwohl sie es wegen des möglichen Aufsehens vorläufig noch nicht bekanntmachen wollten. Zärtlich schaute er zu ihrem erleuchteten Fenster empor. Waren sie erst einmal verheiratet, würde er sein früheres wildes, von melancholischen Stimmungen unterbrochenes Leben ablegen und ruhig werden. Sie würde Klavier spielen und ihm aus der Zeitung vorlesen, während er neben einem freundlichen Feuer ruhte, an den Füßen ein Paar Pantoffeln, die sie mit eigener Hand bestickt hatte. Sie hätten Kinder, denn nun, da sein Bruder tot war, von dem kenternden Kahn am Kopf getroffen, brauchte er einen Sohn und Erben, der ihm als rechtmäßiger Earl of Otterley nachfolgte. Alles hatte sich zum Guten gewandt, wirklich. Merkwürdig, daß sie Felicias Leiche nie gefunden hatten, obwohl er das ganze Flußbett hatte absuchen lassen.

Die Büsche bewegten sich, eine Gestalt trat heraus und vertrat ihm den Weg. Es war eine ungeheuer fette Frau in einem triefenden blauen Samtkleid mit großzügigem Ausschnitt; ihre Brüste quollen wie zwei Vollmonde aus dem Mieder. Feuchte Strähnen roten Haares hingen wie Blutfäden um ihr aufgedunsenes Gesicht.

»Redmond, erkennst du mich nicht?« sagte die Frau heiser. Voller Entsetzen erkannte er Felicias Stimme.

»Nun«, sagte er mit betonter Unaufrichtigkeit, »ich bin wirklich froh, daß du doch nicht ertrunken bist. Aber wo bist du diese letzten beiden Monate gewesen?«

Sie wich der Frage aus. »Küß mich«, sagte sie leidenschaftlich. »Du ahnst nicht, wie sehr ich dich vermißt habe.«

Er drückte einen oberflächlichen Kuß auf ihre weiße, klamme Stirn. Ihr Haar roch nach Wasserkraut, noch Öl und verfaulender Nahrung und toten Fischen. Verstohlen wischte er sich die Lippen an seinem Hemdsärmel ab. Die Hoffnung verlöschte in seiner Brust wie eine ausgehende Kerze. Was sollte er nun tun?

Voller Ekel bemerkte er, daß die Frau, die sich selbst Felicia nannte, die Verschnürungen ihres Kleides zu lösen begann; ihre Finger fummelten an den Haken. »Erinnerst du dich an die erste Zeit unserer Ehe?« flüsterte sie. »Oft sind wir nachts hier herausgeschlichen und haben uns beim Schein des Vollmonds umarmt ...« Sie blickte ihn mit einem einladenden affektierten Lächeln an, das sich langsam zu einem Ausdruck herzzerbrechenden Elends wandelte, als sie den Abscheu in seinem Gesicht erkannte.

»Du willst mich nicht«, sagte sie mit gebrochener Stimme. Sie begann zu weinen, ihr großer Körper wurde von unkontrollierbarem Schluchzen geschüttelt. Was konnte er tun? »Du willst gar nicht, daß ich zu dir zurückkomme«, weinte sie. »Du bist glücklicher ohne mich ... und dabei war es so mühsam, Arthur, aus dem Wasser herauszukommen und den weiten Weg zurückzulegen, bloß um wieder bei dir sein zu können ...«

Redmond wich verwirrt zurück. »Wer ist Arthur?« fragte er.

Die Frau begann zu verblassen, wie Nebel, wie unsichtbare Tinte, wie schmelzender Schnee.

Aus großer Entfernung, wie durch mehrere Lagen Baumwolle, hörte ich Schritte, die den Kiespfad herabkamen. Ich war immer noch im Halbschlaf; ich rappelte mich aus dem Sessel hoch, und alle Handtücher fielen zu Boden. Ich schnappte mir eins und zog mich zur Tür zurück, aber es war zu spät. Mr. Vitroni bog um die Ecke und kam den Balkon entlang. Er hatte alle seine Filzstifte angesteckt; unter dem Arm trug er ein in braunes Papier gewickeltes Päckchen.

Ich wich zum Geländer zurück, wobei ich das Handtuch vor mich hielt. Sein Blick ruhte auf der tropfenden Unterwäsche. Er machte seine kleine Verbeugung.

»Ich wünsche, ich störe nicht? fragte er.

»Aber nein«, sagte ich lächelnd.

»Das Licht scheint?«

»Ja«, sagte ich und nickte.

»Das Wasser fließt?«

»Das Haus ist ganz in Ordnung«, versicherte ich ihm. »Ich genieße jeden Augenblick. Ein wunderbarer Urlaub. Der Frieden und die Ruhe, herrlich.« Ich wünschte, er ginge wieder, aber es sah so aus, als wollte er mir noch ein Gemälde verkaufen. Ich würde ihm nicht widerstehen können.

Er blickte über seine Schulter, beinah ängstlich, als fürchtete er, gesehen zu werden. »Wir wollen hineingehen«, sagte er. Als er sah, daß ich zögerte, fügte er hinzu: »Ich muß Ihnen etwas sagen.«

Ich wollte nicht, nur mit Handtuch und Unterwäsche bekleidet, mit ihm am Tisch sitzen; irgendwie wirkte es drinnen unanständiger als auf dem Balkon. Ich bat ihn zu warten, ging ins Badezimmer und zog ein Kleid an.

Als ich wieder hereinkam, saß er am Tisch, das Päckchen auf den Knien.

»Sie sind in Roma gewesen?« fragte er. »Sie mochten es?«

Ich wurde allmählich gereizt. Bestimmt war er nicht hergekommen, um sich mit mir über touristische Sehenswürdigkeiten zu unterhalten. »Es ist sehr hübsch«, erklärte ich.
»Ihr Mann, er mag es auch?«
»Ja, ich glaube schon«, sagte ich. »Er war gern dort.«
»Es ist eine Stadt, die man oft besuchen muß, um sie gut kennenzulernen, wie eine Frau«, sagte Mr. Vitroni. Er holte Tabak hervor und drehte sich eine Zigarette. »Er wird bald kommen?«
»Das möchte ich doch hoffen«, sagte ich mit herzlichem Lachen.
»Auch ich wünsche, daß er wird bald kommen. Für eine Frau ist es nicht gut, allein zu sein. Andere reden darüber.« Er zündete sich eine Zigarette an, wischte die unbenutzten Tabakkrümel wieder in das Päckchen und steckte es in die Tasche. Er hatte mich die ganze Zeit genau beobachtet.
»Das ist für Sie«, sagte er und überreichte mir das Päckchen.
Ich hatte ein weiteres Gemälde auf schwarzem Samt erwartet, aber als ich die Schnur aufgeknüpft und das Papier aufgemacht hatte, lagen da meine Kleider, die Jeans und das T-Shirt, die ich so sorgfältig unter dem Haus vergraben hatte. Sie waren sauber gewaschen und gebügelt.
»Woher haben Sie das?« fragte ich. Vielleicht konnte ich abstreiten, daß sie mir gehörten.
»Mein Vater, er hat sie in der Erde gesehen, dort unten, wo die *carciofi* sind. Er hat gesehen, jemand hat dort gegraben. Er denkt, da ist ein Irrtum, solche Kleider zu vergraben, die nicht alt sind. Er spricht kein Englisch, er hat mich gebeten, sie Ihnen zurückzugeben. Meine Frau hat sie gewaschen.«
»Sagen Sie ihm, daß ich mich bei ihm bedanke«, murmelte ich. »Bei Ihrer Frau ebenfalls.« Ich konnte es ihm in keiner Weise erklären, obwohl er offensichtlich eine Er-

klärung hören wollte. Er wartete; wir sahen beide auf meine zusammengefalteten Kleidungsstücke.
»Die Leute reden darüber«, sagte er schließlich. »Sie verstehen nicht, warum Sie Ihre Kleider unter dem Haus vergraben haben. Sie wissen davon. Sie wissen nicht, warum Sie Ihr so wundervolles Haar abgeschnitten haben, an das sich alle noch vom letztenmal, als Sie hier waren, erinnern können, zusammen mit Ihrem Mann; immer tragen Sie diese dunklen Gläser, wie eine Fledermaus, und Sie haben einen anderen Namen angenommen. Das sind Dinge, die niemand versteht. Sie machen das Zeichen« – er streckte zwei Finger aus –, »damit der böse Blick, den Sie haben, sie nicht krank macht oder ihnen Unglück bringt. Ich selbst glaube nicht daran«, sagte er entschuldigend, »aber die Alten...«
Also kannten sie mich. Natürlich kannten sie mich, sie erinnerten sich an alles, was in den letzten fünftausend Jahren passiert war. Was für eine Dummheit, hierher zurückzukommen.
»Sie bitten mich, ich soll Ihnen sagen, daß Sie weggehen«, fuhr er fort. »Sie glauben, Ihr Unglück wird auch über mich kommen, das behauptet meine Frau.«
»Ich nehme an, sie halten mich für eine Hexe«, sagte ich lachend. Aber Mr. Vitroni lachte nicht; er warnte mich, es war gar nicht komisch.
»Es wäre besser, Ihr Mann würde auch kommen«, sagte er ernst. »Ein Mann war auch hier heute morgen. Er hat nach Ihnen gefragt. Er wußte nicht den Namen, den Sie mir angegeben haben, aber er beschreibt eine Lady, groß, mit roten Haaren, und ich wußte, er meint Sie.«
»Was?« sagte ich zu schnell. »Wer war es?«
Er zuckte die Achseln und beobachtete mein Gesicht. »Ich glaube nicht, es ist Ihr Mann. Außerdem würde er wissen, wo Sie wohnen.« Er mußte merken, daß ich aufgeregt war. Wenn er recht hatte und es war nicht Arthur, wer dann?

»Wie sah er aus?« fragte ich. »Was haben Sie ihm gesagt?«
»Ich denke, ich spreche erst mit Ihnen«, sagte er langsam. »Ich ihm erzählen, Sie sind in Roma, Sie kommen in zwei Tagen zurück. Dann, so sage ich ihm, ich kann ihm vielleicht helfen. Aber ich sage ihm auch, Sie sind vielleicht nicht die Lady, die er sucht.«
»Ich danke Ihnen«, sagte ich. »Vielen, vielen Dank.«
Nach soviel Freundlichkeit mußte ich ihm etwas erklären. Ich beugte mich zu ihm und senkte die Stimme. »Mr. Vitroni«, sagte ich, »ich verstecke mich. Deshalb habe ich einen anderen Namen benützt und mein Haar abgeschnitten. Niemand soll wissen, wo ich bin. Ich glaube, irgend jemand versucht, mich umzubringen.«
Mr. Vitroni war nicht überrascht. Er nickte, als wüßte er, daß solche Dinge häufig passieren. »Was haben Sie getan?« fragte er mich.
»Nichts«, antwortete ich. »Ich habe überhaupt nichts getan. Es ist sehr kompliziert, es geht um Geld. Ich bin ziemlich reich, das ist der Grund, warum diese Person, warum diese Leute mich umbringen wollen, damit sie an das Geld rankommen.« Er schien das zu glauben, also fuhr ich fort. »Dieser Mann, der da gekommen ist, vielleicht ist er einer meiner Freunde, vielleicht ist er ein Feind. Wie sah er aus?«
Mr. Vitroni spreizte die Hände. »Es ist schwer für mich zu sagen. Er hatte ein rotes Auto wie das Ihre.« Er rückte nicht mit der Sprache heraus; was wollte er? »Vielleicht sollte die Polizei diesen Mann einsperren«, sagte er.
»Das ist sehr freundlich von Ihnen«, sagte ich, »aber das kann ich nicht tun. Ich bin nicht sicher, wer dieser Mann ist, außerdem habe ich keine Beweise. Wie sah er aus?«
»Er trug einen Mantel«, sagte Mr. Vitroni hilfsbereit. »Einen dunklen Mantel, amerikanisch. Er war groß, ja, ein junger Mann, nicht alt.«

»Hatte er einen Bart?« fragte ich.
»Keinen Bart. Einen Schnurrbart, ja.«
Nichts davon half mir weiter. Nach Fraser Bucanan hörte es sich allerdings nicht an. »Er behauptet, er ist Reporter, von einer Zeitung«, sagte Mr. Vitroni. »Ich glaube nicht, er ist ein Reporter. Sie sind sicher, daß Sie ihn nicht eingesperrt haben wollen? Es kann arrangiert werden, ich könnte es mit ihnen arrangieren.«
Wollte er Bestechungsgeld? Mir kam der Gedanke, daß dies kein Freundschaftsbesuch war. Hier wurde verhandelt, und zweifellos hatte eine ähnliche Verhandlung mit dem Mann stattgefunden. Zahlte ich, würde er mir helfen. Zahlte ich nicht, würde er dem Mann erzählen, wo er mich finden konnte. Leider hatte ich nicht genug Geld. Ich entschied schnell, daß ich noch an diesem Abend verschwinden mußte, ich würde nach Rom fahren.
»Nein«, sagte ich. »Ich erledige das auf meine Art.«
Ich stand auf und streckte Mr. Vitroni meine Hand entgegen. »Ich danke Ihnen vielmals«, sagte ich. »Es war sehr freundlich von Ihnen, mir das alles zu erzählen.«
Er war verwirrt; er mußte erwartet haben, daß ich mit ihm ein Geschäft abschloß. »Ich könnte Ihnen helfen«, sagte er. »Es gibt da ein Haus, weiter entfernt, weg von der Stadt. Sie können dort bleiben, bis der Mann fort ist, wir bringen Ihnen zu essen.«
»Danke«, sagte ich, »vielleicht mache ich's.«
Als er ging, tätschelte er meine Schulter.
»Keine Sorge«, sagte er, »alles wird glücklich.«
Am Abend packte ich meinen Koffer und trug ihn zum Wagen. Aber als ich starten wollte, war der Tank leer. Wie blöd, dachte ich, als mir einfiel, daß der Zeiger auf der Rückfahrt von Rom ganz unten gewesen war. Aber dann dachte ich: es ist abgesaugt worden.

33

Ich hätte ihm nie sagen dürfen, daß ich Geld hätte. Jetzt konnte ich die ganze Verschwörung klar und deutlich überblicken. Von Anfang an hatten sie es darauf abgesehen. Der alte Mann mit den Artischocken war ein Spion, er war Mr. Vitronis Vater, zu meiner Beobachtung abgestellt, und sobald er mich ohne Verkleidung gesehen hatte, hatten sie diesen Plan ausgeheckt. Wenn ich zustimmte, mich in dem abgelegenen Haus zu verstecken, würde ich eine Gefangene werden. Es wäre Wahnsinn, loszugehen und irgendjemanden um Benzin zu bitten. Sie würden sofort wissen, daß ich die Absicht hatte zu verschwinden. Außerdem verkaufte niemand im Dorf Benzin, sie müßten es erst besorgen, und dann würde Mr. Vitroni mit Sicherheit davon hören. Er würde herkommen und mir erklären, daß es keins gäbe. Ich würde betteln, und er würde sagen: »Benzin, das ist sehr teuer.« Die Soldaten oder die Polizei steckten mit ihm unter einer Decke, sie würden ihm helfen, und niemand würde sie daran hindern. Ich hatte ihm praktisch gesagt, daß niemand wußte, wo ich war; es war eine unverhüllte Aufforderung. Wenn Arthur käme, würden sie ihm erzählen, ich wäre weggefahren, sie hätten keine Ahnung, wohin. In der Zwischenzeit würde ich hilflos gefesselt daliegen, sie würden von mir verlangen, daß ich Geld anforderte, und wenn keines kam, was würden sie tun? Würden sie mich umbringen und mich in einem kiesbedeckten Grab zwischen den Olivenbäumen beerdigen? Oder würden sie mich in einem Käfig mästen, wie es bei primitiven Stämmen in Afrika der Brauch war, aber mit riesigen Schüsseln voll Spaghetti, würden sie mich zwingen, schwarze Satinunterwäsche zu tragen, wie die, für die auf der Rückseite der *fotoromanzi* geworben wurde, würden sie Eintrittsgeld von den Männern des Dorfes verlangen, würde ich zu einer dieser Fellini-Huren werden, riesig und formlos?

»Das ist ernst, sagte ich mir. *Reiß dich zusammen.* Vielleicht wurde ich hysterisch. Ich wollte den Rest meines Lebens nicht in einem Käfig verbringen, als fette Hure, eine gefangene Mutter Erde, für die jemand anderes das Eintrittsgeld kassierte. Ich mußte mir irgendeinen Plan ausdenken. Mir blieben noch zwei Tage Zeit, also ging ich ins Bett. Es hatte keinen Sinn, ins Stockdunkle hinauszulaufen, ich würde mich nur verirren. Oder gefangen werden: Zweifellos wurde ich beobachtet.

Mitten in der Nacht wachte ich auf. Vor meinem Fenster, unten auf der Terasse, konnte ich Schritte hören. Und jetzt ein schabendes Geräusch: Jemand kletterte am Spalier hinauf! Hatte ich das Fenster zugemacht oder nicht? Ich wollte nicht aus dem Bett steigen und nachsehen. Ich drückte mich gegen die Wand und starrte auf das Fenster, wo die Umrisse eines Kopfes, dann der Schultern auftauchten... Im Mondlicht konnte ich erkennen, wer es war, und ich entspannte mich.

Es war nur meine Mutter. Sie trug ihr gepflegtes marineblaues Kostüm mit der schmalen Taille und den wattierten Schultern und ihren weißen Hut und die Handschuhe. Ihr Gesicht war geschminkt, über ihren Mund hatte sie mit Lippenstift einen größeren Mund gemalt, aber die Konturen ihres eigenen Mundes schimmerten durch. Sie weinte lautlos, sie drückte das Gesicht wie ein Kind gegen die Scheibe, Wimperntusche lief in schwarzen Tränen aus ihren Augen.

»Was willst du?« sagte ich, aber sie antwortete nicht. Sie streckte ihre Arme nach mir aus, sie wollte, daß ich mit ihr käme; sie wollte, daß wir zusammen wären.

Ich ging auf die Tür zu. Sie lächelte mir jetzt entgegen mit ihrem verschmierten Gesicht; konnte sie erkennen, daß

ich sie liebte? Ich liebte sie, aber die Scheibe war zwischen uns, ich mußte da hindurch. Ich sehnte mich danach, sie zu trösten. Gemeinsam würden wir den Korridor entlang in die Dunkelheit hineingehen. Ich würde tun, was sie wollte.
Die Tür war verschlossen. Ich rüttelte an ihr, immer wieder, bis sie sich öffnete.

Ich stand in meinem zerrissenen Nachthemd auf der Terasse und fröstelte im Winde. Es war dunkel, kein Mond war zu sehen. Ich war jetzt wach; meine Zähne klapperten vor Angst wie vor Kälte. Ich ging zurück in die Wohnung und legte mich ins Bett.

Diesmal war sie sehr nahe gekommen, sie hätte es fast getan. Sie hatte mich nie wirklich losgelassen, weil ich sie nie losgelassen hatte. Sie war es, die hinter mir im Spiegel gestanden hatte, sie war es, die hinter jeder Biegung gewartet hatte, ihre Stimme hatte die Worte geflüstert. Sie war die Dame in dem Boot gewesen, der Todesbarke, die tragische Dame mit den wehenden Haaren und den unglücklichen Augen, die Dame im Turm. Sie ertrug den Anblick aus dem Fenster nicht, Leben war ihr Fluch. Wie konnte ich sie verleugnen? Auch sie brauchte ihre Freiheit; zu lange war sie mein Spiegelbild gewesen. Wie lautete der Zauberspruch, was würde ihr die Freiheit schenken?
Wenn mich jemand von der Anderen Seite heimsuchen mußte, dachte ich, warum konnte es dann nicht Tante Lou sein? Ihr vertraute ich, wir könnten eine nette Unterhaltung haben, sie könnte mir einen Rat geben und sagen, was ich tun sollte. Aber ich schaffte es nicht, mir vorzustellen, daß Tante Lou das tun würde. »Du wirst schon damit fertig werden«, würde sie sagen, ganz egal, wie sehr ich protestierte, daß ich es nicht könnte. Sie würde

sich weigern, mein Leben als die Katastrophe anzusehen, die es war.
Meine Mutter dagegen... Warum mußte ich von meiner Mutter träumen, Alpträume haben, zur Tür hinaus schlafwandeln, um sie zu treffen? Meine Mutter war ein Strudel, ein dunkles Vakuum, ich würde nie in der Lage sein, sie glücklich zu machen. Oder sonst jemanden. Vielleicht war es Zeit für mich, daß ich aufhörte, es zu versuchen.

34

Morgens trank ich mehrere Tassen Tee, um Energie aufzutanken und mich zu beruhigen. Es kam darauf an, so ruhig wie möglich zu sein. Ich würde mich so benehmen, als wäre alles normal, alles in bester Ordnung; ich würde ohne Eile handeln; ohne Hast meine Einkäufe erledigen, wie üblich bei der Post vorbeischauen, damit sie glaubten, ich wäre kooperationsbereit. Ich könnte sogar Mrs. Vitroni aufsuchen und mich nach dem Haus erkundigen, damit sie annahmen, ich wäre mit allem einverstanden. Ich würde bis zum Nachmittag warten, wenn Leute unterwegs waren. Dann würde ich einfach den Hügel hinunterschlendern, nur meine Handtasche tragen, nicht meinen Koffer, und per Anhalter nach Rom fahren. Ich würde nicht viel mitnehmen können, aber ich bekam in die Handtasche eine ganze Menge hinein.
Ich ging die Schubladen durch und sortierte die Sachen aus, die ich zurücklassen mußte. Ich packte drei Unterhosen ein. Nachthemden waren überflüssig; Fraser Buchanans schwarzes Notizbuch nicht. Die Schreibmaschine mußte hierbleiben, aber *Von Liebe belauert* würde ich mitnehmen.
Ich nahm das Manuskript und wollte es zusammenrollen,

um es leichter einpacken zu können. Dann setzte ich mich hin und blätterte es durch. Ich sah jetzt, was daran nicht stimmte, was ich zu tun hatte. Charlotte mußte in den Irrgarten gehen, daran führte kein Weg vorbei. Seit ihrer Ankunft auf Redmond Grange hatte es sie gereizt, und nichts von dem, was die anderen erzählten, weder die haarsträubenden Geschichten der Dienerschaft noch Felicias hämische Andeutungen, hatten sie davon abbringen können. Aber ihre Empfindungen waren zweideutig: Bedeutete der Irrgarten den sicheren Tod, oder enthielt er die Antwort auf ein Rätsel, eine Antwort, die sie erfahren mußte, um weiterleben zu können? Noch wichtiger: Würde sie Redmond nur heiraten, wenn sie dem Irrgarten fernblieb oder wenn sie hineinging? Wahrscheinlich mußte sie ihr Leben aufs Spiel setzen und ihm die Möglichkeit geben, sie zu retten, um seine Liebe zu erringen. Er würde die Hände von ihrer Kehle reißen (wessen Hände würden es sein?) und ihr erklären, daß sie eine dumme, kleine, allerdings tapfere Närrin wäre. Sie würde Mrs. Redmond die Vierte werden.
Geh nich in den Irrgarten, Charlotte, du betrittst ihn auf eigene Gefahr, sagte ich zu ihr. Ich hab' dich aus allem heil herausgeholt, aber jetzt ist kein Verlaß mehr auf mich. Sie beachtete mich gar nicht, sie hatte es noch nie getan; sie erhob sich, legte ihren Stickrahmen beiseite und machte sich ausgehfertig. Sag nicht, ich hätte dich nicht gewarnt, erklärte ich ihr. Aber ich konnte es nicht aufhalten, ich mußte alles bis zum Ende miterleben. Ich schloß die Augen...

Es war Mittag, als Charlotte den Irrgarten betrat. Als Vorsichtsmaßnahme befestigte sie am Eingang das eine Ende eines Wollknäuels, das sie sich von Mrs. Ryerson unter dem Vorwand, ihren Schal ausbessern zu wollen, geborgt hatte; sie hatte nicht die Absicht, sich zu verirren.

Die Mauern des Labyrinths aus stacheligem immergrünem Gebüsch waren tatsächlich wild gewuchert. Bestimmt war seit vielen Jahren niemand mehr hiergewesen, dachte Charlotte, als sie sich ihren Weg durch die widerborstigen Zweige bahnte, die sich in ihrem Kleid verhakten, als wollten sie ihr den Weg versperren und sie zurückhalten. Sie wandte sich nach links, dann nach rechts, und während sie so vordrang, rollte sie den Wollfaden ab.

Draußen war der Himmel bedeckt gewesen, und ein kalter Februarwind hatte geweht; doch hier drinnen, geschützt von den dicken Wänden aus Blättern und Zweigen, kam es Charlotte recht warm vor. Die Wolkendecke brach auf, und die Sonne kam heraus; in der Nähe sang ein Vogel. Sie verlor jedes Zeitgefühl; sie schien seit Stunden den Kiespfad zwischen den grünen, dornigen Wällen entlangzugehen. War es Einbildung, oder wurde der Irrgarten immer gepflegter, besser beschnitten... und Blumen tauchten auf. Bestimmt war es für Blumen noch zu früh im Jahr. Ein merkwürdiges Gefühl überkam sie, als würden unsichtbare Augen sie beobachten. Mrs. Ryersons Geschichten über die Zwerge und Elfen fielen ihr ein; dann lachte sie über sich selbst, weil sie sich, wenn auch nur für einen Augenblick, dem Aberglauben hingegeben hatte. Es war ein ganz normaler Irrgarten, nichts Ungewöhnliches. Sicher beruhte das Schicksal der beiden vorangegangenen Lady Redmonds auf anderen Ursachen.

Sie mußte mittlerweile dem Zentrum des Irrgartens ziemlich nahe sein. Noch eine Biegung, und da lag es tatsächlich auch schon vor ihr, ein offenes, kiesbedecktes Rechteck, von Blumen eingerahmt; die Narzissen standen bereits in voller Blüte. Zu Ihrer Enttäuschung war der Platz leer. Charlotte blickte suchend um sich, um einen Schlüssel für den schlimmen Ruf des Irrgartens zu entdecken, doch da war nichts. Sie begann, den gleichen Weg zurückzugehen, den sie gekommen war. Plötzlich war es beängstigend, sie wollte hinaus, bevor es zu spät war. Sie wollte nichts mehr davon wissen, sie war eine Närrin gewesen, über-

haupt hierherzukommen. Sie fing an zu laufen, machte aber den Fehler, während des Laufens den Wollfaden aufwickeln zu wollen; ihre Füße verstrickten sich hoffnungslos darin. Als sie fiel, schlossen sich eiserne Finger um ihre Kehle ... sie versuchte zu schreien, sie schlug wild um sich, ihre Augen traten hervor, verzweifelt suchte ihr Blick nach Redmond.
Hinter ihr ertönte ein höhnisches Lachen – Felicia! »Für uns beide war nicht genug Platz«, sagte sie. »Eine von uns mußte sterben.«
Gerade als Charlotte in Bewußtlosigkeit versank, wurde Felicia wie ein Bündel Lumpen zur Seite gefegt, und Charlotte blickte in Redmonds dunkle Augen. »Mein Liebling«, keuchte er heiser. Starke Arme hoben sie empor, seine warmen Lippen preßten sich auf die ihren ...

So sollte es ablaufen, so war es vorher immer abgleaufen, doch irgend etwas stimmte dabei nicht mehr. Irgendwo hatte ich die falsche Richtung eingeschlagen; es gab da etwas, irgendeine Tatsache oder einen Schlüssel, den ich übersehen hatte. Ich mußte es selbst durchlaufen, ich mußte eine passende Örtlichkeit finden und den gesamten Bewegungsablauf durchgehen. Ich dachte an die Kardinalsgärten in Tivoli mit ihren Sphinxen und Springbrunnen und den vielbrüstigen Göttinnen. Das müßte gehen, es gab da eine Menge Pfade. Ich würde an diesem Nachmittag hinfahren...
Aber ich hatte den Mann vergessen, meinen Wagen mit seinem leeren Tank; ich würde mir das Buch für später aufheben und mich auf meine Flucht konzentrieren.
Diesmal würde ich wirklich verschwinden, spurlos. Niemand würde wissen, wo ich war, nicht einmal Sam, nicht einmal Arthur. Diesmal würde ich vollkommen frei sein; keine Fetzen der Vergangenheit würden an mir kleben, keine Finger an mir zerren. Ich konnte alles tun, was ich wollte; ich konnte als Hostess in einer Bar arbeiten oder

nach Toronto zurückkehren und eine Massagepraxis einrichten. Vielleicht hätte ich das tun sollen. Oder ich konnte ganz in Italien untertauchen und einen Gemüsemann heiraten: Wir würden in einer kleinen Steinhütte leben, ich würde Babies bekommen und fett werden, wir würden dampfende Gerichte essen, unsere Körper mit Öl einschmieren, wir würden über den Tod lachen und in der Gegenwart leben, ich würde mein Haar in einem Knoten tragen und einen Schnurrbart bekommen, ich würde eine Latzschürze, grün, mit Blumen darauf, tragen. Alles wäre ganz normal und gewöhnlich, an Sonntagen ginge ich zur Kirche, wir tränken kräftigen roten Wein, ich würde Tante, Großmutter werden, und alle würden mich respektieren.

Irgendwie klang das nicht überzeugend. Warum verwandelte sich jede meiner Phantasien in eine Falle? Bei dieser sah ich mich in meiner Latzschürze und mit Haarknoten aus dem Fenster klettern, ohne auf das Geschrei meiner Kinder und Enkelkinder hinter mir zu hören. Genauso gut kannst du der Tatsache ins Auge sehen, dachte ich, du bist eine Künstlerin, eine Flucht-Künstlerin. Ich hatte manchmal über Liebe und Bindung geredet, aber die wahre Romanze meines Lebens war die zwischen Houdini und seinen Fesseln und seinem verschlossenen Koffer, sich der Fesselung anheimzugeben und ihr wieder zu entschlüpfen. Hatte ich jemals etwas anderes getan?

Dieser Gedanke bedrückte mich nicht. Obwohl ich verängstigt war, fühlte ich mich in Wirklichkeit merkwürdig beschwingt. Gefahr, erkannte ich, löste das in mir aus.

Vor mich hinsummend, wusch ich meine Haare, als machte ich mich für einen großen Galaabend zurecht. Eine Menge braune Farbe kam heraus, aber inzwischen war es mir egal.

Ich tappte auf nackten, nassen Füßen auf den Balkon, um

meine Haare trocknen zu lassen. Eine Brise wehte; weit unten im Tal hörte ich Schüsse, jemand mußte auf einen Vogel schießen. Sie schossen hier auf fast alles, was sich bewegte; die Singvögel aßen sie als Pasteten. All diese Musik, von Mündern verschlungen. Augen und Ohren waren ebenfalls hungrig, aber nicht so offensichtlich. Von jetzt an, dachte ich, würde ich nur noch für mich selbst tanzen. Darf ich um diesen Walzer bitten? flüsterte ich.

Ich stellte mich auf meine nackten Zehenspitzen und wirbelte herum, zuerst versuchsweise. Die Luft füllte sich mit Flitter. Ich hob die Arme und wiegte sie im Takt der sanften Musik, ich erinnerte mich an die Musik, jeder Schritt und jede Geste fiel mir ein. Von hier bis zum Boden war es ein weiter Weg; ich war ein bißchen schwindelig. Ich schloß die Augen. Flügel wuchsen aus meinen Schultern, ein Arm schlang sich um meine Taille...

Scheiße. Ich war mit bloßen Füßen genau durch das zerbrochene Glas getanzt. Ein schöner Schmetterling. Ich hinkte, blutige Fußspuren hinter mir herziehend, ins Wohnzimmer und suchte nach einem Handtuch. Ich wusch meine Füße in der Badewanne; die Sohlen sahen aus wie Hackfleisch. Die echten roten Schuhe, die Füße, die für das Tanzen bestraft worden waren. Du kannst tanzen, oder du kannst die Liebe eines netten Mannes erringen. Aber du hattest Angst zu tanzen wegen dieser unnatürlichen Furcht, daß sie dir die Füße abhacken, wenn du tanzt, so daß du nicht mehr tanzen kannst. Endlich hast du deine Angst überwunden und getanzt, und sie haben dir die Füße abgehackt. Auch der nette Mann hat sich davongemacht, weil du tanzen wolltest.

Aber ich habe mich für die Liebe entschieden, ich wollte den netten Mann; warum war das nicht die richtige Wahl? Ich war sowieso nie eine Tänzerin gewesen. Ein Bär in der Arena wirkt nur so, als würde er tanzen, in Wirklichkeit

steht er nur auf den Hinterbeinen, um den Pfeilen auszuweichen. Und jetzt hatte ich nicht einmal Heftpflaster. Ich saß auf dem Rand der Badewanne, Tränen liefen ungehindert aus meinen Augen, Blut lief ungehindert aus den winzigen Schnitten in meinen Füßen.
Ich ging in das andere Zimmer und legte mich aufs Bett, die Füße durch ein Kissen hochgestützt, damit das Blut in die umgekehrte Richtung floß. Wie sollte ich jetzt fliehen, mit meinen zerschnittenen Füßen?

35

Nach ein paar Stunden stand ich auf. Meine Füße waren nicht so schlimm, wie ich geglaubt hatte, ich konnte noch gehen. Ich übte im Zimmer, hin und her zu humpeln. Bei jedem Schritt schossen kurze Schmerzwellen durch meine Füße. Die kleine Meerjungfrau ist wieder auf dem Damm, dachte ich, die große Meerjungfrau ist wieder auf dem Damm.
Ich würde in die Stadt hinaufgehen müssen, dann käme das Spießrutenhumpeln zwischen den alten Frauen hindurch, die ihre Hände zu Hörnern formen, die Kinder zum Steinewerfen aufhetzen und mir Unglück wünschen würden. Was sahen sie, diese Augen hinter den von Steinmauern eingerahmten Fenstern. Ein weibliches Ungeheuer, überlebensgroß, zumindest größer als das meiste Leben hier, das den Hügel herunterkommt, die aufgerichteten Haare knisternd vor Elektrizität, feindselige Stromstöße schießen aus ihren Fingerspitzen, die grünen Augen hinter ihrer Touristensonnenbrille, ihrer Mafiasonnenbrille, leuchten auf und glühen wie die einer Katze. Paßt bloß auf, ihr schwarzbestrumpfen, wurstbeinigen alten Weiber, oder ich verhexe euch, trotz eurer Zeichen gegen

den bösen Blick und eurer gemurmelten Gebete zu den Heiligen. Glaubten sie, daß ich nachts wie eine Motte herumschwirrte und Blut aus ihren großen Zehen saugte? Wenn ich ein schwarzes Kleid und lange schwarze Strümpe trüge, würden sie mich dann mögen?

Vielleicht hatte mich meine Mutter überhaupt nicht nach Joan Crawford benannt, dachte ich; das sagte sie nur, um die Wahrheit zu verheimlichen. Sie benannte mich nach Jeanne d'Arc; wußte sie nicht, was solchen Frauen zustieß? Sie wurden der Hexerei beschuldigt, sie wurden auf dem Scheiterhaufen festgefunden, sie gaben ein herrliches Licht; ein Stern ist ein Klümpchen brennendes Gas. Aber ich war ein Feigling, ich würde lieber nicht siegen und nicht brennen, ich würde lieber auf der Haupttribüne sitzen, meine Tüte Popcorn essen und wie alle anderen zuschauen. Wenn man anfing, Stimmen zu hören, war man in Schwierigkeiten, vor allem, wenn man ihnen glaubte. Die Engländer jubelten, als Jeanne sich wie ein Vulkan in Rauch auflöste, wie eine Rakete, wie ein Plumpudding. Sie verstreuten die Asche; nur ihr Herz blieb zurück.

Ich ging den Hügel hinauf, vorbei an den schwarzgekleideten alten Frauen auf den Stufen, ignorierte ihre feindseligen Augen und lief die Straße entlang, die zur Post führte. Die Polizisten oder Soldaten standen an ihren gewohnten Plätzen; die massige Frau hinter dem Schalter war auch da.

Mittlerweile wußte sie, wer ich war, ich brauchte nicht mehr zu fragen. Sie händigte mir wieder einen von Sams braunen Umschlägen aus. Er fühlte sich an, als würden weitere Zeitungsausschnitte darin stecken, also riß ich ihn auf.

Es waren weitere Zeitungsausschnitte; aber obenauf lag ein Brief aus knisterndem Anwaltsbüropapier:

Liebe Miß Delacourt,
Mein Klient, Mrs. Sam Spinsky, bat mich, Ihnen Beiliegendes zu schicken. Er ist der Meinung, daß Sie ihm in seiner augenblicklichen Notlage behilflich sein könnten. Er hat mich beauftragt, ihren Aufenthaltsort bis auf weitere Anweisungen nicht bekanntzugeben.

Die Unterschrift war ein Schnörkel; und unter dem Brief lag ein Artikel:

TERRORISTISCHE SÄUBERUNGSAKTION:
DICHTERIN WAHRSCHEINLICH ERMORDET!

Alles um mich herum vergessend, setzte ich mich auf eine Bank, direkt neben einen Polizisten. Sam und Marlene waren unter der Beschuldigung, mich ermordet zu haben, festgenommen worden, sie saßen sogar im Gefängnis. Für einen kurzen Augenblick stellte ich mir vor, wie erfreut Marlene war; allerdings mußte sie wohl auch ziemlich sauer sein, daß ich der Anlaß dafür war und nicht irgendein Streik oder eine Demonstration. Immerhin, Knast blieb Knast. Bis jetzt hatten sie noch nichts gestanden, soviel war klar.
Die Familie am Strand war schuld daran, die da gepicknickt hatte. Sie hatten mich im Wasser herumzappeln sehen, sie hatten beobachtet, wie ich untergegangen war. Sie hatten den Bericht in der Zeitung gelesen, das Interview mit Marlene, in dem sie behauptete, sie hätte mir einen Rettungsring zugeworfen. Aber es gab keinen Rettungsring, und als die Polizei bei der Bootsvermittlung nachfragte, gaben sie zu, daß keiner an Bord gewesen wäre. Vorn im Bug hatten sie allerdings mein Kleid gefunden; das machte sie argwöhnisch. Der Name der Familie war Morgan. Mrs. Morgan sagte, er hätte einen Schrei gehört (unmöglich, es war zu weit weg und zu windig) und gerade rechtzeitig hingeschaut, um zu sehen,

wie Sam und Marlene sich über die Bordwand lehnten, nachdem sie mich gerade ins Wasser gestoßen hatten. Es gab ein Bild von Mr. Morgan sowie eins von mir, das an meinem Todestag aufgenommene Foto, auf dem ich lächelte. Mr. Morgan sah ernst und verantwortungsbewußt aus; er erlebte den größten Augenblick seines Lebens, endlich war er wichtig, er konnte seine eigenen Phantasien ausleben.

Armer Sam. Jetzt hatte man ihm die Taschen geleert und die Schnürsenkel weggenommen, man hatte ihn mit Läusepulver bestreut und ihm einen Finger in den After gesteckt. Er war von zwei Inspektoren in die Mangel genommen worden, der eine – nett und freundlich – bot ihm Kaffee und Zigaretten an, der andere drohte und versuchte ihn fertigzumachen, und das alles wegen meiner Dummheit, meiner Feigheit. Ich hätte bleiben sollen, wo ich war, und den Realitäten ins Auge sehen müssen. Armer, sanfter Sam mit seinen gewalttätigen Theorien; er könnte keiner Fliege etwas zuleide tun.

Ich wurde als eine ›Schlüsselfigur‹ in einer mysteriösen Dynamitgeschichte bezeichnet. Anscheinend hatte Marlenes Vater ein paar Informationen über fehlendes Dynamit beigesteuert, und Marlene war zusammengebrochen und hatte gestanden, daß sie es gestohlen hatte. Aber sie konnte es nicht vorweisen. Ich hätte es übernommen, erzählte sie ihnen; auch von dem Gebrauchtwagen hatte sie ihnen erzählt, aber sie hatten das Auto nicht aufspüren können. Die Polizei ging von der Annahme aus, daß ich von Sams ›Zelle‹, wie sie es bezeichneten, liquidiert worden war, weil ich zuviel wußte und die Gefahr eines Verrats meinerseits bestand. Arthur war zum Zwecke einer Vernehmung ebenfalls festgenommen, später aber wieder freigelassen worden. Ganz offensichtlich war er sowohl unschuldig als auch unwissend.

Ich mußte zurückkehren und sie retten. Ich konnte nicht

zurückkehren. Vielleicht konnte ich der Polizei ein Lebenszeichen von mir schicken, nur, um sie wissen zu lassen, daß ich noch am Leben war. Einen Finger, ein Autogramm, einen Zahn?

Ich erhob mich von der Bank und stopfte die Zeitungsausschnitte in meine Handtasche. Ich ging hinaus und ging auf den Hügel zu. Dann sah ich Mr. Vitroni. Er saß an einem Tisch in einem Straßencafé. Ein anderer Mann war bei ihm. Ich konnte ihn nicht deutlich erkennen, weil er mit dem Rücken zu mir saß, aber bestimmt war das der Mann. Er war einen Tag zu früh zurückgekommen.
Mr. Vitroni hatte mich gesehen, er schaute mich geradewegs an. Ich eilte über den Platz, ich lief beinah. Ich bemühte mich, langsamer zu gehen. Ich blickte nur einmal zurück und sah, wie Mr. Vitroni aufstand und dem Mann die Hand schüttelte...
Ich bog um die Ecke und rannte richtig los. *Ich muß ruhig sein, ich muß mich konzentrieren, ich muß konzentriert sein.* Meine zerschnittenen Füße schrien, als sie gegen die Steine stießen.

36

Endlich erreichte ich den Balkon. In der untergehenden Sonne war der Balkon strahlend hell durch die sonnenbeschienenen Glasscherben, zerbrochen und scharf wie Feuer. In dem Spiegelglasfenster lief mein Spiegelbild neben mir her, das dunkle Gesicht, das Haar stand rund um den Kopf ab wie ein roter Heiligenschein.
Ich schloß die Tür auf und ging hinein. Niemand war da, noch nicht, ich hatte noch Zeit... Ich hatte ihn nicht deutlich gesehen. Vielleicht konnte ich ihm entgehen. Ich würde so lange warten, bis er über den Balkon kam; dann

würde ich ins Badezimmer schlüpfen und die Tür verriegeln. Während er versuchte hereinzukommen, könnte ich auf die Toilette klettern und mich von dort durch das winzige Fenster quetschen.

Ich ging ins Badezimmer, um mir das Fenster anzusehen. Es war zu schmal, ich würde darin steckenbleiben. Ich wollte, halb aus dem Fenster hängend, weder verhaftet noch interviewt werden. Das war zu würdelos.

Vielleicht konnte ich mich zwischen den Artischocken verstecken. Vielleicht konnte ich den Hügel hinunterlaufen, vielleicht konnte ich verschwinden, ohne je gefunden zu werden. Aber wenn ich weglief, würde ich gefaßt werden, früher oder später. Ich würde mich also verteidigen.

Ich weigerte mich zurückzukehren. Ich ging in die Küche, holte die leere Cinzano-Flasche aus dem Mülleimer und umklammerte sie am Hals.

Ich kauerte mich hinter die Tür, vom Fenster aus unsichtbar, und wartete. Die Zeit verging; nichts geschah. Vielleicht hatte ich mich getäuscht, vielleicht war es gar nicht der richtige Mann gewesen. Oder vielleicht gab es gar keinen Mann, und Mr. Vitroni hatte ihn erfunden, um mir Angst einzujagen. Ich wurde unruhig. Der Gedanke überkam mich, daß ich schon zuviel Zeit in meinem Leben damit verbracht hatte, mich hinter Türen zu verstekken und den Stimmen auf der anderen Seite zu lauschen.

Die Tür an sich war ganz gewöhnlich. Durch den Glasteil oben konnte ich ein kleines Stück von der Außenwelt sehen: blauer Himmel, ein paar rosa-graue Wolken.

Es war Mittag, als sie den Irrgarten betrat. Sie war fest entschlossen, endlich sein Geheimnis zu lüften. Er war zu lange eine Gefahr gewesen. Mehrmals schon hatte sie Redmond gebeten, ihn niederreißen zu lassen, doch er wollte nicht hören. Seit Generationen gehörte der Irrgarten zum Besitz der Familie,

sagte er. Es schien ihn nicht zu stören, daß so viele darin verschollen waren.
Sie folgte mehreren Windungen, ohne behelligt zu werden. Sie mußte sich unbedingt den Weg merken, den sie gekommen war, und so versuchte sie sich kleine Details einzuprägen, die Form eines Busches, die Farbe einer Blume. Der Pfad war frisch mit Keis bestreut; hier und da blühten Narzissen.
Plötzlich befand sie sich im Mittelpunkt. Eine Steinbank lief auf der einen Seite entlang, und darauf saßen vier Frauen. Zwei von ihnen sahen ihr sehr ähnlich, mit roten Haarten und grünen Augen und kleinen weißen Zähnen. Die dritte war mittleren Alters, in ein fremdartiges wadenlanges Gewand gehüllt, ein mottenzerfressenes Stück Pelz um den Hals. Die letzte war ungeheuer dick. Sie trug ein rosa Trikot und ein kurzes, mit Flitter besetztes, rosa Röckchen. Aus ihrem Kopf ragten zwei Antennen wie bei einem Schmetterling, und ein Paar offensichtlich falsche Flügel waren an ihrem Rücken befestigt. Felicia überraschte das Aussehen der Frau in Rosa, doch sie war zu gut erzogen, um es sich anmerken zu lassen.
Die Frauen murmelten unter sich. »Wir haben dich erwartet«, sagten sie; die erste rückte zur Seite, um Platz für sie zu machen. »Wir wußten, daß du nun an der Reihe bist.«
»Wer seid ihr?« fragte sie.
»Wir sind Lady Redmond«, sagte die Frau mittleren Alters traurig. »Wir alle«, ergänzte die dicke Frau mit den Flügeln.
»Aber das muß ein Irrtum sein«, protestierte Felicia. »Ich selbst bin Lady Redmond.«
»O ja, das wissen wir«, sagte die erste Frau. »Doch jeder Mann hat mehr als nur eine Frau. Manchmal alle auf einmal, manchmal nur eine auf einmal, manchmal welche, von denen er gar nichts ahnt.«
»Wie seid ihr hierhergekommen?« fragte Felicia. »Warum könnte ihr nicht in die Außenwelt zurückkehren?«
»Zurück?« sagte die erste Frau. »Wir alle haben versucht zurückzukehren. Das war unser Fehler.« Felicia drehte sich um,

und tatsächlich war der Pfad, auf dem sie gekommen war, mittlerweile von Ästen zugewachsen; sie konnte nicht einmal sagen, wo er sich befunden hatte. Sie war hier mit diesen Frauen gefangen... Und ging von diesen Frauen nicht etwas Seltsames aus? War ihre Haut nicht zu weiß, waren ihre Augen nicht zu unbestimmt...? Sie bemerkte, daß sie schwach die Umrisse der Bank durch ihre zarten Körper schimmern sah.

»Der einzige Weg hinaus«, sagte die erste Frau, »führt durch diese Tür.«

Sie blickte zur Tür. Sie befand sich auf der anderen Seite der Kiesfläche, an einem Türrahmen festgemacht, aber ansonsten frei in der Luft hängend. Sie umkreiste sie: Sie sah von beiden Seiten gleich aus. Sie hatte eine glatte Oberfläche und einen Türgriff; der obere Teil bestand aus einer kleinen Glasscheibe, durch die sie blauen Himmel und ein paar rosa-graue Wolken sehen konnte.

Sie faßte nach dem Türgriff und drückte ihn nach unten. Die Tür öffnete sich und schwang nach außen... Dort, auf der Türschwelle, sie erwartend, stand Redmond. Sie wollte sich gerade, weinend vor Erleichterung, in seine Arme werfen, als sie einen merkwürdigen Ausdruck in seinen Augen wahrnahm. Dann wußte sie es. Redmond war der Mörder. Er war ein Mörder in Verkleidung, er wollte sie ebenso ermorden, wie er seine anderen Frauen ermordet hatte... Dann würde sie immer hier bei ihnen bleiben müssen, im Mittelpunkt des Irrgartens... Er wollte sie durch die andere ersetzen, die nächste, dünn und makellos...

»Rühr mich nicht an«, sagte sie und trat einen Schritt zurück. Sie weigerte sich, dieses Schicksal hinzunehmen. Solange sie auf ihrer Seite der Tür blieb, würde sie in Sicherheit sein. Listig und verschlagen begann er mit seinen Verwandlungen, um sie in seine Reichweite zu locken. Sein Gesicht bedeckte sich mit einer weißen Gazemaske, dazu kam eine mauvefarben getönte Brille, dann ein roter Bart und Schnurrbart, die wieder verblaßten, um brennenden Augen und Eiszapfenzähnen Platz zu machen.

Dann verschwand sein Umhang, und er stand da und sah sie traurig an; er trug einen Rollkragenpullover.
»Arthur?« sagte sie. Konnte er ihr jemals vergeben?
Redmond hüllte sich wieder in sein Cape. Sein Mund war hart und raubgierig, seine Augen glühten. »Komm, laß mich dich fortbringen«, flüsterte er. »Laß mich dich retten. Wir werden ewig zusammen tanzen, für immer.«
»Immer«, sagte sie, beinah nachgebend. »Ewig.« Einst hatte sie diese Worte hören wollen, ihr ganzes Leben hatte sie darauf gewartet, daß jemand sie aussprach ... Sie sah sich selbst, wie sie langsam über den Parkettboden eines Ballsaals schwebte, ein starker Arm umfaßt ihre Taille ...
»Nein«, sagte sie. »Ich weiß, wer du bist.«
Das Fleisch fiel von seinem Gesicht und enthüllte den Knochenschädel darunter; er schritt auf sie zu, seine Hände griffen nach ihrer Kehle ...

Ich öffnete die Augen. Ich konnte Schritte hören, die den Kiespfad herunterkamen. Es waren wirkliche Schritte; jetzt waren sie auf dem Balkon. Sie hielten vor der Tür inne. Eine Hand klopfte behutsam, einmal, zweimal.
Ich hatte immer noch Alternativen. Ich konnte so tun, als wäre ich nicht zu Hause. Ich konnte abwarten und nichts tun. Ich konnte meine Stimme verstellen und so tun, als wäre ich jemand anderes. Aber wenn ich den Türgriff hinunterdrückte, würde die Tür aufgehen und nach außen schwingen, und ich würde von Angesicht zu Angesicht dem Mann gegenüberstehen, der da vor der Tür auf mich, auf mein Leben wartete.
Ich öffnete die Tür. Ich wußte, wer es war.

37

Ich wollte ihn eigentlich nicht wirklich mit der Cinzano-Flasche schlagen. Ich meine, ich wollte irgend jemandem die Flasche über den Kopf schlagen, aber es war nicht persönlich gemeint. Ich hatte ihn noch nie im Leben gesehen, er war mir vollkommen fremd. Ich nehme an, es hat mich einfach mitgerissen: Er sah aus wie jemand anderes...
Und ich hatte bestimmt nicht vor, ihn derartig k.o. zu schlagen; ich nehme an, das kommt davon, wenn man seine eigene Kraft nicht kennt. Ich fand es schrecklich, vor allem, als ich das Blut sah. Ich konnte ihn nicht so liegen lassen, vielleicht hatte er eine Gehirnerschütterung, oder er verblutete; also holte ich Mr. Vitroni, damit er einen Arzt rief. Ich sagte, ich hätte geglaubt, der Mann würde versuchen einzubrechen. Zum Glück war er bewußtlos und konnte mir nicht widersprechen.

Es war wirklich nett von ihm, mich nicht anzuzeigen, als er wieder zu sich kam. Zuerst dachte ich, er unterließe es nur, weil er die Story haben wollte: Reporter sind so. Natürlich redete ich viel zuviel, aber ich war nervös. Ich vermutete, es wird eine ganz schön komische Geschichte, wenn er sie erst einmal geschrieben hat; und das merkwürdigste ist, daß ich ihm nichts vorgelogen habe. Na ja, nicht sehr viel. Ein paar Namen und einige andere Dinge, aber bestimmt nichts Grundsätzliches. Ich bin der Meinung, ich hätte mich immer noch herausreden können. Ich hätte sagen können, ich hätte Gedächtnisschwund oder so etwas... Oder ich hätte fliehen können; er wäre nicht in der Lage gewesen, meine Spur zu verfolgen. Ich bin überrascht, daß ich es nicht getan habe, da ich schon immer schreckliche Angst davor gehabt hatte, man könnte mir auf die Schliche kommen. Aber irgendwie konnte ich nicht einfach weglaufen und ihn ganz allein und ohne jemanden, mit dem er sich unterhalten konnte,

im Krankenhaus zurücklassen; nicht, nachdem ich ihn beinahe irrtümlich umgebracht hatte.
Trotzdem muß es für ihn ein Schock gewesen sein, mit einer Naht von sieben Stichen im Bett aufzuwachen. Ich hatte deswegen ziemliche Schuldgefühle. Auch sein Mantel war versaut, aber ich erklärte ihm, daß bei der Reinigung alles herausgehen würde. Ich bot ihm an, die Reinigung des Mantels zu bezahlen, aber er ließ es nicht zu. Statt dessen brachte ich ihm ein paar Blumen; Rosen konnte ich keine finden, so waren es gelbe Dinger, so etwas ähnliches wie Sonnenblumen. Sie waren ein bißchen verwelkt, aber ich meinte, vielleicht könnte er die Schwester überreden, sie für ihn ins Wasser zu stellen. Er schien erfreut.
Es war sehr freundlich von ihm, mir das Geld für das Flugticket zu leihen. Ich werde es zurückzahlen, sobald ich wieder Fuß gefaßt habe. Zuerst einmal muß ich Sam und Marlene aus dem Gefängnis herausholen, das bin ich ihnen schuldig. Sams Rechtsanwalt hatte durchsickern lassen, daß ich noch am Leben war; ich sollte es ihm nicht verübeln, er hat nur seine Arbeit getan. Und ich werde Arthur aufsuchen müssen, obwohl ich mich nicht gerade darauf freue, all diese Erklärungen und der Ausdruck stiller Gewalt auf seinem Gesicht. Wenn die Story veröffentlicht wird, erfährt er ohnehin die Wahrheit. Er hat mich unter falschen Voraussetzungen geliebt, also sollte ich mich eigentlich nicht zu sehr zurückgewiesen fühlen, wenn er damit aufhört. Ich glaube sogar, er hat noch nicht einmal meine Postkarte erhalten; ich hatte vergessen, sie per Luftpost aufzugeben.
Was danach kommen soll, nun ja, endgültige Pläne habe ich noch nicht. Ich werde mir bei der ganzen Publicity wie ein Idiot vorkommen, aber das ist ja nichts Neues. Sie werden wahrscheinlich behaupten, mein Verschwinden war eine Art Reklamegag, ein Trick... allerdings werde

ich keine historischen Trivialromane mehr schreiben; ich glaube, sie haben mir nicht gutgetan. Aber vielleicht werde ich es mit Science-fiction versuchen. Die Zukunft lockt mich zwar nicht so sehr wie die Vergangenheit, aber ich bin sicher, sie ist besser für mich. Ich denke dauernd, daß ich aus alldem vielleicht irgendeine Lehre ziehen sollte, wie meine Mutter zu sagen pflegte.

Jetzt im Moment allerdings ist es einfacher, hier in Rom zu bleiben – ich habe eine billige kleine *pensione* entdeckt – und zu den Besuchszeiten ins Krankenhaus zu gehen. Bis jetzt hat er noch niemandem verraten, wo ich bin, er hat versprochen, eine Woche zu warten. Er ist ein netter Mann; er hat keine besonders interessante Nase, aber ich muß zugeben, an einem Mann mit einem Verband ist irgend etwas... Außerdem hat sich bei mir das Gefühl entwickelt, daß er der einzige Mensch ist, der alles über mich weiß. Vielleicht, weil ich sonst noch nie jemanden mit einer Flasche geschlagen habe und deshalb niemand Gelegenheit hatte, diese Seite meiner Persönlichkeit kennenzulernen. Ich selbst auch nicht, fällt mir dabei ein.

Ich habe zwar etwas Schlimmes angerichtet; aber schließlich, ich glaube nicht, daß ich je ein sehr ordentlicher Mensch werde.

Anne Tyler

Nur nicht stehenbleiben
Roman. Band 5154

Eines Tages reicht es Charlotte endgültig. Sie hat ihre Ehe mit Saul, einem spätberufenen Gottesmann und Prediger von Profession, und ihr eintöniges Kleinstadtdasein herzlich satt und beschließt, getreu der Devise: *Nur nicht stehenbleiben* endlich zu tun, wovon sie bald dreißig Jahre träumt: Die große Reise in die weite Welt anzutreten.

Dinner im Heimweh-Restaurant
Roman. Band 8254

Pearl Tull ist zierlich und zäh, reizbar und oft schwierig im Umgang; und sie kämpft immerzu gegen irgendwelche Komplikationen an. Für die ist meist Ehemann Beck zuständig. Erst verordnet dieser ambitionierte Reisende für Landwirtschaftsgeräte Frau und Kindern zahlreiche Umzüge, dann beschließt er eines schönen Tages, doch lieber allein weiterzuziehen. Pearl, soeben fünfzig geworden, nimmt eine Stelle als Kassiererin im Supermarkt an, rackert sich ab für die Kinder und ist im übrigen fest entschlossen, die Fiktion von der heilen Familie aufrechtzuerhalten.

Caleb oder Das Glück aus den Karten
Roman. Band 10829

»Caleb oder Das Glück aus den Karten« ist das Muster eines intelligenten, witzigen und klugen Familienromans. Er amüsiert mit den Geschichten der eigenwilligen und wunderbar altmodischen Pecks aus Baltimore, die allesamt so etwas wie schwarze Schafe sind. Ihr Roman handelt auch vom Glück, von der Ausdauer, der Zuversicht und einer fast schon verloren geglaubten Freundlichkeit.

Fischer Taschenbuch Verlag

fi 707/2

Anne Tyler

Die Reisen des Mr. Leary

Roman

»Die Reisen des Mr. Leary« – vom »Time Magazine« zu den fünf besten amerikanischen Romanen des Jahres 1985 gezählt – gehört, wie die früheren Romane von Anne Tyler, zu jener Art intelligenter, unterhaltsamer Literatur mit Anspruch, Weisheit und psychologischem Feinsinn, wie sie in Deutschland leider sehr selten ist.
Der Roman handelt von den Alltags- und Beziehungsproblemen eines etwas kauzigen Amerikaners Mitte 40, der von seiner Frau nach 20jähriger Ehe verlassen wird und durchaus eigenwillige Methoden des Alleinlebens entwickelt. Mr. Leary ist Verfasser einer Reiseführerreihe für Leute, die aus Geschäftsgründen reisen müssen, das Reisen aber ebenso hassen wie er selbst.
Überhaupt zeichnet eine fast neurotische Abwehr alles Neuen und Ungewohnten Mr. Leary aus.
In sein durchrationalisiertes, methodenreiches Leben, platzt nun eine junge Dame namens Muriel, die seinen Hund zu bestimmten praktischen Selbstständigkeiten dressieren soll; in ihrer etwas vulgären, unbedarften und fahrigen Art bekommt sie aber natürlich auch den seltsamen Mr. Leary in den Griff.

Band 8294

Fischer Taschenbuch Verlag

fi 1155/1

Jayne Anne Phillips

Das himmlische Tier

*Short-Stories, 255 Seiten, geb. und als
Fischer Taschenbuch Band 5169*

»Jayne Anne Phillips' Sprachgebrauch ist äußerst sinnlich. Bei ihr wird die Gassensprache zur Poesie, an der Grenze zum Surrealismus schwebend ...
Ob sie ein Kind beschreibt, das dem Wind zuhört oder Liebende, die im Drogenrausch gemeinsam baden, immer hat sie die Fähigkeit, uns zur tiefsten körperlichen Empfindung zu bringen. Sie kann schreiben: mit der größten Schlichtheit und mit metaphorischer Könnerschaft.
Diese Prosa geht unter die Haut.«

Times Literary Supplement

Maschinenträume

*Roman. 504 Seiten, geb. und als
Fischer Taschenbuch Band 9199*

Ein Familienroman von großer Intensität, der den Einfluß zweier Kriege, des Zweiten Weltkrieges und des Vietnamkrieges, auf das Leben in einer amerikanischen Kleinstadt wiedergibt.

Überholspur

*Short-Stories, 192 Seiten, geb. und als
Fischer Taschenbuch Band 10172*

Mit der Erzählungssammlung *Black Tickets* wurde Jayne Anne Phillips in den USA berühmt. Die Literaturkritik bescheinigte ihr bereits bei diesem Debüt, eine Meisterin dieser amerikanischsten aller Kunstformen zu sein: der Short-Story.

Amerikanische Erzähler

Joseph Heller
Catch 22
Roman. Band 1112

Mark Helprin
Eine Taube aus dem Osten
und andere Erzählungen
Band 9580

Bobbie Ann Mason
Shiloh und andere Geschichten
Erzählungen. Band 5460

Jayne Anne Phillips
Maschinenträume
Roman. Band 9199

Robert M. Pirsig
Zen und die Kunst, ein Motorrad zu warten
Roman. Band 2020

Anne Tyler
Die Reisen des Mr. Leary
Roman. Band 8294